1Q84

1Q84 BOOK2
by Haruki Murakami

1Q84

ichi-kew-hachi-yon

BOOK 2

7月 - 9月

무라카미 하루키 장편소설
양윤옥 옮김

문학동네

BOOK 2 7月 - 9月

차례

제1장 아오마메

Q
거긴 세상에서 가장 따분한 동네였어

장마가 끝났다는 공식발표는 아직 나지 않았지만, 하늘이 파랗게 맑아서 한여름 햇볕이 유보 없이 지상에 내리쬐고 있었다. 우거진 초록 잎을 늘어뜨린 버드나무는 오랜만에 농밀한 그림자를 도로 위에 출렁였다.

다마루가 현관에서 아오마메를 맞아주었다. 어두운 색감의 여름용 정장을 입고 하얀 와이셔츠에 단색 넥타이를 매고 있다. 그러고도 땀 한 방울 흘리지 않는다. 몸집이 그렇게 큰 남자가 아무리 무더운 날에도 땀을 흘리지 않는다는 건 아오마메에게는 항상 크나큰 불가사의였다.

다마루는 아오마메를 보자 작게 고개를 끄덕이며 잘 들리지 않는 짧은 인사를 입에 올렸을 뿐, 한 마디도 하지 않았다. 여느 때처럼 둘이 가벼운 대화를 나누는 일도 없었다. 뒤도 돌아보지 않고 긴 복도를 앞서 걸으며 아오마메를 노부인이 기다리는 곳으로 안내했다. 누군가와 잡담을 나눌 기분이 아닐 거라고 그녀는 짐작했다. 개가 죽은 일이 상당한 충격이었는지도 모른다. "집 지키는 개는 또 찾을 수 있어." 그는 전화로 그렇게 아오마메에게 말했다. 날씨 이야기라도 하듯이. 하지만 그게 그의 본심이 아니라는 건 아오마메도 잘 알고 있었다. 그 암컷 독일 셰퍼드는 그에게는 소중한 존재였다. 오랜 세월에 걸쳐 서로 마음이 잘 통했다. 그런 개가 느닷없이 영문 모를 죽임을 당한 것을 그는 일종의 개인적인 모욕, 혹은 도전으로 받아들이고 있었다. 교실 칠판처럼 널찍한 다마루의 말 없는 등판을 바라보며 그가 느끼고 있을 조용한 분노를 아오마메는 상상할 수 있었다.

다마루는 거실 문을 열어 아오마메를 안에 들이고 자신은 문 앞에 서서 노부인의 지시를 기다렸다.

"지금은 마실 건 괜찮아요." 노부인이 다마루에게 말했다.

다마루는 별말 없이 작게 고개를 끄덕이고 조용히 문을 닫았다. 방 안에는 노부인과 아오마메만 남았다. 노부인이 앉은 팔걸이의자 옆 테이블에 둥근 유리어항이 놓였고, 그 안에서 빨간 금붕어 두 마리가 헤엄치고 있었다. 어디서나 흔히 볼 수 있는 평범한 금붕어이고 어디서나 흔히 볼 수 있는 평범한 어항이었다. 으레 그렇듯이 물속에는 초록색 바닷말이 떠 있었다. 아오마메는 이 단정하고 널찍한 거실을 벌써 몇 번이나 방문했지만, 금붕어를 본 건 처음이었다. 에어컨이 약하게 설정되어 있는지 이따금 시원한 바람이 살갗에 희미하게 느껴졌다. 그녀의 등뒤 테이블에는 흰 백합꽃 세 송이가 든 꽃병이 놓여 있었다. 백합은 큼직하고, 명상에 잠긴 이국의 작은 동물처럼 느긋했다.

노부인은 손짓으로 아오마메를 곁에 있는 소파에 앉게 했다. 정원이 내다보이는 창에는 하얀 레이스 커튼이 드리워졌지만 여름 오후의 햇살은 유난히 강렬하다. 그 빛 속에서 노부인은 여느 때 없이 피폐해 보였다. 그녀는 가느다란 팔로 힘없이 뺨을 괴고 큼직한 의자 깊숙이 몸을 파묻고 있었다. 눈은 움푹하고 목의 주름도 늘었다. 입술은 색깔을 잃고, 기다란 눈썹 끄트머리는 마치 만유인력에 저항하기를 포기한 듯 아래로 조금 처져 있었다. 혈액의 순환기능이 저하되었는지도 모른다. 피부가 군데군데 가루를 뿌린 듯 허옇게 보였다. 지난번 만났을 때보다 최소한 대여섯 살은 더 나이를 먹은 것처럼 보인다. 그리고 오늘은 그같은 피곤이 겉으로 드러나는 것을 노부인은 딱히 신경쓰지 않는 것처럼 보였다. 예삿일이 아니다. 적어도 아오마메 앞에서 그녀는 항상 말끔하게 가다듬은 모습으로 자신의 내면에 있는 기력을 남김없이 동원하여 반듯한 자세와 생동감 있는 얼굴 표정을 유지하면서 노년의 징후는 요만큼도 내비치지 않으려 노력했다. 그리고 그 노력은 항상 괄목할 만한 성과를 거두었다.

오늘은 이 집 안의 많은 것들이 평소와는 다르다, 아오마메는 그렇게 생각했다. 방 안의 빛조차 평소와 다른 색깔로 물들어 있었다. 그리고 우아한 앤티크 가구가 가득한 이 천장 높은 방에 아무래도 어울리지 않는 흔해빠진 금붕어와 어항.

노부인은 그대로 한참이나 입을 열지 않았다. 그녀는 의자 팔걸이에 의지해 팔로 뺨을 괸 채 아오마메 옆에 있는 공간의 한 점을 바라보고 있었다. 하지만 거기에 특별한 건 아무것도 없다는 걸 아오마메도 잘 알고 있었다. 노부인은 그저 잠시 시선을 둘 데가 필요했을 뿐이다.

"목마르지 않아요?" 이윽고 노부인은 조용한 소리로 물었다.

"아뇨, 목마르지 않아요." 아오마메는 대답했다.

"거기 아이스티가 있어요. 괜찮다면 따라 마셔요."

노부인은 방문 근처의 서비스 테이블을 가리켰다. 그곳에는 얼음과 레몬이 든 아이스티 유리병이 놓여 있었다. 그 옆에는 색깔이 다른 컷글라스가 세 개.

"고맙습니다." 아오마메는 말했다. 하지만 그 자세 그대로 다음 말을 기다렸다.

노부인은 다시 한참이나 침묵을 지켰다. 말하지 않으면 안 될 일이 있지만, 그것을 입에 올리면 거기에 포함된 사실이 사실로서 보다 확고해져버릴지도 모른다, 할 수만 있다면 조금이라도 뒤로 미루고 싶다, 그런 심정이 담긴 침묵이었다. 그녀는 곁의 어항에 흘끔 시선을 던졌다. 그러고는 체념한 듯이 마침내 아오마메의 얼굴을 정면으로 바라보았다. 입술을 굳게 다물고 그 양 끝은 의식적으로 약간 들어올렸다.

"세이프하우스를 지키던 개가 죽었다는 얘기는 다마루에게 들었지요? 어떻게 죽었는지 설명하기 어렵다는 이야기." 노부인이 물었다.

"들었습니다."

"그리고 그다음 날에는 쓰바사가 없어졌습니다."

아오마메는 가볍게 얼굴을 찌푸렸다. "없어져요?"

"자취를 감췄어요. 아마도 밤사이에. 오늘 아침에 알았어요. 벌써 사라지고 없었답니다."

아오마메는 입술을 동그랗게 오므린 채 할말을 찾았다. 선뜻 말이 나오지 않았다. "하지만…… 지난번에 하신 말씀으로는 쓰바사는 항상 다른 사람과 함께 잔다고 하셨는데요. 같은 방에서 지켜보기 위해."

"그렇답니다. 하지만 그 여성은 여느 때 없이 깊이 잠이 들어서 쓰바사가 없어진 걸 전혀 알아차리지 못했다는군요. 날이 밝았을 때는 쓰바사가 이불 속에 없었답니다."

"독일 셰퍼드가 죽고, 그다음 날 밤에는 쓰바사가 없어졌다." 아오마메는 확인하듯이 말했다.

노부인은 고개를 끄덕였다. "그 두 가지 사건이 서로 관련이 있는지 없는지, 확실한 건 모르겠어요. 하지만 아마도 관련이 있을 거라고 나는 생각해요."

아오마메는 이렇다 할 이유도 없이 테이블 위의 어항으로 시선을 던졌다. 노부인도 아오마메의 시선을 따라가듯이 거기에 눈길을 던졌다. 두 마리의 금붕어는 몇 개의 지느러미를 미묘하게 움직이며 유리로 만들어진 연못 속을 시원스레 오락가락했다. 여름빛이 어항 속에서 기묘하게 굴절해, 신비에 찬 심해의 일부를 들여다보는 듯한 착각을 불러일으켰다.

"이 금붕어는 쓰바사를 위해 산 거예요." 노부인은 아오마메의 얼굴을 보며 설명해주듯이 말했다. "아자부의 상점가에 작은 축제가 있어서 쓰바사를 데리고 산책을 나갔었지요. 방 안에 틀어박혀 있기만 해서는 몸에 좋지 않다고 생각했어요. 물론 다마루도 함께였지요. 거기 야시장에서 어항과 함께 이 금붕어를 샀습니다. 그 아이는 금붕어에 큰 관심을 보였어요. 자기 방에 두고 하루 종일 싫증도 내지 않고 바라보고 있었지요. 그 아이가 사라지고 나서 내가 여기로 가져왔어요. 나도 요즘 자주 금붕어를 바라봐요. 아무것도 하지 않고 그저 가만히 바라봅니다. 참 신기하게도, 정말 아무리 봐도 싫증이 나질 않아요. 지금까지 금붕어를 이렇게 열심히 바라본 일은 없었는데."

"쓰바사가 어디로 갔는지, 짐작 가시는 데는?" 아오마메는 물었다.

"짐작 가는 데는 없습니다." 노부인은 말했다. "그 아이가 찾아갈 만한 친척 집도 없어요. 내가 아는 한, 이 세상 어디에도 갈 곳이 없는 아이예요."

"누군가 억지로 끌고 갔을 가능성은요?"

노부인은 눈에 보이지 않는 각다귀를 쫓듯이 신경질적으로 짧게 고개를 저었다. "아뇨, 그 아이는 그냥 거기서 나간 거예요. 누가 찾아와 억지로 데려간 게 아닙니다. 만일 그런 일이 있었다면 주위 사람들이 눈을 떴겠지요. 그 집에서 지내는 여성들은 그러잖아도 잠이 얕아요. 쓰바사는 스스로 그렇게 하기로 마음을 정하고 나갔을 거예요. 발소리를 죽이며 계단을 내려가 조용히 현관문을 따고 문을 밀치고 밖으로 나간 것이지요. 나는 그 광경을 상상할 수 있습니다. 그 아이가 나가도 개는 짖지 않았어요. 이미 그 전날 밤에 죽었으니까. 옷도 갈아입지 않고 갔어요. 바로 곁에 갈아입을 옷을 잘 개켜두었는데, 파자마 차림 그대로 가버렸어요. 돈 한푼 없었는데."

아오마메의 얼굴이 다시 좀더 일그러졌다. "혼자서 파자마 차림으로?"

노부인은 고개를 끄덕였다. "그렇답니다. 열 살 먹은 여자아이가 달랑 혼자서 파자마 차림으로 돈 한푼 없이 그 한밤중에 어디로 갈 수 있었을까요. 상식적으로는 생각하기 어려운 일이에요. 하지만 나는 왠지 그게 딱히 이상한 일로 생각되지를 않는군요. 아니, 지금은 오히려 일어날 만한 일이 일어났다는 마음마저 듭니다. 그래서 그 아이의 행방을 찾지도 않고 있어요. 아무것도 하지 않고 그저 이렇게 금붕어만 바라보고 있을 뿐이지요."

노부인은 어항에 흘끔 시선을 던졌다. 그러고는 다시 똑바로 아오마메의 얼굴을 보았다.

"지금 그 아이를 찾아다녀도 모두 쓸데없다는 걸 알고 있기 때문이랍니다. 그 아이는 이미 내 손이 미치지 않는 곳으로 가버렸어요."

그녀는 그렇게 말하더니 괴었던 팔을 내리고 오래도록 몸 안에 고여 있던 숨을 천천히 밖으로 토해냈다. 양손을 무릎 위에 가지런히 놓은 채로.

"하지만 어째서 나가버렸을까요?" 아오마메는 말했다. "세이프하우스에 있으면 잘 지켜줄 거고, 달리 갈 곳도 없는데."

"이유는 모릅니다. 하지만 개가 죽은 일이 원인이었을 거라는 마음이 들어요. 이곳에 온 뒤로 그 아이는 개를 몹시 좋아했고 개도 그 아이를 유난히 잘 따랐어요. 사이좋은 친구 같은 관계였지요. 그래서 개가 죽은 일로, 더구나 그렇게 피투성이로 수수께끼 같은 죽임을 당했으니 쓰바사는 참으로 큰 충격을 받았지요. 당연한 일이에요. 세이프하우스의 사람들 모두 충격을 받았습니다. 하지만 지금 생각해보니 그 개의 무참한 죽음은 쓰바사에게 보낸 메시지 같은 것이었는지도 모르겠어요."

"메시지?"

"이곳에 있어서는 안 된다는 메시지. 네가 이곳에 숨어 있다는 걸 안다. 너는 이곳을 나가지 않으면 안 된다. 그러지 않으면 또다시 네 주변 사람들에게 나쁜 일이 일어날 수 있다. 그런 메시지죠."

노부인의 손가락은 무릎 위에서 가상의 시간을 세밀하게 쫓고 있었다. 아오마메는 그다음 말을 기다렸다.

"아마도 그 아이는 그 메시지의 의미를 이해했고, 결국 스스로 마음을 정하고 이곳을 떠났을 거예요. 떠나고 싶어 떠난 것이 아니랍니다. 여기 말고는 갈 곳이 없다는 걸 뻔히 알면서도 나가지 않을 수 없었던 것이지요. 그렇게 생각하면 참으로 가슴이 아파요. 아직 열 살 어린아이가 그런 결심을 해야 하다니."

아오마메는 손을 내밀어 노부인의 손을 잡아주고 싶었다. 하지만 생각만으로 그쳤다. 이야기는 아직 끝나지 않았다.

노부인은 말을 이었다. "내게는 말할 것도 없이 크나큰 충격이에요. 몸의 일부를 쥐어뜯긴 것 같은 심정이에요. 그 아이를 내 자식으로 정식으로 맞아들이려고 마음먹었는데. 물론 일이 그리 쉽게 풀리지 않을 줄은 알고 있었어요. 어렵다는 것도 잘 알고, 그러면서도 원했던 일입니다. 그 일이 잘되지 않았다고 누구에게 우는소리를 할 처지도 아니지요. 하지만 솔직히 이 나이가 되니 힘든 게 몸에 사무치는군요."

아오마메는 말했다. "하지만 쓰바사는 그러다 어느 날 갑자기 돌아올지도 몰라요. 가진 돈도 없고 달리 갈 곳도 없으니까요."

"그렇게 생각하고 싶지만 그런 일은 아마 없을 겁니다." 노부인은 어딘지 억양이 없는 목소리로 말했다. "그 아이는 아직 열 살이지만 나름대로 생각하는 바가 있어서 결심을 하고 이곳을 나갔습니다. 아마 자기 스스로 돌아오는 일은 없겠지요."

아오마메는 "실례합니다"라고 말하고 자리에서 일어나 문 근처 서비스 테이블로 다가가 파란색 컷글라스에 아이스티를 따랐다. 딱히 목이 마른 건 아니지만, 자리를 떠서 한 박자 틈을 두고 싶었다. 그녀는 소파로 돌아와 아이스티를 한 모금 마시고 잔을 테이블 유리판에 내려놓았다.

"쓰바사 이야기는 우선 여기까지예요." 노부인은 아오마메가 소파에 자리잡기를 기다려 말했다. 그리고 마음에 금을 그으려는 듯 고개를 꼿꼿이 들고 몸 앞에서 두 손을 단단히 맞잡아 깍지 꼈다.

"이제부터 '선구'와 그 리더 이야기를 하지요. 그에 대해 알아낸 것이 있어요. 그것이 오늘 당신을 이곳으로 부른 중요한 용건입니다. 물론 결과적으로 쓰바사에 관한 일이기도 해요."

아오마메는 고개를 끄덕였다. 그것은 그녀가 예상한 일이기도 했다.

"지난번에도 말했듯이 그 리더라는 인물을 우리는 무슨 일이 있어도 처리해야 합니다. 저쪽 세계로 옮기는 것이지요. 당신도 알다시피 이 인물은 습관적으로 열 살 전후의 소녀들을 성폭행하고 있습니다. 모두 다 아직 초경을 맞지 않은 소녀들이에요. 그같은 행위를 정당화하기 위해 자기 마음대로 교리를 날조하고 교단 시스템을 이용합니다. 나는 거기에 대해 가능한 한 상세하게 조사했어요. 합당한 루트에 조사를 의뢰하고 약간의 돈을 썼습니다. 간단한 일은 아니었어요. 예상했던 것보다 훨씬 더 많은 돈이 필요했지요. 하지만 어떻든 지금까지 이 사내에게 성폭행을 당한 것으로 보이는 소녀를 네 명까지 파악할 수 있었습니다. 그 네번째 소녀가 쓰바사예요."

아오마메는 아이스티 잔을 들고 한 모금 마셨다. 맛을 알 수 없었다. 입 안에 솜이 들어서 모든 맛을 흡수해가기라도 하듯이.

"상세한 건 아직 판명되지 않았으나 네 명의 소녀 중 적어도 두 명은 지금도 여전히 교단 내에서 살고 있어요." 노부인은 말했다. "그녀들은 리더의 측근으로서 무녀와도 같은 역할을 하고 있다는군요. 일반 신자 앞에 모습을 드러내는 일은 없습니다. 그 소녀들이 자신의 의사에 따라 교단 내에 남았는지, 아니면 도망칠 수 없어서 그곳에 머물러 있는지, 그건 모르겠어요. 그녀들과 리더 사이에 지금도 성적인 관계가 있는지 어떤지, 그것도 분명하지 않아요. 하지만 어떻든 리더와 그녀들은 같은 공간에서 생활하고 있다는군요. 마치 가족처럼. 리더가 거주하는 공간은 완전한 오프 리미트여서 일반 신자는 가까이 갈 수도 없습니다. 많은 일들이 수수께끼에 싸여 있어요."

컷글라스가 테이블 위에서 땀을 흘리기 시작했다. 노부인은 잠시 틈을 두어 호흡을 가다듬고 다시 말을 이었다.

"한 가지 확실한 게 있습니다. 네 명 중 첫번째 희생자는 리더의 친딸이라는 겁니다."

아오마메는 얼굴을 찌푸렸다. 얼굴 근육이 저 혼자 움직여 크게 일그러졌다. 뭔가 말을 하려고 했지만, 말은 소리가 되어 나오지 않았다.

"그래요. 그 사내는 가장 먼저 친딸을 범한 것으로 보입니다. 칠 년 전, 그 아이가 열 살 때." 노부인은 말했다.

노부인은 인터폰 수화기를 집어들고 다마루에게 셰리주 한 병과 유리잔 두 개를 가져다달라고 부탁했다. 그사이에 두 사람은 입을 꾹 다물고 제각기 생각을 정리하고 있었다. 다마루가 쟁반에 새 셰리주 병과 가늘고 기품 있는 크리스털 잔 두 개를 얹어 내왔다. 그는 그것들을 테이블에 내려놓고, 새의 목이라도 비틀 듯이 단호하고도 정확한 동작으로 병뚜껑을 열었다. 그리고 소리 내어 잔에 따랐다. 노부인이 고개를 끄덕이자 다마루는 목례를 건네고 방을 나갔다. 그는 여전히 한 마디도 하지 않았다. 발소리조차 내지 않았다.

개 때문만이 아니었어, 아오마메는 생각했다. 자신의 눈앞에서 소녀가(그것도 노부인이 무엇보다 소중히 여기는 소녀가) 사라져버린 일이 다마루에게 깊은 상처를 입힌 것이다. 그건 정확히는 그의 책임이라고 할 수 없다. 입주 근무를 하는 것도 아니라서 특별한 볼일이 없는 한, 밤이 되면 도보 십여 분 거리의 자기 집에 돌아가서 잔다. 개가 죽은 것도, 소녀가 사라진 것도 그가 없는 밤사이에 일어난 일이다. 두 가지 모두 어떻게도 막을 도리가 없는 일이었다. 그의 업무는 어디까지나 노부인과 '버드나무 저택'을 경호하는 것이며, 부지 밖 세이프하우스의 안전유지까지는 미처 손이 미치지 못한다. 그래도 여전히 그 사건들은 다마루에게는 개인적인 실책이고, 자신에게 던져진 용서하기 어려운 모욕이었다.

"당신은 그 인물을 처리할 준비가 되었나요?" 노부인은 아오마메에게 물었다.

"그렇습니다." 아오마메는 명료하게 대답했다.

"이건 간단한 일이 아니에요." 노부인은 말했다. "물론 그간 당신에게 부탁했던 일들은 어느 것 하나 간단한 일이 아니었지요. 하지만 이번만은 특히 더 그렇다는 말입니다. 내 쪽에서 할 수 있는 일은 온 힘을 다해 처리하겠지만 당신의 안전을 어디까지 확보할 수 있을지, 나는 아직 확신을 가질 수 없답니다. 아마도 이번에는 어느 때보다 더 큰 리스크가 있을 거예요."

"그건 저도 잘 알고 있습니다."

"전에도 말했지만 당신을 위험한 장소에 보내는 그런 일을 나는 하고 싶지 않아요. 하지만 솔직히 이번 일에 대해서는 선택의 여지가 거의 없습니다."

"괜찮습니다." 아오마메는 말했다. "그자를 이 세계에 살려둘 수는 없어요."

노부인은 잔을 손에 들고 셰리주를 한 모금 핥듯이 마셨다. 그러고는 다시 한참이나 금붕어를 바라보았다.

"여름날 오후에 마시는 상온의 셰리주를 나는 옛날부터 아주 좋아했답니다. 날씨가 무더울 때 차가운 술을 마시는 건 그리 좋지 않아요. 셰리주를 마시고 자리에 누워 설핏 눈을 붙입니다. 나도 알지 못하는 사이에 잠이 들어요. 잠에서 깨어나면 조금쯤은 더위가 사라집니다. 언젠가 그런 식으로 죽을 수 있으면 좋겠어요. 여름날 오후에 셰리주 한두 잔을 마시고 소파에 누워 나도 모르는 사이에 잠이 들고, 그대로 두 번 다시 깨어나지 않았으면."

아오마메도 잔을 들고 셰리주를 조금 마셨다. 아오마메는 그 술의 맛을 그리 좋아하지는 않았다. 하지만 역시 뭔가 마시고 싶은 기분이었다. 아이스티 때와는 달리 이번에는 얼마간 맛이 느껴졌다. 알코올의 강한 자극이 혀를 찔렀다.

"솔직히 대답해주면 좋겠는데," 노부인은 말했다. "당신은 죽는 것이 두려운가요?"

대답을 하는 데 시간은 걸리지 않았다. 아오마메는 고개를 저었다. "딱히 두렵지는 않아요. 나 자신으로 살아가는 것에 비하면."

노부인은 엷은 웃음을 입가에 떠올렸다. 노부인은 조금 전보다 얼마간 다시 젊어진 듯이 보였다. 입술에도 생기가 돌아와 있었다. 아오마메와의 대화가 그녀를 자극했는지도 모른다. 아니면 소량의 셰리주가 효과를 발휘했는지도.

"하지만 당신에게는 좋아하는 이가 한 사람 있지요?"

"네. 그러나 제가 그 사람과 현실에서 맺어질 가능성은 한없이 제로에 가까워요. 그러니까 제가 여기서 죽는다 해도 그것 때문에 잃어버릴 것 역시 한없이 제로에 가까울 뿐이죠."

노부인은 눈을 가느스름하게 떴다. "그 사람과 맺어지는 일은 없을 것이다. 당신이 그렇게 생각하는 구체적인 이유가 있나요?"

"딱히 없어요." 아오마메는 말했다. "제가 저라는 것 외에는."

"당신 쪽에서 그 사람에 대해 어떤 행동에 나서볼 생각은?"

아오마메는 고개를 저었다. "제게 무엇보다 중요한 건, 제가 그를 진심으로 깊이 원하고 있다는 사실이에요."

노부인은 감탄하는 눈빛으로 잠시 아오마메의 얼굴을 지그시 바라보았다. "당신은 대단히 단호하게 생각하는 사람이군요."

"그럴 필요가 있었어요." 아오마메는 말했다. 그리고 셰리주 잔을 그저 흉내 삼아 입에 옮겼다. "좋아서 그렇게 된 건 아니구요."

침묵이 잠시 방을 가득 채웠다. 백합꽃은 여전히 고개를 떨구고 있었고 금붕어는 굴절한 여름빛 속을 계속 헤엄쳤다.

"리더와 당신이 둘만 있는 상황을 만드는 건 가능해요." 노부인은 말했다. "간단한 일이 아니기도 하고, 시간도 상당히 걸리겠지요. 하지만 최종적으로 나는 그걸 할 수 있습니다. 그곳에서 당신은 다른 때와 똑같은 일을 해주면 되는 것이지요. 다만 이번에는 일이 끝난 뒤 당신은 자취를 감춰야만 합니다. 얼굴 성형수술도 해야 해요. 지금 나가는 직장도 그만두고 먼 곳으로 떠나야 합니다. 이름도 바꾸고요. 지금까지 당신이 당신으로서 가지고 있던 것을 모두 다 버려야 합니다. 전혀 다른 사람이 되어야 합니다. 물론 당신은 상당한 보수를 받게 됩니다. 그밖의 모든 일에 대해서는 내가 책임을 지지요. 그렇게 해도 괜찮겠어요?"

아오마메는 말했다. "아까도 말씀드렸지만 저는 잃을 게 없어요. 직장도 이름도 도쿄에서의 현재 삶도 제게는 그리 큰 의미가 있는 게 아니에요. 이의 없습니다."

"얼굴이 바뀌는 것도?"

"지금보다 예뻐지겠죠?"

"당신이 그리 원한다면 물론 그건 가능합니다." 노부인은 진지한 얼굴로 대답했다. "물론 그것도 정도라는 게 있겠으나, 당신의 희망에 따라 얼굴을 만드는 건 가능해요."

"하는 김에 가슴 확대 수술도 받는 게 좋겠네요."

노부인은 고개를 끄덕였다. "좋은 생각이에요. 물론 남의 눈을 속이기 위한 것입니다만."

"농담이에요." 아오마메는 그제야 표정을 누그러뜨렸다. "별로 자랑할 건 못 되지만 제 가슴은 이대로도 괜찮아요. 가벼워서 달고 다니기 편하고 게다가 속옷도 사이즈를 모두 바꿔야 하니, 그것도 꽤 귀찮을 거 같아요."

"그 정도야 내가 얼마든지 사주지요."

"농담이에요." 아오마메는 말했다.

노부인도 미소를 지었다. "미안해요. 당신 농담에 그리 익숙하지 않아서."

"성형수술을 받는 데 별 저항감은 없어요." 아오마메는 말했다. "아직까지 성형수술을 받고 싶다고 생각한 적은 없지만 지금 꼭 그걸 거부할 이유는 없겠죠. 원래부터 그리 마음에 드는 얼굴도 아니었고, 딱히 마음에 들어해준 사람도 없었어요."

"친구들도 잃게 됩니다."

"제겐 친구라고 할 만한 사람이 없습니다." 아오마메는 말했다. 그리고 문득 아유미를 떠올렸다. 아무 말 없이 갑작스레 자취를 감춰버리면 아유미는 섭섭하게 생각할지도 모른다. 어쩌면 배반을 당했다고 느낄지도 모른다. 하지만 아유미를 친구라고 하기에는 애초에 무리가 있었다. 경찰을 친구로 사귀기에는 아오마메는 너무도 위험한 길을 걷고 있다.

"내게는 자식이 둘 있었어요." 노부인은 말했다. "아들 하나와 세 살 아래의 딸. 그 딸아이는 죽었어요. 전에 말한 것처럼 자살했지요. 그 아이에게 자식은 없습니다. 아들은 이런저런 사정이 있어서 나와는 오래도록 사이가 그리 좋지를 않아요. 요즘은 거의 말을 나누는 일도 없습니다. 손자가 셋이 있지만 오래도록 만나지 못했어요. 하지만 만일 내가 죽는다면, 내가 보유한 재산의 대부분은 아들과 손자들에게로 가겠지요. 거의 자동적으로. 요즘은 옛날과 달라서 유언장이라는 게 그리 큰 효력을 갖지 못해요. 그래도 현재로서는 내가 자유롭게 운용할 수 있는 돈이 상당히 있습니다. 만일 당신이 이번 일을 성공적으로 마쳐준다면, 당신을 위해 그 대부분을 양도할 마음입니다. 오해는 하지 말아주었으면 싶어요, 당신을 돈으로 매수하려는 마음은 없어요. 내가 말하고자 하는 건 내가 당신을, 말하자면 내 친딸처럼 느낀다는 것이지요. 당신이 내 진짜 딸이었으면 좋겠다, 그렇게 생각한답니다."

아오마메는 조용히 노부인의 얼굴을 보았다. 노부인은 문득 생각난 듯이 손에 든 셰리주 잔을 테이블에 내려놓았다. 그리고 몸을 뒤로 돌려 백합의 아름다운 꽃잎에 눈길을 주었다. 그 풍성한 냄새를 맡고는 다시 아오마메의 얼굴을 보았다.

"아까도 말한 대로 나는 쓰바사를 거두어 양녀로 삼을 생각이었지요. 하지만 결국 그 아이를 잃고 말았어요. 그 아이에게 힘이 되어주지 못했습니다. 한밤중 어둠 속에 그 아이 혼자 사라져 가는 걸 그저 손을 놓고 바라만 본 셈이에요. 그리고 이번에는 당신을 전에 없이 위험한 곳으로 보내려고 하는군요. 사실은 이런 일은 하고 싶지 않아요. 하지만 유감스럽게도 현재로서는 목적을 이룰 방법은 그것 말고는 찾을 수가 없어요. 내가 할 수 있는 일이라고는 그 수고에 대한 현실적인 보답을 하는 정도뿐이군요."

아오마메는 말없이 귀를 기울였다. 노부인이 침묵하자 유리문 너머에서 새 울음소리가 또렷하게 들려왔다. 새는 한바탕 울더니 어디론가 떠나갔다.

"그자는 무슨 일이 있어도 처리해야 합니다." 아오마메는 말했다. "지금은 그게 무엇보다 중요한 일이에요. 저를 그처럼 소중하게 생각해주시는 데는 깊이 감사드립니다. 잘 아시겠지만 저는 사연이 있어서 부모를 버린 사람이에요. 사연이 있어서, 어린 나이에 부모에게 버림받은 사람이죠. 부모의 정 같은 것과는 인연이 없는 길을 어쩔 수 없이 걸어야 했어요. 저 혼자 목숨을 부지하기 위해서는 그런 단호한 마음가짐에 저 자신을 적응시켜야 했어요. 쉬운 일은 아니었죠. 이따금 저 자신이 무슨 찌꺼기 같다고 생각하곤 했어요. 아무 의미 없는 더러운 쓰레기. 그래서 그런 말씀을 해주시는 게 너무나 감사해요. 하지만 제 사고방식이나 삶의 방식을 바꾸기에는 너무 늦은 감이 있어요. 하지만 쓰바사는 다르죠. 그 아이에게는 아직 구원의 여지가 있을 거예요. 쉽게 포기하지 말아주세요. 희망을 잃지 말고 그 아이를 다시 찾아주세요."

노부인은 고개를 끄덕였다. "내가 말을 잘못한 것 같군요. 물론 쓰바사는 포기하지 않습니다. 무슨 일이 있어도 온 힘을 다해 그 아이를 되찾을 작정이에요. 하지만 보시는 대로 지금 나는 너무 지쳤어요. 그 아이에게 힘이 되어주지 못했다는 깊은 무력감에 사로잡혀 있어요. 잠시 시간이 필요해요. 활력을 되찾기 위해서는. 어쩌면 이제 내가 나이를 너무 많이 먹었는지도 모르죠. 아무리 기다려도 그런 활력은 두 번 다시 돌아오지 않을지도 몰라요."

아오마메는 소파에서 일어나 노부인에게로 다가갔다. 의자 팔걸이에 앉아 손을 내밀어 노부인의 그 가늘고 기다란, 우아한 손을 꼭 쥐었다.

아오마메는 말했다. "부인께서는 놀라울 만큼 강한 여성이세요. 다른 어느 누구보다 강하게 살아가실 수 있습니다. 지금은 좀 실망하셔서 피곤하고 지쳤을 뿐이에요. 자리에 누워 잠시 쉬시는 게 좋아요. 잠에서 깨어나면 원래대로 생기를 되찾으실 거예요."

"고마워요." 노부인은 말하며 아오마메의 손을 맞잡았다. "아닌 게 아니라 좀 자두는 게 좋을 것 같군요."

"저는 이만 실례하겠습니다." 아오마메는 말했다. "연락 기다리겠습니다. 신변도 정리해두죠. 짐이 그리 많은 것도 아니지만."

"가볍게 이동할 수 있도록 해둬요. 부족한 게 있다면 내 쪽에서 곧바로 준비해줄 수 있으니까."

아오마메는 노부인의 손을 놓고 일어섰다. "편히 주무세요. 모든 일이 틀림없이 다 잘될 거예요."

노부인은 고개를 끄덕였다. 그리고 의자 안에서 눈을 감았다. 아오마메는 다시 한번 테이블 위의 금붕어 어항을 바라보고 백합 향기를 들이마시고, 천장이 높은 거실을 뒤로했다.

현관에서는 다마루가 그녀를 기다리고 있었다. 다섯시가 되었지만 태양은 아직 하늘 높이 떠서 전혀 기세를 잃지 않았다. 그의 검은 코도반 구두는 늘 그랬듯이 깨끗이 닦여 눈부신 빛을 반사했다. 군데군데 보이는 하얀 여름 구름은 태양을 방해하지 않으려는 듯 한쪽 구석에 몸을 붙이고 있었다. 장마가 걷히기에는 아직 이른데도 요 며칠 동안 한여름을 연상시키는 날들이 이어졌다. 매미 소리가 정원의 나무들 사이에서 들려왔다. 그 소리는 그다지 크지는 않았다. 아직은 조심스레 눈치를 보는 정도다. 하지만 그건 분명한 여름의 전조였다. 세계는 평소 그대로 유지되고 있었다. 매미가 울고, 여름 구름이 흘러가고, 다마루의 가죽 구두에는 얼룩 한점 없다. 하지만 아오마메에게는 그것이 왠지 신선한 일처럼 여겨졌다. 세계가 이렇듯 변함없이 유지되고 있다는 것이.

"다마루 씨." 아오마메는 말했다. "잠깐 얘기 좀 해도 될까요? 시간 있어요?"

"좋지." 다마루는 표정 변화 없이 대답했다. "시간은 있어. 시간을 때우는 게 내 업무 중 하나니까." 그는 현관 바로 앞에 있는 가든체어에 앉았다. 아오마메도 그 곁의 의자에 자리를 잡았다. 앞으로 튀어나온 처마가 햇빛을 가려 두 사람은 시원한 그늘 속에 있었다. 새로 돋은 풀냄새가 났다.

"이제 여름이군." 다마루는 말했다.

"매미도 울기 시작했고." 아오마메는 말했다.

"올해는 매미 우는 게 평소보다 좀 빠른 거 같아. 이 동네는 앞으로 한참 동안 또 시끄러울 거야. 귀가 아플 만큼. 나이아가라 폭포 근처에서 며칠 머물렀을 때 마침 꼭 이런 소리가 났어. 아침부터 밤까지 끊임없이 소리가 이어졌지. 백만 마리의 크고 작은 매미가 일제히 울어대는 듯한 소리가."

"나이아가라에 갔었어요?"

다마루는 고개를 끄덕였다. "거긴 세상에서 가장 따분한 동네였어. 나 혼자 거기서 사흘을 묵으면서 폭포 소리 듣는 거 말고는 아무것도 할 게 없었어. 소리가 너무 시끄러워서 책도 못 읽었어."

"나이아가라에서 혼자 사흘씩이나 뭘 했는데요?"

다마루는 그 말에는 대답하지 않았다. 작게 고개만 저었을 뿐.

다마루와 아오마메는 잠시 아무 말 없이 어리어리한 매미 소리에 귀를 기울였다.

"부탁이 하나 있어요." 아오마메는 말했다.

다마루는 얼마간 흥미가 생긴 듯했다. 아오마메는 부탁을 그리 자주 하는 타입이 아니다.

그녀는 말했다. "평범하다고 할 수 없는 부탁이에요. 혹시 불쾌하게 생각하거나 하지는 말아줬으면 좋겠는데."

"내가 할 수 있는 일인지 아닌지는 모르겠지만 뭐, 일단 들어주는 거야 할 수 있지. 게다가 내 나름의 예의라는 게 있어서 숙녀분의 부탁을 불쾌하게 생각하거나 하지는 않아."

"권총이 한 자루 필요해요." 아오마메는 사무적인 목소리로 말했다. "핸드백에 들어갈 만한 사이즈. 반동이 작고, 그러면서도 어느 정도 파괴력이 있고 성능은 믿을 만한 거. 모델건 개조품이라든가 필리핀제 복제품 같은 건 곤란해요. 쓴다고 해봤자 딱 한 번밖에 안 쓸 거예요. 탄환도 한 발만 있으면 될 거고."

침묵이 흘렀다. 그사이에 다마루는 아오마메의 얼굴에서 눈을 돌리지 않았다. 그 시선은 1밀리미터도 움직이지 않았다.

다마루는 확인하듯이 천천히 말했다. "이 나라에서는 일반 시민이 권총을 소지하는 건 법률로 금지되어 있어. 그건 알고 있지?"

"물론."

"잘 모르는 거 같아서 미리 말해두겠는데, 나는 지금까지 형사 사건으로 문초를 당한 적이 한 번도 없어." 다마루는 말했다. "다시 말하자면, 전과가 없다는 거야. 경찰 쪽에서 놓치고 넘어간 게 몇 개 있긴 했을 거야. 그것까지는 굳이 부정하지 않겠어. 하지만 기록상으로 말하자면 나는 완전하게 건전한 시민이야. 청렴결백, 오점 하나 없지. 게이이기는 하지만 그건 법률에 위반되는 건 아니야. 세금은 내라는 대로 꼬박꼬박 냈고, 선거 때는 투표도 해. 내가 투표한 후보자가 당선된 적은 한 번도 없지만. 주차위반 벌금 역시 전부 기한 내에 냈어. 속도위반으로 걸린 일도 최근 십 년 동안 한 번도 없고. 국민건강보험도 들었어. NHK 수신료도 은행 자동이체로 내고 있고, 아메리칸 익스프레스와 마스터 카드도 갖고 있어. 현재로서는 그럴 생각이 없지만, 만일 내가 원한다면 삼십 년 상환으로 주택자금 대출도 받을 수 있을 거야. 그리고 내가 그럴 수 있다는 걸 나는 항상 기쁘게 생각하고 있어. 그러니까 너는 지금 이 사회의 초석이라고 해도 이상할 것 하나 없는 사람에게 권총의 수배를 부탁하고 있는 거야. 그건 알고 있어?"

"그래서 불쾌하게 생각하지 말아달라고 했잖아요."

"그건 나도 들었지."

"미안하게 생각하지만, 당신 말고는 그 일을 부탁할 만한 사람이 생각나지 않았어요."

다마루는 목구멍 속에서 작게 웅웅거리는 소리를 냈다. 억눌린 한숨처럼 들린다고 할 수도 있는 소리였다. "혹시 내가 그런 물건을 구할 수 있다고 가정한다면, 상식적인 기준에 따라 나는 아마 이렇게 질문하겠지. 대체 그걸로 누구를 쏠 작정이냐고."

아오마메는 둘째손가락으로 자신의 관자놀이를 가리켰다. "아마도 여기를."

다마루는 그 손가락을 잠시 무표정하게 바라보았다. "그 이유는, 이라고 나는 다시 질문하겠지."

"잡히는 건 싫으니까. 죽는 건 무섭지 않아요. 형무소에 가는 것도 끔찍하게 불쾌하기는 하지만, 허용할 수밖에 없겠죠. 하지만 누군지도 모르는 자들에게 산 채로 잡혀서 고문을 당하거나 하는 건 곤란해요. 나는 누구의 이름도 불고 싶지 않으니까. 내 말이 무슨 뜻인지 알죠?"

"알 거 같아."

"누군가를 쏠 마음도 없고 은행을 털 마음도 없어요. 그러니까 20연발 세미오토매틱처럼 거창한 건 필요 없어요. 콤팩트하고 반동이 작은 것이 좋죠."

"약이라는 선택도 있어. 권총을 입수하는 것보다 그게 더 현실적이야."

"약은 꺼내서 먹을 때까지 시간이 걸려요. 캡슐을 씹어 삼키기 전에 누가 입 안에 손을 처넣기라도 하면 꼼짝달싹 못 해요. 하지만 권총이 있으면 상대를 견제하면서 일을 처리할 수 있죠."

다마루는 거기에 대해 잠시 생각하고 있었다. 오른쪽 어깨가 약간 들린 채로.

"나로서는 가능하면 너를 잃고 싶지 않아." 그는 말했다. "나는 네가 꽤 마음에 들어. 그건 그러니까, 개인적으로."

아오마메는 아주 잠깐 미소를 지었다. "여자치고는, 이라는 얘기?"

다마루는 표정을 바꾸지 않고 말했다. "남자든 여자든 혹은 개든, 나는 그다지 많은 상대를 마음에 들어하는 건 아니야."

"물론." 아오마메는 말했다.

"하지만 그와 동시에 마담의 안녕과 건강을 지키는 게 내 코앞에 닥친 중요 임무야. 그리고 나는 뭐랄까, 어떤 종류의 프로야."

"두말할 것 없이."

"그런 관점에서 내가 어떤 일을 할 수 있을지 좀 알아봐야겠지. 보장은 못 해. 하지만 어쩌면 네 부탁에 응할 수 있는 친구를 찾아낼 수 있을 것 같긴 해. 다만 이건 지극히 미묘한 일이야. 통신판매로 전기담요를 사는 것과는 사정이 다르지. 대답할 수 있을 때까지 일주일쯤은 걸려."

"그건 괜찮아요." 아오마메는 말했다.

다마루는 눈을 가늘게 뜨고 매미가 우는 나무들을 올려다보았다. "여러 가지 일이 부디 잘 풀리기를 기도하고 있어. 그게 타당한 일이라면 내가 할 수 있는 한, 내 할 일은 꼭 할게."

"고마워요. 이번 일이 아마 내 마지막 임무가 될 거예요. 어쩌면 더이상 다마루 씨를 못 만날지도 모르겠어요."

다마루는 두 팔을 펼쳐 손바닥을 위로 향했다. 마치 사막의 한복판에 서서 비가 내리기를 고대하는 사람처럼. 하지만 아무 말도 하지 않았다. 크고 두툼한 손바닥이었다. 군데군데 상처가 나 있었다. 그것은 몸의 일부라기보다 거대한 중장비의 부품처럼 보였다.

"안녕이라고 말하는 건 별로 좋아하지 않아." 다마루는 말했다. "나는 부모에게도 안녕이라는 말을 할 기회조차 갖지 못했어."

"돌아가셨어요?"

"살았는지 죽었는지도 몰라. 나는 사할린에서 종전 전해에 태어났어. 사할린 남부는 일본 영토가 되어서 당시 가라후토라고 불렸지만, 1945년 여름에 소비에트 군이 점령하면서 아버지와 어머니는 포로로 잡혔어. 아버지가 항만시설에서 일했던 모양이야. 일본 민간인 포로 대부분은 그 얼마 뒤에 일본으로 송환되었지만 우리 아버지 어머니는 노동자로 그쪽에 송출된 조선인이었기 때문에 일본으로 돌려보내주지 않았어. 일본 정부가 그 거래를 거부했거든. 종전과 함께 한반도 출신자는 더이상 대일본제국의 신민이 아니라는 이유로. 참 너무한 얘기지. 배려라는 게 전혀 없잖아. 희망하면 한반도 북쪽으로는 갈 수 있었지만 남쪽으로는 보내주질 않았어. 소비에트는 당시 한반도 남쪽의 존재를 인정하지 않았으니까. 우리 부모님은 부산 근교의 어촌 출신이라서 북으로 갈 마음은 없었어. 북쪽에는 친척도 친구도 한 사람 없는데 거길 어떻게 가겠어. 아직 젖먹이였던 나는 일본인 귀환자의 손에 맡겨져서 홋카이도로 건너왔어. 당시 사할린의 식량 사정은 최악에 가까웠고 소비에트 군의 포로에 대한 대우도 지독했지. 부모에게는 나 말고도 몇 명이나 되는 어린 자식들이 있었으니까 나를 거기서 키우기는 어려웠을 거야. 나만 먼저 홋카이도에 보내놓으면 나중에 다시 만날 수 있을 거라고 생각했겠지. 아니면 마침 잘됐다 하고 짐을 덜어낸 것인지도 모르고. 자세한 사정은 몰라. 어쨌거나 부모를 다시 만나지는 못했어. 아마 지금도 사할린에 남아 있을 거야. 아직 죽지 않았다면 그렇다는 얘기지만."

"부모님에 대해 기억나는 건 있어요?"

"하나도, 아무것도 기억나는 게 없어. 헤어질 때 겨우 한 살 조금 지났을 때였거든. 나는 나를 데려온 일본인 부부의 집에서 잠깐 살다가 하코다테 근처 산 속의 고아원에 맡겨졌어. 그 부부도 나를 계속 돌봐줄 만한 여유가 없었던 모양이지. 가톨릭 단체가 운영하는 시설이었는데, 정말 거친 곳이었어. 종전 직후에는 유난히 고아들이 많아서 식량도 난방도 부족했으니까. 살아남기 위해서 별별 짓을 다해야 했어." 다마루는 자신의 오른손 손등에 흘끔 눈길을 던졌다. "거기서 서류 형식만의 양자결연을 맺어서 일본 국적을 얻고 일본인의 이름을 얻었지. 다마루 겐이치. 본명은 '박'이라는 것밖에 몰라. 그리고 박씨 성을 가진 조선인은 하늘의 별만큼 많지."

아오마메와 다마루는 그곳에 나란히 앉아 제각기 매미 소리에 귀를 기울이고 있었다.

"다시 다른 개를 기르는 게 좋겠어요." 아오마메는 말했다.

"마담도 그런 얘기를 하시더군. 세이프하우스에는 새 번견이 필요하다고. 하지만 도무지 그럴 마음이 안 나."

"그 마음은 알아요. 하지만 찾아보는 게 좋아요. 나도 남에게 충고를 할 만한 입장은 아니지만, 그렇게 생각해요."

"그러지." 다마루는 말했다. "훈련받은 번견은 역시 필요하겠지. 되도록 빠른 시일 내에 개장수에게 연락할게."

아오마메는 손목시계를 보았다. 그리고 자리에서 일어섰다. 일몰까지는 아직 한참 시간이 있다. 하지만 하늘에는 저녁노을의 기척이 희미하게 엿보였다. 파란 가운데 또다른 색감의 파랑이 섞이기 시작했다. 셰리주의 취기가 약간 몸에 남아 있었다.

노부인은 아직 잠을 자고 있을까.

"체호프가 말했어." 다마루도 천천히 자리에서 일어서며 말했다. "이야기 속에 권총이 나왔다면 그건 반드시 발사되어야만 한다, 고."

"무슨 뜻이죠?"

다마루는 아오마메를 정면으로 마주하듯이 서서 말했다. 그가 아주 조금 몇 센티미터쯤 키가 컸다. "이야기 속에 필연성이 없는 소도구를 끌어들이지 말라는 거지. 만일 거기에 권총이 등장했다면 그건 이야기의 어딘가에서 발사될 필요가 있어. 체호프는 쓸데없는 장식을 최대한 걷어낸 소설 쓰기를 좋아했어."

아오마메는 원피스 소매를 바로잡고 숄더백을 어깨에 걸쳤다. "그리고 당신은 그걸 걱정하는 거군요. 만일 권총이 등장한다면 그건 반드시 어딘가에서 발포되는 결과를 낳고 말 거라고."

"체호프의 관점에서 보자면 그래."

"그래서 가능하다면 내게 권총을 건네주고 싶지 않은 거고."

"위험하기도 하고 불법이기도 해. 게다가 체호프는 믿을 수 있는 작가야."

"하지만 이건 이야기가 아니에요. 현실세계의 일이지."

다마루는 눈을 가느스름하게 하고 아오마메의 얼굴을 지그시 응시했다. 그러고는 느릿느릿 입을 열었다. "그걸 누가 알지?"

제2장 덴고

Q 영혼 외에는 아무것도 가진 게 없어

야나체크의 〈신포니에타〉 레코드를 턴테이블에 얹고 자동재생 버튼을 눌렀다. 오자와 세이지가 지휘하는 시카고 교향악단. 턴테이블이 1분당 33회전으로 돌아가기 시작하고, 턴암이 안쪽을 향해 움직이고, 바늘이 레코드의 홈을 읽어낸다. 그리고 브라스 인트로에 이어 화려한 팀파니 소리가 스피커에서 흘러나왔다. 덴고가 가장 좋아하는 부분이다.

그는 그 음악을 들으며 워드프로세서 화면을 마주하고 자판을 두드려 문장을 입력해나갔다. 이른 아침에 야나체크의 〈신포니에타〉를 듣는 것은 나날의 습관이었다. 고등학생 때 벼락치기 타악기 주자로 그 곡을 연주한 이래, 그것은 덴고에게는 특별한 의미를 가진 음악이 되었다. 그 음악은 언제나 그를 개인적으로 격려하고 지켜주었다. 적어도 덴고는 그렇게 느꼈다.

연상의 걸프렌드와 함께 야나체크의 〈신포니에타〉를 듣기도 했다. "제법 나쁘지 않네"라고 그녀는 말했다. 하지만 그녀는 클래식 음악보다는 오래된 재즈 레코드를 좋아했다. 그것도 오래된 것일수록 더 좋은 모양이었다. 그 나이대의 여자로서는 약간 특이한 취미다. 특히 좋아하는 건 젊은 시절의 루이 암스트롱이 W.C. 핸디의 블루스를 모아 노래한 레코드였다. 바니 비가드가 클라리넷을 불고, 트러미 영이 트롬본을 분다. 걸프렌드는 그 레코드를 덴고에게 선물했다. 하지만 덴고에게 들려주기 위해서라기보다 오히려 자신이 듣기 위해서였다.

두 사람은 섹스가 끝난 뒤 침대에서 곧잘 그 레코드를 들었다. 몇 번을 들어도 그녀는 그 음악에 싫증을 내는 일이 없었다. "루이 암스트롱의 트럼펫과 노래도 물론 흠잡을 데 없이 훌륭하지만 내 의견을 한마디 곁들이자면, 여기서 자기가 꼭 주의해서 들어야 하는 건 뭐니 뭐니 해도 바니 비가드의 클라리넷이야." 그녀는 말했다. 그렇긴 해도 그 레코드에서 바니 비가드의 솔로 부분은 아주 적었다. 그리고 어떤 솔로도 원 코러스만의 짧은 것이었다. 그건 누가 뭐래도 루이 암스트롱이 주인공인 레코드였으니까. 하지만 그녀는 비가드의 그 짧디짧은 솔로 하나하나를 애틋하게 기억하고 있어서 항상 그 부분을 조그맣게 콧노래로 따라 불렀다.

바니 비가드보다 뛰어난 재즈 클라리넷 주자는 그 외에도 많을지 모른다. 하지만 그 사람처럼 따스하고 섬세한 연주를 할 수 있는 재즈 클라리넷 주자는 어디에도 없다, 고 그녀는 말했다. 그의 연주는—물론 훌륭할 때는, 이라는 얘기인데—항상 마음 속의 어떤 풍경을 그려내. 하지만 그런 말을 들어도 덴고는 그밖에 어떤 재즈 클라리넷 주자가 있는지 알지 못한다. 그래도 그 레코드에 담긴 클라리넷 연주가 아름다운 분위기를 가졌고, 강요하는 느낌 없이 자양분과 상상력이 풍부한 연주라는 건 수없이 듣는 사이에 덴고도 조금씩 이해하게 되었다. 하지만 그것을 이해하기 위해서는 몹시 주의깊게 귀를 기울여야 했다. 유능한 가이드도 필요했다. 그저 막연히 듣기만 해서는 놓쳐버린다.

"바니 비가드는 천재적인 2루수처럼 아름다운 플레이를 해." 그녀는 언젠가 말했다. "솔로도 멋지지만 그의 장점이 가장 잘 나타나는 건 역시 남의 뒤에 숨어서 연주할 때야. 엄청나게 어려운 부분을 아무렇지도 않게 해치워버려. 그 가치는 주의깊은 귀가 아니면 결코 알지 못해."

LP의 B면 여섯번째 곡 〈애틀랜타 블루스〉가 시작될 때마다 그녀는 항상 덴고의 몸 어딘가를 꾹 잡고, 비가드가 연주하는 그 간결하고도 절묘한 솔로를 절찬했다. 그의 솔로는 루이 암스트롱의 노래와 트럼펫 솔로 연주 사이에 끼어 있었다. "저거, 저거, 잘 들어봐. 우선 처음에 작은 아이가 내는 듯한, 와악 하는 긴 부르짖음. 놀란 건지 기쁨이 뻗친 건지 행복하다는 호소인지 모르지만, 아무튼 그게 유쾌한 날숨이 되어서 아름다운 물길을 구불구불 나아가 어딘가 단정한, 사람들 모르는 곳으로 매끈하게 빨려드는 거야. 들어봐. 이렇게 가슴을 두근거리게 하는 솔로는 그 사람 말고는 어느 누구도 못 불어. 지미 눈도 시드니 베셰도 피위도 베니 굿맨도, 모두 다 뛰어난 클라리넷 연주자이긴 한데 이런 정교한 미술 공예품 같은 건 아무튼 못 해."

"오래된 재즈를 어떻게 그렇게 잘 알아?" 덴고는 언젠가 물었다.

"내게는 자기가 알지 못하는 과거가 아주 많아. 아무도 바꿔 쓸 수 없는 과거가." 그러고는 덴고의 고환을 손바닥으로 다정하게 쓰다듬었다.

오전 작업을 마친 뒤, 덴고는 역까지 산책을 나가 매점에서 신문을 샀다. 그리고 찻집에 들어가 버터토스트와 달걀 완숙 모닝세트를 주문하고, 그것이 나오기를 기다리는 동안 커피를 마시며 신문을 보았다. 고마쓰가 예언한 대로 사회면에 후카에리의 기사가 있었다. 그리 큰 기사는 아니다. 신문 지면 맨 아래쪽 미쓰비시 자동차 광고 위에 실려 있었다. '화제의 고교생 작가, 실종인가'라는 제목이었다.

베스트셀러 소설 「공기 번데기」의 저자 후카에리 씨(본명 후카다 에리코, 17세)가 행방불명이라는 것이 ○○일 오후에 밝혀졌다. 오우메 경찰서에 실종신고를 낸 보호자이자 문화인류학자 에비스노 다카유키 씨(63세)에 의하면, 6월 27일 밤부터 후카에리 씨는 오우메 시의 자택에도, 도쿄 도내의 집에도 돌아오지 않고 연락도 두절된 상태다. 에비스노 씨는 전화취재에 응하여, 마지막으로 보았을 때 에리코 씨는 평소와 다름없이 건강한 모습이었으며 자취를 감출 이유는 전혀 없었다, 지금까지 아무 연락 없이 집에 돌아오지 않은 일은 한 번도 없었기 때문에 모종의 사건이 일어났을 가능성을 염려하고 있다고 말했다. 「공기 번데기」를 출판한 ○○사의 담당편집자 고마쓰 유지 씨는 "책은 6주일에 걸쳐 베스트셀러 상위에 올라 주목을 받고 있지만 후카에리 씨는 매스컴에 나서는 것을 좋아하지 않았다. 이번 실종 소동에 본인의 그러한 의향이 관련된 것인지, 출판사 측으로서는 아직 파악하지 못했다. 후카에리 씨는 아직 어린 나이에 풍부한 재능을 가진, 장래가 촉망되는 작가다. 한시라도 빨리 건강한 모습을 보여주기를 바라고 있다"고 말했다. 경찰은 몇 가지 가능성을 상정하고 수사를 진행하고 있다.

현 단계에서 신문이 발표할 수 있는 건 이런 정도일 거라고 덴고는 생각했다. 요란하게 센세이셔널한 문제로 다루었다가 그 이틀쯤 뒤에 후카에리가 아무 일 없이 훌쩍 귀가한다면, 기사를 쓴 기자는 망신살이 뻗칠 것이고 신문사의 입장 역시 난처해진다. 경찰의 입장도 거의 비슷하다. 모두 다 우선은 관측기구를 띄우듯이 간결하고도 중립적인 의견을 내놓고 잠시 경과를 지켜본다. 세상의 동향을 살핀다. 문제가 커지는 건 주간지에서 나서고 텔레비전 뉴스쇼가 떠들어대기 시작할 때부터다. 아직 그때까지는 며칠의 유예가 있었다.

하지만 늦건 빠르건 사태가 후끈 달아오를 것이라는 데는 의문의 여지가 없다. 「공기 번데기」는 공전의 베스트셀러가 되었고, 저자 후카에리는 한창 이목을 끄는 열일곱 살의 아름다운 소녀다. 그런데 이 소녀 작가가 행방불명이 된 것이다. 떠들썩한 사건이 되지 않을 리 없다. 그녀가 누군가에게 납치된 게 아니라 모처에 혼자 은신중이라는 것을 아는 사람은 세상에 네 명밖에 없을 것이다. 본인은 물론 알고 있다. 덴고도 알고 있다. 에비스노 선생도. 그의 딸 아자미도 알고 있다. 하지만 다른 어느 누구도 이 실종 소동이 세상의 이목을 끌기 위한 연극이라는 것을 알지 못한다.

자신이 그것을 아는 사람에 속해 있다는 것을 기뻐해야 할지 아니면 우려해야 할지, 덴고는 제대로 판단이 되지 않았다. 아마도 기뻐해야 하리라. 후카에리를 걱정하며 혼자 애를 태우지 않아도 되니까. 후카에리는 안전한 곳에 있다. 하지만 그와 동시에 자신이 그 복잡하게 뒤엉킨 음모에 깊이 가담하는 처지가 되고 말았다는 것도 분명한 사실이다. 에비스노 선생은 지렛대를 사용하여 거대하고 불길한 바위를 들어올리고 거기에 햇빛을 들이대 바위 밑에서 무엇이 기어나오는지 지켜볼 태세다. 덴고는 본의 아니게 그 옆자리에 세워졌다. 무엇이 기어나오건 덴고는 알고 싶은 마음이 없다. 그런 건 가능하다면 보고 싶지 않다. 어차피 엄청나게 귀찮은 것이 나올 게 뻔하다. 하지만 안 볼 도리가 없다는 마음이 들었다.

덴고는 커피를 마시고 토스트와 달걀을 다 먹고, 읽고 난 신문을 내려놓고 찻집을 나왔다. 그리고 집에 돌아와 이를 닦고 샤워를 하고 학원에 나갈 준비를 했다.

학원 점심시간에 낯선 인물이 덴고를 찾아왔다. 오전수업을 마치고 직원용 라운지에서 잠깐 쉬면서, 아직 읽지 못한 몇 군데 신문사의 조간을 펼치던 참이었다. 이사장의 비서가 다가와 덴고를 만나고 싶다는 사람이 와 있다고 말했다. 그녀는 덴고보다 한 살 많은 유능한 여자였다. 공식 직함은 비서지만 학원 경영에 관한 거의 대부분의 실무를 그녀가 처리했다. 미인이라기에는 얼굴 생김새가 약간 난잡한 편이지만 스타일이 멋지고 옷 입는 감각도 훌륭했다.

"우시카와 씨라는 남자분인데." 그녀는 말했다.

그런 이름은 들어본 기억이 없었다.

왠지는 모르지만 그녀는 얼굴을 슬쩍 찡그렸다. "중요한 일이라서 되도록 둘이서만 이야기하고 싶대."

"중요한 이야기?" 덴고는 놀라서 물었다. 이 입시학원까지 그를 찾아올 정도로 중요한 일 같은 건 없다.

"응접실이 비어서 우선 거기로 안내했어. 원래는 덴고 선생 같은 말단이 사용하면 안 되는 곳인데, 내가 그냥."

"고마워." 덴고는 인사를 건넸다. 비장의 미소도 지었다.

하지만 그녀는 그런 미소 따위는 쳐다보지도 않고 아네스 베의 새 여름 재킷 자락을 펄럭이며 날쌘 걸음으로 가버렸다.

우시카와는 키가 작고 사십대 중반쯤으로 보이는 남자였다. 허리통은 이미 굴곡을 모두 잃어 두둑하고 목 주위에도 군살이 붙는 중이었다. 하지만 이 사람의 나이에 대해서는 덴고는 아무래도 자신이 없었다. 그 생김새의 특이함(혹은 비일상성) 때문에 나이를 추측할 만한 요소를 포착하기가 어려웠기 때문이다. 좀 더 나이가 많은 것 같기도 하고, 훨씬 젊은 것도 같다. 서른두 살에서 쉰여섯 살까지. 그중 어떤 나이라고 해도 순순히 받아들일 수밖에 없다. 치열이 좋지 않고 등뼈가 묘한 각도로 굽었다. 널찍한 머리꼭지 부분은 부자연스러울 만큼 납작하게 벗어졌고 그 주변이 우그러져 있었다. 그 납작한 부분은 협소한 전략적 구릉지 꼭대기에 만들어진 군용헬기장을 생각나게 했다. 베트남 전쟁의 다큐멘터리 영화에서 그런 걸 본 적이 있다. 납작하고 일그러진 머리 주위에 매달리듯이 남아 있는 굵고 까만 곱슬머리는 필요 이상으로 길게 자라 두서없이 귀를 덮고 있었다. 그 머리카락은 아마도 백 명 중 아흔여덟 명에게 음모陰毛를 연상시킬 것이다. 나머지 두 사람이 대체 무엇을 연상할지, 그건 덴고가 알 바 아니다.

이 인물은 체형이며 얼굴 생김새며 모든 것이 좌우 비대칭으로 빚어진 것 같았다. 처음 딱 보자마자 덴고의 눈에 들어온 것이 그것이었다. 물론 인간의 몸은 정도가 크든 작든 원래 좌우 비대칭이게 마련이므로 그것 자체는 딱히 자연의 섭리에 반하는 것은 아니다. 덴고 역시 오른쪽과 왼쪽의 눈꺼풀 모양이 약간 다르다. 왼쪽 고환은 오른쪽 고환보다 조금 처진 곳에 자리잡고 있다. 우리의 몸은 공장에서 규격대로 만들어낸 대량생산품이 아닌 것이다. 하지만 이 남자의 경우, 그 좌우의 차이가 상식의 범주를 뛰어넘고 있었다. 누구라도 분명하게 인식할 수 있는 그 균형의 왜곡은 얼굴을 마주한 상대의 신경을 좋든 싫든 자극하여 어쩐지 불편하게 만들었다. 마치 굴곡이 심한(그런 주제에 기분 나쁠 만큼 선명한) 거울을 앞에 두고 있을 때처럼.

그가 입은 회색 정장에는 자디잔 주름이 무수히 잡혀 있었다. 그것은 빙하에 침식된 대지의 광경을 떠올리게 했다. 흰 와이셔츠의 한쪽 칼라는 바깥으로 삐져나왔고 넥타이 매듭 부분은 마치 그곳에 매달려 있어야 한다는 것이 너무도 불쾌해서 몸을 배배 꼬고 있는 것처럼 비틀어졌다. 정장도 넥타이도 와이셔츠도 조금씩 사이즈가 맞지 않았다. 넥타이 무늬는 솜씨가 형편없는 미대생이 머릿속에 퉁퉁 불어터진 국수 면발이 뒤엉킨 장면을 떠올리며 추상적으로 묘사해낸 것인지도 모른다. 한결같이 싸구려 가게에서 대충 구색 맞춰 사들인 것 같았다. 하지만 오래 보고 있으니 그래도 그 몸에 붙어 있어야 하는 옷이 점점 가엾다는 생각이 들었다. 덴고는 자신이 입는 옷에는 거의 신경을 쓰지 않지만 남의 옷차림에는 묘하게 신경이 쓰이는 성격이다. 그가 최근 십 년 동안 만났던 사람들 중에서 워스트드레서를 선정하라고 한다면 이 인물은 그 리스트의 최상위권에 들어갈 것이다. 그저 단순히 옷차림만 지독한 게 아니다. 그곳에는 복식이라는 개념 자체를 의도적으로 모욕하려는 듯한 인상마저 엿보였다.

덴고가 응접실에 들어서자 상대는 자리에서 일어나 명함첩에서 명함을 꺼내 고개를 한 차례 숙인 뒤 덴고에게 내밀었다. 건네준 명함에는 '우시카와 도시하루'라는 이름이 인쇄되어 있었다. 그 아래 알파벳으로 Ushikawa Toshiharu라고 쓰여 있다. 직함은 '재단법인 신일본학술예술진흥회 상임이사'라고 되어 있었다. 협회의 주소는 지요다 구 고지마치, 거기에 전화번호가 붙어 있었다. '신일본학술예술진흥회'라는 곳이 어떤 단체이고, 상임이사라는 건 어떤 포지션인지, 그런 건 덴고는 물론 알지 못했다. 하지만 명함은 돋을새김 마크가 들어간 번듯한 것이어서 임시로 급조한 물건으로는 보이지 않았다. 덴고는 잠시 그 명함을 들여다보고 다시 한번 남자의 얼굴을 보았다. '신일본학술예술진흥회 상임이사'라는 직함에 이토록 어울리지 않는 인상을 가진 인물은 아마 없을 거라고 덴고는 생각했다.

두 사람은 각각 일인용 소파에 앉아 낮은 테이블을 사이에 두고 얼굴을 마주보았다. 남자는 손수건으로 몇 차례 이마의 땀을 쓱쓱 닦고 나서 그 불쌍한 손수건을 상의 호주머니에 다시 넣었다. 접수처 여직원이 두 사람에게 차를 내주었다. 덴고는 그녀에게 고맙다고 인사를 했다. 우시카와는 아무 말도 하지 않았다.

"쉬는 시간에 연락도 없이 실례를 해서, 이거 참 죄송합니다." 우시카와는 덴고에게 사과했다. 말씨는 일단 정중했지만 그 어조에는 묘하게 친한 척 엉겨드는 듯한 여운이 있었다. 덴고는 그 느낌이 뭔가 조금 마음에 들지 않았다. "아, 식사는 하셨습니까? 괜찮으시면 밖에 나가 뭐라도 먹으면서 얘기하는 게……"

"일하는 중에는 점심을 먹지 않습니다." 덴고는 말했다. "오후수업 끝난 뒤에 가볍게 좀 먹죠. 그러니 식사에 대해서는 염려하지 않으셔도 됩니다."

"알겠습니다. 그렇다면 여기서 말씀드리지요. 여기라면 마음 편히 조용하게 이야기할 수 있을 것 같군요." 그는 응접실 안을 평가하듯이 한 바퀴 휘이 둘러보았다. 큰 응접실은 아니다. 산을 그린 큼직한 유화 하나가 벽에 걸려 있다. 사용된 그림물감의 무게가 상당했겠다는 것 이상의 감흥은 품을 수 없다. 꽃병에는 달리아 비슷한 꽃이 꽂혀 있었다. 재치라고는 없는 중년여자를 연상시키는 그야말로 둔중한 꽃이었다. 대체 무엇을 위해 입시학원에 이런 음울한 응접실이 필요한 것인지 덴고는 짐작도 가지 않았다.

"인사가 늦었군요. 명함에도 있지만 저는 우시카와牛河라고 합니다. 친구들은 모두 우시牛라고 하지요. 아무도 우시카와라고 제대로 불러주지 않아요. 그냥 우시라고 합니다." 우시카와는 그렇게 말하고 웃음을 지었다.

친구들? 어떤 사람이 자진해서 이런 사람의 친구가 되는 걸까, 덴고는 문득 의문이 들었다. 단지 순수한 호기심에서 생겨난 의문이었다.

첫인상을 솔직히 말하자면 우시카와라는 사람은 땅 밑 어두운 구멍에서 기어나온 으스스한 무언가를 연상시켰다. 미끌미끌한, 정체를 알 수 없는 무언가. 사실은 빛 속에 나와서는 안 되는 무언가. 어쩌면 이 사람은 에비스노 선생이 바위 밑에서 끌어낸 것 중 하나인지도 모른다. 덴고는 무의식중에 미간을 좁히며 아직 손안에 있던 명함을 테이블 위에 내려놓았다. 우시카와 도시하루, 그것이 이 남자의 이름이다.

“가와나 씨도 바쁘시겠죠. 그러니 쓸데없는 서론은 접도록 하겠습니다. 중요한 요점만 말씀드리지요.” 우시카와는 말했다.

덴고는 가만히 고개를 끄덕였다.

우시카와는 차를 한 모금 마시고는 운을 뗐다. “가와나 씨는 아마 ‘신일본학술예술진흥회’라는 이름을 들어본 적이 없으실 겁니다. (덴고는 고개를 끄덕였다.) 비교적 최근에 설립된 재단법인이고요, 학술이나 예술 분야에서 독자적인 활약을 하고 계시는 젊은 세대 여러분, 특히 아직 일반사회에 그리 이름이 알려지지 않은 분들을 선발하여 후원을 해드린다, 하는 것이 활동의 중심입니다. 요컨대 일본의 현대문화 각 분야에서 다음 시대를 짊어지고 갈 젊은 새싹을 육성하자, 라는 취지예요. 각 부문별로 전문 리서처와 계약을 맺어 후보자 인선작업을 합니다. 해마다 다섯 분의 예술가와 연구자를 선발하여 후원금을 지급합니다. 일 년 동안 자신이 원하는 일을 마음껏 하도록 하자는 것이죠. 조건 같은 건 없습니다. 다만 연말에 형식상의 리포트를 제출해주시면 됩니다. 일 년 동안 어떠한 활동을 했고 어떠한 성과를 거두었는가, 그걸 간단히 써주시기만 하면 됩니다. 그 리포트가 당 재단이 발행하는 잡지에 게재됩니다. 귀찮을 일은 아무것도 없어요. 아직 이러한 활동을 시작한 지 얼마 안 되었기 때문에, 어떻든 우선은 형식에 맞춰 실적을 쌓는 게 중요한 작업이 되는 것이지요. 요컨대 아직 씨앗을 뿌리는 단계입니다. 구체적으로 말씀드리자면,

일인당 삼백만 엔의 연간 후원금이 나갑니다."

"상당한 액수군요." 덴고는 말했다.

"뭔가 중요한 것을 창조하자면, 혹은 뭔가 중요한 것을 발견하자면 시간도 걸리는 것이고 돈도 들게 마련이지요. 물론 시간과 돈을 들인다고 반드시 훌륭한 게 나온다는 건 아닙니다. 하지만 돈이든 시간이든 둘 다 많아서 방해가 되는 일은 없어요. 특히 시간의 총량은 한정되어 있습니다. 시계는 지금도 재깍재깍 시간을 새기고 있어요. 시간은 자꾸자꾸 흘러갑니다. 기회는 사라져갑니다. 그리고 돈이 있으면 그걸로 시간을 살 수 있어요. 사려고 마음먹으면 자유까지도 살 수 있습니다. 시간과 자유, 그건 인간이 돈으로 살 수 있는 가장 소중한 것이지요."

덴고는 그 말을 듣고 거의 반사적으로 손목시계에 눈을 던졌다. 아닌 게 아니라 시간은 재깍재깍 쉴새없이 흘러가고 있었다.

"아, 제가 귀한 시간을 빼앗고 있군요." 우시카와는 당황하며 말했다. 덴고가 시계를 바라본 동작을 일종의 시위로 여긴 모양이었다. "이야기를 서두르지요. 물론 요즘 세상에 기껏 연간 삼백만 엔 정도로는 풍족한 생활은 못 합니다. 하지만 젊은 분들이 생활해나가는 데는 상당한 도움이 되겠지요. 생활을 위해 아등바등 일할 것 없이 연구나 창작에 일 년 동안 완전히 집중해주셨으면 하는 것이 저희의 원래 의도인 것입니다. 연말 심사 때 일 년 동안 눈에 띌 만한 성과를 냈다고 이사회에서 인정을 하게 되면 일 년으로 끝나는 게 아니라 그다음 해까지 후원금이 계속 지급될 가능성도 있습니다."

덴고는 아무 말 없이 그 다음 이야기를 기다렸다.

"저는 며칠 전 이 학원에서 가와나 선생의 수업을 넉넉히 한 시간 동안 경청했습니다." 우시카와는 말했다. "아, 참으로 흥미 깊은 수업이었어요. 나는 수학에 대해서는 전혀 문외한이라고 할까, 옛날부터 수학이라면 질색이어서 학교 다닐 때도 수학 수업만은 정말 지겨워서 견딜 수가 없었지요. 수학이라는 말만 들어도 도망치기 바빴습니다. 하지만 가와나 씨의 수업은, 정말 대단히 즐거웠습니다. 물론 미적분 논리 같은 건 요만큼도 모르지만, 그래도 선생의 말씀을 듣고는 그렇게 재미있는 것이라면 지금부터라도 수학을 좀 공부해볼까 하는 마음까지 들더군요. 정말로 대단해요. 가와나 씨에게는 예사롭지 않은 재능이 있어요. 사람을 끌어들이는 재능이라고 할까. 입시학원 선생님으로서 널리 인기를 얻고 있다는 말은 들었지만, 정말 그러실 만합니다."

우시카와가 언제 어디서 자신의 수업을 청강했는지 덴고는 알지 못했다. 그는 수업을 하는 동안, 교실에 누가 있는지를 항상 세심하게 관찰한다. 학생 전원의 얼굴을 기억하는 건 아니지만, 만일 그곳에 우시카와처럼 이상한 풍채의 인물이 있었다면 그걸 놓칠 리는 없다. 설탕 항아리 속의 지네처럼 눈에 띄었을 것이다. 하지만 그것에 대해 굳이 추궁하지는 않기로 했다. 그러잖아도 장황한 이야기가 점점 더 길어져버릴 테니까.

"아시는 것처럼 저는 그저 입시학원 계약직 강사입니다." 덴고는 조금이라도 시간을 절약하기 위해 자기 쪽에서 입을 열었다. "딱히 수학을 본격적으로 연구하는 게 아니에요. 이미 지식으로서 널리 알려진 것을 학생들에게 그저 재미있고 알기 쉽게 설명하는 거죠. 대학 입시 문제를 풀기 위해 보다 유용한 방법을 가르칠 뿐입니다. 그런 일에는 어쩌면 소질이 있는지도 모르죠. 하지만 전문 연구자가 되는 건 오래전에 포기했어요. 경제적인 여유가 없었던 것도 있지만, 학문의 세계에서 입신할 만한 소질과 능력이 없다고 생각했기 때문입니다. 그러므로 우시카와 씨께는 별 도움이 될 것 같지 않군요."

우시카와는 급히 한 손을 쳐들더니 그 손바닥을 똑바로 덴고에게로 향했다. "아뇨 아뇨, 그런 이야기가 아니에요. 내가 아마 말을 좀 복잡하게 한 모양이군요. 그건 사과드리지요. 아닌 게 아니라 가와나 씨의 수학 강의는 재미있어요. 참으로 유니크하고 창의적입니다. 하지만 그 말씀을 드리려고 오늘 여기까지 찾아온 게 아닙니다. 저희가 주목한 것은 가와나 씨의 소설가로서의 활동 쪽입니다."

덴고는 허를 찔려 몇 초 동안 할말을 잃었다.

"소설가로서의 활동?" 이윽고 덴고는 물었다.

"그래요."

"무슨 말씀이신지 모르겠군요. 저는 분명 최근 몇 년 동안 소설을 쓰기는 했습니다. 하지만 활자화되어 발표된 적은 한 번도 없어요. 아직은 소설가라고 할 수도 없죠. 그런데 어떻게 그쪽 분들의 주목을 받습니까?"

우시카와는 덴고의 반응을 보고 그야말로 반가운 말이라는 듯 빙긋이 웃었다. 그가 웃자 지독한 치열이 그대로 드러났다. 며칠 전 큰 해일에 씻긴 바닷가의 말뚝처럼 그 치아는 다양한 각도로 구부러지고, 다양한 방향을 지향하고, 다양한 방법으로 지저분해져 있었다. 이제 와서 그것을 교정하는 건 불가능할 것이다. 하지만 적어도 누군가는 그에게 올바른 양치질법을 가르쳐주는 게 마땅한 일일 것이다.

"그런 면이 말이죠, 저희 재단의 유니크한 점이에요." 우시카와는 의기양양하게 말했다. "저희가 계약을 맺은 리서처들은 세상 사람들이 아직 주목하지 않는 곳에 눈을 돌립니다. 그것을 주요한 목적으로 삼고 있는 것이지요. 가와나 씨가 말씀하신 대로 분명 정식으로는 아직 한 번도 작품을 발표하지 않았습니다. 그건 잘 알아요. 하지만 가와나 씨는 지금까지 펜네임을 사용하여 문예지 신인상에 해마다 응모하셨지요. 유감스럽게도 아직 당선은 되지 못했지만, 몇 번이나 최종 후보작에 올랐습니다. 그리고 당연히 적지 않은 수의 사람들이 그 작품을 읽었어요. 그중 몇몇 사람이 당신의 재능에 주목하고 있습니다. 가까운 장래에 신인상을 수상하고 작가로서 데뷔하리라는 건 틀림없다는 게 저희 리서처의 평가입니다. 입도선매, 라고 하면 말이 좀 험하지만, 조금 전에도 말씀드렸듯이 '다음 시대를 짊어지고 갈 젊은 새싹을 육성한다'는 것이 우리의 원래 목적입니다."

덴고는 찻잔을 들고 조금 식은 차를 마셨다. "제가 신인 소설가로서 그 후원금의 후보자가 되었다, 그런 말씀입니까?"

"그렇습니다. 다만 후보자라고 해도 실제로는 이미 정해진 거나 마찬가지예요. 수락하겠다는 말만 해주시면 제 단독 판단으로 이번 일은 최종 결론이 나게 됩니다. 서류에 사인을 해주시면 삼백만 엔은 지금 당장이라도 은행으로 들어갈 겁니다. 가와나 씨는 이 학원을 반년이든 일 년이든 휴직하고 본격적으로 집필에 뛰어드시면 돼요. 현재 장편소설을 쓰고 있다는 이야기를 들었습니다. 마침 좋은 기회가 아니겠습니까?"

덴고는 얼굴을 찌푸렸다. "제가 장편소설을 쓰고 있다는 걸 어떻게 알았죠?"

우시카와는 다시 이를 내보이며 웃었다. 하지만 자세히 보니 그의 눈은 전혀 웃고 있지 않았다. 눈동자 안쪽의 빛은 어디까지나 차가웠다.

"저희 리서처는 아주 열성적이고 유능합니다. 몇몇 후보자를 선정하고 다양한 각도에서 조사를 해요. 가와나 씨가 지금 장편소설을 쓰고 있다는 건 주위의 몇몇 분은 아마 알고 있겠지요?

매사에 말이라는 건 새어나가는 법이거든요."

덴고가 장편소설을 쓰고 있다는 걸 고마쓰는 알고 있다. 연상의 걸프렌드도 알고 있다. 그밖에 또 누가 있었더라. 아마 그 외에는 없다.

"그 재단에 대해 잠깐 묻겠는데요." 덴고는 말했다.

"네, 무엇이든 대답해드리지요."

"운용되는 자금은 어디서 나오는 겁니까?"

"어느 개인이 자금을 대고 있습니다. 그 개인이 소유한 단체, 라고 해도 무방하겠지요. 현실적인 레벨을 말씀드리자면, 우리끼리 얘기지만 이건 세금대책의 일환이기도 해요. 물론 그것과는 별개로 그분은 예술과 학술에 깊은 관심을 품고 있고, 젊은 세대를 지원하겠다는 소신을 갖고 있습니다. 그 이상의 자세한 말씀은 여기서는 드릴 수 없습니다. 그분은 본인은 물론, 그분이 소유한 단체까지 모두 익명으로 일이 진행되기를 원하고 있습니다. 운영은 재단의 위원회에 일임되어 있어요. 그리고 이렇게 말씀드리는 저도 바로 그 위원회의 일원입니다."

덴고는 거기에 대해 잠시 생각했다. 하지만 생각해야 할 일은 그리 많지 않았다. 우시카와가 말한 것을 머릿속에서 정리하고 그대로 한 줄로 늘어놓은 것뿐이다.

"담배를 피워도 괜찮겠습니까?" 우시카와가 물었다.

"예, 그러시죠." 덴고는 말했다. 그리고 무거운 유리재떨이를 그쪽으로 밀어주었다.

우시카와는 상의 호주머니에서 세븐스타 담뱃갑을 꺼내 입에 물고 금장 라이터로 불을 붙였다. 가늘고 값비싸 보이는 라이터였다.

"어떻습니까, 가와나 씨." 우시카와는 말했다. "저희 후원금 수령을 수락해주시겠습니까? 솔직히 말해서 저 개인적으로도 그 유쾌한 수업을 청강하고 보니 가와나 씨가 앞으로 어떤 문학세계를 추구하실지, 참으로 기대가 큽니다."

"이런 제안을 해주신 것에 대해서는 감사드립니다." 덴고는 말했다. "저한테는 과분한 일이죠. 그렇기는 하지만 그 후원금을 받을 수는 없습니다."

우시카와는 연기를 피워올리는 담배를 손가락에 끼운 채 눈을 가늘게 뜨고 덴고의 얼굴을 보았다. "그건 무슨 말씀인지?"

"우선 첫째로, 저는 잘 알지 못하는 사람에게서 돈을 받고 싶지 않습니다. 둘째로, 현재로서는 별로 돈이 필요하지 않습니다. 일주일에 사흘 동안 학원에서 수업하고, 다른 날에는 집중적으로 소설을 쓰는 것으로 나름대로 잘 꾸려나가고 있어요. 그런 생활을 굳이 바꾸고 싶지 않습니다. 이유는 그 두 가지입니다."

셋째로, 나는 우시카와 씨 당신과는 개인적으로 관계를 맺고 싶은 마음이 없다. 넷째로, 이 후원금 이야기는 아무리 봐도 수상쩍은 냄새가 난다. 지나치게 달콤한 얘기잖아. 틀림없이 뭔가 꿍꿍이가 있을 거 같아. 내가 세상에서 최고로 감이 좋은 인간은 아니지만 그런 것쯤은 눈치챌 수 있다. 하지만 물론 덴고는 그런 말은 입 밖에 내지 않았다.

"그러시군요." 우시카와는 말했다. 그리고 연기를 폐에 담뿍 빨아들이고 그야말로 맛있다는 듯이 다시 토해냈다. "그래요. 어떤 생각을 갖고 계신지는 잘 알았습니다. 그 말도 맞는 말씀이에요. 하지만 가와나 씨, 뭐 꼭 여기서 당장 답을 하지 않으셔도 됩니다. 집에 돌아가서 이삼일 찬찬히 생각해보는 건 어떻겠습니까. 그런 다음에 천천히 결론을 내리시면 돼요. 저희는 일을 서두르지 않습니다. 느긋하게 시간을 두고 생각해보세요. 절대 안 좋은 이야기가 아니거든요."

덴고는 딱 잘라 짧게 고개를 저었다. "그렇게 말씀해주시는 건 고맙지만, 지금 여기서 분명하게 결정하는 게 서로 간에 공연한 시간과 수고를 줄일 수 있습니다. 후원금 후보로 선정해주신 건 영광입니다. 이렇게 일부러 여기까지 찾아와주신 데 대해서도 미안하게 생각합니다. 하지만 이것으로 됐습니다. 이건 최종적인 결론이고 재고의 여지는 없습니다."

우시카와는 몇 차례 고개를 끄덕이고 겨우 두 모금을 피운 담배를 아쉽다는 듯 재떨이에 비벼 껐다.

"괜찮아요. 말씀하시는 뜻은 잘 알겠습니다. 가와나 씨의 의견은 존중해드리고자 합니다. 저야말로 귀중한 시간을 빼앗았군요. 유감이긴 하지만 오늘은 여기서 그만 돌아가도록 하지요."

하지만 우시카와는 전혀 자리에서 일어설 기미를 보이지 않았다. 뒷머리를 벅벅 긁으며 실눈을 뜨고 웃고 있을 뿐이었다.

"하지만 말이죠, 가와나 씨, 본인은 그걸 깨닫지 못했는지도 모르겠지만 당신은 작가로서 장래가 촉망되는 사람이에요. 당신은 재능이 있어요. 수학과 문학은 아마 직접적인 관계는 없겠지만, 당신의 수학 수업은 마치 이야기를 듣고 있는 듯한 흥취가 있었습니다. 그건 보통사람이 쉽게 할 수 있는 일이 아니에요. 당신은 뭔가 특별한, 이야기해야 할 것들을 많이 갖고 있어요. 그건 나 같은 사람이 보더라도 아주 분명하게 드러나요. 그러니 되도록 자중자애하시는 게 좋아요. 노파심에서 드리는 말씀인데, 괜히 쓸데없는 일에 휘말리지 말고, 마음을 단단히 먹고 자신의 길을 걸어가는 게 좋습니다."

"쓸데없는 일?" 덴고는 되물었다.

"이를테면 당신은 「공기 번데기」를 쓴 후카다 에리코 씨와 뭔가 관계를 맺고 계시는 것 같던데요. 아니, 그보다 지금까지 적어도 몇 번은 만났죠. 그렇지요? 그리고 오늘 신문기사에 의하면, 아, 우연히 아까 참에 기사를 읽었는데, 그 소녀가 아무래도 행방불명이 된 것 같다더군요. 언론에서는 분명 이러쿵저러쿵 떠들어대겠지요. 화제성이 뛰어난 재미있는 사건이니까."

"제가 혹시 후카다 에리코를 만났다고 해도 그게 그쪽과 무슨 관련이 있습니까?"

우시카와는 다시 한번 손바닥을 덴고에게로 향했다. 손은 자그마한데 손가락은 통통하니 굵었다. "아, 그렇게 감정적이 되지는 마시고. 나쁜 마음이 있어서 한 말이 아니에요. 그보다 내가 드리고자 하는 말씀은 말이죠, 생활을 위해 재능이나 시간을 품팔이하듯이 낭비하는 건 좋은 결과를 낳지 못한다, 그런 얘기지요. 주제넘은 말인지 모르겠지만, 나는 가와나 씨처럼 잘 갈고 닦으면 진주가 될 뛰어난 재능이 별것도 아닌 일에 휘둘리느라 손상되는 꼴은 보고 싶지 않아요. 후카다 씨와 가와나 씨의 일이 만일 세상에 알려졌다가는 반드시 누군가 집으로 찾아갈 겁니다. 그리고 귀찮게 따라붙겠지요. 있는 거 없는 거 다 캘 겁니다. 아무튼 질긴 자들이거든요."

덴고는 아무 말도 하지 않고 조용히 우시카와의 얼굴을 보았다. 우시카와는 눈을 가느스름하게 하고 큼직한 귓불을 북북 긁었다. 귀는 작은 편이지만 귓불만 이상하게 컸다. 이 인물의 몸 구조에는 아무리 쳐다봐도 질리지 않는 데가 있었다.

"아, 내 입으로야 아무한테도 말 안 하지요." 우시카와는 입에 지퍼를 채우는 시늉을 하며 되풀이했다. "약속해요. 이래봬도 입은 꾹 다무는 편입니다. 제가 전생에 조개 아니었느냐는 말을 듣는 사람이에요. 이 일은 나 혼자서만 가슴속에 담아두지요. 가와나 씨에 대한 제 개인적인 호의의 표시로서."

우시카와는 그렇게 말하고 드디어 소파에서 일어서더니 옷에 생긴 자잘한 주름을 몇 차례 잡아당겨 폈다. 하지만 그래봤자 주름은 펴지지 않는다. 공연히 더 남의 눈에 띌 뿐이다.

"후원금에 대해 만일 마음이 바뀌시거든 언제라도 명함의 전화번호로 연락주세요. 아직 시간 여유는 많아요. 만일 올해 안 되더라도, 예, 또 내년이 있잖습니까?" 그리고 그는 양손의 둘째 손가락으로 지구가 태양 주위를 빙그르르 도는 시늉을 했다. "저희는 서두르지 않습니다. 적어도 이렇게 직접 뵙고 대화할 기회도 가졌고, 가와나 씨에 대한 저희 메시지도 전해드릴 수 있었으니까요."

그러고는 다시 빙긋 웃으며 괴멸적인 치열을 과시하듯이 잠시 내보이더니 몸을 돌려 응접실을 나갔다.

다음 수업이 시작되기까지 덴고는 우시카와가 입에 올렸던 말들을 생각하며 머릿속에서 그 대사를 재현해보았다. 그 남자는 아무래도 덴고가 「공기 번데기」의 프로듀스 계획에 참여했다는 사실을 파악하고 있는 듯했다. 그의 말투에 그런 냄새를 풍기는 뉘앙스가 있었다. 생활을 위해 재능이나 시간을 품팔이하듯이 낭비하는 건 그리 좋은 결과를 낳지 못한다, 그런 얘기지요, 하고 우시카와는 이쪽을 퍽 생각해주는 척 말했다.

우리는 다 알고 있다, 그것이 그들이 보내온 메시지인 것이다.

이렇게 직접 뵙고 대화할 기회도 가졌고, 가와나 씨에 대한 저희 메시지도 전해드릴 수 있었으니까요.

그 메시지를 전해주기 위해, 단지 그것만을 위해 그들은 우시카와를 덴고에게로 보냈고, 연간 삼백만 엔이라는 '후원금' 얘기를 꺼낸 것일까. 그건 너무도 이치에 맞지 않는 이야기다. 굳이 그런 복잡한 줄거리를 준비할 필요는 없다. 상대는 이쪽의 약점을 쥐고 있다. 만일 덴고를 협박하려고 마음먹었다면 처음부터 그 사실을 들이대면 된다. 아니면 그들은 그 '후원금'으로 덴고를 매수하려는 걸까. 어떻든 모든 것이 너무도 연극적이다. 애초에 그들이라는 게 대체 누구인가. '신일본학술예술진흥회'라는 재단법인은 '선구'와 관련이 있는 곳일까. 아니, 그보다 그런 단체가 과연 실제로 있기는 한 건가.

덴고는 우시카와의 명함을 들고 여비서에게로 갔다. "저기, 한 가지 부탁이 있는데." 그는 말했다.

"뭔데?" 그녀는 의자에 앉은 채 얼굴을 들고 덴고에게 물었다.

"여기에 전화를 해서, 거기가 '신일본학술예술진흥회'입니까, 라고 좀 물어봐줘. 우시카와라는 이사가 지금 그곳에 있는지도 물어봐주고. 분명히 지금은 자리에 없다고 할 테니까 몇시쯤이면 그쪽에 돌아오는지 그것도 좀 물어봐. 이쪽의 이름을 물으면 대충 둘러대면 돼. 내가 해도 되긴 한데, 내 목소리라는 걸 알면 곤란해질 거 같아서."

그녀는 전화기 버튼을 눌렀다. 상대가 전화를 받았고 문답이 오갔다. 프로와 프로가 주고받는 응축된 짧은 대화였다.

"'신일본학술예술진흥회'는 실제로 있는 곳이야. 전화를 받은 건 안내 데스크 여자. 아마 이십대 초반. 대응은 꽤 능숙한 편. 우시카와라는 사람도 실제로 거기서 근무하고 있어. 사무실로 돌아오는 건 세시 반쯤이 될 거래. 이쪽의 이름은 따로 묻지 않았어. 나였다면 당연히 물었을 텐데."

"물론 그렇지." 덴고는 말했다. "아무튼 고마워."

"천만에." 그녀는 우시카와의 명함을 덴고에게 건네면서 물었다. "그런데 우시카와 씨라면 아까 여기 왔던 그 사람이야?"

"응."

"아주 잠깐밖에는 못 봤지만, 어째 으스스한 사람이던데."

덴고는 명함을 지갑에 넣었다. "아주 오래 봐도 그 인상은 아마 변하지 않을 거야."

"나는 항상 겉모습만으로 인간을 판단해서는 안 된다고 생각해. 그러다가 실수해서 후회한 일이 전에 있었거든. 하지만 그 사람은 척 보자마자 도저히 믿을 만한 사람이 못 된다는 생각이 들던데. 그리고 지금도 그렇게 생각해."

"그렇게 생각하는 건 자기만이 아니야." 덴고는 말했다.

"그렇게 생각하는 건 나만이 아니다." 그녀는 그 문장의 정밀도를 확인하듯이 반복했다.

"그 재킷, 아주 멋있어." 덴고는 말했다. 그녀의 환심을 사기 위해 던진 칭찬이 아니라 어디까지나 솔직한 감상이었다. 우시카와의 주름투성이 싸구려 정장을 목격한 뒤에는 그 세련된 재단의 아마亞麻 재킷은 바람 없는 오후에 천국에서 내려온 아름다운 직물처럼 보였다.

"고마워." 그녀는 말했다.

"하지만 전화를 했더니 누군가 받았다고 해서 '신일본학술예술진흥회'가 반드시 실재한다고 할 수는 없어." 덴고는 말했다.

"그건 그래. 물론 잘 짜인 사기일 수도 있지. 전화 하나 놓고, 받는 사람 하나 쓰면 되는 일이니까. 영화 〈스팅〉에서처럼. 하지만 뭐하러 그렇게까지 해? 덴고 선생은, 이렇게 말하면 좀 그렇지만, 뜯어갈 만큼 돈이 많은 사람처럼은 안 보이는데?"

"아무것도 가진 게 없지." 덴고는 말했다. "영혼 외에는."

"어째 메피스토펠레스가 나오는 이야기 같네." 그녀는 말했다.

"이 주소로 직접 찾아가서 그 사무실이 정말로 있는지 확인해 보는 게 좋을지도 모르겠어."

"결과가 나오면 나한테도 알려줘." 그녀는 눈을 가늘게 뜨고 손톱의 매니큐어를 점검하면서 말했다.

'신일본학술예술진흥회'는 실제로 있었다. 수업이 끝난 뒤 전철을 타고 요쓰야까지 가고, 거기서 고지마치까지 걸어갔다. 명함 주소를 찾아가보니 4층짜리 빌딩 입구에 '신일본학술예술진흥회'와 '고다 회계사무소'라는 금속 명판이 붙어 있었다. 사무실은 3층이었다. 그 층에는 그밖에 '고키모토 음악출판'과 '고다 회계사무소'가 입주해 있었다. 빌딩 면적으로 봐서는 그리 규모가 큰 사무실은 아닐 것이다. 우선 겉모습만으로는 다들 그리 잘나가는 것처럼 보이지 않았다. 하지만 물론 겉에서 본 것만으로 내실을 알 수는 없다. 덴고는 엘리베이터를 타고 3층으로 올라가 볼까도 생각했다. 어떤 사무실인지 문만이라도 봐두고 싶었다. 하지만 복도에서 우시카와와 덜컥 마주치기라도 하면 일이 귀찮아진다.

덴고는 전철을 갈아타고 집으로 돌아와 고마쓰의 회사에 전화를 걸었다. 웬일로 고마쓰는 회사에 있다가 곧바로 전화를 받았다.

"아, 지금 좀 곤란한데." 고마쓰는 말했다. 평소보다 빠른 말투에 목소리 톤이 약간 높아져 있었다. "미안하지만 지금 여기서는 통화하기가 좀 그래."

"아주 중요한 일이에요, 고마쓰 씨." 덴고는 말했다. "오늘 학원에 이상한 사람이 찾아왔었어요. 그 사람이 저와 「공기 번데기」의 관계에 대해 뭔가 알고 있는 거 같아요."

고마쓰는 수화기를 든 채 몇 초 동안 입을 꾹 다물었다. "이십 분쯤 뒤에는 통화할 수 있어. 지금 집에 있지?"

그렇다고 덴고는 말했다. 고마쓰는 전화를 끊었다. 덴고는 전화를 기다리는 동안 숫돌에 두 개의 부엌칼을 갈아놓고, 물을 끓여 홍차 잎을 우렸다. 정확히 이십 분 뒤에 전화벨이 울렸다. 고마쓰로서는 좀체 없는 일이다.

수화기를 든 고마쓰는 조금 전보다 훨씬 차분한 어조였다. 어딘가 조용한 곳으로 자리를 옮겨 전화를 건 모양이었다. 덴고는 우시카와가 학원 응접실에서 했던 이야기를 짧게 줄여 고마쓰에게 들려주었다.

"신일본학술예술진흥회? 전혀 들어본 적 없어. 삼백만 엔의 후원금을 덴고에게 준다는 것도 말이 안 되는 소리야. 물론 덴고가 작가로서 장래가 밝다는 건 나도 인정해. 하지만 아직 작품 한 편도 발표된 적이 없어. 그건 있을 수 없는 얘기야. 뒤에 뭔가 있어."

"제 생각도 그래요."

"잠깐만 시간을 좀 줘. 그 '신일본학술예술진흥회'라는 데를 내가 조사해볼게. 뭔가 알아내면 내가 연락하지. 근데 그 우시카와라는 사람이 아무튼 자네와 후카에리가 관련이 있다는 걸 알고 있었다는 거지?"

"그런 거 같아요."

"이것참, 귀찮게 됐군."

"뭔가가 움직이기 시작했어요." 덴고는 말했다. "지렛대를 사용해서 바윗돌을 들어올린 것까지는 좋았는데, 거기서 엄청난 것이 기어나온 것 같은 낌새가 느껴져요."

고마쓰는 전화기에 대고 한숨을 쉬었다. "나도 상당히 몰리는 상황이야. 아무래도 주간지 쪽이 시끌시끌해. 텔레비전 방송국에서도 찾아오고. 오늘은 아침부터 경찰이 출판사에 와서 조사를 해갔어. 그 사람들은 후카에리와 '선구'의 관계도 이미 파악했어. 물론 행방이 묘연한 부모에 대한 것도. 언론에서도 그런 쪽의 이야기를 마구 써댈 거야."

"에비스노 선생은 어떻게 하고 계시죠?"

"선생과는 얼마 전부터 연락이 안 돼. 전화해도 안 받고 나한테 연락도 안 와. 그쪽도 한참 힘든 상황인지도 모르지. 아니면 또 몰래 뭔가 꾸미고 있는 건지."

"고마쓰 씨, 이건 좀 다른 이야기인데요, 제가 지금 장편소설을 쓴다는 걸 누구 다른 사람에게 말한 적 있나요?"

"아니, 그런 얘기는 아무한테도 안 했는데." 고마쓰는 곧바로 말했다. "대체 누구한테 그런 얘기를 할 필요가 있겠어?"

"그렇다면 됐어요. 그냥 물어본 것뿐이에요."

고마쓰는 잠시 침묵했다. "덴고, 이제 새삼 내가 이런 말을 꺼내는 것도 뭣하지만, 어쩌면 우리는 어딘가 몹시 재미없는 곳에 발을 들이밀었는지도 모르겠어."

"어디에 발을 들이밀었건 이제 뒤로 물러설 수 없다는 것만은 분명해요."

"뒤로 물러설 수 없다면, 뭐가 어찌됐건 앞으로 나아가는 수밖에 없겠지. 가령 자네가 말한 엄청난 것이 나왔다고 해도."

"안전벨트를 단단히 매는 게 좋겠죠." 덴고는 말했다.

"바로 그거야." 고마쓰는 그렇게 말하고 전화를 끊었다.

긴 하루였다. 덴고는 테이블에 앉아, 식어버린 홍차를 마시며 후카에리에 대해 생각했다. 그녀는 그 은신처에 혼자 틀어박혀 하루 종일 뭘 하고 있을까. 하지만 물론 후카에리가 뭘 하는지 따위는 세상 어느 누구도 알 리 없다.

리틀 피플의 지혜나 힘은 에비스노 선생이나 당신에게 해를 끼칠지도 모른다. 후카에리는 테이프에서 그렇게 말했다. 숲속에서는 조심하라. 덴고는 저도 모르게 주위를 둘러보았다. 그렇다, 깊은 숲속은 그들의 세계인 것이다.

제3장 아오마메

Q
어떻게 태어날지는 선택할 수 없지만 어떻게 죽을지는 선택할 수 있다

7월도 끝나가는 그날 밤, 오래도록 하늘을 뒤덮고 있던 두툼한 구름이 드디어 걷혔을 때, 두 개의 달이 또렷하게 떠 있었다. 아오마메는 그 광경을 아파트의 작은 베란다에서 바라보았다. 그녀는 지금 바로 누군가에게 전화를 걸어 이렇게 말하고 싶었다. "잠깐 창문으로 고개를 내밀고 하늘을 올려다봐. 달이 몇 개가 떠 있어? 여기에선 달이 분명히 두 개가 보여. 그쪽은 어때?"

하지만 그런 전화를 할 만한 상대는 없었다. 아유미에게라면 할 수 있을지도 모른다. 하지만 아오마메는 더이상 아유미와 개인적으로 깊은 관계를 맺고 싶지 않았다. 그녀는 현직 경찰관이다. 아오마메는 아마도 가까운 시일 내에 또 한 명의 사내를 살해하고, 얼굴을 바꾸고 이름을 바꾸고 다른 땅으로 옮겨 존재를 지우게 된다. 아유미와도 당연히 만날 수 없다. 연락도 못 하게 된다. 일단 누군가와 친해져버리면 그 인연의 끈을 자를 때는 괴로운 법이다.

그녀는 방에 돌아와 유리문을 닫고 에어컨을 켰다. 커튼을 치고 달을 가렸다. 하늘에 뜬 두 개의 달은 그녀의 마음을 어지럽혔다. 그것들은 지구 인력의 균형을 미묘하게 흩뜨려놓고, 그녀의 몸에 뭔가 영향을 끼치는 듯했다. 생리가 시작되려면 아직 한참 남았는데 몸이 묘하게 나른하고 무거웠다. 피부가 거칠고 맥박이 부자연스러웠다. 더이상 달에 대해 생각하지 말자, 고 아오마메는 생각했다. 그것이 생각하지 않으면 안 되는 일이라고 해도.

아오마메는 나른함을 떨쳐버리기 위해 카펫 위에서 스트레칭을 했다. 일상생활에서는 거의 사용할 기회가 없는 근육을 하나하나 소환하여 시스테마틱하게 철저히 비틀어올린다. 근육이 소리 없는 비명을 지르고, 땀이 바닥에 뚝뚝 떨어졌다. 그녀는 그 스트레칭 프로그램을 스스로 고안하여 보다 격렬하고 효과적인 것으로 나날이 갱신해갔다. 그것은 어디까지나 그녀 자신을 위한 프로그램이었다. 스포츠클럽 강의에는 적용하지 못한다. 보통사람들은 그토록 큰 고통은 도저히 견뎌낼 수 없다. 동료 인스트럭터들조차 대부분은 비명을 질렀다.

그것을 해치우는 동안, 그녀는 조지 셀이 지휘하는 야나체크의 〈신포니에타〉 레코드를 걸었다. 〈신포니에타〉는 약 이십오 분이면 끝나지만, 그 정도 시간이면 근육을 한바탕 효과적으로 괴롭히는 게 가능했다. 너무 짧지도 너무 길지도 않다. 딱 적당한 길이다. 곡이 끝나고, 턴테이블이 멈추고, 턴암이 자동적으로 원위치로 돌아갔을 때는 머리도 몸도 걸레를 쥐어짠 듯한 상태가 된다.

아오마메는 이제 〈신포니에타〉를 구석구석까지 모두 기억했다. 몸을 극한 가까이 늘이면서 그 음악을 듣고 있으면 신기하게도 마음이 편안해졌다. 거기에서 그녀는 고문하는 자이며 고문당하는 자였다. 강제하는 자이고 강제당하는 자였다. 그처럼 내부로 향한 자기 완결성이 곧 그녀가 바라는 것이고, 그것은 그녀를 위무해주었다. 야나체크의 〈신포니에타〉는 그러기 위한 배경음악으로서 매우 유효했다.

밤 열시 조금 전에 전화벨이 울렸다. 수화기를 들자 다마루의 목소리가 들려왔다.

"내일 일정은 어때?" 그가 물었다.

"여섯시 반이면 일이 끝나요."

"끝나고 이쪽에 잠깐 들러줄 수 있을까?"

"갈 수 있어요." 아오마메는 말했다.

"좋아." 다마루는 말했다. 스케줄표에 볼펜으로 글씨를 써넣는 소리가 들렸다.

"그런데 개는 새로 구했어요?" 아오마메는 물었다.

"개? 아, 역시 암컷 독일 셰퍼드로 했어. 세세한 성격까지는 아직 잘 모르겠지만 기초적인 훈련을 받아서 말은 제법 알아듣는 거 같아. 열흘쯤 전에 데려와서 대충 자리가 잡혔어. 여자들도 개가 와서 안심이 되나봐."

"다행이네요."

"이번 녀석은 보통 개 사료도 좋아해. 귀찮을 일이 없어."

"보통 독일 셰퍼드는 시금치 같은 거 먹지 않죠."

"그건 분명 이상한 개였어. 계절에 따라서는 시금치도 여간 비싼 게 아닌데." 다마루는 그립다는 듯이 투덜거렸다. 그러고는 몇 초의 틈을 두고 화제를 바꾸었다. "오늘은 달이 아름답군."

아오마메는 전화기에 대고 가만히 얼굴을 찌푸렸다. "갑자기 웬 달 이야기?"

"나도 가끔 달 이야기 정도는 해."

"물론 그렇겠죠." 아오마메는 말했다. 하지만 당신은 아무 필연성 없이 전화로 음풍농월을 하는 타입은 아니지.

다마루는 전화기에 대고 잠시 침묵했지만 그러다가 곧 입을 열었다. "지난번에 네가 전화로 달 이야기를 했었어. 생각나? 그 뒤로 어쩐지 달이 내 머릿속에 남아 있었어. 그리고 아까 하늘을 봤는데, 구름 하나 없는 하늘에 달이 정말 아름다웠어."

달은 몇 개 있었어요? 아오마메는 깜박 물을 뻔했다. 하지만 마음을 접었다. 그건 너무 위험하다. 다마루는 지난번에 자신의 신상에 대해 이야기해주었다. 부모의 얼굴도 모른 채 고아로 자랐던 일, 국적에 대한 것. 다마루가 그토록 길게 이야기한 건 처음이었다. 원래 자신에 대해 많은 것을 말하지 않는 사람이다. 그는 아오마메를 개인적으로 마음에 들어하고 있다. 그 나름대로 마음도 허락하고 있다. 하지만 그는 프로페셔널이고 목적을 수행하기 위해서는 최단거리를 택하도록 훈련받은 사람이다. 쓸데없는 소리는 입에 올리지 않는 편이 좋다.

"일 마치고 아마 일곱시에는 그쪽에 갈 수 있을 거예요." 그녀는 말했다.

"그래." 다마루는 말했다. "배가 고프겠군. 내일은 요리담당이 쉬는 날이라 제대로 된 식사는 못 내겠지만, 샌드위치 정도도 괜찮다면 내가 준비할 수 있어."

"고마워요." 아오마메는 말했다.

"운전면허증과 여권, 건강보험증이 필요해. 내일 가져와. 그리고 집의 복사키 하나를 내게 줬으면 좋겠어. 준비할 수 있지?"

"할 수 있어요."

"그리고 또 한 가지. 지난번 그 일에 관해 둘이서만 잠깐 이야기했으면 해. 마담의 볼일이 끝난 뒤에 잠깐 시간을 내."

"지난번 그 일?"

다마루는 잠시 침묵했다. 모래주머니처럼 무거운 침묵이었다. "구하고 싶다는 게 있었을 텐데. 잊었나?"

"물론 기억해요." 아오마메는 당황하여 말했다. 아직 머리 한 귀퉁이에서 달을 생각하고 있었던 것이다.

"내일 일곱시에." 그렇게 말하고 다마루는 전화를 끊었다.

다음 날 밤에도 달의 수는 변함이 없었다. 일을 마치고 서둘러 샤워를 하고 스포츠클럽을 나섰을 때, 아직 환한 하늘의 동쪽 편에 옅은 색감의 달 두 개가 나란히 보였다. 아오마메는 가이엔니시 대로를 가로지르는 육교 위에 서서 난간에 몸을 기대고 그 두 개의 달을 잠시 바라보았다. 하지만 일부러 달을 바라보는 사람은 그녀밖에 없었다. 지나쳐가는 사람들은 그곳에 멈춰 서서 하늘을 올려다보는 아오마메의 모습을 이상하다는 듯이 흘끔거릴 뿐이었다. 그들은 하늘에도 달에도 전혀 관심이 없는지 빠른 걸음으로 지하철역을 향해 가고 있었다. 달을 바라보는 사이에 아오마메는 어제 느꼈던 것과 똑같은 나른함을 느꼈다. 이제 이렇게 달을 쳐다보는 건 그만둬야 한다고 그녀는 생각했다. 이건 내게 좋은 영향을 주지 않아. 하지만 아무리 보지 않으려고 애를 써도 그녀는 달들의 시선을 피부로 느끼지 않을 수가 없었다. 내가 보지 않더라도 그쪽에서 보고 있다. 내가 이제부터 뭘 하려고 하는지 그들은 알고 있다.

노부인과 아오마메는 고풍스러운 장식을 입힌 잔에 뜨겁고 진한 커피를 마셨다. 노부인은 밀크를 아주 조금, 잔 가장자리에서 부어넣고 휘젓지 않고 그대로 마셨다. 설탕은 넣지 않는다. 아오마메는 늘 하던 대로 블랙으로 마셨다. 약속했던 대로 다마루가 샌드위치를 만들어 가져다주었다. 한입에 먹을 수 있도록 작게 잘라져 있었다. 아오마메는 그것을 몇 개 집어먹었다. 흑빵에 오이와 치즈만 끼운 심플한 샌드위치였지만 고급스러운 맛이 났다. 다마루는 간단한 요리를 몹시 고급스럽게, 적절하게 만들어냈다. 칼질이 능숙해서 모든 재료를 적정한 크기와 두께로 딱 맞게 썰어낸다. 어떤 순서로 작업을 진행하면 좋은지를 잘 안다. 그것만으로도 요리의 맛이 놀랄 만큼 달라진다.

"짐 정리는 끝났나요?" 노부인이 물었다.

"필요 없는 옷이나 책은 기부했어요. 새로운 생활에 필요한 건 즉시 들고 나갈 수 있도록 가방을 꾸려뒀구요. 집 안에 남은 건 생활에 당장 필요한 전기기구하고 조리기구, 침대와 이불, 그릇 몇 개 정도예요."

"남겨놓고 가는 것은 내 쪽에서 적당히 처분하지요. 집의 계약이라든가 여러 가지 세세한 수속에 대해서도 당신은 아무것도 걱정할 필요가 없습니다. 꼭 필요한 짐만 들고 나오면 돼요."

"스포츠클럽에는 한마디해두는 게 좋을까요? 갑자기 자취를 감추면 이상하게 생각할 텐데요."

노부인은 커피 잔을 테이블 위에 조용히 내려놓았다. "그 점에 대해서도 당신은 아무것도 걱정할 게 없답니다."

아오마메는 말없이 고개를 끄덕였다. 샌드위치를 또 한 개 집어먹고 커피를 마셨다.

"그런데 은행에 저축은 하고 있나요?" 노부인이 물었다.

"보통예금이 육십만 엔쯤 있어요. 그리고 정기예금이 이백만 엔."

노부인은 그 금액을 음미했다. "보통예금은 몇 차례로 나눠서 사십만 엔까지 인출해도 상관없습니다. 정기예금에는 손을 대지 않도록 하세요. 지금 여기서 서둘러 해약하는 건 바람직하지 않아요. 그들이 당신의 사생활을 체크하고 있는지도 모릅니다. 조심 또 조심하도록 하십시다. 그 정도는 내가 나중에 보충해주지요. 그밖에 재산이라고 할 만한 것은?"

"지금까지 제게 주신 것이 그대로 은행 대여금고 안에 있어요."

"현금은 대여금고에서 꺼내놓으세요. 하지만 집 안에는 두지 않도록. 어딘가 적당한 보관 장소를 찾아요."

"알겠습니다."

"당신이 해줘야 할 일은 현재로서는 그 정도예요. 그다음은 평소 그대로 행동할 것. 생활 스타일을 바꾸지 말고 남의 눈길을 끌 만한 일은 하지 말 것. 그리고 중요한 용건은 되도록 전화로 이야기하지 않도록 하세요."

거기까지 말을 마치자 노부인은 마치 비축한 에너지를 모두 다 써버린 듯이 의자 안에 깊숙이 몸을 묻었다.

“날짜는 정해졌어요?” 아오마메는 물었다.

“유감스럽게도 아직 모르겠어요.” 노부인은 말했다. “우리는 상대에게서 연락이 오기를 기다리고 있습니다. 상황은 설정되어 있으나 그쪽의 스케줄은 움직이기 바로 직전까지 결정이 되지 않아요. 일주일 뒤가 될지도 모릅니다. 아니면 한 달 뒤가 될 수도 있어요. 장소도 아직은 모릅니다. 어쩐지 불안하겠지만 이대로 대기하고 있어줘요.”

“기다리는 건 괜찮아요.” 아오마메는 말했다. “단지 어떤 상황이 준비되는지, 조금 가르쳐주실 수 있을까요?”

“당신은 그자에게 근육 스트레칭을 하게 됩니다.” 노부인은 말했다. “평소에 당신이 하던 일이지요. 그의 신체에는 뭔가 문제가 있어요. 목숨이 걸린 정도는 아니지만 상당한 어려움을 수반하는 문제라고 들었어요. 그는 그 ‘문제’를 해결하고자 지금까지 다양한 치료를 받아왔습니다. 정식 의료 외에도 지압이며 뜸이며 마사지 등 온갖 것을요. 하지만 현재로서는 눈에 띄는 효과는 얻지 못한 모양이에요. 그 구체적인 ‘문제’가 바로 이 리더라고 하는 인물이 안고 있는 유일한 약점이고, 그것이 우리에게는 돌파구가 되었지요.”

노부인의 등뒤 창문에는 커튼이 쳐져 있었다. 달은 보이지 않는다. 하지만 아오마메는 달들의 차가운 시선을 피부로 느꼈다. 그들이 공모한 침묵이 방 안에까지 몰래 들어와 있는 것 같았다.

"현재 그 교단에 우리의 내통자를 확보했어요. 나는 그 사람을 통해 당신이 근육 스트레칭의 뛰어난 엑스퍼트라는 정보를 흘렸어요. 그리 어려운 일은 아니었지요. 당신은 실제로 그러니까요. 그쪽에서는 당신에게 큰 관심을 갖고 있어요. 처음에는 야마나시 교단 시설까지 당신을 불러들이려고 했어요. 하지만 당신은 스포츠클럽 강습 때문에 도저히 도쿄를 벗어날 수가 없다, 그렇게 얘기해두었어요. 그자는 어떻든 볼일이 있어서 한 달에 한 번씩은 도쿄에 나옵니다. 그리고 눈에 띄지 않도록 도내 호텔에 머물러요. 그 호텔 방에서 그는 근육 스트레칭을 받게 됩니다. 그곳에서 당신은 늘 하던 일을 실행하면 되는 것이지요."

아오마메는 그 정경을 머릿속에 그려보았다. 호텔 방. 요가 매트 위에 남자가 엎드리고 아오마메가 근육 스트레칭을 한다. 얼굴은 보이지 않는다. 엎드린 남자의 목덜미가 무방비 상태로 드러나 있다. 그녀는 손을 뻗어 가방에서 아이스픽을 꺼낸다.

"저는 그자와 호텔 방에 단둘이 있게 되나요?" 아오마메는 물었다.

노부인은 고개를 끄덕였다. "리더는 그 신체적인 문제를 교단 내부 사람들 눈에 띄지 않도록 조심하고 있어요. 그렇기 때문에 그 자리에 입회하는 사람은 없을 겁니다. 당신과 그자, 둘만 남게 돼요."

"제 이름이나 직장을 그들은 이미 알고 있습니까?"

"상대는 대단히 신중한 사람들이에요. 이미 당신에 대해 꼼꼼히 조사했겠지요. 하지만 문제는 없었던 모양이에요. 어제야 당신을 도내의 호텔까지 나오게 해달라는 연락이 왔어요. 장소와 시간은 정해지는 대로 알려주겠다는군요."

"이 집에 드나든 것 때문에 부인과의 관계를 의심하지는 않을까요?"

"나는 당신이 일하는 스포츠클럽의 회원이고 우리집에서 당신에게 개인레슨을 받고 있을 뿐이에요. 나와 당신 사이에 그 이상의 관계가 있을 거라고 생각할 이유가 없지요."

아오마메는 고개를 끄덕였다.

노부인은 말했다. "이 리더라는 인물이 교단을 벗어나 이동할 때는 항상 두 명의 보디가드가 붙습니다. 두 사람 모두 교단의 신자이고 가라테 유단자예요. 무기를 휴대하는지, 그것까지는 모르겠지만 솜씨는 상당한 모양이에요. 매일같이 훈련도 하고 있습니다. 하지만 다마루의 말에 따르면 어차피 아마추어라고 하는군요."

"다마루 씨와는 다르다는?"

"다마루와는 달라요. 다마루는 자위대 특수부대 소속이었어요. 목적 수행에 필요할 때는 망설임 없이 순식간에 실행하도록 철저히 훈련받았지요. 상대가 누구건 주저하지 않아요. 하지만 아마추어는 머뭇거리지요. 특히 상대가 젊은 여성일 때는."

노부인은 머리를 뒤로 젖혀 등받이에 얹고 깊게 한숨을 쉬었다. 그러고는 다시 자세를 바로잡고 아오마메의 얼굴을 똑바로 보았다.

"그 두 명의 보디가드는 당신이 리더를 케어하는 동안에 호텔의 다른 스위트룸에서 대기하고 있을 겁니다. 그리고 당신은 리더와 한 시간가량 둘이서만 남게 돼요. 현재로서는 그같은 상황이 설정되어 있어요. 그렇기는 하나 그 자리에서 실제로 무슨 일이 일어날지, 그건 어느 누구도 모르는 일이에요. 상황이 지극히 유동적입니다. 리더는 자신의 일정을 바로 직전까지 밝히지 않도록 하고 있어요."

"나이는 몇 살쯤인가요?"

"아마도 오십대 중반, 몸집이 큰 사내라고 들었어요. 그 이상의 일은 유감스럽지만 아직 잘 알지 못합니다."

다마루가 현관에서 기다리고 있었다. 아오마메는 그에게 복사키와 운전면허증, 여권과 건강보험증을 건네주었다. 그는 안으로 들어가 그 서류들을 복사했다. 복사가 다 된 것을 확인하고 원본을 아오마메에게 돌려주었다. 그리고 현관 옆 자신의 방으로 아오마메를 데려갔다. 장식이라고는 없는 좁은 정사각형 방이었다. 정원으로 난 명색뿐인 작은 창이 열려 있었다. 벽걸이형 에어컨이 가벼운 신음 소리를 냈다. 그는 작은 나무의자에 아오마메를 앉히고 자신은 책상 앞 의자에 자리를 잡았다. 네 대의 모니터 스크린이 벽에 일렬로 늘어서 있었다. 필요에 따라 카메라 앵글을 바꿀 수 있게 되어 있다. 비디오 데크가 모니터와 똑같은 수만큼 있어서 그곳에 보이는 영상을 기록했다. 스크린에는 담벼락 바깥의 풍경이 비춰지고 있었다. 가장 오른편에 여성들이 사는 세이프하우스 현관의 영상이 보였다. 새로 들어온 번견의 모습도 있었다. 개는 땅바닥에 엎드려 쉬고 있었다. 지난번 개보다 약간 작은 몸집이다.

"개가 죽던 당시의 모습은 테이프에 찍히지 않았어." 다마루는 아오마메가 묻고 싶어하는 걸 미리 알아본 듯이 말했다. "그때 개는 끈에 묶여 있지 않았거든. 개가 자기 발로 끈을 풀어낼리는 없으니 누군가가 끈을 풀어주었을 거야."

"가까이 다가가도 개가 짖지 않을 누군가가."

"음, 얘기가 그렇게 되지."

"기묘하군요."

다마루는 고개를 끄덕였다. 하지만 아무 말도 하지 않았다. 그는 그곳에서 일어났을지도 모르는 일들의 가능성에 대해 지금까지 혼자 지겨울 만큼 고민했던 것이다. 이제 새삼 남에게 말해야 할 건 아무것도 없다.

그리고 다마루는 손을 내밀어 곁의 캐비닛 서랍을 열고 검은 비닐가방을 꺼냈다. 가방 안에는 색이 바랜 푸른 목욕타월이 들어 있고 그것을 펼치자 검게 빛나는 금속제품이 나왔다. 소형 오토매틱 권총이었다. 그는 아무 말 없이 권총을 아오마메에게 내밀었다. 아오마메도 말없이 그것을 받아들었다. 그리고 그 무게를 손안에서 가늠했다. 보기보다 훨씬 가볍다. 이렇게 가벼운 것이 사람에게 죽음을 몰고 오는 것이다.

"너는 방금 두 가지 중대한 실수를 범했어. 뭔지 알겠어?" 다마루가 물었다.

아오마메는 자신의 행동을 되짚어보았지만 어디가 잘못되었는지 알 수 없었다. 그가 내민 권총을 그저 받았을 뿐이다. "모르겠어요." 그녀는 말했다.

다마루는 말했다. "하나는, 총을 받아들 때 탄환이 장전되어 있는지, 만일 장전되어 있다면 총에 안전장치가 걸려 있는지, 그걸 확인하지 않았어. 또 한 가지는 받아든 뒤에 아주 잠깐이지만 총구를 내게로 향했어. 두 가지 다, 절대로 해서는 안 되는 일이야. 그리고 쏠 의지가 없을 때는 손가락을 방아쇠 울 안에 넣지 않도록 하는 게 좋아."

"알았어요. 조심하죠."

"긴급한 경우를 제외하고, 총을 다루거나 주고받거나 이동할 때는 기본적으로 한 발의 탄환도 들어 있지 않은 상태여야 돼.

또한 너는 총을 보면 기본적으로 탄환이 장전되어 있다고 생각하고 다뤄야 해. 그렇지 않다는 것을 알 때까지는 말이야. 총은 인간을 살상하는 것을 목적으로 만들어졌어. 아무리 조심해도 지나치지 않아. 내가 너무 소심하다고 웃는 자도 있겠지. 하지만 어이없는 사고들이 실제로 일어나고 있고, 그걸로 죽거나 큰 부상을 입는 건 항상 주의깊은 사람을 비웃던 자들이야."

다마루는 상의 호주머니에서 비닐봉투를 꺼냈다. 안에는 일곱 발의 탄환이 들어 있었다. 그는 그것을 책상 위에 내려놓았다.

"보다시피 지금은 탄환이 들어 있지 않아. 탄창은 장착되어 있지만 안은 비었어. 약실에도 탄환은 들어 있지 않아."

아오마메는 고개를 끄덕였다.

"이 총은 내가 주는 개인적인 선물이야. 다만 사용하지 않았다면 그대로 돌려주도록."

"물론." 아오마메는 건조한 목소리로 말했다. "하지만 입수하는 데 돈이 들지 않았나요?"

"그런 건 신경쓰지 않아도 돼." 다마루는 말했다. "네가 꼭 신경써야 하는 건 다른 거야. 그 이야기를 하지. 권총을 쏴본 경험은?"

아오마메는 고개를 저었다. "한 번도."

"원래는 오토매틱보다 리볼버가 다루기가 쉬워. 특히 아마추어가 사용할 경우는 더욱 그렇지. 구조가 단순해서 조작법을 외우기 쉽고 실수도 적어. 하지만 어느 정도 성능 좋은 리볼버는 부피가 커서 들고 다니기 불편해. 그러니 오토매틱이 좋겠지. 헤클러 & 코흐의 HK4 독일제야. 무게는 탄환 빼고 480그램. 소형에 경량이지만 9밀리 샷 탄환의 위력은 대단해. 그리고 반동도 적어. 먼 거리에서의 명중도는 그리 기대할 수 없어도, 네가 생각하는 사용목적에는 맞아. 헤클러 & 코흐는 2차 대전 후에 생긴 총기회사지만, 이 HK4는 전쟁 전부터 사용되던 모제르 HSc라는 정평 있는 모델을 베이스로 하고 있어. 1968년부터 꾸준히 제작되어 지금까지도 인기 있는 모델이야. 그래서 신뢰성이 뛰어나지. 새 제품은 아니지만 총기 사정에 밝은 사람이 다뤘는지 손질이 아주 잘되어 있어. 좋은 자동차와 마찬가지로 완전한 신제품보다 상태가 좋은 중고가 오히려 더 믿을 만해."

다마루는 권총을 아오마메에게서 받아들고 다루는 법을 설명했다. 안전장치를 거는 법과 푸는 법. 캐치를 풀고 탄창을 뽑고 그것을 다시 밀어넣는다.

"탄창을 뽑을 때는 반드시 안전장치를 걸어둘 것. 캐치를 풀고 탄창을 뽑았다면 슬라이드를 뒤로 당겨서 약실에 있는 탄환을 튕겨내. 지금은 탄환이 들어 있지 않으니까 아무것도 나오지 않겠지만. 그다음에 슬라이드는 열어놓은 상태가 되니까 이렇게 방아쇠를 당겨. 그러면 슬라이드가 닫히지. 이때 격발장치는 마개가 닫힌 상태가 돼. 다시 한번 방아쇠를 당기면 격발장치는 내려가지. 그런 다음에 새 탄창을 밀어넣어."

다마루는 일련의 동작을 익숙한 동작으로 재빨리 해 보였다. 그러고는 다시 한번, 이번에는 천천히 하나하나의 동작을 확인해가며 똑같은 과정을 반복했다. 아오마메는 집어삼킬 듯이 그것을 지켜보았다.

"해봐."

아오마메는 신중하게 탄창을 뽑고 슬라이드를 당겨 약실을 비우고 격발장치를 내리고 다시 탄창을 장착했다.

"됐어." 다마루는 말했다. 그리고 아오마메에게서 총을 받아 탄창을 뽑고 거기에 신중하게 일곱 발의 탄환을 넣어 찰칵 소리가 나게 총에 장착했다. 슬라이드를 당겨 약실에 탄환을 장전했다. 그리고 총의 왼편에 달린 레버를 넘겨 안전장치를 걸었다.

"아까하고 똑같이 해봐. 이번에는 실탄이 꽉 차 있어. 약실에도 한 발이 장전되었어. 안전장치는 걸어뒀지만 총구를 사람에게로 향하면 안 되는 건 마찬가지야." 다마루는 말했다.

아오마메는 탄환이 장전된 권총을 받아들고 그 무게가 불어난 것을 깨달았다. 아까처럼 가볍지는 않다. 거기에는 확실히 죽음의 기척이 있었다. 이건 사람을 죽이기 위해 정밀하게 만들어진 도구인 것이다. 겨드랑이에 땀이 번졌다.

아오마메는 권총의 안전장치가 걸린 것을 확인한 뒤, 캐치를 열고 탄창을 빼내 테이블 위에 내려놓았다. 그리고 슬라이드를 당겨 약실에 들어 있던 탄환을 튕겨냈다. 탄환은 텅 하는 마른 소리를 내며 마룻바닥에 떨어졌다. 방아쇠를 당겨 슬라이드를 닫고 다시 방아쇠를 당겨 마개가 닫힌 격발장치를 원래 자리로 되돌렸다. 그러고는 떨리는 손으로 발치에 떨어진 9밀리 탄환을 주워올렸다. 목이 타서 숨을 쉴 때마다 얼얼한 아픔이 느껴졌다.

"처음 해보는 것치고는 나쁘지 않아." 다마루는 약실에서 튕겨 나온 9밀리 탄환을 탄창에 다시 밀어넣으며 말했다. "하지만 아직 한참 연습이 필요해. 손도 떨리고 있고. 이 탄창 탈착 동작을 매일 몇 번이고 반복해서 총의 질감을 몸에 확실하게 기억시켜야 해. 아까 내가 했던 만큼 재빨리, 자동적으로 할 수 있도록 해둬. 어둠 속에서도 문제없이 척척 해낼 수 있을 만큼. 네 경우에는 중간에 탄창을 갈아끼울 필요는 없겠지만, 이 동작은 권총을 다루는 사람에게는 기본 중의 기본이야. 외워두지 않으면 안 돼."

"사격 연습은 안 해도 돼요?"

"너는 이걸로 다른 누군가를 쏘려는 게 아니야. 자신을 쏠 뿐이지. 그렇지?"

아오마메는 고개를 끄덕였다.

"그렇다면 사격 연습을 할 필요는 없어. 탄환 넣는 법, 안전장치 푸는 법, 거기에 방아쇠 무게만 익혀두면 돼. 게다가 어디서 사격 연습을 할 거야?"

아오마메는 고개를 저었다. 그런 장소는 생각나지 않는다.

"그리고, 자신을 쏘겠다고 했는데 어떤 식으로 쏠 거지? 한번 실제로 해봐."

다마루는 장전된 탄창을 총에 장착하고 안전장치가 걸린 것을 확인한 뒤에 아오마메에게 건넸다. "안전장치는 걸어뒀어." 다마루는 말했다.

아오마메는 그 총구를 자신의 관자놀이에 댔다. 서늘한 강철의 촉감이 느껴졌다. 다마루는 그것을 보고 천천히 고개를 가로저었다.

"내 말 잘 들어. 관자놀이를 겨누는 건 안 좋아. 관자놀이에 대고 쏴서 뇌를 관통하는 건 생각보다 훨씬 어려워. 자기도 모르게 손이 떨리게 마련이거든. 손이 떨리면 반동 때문에 탄도가 어긋나서 결국 두개골만 쪼개놓고 죽지 못하는 케이스가 허다해. 그런 꼴이 되고 싶지는 않지?"

아오마메는 말없이 고개를 끄덕였다.

"도조 히데키는 전쟁이 끝난 뒤에 미군에 체포될 것 같으니까 자기 심장을 쏠 생각으로 총구를 가슴에 대고 방아쇠를 당겼어. 하지만 탄환이 빗나가 배에 맞는 바람에 죽지 못했지. 직업군인 중에서도 톱이었던 사람이 권총 자살 하나 제대로 못 하다니 말이야. 도조는 곧바로 병원에 실려가서 미국 의료진의 극진한 치료를 받고 회복된 뒤에 재판을 받아 교수형에 처해졌어. 한심하게 죽었지. 인간에게 죽을 때라는 건 아주 중요한 거야. 어떻게 태어날지는 선택할 수 없지만 어떻게 죽을지는 선택할 수 있어."

아오마메는 입술을 깨물었다.

"가장 확실한 건 입 안에 총신을 밀어넣고 아래쪽에서 뇌를 날려버리는 거야. 이런 식으로."

다마루는 아오마메에게서 총을 받아 그것을 실연해 보였다. 안전장치가 걸려 있다는 건 알고 있었지만 그래도 그 광경은 아오마메를 긴장시켰다. 목에 뭔가가 걸린 것처럼 숨쉬기가 힘들었다.

"하지만 이것 역시 백 퍼센트 확실한 건 아니야. 곧바로 죽지 못해 끔찍한 꼴이 된 사람을 나는 실제로 한 명 알고 있어. 자위대에서 함께 지냈던 친구야. 라이플 총신을 입 속에 밀어넣고 방아쇠에 스푼을 묶고 그걸 양쪽 엄지발가락으로 당겼어. 하지만 아마도 총신이 약간 흔들렸던 모양이야. 제대로 못 죽고 식물인간이 되었어. 그대로 십 년을 살았지. 사람이 자기 목숨을 끊는다는 게 그리 간단한 일이 아니야. 영화와는 달라. 영화에서는 다들 깨끗이 죽지. 아픔도 느끼지 않고 덜컥 죽어버려. 하지만 현실은 그렇지 않아. 깨끗이 죽지 못하고 침대에 누운 채 오줌이니 뭐니 십 년 동안을 흘리게 된다고."

아오마메는 말없이 고개를 끄덕였다.

다마루는 탄창과 약실에서 탄환을 빼내 비닐봉투에 담았다. 그리고 총과 탄환을 아오마메에게 따로따로 건넸다. "탄환은 장전되어 있지 않아."

아오마메는 고개를 끄덕이고 그것을 받아들었다.

다마루는 말했다. "나는 틀린 소리는 안 해. 무엇보다 일단 살아남을 길을 궁리하는 게 현명해. 그리고 현실적이기도 하지. 그게 내가 네게 주는 충고야."

"알았어요." 아오마메는 마른 목소리로 말했다. 그리고 울퉁불퉁한 공작기계 같은 헤클러&코흐의 HK4를 스카프로 싸서 숄더백 밑바닥에 넣었다. 탄환을 넣은 비닐봉투도 가방 속 작은 주머니에 넣었다. 숄더백은 500그램만큼 무거워졌지만 겉모습은 아무 변화가 없었다. 그만큼 작은 권총이다.

"아마추어는 원래 그런 거에 손을 대는 게 아니야." 다마루는 말했다. "내 경험상 아무래도 제대로 성공하기 어려워. 하지만 너라면 어떻게든 잘해낼 거야. 너는 나를 닮은 데가 있어. 여차하는 순간, 자기보다 룰을 우선할 줄 알아."

"아마도 난 사실은 자아라는 게 없어서 그럴 거예요."

다마루는 거기에 대해서는 아무 말도 하지 않았다.

"자위대에 있었어요?" 아오마메는 물었다.

"응, 가장 빡센 부대에. 쥐새끼에 뱀에 메뚜기도 먹어봤어. 먹지 못할 건 아니지만 결코 맛있는 건 못 되지."

"그다음에는 뭘 했어요?"

"여러 가지야. 시큐리티 회사, 주로 보디가드. 호위무사라는 표현이 더 적합한 적도 있었어. 나는 팀플레이에는 소질이 없으니까 아무래도 나 혼자 섭외해서 일하는 경우가 많았지. 짧은 동안이지만 어쩔 수 없이 뒷골목 세계에 몸담은 적도 있어. 거기서 별별 것 다 보고 왔지. 보통사람이라면 평생 한 번도 못 볼 만한 그런 종류의 일. 하지만 그럭저럭 지독한 데로는 떨어지지 않고 버텼어. 발을 엉뚱한 데 들이밀지 않도록 항상 조심했거든. 나는 상당히 신중한 성격이기도 하고, 야쿠자 같은 건 별로 좋아하질 않아. 그래서 전에도 말했듯이 내 경력은 깨끗해. 그러고는 여기로 왔어." 다마루는 발밑의 땅을 똑바로 가리켰다. "그때부터 내 인생은 차분하게 자리를 잡았지. 딱히 생활의 안정만을 추구하며 사는 건 아니지만 지금의 생활은 가능하면 잃고 싶지 않아. 마음에 드는 직장을 찾아내는 건 그리 쉽지 않으니까."

"물론." 아오마메는 말했다. "하지만 정말 돈을 안 받아도 괜찮아요?"

다마루는 고개를 저었다. "돈은 필요 없어. 이 세상은 돈보다 오히려 서로 빚을 주고받는 걸로 돌아가거든. 나는 빚지는 건 싫으니까 가능한 한 빚 받을 데를 많이 만들어두지."

"고마워요." 아오마메는 말했다.

"만에 하나 경찰이 총의 출처를 캐묻더라도 내 이름은 대지 말아줘. 물론 경찰이 와도 그런 건 정면으로 부인할 거고, 털어봤자 아무것도 안 나와. 하지만 마담이 거기에 휘말리면 나로서는 입장이 엉망이 돼."

"물론 그런 건 불지 않아요."

다마루는 호주머니에서 접힌 종이쪽지를 꺼내 아오마메에게 건넸다. 그 메모지에는 남자 이름이 적혀 있었다.

"너는 7월 4일에 센다가야 역 근처 '르누아르'라는 찻집에서 이 남자에게 총과 실탄 일곱 발을 받고 오십만 엔을 지불했어. 너는 권총을 입수하려 했었고 그 이야기를 들은 남자가 먼저 연락을 해왔어. 그 남자는 경찰의 추궁을 받으면 혐의를 깨끗이 불기로 되어 있어. 그리고 몇 년 감옥살이를 할 거야. 너는 그 이상 자세한 이야기는 할 거 없어. 총이 흘러들어온 경로만 입증하면 경찰 체면은 서니까. 그리고 너도 총포 도검류 단속법 위반으로 단기간의 실형을 먹을 수 있어."

아오마메는 거기에 적힌 이름을 기억하고 종이쪽지를 다마루에게 돌려주었다. 그는 그 종이쪽지를 잘게 찢어 쓰레기통에 버렸다.

다마루는 말했다. "아까도 말했지만, 나는 신중하고 주의깊은 성격이야. 극히 드물게 남을 믿고 좋아하는 일은 있지만, 그래도 끝까지 믿지는 않아. 일을 흘러가는 대로 내맡기지는 않는다는 거야. 하지만 무엇보다 내가 바라는 건 이 권총에 손을 대지 않고 다시 내게 돌아오는 것이지. 그러면 아무에게도 폐 끼칠 일 없어. 아무도 죽지 않고 아무도 다치지 않고 아무도 교도소에 안

가도 돼."

아오마메는 고개를 끄덕였다. "체호프의 소설작법의 뒤통수를 쳐라. 그거군요?"

"그렇지. 체호프는 뛰어난 작가지만 그의 방식만이 유일한 건 아니야. 당연한 얘기지. 이야기 속에 나오는 총이 모두 다 불을 뿜는 건 아니야." 다마루는 말을 끝내고는 뭔가 생각난 듯이 슬쩍 얼굴을 찡그렸다. "아, 중요한 걸 깜박 잊을 뻔했어. 네게 무선호출기를 줘야 하는데."

그는 책상 서랍에서 작은 통신장치를 꺼내 책상 위에 놓았다. 옷이나 허리벨트에 찰 수 있도록 금속제 클립이 붙어 있었다. 다마루는 전화 수화기를 들고 세 자리 단축 버튼을 눌렀다. 세 번의 호출음이 울리고 호출기가 그것을 받아 단속적인 전자음을 울리기 시작했다. 다마루는 그 음량을 최대로 올린 다음 스위치를 눌러 소리를 멈췄다. 눈을 가늘게 하고 송신자의 전화번호가 화면에 표시된 것을 확인한 뒤, 그것을 아오마메의 손에 건네주었다.

"되도록 항상 몸에 차고 다니도록 해." 다마루는 말했다. "최소한 이것과 너무 멀리 떨어지지 않도록 해야 돼. 벨이 울리면 나한테서 메시지가 왔다는 뜻이야. 중요한 메시지야. 날씨 이야기나 하자고 벨을 울리지는 않아. 표시된 전화번호에 즉시 연락할 것. 반드시 공중전화에서. 그리고 또 한 가지, 뭔가 짐이 있다면 신주쿠 역 코인로커에 넣어두면 돼."

"신주쿠 역." 아오마메는 복창했다.

"두말할 것도 없는 일이지만, 최대한 몸이 가벼운 게 좋겠지."

"물론이죠." 아오마메는 말했다.

아오마메는 집에 돌아오자 창의 커튼을 닫고 숄더백에서 헤클러&코흐 HK4와 실탄을 꺼냈다. 그리고 식탁 앞에 앉아 빈 탄창을 탈착하는 연습을 몇 번이나 반복했다. 반복할 때마다 그 속도는 빨라졌다. 동작에 리듬이 생기고 손도 떨리지 않게 되었다. 그리고 그녀는 권총을 헌 티셔츠에 둘둘 싸서 구두상자 안에 감췄다. 그 상자를 옷장 깊숙한 곳에 밀어넣었다. 실탄이 든 비닐봉투는 행거에 걸린 레인코트 안주머니에 넣었다. 목이 말라서 냉장고의 차가운 보리차를 꺼내 세 잔을 마셨다. 어깨 근육이 긴장 때문에 딱딱해지고 겨드랑이에서는 평소와 다른 땀냄새가 났다. 자신이 지금 권총을 소지하고 있다는 의식만으로도 세계가 조금 달라 보였다. 주변 풍경에 기묘한 낯선 색감이 더해졌다.

그녀는 옷을 벗고 뜨거운 물로 샤워를 하며 불쾌한 땀냄새를 지웠다.

모든 총이 다 불을 뿜는 건 아니야, 아오마메는 샤워를 하면서 자신에게 말했다. 총은 그저 도구에 지나지 않아. 그리고 내가 살고 있는 곳은 이야기의 세계가 아니야. 여긴 터진 틈과 부정합

성과 안티클라이맥스로 가득한 현실세계야.

그리고 이 주일이 아무 일 없이 지나갔다. 아오마메는 평상시대로 스포츠클럽에 출근해서 마셜 아츠와 스트레칭 클래스를 가르쳤다. 생활 패턴을 바꿔서는 안 된다. 노부인이 지시한 것을 그녀는 최대한 엄밀하게 지켰다. 집에 돌아와 혼자 저녁을 먹고 나면 창의 커튼을 닫고 주방 테이블을 마주한 채 혼자서 헤클러&코흐 HK4의 조작을 연습했다. 그 무게며 단단함이며 기계기름 냄새, 그 폭력성과 고요함은 점차 그녀의 몸의 일부가 되어갔다.

스카프로 눈을 가리고 총의 조작을 연습했다. 아무것도 보이지 않아도 재빨리 탄창을 장착하고 안전장치를 풀고 슬라이드를 당길 수 있게 되었다. 각각의 동작이 이끌어내는 간결하고도 리드미컬한 소리가 귀에 상쾌하게 울렸다. 암흑 속에서 손에 든 도구가 실제로 내는 소리와 그녀의 청각이 그것이라고 인지하는 것의 차이가 점점 줄어들었다. 그녀라는 존재와 그녀가 취하는 동작 사이의 경계가 점차 희박해지고 이윽고 소멸했다.

하루에 한 번은 욕실 거울 앞에 서서 탄환을 장전한 총구를 입안에 밀어넣었다. 치아 끝에 금속의 단단함을 느끼며 자신의 손가락이 방아쇠를 당기는 장면을 머릿속에 떠올렸다. 겨우 그 동작만으로 그녀의 인생은 끝나버린다. 다음 순간 자신은 이미 이 세계에서 사라지고 없다. 그녀는 거울 속의 자신을 향해 말했다. 몇 가지 주의해야 할 포인트. 손을 떨어서는 안 된다. 반동을 확실히 흡수할 것. 두려워하지 않는다. 무엇보다 주저하지 말 것.

하려고 마음만 먹으면 지금이라도 할 수 있어, 아오마메는 생각한다. 손가락을 겨우 1센티미터쯤 안쪽으로 당기기만 하면 된다. 간단한 일이다. 아예 그렇게 해버릴까도 생각한다. 하지만 그녀는 마음을 고쳐먹고 권총을 입에서 꺼내 격발장치를 돌려놓고 안전장치를 걸어 내려놓는다. 치약 튜브와 헤어브러시 사이에. 아니, 아직은 너무 일러. 내게는 그전에 해야 할 일이 있어.

그녀는 다마루가 말했던 대로 호출기를 항상 허리에 차고 다녔다. 잘 때는 자명종 시계 옆에 놓았다. 그것이 언제 울리더라도 즉각 대처할 수 있도록 대비했다. 하지만 벨은 울리지 않았다. 다시 일주일이 지나갔다.

구두상자 속의 권총, 레인코트 주머니에 든 일곱 발의 실탄, 계속 침묵을 지키는 호출기, 특제 아이스픽, 그 가늘고 뾰족한 치명적인 바늘 끝, 여행가방에 채워진 일상용품들. 그리고 그녀를 기다리고 있을 새로운 얼굴과 새로운 인생. 신주쿠 역 코인로커에 들어 있는 현금다발. 아오마메는 그런 물건들의 기척 속에서 한여름의 하루하루를 보냈다. 사람들은 본격적인 여름휴가에 들어가고 대부분의 가게는 셔터를 내려 거리엔 돌아다니는 사람들이 드물었다. 자동차의 통행도 줄어 거리는 고요히 가라앉아 있었다. 이따금 자신이 어디에 있는지 깜박 잊을 뻔하기도 했다. 이건 진짜 현실일까. 자신에게 그렇게 물었다. 하지만 현실이 아니라면, 다른 어디에서 현실을 찾아야 할지 그녀는 짐작도 할 수 없었다. 그러니 우선은 이것을 유일한 현실로 인정할 수밖에 없다. 그리고 온 힘을 다해 어떻게든 이 현실을 살아낼 뿐이다.

죽는 건 두렵지 않아, 아오마메는 다시 한번 확인한다. 두려운 것은 현실이 나를 따돌리는 것이다. 현실이 나를 두고 가버리는 것이다.

준비는 착착 갖춰졌다. 마음도 정리했다. 다마루에게서 연락이 오는 대로 언제든 바로 이 집을 나갈 수 있다. 하지만 연락은 없었다. 달력의 날짜는 8월의 끝 무렵에 가까워져갔다. 이제 조금 있으면 여름도 끝나려는지 바깥에서는 매미들이 마지막 울음을 쥐어짜고 있었다. 하루하루는 끔찍하게 길게 느껴지는데 한 달은 어째서 이토록 빨리 가버리는 걸까.

아오마메는 스포츠클럽 일을 마치고 돌아와 땀을 흡수한 옷가지를 벗어 세탁바구니에 넣고 탱크톱과 반바지 차림이 되었다. 점심 지나 세찬 소나기가 내렸다. 하늘이 컴컴해지고 작은 돌멩이만한 크기의 빗방울이 소리를 내며 도로를 때리고 천둥이 한바탕 우르릉 울었다. 소나기가 걷히자 그뒤에는 물에 흠씬 젖은 도로가 남았다. 태양이 돌아와 그 물을 전력을 다해 증발시켜서

도시는 아지랑이 같은 훈김으로 뒤덮였다. 저녁 무렵부터 다시 구름이 나타나 그 두툼한 베일로 하늘을 뒤덮었다. 달의 모습은 보이지 않았다.

저녁 준비를 하기 전에 잠시 쉴 필요가 있었다. 차가운 보리차를 한 잔 마시고 미리 삶아둔 풋콩을 먹으며 주방 테이블에서 석간신문을 펼쳤다. 1면에서부터 기사를 훑어보고 순서대로 페이지를 넘겼다. 흥미를 끄는 기사는 눈에 띄지 않았다. 평소와 다를 바 없다. 하지만 사회면을 펼쳤을 때, 느닷없이 아유미의 얼굴 사진이 그녀의 눈에 뛰어들어왔다. 아오마메는 숨을 삼키고 얼굴을 찌푸렸다.

그럴 리 없다고 그녀는 처음에 생각했다. 누군가 많이 닮은 사람의 사진을 아유미로 잘못 본 것이다. 그 아유미가 신문에 사진까지 곁들여 이렇게 크게 실릴 리 없다. 하지만 아무리 들여다봐도 그건 아오마메가 잘 아는 젊은 여경의 얼굴이었다. 때때로 조촐한 성적 향연을 연출하기 위한 파트너, 바로 그 아유미였다. 사진 속에서 아유미는 아주 조금 미소를 띠고 있었다. 어느 쪽인가 하면, 어색하고 인공적인 웃음이었다. 현실의 아유미는 좀더 자연스럽게 활짝 열린 웃음을 얼굴 가득 띤다. 그것은 공적인 앨범에 싣기 위해 찍은 사진처럼 보였다. 그 어색함에는 뭔가 불온한 요소가 포함되어 있는 것 같았다.

아오마메는 할 수 있다면 그 기사를 읽고 싶지 않았다. 사진 곁에 있는 큼직한 제목만 보고도 무슨 일이 일어났는지 짚이는 게 있었기 때문이다. 하지만 읽지 않을 수는 없다. 이건 현실이다. 어떤 일이 됐건 현실을 피하고 그냥 지나갈 수는 없다. 아오마메는 한 차례 크게 숨을 내쉬고 거기 실린 문장을 읽었다.

나카노 아유미 씨, 26세. 독신. 도쿄 도 신주쿠 거주.

그녀는 시부야의 한 호텔 방에서 목욕가운 끈으로 목이 졸린 채 살해되었다. 전라였다. 두 손은 수갑이 채워져 침대 머리에 고정되어 있었다. 소리를 내지 못하도록 입 안에는 옷가지가 쑤셔박혀 있었다. 호텔 종업원이 점심 전에 방을 점검하러 들어갔다가 시체를 발견했다. 전날 밤 열한시 전에 그녀는 한 남자와 호텔 방에 들었고, 남자는 새벽녘에 혼자 나갔다. 숙박요금은 선불로 지불했다. 이 대도시에서는 그리 드문 사건이 아니다. 대도시에는 다양한 인간들이 모여들고 증발하기도 한다. 때로 그것은 폭력이라는 형태로 발전한다. 신문은 이런 종류의 사건으로 가득하다. 다만 이 사건에는 범상치 않은 부분이 있었다. 피해자 여성은 경시청에 근무하는 현역 여경이고, 섹스 플레이에 사용된 것으로 보이는 수갑은 정식 관제품이었다. 포르노 숍에서 파는 싸구려 장난감이 아니다. 당연히 그건 세상의 주목을 끄는 뉴스였다.

제4장 덴고

Q
그런 건 바라지 않는 게 좋을지도 모른다

그녀는 지금 어디서 무엇을 하고 있을까. 아직도 여전히 '증인회' 신자일까.

그렇지 않다면 좋을 텐데, 하고 덴고는 생각했다. 물론 신앙을 갖느냐 마느냐는 개인의 자유다. 덴고가 잔소리를 할 일이 아니다. 하지만 덴고의 기억으로는, 소녀시절의 그녀가 '증인회' 신자라는 것을 달가워한 것 같지 않다. 즐거워했다고는 도저히 볼 수 없다.

학생시절에 주류도매점 창고에서 아르바이트를 한 적이 있다. 시급은 나쁘지 않았지만 무거운 짐을 날라야 하는 힘겨운 노동이었다. 하루 일이 끝나면 튼튼하다는 게 장점인 덴고도 온몸의 마디마디가 쑤시곤 했다. 그곳에서 우연히 '증인회 2세'로 자란 청년 둘과 함께 일했다. 예의 바르고 느낌이 좋은 친구들이었다. 덴고와 같은 나이였고, 일도 성실하게 했다. 게으름을 피운 적도, 불평 한 마디도 없었다. 언젠가 작업이 끝난 뒤에 셋이서 술집에 가서 생맥주를 마셨다. 어려서부터 친구인 두 사람은 몇 년 전에 사정이 있어 신앙을 버렸다고 했다. 그리고 함께 교단을 떠나 현실세계에 발을 들였다. 하지만 덴고가 본 바로는 두 사람 모두 새로운 세계에 뭔가 잘 어울리지 못하는 눈치였다. 태어날 때부터 좁고 긴밀한 커뮤니티 속에서 자란 탓에 보다 넓은 세계의 룰을 받아들이는 게 몹시 어려운 일이 된 것이다. 그들은 자주 판단력에 자신감을 잃고 곤혹스러워했다. 신앙을 버리고 해방감을 맛보면서도, 자신들이 잘못된 결단을 내린 게 아닌가 하는 회의를 여전히 떨쳐버리지 못하고 있었다.

덴고는 그들을 동정하지 않을 수 없었다. 자아가 분명히 확립되기 전에, 아직 어린아이일 때 그 세계를 떠났더라면 일반사회에 동화될 수 있는 기회는 충분하다. 하지만 그 기회를 놓쳐버리면 그다음은 '증인회' 커뮤니티 속에서 그 가치관에 따라 살아가는 수밖에 없다. 혹은 적지 않은 희생을 치르며 자기 힘으로 생활습관이며 의식을 바꿔나가는 수밖에 없다. 덴고는 그 두 사람과 이야기하면서 소녀를 생각했다. 그리고 그녀가 똑같은 고통을 맛보는 일이 없었으면 좋겠다고 진심으로 생각했다.

소녀가 마침내 손을 놓고 뒤도 돌아보지 않고 빠른 걸음으로 교실을 나간 뒤, 덴고는 그곳에 우두커니 선 채 한참이나 아무것도 하지 못했다. 그녀는 몹시 강한 힘으로 그의 손을 잡았다. 그의 왼손에는 소녀의 손가락 감촉이 생생하게 남아 있었고, 그 감촉은 며칠이나 사라지지 않았다. 시간이 지나고 직접적인 감촉이 희미해진 뒤에도 그의 마음에 찍힌 낙인은 그때의 형태 그대로 남았다.

그 얼마 뒤에 첫 사정을 했다. 단단해진 페니스 끝에서 액체가 아주 조금 나왔다. 오줌보다 얼마간 끈끈한 것이었다. 그리고 희미한 동통이 느껴졌다. 그것이 정액의 전조라는 것을 덴고는 미처 알지 못했다. 그는 불안을 느꼈다. 그런 것을 그때껏 본 적이 없었기 때문이다. 뭔가 심상치 않은 일이 자신의 몸에 일어나고 있는지도 모른다. 하지만 아버지에게 털어놓을 수도 없는 일이고, 학교 친구에게 물어볼 수도 없다. 한밤중에 꿈을 꾸고 눈을 뜨면 (어떤 꿈이었는지는 생각나지 않지만) 속옷이 축축이 젖어 있었다. 그 소녀에게 손을 잡힌 것 때문에 자기 안의 뭔가가 끌려나오고 만 것이라고 덴고는 생각했다.

그뒤 소녀와의 접촉은 전혀 없었다. 아오마메는 지금까지 그래왔던 대로 교실 안에서 고립된 채 누구와도 말을 나누지 않고 급식 전에는 명료한 목소리로 늘 하는 기묘한 기도문을 외웠다. 어딘가에서 덴고와 마주치는 일이 있어도 마치 아무 일도 없었다는 듯이 얼굴빛 하나 변하지 않았다. 덴고의 모습은 아예 눈에 들어오지도 않는 것처럼 보였다.

하지만 덴고는 기회가 닿는 대로 주위 아이들이 눈치채지 않도록 은근하고도 주의깊게 아오마메의 모습을 관찰했다. 자세히 보면 예쁘장한 얼굴이었다. 적어도 누구나 호감을 가질 만한 생김새였다. 길쭉한 몸매에 항상 색이 바래고 사이즈가 맞지 않는 옷을 입었다. 체육복을 입은 모습을 보면 가슴의 봉긋함이 아직 생기지 않은 것을 알 수 있다. 표정이 없고 거의 말을 하지 않고 항상 어딘가 먼 곳을 보는 듯한 눈을 하고 있었다. 눈동자에서는 생기가 느껴지지 않았다. 덴고는 그것이 아무래도 이상했다. 그 날, 그의 눈을 똑바로 들여다볼 때는 그토록 광채가 가득한 맑디맑은 눈동자였는데.

손을 잡힌 뒤로, 그 말라깽이 소녀 안에 남다르게 강인한 힘이 숨어 있다는 것을 덴고는 알았다. 악력도 대단하지만 그뿐만이 아니었다. 그 정신에는 더 강한 힘이 있었다. 그녀는 평소에는 그 에너지를 다른 아이들 눈에 띄지 않는 곳에 감쪽같이 감춰놓고 있는 것이다. 수업중에 선생님이 지명을 해도 정말로 필요한 것밖에는 말하지 않았지만(때로는 그런 말조차 하지 않았다) 발표되는 시험 성적은 결코 나쁘지 않았다. 만일 그럴 마음만 먹는다면 훨씬 더 좋은 성적을 낼 수 있을 거라고 덴고는 짐작했다. 어쩌면 남의 눈길을 받는 일이 없도록 일부러 실력을 줄여

답안지를 써내는지도 모른다. 그것은 그녀 같은 입장에 처한 아이가 자신이 받을 상처를 최소한으로 줄이며 살아가기 위한 지혜인지도 모른다. 되도록 몸을 작게 움츠릴 것. 되도록 눈에 띄지 않을 것.

그녀가 극히 평범한 환경의 소녀이고 마음 편히 이야기하는 게 가능하다면 얼마나 좋을까, 하고 덴고는 생각했다. 그럴 수만 있다면 두 사람은 사이좋은 친구가 될지도 모른다. 열 살의 소년과 소녀가 사이좋은 친구가 되는 건 어떤 경우에라도 간단하지는 않다. 아니, 그건 세상에서 가장 어려운 작업 중 하나인지도 모른다. 그래도 이따금 기회를 잡아 우호적인 대화를 나누는 것쯤은 가능할 것이다. 하지만 그런 기회는 결국 찾아오지 않았다. 그녀는 평범한 처지의 소녀가 아니었고, 아무도 상대해주지 않는 교실 안에서 고립된 채 고집스럽게 침묵을 지키고 있었다. 덴고도 무리하게 실제로 살아 움직이는 아오마메와 현실적인 관계를 갖기보다는 상상과 기억 속의 그녀와 아무도 몰래 관계를 맺는 쪽을 선택했다.

열 살의 덴고는 섹스에 대해 구체적인 이미지를 갖지 못했다. 그가 소녀에게 바라는 것은 가능하다면 다시 한번 손을 잡아줬으면 하는 정도였다. 둘이서만, 다른 사람 아무도 없는 곳에서 내 손을 꼭 잡아주었으면. 그리고 어떤 것이든 좋다, 그녀 자신에 대해 이야기를 해줬으면. 그녀가 그녀라는, 열 살의 한 소녀라는 비밀을, 조그만 목소리로 털어놓아줬으면. 그는 그것을 이해하려고 노력하리라. 그리고 거기에서 아마도 무언가가 시작될 터였다. 그 무언가가 어떤 것인지, 덴고는 아직 짐작할 수도 없었지만.

4월이 찾아와 5학년이 되자 덴고와 소녀는 각각 다른 반으로 갈렸다. 두 사람은 이따금 학교 복도에서 마주치고 버스정류장에 함께 서 있기도 했다. 하지만 소녀는 변함없이 덴고의 존재에는 전혀 관심을 기울이지 않는 것 같았다. 적어도 덴고에게는 그렇게 보였다. 그녀는 덴고가 곁에 있어도 눈썹 하나 움직이지 않았다. 시선을 돌리지도 않았다. 그 눈동자는 변함없이 깊이와 광채를 잃은 그대로였다. 그때 교실 안에서 일어났던 일은 대체 뭐였을까, 덴고는 생각했다. 때로 그것이 꿈속에서 일어났던 일처럼 느껴지기도 했다. 현실에서는 일어나지 않았던 일. 하지만 한편으로 그의 손은 아오마메의 남다른 악력을 아직도 선명하게 느끼고 있었다. 덴고에게 이 세계는 너무도 많은 수수께끼로 가득차 있었다.

그리고 문득 깨달았을 때, 아오마메라는 이름의 소녀는 학교에서 사라지고 없었다. 어딘가로 전학을 갔다고 했지만 자세한 사정은 알 수 없었다. 소녀가 어디로 이사를 갔는지, 그런 건 어느 누구도 알지 못했다. 그녀의 존재가 사라진 것에 대해 아주 조금이나마 마음이 흔들렸던 사람은 그 초등학교에서 아마도 덴고 한 사람밖에 없었을 것이다.

그뒤 오랫동안 덴고는 자신의 행동을 후회했다. 보다 정확히 말하자면, 행동의 결여를 후회했다. 그 소녀에게 했어야 할 말들을 이제는 얼마든지 마음속에 떠올릴 수 있었다. 그녀에게 말하고 싶은 것, 말해야 할 것들이 덴고 안에는 분명하게 있었던 것이다. 또한 나중에 생각해보니, 그녀를 어딘가로 불러내 이야기를 한다는 건 그리 어려운 일이 아니었다. 적당한 기회를 만들고 그저 약간의 용기를 내기만 하면 되는 일이었다. 하지만 덴고는 그러지 못했다. 그리고 기회는 영원히 사라져버렸다.

초등학교를 졸업하고 공립 중학교에 들어간 뒤에도 덴고는 자주 아오마메를 떠올렸다. 그는 보다 빈번하게 발기를 체험하게 되었고, 이따금 그녀를 생각하며 마스터베이션을 했다. 그는 언제나 왼손을 썼다. 그녀가 잡아준 감촉이 아직 남아 있는 왼손. 기억 속에서 아오마메는 말라깽이에 아직 가슴이 부풀지 않은 소녀였다. 하지만 그는 그녀의 체육복 차림을 머릿속에 떠올리며 사정할 수 있었다.

고등학교에 들어가 같은 세대의 소녀들과 이따금 데이트도 하게 되었다. 그녀들은 이제 막 솟아오른 젖가슴의 윤곽을 옷 위로 또렷이 드러내고 다녔다. 그런 모습을 보고 있노라면 덴고는 숨이 가빠왔다. 하지만 그래도 여전히 잠들기 전 침대 안에서 덴고는 봉긋함의 기미조차 없는 아오마메의 납작한 가슴을 머릿속에 떠올리며 왼손을 움직였다. 그리고 그때마다 깊은 죄의식을 느꼈다. 내 안에는 어딘가 올바르지 않고 비뚤어진 부분이 있는 게 틀림없다. 덴고는 그렇게 생각했다.

하지만 대학에 들어간 이후에는, 아오마메의 일이 전처럼 자주 생각나지는 않았다. 살아 있는 몸을 가진 여자들을 사귀고 실제로 성교를 하게 된 것이 그 주된 이유였다. 육체적으로는 이미 성숙한 한 사람의 남자였고, 체육복으로 몸을 감싼 말라깽이 열 살 소녀의 이미지는 그의 욕망의 대상에서 얼마간 거리를 둔 곳에 자리를 잡게 되었다.

하지만 덴고는 초등학교 교실에서 아오마메에게 손을 잡혔을 때 느낀 그런 격렬한 마음의 떨림을 그뒤 다시는 경험하지 못했다. 대학시절에도, 대학을 졸업한 뒤에도, 지금에 이르기까지 인연을 맺은 여자들 중 어느 누구도 그 소녀가 남긴 그런 선명한 낙인을 그의 마음속에 찍지 못했다. 덴고가 정말로 원하는 것을 그녀들에게서는 아무래도 찾아낼 수 없었다. 아름다운 여자도 있고 마음이 따스한 여자도 있었다. 그를 소중하게 여겨주는 여자도 있었다. 하지만 결국에는, 선명한 색깔의 날개를 단 다양한 새들이 가지에 앉았다가 다시 어딘가로 날아가듯이, 여자들은 다가오고 그리고 떠나갔다. 그녀들은 덴고를 만족시킬 수 없었고, 덴고 또한 그녀들을 만족시킬 수 없었다.

그리고 덴고는 서른 살을 앞둔 지금도, 아무 하는 일 없이 그저 멍하니 있는 그런 때에 자신도 모르는 사이에 그 열 살 소녀의 모습을 떠올리고 있는 걸 깨닫고 놀라곤 했다. 소녀는 방과후의 교실에서 그의 손을 꼭 잡고 맑은 눈동자로 그의 눈을 똑바로 들여다보고 있었다. 혹은 체육복으로 마른 몸을 감싸고 있었다. 혹은 일요일 아침, 어머니의 뒤를 따라 이치카와 시의 상점가를 돌고 있었다. 입술을 항상 굳게 다물고 그 눈은 어디도 아닌 곳을 보고 있었다.

그런 때 덴고는 생각했다, 내 마음은 그 여자아이에게서 떠나는 게 아무래도 불가능한 모양이다. 그리고 학교 복도에서 그녀에게 말을 건네지 않았던 것을 새삼스레 후회했다. 만일 그때 용기를 내어 말을 건넸더라면 내 인생은 지금과는 다른 것이 되었을지도 모른다.

그가 그때 아오마메를 떠올린 건 슈퍼마켓에서 풋콩을 샀기 때문이었다. 그는 풋콩을 고르면서 극히 자연스럽게 아오마메를 떠올렸다. 그리고 풋콩 한 꼬투리를 손에 들고 스스로도 깨닫지 못하는 사이에 백일몽에 빠진 듯이 그곳에 우두커니 서 있었다. 얼마나 오래 그러고 있었는지 덴고는 알지 못한다. "저기요"라는 여자 목소리에 그는 문득 정신을 차렸다. 그는 큼직한 몸으로 퐁콩 코너 앞을 가로막고 있었다.

덴고는 생각을 멈추고 상대에게 사과하고 손에 들었던 퐁콩을 바구니에 넣고 다른 상품과 함께 계산대로 가져갔다. 새우와 우유와 두부와 양상추와 크래커와 함께. 그리고 이웃 주부들에 섞여 계산 순서를 기다렸다. 마침 붐비는 저녁 시간이었고 계산대 담당자가 신참인지 일이 서툴러서 줄이 길게 늘어섰지만 덴고는 딱히 신경쓰지 않았다.

만일 이 계산대 앞의 행렬 속에 아오마메가 있다면, 그게 아오마메라는 걸 나는 한눈에 알아볼 수 있을까. 글쎄, 어떨까. 아무튼 그새 이십 년이나 못 본 것이다. 두 사람이 서로를 알아볼 가능성은 상당히 희박할 터였다. 거리에서 마주쳐서 혹시 그녀가 아닐까 생각했다면 그 자리에서 곧바로 말을 건넬 수 있을까. 그것도 별로 자신이 없다. 망설이다가 아무 짓도 하지 못한 채 지나가버릴지도 모른다. 그리고 다시 나중에 깊이 후회하게 될지도 모른다. 어째서 거기서 한마디 건네지 못했을까, 하고.

덴고에게 부족한 건 의욕과 적극성이야, 라고 고마쓰는 자주 말했다. 아닌 게 아니라 그의 말이 맞는지도 모른다. 뭔가 망설일 때는 꼭 '뭐 어때' 하고 생각하며 포기해버린다. 그게 그의 성격이었다.

하지만 혹시라도 어딘가에서 얼굴을 마주칠 수 있다면, 그리고 다행히도 서로를 알아볼 수 있다면, 나는 그녀를 향해 모든 것을 솔직히, 아무것도 감추지 않고, 있는 그대로 털어놓으리라. 근처 찻집에라도 들어가(물론 상대에게 시간이 있고 그의 청에 응해준다면) 마주보고 앉아 무언가를 마시면서.

그는 아오마메에게 이야기하고 싶은 일이 아주 많았다. 초등학교 교실에서 네가 내 손을 잡아준 일은 지금도 잘 기억하고 있다. 그뒤에 너와 친구가 되고 싶었다. 너를 좀더 알고 싶었다. 하지만 그만 그걸 하지 못했다. 거기에는 여러 이유가 있었다. 하지만 가장 큰 문제는 내가 겁쟁이였다는 것이다. 그것을 나는 오래도록 후회해왔다. 지금도 여전히 후회한다. 그리고 너에 대해 자주 생각한다. 그녀의 모습을 떠올리면서 마스터베이션을 해온 건 물론 입 밖에 내지 않을 것이다. 그건 솔직함과는 또다른 차원의 일이다.

하지만 그런 건 바라지 않는 게 좋을지도 모른다. 재회 같은 건 하지 않는 게 좋을지도 모른다. 실제로 만나보고 실망할지도 모르잖아, 덴고는 생각한다. 그녀는 이제는 피곤에 찌든 얼굴을 한 그저 따분한 사무원이 되었는지도 모른다. 날카로운 목소리로 어린아이들을 마구 꾸짖는, 욕구불만 가득한 엄마가 되었는지도 모른다. 공통된 화제는 하나도 찾아낼 수 없을지도 모른다. 물론 그럴 가능성도 있다. 그렇게 된다면 덴고는 마음속에 오래도록 품어온 소중한 것 한 가지를 영원히 잃게 된다. 하지만 그렇지 않을 거라는 확신 같은 것이 덴고에게는 있었다. 그 열 살 소녀의 뭔가를 결의한 눈빛과 강한 의지를 담은 옆얼굴에는 시간의 풍화를 간단히 허락하지 않을 결연한 마음이 엿보였다.

그에 비해 자신은 대체 어떤가.

그렇게 생각하면 덴고는 불안했다.

재회하고 실망하는 건 오히려 아오마메 쪽이 아닐까. 초등학교 때의 덴고는 모두가 인정하는 수학 신동이고, 성적은 거의 모든 과목이 톱이고, 덩치도 크고 운동실력도 뛰어났다. 교사들도 한수 높이 쳐주는 장래가 촉망되는 아이였다. 그녀의 눈에는 어쩌면 히어로처럼 비쳤을지도 모른다. 그런데 지금은 입시학원 계약직 강사이고, 이런 건 제대로 된 직업이라고 할 수도 없다. 분명 속편한 일자리이고, 혼자 살기에 그리 부족할 것 없는 수입이지만, 이 사회의 기둥 같은 것과는 한참 동떨어져 있다. 입시학원에서 학생들을 가르치는 한편 소설을 쓰고 있지만, 아직 정식으로 등단하지는 못했다. 아르바이트로 여성잡지에 즉흥적으로 꾸며낸 점성술 기사를 쓴다. 평판은 괜찮지만 솔직히 말해 그건 아무렇게나 둘러댄 거짓부렁이다. 이렇다 할 친구도 없고 연인도 없다. 열 살 연상의 유부녀와 일주일에 한 차례 밀회하는 것이 거의 유일한 인간관계다. 지금까지 한 일 중에서 단 한 가지 자랑할 만한 업적이라면 고스트라이터로서 「공기 번데기」를 베스트셀러로 만든 일이지만, 그것만은 입이 찢어져도 밝힐 수 없다.

거기까지 생각한 참에 계산대 담당자가 그의 장바구니를 끌어갔다.

종이봉투를 안고 집에 돌아왔다. 그리고 반바지로 갈아입고 냉장고에서 캔맥주를 꺼내 선 채로 마시면서 큰 냄비에 물을 끓였다. 물이 끓을 때까지 풋콩의 꼬투리를 떼어내 도마 위에서 골고루 소금에 문질렀다. 그리고 끓는 물에 풋콩을 던져넣었다.

어째서 그 열 살짜리 말라깽이 소녀가 이토록 오래 마음에서 떠나지 않는 것일까, 덴고는 생각했다. 그녀는 방과후에 다가와 내 손을 잡았다. 그사이에 한 마디도 하지 않았다. 그저 그것뿐이다. 하지만 아오마메는 그때 그의 일부를 가져가버린 모양이다. 마음이나 몸의 일부를. 그리고 그 대신 그녀의 마음 혹은 몸의 일부를 덴고 안에 남기고 갔다. 아주 짧은 시간에 그런 중요한 주고받음이 이루어졌다.

덴고는 많은 양의 생강을 가늘게 채썰었다. 그리고 셀러리와 양송이버섯을 적당한 크기로 잘랐다. 고수도 잘게 썰었다. 새우 껍데기를 벗겨 수돗물에 씻었다. 페이퍼타월을 펼치고 거기에 병사들을 정렬시키듯 새우를 하나씩 가지런히 늘어놓았다. 풋콩이 다 삶아지자 체에 건져 그대로 식혔다. 그러고는 큼직한 프라이팬을 달궈 참기름을 넣고 골고루 퍼뜨렸다. 잘게 채썬 생강을 약한 불에서 천천히 볶았다.

지금 아오마메를 만날 수 있다면 좋을 텐데, 하고 덴고는 생각했다. 혹시 그녀를 실망시키는 일이 된다 해도, 혹은 내가 좀 실망하게 된다 해도, 그래도 상관없다. 덴고는 어쨌든 그녀를 만나고 싶었다. 그뒤로 그녀가 어떤 인생을 걸어왔는지, 그리고 지금 어디에 있는지, 어떤 일이 그녀를 기쁘게 하고 어떤 일이 그녀를 슬프게 하는지, 그것만이라도 알고 싶었다. 두 사람이 아무리 많이 변했다 해도, 혹은 두 사람이 맺어질 가능성이 이미 사라져버렸다 해도, 그들이 아주 오랜 옛날, 방과후의 초등학교 교실에서 중요한 뭔가를 주고받았다는 사실은 변함이 없으므로.

잘게 썬 셀러리와 버섯을 프라이팬에 넣었다. 가스불을 가장 센 불로 올리고 프라이팬을 가볍게 흔들며 대나무 주걱으로 안에 든 것을 부지런히 뒤적였다. 소금과 깨를 조금 뿌렸다. 야채가 익기 시작한 참에 물기를 뺀 새우를 넣었다. 다시 한번 전체적으로 소금과 깨를 뿌려주고 작은 잔에 따른 청주를 넣었다. 간장을 조금 끼얹고 마지막에 고수를 흩뿌렸다. 그 작업을 덴고는 무의식중에 해나갔다. 마치 비행기 조종모드를 '자동'으로 변환한 것처럼 자신이 지금 어떤 동작을 하는지 거의 생각도 하지 않았다. 애초에 복잡한 절차가 필요한 요리가 아니다. 손은 정확하게 움직였지만, 머릿속으로는 내내 아오마메를 생각하고 있었다.

새우야채볶음이 완성되자 프라이팬에서 큼직한 접시로 옮겨 담았다. 새 맥주를 냉장고에서 꺼내고 식탁에 앉아 생각에 잠긴 채 김이 오르는 요리를 먹었다.

최근 몇 달 동안 나는 눈에 띄는 변화를 이뤄낸 것 같다, 고 덴고는 생각했다. 정신적으로 성장했다고 해도 좋을 것이다. 서른 직전에야 드디어…… 대단하군, 하고 덴고는 마시던 캔맥주를 손에 들고 자조적으로 고개를 저었다. 정말 대단해. 이 페이스로 간다면 남들 비슷하게나마 성장하기까지 대체 얼마나 긴 세월이 필요할까.

하지만 어찌됐건 그런 내적인 변화는 「공기 번데기」 리라이팅 작업 덕분에 생겨난 것 같다. 후카에리의 이야기를 자신의 문장으로 고쳐 쓰다보니 자신의 내면에 있는 이야기로 자신의 작품을 쓰고 싶다는 강한 마음이 덴고 안에 생겨났다. 의욕이라고 할 만한 것이 싹텄다. 그 새로운 의욕 안에는 아오마메를 원하는 마음도 포함되어 있는 것 같았다. 요즘 들어 왠지 빈번하게 아오마메를 생각하게 된다. 그의 마음은 자주 이십 년 전 오후의 교실로 되돌아갔다. 마치 바닷가에서 강한 썰물에 발을 빠뜨리고 서 있는 사람처럼.

덴고는 결국 두번째 맥주는 반을 남기고 새우야채볶음도 반을 남겼다. 남은 맥주는 싱크대에 버리고 요리는 작은 접시에 옮겨 랩을 씌워 냉장고에 넣었다.

식사 뒤 그는 책상 앞에 앉아 워드프로세서 스위치를 켜고 집필중이던 글을 불러냈다.

과거를 바꿔 써봤자 분명 그리 큰 의미가 있을 리 없다, 고 덴고는 실감한다. 연상의 걸프렌드가 지적한 대로다. 그녀가 옳다. 과거를 아무리 열심히, 면밀하게 다시 바꿔 쓴다 해도 현재 나 자신이 처한 상황의 큰 줄거리가 변하는 일은 없다. 시간이라는 건 인위적인 변경은 모조리 취소시켜버릴 만큼 강력한 힘을 갖고 있다. 그것은 이미 가해진 수정에 다시금 새로운 수정을 덧칠하여 흐름을 원래대로 고쳐갈 게 틀림없다. 다소의 세세한 사실이 변경되는 일은 있다 해도, 결국 덴고라는 인간은 어디까지나 덴고일 수밖에 없다.

덴고가 해야 할 일은 아마도 현재라는 교차로에 서서 과거를 성실히 응시하고, 그 과거를 바꿔 쓸 수 있는 미래를 차곡차곡 써나가는 것이리라. 그것 말고는 다른 길이 없다.

죄의 슬픔은
참회의 마음을 천 갈래로 찢는구나
나의 눈물방울
고운 향유가 되어
참되신 예수여

그 몸에 부어지기를

지난번에 후카에리가 노래한 〈마태수난곡〉의 아리아 가사다. 덴고는 그게 은근히 마음에 걸려서 그다음 날 집에 있는 레코드를 다시 들으며 번역 가사를 찾아보았다. 수난곡의 첫머리 부분, '베다니의 도포塗布'와 관련된 아리아다. 예수가 베다니 마을에서 문둥병 환자의 집을 찾았을 때 한 여인이 예수의 머리에 값비싼 향유를 붓는다. 주위에 있던 제자들은 그 무의미한 낭비를 꾸짖었다. 향유를 팔면 그 돈을 가난한 자들에게 베풀 수 있지 않느냐. 하지만 예수는 분개하는 제자들을 만류하며 말했다. 이걸로 되었다, 이 여인은 선한 일을 하였느니라. 이 여인은 나의 장례식을 위해 이같이 행하여준 것이니라.

여인은 알고 있었다. 예수가 가까운 시일 내에 죽지 않으면 안 된다는 것을. 그래서 자신의 넘치는 눈물을 흩뿌리듯이 그 귀중한 향유를 예수의 머리에 붓지 않을 수 없었다. 예수 또한 알고 있었다. 자신이 이제 곧 죽음의 길을 걷지 않으면 안 된다는 것을. 그는 말했다. "세상 어디든 이 복음이 널리 전해지는 곳에는 이 여인이 행한 일도 알려져 그녀를 기념하게 되리라"고.

그들은 물론 미래를 변경할 수는 없었다.

덴고는 다시 눈을 감고 심호흡을 하고 머릿속에 적절한 단어들을 늘어놓았다. 언어의 순서를 바꾸고, 이미지를 보다 명료하게 묘사했다. 그리고 거기에 좀더 잘 어울리는 리듬을 부여했다.

덴고는, 새로 제작되어 나온 여든여덟 개의 건반을 처음 마주한 블라디미르 호로비츠처럼 열 개의 손가락으로 허공에 조용한 물결을 만들어보았다. 그러고는 이윽고 마음을 정하고 워드프로세서 화면에 문장을 입력하기 시작했다.

해질녘 동쪽 하늘에 달이 두 개가 나란히 떠 있는 세계의 풍경을 그는 그려나갔다. 그곳을 살아가는 사람들을. 그곳에 흐르는 시간을.

"세상 어디든 이 복음이 널리 전해지는 곳에는 이 여인이 행한 일도 알려져 그녀를 기념하게 되리라."

제5장 아오마메

Q

생쥐가 채식주의자 고양이를 만나다

아유미의 죽음을 엄연한 사실로 받아들이기로 한 뒤, 아오마메의 내부에서는 한동안 의식의 조절 비슷한 작업이 진행되었다. 이윽고 그것이 일단락되자 아오마메는 울기 시작했다. 얼굴을 두 손으로 가리고 소리 없이 어깨를 가늘게 떨며 조용히 울었다. 자신이 울고 있는 것을 세상 누구에게도 들키고 싶지 않아서.

창의 커튼은 빈틈없이 닫혀 있지만, 그래도 누군가 어디선가 보고 있을지 알 게 뭔가. 그날 밤 아오마메는 주방 테이블에 석간신문을 펼쳐놓고 그 앞에서 멈추지 않고 울었다. 이따금 견딜 수 없어 울음소리가 터져나오기도 했지만 그 외에는 소리도 없이 울었다. 눈물이 손을 타고 신문지 위에 떨어졌다.

이 세계에 살면서 아오마메는 쉽게 울지 않았다. 울고 싶은 일이 있으면 오히려 화를 냈다. 다른 누군가에 대해 혹은 자신에 대해. 그녀가 눈물을 흘리는 건 꽤 드문 일이다. 그런 만큼 한번 눈물이 흐르기 시작하면 제어가 되지 않는다. 이렇게 오래 울어본 건 오쓰카 다마키가 자살했을 때 이후로 처음이었다. 그게 벌써 몇 년 전일까. 생각도 나지 않는다. 아무튼 꽤 오래전이다. 아오마메는 그때도 정말 원 없이 울었다. 몇 날 며칠을 계속 울었다. 아무것도 먹지 않고 밖에도 나가지 않았다. 눈물로 빠져나온 수분을 이따금 체내에 보급하고 쓰러지듯이 짧은 잠을 잤을 뿐이다. 그 나머지 시간은 쉴새없이 울었다. 그때 이후 처음이다.

아유미는 더이상 이 세계에 없다. 그녀는 체온을 잃은 시신으로 지금쯤 부검에 들어가 있을 것이다. 부검이 끝나면 다시 봉합되어 아마도 간단한 장례식이 치러지고 화장장으로 실려가 태워진다. 연기가 되어 하늘로 올라가 구름에 뒤섞인다. 그리고 비가 되어 지상에 내려와 어딘가의 풀을 키운다. 아무 말도 하지 않는 이름 없는 풀이다. 아오마메는 이제 다시 살아 있는 아유미를 바라볼 수 없다. 그건 자연의 흐름에 반하는 것이고, 끔찍하게 불공평한 일이고, 코스를 잘못 잡은 왜곡된 사고라고밖에 생각되지 않았다.

오쓰카 다마키가 세상을 떠난 뒤, 아오마메가 조금이나마 우정 비슷한 감정을 품을 수 있었던 상대는 아유미 말고는 없었다.

하지만 유감스럽게도 그 우정에는 한계가 있었다. 아유미는 현직 경찰관이고 아오마메는 연쇄살인자다. 확신을 품은 양심적인 살인자이기는 하지만 살인은 어디까지나 살인이고, 법적으로 보면 아오마메는 의심의 여지 없이 범죄자다. 아오마메는 체포당하는 쪽이고 아유미는 체포하는 쪽이다.

그래서 아유미가 좀더 깊은 관계를 원해도, 아오마메는 마음을 단단히 먹고 거기에 응하지 않으려 노력해야 했다. 일상적으로 서로를 필요로 하는 친한 관계가 되면 거기에 다양한 모순이며 터진 틈새가 불가피하게 얼굴을 내밀 것이고, 그건 아오마메에게는 치명적인 일이 될 수 있었다. 아오마메는 기본적으로 정직하고 솔직한 인간이다. 중요한 대목에서 누군가에게 거짓말을 하고 감춰가면서 상대와 성실한 인간관계를 맺지 못한다. 그런 상황은 아오마메를 혼란시키고, 혼란은 그녀가 바라는 것이 아니었다.

아유미도 그건 어느 정도 알고 있었을 것이다. 아오마메가 뭔가 공공연히 밝힐 수 없는 개인적인 비밀을 안고 있고 그것 때문에 의도적으로 자기와 일정한 거리를 두려고 한다는 것을. 아유미는 직관이 뛰어났다. 매우 개방적으로 보이는 겉모습의 반쯤은 연기일 뿐이고, 그 안쪽에는 부드럽고 상처입기 쉬운 감수성이 숨어 있었다. 아오마메는 그걸 알고 있었다. 자신의 방어적인 태도 때문에 아유미는 혼자서 섭섭해했을지도 모른다. 자기를 거부하고 자꾸 멀리하려 한다고 느꼈을지도 모른다. 그런 생각을 하면 아오마메는 바늘에 찔린 것처럼 가슴이 아팠다.

그렇게 아유미는 살해되었다. 아마도 길거리에서 낯선 남자를 만나 함께 술을 마시고 호텔에 들어갔으리라. 그러고는 어두운 밀실에서 공들여 기획한 섹스플레이가 시작되었다. 수갑, 재갈, 눈가리개. 그 상황이 눈에 선히 떠오른다. 사내는 여자의 목을 목욕가운 끈으로 조르고 그녀가 괴로움에 허덕이는 것을 바라보며 흥분하고 사정한다. 하지만 그 순간 사내는 목욕가운 끈을 움켜쥔 손에 지나치게 힘을 준 것이다. 아슬아슬한 순간에 멈췄어야 했는데 멈추지 못했다.

아유미 자신도 언젠가는 그런 일이 일어날 거라고 내심 두려워했을 것이다. 아유미는 정기적으로 격렬한 성행위를 필요로 했다. 그녀의 몸은—그리고 아마도 그녀의 정신은—그것을 원하고 있었다. 하지만 한 사람만을 사랑하는 건 원하지 않았다. 고정된 인간관계는 그녀를 숨막히게 하고 불안하게 했다. 그래서 하룻밤 스쳐가는 남자와 단 한 번으로 끝나는 섹스를 했다. 그런 사정은 아오마메와 비슷하다고 할 수 있었다. 다만 아유미는 아오마메보다 한참 더 깊이 들어가버리는 경향이 있었다. 아유미는 위험성이 크고 분방한 섹스를 즐겼다. 아마도 무의식적으로 상처입는 것을 원했으리라. 아오마메는 다르다. 아오마메는 주의깊고 신중하며 어느 누구도 자신에게 상처를 입히도록 놔두지 않는다. 그런 일을 당할 것 같으면 강하게 저항할 것이다. 하지만 아유미는 상대가 뭔가를 원하면 그것이 어떤 것이든 자기도 모르게 응해주고 마는 경향이 있었다. 그 대신 상대도 자신에게 뭔가 해줄 것이라고 기대한다. 위험한 경향이다. 어떻든 오다가다 만난 남자들 아닌가. 그들이 대체 어떤 욕망을 품고 있는지, 어떤 성향을 숨기고 있는지, 막상 맞닥뜨리지 않고는 알지 못한다. 아유미 본인도 물론 그런 위험성을 잘 알고 있었다. 그래서 더더욱 아오마메라는 안정된 파트너가 필요했던 것이다. 자신에게 제동장치를 걸어주고 주의깊게 지켜봐줄 존재가.

아오마메도 아유미가 필요했다. 아유미는 아오마메가 갖지 못한 몇 가지 능력을 갖고 있었다. 사람을 안심시키는 개방적이고 명랑한 성품. 상냥한 애교, 자연스러운 호기심, 어린애 같은 적극성, 대화를 재미있게 풀어가는 입담. 남의 시선을 끄는 큰 가슴. 아오마메는 그 곁에서 그저 수수께끼 같은 미소를 짓고 있기만 하면 되었다. 남자들은 그 미소 뒤에 대체 무엇이 있는지를 알고 싶어했다. 그런 의미에서 아오마메와 아유미는 이상적인 콤비였다. 무적의 섹스머신.

사정이야 어떻든 나는 좀더 그녀를 받아들여야 했어, 아오마메는 생각했다. 그녀의 마음을 받아주고 보듬어줘야 했다. 그것이 아유미가 원하던 것이었다. 무조건 받아들이고 껴안아주는 것. 한순간이라도 좋으니 일단 안심하게 해주는 것. 하지만 나는 그 바람에 응하지 못했다. 내 몸을 지키려는 본능이 강했고, 거기에 더하여 오쓰카 다마키의 기억을 훼손해서는 안 된다는 의식이 너무 강했다.

그리고 아유미는 아오마메 없이 혼자 밤거리에 나가 목이 졸려 죽었다. 차가운 진짜 수갑이 양손에 채워지고 눈가리개가 씌워지고 스타킹인지 속옷인지가 입에 쑤셔박힌 채. 아유미 자신이 항상 두려워했던 일이 그대로 현실이 되었다. 만일 아오마메가 그녀를 좀더 다정하게 받아주었다면, 그날 아유미가 혼자 거리로 나가는 일은 없었으리라. 전화를 걸어 아오마메에게 함께 가자고 치근댔을 것이다. 그리고 두 사람은 좀더 안전한 곳에서 서로를 점검하며 남자들에게 안겼을 것이다. 하지만 아유미는 아오마메에게 폐가 될 거라고 생각한 것이다. 아오마메가 먼저 아유미에게 전화를 걸어 만나자고 했던 적은 한 번도 없었다.

새벽 네시 조금 전에 아오마메는 더이상 방 안에 혼자 있는게 견딜 수 없어 샌들을 신고 집을 나섰다. 그리고 반바지에 탱크톱 차림으로 미명의 거리를 정처 없이 걸었다. 누군가 말을 걸어왔지만 뒤도 돌아보지 않았다. 걷는 사이에 목이 말라서 24시 편의점에 들러 커다란 팩에 든 오렌지주스를 그 자리에서 모두 마셔버렸다. 그리고 집에 돌아와 다시 한참을 울었다. 나는 아유미를 좋아했어, 아오마메는 생각했다. 자신이 생각했던 것보다 훨씬 더 그 친구를 좋아했다. 내 몸을 만지고 싶다는데 어디가 됐건 마음껏 만지게 해줬으면 좋았잖아.

다음 날 신문에도 '시부야 호텔, 여경 교살사건' 기사가 실렸다. 경찰은 사라진 남자의 행방을 전력을 다해 쫓고 있었다. 신문기사에 의하면 동료들은 크게 당황하고 있었다. 아유미는 명랑한 성격이어서 주위 사람들 모두 그녀를 좋아했고, 책임감과 추진력도 뛰어났으며 직무에서도 우수한 성적을 거두었다. 아버지와 오빠를 비롯해 많은 친척이 경찰관으로 근무하고 있고, 가정도 화목했다. 다들 어떻게 이런 일이 일어났는지 이해하지 못해 망연자실하고 있었다.

아무도 몰라, 아오마메는 생각했다. 하지만 나는 안다. 아유미는 큰 결락 같은 것을 내면에 안고 있었다. 그것은 지구 끝의 사막과도 같은 것이어서 아무리 물을 쏟아부어도 붓는 족족 땅 속으로 빨려들고 만다. 그뒤에는 촉촉한 기운이라고는 일절 남지 않는다. 어떤 생명도 뿌리내리지 못한다. 새조차 그 위를 날지 않는다. 무엇이 그녀 안에 그런 황폐하기 이를 데 없는 것을 만들어냈는가. 그것은 아유미 외에는 어느 누구도 알지 못한다. 아니, 어쩌면 아유미 역시 진실은 알지 못했으리라. 하지만 주위 남자들이 폭력으로 밀어붙인 비뚤어진 성적 욕망이 큰 요인 중 하나라는 건 틀림없다. 그녀는 그 치명적인 결락을 에워싸듯이 자신이라는 인간을 꾸며내야 했다. 그렇게 꾸며낸 장식적인 자아를 하나하나 벗겨나가면, 그뒤에 남는 것은 무無의 심연밖에 없다. 그것이 몰고 온 격렬한 건조함밖에 없다. 그리고 아무리 잊으려 애를 써도 그 무의 심연은 정기적으로 그녀를 찾아왔다. 혼자 있는 비 내리는 오후에, 혹은 악몽을 꾸다가 눈이 떠진 새벽녘에. 그리고 그런 때에 그녀는 누구라도 상관없이 누군가의 품에 안기지 않고는 견딜 수 없었다.

아오마메는 헤클러&코흐 HK4를 구두상자에서 꺼내 익숙한 손놀림으로 탄창을 장착하고 안전장치를 해제한 뒤 슬라이드를 당겨 약실에 탄환을 넣고 격발장치를 세워 양손으로 총을 단단히 쥐고 벽의 한 지점을 겨냥했다. 총신은 털끝만큼도 흔들리지 않았다. 더이상 손이 떨리지 않는다. 아오마메는 숨을 멈추고 신경을 집중하고, 그러고 나서 크게 숨을 내쉬었다. 총을 내리고 다시 안전장치를 걸었다. 총의 무게를 손안에서 점검하며 둔한 광택을 응시했다. 권총은 그녀 몸의 일부가 되어 있었다.

감정을 억눌러야 한다. 아오마메는 자신을 타일렀다. 이제 와서 아유미의 삼촌이나 오빠를 징벌한다 한들, 그들은 자신들이 무엇 때문에 벌을 받는지도 알지 못할 것이다. 그리고 이제 와서 어떤 짓을 한들 아유미는 돌아오지 않는다. 가엾은 일이지만 그건 늦건 빠르건 언젠가 일어날 일이었다. 아유미는 치명적인 소용돌이의 중심을 향해 완만한, 하지만 어떻게도 피할 수 없는 접근을 계속하고 있었다. 내가 마음먹고 좀더 따스하게 받아주었다 해도 거기에는 한계가 있었다. 이제 우는 건 그만두자. 자세를 재정비해야 한다. 나 자신보다 룰을 우선한다, 그것이 중요하다. 다마루가 말했듯이.

호출기가 울린 것은 아유미가 죽은 지 닷새째 되는 날 아침이었다. 아오마메는 라디오 정시뉴스를 들으며 주방에서 커피를 내리기 위해 물을 끓이고 있었다. 호출기는 테이블 위에 올려놓았다. 그녀는 그 작은 화면에 표시된 전화번호를 보았다. 처음 보는 번호다. 하지만 다마루가 보낸 메시지라는 건 의심의 여지가 없었다. 그녀는 근처 공중전화로 나가 그 번호를 눌렀다. 세 번째 신호가 갔을 때 다마루가 전화를 받았다.

"준비는 되었지?" 다마루는 물었다.

"물론이죠." 아오마메는 대답했다.

"마담의 전언이야. 오늘밤 일곱시, 호텔 오쿠라 본관 로비. 늘 하던 대로 작업준비를 해줘. 촉박한 연락이라 미안하지만, 여유를 두고 설정하는 게 불가능했어."

"오늘밤 일곱시에 호텔 오쿠라 본관 로비." 아오마메는 기계적으로 반복했다.

"행운을 빈다고 말하고 싶지만, 내가 행운을 빌어봤자 아마 별 도움 안 될 거야."

"당신은 행운에 기대는 사람이 아니니까."

"기대고 싶어도 그게 어떤 건지 난 몰라." 다마루는 말했다. "아직 한 번도 그런 걸 본 적이 없어서."

"딱히 빌어주지 않아도 돼요. 대신 한 가지 부탁이 있어요. 집에 고무나무 화분이 하나 있는데 그걸 좀 돌봐줘요. 아무래도 버릴 수가 없었거든요."

"내가 챙기지."

"고마워요."

"고무나무라면 고양이나 열대어를 돌봐주는 것보다는 훨씬 편해. 그밖에는?"

"그밖에는 아무것도 없음. 남은 건 다 버려줘요."

"작업이 끝나면 신주쿠 역으로 가. 거기서 이 번호로 전화해줘. 그때 다음 지시를 내릴 테니까."

"작업이 끝나면 신주쿠 역에서 이 번호로 전화를 한다." 아오마메는 반복했다.

"잘 알고 있겠지만 전화번호는 메모하지 않도록 해. 호출기는 집을 나올 때 부숴서 어딘가에 버려."

"알았어요. 그렇게 하죠."

"모든 절차는 철저히 정비되었어. 걱정할 건 하나도 없어. 그다음 일은 우리에게 맡겨."

"걱정하지 않아요." 아오마메는 말했다.

다마루는 잠시 침묵했다. "내 솔직한 의견을 말해도 될까?"

"물론."

"마담과 네가 하는 일을 쓸데없는 짓이라고 말할 생각은 전혀 없어. 그건 당신들의 문제지, 내 문제가 아니니까. 하지만 극히 조심스럽게 한마디하자면, 이건 무모한 짓이야. 그리고 끝이라는 게 없는 일이지."

"그럴지도 모르죠." 아오마메는 말했다. "하지만 바꿀 수 없는 일이에요."

"봄이 되면 눈사태가 일어나는 것과 마찬가지로."

"아마도."

"하지만 상식 있는 정상적인 사람은 눈사태가 일어날 법한 계절에 눈사태가 일어날 법한 곳에는 가까이 가지 않아."

"상식 있는 정상적인 사람은 애초에 당신과 이런 이야기도 하지 않겠죠."

"그건 그렇지." 다마루는 인정했다. "그런데, 눈사태가 났을 때 연락할 만한 가족은 있어?"

"가족은 없어요."

"원래부터 없는 거야, 아니면 있지만 없는 거야?"

"있지만 없는 거." 아오마메는 말했다.

"좋아." 다마루는 말했다. "홀가분한 게 최고야. 가족으로는 고무나무 정도가 가장 이상적이지."

"마담의 거실에서 금붕어를 보고 나서 나도 갑자기 금붕어가 키우고 싶어졌어요. 그런 게 집에 있으면 좋겠다 싶었죠. 조그맣고 말도 없고 요구하는 것도 적을 거고. 그래서 그다음 날 역 앞 가게에 사러 갔는데, 막상 수조 안의 금붕어를 보니 문득 싫어지더라구요. 그러고는 팔다 남은 그 추레한 고무나무를 샀어요. 금붕어 대신."

"올바른 선택이었다고 봐."

"금붕어는 영원히 못 키울지도 몰라요."

"그럴지도." 다마루는 말했다. "또 고무나무를 사면 돼."

짧은 침묵이 있었다.

"오늘밤 일곱시에 호텔 오쿠라 본관 로비에서." 아오마메는 다시 한번 확인했다.

"그냥 거기 앉아서 기다리고 있으면 돼. 상대가 너를 알아볼 거야."

"상대가 나를 알아본다."

다마루는 가볍게 헛기침을 했다. "혹시 채식주의자 고양이와 생쥐가 만난 이야기 알아?"

"몰라요."

"듣고 싶어?"

"무척."

"생쥐 한 마리가 다락방에서 커다란 수컷 고양이와 덜컥 마주쳤어. 생쥐는 도망칠 곳도 없는 구석까지 몰렸어. 생쥐는 벌벌 떨면서 말했지. '고양이님, 제발 부탁이에요. 나를 잡아먹지 말아주세요. 나는 내 가족에게로 돌아가야 한답니다. 어린 자식들이 배를 곯고 기다리고 있어요. 부디 나를 놓아주세요.' 고양이는 말했어. '아, 걱정할 거 없어. 너를 잡아먹거나 하진 않아. 사실은 말이지, 큰 소리로 할 얘기는 아니지만, 나는 채식주의자야. 고기는 일절 먹지 않아. 그러니 나를 만난 건 너에게는 큰 행운이야.' 생쥐는 말했어. '아아, 얼마나 멋진 날인가. 나는 얼마나 큰 행운을 거머쥔 생쥐인가. 채식주의자 고양이를 만나다니.' 하지만 다음 순간, 고양이는 생쥐에게 달려들어 발톱으로 몸을 움켜쥐고 날카로운 이빨로 목덜미를 물었어. 생쥐는 고통으로 헐떡이며 마지막 숨을 몰아 고양이에게 외쳤어. '아니, 당신은 채식주의자라서 고기는 일절 먹지 않는다면서요. 그건 거짓말이었나요?' 고양이는 입맛을 쩝쩝 다시며 말했어. '응, 나는 고기는 일절 먹지 않아. 그건 거짓말이 아냐. 그래서 너를 물고 가서 상추와 바꿔 먹을 거야.'"

아오마메는 잠시 생각했다. "그 이야기의 포인트는 뭐죠?"

"포인트는 딱히 없어. 아까 행운이라는 화제가 나와서 문득 생각난 이야기지. 그냥 그것뿐이야. 물론 포인트를 찾아내는 건 너의 자유지만."

"참 마음 따스해지는 얘기네요."

"또 한 가지. 사전에 몸수색과 소지품 검사를 할 거야. 그자들은 몹시 신중해. 그건 기억해두는 게 좋아."

"기억해두죠."

"자, 그럼." 다마루는 말했다. "다시 어디선가 만나자."

"다시 어디선가." 아오마메는 반사적으로 되풀이했다.

전화가 끊겼다. 그녀는 수화기를 잠시 바라보고 얼굴을 가볍게 찡그리고는 그것을 내려놓았다. 그리고 호출기에 표시된 전화번호를 머릿속에 확실히 새겨넣고 그것을 삭제했다. 다시 어디선가, 아오마메는 머릿속에서 다시 한번 되풀이했다. 하지만 그녀는 알고 있었다. 아마도 이제 다시는 다마루와 얼굴을 마주할 일이 없으리라는 것을.

조간신문을 샅샅이 훑어봤지만 아유미가 살해된 사건에 대한 기사는 더이상 눈에 띄지 않았다. 아무래도 현재로서는 수사에 별다른 진전이 없는 모양이다. 아마 얼마 후에는 엽기적인 사건이라고 주간지들이 일제히 떠들어댈 것이다. 젊은 현직 여경이 시부야의 러브호텔에서 수갑을 사용한 섹스플레이를 했다. 그리고 전라로 교살되었다. 하지만 아오마메는 그런 흥미 위주의 기사를 읽고 싶은 마음은 없었다. 사건이 일어난 이후로 텔레비전도 켜지 않았다. 뉴스 아나운서의 인공적인 낭랑한 목소리로 아유미의 죽음에 관한 사실을 듣고 싶지는 않았다.

물론 범인이 잡히기를 바랐다. 범인은 어떻든 처벌을 받아야 한다. 하지만 범인이 체포되고 재판을 받고 그 살인의 자세한 경위가 명백히 밝혀진다 해도, 대체 뭐가 어떻게 바뀐다는 것인가. 무슨 짓을 해도 아유미는 살아 돌아오지 않는다. 그것만은 명백하다. 판결도 어차피 가볍게 나올 터였다. 아마도 살인이 아니라 과실치사 사건 정도로 처리될 것이다. 물론 사형판결이 내려진다 한들 그것이 어떤 보상이 되는 것도 아니다. 아오마메는 신문을 접고 테이블에 팔꿈치를 괴고 잠시 두 손으로 얼굴을 가렸다. 그리고 아유미를 생각했다. 하지만 더이상 눈물은 나지 않았다. 그저 화가 날 뿐이다.

오후 일곱시까지는 아직 한참 시간이 남았다. 아오마메는 그때까지 아무 할 일이 없었다. 오늘은 스포츠클럽 강의도 없다. 소형 여행가방과 숄더백은 다마루가 지시한 대로 이미 신주쿠역 코인로커에 넣어두었다. 그 여행가방 안에는 현금다발과 며칠분의 갈아입을 옷이 들어 있다. 아오마메는 사흘에 한 번씩 신주쿠 역까지 나가 코인을 추가하고 그때마다 내용물을 확인했다. 집 안 청소를 할 필요도 없고, 요리를 하려고 해도 냉장고 안이 거의 텅 빈 상태였다. 집 안에는 고무나무 외에는 생활의 냄새를 풍기는 건 아무것도 남아 있지 않았다. 개인적인 정보로 연결될 것은 모조리 처분했다. 서랍은 모두 텅 비었다. 내일이면 나는 이미 이곳에 없다. 떠난 자리에는 내 기척 하나 남아 있지 않으리라.

저녁에 입고 나갈 옷은 반듯하게 개켜서 침대 위에 차곡차곡 올려놓았다. 그 옆에는 파란색 스포츠백이 있었다. 그 스포츠백에는 스트레칭에 필요한 도구 일습이 들어 있다. 아오마메는 그것을 다시 한번 점검했다. 저지 상하 한 벌과 요가 매트, 크고 작은 타월, 그리고 가느다란 아이스픽을 넣은 작은 하드케이스. 모든 것이 완벽하게 준비되었다. 하드케이스 안에서 아이스픽을 꺼내 코르크 마개를 벗기고 끝부분에 손가락을 대보고 그것이 충분히 날카로움을 유지하고 있음을 확인했다. 그래도 좀더 세심한 주의를 위해 가장 미세한 숫돌을 사용해 가볍게 갈아주었다. 그녀는 그 바늘 끝이 남자의 목덜미에, 그곳에 있는 특별한 한 점에 빨려들듯이 소리 없이 잠겨드는 장면을 머릿속에 떠올렸다. 지금까지와 마찬가지로 단 한순간에 모든 일이 끝날 것이다. 비명도 없고 출혈도 없이. 그곳에는 한순간의 짧은 경련이 있을 뿐이다. 아오마메는 바늘 끝을 다시 코르크 마개에 꽂아 신중하게 케이스에 챙겨넣었다.

그러고는 티셔츠로 둘둘 감싸둔 헤클러&코흐를 구두상자에서 꺼내 익숙한 손놀림으로 탄창에 일곱 발의 9밀리 탄환을 넣었다. 마른 소리를 울리며 약실에 탄환을 보냈다. 안전장치를 풀고 다시 걸었다. 그것을 하얀 손수건에 싸서 비닐 파우치에 넣었다.

그 위에 갈아입을 속옷을 채워서 피스톨이 눈에 띄지 않게 했다.

그밖에 해야 할 일은 없을까?

아무것도 생각나지 않는다. 아오마메는 주방에 나가 물을 끓이고 커피를 내렸다. 테이블 앞에 앉아 그것을 마시며 크루아상 하나를 먹었다.

이게 내 마지막 임무다, 아오마메는 생각했다. 그리고 가장 중요하고 가장 힘든 일이다. 이 임무를 마치면 이제 더이상 사람을 죽일 필요는 없다.

자신의 아이덴티티가 상실되는 데 대한 거부감은 없었다. 그것은 오히려 어떤 의미에서는 아오마메가 환영하는 바였다. 이름에도 얼굴에도 미련이 없고, 소멸되는 게 아쉬울 만한 과거는 하나도 생각나지 않는다. 인생의 리셋, 어쩌면 그것은 내가 오래전부터 바라던 일인지도 모른다.

자기 것 중에서 가능하면 잃고 싶지 않다고 그녀가 생각한 건, 정말 이상한 일이지만, 빈약한 젖가슴 정도였다. 아오마메는 열두 살 이후로 오늘에 이르기까지 항상 젖가슴의 모양과 사이즈에 불만을 품고 있었다. 가슴이 조금만 더 컸더라면 지금보다는 훨씬 더 마음 편한 인생을 보낼 수 있었을 거라고 수없이 투덜거렸다. 하지만 실제로 그 사이즈를 바꿀 수 있는 기회가 주어지자 (그것은 필연성을 수반한 선택이었다), 자신이 그걸 전혀 원하지 않는다는 것을 그녀는 깨달았다. 이대로도 괜찮아. 이 정도가 딱 좋아.

탱크톱 위로 양쪽 젖가슴을 더듬어보았다. 평소와 똑같은 가슴이다. 배합을 잘못해서 제대로 부풀지 못한 빵 반죽 같은 모양이다. 게다가 좌우 사이즈도 미묘하게 다르다. 그녀는 고개를 저었다. 하지만 괜찮아. 이게 나야.

이 젖가슴 외에 나의 무엇이 남겨지는 걸까.

물론 덴고의 기억이 남는다. 그의 손의 감촉이 남는다. 마음의 거센 떨림이 남는다. 그에게 안기고 싶다는 갈망이 남는다. 가령 다른 사람이 된다 해도, 덴고에 대한 그리움이 내게서 뜯겨나가는 일은 없다. 그것이 나와 아유미의 가장 큰 차이다, 아오마메는 생각했다. 나라는 존재의 핵심에 있는 것은 무無가 아니다. 황폐하고 메마른 사막도 아니다. 나라는 존재의 중심에 있는 것은 사랑이다. 나는 변함없이 덴고라는 열 살 소년을 그리워한다. 그의 강함과 총명함과 다정함을 그리워한다. 그는 이곳에는 존재하지 않는다. 하지만 존재하지 않는 육체는 멸하지 않고, 서로 나누지 않은 약속은 깨지는 일이 없다.

아오마메 안의 서른 살 덴고는 현실의 덴고가 아니다. 그는 이른바 하나의 가설에 지나지 않는다. 모든 것은 아마도 그녀의 상념이 만들어낸 것이다. 덴고는 아직 그 강함과 총명함과 다정함을 유지하고 있다. 그리고 그는 이제는 성인 남자의 굵은 팔뚝과 두툼한 가슴과 튼실한 성기를 갖고 있다. 아오마메가 원할 때, 그는 언제나 곁에 있다. 그녀를 꼭 끌어안고 머리를 쓰다듬고 입맞춤을 해준다. 둘이 함께 있는 방은 언제나 어둡고 아오마메에게 덴고의 모습은 보이지 않는다. 그녀가 볼 수 있는 것은 그의 눈동자뿐이다. 어둠 속에서도 아오마메는 그 따스한 눈동자를 알아볼 수 있었다. 그녀는 덴고의 눈동자를 들여다보고 그 깊은 안쪽에서 그가 바라보는 세계의 광경을 볼 수 있었다.

아오마메가 때때로 참을 수 없이 남자와의 섹스를 원하는 것은 자신 속에 키워온 덴고의 존재를 가능한 한 순수하게 유지하고 싶기 때문인지도 모른다. 그녀는 알지 못하는 사내들과의 방만한 섹스에 의해 자신의 몸을, 그것을 사로잡고 있는 욕망에서 해방시키고 싶었던 것이다. 그 해방 뒤에 찾아오는 은밀하고 온화한 세계에서 덴고와 함께 어떤 것에도 귀찮게 휘둘리지 않는 친밀한 시간을 보내고 싶었다. 아마도 그것이 아오마메가 간절히 바라는 것이었다.

오후의 몇 시간을 아오마메는 덴고를 생각하며 보냈다. 그녀는 좁은 베란다에 놓아둔 알루미늄 의자에 앉아 하늘을 올려다보고 자동차 소음에 귀를 기울이고, 이따금 추레한 고무나무 잎사귀를 손끝으로 잡아보며 덴고를 그리워했다. 오후의 하늘에 아직 달은 보이지 않았다. 달이 나오는 건 몇 시간쯤 뒤의 일이다. 내일 이맘때면 나는 어디에 있게 될까, 아오마메는 생각했다. 짐작도 가지 않는다. 하지만 그런 건 사소한 일이다. 덴고가 이 세계에 존재하고 있다는 사실에 비하면.

아오마메는 고무나무에 마지막으로 물을 주고, 그러고는 플레이어에 야나체크의 〈신포니에타〉를 얹었다. 가지고 있던 레코드는 모두 다 처분했지만 그 한 장만은 마지막까지 남겨두었다. 그녀는 눈을 감고 음악에 귀를 기울였다. 그리고 보헤미아의 넓은 들판을 건너가는 바람을 상상했다. 그런 곳을 덴고와 둘이서 한없이 걸어갈 수 있다면 정말 좋을 거라고 생각했다. 두 사람은 물론 손을 맞잡고 있다. 바람이 불어오고 부드러운 초록빛 풀이 그에 맞추어 소리도 없이 흔들린다. 아오마메는 덴고의 손의 온기를 자신의 손에 분명하게 느낄 수 있었다. 영화의 해피엔딩처럼 그 광경은 조용히 페이드아웃해간다.

그리고 아오마메는 침대 위에 누워 몸을 웅크리고 삼십 분쯤 잤다. 꿈은 꾸지 않았다. 꿈을 필요로 하지 않는 잠이었다. 눈을 떴을 때, 시곗바늘은 네시 반을 가리키고 있었다. 냉장고에 남아 있던 달걀과 햄과 버터로 햄에그를 만들었다. 팩에 든 오렌지주스를 마셨다. 낮잠 뒤의 침묵은 기묘하게 묵직했다. FM 라디오를 켜자 비발디의 목관악기를 위한 협주곡이 흘러나왔다. 피콜로가 작은 새의 지저귐 같은 경쾌한 트릴을 연주하고 있었다. 그것은 아오마메에게 지금 이곳에 있는 현실의 비현실성을 강조하기 위한 음악처럼 느껴졌다.

그릇을 정리한 뒤 샤워를 하고 몇 주일 전부터 이날을 위해 준비해둔 옷으로 갈아입었다. 심플하고 활동하기 편한 옷이다. 파란색 면바지에 별다른 장식 없는 흰색 반소매 블라우스. 머리는 위로 올려 핀으로 묶었다. 액세서리는 달지 않는다. 입고 있던 옷가지는 빨래바구니에 넣는 대신 둘둘 뭉쳐 검은 쓰레기봉투에 넣었다. 그다음은 다마루가 처리해줄 것이다. 손톱을 깨끗이 깎고 시간을 들여 이를 닦았다. 귀 청소도 했다. 가위를 사용해 눈썹을 다듬고 얼굴에 엷게 크림을 바르고 목에는 아주 살짝 콜로뉴를 뿌렸다. 거울 앞에 서서 다양한 각도에서 얼굴의 세부를 점검하며 어디에도 문제가 없다는 것을 확인했다. 그리고 나이키 마크가 새겨진 비닐 스포츠백을 들고 방을 나섰다.

문 앞에서 마지막으로 뒤를 돌아보며 이제 더이상 이곳에 돌아올 일은 없다고 생각했다. 그렇게 생각하니 방 안이 더할 나위 없이 초라해 보였다. 안쪽에서만 자물쇠가 잠기는 감옥 같다. 그림 한 장 걸려 있지 않고 꽃병 하나 없다. 금붕어 대신 사온 바겐세일 고무나무가 베란다에 덩그러니 놓여 있을 뿐. 이런 곳에서 자신이 몇 년씩이나 별 불만이나 의문을 품지 않고 하루하루를 보냈다는 게 좀처럼 믿어지지 않았다.

"안녕." 그녀는 작게 입 밖에 내어 말했다. 자신의 집에게가 아니라, 그곳에 있었던 자기 자신을 향한 작별인사였다.

제6장 덴고

Q
우리는 대단히 긴 팔을 갖고 있습니다

그뒤로 한참 동안 별다른 상황 진전은 보이지 않았다. 덴고에게 누구도 연락하지 않았다. 고마쓰도, 에비스노 선생도, 그리고 또한 후카에리도. 메시지 비슷한 것도 없었다. 모두 덴고 따위는 잊고 달에 가버렸는지도 모른다. 만일 정말 그렇다면 나도 불만은 없지만, 하고 덴고는 생각했다. 하지만 그렇게 덴고 좋을 대로 될 일은 아니다. 그들은 달 같은 곳에 가지 않는다. 할 일이 너무 많아서, 하루하루 너무 바빠서 덴고에게 뭔가를 알려줄 여유나 친절을 갖지 못하는 것뿐이다.

덴고는 고마쓰가 지시한 대로 신문은 날마다 잘 챙겨보려 노력했지만, 적어도 그가 읽은 신문에는 후카에리와 관련된 기사는 더이상 실리지 않았다. 신문은 '일어난' 일은 적극적으로 다루지만 '진행중인' 일에는 비교적 소극적인 태도로 임하는 매체다. 따라서 그건 '현재로서는 별다른 큰일이 일어나지 않았다'는 무언의 메시지일 터였다. 텔레비전 뉴스쇼가 사건을 어떻게 다루었는지, 텔레비전이 없는 덴고로서는 알 도리가 없었다.

주간지에 대해서 말하자면, 거의 모든 주간지가 그 사건을 다루고 있었다. 하긴 덴고가 실제로 그런 기사를 읽어본 건 아니다. 신문에 실린 주간지 광고에 '미소녀 베스트셀러 작가, 수수께끼의 실종 사건의 진상'이라든가 '「공기 번데기」의 저자 후카에리(17세)는 어디로 사라졌는가?' '실종 미소녀 작가의 "숨겨진" 성장과정' 하는 식의 센세이셔널한 제목이 줄줄이 나온 것을 보았을 뿐이다. 몇몇 잡지의 광고에는 후카에리의 얼굴 사진까지 실려 있었다. 모두 기자회견 때 찍은 사진이었다. 그곳에 어떤 내용이 실려 있는지 흥미가 아주 없지는 않았지만 굳이 돈을 내고 그런 주간지를 살 마음은 없었다. 만일 그곳에 덴고가 꼭 알아야 할 내용이 있다면 아마 고마쓰가 바로 연락했을 것이다. 연락이 없다는 건 현재로서는 새로운 전개가 없다는 얘기다. 사람들은 아직 「공기 번데기」의 뒤에 고스트라이터가 있(을지도 모른)다는 사실을 알아내지 못했다는 뜻이다.

제목으로 봐서 매스컴의 관심은 아직까지는, 후카에리의 부친이 옛 운동권 과격파의 유명한 활동가였다는 것, 후카에리가 야마나시 현 산 속의 코뮌에서 일반 사회와 격리되어 성장했다는 것, 현재의 후견인이 (예전의 유명한 문화인류학자) 에비스노 선생이라는 것 등의 사실에 집중되어 있었다. 그리고 그 수수께끼로 가득한 미모의 소녀 작가의 행방이 여전히 묘연한 상태에서 「공기 번데기」는 베스트셀러로 자리잡고 있다. 현재로서는 그것만으로도 충분히 세상의 이목을 끌 만한 기삿거리였다.

하지만 후카에리의 실종이 좀더 길게 시간을 끈다면 조사의 손길이 보다 광범위한 주변 사정에까지 뻗치리라는 건 시간문제다. 그렇게 되면 문제는 적잖이 복잡해질 것이다. 예를 들어 누군가가 후카에리가 다니던 학교에 찾아가 조사한다면, 그녀가 난독증을 갖고 있는 것하며 아마도 그것 때문에 학교에 거의 다니지 않았다는 사실 등이 밝혀질지도 모른다. 그녀의 국어 성적과 작문 같은 것이—만일 그녀가 그런 걸 썼다면—나올지도 모른다. 당연한 일이지만 '난독증 장애를 가진 소녀가 이렇게 탄탄한 문장을 써냈다는 건 아무래도 이상하다'는 의혹이 떠오르게 된다. 거기까지 가면 '분명 제삼자가 손을 댔을 것이다'라는 가설을 세우는 데 천재적인 상상력이 필요하지는 않을 것이다.

그런 의혹이 가장 먼저 향할 곳은 물론 고마쓰다. 고마쓰가 「공기 번데기」의 담당 편집자이고 출판에 관한 모든 것을 담당해왔으므로. 그리고 고마쓰는 어디까지나 모르쇠로 일관할 것이다. 나는 후카에리가 보내온 응모 원고를 그대로 심사위원회에 보냈고, 그 작품이 어떻게 쓰였는지는 전혀 모른다. 천연덕스러운 얼굴로 그렇게 주장할 것이다. 노련한 편집자라면 다들 많건 적건 몸에 익혀두고 있는 스킬이지만, 고마쓰는 표정 하나 바꿔지 않고 마음에도 없는 소리를 하는 재주가 유난히 뛰어나다. 그리고 곧바로 덴고에게 전화를 걸어 "이봐, 덴고, 이제 슬슬 꽁무니에 불이 붙으려나봐"라는 등의 말을 할 것이다. 연극적인 말투로, 마치 트러블을 즐기는 것처럼.

그는 정말로 트러블을 즐기는지도 모른다. 덴고는 자주 그런 느낌을 받았다. 고마쓰에게서는 파멸에 대한 바람 같은 것이 때때로 엿보였다. 계획이 모조리 까발려지고, 질척거리는 스캔들이 성대하게 터지고, 관계자 모두가 하늘 높이 날려가기를 마음속 깊은 곳에서 바라고 있는지도 모른다. 고마쓰라는 인간에게는 그런 면이 없지 않았다. 하지만 그와 동시에 고마쓰는 냉철한 리얼리스트이기도 하다. 바람은 바람으로 어딘가에 놔두고, 실제로는 그리 쉽사리 파멸의 경계선을 넘어서거나 하지 않는다.

어쩌면 고마쓰는 무슨 일이 있건 자신만은 살아남을 수 있다는 승산을 갖고 있는지도 모른다. 그가 이번 사건의 전개를 어떤 식으로 돌파해나갈 생각인지 덴고는 알지 못한다. 고마쓰라면 어떤 일이든—수상하기 짝이 없는 스캔들이든 파멸이든—그 나름대로 교묘하게 이용할 수 있을지도 모른다. 도저히 허투루 볼 수 없는 사람이다. 에비스노 선생을 두고 속을 헤아릴 수 없는 사람이니 어쩌니, 고마쓰는 그런 불평을 할 입장이 못 된다. 하지만 어찌됐건 「공기 번데기」의 집필과정에 대한 의혹의 구름이 지평선에 떠오르기 시작하면, 고마쓰는 반드시 덴고에게 연락을 해올 것이다. 그 점에 대해서 덴고는 상당한 확신이 있었다. 덴고는 고마쓰에게 지금까지 편리하고 유능한 도구 노릇을 해왔지만, 동시에 이제는 그의 아킬레스건이기도 하다. 덴고가 진실을 모조리 불어버리면 그는 의심의 여지 없이 궁지에 몰리게 된다. 덴고는 소홀히 대할 수 없는 존재가 된 것이다. 그러니 고마쓰의 전화만 기다리면 된다. 전화가 없는 동안에는 아직 '꽁무니에 불이 붙은' 건 아니라는 얘기다.

에비스노 선생이 무엇을 하고 있는지, 덴고는 오히려 그쪽에 더 관심이 갔다. 에비스노 선생은 경찰과 함께 뭔가 일을 진행시키고 있는 게 틀림없다. 그는 후카에리의 실종에 '선구'가 어떤 식으로든 얽혀 있을 가능성을 경찰에 열심히 주장하고 있을 것이다. 후카에리의 실종 사건을 지렛대 삼아 '선구'라는 종교단체의 단단한 껍질을 비집고 열어보려 하고 있다. 경찰이 그의 주장대로 움직여주고 있을까. 아마 움직이고 있을 것이다. 후카에리와 '선구'의 관계에 대해서는 이미 미디어에서도 떠들어대는 판이다. 그쪽에 손대지 않고 있다가 나중에야 '선구'에서 중요한 사실이 드러나기라도 하면 경찰은 직무태만이라는 질책을 받게 된다. 하지만 어쨌거나 수사는 수면 아래에서 조용히 진행되고 있을 것이다. 즉, 주간지를 읽어봤자, 텔레비전 뉴스쇼를 열심히 시청해봤자, 알맹이 있는 새로운 정보는 나오지 않는다는 것이다.

그런 어느 날, 학원 일을 마치고 집에 돌아오니 현관 우편함에 두툼한 봉투가 꽂혀 있었다. 보낸 사람은 고마쓰이고, 출판사 로고가 찍힌 봉투에는 속달용 스탬프가 여섯 개나 찍혀 있었다. 집에 들어와 열어보니 「공기 번데기」의 서평을 복사한 것이 들어 있었다. 고마쓰의 편지도 함께 들어 있었다. 항상 그렇듯이 마구 휘갈겨 쓴 글씨여서 해독하는 데 시간이 걸렸다.

덴고 군,

현재로서는 아직 별다른 움직임은 없네. 후카에리의 행방은 여전히 밝혀지지 않고 있어. 주간지나 텔레비전에서 떠들어대는 건 주로 그녀의 성장에 관련한 문제야. 고맙게도 우리에게는 아무런 해도 미치지 않고 있지. 책은 점점 더 잘 팔리네. 일이 여기까지 왔으니 이건 축하해야 할 일인지 판단을 내리기가 고민스러운 참일세. 하지만 회사에서는 좋아서 펄펄 뛰고 있고, 사장은 내게 표창장과 금일봉까지 주셨네. 이십 년 넘게 이 회사에서 일해왔지만 사장에게서 칭찬을 들은 건 처음이야. 일의 진상이 드러난다면 이자들이 어떤 얼굴을 할지, 좀 보고 싶은 마음도 드는 대목이지.

지금까지 나온 「공기 번데기」의 서평이며 관련기사 복사본을 함께 보내네. 시간 나면 공부를 위해 읽어보도록. 자네에게도 흥미로운 게 있을 테니. 만일 웃고 싶은 마음이 있다면 그렇다는 얘기네만, 실소가 터지는 서평도 몇 있네.

지난번에 말했던 '신일본학술예술진흥회'에 대해 아는 사람에게 조사를 의뢰했었네. 이 단체는 몇 년 전에 설립되어 인가를 받고 실제로 활동을 하고 있어. 사무실도 있고, 연도 회계보고도 실시하는 곳이야. 일 년 동안 몇 명의 학자와 예술가를 선정하여 후원금을 지급하는 활동을 하고 있네. 적어도 협회 측에서는 그같이 주장하고 있어. 그 돈이 어디서 나오는지는 알려져 있지 않네. 아무튼 수상쩍은 곳이라는 게 그 조사자의 솔직한 의견일세. 세금절감을 위해 만든 유령단체일 가능성도 있어. 좀더 자세히 조사하면 뭔가 색다른 정보가 나올지도 모르지만, 나는 현재 거기까지 손을 쓸 여유가 없네. 어떻든 지난번 전화에서도 말했지만, 그 단체가 사회적으로 무명인 덴고에게 삼백만 엔의 돈을 내준다는 건 아무래도 수긍하기 어려운 일이야. '선구'가 한 다리를 걸치고 있을 가능성도 부정할 수 없어. 만일 그렇다면 그들은 「공기 번데기」에 덴고가 관여하고 있다는 냄새를 맡은 셈이지. 어떻든 이 단체와는 관련을 맺지 않는 게 현명할 듯.

덴고는 고마쓰의 편지를 봉투에 다시 넣었다. 어째서 고마쓰는 일부러 편지를 써보냈을까. 서평을 보내는 김에 동봉한 것뿐인지도 모르지만, 아무래도 고마쓰답지 않다. 볼일이 있으면 늘 하던 대로 전화로 이야기하면 될 게 아닌가. 이런 편지는 나중에 증거로 남을 가능성이 크다. 신중한 성품의 고마쓰가 그런 것을 모를 리 없다. 어쩌면 고마쓰는 증거가 남는 것보다 전화를 도청당할 가능성이 더 불안했는지도 모른다.

덴고는 전화에 시선을 던졌다. 도청? 자신의 전화가 도청되고 있을 수도 있다는 생각은 해본 적 없었다. 하지만 그러고 보니 최근 일주일 남짓 어느 누구도 덴고에게 전화를 하지 않았다. 이 전화가 도청되고 있다는 건 어쩌면 세상에는 이미 다 알려진 사실인지도 모른다. 전화하기 좋아하는 연상의 걸프렌드조차 웬일인지 한 번도 연락이 없었다.

그뿐만이 아니다. 지난주 금요일, 그녀는 덴고의 집에 오지 않았다. 여태까지 없었던 일이다. 만일 올 수 없는 사정이 생기면 그녀는 반드시 미리 전화를 해주었다. 아이가 감기에 걸려 학교를 쉬었다든가, 갑자기 생리가 시작되었다든가, 대개는 그런 이유였다. 하지만 지난 금요일, 그녀는 연락도 없이 오지 않았다. 덴고는 간단한 점심을 준비해놓고 기다렸지만 오지 않는 사람을 멍하니 기다린 꼴로 끝이 나버렸다. 무슨 급한 볼일이 생긴 것일 수도 있지만, 그전에도 그후에도 연락 한 번 없다는 건 보통 일이 아니다. 하지만 덴고가 연락할 수는 없었다.

덴고는 걸프렌드와 전화 생각은 그만 접기로 하고 주방 테이블 앞에 앉아 고마쓰가 보내준 서평 복사본을 차례대로 읽어나갔다. 서평은 날짜순으로 정리해서 왼편 위쪽 여백에 볼펜으로 신문 잡지명과 발표일이 일일이 메모되어 있었다. 아마 아르바이트생에게 시켰을 것이다. 고마쓰 본인은 절대로 그런 귀찮은 짓은 안 한다. 대부분의 서평이 호의적인 내용이었다. 많은 평론가가 작품의 깊이와 대담성을 높이 평가하고, 문장의 적확성을 인정했다. 몇몇 서평은 이구동성으로 "열일곱 살 소녀가 쓴 작품이라고는 도저히 믿기지 않을 정도"라고 말하고 있었다.

나쁘지 않은 추측이군, 덴고는 생각했다.

"마술적 리얼리즘의 분위기를 흡수한 프랑수아즈 사강"이라고 평한 기사도 있었다. 곳곳에 추측과 가정이 난무해서 어딘지 명료하지 않은 문장이지만, 전체적인 분위기를 종합해보면 칭찬하는 소리인 듯했다.

다만 공기 번데기와 리틀 피플이 의미하는 바에 대해서는 적지 않은 비평가들이 당황하는 기색이 역력했다. 혹은 어느 쪽으로도 태도를 정하지 못하고 있었다. "스토리는 대단히 재미있게 짜였고 마지막까지 독자를 견인하는 힘이 있지만, 공기 번데기란 무엇인가, 리틀 피플이란 무엇인가 하는 점에서는 우리는 마지막까지 미스터리어스한 물음표의 풀pool 속에 내던져지고 만다. 어쩌면 그것이 작가가 의도한 점인지도 모르겠으나, 그러한 자세를 '작가의 태만'이라고 받아들이는 독자들이 결코 적지 않을 것이다. 이 데뷔작에서는 일단 무방하다고 해도, 작가가 앞으로 오래도록 창작활동을 계속할 생각이라면 이런 식으로 의미심장한 듯한 뉘앙스만 풍기는 자세에 관해 머지않아 진지한 고민을 요구받게 될 가능성이 있다"고 한 비평가는 결론을 내렸다.

그것을 읽고 덴고는 고개를 갸웃거렸다. "스토리는 대단히 재미있게 짜였고 마지막까지 독자를 견인하는" 데 성공했다고 한다면, 어느 누구도 그 작가를 태만하다고 나무랄 수는 없지 않은가.

하지만 솔직히 말해 덴고는 분명하게 단언할 수는 없었다. 어쩌면 그의 생각이 잘못되었고 비평가가 하는 말이 옳은지도 모른다. 덴고는 「공기 번데기」라는 작품을 고치는 데 말 그대로 몰두했었기 때문에 그 작품을 제삼자의 시선이 되어 객관적으로 포착한다는 건 거의 불가능하다. 그는 이제 공기 번데기나 리틀피플을 자신의 내부에 있는 것으로 바라보게 되었다. 그것들이 무엇을 의미하는지 솔직히 덴고도 알지 못한다. 하지만 그 문제는 그에게 그리 중요한 것이 아니다. 그 실재를 받아들일 수 있느냐 없느냐 하는 것이 가장 큰 의미를 가진다. 그리고 덴고는 그 실재성을 무리 없이 받아들일 수 있었다. 그렇기 때문에 「공기 번데기」의 리라이팅 작업에 진심으로 몰두할 수 있었다. 만일 그 이야기를 명백한 것으로 받아들일 수 없었다면 아무리 큰 돈을 준다 해도, 혹은 위협을 당했다 해도 그런 사기행위에 힘을 보태지는 않았을 것이다.

하지만 그건 어디까지나 덴고의 개인적인 견해에 지나지 않는다. 그대로 남에게 강요할 수 있는 생각은 아니다. 「공기 번데기」를 읽은 뒤에 "미스터리어스한 물음표의 풀에 내던져진" 선남선녀들에게 덴고는 동정의 마음을 품지 않을 수 없었다. 컬러풀한 둥근 튜브에 매달린 사람들이 난처한 얼굴로 물음표가 가득한 넓은 풀에 한없이 둥둥 떠 있는 광경이 눈앞에 그려졌다. 하늘에는 어디까지나 비현실적인 태양이 빛나고 있다. 덴고는 그러한 상황을 세상에 유포하는 데 일익을 담당한 사람으로서 전혀 책임을 느끼지 않는 건 아니었다.

하지만 대체 어느 누가 이 세계의 모든 사람들을 구제할 수 있겠는가(덴고는 그렇게 생각한다). 온 세상의 신들이 한자리에 모여도, 핵무기를 폐기하지도 테러를 근절하지도 못하지 않을까. 아프리카의 가뭄을 끝내게 하지도, 존 레넌을 다시 살아나게 하지도 못할 것이고, 그러기는커녕 신들끼리 패가 갈려 격렬한 싸움이나 하게 되지 않을까. 그리고 세계는 좀더 혼란스러운 사태에 빠질지도 모른다. 그런 사태가 몰고 올 무력감을 생각한다면, 사람들을 잠시 미스터리어스한 물음표의 풀에 떠 있게 하는 것쯤은 그나마 죄가 가벼운 편이 아닐까.

덴고는 고마쓰가 보내준 「공기 번데기」의 서평을 반쯤 읽어 보고 나머지는 그대로 봉투 속에 다시 넣었다. 반만 읽어봐도 그 나머지에 어떤 얘기가 서술되어 있을지 대충 짐작이 갔다. 「공기 번데기」는 이야기로서 수많은 사람들을 끌어들이고 있다. 그 이야기는 덴고를 끌어들이고 고마쓰를 끌어들이고 에비스노 선생까지도 끌어들였다. 그리고 놀랄 만한 수의 독자들을 끌어들이고 있다. 그 이상 무엇이 더 필요한가.

전화벨은 화요일 밤 아홉시가 넘어서 울렸다. 덴고는 음악을 들으며 책을 읽고 있던 중이었다. 덴고가 가장 좋아하는 시간이었다. 잠들기 전에 마음껏 책을 읽는다. 읽다가 지치면 그대로 잠이 든다.

오랜만에 귀에 들려온 전화벨이었지만, 거기에는 뭔가 불길한 기운이 느껴졌다. 고마쓰의 전화가 아니다. 고마쓰에게서 온 전화는 다른 느낌으로 울린다. 덴고는 수화기를 들어야 할지 말아야 할지 잠시 망설였다. 다섯 번을 그대로 울리도록 놔두었다. 그러고는 레코드 바늘을 올려놓고 수화기를 들었다. 혹시 걸프렌드가 걸었을지도 모른다.

"가와나 씨 댁입니까?" 남자가 말했다. 중년남자의 목소리. 깊고 부드럽다. 들어본 기억이 없는 목소리다.

"그렇습니다." 덴고는 조심스럽게 대답했다.

"밤늦은 시간에 죄송합니다만, 나는 야스다라고 합니다." 남자는 말했다. 몹시 중립적인 목소리다. 딱히 우호적이지도 적대적이지도 않다. 딱히 사무적이지도 않고 스스럼없이 구는 것도 아니다.

야스다? 야스다라는 이름은 기억에 없다.

"한 가지 전할 말이 있어서 전화했습니다." 그는 말했다. 그리고 책장 사이에 책갈피를 끼우듯이 아주 잠깐 틈을 두었다. "집사람은 이제 그 집에 갈 수 없을 겁니다. 내가 전할 말은 그것뿐입니다."

그때 덴고는 퍼뜩 깨달았다. 야스다는 걸프렌드의 성이다. 야스다 교코, 그것이 그녀의 이름이었다. 그녀는 덴고 앞에서 그 이름을 말한 적이 거의 없었고, 그래서 생각해내기까지 시간이 걸렸다. 전화를 걸어온 이 남자는 그녀의 남편이다. 목구멍에 뭔가가 턱 걸린 듯한 느낌이 들었다.

"내 말을 알아들었습니까?" 남자는 물었다. 목소리에는 어떤 감정도 담겨 있지 않았다. 적어도 덴고는 감정 같은 것을 감지하지 못했다. 다만 억양에 희미하게 사투리의 흔적이 있었다. 히로시마나 규슈, 아마 그쪽 지방이다. 정확하지는 않다.

"갈 수 없다." 덴고는 그의 말을 되풀이했다.

"그래요, 거기 가지 못하게 되었습니다."

덴고는 용기를 내어 물었다. "그녀에게 무슨 일이 있었습니까?"

침묵이 있었다. 덴고의 질문은 대답을 얻지 못한 채 맥없이 허공에 덜렁 떠 있었다. 그리고 상대는 입을 열었다. "그래서 가와나 씨가 집사람을 만날 일은 앞으로 다시는 없을 겁니다. 그것만 알려주고 싶었습니다."

이 사람은 덴고와 자신의 아내가 잤다는 것을 알고 있다. 일주일에 한 번, 일 년 남짓 그 관계가 이어졌다는 것을. 그건 덴고도 느낄 수 있었다. 그런데 이상하게 상대의 목소리에는 분노도 원망스러움도 담겨 있지 않았다. 거기에 담겨 있는 것은 다른 종류의 것이었다. 개인적인 감정이라기보다 객관적인 풍경 같은 것이다. 이를테면 내버려진 황폐한 정원이라든가, 큰 홍수가 지나간 뒤의 하천 부지라든가, 그런 풍경이다.

"무슨 말씀이신지 잘……"

"그렇다면 잘 모르는 그대로 있는 게 좋아요." 남자는 덴고의 말을 가로막듯이 말했다. 그 목소리에서 피로의 흔적을 엿들을 수 있었다. "한 가지는 확실합니다. 집사람은 이미 상실되어버렸고, 어떠한 형태로든 당신에게는 더이상 갈 수 없다는 겁니다. 그게 다예요."

"상실되어버렸다." 덴고는 멍하니 상대의 말을 반복했다.

"가와나 씨, 나도 이런 전화는 하고 싶지 않았습니다. 하지만 이대로 아무 말 않고 내버려두는 건 나로서도 뒷맛이 개운치 않아요. 내가 좋아서 당신에게 이런 이야기를 한다고 생각합니까?"

일단 상대가 침묵하자 전화기에서는 어떤 소리도 들려오지 않았다. 이 남자는 엄청나게 조용한 곳에서 전화를 거는 모양이었다. 아니면 이 남자가 품고 있는 감정이 진공 같은 역할을 해서 주위의 모든 음파를 흡수해버리는지도 모른다.

뭔가 질문을 해야 한다고 덴고는 생각했다. 그러지 않으면 모든 것은 이대로 영문 모를 암시로 가득찬 채 끝나버릴 것이다. 대화가 끊어지게 해서는 안 된다. 하지만 이 남자는 처음부터 덴고에게 자세한 상황을 알려줄 마음이 없는 것이다. 실상을 일러줄 마음이 없는 사람에게 대체 어떤 질문을 해야 할까. 진공을 향해 어떤 말을 울려퍼지게 해야 하는가. 덴고가 열심히 유효한 말을 찾는 사이 예고도 없이 전화가 끊겼다. 그는 아무 말 없이 수화기를 내려놓고 덴고 앞에서 떠나가고 말았다. 아마도 영원히.

덴고는 죽어버린 수화기를 한참 동안 귀에 대고 있었다. 만일 이 전화가 누군가에게 도청되고 있다면 그 기척을 알아챌 수 있을지도 모른다. 그는 숨을 죽이고 귀를 기울였다. 하지만 그럴싸한 수상한 소리는 전혀 잡히지 않았다. 잡아낼 수 있는 건 자신의 심장 고동 소리뿐이었다. 그 박동을 듣고 있는 사이에 자신이 비열한 도적이 되어 한밤중에 남의 집에 몰래 들어와 있는 듯한 기분이 들었다. 그늘에 숨어 숨죽이고 집 안 사람들이 조용히 잠들기를 기다리고 있는.

덴고는 마음을 진정시키기 위해 주전자에 물을 끓여 녹차를 우렸다. 그리고 찻잔을 들고 테이블 앞에 앉아 전화로 나누었던 대화를 머릿속에서 처음부터 차례대로 재현해보았다.

"집사람은 이미 상실되어버렸고, 어떠한 형태로든 당신에게는 더이상 갈 수 없다는 겁니다"라고 그는 말했다. 어떠한 형태로든, 특히 그 표현이 덴고를 당황하게 했다. 그곳에는 어둡고 축축한 끈적임 같은 것이 있었다.

야스다라는 인물이 덴고에게 전하려고 한 것은 그의 아내가 가령 덴고에게 다시 가고 싶어한다 해도 그것을 실행하는 건 실제적으로 불가능하다, 라는 의미인 듯했다. 어째서, 대체 어떤 문맥에서 그것이 불가능하다는 것일까. 상실되어버렸다는 건 대체 무슨 뜻일까. 사고를 당해 크게 다쳤거나, 불치의 병에 걸렸거나, 폭력으로 얼굴이 심하게 변해버린 야스다 교코의 모습이 덴고의 뇌리에 떠올랐다. 그녀는 휠체어에 앉아 있거나, 신체의 일부를 잃었거나, 꿈쩍할 수 없게 온몸에 붕대를 감고 있다. 혹은 지하실에서 개처럼 굵은 사슬에 묶여 있다. 하지만 그중 어떤 것도 실제로 가능한 일이라고는 생각되지 않았다.

야스다 교코는(덴고는 이제 그녀를 풀네임으로 생각하게 되었다) 자신의 남편에 대해 말한 적이 거의 없었다. 남편이 어떤 직업을 갖고 있고, 몇 살이고, 어떻게 생겼고, 어떤 성격이고, 어디서 알았고, 언제 결혼했는지 덴고는 하나도 알지 못했다. 뚱뚱한

지 말랐는지, 키는 큰지 작은지, 핸섬한지 그렇지 않은지, 부부 사이가 좋은지 나쁜지, 그것도 알지 못했다. 덴고가 아는 것은 그녀가 경제적으로 힘들지는 않다는 것(오히려 풍족한 편인 것 같았다), 남편과의 섹스 횟수에(혹은 질에) 그다지 만족하지 못하는 눈치라는 것 정도였다. 하지만 그것 역시 어디까지나 그의 추측에 지나지 않는다. 덴고와 그녀는 침대 안에서 여러 이야기를 하며 오후 시간을 보냈지만, 그동안 그녀의 남편이 화제에 오른 적은 한 번도 없었다. 그리고 덴고도 딱히 그런 걸 알고 싶지 않았다. 자신이 어떤 남자의 부인을 몰래 가로챈 것인지, 될 수 있으면 모르고 싶었다. 그건 일종의 예의 같은 것이라고 그는 생각했다. 하지만 일이 이렇게 된 지금, 덴고는 자신이 그녀의 남편에 대해 한 마디도 물어보지 않았던 것을 후회했다(물어보기만 했다면 그녀는 상당히 솔직하게 대답해주었을 것이다). 그 남자는 질투심이 강한가, 소유욕은 강한 편인가, 폭력적인 성향은 있는가.

내 경우라고 생각해보자, 만일 반대 입장이었다면 나는 과연 어떤 느낌을 받았을까. 아내가 있고 두 아이가 있고 지극히 평범하고 온화한 가정생활을 보내고 있다고 하자. 그런데 아내가 일주일에 한 번 다른 남자와 잤다는 걸 알게 된다. 상대는 열 살이나 연하의 남자다. 관계는 일 년 가까이 지속되었다. 가령 그런 입장에 처했다면 나는 어떻게 생각했을까. 어떤 감정이 마음을 지배했을까. 격한 분노일까, 깊은 실망일까. 막막한 슬픔일까, 무감동한 냉소일까, 현실감각의 상실일까, 그게 아니면 판별이 되지 않는 몇 가지 감정의 혼합물일까.

하지만 아무리 생각해봐도 그럴 때 자신이 품을 만한 감정을 덴고는 제대로 짚어낼 수 없었다. 그러한 가정을 통해 그의 머릿속에 떠오르는 것은, 하얀 슬립을 입고 낯선 젊은 남자에게 젖꼭지를 빨리고 있는 어머니의 모습이었다. 젖가슴은 풍만하고 젖꼭지는 크고 단단해져 있다. 그녀의 얼굴은 멍하니 관능적인 미소를 띠고 있다. 입은 반쯤 벌어지고 눈은 감겨 있다. 희미하게 떨리는 입술은 젖은 성기를 연상시킨다. 그 곁에는 덴고 자신이 잠들어 있다. 마치 돌고 도는 인과 같다, 고 덴고는 생각했다. 그 수수께끼의 젊은 남자는 아마 지금의 덴고 자신이고, 덴고가 안고 있는 여자는 야스다 교코다. 구도는 완전히 똑같고 인물만 바뀌었을 뿐이다. 그렇다면 내 인생이란 내 안에 잠재된 이미지를 구체화하고 그것을 더듬어온 작업에 지나지 않는 걸까. 그리고 그녀가 상실되어버린 것에 대해 내게는 어느 정도나 책임이 있는 걸까.

덴고는 잠이 오지 않았다. 야스다라는 남자의 목소리가 계속 귓전에서 울렸다. 그가 남기고 간 암시는 무거웠고, 그가 입에 올렸던 말은 기묘한 리얼함을 띠고 있었다. 덴고는 야스다 교코에 대해 생각했다. 그녀의 얼굴과 그녀의 몸을 세세한 부분까지 머릿속에 떠올렸다. 그녀를 마지막으로 만난 것은 이 주 전의 금요일이다. 두 사람은 평소와 마찬가지로 시간을 들여 섹스를 했다. 하지만 그녀의 남편에게서 전화를 받고 나자 그런 일들은 모두 한참 먼 과거에 일어났던 일처럼 느껴졌다. 마치 역사의 한 장면 같았다.

침대 안에서 덴고와 함께 듣기 위해 그녀가 집에서 가져온 LP 레코드 몇 장이 레코드 선반에 있었다. 모두 아득한 옛날의 재즈 레코드들이다. 루이 암스트롱, 빌리 홀리데이(여기에도 바니 비가드가 사이드맨으로 참여했다), 1940년대의 듀크 엘링턴. 모두 즐겨 들어가며 소중히 다룬 흔적들이 있다. 재킷은 세월의 경과에 따라 얼마간 퇴색했지만 내용물은 새것이나 다름없었다. 그런 재킷을 손에 들고 바라보는 사이에, 아마도 두 번 다시 그녀와는 만날 수 없을 것이라는 실감이 덴고 안에서 서서히 뚜렷해져갔다.

물론 정확한 의미에서, 덴고는 야스다 교코를 사랑한 건 아니었다. 그녀와 함께 살고 싶다든가, 집에 돌려보내기가 힘들었다든가, 그렇게 생각한 일은 없었다. 거센 마음의 떨림 같은 걸 느낀 적도 없었다. 하지만 그는 연상의 걸프렌드의 존재에 익숙해져 있었고, 그녀에 대해 자연스러운 호감을 품었다. 일주일에 한 번 그녀를 자신의 집에 맞아들여 살을 맞대는 것을 당연한 일정으로 여겼고, 그날을 기다리기도 했다. 덴고의 성격상 비교적 드문 일이었다. 그가 많은 여자들에게 그런 친밀한 마음을 품을 수 있는 건 아니다. 아니, 대부분의 여자는 성적인 관계를 가졌건 가지지 않았건 덴고를 왠지 불안하게 만들었다. 그리고 그런 불안함을 억누르기 위해 그는 자신 속의 어떤 영역을 잘 막아두어야 했다. 다르게 말하자면 마음속의 방 몇 개를 단단히 닫아걸어야 했다. 하지만 야스다 교코를 상대할 때는 그런 복잡한 작업이 필요하지 않았다. 그녀는 덴고가 어떤 것을 원하고 어떤 것을 원하지 않는지 이해하고 있는 것 같았다. 그래서 덴고는 그녀와 만난 것을 행운이라고 생각했다.

하지만 어쨌든 어떤 일이 일어났고, 그녀는 상실되어버렸다. 어떤 이유로든, 어떤 형태로든 그녀가 이곳에 찾아올 일은 없다. 그리고 그녀의 남편에 의하면 그 이유에 대해서도, 그것이 몰고 올 결과에 대해서도 덴고는 아무것도 모르고 있는 게 좋다는 것이다.

덴고가 잠들지 못한 채 바닥에 앉아 듀크 엘링턴의 레코드를 작은 소리로 듣고 있을 때 다시 전화벨이 울렸다. 벽시계는 열시 십이분을 가리키고 있다. 이런 시간에 전화를 걸어올 사람은 고마쓰 말고는 다른 누구도 짚이지 않는다. 하지만 그 벨이 울리는 느낌은 고마쓰 같지 않았다. 고마쓰의 전화는 좀더 바쁘고 성급한 벨소리를 낸다. 어쩌면 그 야스다라는 남자가 깜박 잊고 전하지 못한 말이 생각나서 다시 전화했는지도 모른다. 가능하면 전화를 받고 싶지 않았다. 경험상 이런 시간에 걸려오는 전화가 유쾌했던 적은 없다. 그래도 자신이 처한 입장을 생각하면 수화기를 드는 것 말고 다른 선택은 없었다.

"가와나 씨지요?" 남자가 말했다. 고마쓰는 아니다. 야스다도 아니다. 그 목소리는 틀림없이 우시카와였다. 입 속이 침으로—혹은 뭔지 모를 액체로—가득찬 듯한 말투였다. 그의 기묘한 얼굴과 납작하고 일그러진 머리가 덴고의 머릿속에 반사적으로 떠올랐다.

"아, 밤늦은 시간에 죄송합니다. 우시카와예요. 지난번에는 갑작스레 찾아가 귀한 시간을 방해했어요. 오늘도 좀 이른 시간에 전화를 할 수 있었으면 좋았을 텐데, 이래저래 급한 볼일이 있어서 어느새 시간이 이렇게 되었군요. 글쎄, 가와나 씨가 일찍 자고 일찍 일어나는 생활을 하신다는 건 잘 알고 있어요. 참 훌륭한 일이지요. 밤늦은 시간까지 어물어물 깨어 있어봤자 좋을 일은 하나도 없어요. 날이 어두워지면 일찌감치 잠자리에 들고 아침에는 해와 함께 잠이 깬다, 이게 최곱니다. 하지만, 아아, 직감이라고나 할까, 가와나 씨가 오늘밤에는 아직 잠자리에 들지 않았을 거라는 생각이 퍼뜩 들더라고요. 그래서 실례인 줄은 잘 알면서도 이렇게 잠깐 전화를 걸어봤습니다. 어때요, 방해가 되었나요?"

우시카와의 말은 덴고의 마음에 들지 않았다. 그가 이 집 전화번호를 알고 있다는 것도 마음에 들지 않았다. 그리고 직감 따위가 아니다. 그는 덴고가 잠들지 못하고 있다는 걸 뻔히 알고 전화한 것이다. 그의 방에 불이 켜진 것을 우시카와는 알고 있는지도 모른다. 이 집을 누군가가 감시하고 있는 걸까. 열성적이고 유능한 리서처가 고성능 쌍안경을 들고 어디선가 덴고의 집을 살피고 있는 모습이 눈앞에 떠올랐다.

"예, 오늘은 아직 자지 않고 있었습니다." 덴고는 말했다. "당신의 그 직감이 맞아요. 아까 진한 녹차를 너무 많이 마셔서 그런 모양입니다."

"아, 그래요. 그럼 안 되지요. 잠이 오지 않는 밤은 왕왕 안 좋은 생각을 부르는 법입니다. 어때요, 잠시 이야기 좀 해도 괜찮을까요?"

"더 잠이 안 올 이야기만 아니라면."

우시카와는 재미있다는 듯 소리 높여 웃었다. 수화기 너머에서—이 세계의 어딘가의 장소에서—그의 일그러진 머리가 비뚤어지게 흔들렸다. "하하하, 가와나 씨, 재미있는 말을 하시네요. 그야 자장가처럼 기분좋은 건 아닐지 모르겠지만 이야기 자체가 잠이 안 올 만큼 심각하지는 않습니다. 안심하세요. 그저 예스냐 노냐의 문제예요. 그러니까 그 후원금 얘기입니다. 연간 삼백만 엔의 후원금. 아주 좋은 이야기 아닙니까? 어때요, 검토를 좀 해보셨나요? 우리로서도 이제 그만 최종적인 대답을 들었으면 싶은데요."

"후원금에 대한 건 그때 분명하게 사양했을 텐데요. 말씀은 고맙게 생각합니다. 하지만 저는 지금 이대로도 딱히 부족한 게 없어요. 경제적으로도 불편한 게 없고, 가능하다면 이대로의 생활 페이스를 유지하고 싶습니다."

"다른 사람에게 신세를 질 수는 없다는 말씀이군요."

"쉽게 말하자면 그런 얘깁니다."

"이야, 이건 참 본받아야 할 마음가짐이에요." 우시카와는 말하고 가볍게 헛기침 같은 것을 했다. "혼자 힘으로 살고 싶다, 조직과는 되도록 관련을 맺고 싶지 않다는 것이지요. 그 마음은 잘 압니다. 하지만 가와나 씨, 노파심에서 한말씀 드리겠는데요, 요즘 세상이 어떤 세상입니까. 언제 무슨 일이 일어날지 모르잖아요? 그러니 반드시 보험 같은 것이 필요해요. 이 한 몸 기댈 수 있는 곳, 바람막이가 되어줄 곳, 그런 것이 없으면 세상살이가 왠지 불편한 법이죠. 이렇게 말하면 뭣하지만 가와나 씨, 당신에게는 현재 기댈 만한 데가 하나도 없어요. 주위에 있는 어느 누구도 당신을 위한 방패가 되어주질 않아요. 당신 곁에는 막상 어려운 일이 닥치면, 상황이 불리해지면, 당신을 내팽개치고 도망칠 사람밖에 없는 거 같아요. 그렇잖습니까? 유비무환이라는 말도 있지요. 여차할 때를 위해 자신에게 보험을 들어두는 것이 중요하지 않겠어요? 꼭 돈 얘기만이 아닙니다. 돈은 그저 인사치레로 드리는 거예요."

"무슨 말씀이신지 잘 모르겠군요." 덴고는 말했다. 우시카와를 처음 만났을 때 직감적으로 느꼈던 불쾌감이 스멀스멀 되살아났다.

"아, 그렇군요. 당신은 아직 젊고 건강하니까 그런 건 잘 모르겠지요. 이를테면 이런 겁니다. 일정 나이를 넘으면 인생이란 무언가를 잃어가는 과정의 연속에 지나지 않아요. 당신의 인생에서 소중한 것들이 빗살 빠지듯이 하나하나 당신 손에서 새어나갑니다. 그리고 그 대신 손에 들어오는 건 하잘것없는 모조품뿐이지요. 육체적인 능력, 희망이며 꿈이며 이상, 확신이며 의미, 혹은 사랑하는 사람들, 그런 것이 하나 또 하나, 한 사람 또 한 사람, 당신에게서 떠나갑니다. 이별을 고하고 떠나기도 하고, 때로는 어느 날 예고 없이 사라지기도 합니다. 그리고 한번 그렇게 잃어버리면 당신은 다시는 그것들을 되찾을 수 없어요. 대신해줄 것을 찾아내기도 여의치 않습니다. 이건 참으로 괴로운 일이지요. 때로는 몸이 끊어질 듯이 안타까운 일이에요. 가와나 씨, 당신은 이제 곧 서른이 됩니다. 이제부터 조금씩 인생이 그런 저물녘으로 들어서려고 해요. 그것이, 예, 말하자면 나이를 먹는다는 겁니다. 무언가를 잃는다는 이 고통스러운 감각을 당신도 슬슬 느끼고 있을 텐데요. 그렇지 않습니까?"

이 사람이 혹시 야스다 교코를 말하는 건가, 하고 덴고는 생각했다. 우리가 일주일에 한 번 이 집에서 밀회한다는 것을, 그리고 그녀가 어떤 이유에선가 덴고에게서 떠났다는 것을 그는 알고 있는지도 모른다.

"제 사생활에 대해 꽤 자세히 알고 있는 거 같군요." 덴고는 말했다.

"아뇨, 그런 건 아닙니다." 우시카와는 말했다. "나는 그냥 인생이란 것에 대해 일반론을 말씀드린 거지요. 정말입니다. 가와나 씨의 사생활까지는 잘 몰라요."

덴고는 아무 말도 하지 않았다.

"부디 기분좋게 후원금을 받아주시죠, 가와나 씨." 우시카와는 한숨을 섞어 그렇게 말했다. "솔직히 말해, 당신은 지금 약간 위험한 처지에 놓여 있어요. 여차하면 우리가 당신의 후견인이 될 수 있습니다. 구명 튜브를 던져줄 수 있어요. 이대로 가면 빼도 박도 못 할 상황까지 문제가 커져버릴 수 있어요."

"빼도 박도 못 할 상황." 덴고는 말했다.

"그렇습니다."

"그게 구체적으로 어떤 상황이죠?"

우시카와는 잠시 뜸을 들였다. 그리고 말했다. "잘 들으세요, 가와나 씨. 이 세상에는 모르는 게 더 좋은 일도 있습니다. 어떤 종류의 지식은 사람의 잠을 빼앗아버려요. 그건 녹차 같은 것하고는 비교도 안 되지요. 그건 당신에게서 편안한 잠을 영원히 앗아갈지도 모릅니다. 아, 내가 말하려는 건요, 그러니까 이런 겁니다. 이렇게 한번 생각해보세요. 당신은 자기도 모르는 사이에 특수한 수도꼭지를 틀어 특수한 것을 바깥으로 흘러나오게 해버린 것 같아요. 그게 주위에 있는 사람들에게 큰 영향을 끼치고 있습니다. 별로 좋다고 하기 어려운 영향을."

"혹시 리틀 피플이 관계된 겁니까?"

반쯤 어림짐작으로 해본 말이었지만, 우시카와는 잠시 입을 꾹 다물었다. 그건 깊은 물 밑바닥에 가라앉아 있는 단 하나의 검은 돌처럼 무거운 침묵이었다.

"우시카와 씨, 저는 분명한 걸 알고 싶어요. 판에 박은 얘기는 그만하시고 좀더 구체적으로 얘기합시다. 그녀에게 대체 무슨 일이 일어났죠?"

"그녀? 무슨 얘기인지 나는 모르겠는데요."

덴고는 한숨을 쉬었다. 전화로 이야기하기에는 너무 미묘한 화제였다.

"미안하지만 가와나 씨, 나는 그냥 심부름꾼이에요. 클라이언트가 보낸 메신저죠. 원칙적인 것을 되도록 완곡하게 이야기하라는 게 현재 내게 주어진 역할입니다." 우시카와는 신중한 목소리로 말했다. "변죽만 울리는 거 같아서 미안하지만, 이건 애매하게 말할 수밖에 없는 일이에요. 그리고 솔직히 말해 내가 가진 정보도 상당히 제한적입니다. 어쨌거나 방금 말한 그녀라는 건 무슨 소린지 모르겠군요. 좀더 구체적으로 얘기를 해주셔야죠."

"그러면 리틀 피플이라는 건 대체 뭡니까?"

"이봐요, 가와나 씨, 그 리틀 피플인지 뭔지 하는 것도 나는 도통 무슨 소린지 모르겠어요. 물론 그게 소설 「공기 번데기」에 등장한다는 거야 알지요. 하지만 잘 들으세요, 일의 흐름으로 봐서 당신은 아무래도 뭔가를 세상에 날름 풀어놓고 만 거 같아요. 당신도 무슨 일인지 잘 모르는 사이에. 그건 경우에 따라서는 대단히 위험한 것이 될 수 있는 모양입니다. 그게 얼마나 위험한 것인지, 어떻게 위험한 것인지, 내 클라이언트는 잘 알고 있습니다. 그리고 그 위험에 대처할 수 있는 어느 정도의 노하우도 갖고 있어요. 그러니 더더욱 우리는 당신에게 원조의 손을 내밀려고 하는 겁니다. 그리고 솔직히 말해 우리는 대단히 긴 팔을 갖고 있습니다. 길고 강한 팔이지요."

"당신이 말하는 클라이언트라는 건 대체 누구죠? '선구'와 관계가 있습니까?"

"여기서 그 이름을 밝힐 권한은, 아아, 유감스럽지만 나한테는 없어요." 우시카와는 안타깝다는 듯이 말했다. "하지만 어떻든 내 클라이언트는 나름대로 힘을 갖고 있어요. 무시하기 어려운 힘이죠. 우리는 당신의 든든한 후원자가 되어줄 수 있어요.

잘 들으세요, 이게 마지막 오퍼예요, 가와나 씨. 받느냐 안 받느냐는 당신의 자유입니다. 하지만 일단 태도를 정하고 나면 쉽사리 돌이킬 수는 없습니다. 그러니 부디 잘 생각해요. 그리고, 보세요, 만일 당신이 그들 쪽에 서지 않는다고 한다면, 유감스럽게도 경우에 따라서는 그들이 뻗친 두 팔은 본의 아니게 당신에게 그리 달갑지 않은 결과를 몰고 올 수 있습니다."

"당신들의 그 긴 두 팔은 내게 어떤 달갑지 않은 결과를 몰고 올까요?"

우시카와는 잠시 그 질문에는 대답하지 않았다. 입술 가장자리로 침을 들이마시는 듯한 미묘한 소리가 전화선을 타고 왔다.

"구체적인 것까지는 나도 모릅니다." 우시카와는 말했다. "거기까지는 알려주지 않았어요. 그러니까 이건 어디까지나 일반론으로서 말한 거예요."

"그리고 나는 대체 무엇을 풀어놓았지요?" 덴고는 물었다.

"그것도 나는 모릅니다." 우시카와는 말했다. "자꾸 똑같은 소리를 하는 것 같지만, 나는 그저 협상 대리인에 지나지 않아요. 세세한 배경까지는 모릅니다. 한정된 정보밖에 받지 못했어요. 풍부한 정보의 원천도 내가 있는 곳까지 내려올 때쯤에는 똑똑 떨어지는 물방울처럼 가늘어집니다. 나는 클라이언트에게서 한정된 권한을 부여받고, 이러저러하게 말하라는 지시를 그대로 당신에게 전하는 것뿐입니다. 어째서 클라이언트가 직접 연락하지 않느냐, 그러는 게 이야기가 빠를 텐데 왜 이런 아무것도 모르는 사람을 중간에 세웠느냐, 하고 당신은 묻고 싶겠지요. 어째서 그랬을까요. 나도 모릅니다."

우시카와는 헛기침을 한 차례 하고 덴고가 질문하기를 기다렸다. 하지만 질문은 없었다. 그래서 그는 이야기를 계속했다.

"아, 그러니까 가와나 씨가 뭘 풀어놓았느냐고 질문했지요?"

그렇다고 덴고는 말했다.

"나는 어쩐지 이런 생각이 드는군요, 가와나 씨. 이번 일은 누군가 '자, 이런 것이다' 하고 간단히 답을 일러줄 만한 일이 아니잖아요? 그건 가와나 씨가 직접 나가서 이마에 땀을 흘려가며 찾아내야 하는 거 아니겠어요? 하지만요, 갖은 고심 끝에 그걸 알아낸다고 해도 그때는 이미 너무 늦을 수도 있어요. 내가 본 바로는 당신에게는 정말 특별한 능력이 있습니다. 상당히 뛰어난, 훌륭한 능력이에요. 보통사람은 거의 갖지 못한 능력입니다. 그건 확실해요. 그러니 당신이 이번에 한 일은 간단히 간과할 수 없는 위력을 가진 일이겠지요. 그리고 나의 클라이언트는 당신의 그런 능력을 높이 평가한 모양입니다. 그러니 이번 이 후원금을 제안했겠지요. 하지만 말이죠, 능력이 아무리 뛰어나도, 유감스럽지만 그것만으로는 충분하지 않아요. 그리고 생각하기에 따라서는, 그 충분하지 않은 뛰어난 능력을 가졌다는 건 아예 아무것도 갖지 못한 것보다 오히려 위험할 수도 있습니다. 그것이 이번 일에 관해 내가 막연하게나마 품고 있는 느낌이에요."

"그런데 당신의 클라이언트는 거기에 대해 충분한 지식과 능력을 갖고 있다, 그런 얘기입니까?"

"아니, 그건 단정하기 힘들겠지요. 그게 충분한지 아닌지는 누구도 단언할 수 없어요. 아, 그렇지, 신종 전염병 같은 것이라고 생각하면 좋겠군요. 그들은 거기에 대한 노하우를, 즉 백신을 갖고 있어요. 현재 시점에서 그것이 어느 정도 효과를 발휘할지는 밝혀져 있지 않아요. 하지만 병원균은 살아 있고, 시시각각 스스로를 강화하고 진화합니다. 머리 좋고 터프한 놈들입니다. 어떻게든 항체의 힘을 전멸시키려고 애를 쓰고 있어요. 언제까지 그 백신이 효력을 발휘할 수 있을지, 그건 누구도 모릅니다. 확보해둔 백신의 양으로 감당이 될지 어떨지도 몰라요. 그러니 클라이언트로서는 위기감이 점점 커지겠지요."

"왜 그 사람들에게 내가 필요한 거죠?"

"전염병의 아날로지를 다시 한번 사용하자면, 실례지만 당신들은 메인 캐리어 같은 역할을 하고 있는지도 모릅니다."

"당신들?" 덴고는 물었다. "그건 후카다 에리코와 나를 가리키는 건가요?"

우시카와는 그 질문에는 대답하지 않았다. "고전적으로 표현하자면, 당신들은 판도라의 상자를 열어버렸다고 할 수 있겠지요. 거기에서 온갖 것이 이 세계로 나와버렸어요. 내가 받은 인상을 종합하면 아무래도 내 클라이언트는 그렇게 생각하는 것 같아요. 당신들 두 사람은 우연히 만나긴 했지만, 당신이 생각하는 이상으로 파워풀한 조합이었던 거지요. 각자의 부족한 부분을 서로 효과적으로 보완했어요."

"하지만 그건 법률적인 의미에서는 범죄는 아니에요."

"그렇지요. 법률적인 의미에서는, 현세적인 의미에서는, 그야 물론 범죄가 아닙니다. 하지만 조지 오웰의 위대한 고전, 혹은 위대한 인용원으로서의 픽션에서 굳이 인용을 하자면, 그건 그야말로 '사고思考 범죄'에 가까운 것입니다. 기이하게도 올해는 1984년입니다. 이건 정말 무슨 인연인지 모르겠네요. 어쨌든 가와나 씨, 나는 오늘밤 약간 지나치게 말을 많이 한 것 같군요. 그리고 내가 한 말의 대부분은 어디까지나 나 개인의 졸렬한 추측에 지나지 않아요. 그냥 개인적인 짐작입니다. 확실한 근거가 있어서 한 말이 아니에요. 당신이 물어보니까 그저 내가 받은 느낌에 대해 대충 얘기해준 거예요."

우시카와는 침묵하고, 덴고는 생각했다. 그냥 개인적인 짐작? 이 사람이 하는 말을 어디까지 곧이곧대로 믿어야 할까.

"이제 슬슬 물러가야겠군요." 우시카와는 말했다. "이건 중요한 일이니까 조금만 더 시간을 드리지요. 하지만 그리 길게는 줄 수 없습니다. 아무튼 시계는 시간을 새기고 있어요. 째깍째깍 쉴새없이. 우리의 제안에 대해 다시 한번 충분히 검토해보세요. 제가 다시 한번 연락을 드리지요. 그럼, 잘 자요. 대화할 수 있어서 참으로 다행입니다. 아, 가와나 씨가 오늘밤에 푹 잘 잤으면 좋겠네요."

일방적으로 그렇게 말하고는 우시카와는 망설임 없이 전화를 끊었다. 덴고는 손안에 남겨진 죽은 수화기를 잠시 말없이 바라보았다. 농부가 해가 쨍쨍한 날에 바싹 타들어간 야채를 집어들고 바라보듯이. 요즘 들어 많은 사람들이 덴고와의 대화를 일방적으로 끊어버린다.

예상했던 일이지만 역시 편한 잠은 찾아오지 않았다. 아침의 여린 빛이 창문 커튼을 물들이고, 도시의 사나운 새들이 눈을 뜨고 하루의 노동을 시작할 때까지 덴고는 바닥에 앉아 벽에 몸을 기대고 연상의 걸프렌드를, 그리고 어딘가에서 뻗쳐오는 길고 강한 두 팔을 생각했다. 하지만 그런 생각은 그를 어디로도 데려가주지 않았다. 그의 사고는 같은 자리를 한없이 맴돌고 있을 뿐이었다.

덴고는 주위를 둘러보며 한숨을 쉬었다. 그리고 자신이 완전히 외톨이가 되었다는 것을 깨달았다. 분명 우시카와의 말이 맞는지도 모른다. 기댈 곳이라고는 내 주위의 어디에도 없다.

제 7장 아오마메

Q
당신이 이제부터 발을 들이려 하는 곳은

호텔 오쿠라 본관 로비는 널찍하고 천장이 높고 어슴푸레해서 거대하고도 기품 있는 동굴을 떠올리게 했다. 소파에 자리를 잡고 뭔가 이야기를 나누는 사람들의 목소리는 내장이 뽑혀나간 생물의 한숨처럼 공허하게 울렸다. 두툼하고 부드러운 카펫은 북녘 끝 섬의 태곳적 이끼를 연상시켰다. 그것은 사람들의 발소리를 축적된 시간 속으로 흡수해갔다. 로비를 오가는 남녀는 저주를 받아 오랜 옛날부터 그곳에 붙들린 채 주어진 역할을 한없이 반복하는 한 무리의 유령처럼 보였다. 갑옷을 걸치듯이 빈틈없는 비즈니스 정장으로 몸을 감싼 남자들, 어딘가의 홀에서 개최되는 세리머니를 위해 시크한 검은 드레스를 차려입은 젊고 늘씬한 아가씨들. 그녀들의 몸에 달린 작지만 값비싼 액세서리는 피를 원하는 흡혈조처럼 자신들을 반짝이게 해줄 희미한 빛을 희구하고 있었다. 전성기를 지난 늙은 왕과 왕비처럼 한쪽 구석의 옥좌에서 피곤한 몸을 쉬고 있는 커다란 몸집의 외국인 노부부.

그런 전설과 암시가 가득한 장소에, 아오마메의 연한 파란색 면바지와 심플한 흰 블라우스와 하얀 스니커와 파란색 나이키 스포츠백은 아무래도 어울리지 않았다. 분명 숙박객의 호출을 받은 파견 베이비시터처럼 보일 것이다. 큼직한 팔걸이의자에서 시간을 때우며 아오마메는 그렇게 생각했다. 하지만 어쩔 수 없다. 나는 사교적인 방문을 위해 이곳에 온 게 아니다. 그곳에 앉아 있는 동안, 누군가 자신을 보고 있다는 미묘한 감각을 느꼈다. 하지만 아무리 둘러봐도 그럴 만한 사람의 모습은 눈에 띄지 않았다. 뭐 어때, 그녀는 생각했다. 보고 싶으면 실컷 보라지.

손목시계의 바늘이 여섯시 오십분을 가리킨 참에 아오마메는 자리에서 일어나 스포츠백을 들고 화장실로 갔다. 비누로 두 손을 씻고 자신의 모습에 문제가 없다는 것을 다시 한번 점검했다. 얼룩 하나 없는 큰 거울을 마주하고 몇 차례 크게 심호흡을 했다. 화장실은 널찍하고 인기척이 없었다. 어쩌면 아오마메가 살던 방보다 넓을지도 모른다. "이게 마지막 일이야" 하고 그녀는 거울을 향해 작게 소리 내어 말했다. 일을 멋지게 해치우고 나는 사라지는 거다. 유령처럼 조용히. 지금 나는 이곳에 있다. 내일 나는 이미 이곳에 없다. 그리고 며칠 뒤, 나는 다른 이름과 다른 얼굴을 갖고 있을 것이다.

로비로 돌아와 다시 의자에 앉았다. 스포츠백은 옆 테이블 위에 놓았다. 그 스포츠백에는 7연발 소형 오토매틱이 들어 있다. 그리고 남자의 목덜미를 찌르기 위한 날카로운 침이 들어 있다. 침착해야 해, 그녀는 생각했다. 마지막 중요한 일거리다. 평소의 쿨하고 터프한 아오마메여야 한다.

하지만 아오마메는 자신이 평소 상태가 아니라는 것을 깨닫지 않을 수 없었다. 숨쉬기가 묘하게 답답하고 심장 박동이 유난히 빠른 것이 마음에 걸렸다. 겨드랑이에 희미하게 땀이 배어났다. 피부가 따끔거렸다. 그저 긴장한 것뿐만이 아니다. 나는 무언가를 예감하고 있다. 그 예감이 내게 경고를 보내고 있다. 내 의식의 문을 계속 노크하고 있다. 그리고 자꾸만 말한다. 지금이라도 늦지 않아, 여길 나가서 죄다 잊어버려.

할 수만 있다면 아오마메는 그 경고를 따르고 싶었다. 모든 것을 다 내던지고 이대로 호텔 로비에서 사라져버리고 싶었다. 이 장소에는 불길한 뭔가가 있다. 멀리 에둘러 죽음의 기척이 떠돌고 있다. 조용하고도 완만한, 하지만 피할 도리 없는 죽음. 하지만 여기서 꽁무니를 빼고 달아날 수는 없다. 그것은 아오마메의 삶의 방식에 어울리지 않는 일이다.

기나긴 십 분간이었다. 시간은 좀체 앞으로 나아가지 않았다. 그녀는 소파에 앉은 채 호흡을 가다듬었다. 로비의 유령들은 쉴새없이 멍한 음향을 입에서 토해내고 있었다. 사람들은 갈 곳을 모색하는 영혼들처럼 두툼한 카펫 위를 소리 없이 오갔다. 웨이트리스가 쟁반에 얹은 커피세트를 들고 가는 소리가 유일하게 확실한 소리로 이따금 귀에 와닿았다. 하지만 그 소리에도 괴기한 이의성二義性이 담겨 있었다. 좋은 흐름이 아니다. 벌써부터 이렇게 긴장하면 중요한 때에 아무것도 할 수 없다. 아오마메는 눈을 감고 거의 반사적으로 기도문을 외웠다. 철이 들면서부터 세끼 식사 전에 항상 이 기도문을 외워야 했다. 한참 옛날 일인데도 한 구절, 한 글자까지 또렷하게 기억하고 있다.

하늘에 계신 주님이시여. 당신의 이름이 영원히 거룩한 여김을 받으시오며, 당신의 왕국이 우리에게 임하옵시며, 우리의 수많은 죄를 사하여주시옵소서. 우리의 보잘것없는 삶에 당신의 축복을 주시옵소서. 아멘.

예전에는 그저 고통일 뿐이던 그 기도가 이제는 자신을 지탱해주고 있다는 것을, 아오마메는 떨떠름하게 인정하지 않을 수 없었다. 그곳에 담긴 언어의 여운은 그녀의 신경을 위무하고, 공포를 문 앞에서 막아내고, 호흡을 안정시켜주었다. 그녀는 손끝으로 양쪽 눈꺼풀을 누르고, 그 기도문을 머릿속에서 몇 번이나 되풀이했다.

"아오마메 씨죠?" 남자가 가까이에서 말했다. 젊은 남자의 목소리였다.

그 말에 그녀는 눈을 뜨고 천천히 얼굴을 들어 목소리의 주인을 보았다. 두 명의 젊은 남자가 그녀 앞에 서 있었다. 두 사람은 비슷한 다크 슈트를 입고 있었다. 옷감과 재단을 보면 그것이 값비싼 옷이 아니라는 걸 알 수 있었다. 아마도 어딘가 대형 할인 매장에서 사들인 기성품일 것이다. 세밀한 부분의 사이즈가 미묘하게 맞지 않는다. 하지만 기막힐 만큼 주름 하나 없었다. 입을 때마다 매번 다림질을 하는지도 모른다. 두 사람 모두 넥타이는 매지 않았다. 한 사람은 흰 와이셔츠 버튼을 목까지 채웠고, 또 한 사람은 상의 안에 회색 라운드넥 셔츠 같은 걸 입고 있었다. 두 사람 모두 검고 투박한 가죽구두를 신고 있다.

흰 와이셔츠를 입은 남자는 키가 185센티미터는 넘을 것 같고, 머리를 포니테일로 묶었다. 긴 눈썹이 꺾은선 그래프처럼 깨끗한 각도로 치켜올라갔다. 단정하고 서늘한 생김새다. 배우라고 해도 믿어줄 정도다. 또 한 사람은 키 165센티미터 정도, 머리는 삭발이다. 코가 뭉툭하고 턱 끝에 작은 수염을 길렀는데, 잘못 붙인 그림자처럼 보인다. 오른쪽 눈 옆에 베인 흉터가 작게 나 있었다. 두 사람 모두 마르고, 뺨이 날카롭게 패고, 햇볕에 그을렸다. 군살 같은 건 어디에도 보이지 않았다. 슈트 어깨 부분이 팽팽해서 그 아래의 다부진 근육을 짐작할 수 있었다. 나이는 이십대 중반에서 후반쯤일 것이다. 둘 다 눈매가 깊고 예리하다. 사냥에 나선 야수의 눈처럼, 필요 없는 움직임은 일절 없다.

아오마메는 반사적으로 의자에서 일어섰다. 그리고 손목시계를 보았다. 바늘은 정확히 일곱시를 가리키고 있다. 시간 엄수다.

"그래요. 내가 아오마메예요." 그녀는 말했다.

두 사람의 얼굴에는 표정다운 표정이 없었다. 그들은 아오마메의 차림새를 눈으로 빠르게 점검하고 옆에 놓인 파란 스포츠백을 보았다.

"짐은 그것뿐입니까?" 스킨헤드가 물었다.

"이것뿐이에요." 아오마메는 말했다.

"됐습니다. 가시죠. 준비는 되셨습니까?" 스킨헤드가 말했다. 포니테일은 그저 말없이 아오마메만 지켜보고 있었다.

"물론이죠." 아오마메는 말했다. 아마 키 작은 이 남자가 몇 살 더 많고 리더 격일 거라고 아오마메는 짐작했다.

스킨헤드가 앞서서 느릿한 걸음걸이로 로비를 가로질러 고객용 엘리베이터로 향했다. 아오마메는 스포츠백을 들고 그뒤를 따랐다. 포니테일이 2미터쯤 거리를 두고 뒤에서 걸어왔다. 아오마메는 그들 사이에 낀 모양새가 되었다. 대단히 익숙한 움직임이다, 라고 그녀는 생각했다. 두 사람 모두 등을 꼿꼿이 세우고 발걸음도 힘차고 정확하다. 가라테를 한 사람들이라고 노부인은 말했다. 이 두 사람을 동시에 상대해서 이기는 건 분명 불가능하다. 아오마메도 오래도록 마셜 아츠를 해왔기 때문에 그 정도는 안다. 하지만 그들에게서는 다마루가 풍기는 압도적인 카리스마는 느껴지지 않았다. 도저히 당해낼 수 없다고 할 정도의 상대는 아니다. 접전에 들어가면 우선은 키 작은 스킨헤드 쪽부터 무력화시켜야 한다. 그가 지휘자이다. 남은 상대가 포니테일 한 사람뿐이라면 어떻게든 그 자리를 뚫고 도망칠 수 있을 것이다.

세 사람은 엘리베이터에 탔다. 포니테일이 7층 버튼을 눌렀다. 스킨헤드가 아오마메 옆에 서고 포니테일은 두 사람을 마주보듯이 대각선상으로 구석에 섰다. 모든 것은 무언중에 이루어졌다. 몹시 시스테마틱하다. 더블플레이를 삶의 보람으로 삼는 2루수와 유격수 콤비처럼.

그런 생각을 하는 사이에 자신의 호흡과 심장 박동이 평상으로 회복되었다는 것을 아오마메는 문득 깨달았다. 걱정할 것 없어, 그녀는 생각했다. 나는 평소의 나다. 쿨하고 터프한 아오마메다. 모든 것이 잘 풀릴 것이다. 불길한 예감은 더이상 없다.

엘리베이터 문이 소리 없이 열렸다. 포니테일이 문의 열림버튼을 누르고 있는 사이에 스킨헤드가 먼저 밖으로 나갔다. 그다음에 아오마메가 나오고 마지막으로 포니테일이 버튼에서 손을 떼고 엘리베이터에서 내렸다. 그리고 스킨헤드가 선두에 서서 복도를 걸어갔다. 그뒤를 아오마메가 따라가고 포니테일이 아까처럼 후미를 맡았다. 널찍한 복도에는 인기척이 없다. 한없이 조용하고, 한없이 청결하다. 일류 호텔답게 구석구석까지 신경을 썼다. 먹고 난 룸서비스의 식기가 문 앞에 오래도록 방치되는 일은 없다. 엘리베이터 앞의 재떨이에는 꽁초 하나 없다. 꽃병에 꽂힌 꽃은 방금 꺾은 것처럼 신선한 향기를 풍겼다. 세 사람은 몇 번인가 모퉁이를 돌아 문 앞에 섰다. 포니테일이 두 차례 노크했다. 그리고 대답을 기다리지 않고 카드키로 문을 열었다. 안으로 들어가 주위를 둘러보며 이상이 없다는 것을 확인한 뒤에 스킨헤드를 향해 슬쩍 고개를 끄덕였다.

"들어가시죠." 스킨헤드가 건조한 목소리로 말했다.

아오마메는 안으로 들어갔다. 스킨헤드가 그 뒤를 따라 들어와 문을 닫았다. 그리고 안쪽에서 체인을 걸었다. 방은 넓었다. 보통 객실과는 다르다. 큼직한 응접세트가 놓였고 작업용 책상도 있었다. 텔레비전과 냉장고도 대형이었다. 특별한 스위트룸의 거실이리라. 창문으로는 도쿄의 야경이 한눈에 보였다. 아마 상당한 숙박요금이 청구될 것이다. 스킨헤드는 손목시계로 시간을 체크하더니 그녀에게 소파에 앉으라고 권했다. 그녀는 그의 말대로 자리에 앉았다. 파란 스포츠백은 옆에 내려놓았다.

"옷을 갈아입을 건가요?" 스킨헤드가 물었다.

"가능하다면요." 아오마메는 말했다. "위아래 저지를 입는 게 움직이기 편하거든요."

스킨헤드는 고개를 끄덕였다. "그전에 잠깐 조사를 하겠습니다. 죄송하지만 그게 우리 업무라서요."

"그래요. 뭐든 조사하세요." 아오마메는 말했다. 그 목소리에는 전혀 긴장이 섞여 있지 않다. 오히려 그들의 신경질적인 예민함을 재미있어하는 듯한 여운마저 담겨 있다.

포니테일이 아오마메 곁으로 다가와 두 손으로 그녀의 몸을 훑으며 수상한 것을 몸에 지니지 않았는지 확인했다. 얇은 면바지와 블라우스뿐이다. 조사할 것까지도 없이, 그 속에 뭘 감출 만한 차림이 아니다. 그들은 그저 정해진 절차를 따르는 것뿐이다. 포니테일의 손은 긴장해서 굳어 있는 것 같았다. 빈말이라도 능숙하다고 하기는 어려웠다. 아마 여자를 상대로 몸수색을 해본 경험이 별로 없을 것이다. 스킨헤드는 책상에 기대선 채 포니테일의 움직임을 바라보고 있었다.

몸수색이 끝나자 아오마메는 스스로 스포츠백을 열었다. 스포츠백 안에는 얇은 여름용 카디건과 일할 때 입는 위아래 저지, 그리고 작은 타월이 들어 있다. 간단한 화장품 세트, 문고본 책. 비즈로 만든 작은 파우치가 있고 그 안에는 지갑과 동전지갑과 키홀더가 들어 있다. 아오마메는 그것들을 하나하나 꺼내 포니테일에게 건넸다. 그리고 마지막으로 검은 비닐 파우치를 꺼내 지퍼를 열었다. 그곳에는 갈아입을 속옷과 탐폰과 생리대가 들어 있다.

"일을 하면 땀을 많이 흘리기 때문에 갈아입을 속옷이 필요해요." 아오마메는 말했다. 그리고 하얀 레이스가 달린 속옷 세트를 꺼내 보여주려고 했다. 포니테일은 슬쩍 얼굴을 붉히더니 몇 차례 고개를 끄덕였다. 알았으니 그만 됐다, 라는 뜻이다. 이 남자는 혹시 말을 못하는 게 아닐까, 하고 아오마메는 내심 의아했다.

아오마메는 속옷과 생리용품을 천천히 파우치에 다시 넣고 지퍼를 잠갔다. 아무 일도 없었다는 듯이 그것을 가방에 넣었다. 이자들은 아마추어다, 아오마메는 생각했다. 귀여운 란제리나 생리용품을 볼 때마다 얼굴을 붉혀서야 보디가드 일은 할 수 없다. 만일 다마루가 이 일을 맡았다면, 그는 상대가 가령 백설공주였다 해도 발바닥까지 철저히 수색했을 것이다. 창고 하나 분량의 브래지어며 캐미솔이며 팬티를 뒤적여서라도 파우치 바닥까지 모두 확인했을 것이다. 그에게 그런 건—물론 확고한 게이라는 점도 관계가 있겠지만—그저 천조각에 지나지 않는다. 혹은 그렇게 할 것까지도 없이 파우치를 들고 무게를 가늠해봤을 것이다. 그렇게 해서 손수건에 감싼 헤클러&코흐 권총(대략 500그램)과 하드케이스에 담긴 작은 특제 아이스픽을 기필코 찾아냈을 것이다.

이 두 사람은 아마추어다. 가라테 솜씨는 나름대로 뛰어날 수도 있다. 그리고 리더에게 절대적인 충성도 맹세했을 것이다. 그래도 아마추어는 역시 아마추어에 불과하다. 노부인이 예언했던 대로다. 분명 여성용품이 든 파우치 안까지는 손대지 못할 거라고 아오마메는 내다보았고, 그 예측은 맞아떨어졌다. 물론 그건 도박과도 같은 일이었지만, 예측이 틀렸을 경우까지는 딱히 생각해보지 않았다. 그녀가 할 수 있는 건 기도하는 것 정도였다. 하지만 그녀는 알고 있었다. 그 기도는 효과가 있다는 것을.

아오마메는 넓은 화장실로 들어가 위아래 저지로 갈아입었다. 블라우스와 면바지는 접어서 백 속에 넣었다. 머리가 단단히 잘 묶인 것을 확인했다. 입냄새 제거 스프레이를 입 안에 뿌렸다. 수세식 변기의 물을 내려 소리가 밖으로 새어나가지 않도록 하고서 파우치에서 헤클러&코흐를 꺼내 슬라이드를 당겨 약실에 탄환을 장전했다. 그다음은 안전장치를 푸는 것뿐이다. 아이스픽을 넣은 케이스도 쉽게 꺼낼 수 있도록 가방 안 가장 위쪽에 올려놓았다. 거기까지 준비를 마치고 거울을 향해 긴장된 표정을 풀었다. 괜찮아, 지금까지는 냉정하게 잘해냈어.

화장실을 나오자 스킨헤드가 등을 돌리고 똑바로 서서 전화를 향해 작은 소리로 뭔가 이야기하고 있었다. 아오마메의 모습이 눈에 들어오자 그는 대화를 중단하고 그대로 조용히 수화기를 내려놓았다. 그리고 아디다스 저지로 갈아입은 아오마메를 점검하듯이 바라보았다.

"됐습니까?" 그는 물었다.

"언제든지요." 아오마메는 말했다.

"그전에 한 가지 부탁할 게 있습니다." 스킨헤드는 말했다.

아오마메는 형식적으로 살짝 미소를 지었다.

"오늘밤의 일은 일절 다른 곳에 발설하지 말아주십시오." 스킨헤드는 말했다. 그리고 잠시 틈을 두어 그 메시지가 아오마메의 의식에 정착하기를 기다렸다. 뿌린 물이 마른땅에 스며들고 그 흔적이 사라지기를 기다리듯이. 아오마메는 그사이 아무 말도 하지 않고 상대의 얼굴을 보고 있었다. 스킨헤드는 말을 이었다.

"실례되는 말인지 모르지만, 사례는 충분히 할 생각입니다. 앞으로 다시 일을 부탁드릴 수도 있어요. 그러니 오늘 여기서 일어난 일은 깨끗이 잊어주셨으면 합니다. 본 것도 들은 것도, 모두 다."

"저는 사람의 신체와 관련된 일이 직업이에요." 아오마메는 얼마간 차가운 목소리로 말했다. "그래서 비밀엄수 의무라면 아주 잘 알아요. 그게 어떤 것이건 개인의 몸에 관한 정보가 이 방 밖으로 새어나가는 일은 없을 거예요. 마음에 걸리는 일이 그런 거라면 걱정하실 필요 없습니다."

"좋습니다. 그게 우리가 듣고 싶었던 말입니다." 스킨헤드는 말했다. "다만 다시 한번 말씀드린다면, 이건 일반적인 의미의 비밀엄수 이상이라고 생각해주셨으면 합니다. 당신이 이제부터 발을 들이려 하는 곳은 말하자면 성역 같은 곳입니다."

"성역?"

"과장으로 들릴지 모르지만, 결코 과장이 아닙니다. 이제부터 당신이 보게 되는 것은, 그리고 손대게 되는 것은 신성함입니다. 그밖에 적합한 표현은 없습니다."

아오마메는 아무 말 없이 고개를 끄덕였다. 여기서는 쓸데없는 말은 하지 않는 게 낫다.

스킨헤드는 말했다. "실례지만 당신의 신변을 조사했습니다. 기분 나쁘게 생각하실 수도 있지만 꼭 필요한 일이었습니다. 우리에겐 신중해야 할 이유가 있습니다."

아오마메는 그의 말을 들으면서 포니테일의 눈치를 살폈다. 포니테일은 문 옆에 놓인 의자에 앉아 있었다. 등을 꼿꼿이 펴고 양손을 무릎 위에 나란히 놓고 턱을 바짝 당기고 있었다. 마치 기념촬영 포즈라도 취한 것처럼 그 자세로 꿈쩍도 하지 않고, 빈틈없는 시선을 계속 아오마메에게 쏟고 있었다.

스킨헤드는 검은 가죽구두의 상태를 점검하듯이 한 차례 발밑에 시선을 던졌다가 얼굴을 들어 아오마메를 보았다. "결론부터 말하자면, 문제가 될 만한 건 전혀 없었습니다. 그래서 오늘 이렇게 오시라고 한 겁니다. 대단히 유능한 인스트럭터라고 들었고, 실제로 주위의 평가도 높았습니다."

"고마워요." 아오마메는 말했다.

"들은 바로는 예전에 '증인회' 신자였다던데, 맞습니까?"

"그래요. 부모님이 신자여서 나도 태어날 때부터 신자가 되었죠." 아오마메는 말했다. "자진해서 신자가 된 것도 아니었고, 한참 오래전에 그만뒀어요."

그들은 조사를 통해 나와 아유미가 롯폰기에서 이따금 요란하게 남자 사냥을 했던 것도 알아냈을까. 아니, 그런 건 아무려나 상관없다. 만일 알아냈다 해도 그들은 그걸 지장이 될 요인이라고 생각하지 않았다. 그러니 내가 지금 여기에 와 있는 것이다.

남자는 말했다. "그것도 알고 있습니다. 하지만 한때는 신앙 속에서 살았습니다. 그것도 가장 감수성이 강한 유아기에. 그래서 신성하다는 것이 무슨 의미인지 대략 이해하실 겁니다. 신성함이라는 건 어떤 신앙에서나 신앙의 가장 근간이 되는 것입니다. 이 세계에는 우리가 발을 들여서는 안 되는, 감히 발을 들여놓아서는 안 되는 영역이 있습니다. 그같은 존재를 인식하고 받아들이고 거기에 절대적인 경의를 표하는 것이 모든 신앙의 첫걸음입니다. 제가 말하려는 바를 잘 아시겠지요?"

"알 거 같아요." 아오마메는 말했다. "그걸 받아들이느냐 마느냐 하는 건 다른 문제겠지만요."

"물론입니다." 스킨헤드는 말했다. "물론 당신이 그걸 받아들일 필요는 없습니다. 그건 우리의 신앙이지 당신의 신앙이 아니니까요. 하지만 오늘은 신앙이 있건 없건 그걸 뛰어넘어, 아마 당신은 특별한 일을 목격하게 될 겁니다. 범상치 않은 존재를."

아오마메는 아무 말도 하지 않았다. 범상치 않은 존재.

스킨헤드는 눈을 가늘게 뜨고 그녀의 침묵을 잠시 가늠했다. 그러고는 천천히 입을 열었다. "당신이 무엇을 보게 되건 절대로 다른 곳에 발설해서는 안 됩니다. 그것이 외부에 새어나가면 신성함은 돌이킬 수 없이 더럽혀집니다. 깨끗하게 맑은 연못이 이물질로 오염되는 것처럼 말이죠. 세속적인 생각들이 어떻건, 현세의 법률이 어떤 것이든, 우리는 그렇게 느낍니다. 부디 그것을 이해해주시기 바랍니다. 그것만 이해하고 약속을 지켜준다면, 조금 전에도 말했듯이 우리는 당신에게 충분한 사례를 해드리겠습니다."

"잘 알았어요." 아오마메는 말했다.

"우리는 작은 종교단체예요. 하지만 강한 신앙심과 긴 팔을 갖고 있습니다." 스킨헤드는 말했다.

당신들이 긴 팔을 갖고 있다는 거지? 아오마메는 생각했다. 그래, 그게 얼마나 긴 팔인지, 지금부터 확인해보도록 하지.

스킨헤드는 팔짱을 끼고 책상에 몸을 기댄 채, 벽에 걸린 액자가 비뚤어지지 않았는지 확인하는 듯한 눈빛으로 주의깊게 아오마메를 보았다. 포니테일은 조금 전과 똑같은 자세를 유지하고 있다. 그의 시선 역시 아오마메의 모습을 포착하고 있었다. 대단히 균일하게, 끊임없이.

그러고는 스킨헤드는 손목시계를 바라보며 시간을 확인했다.

"그럼 들어가시죠." 그는 말했다. 한 차례 마른기침을 하고,

호수 위를 건너는 행자行者와도 같은 신중한 걸음으로 천천히 방을 가로질러 옆방으로 통하는 문을 가볍게 두 번 노크했다. 대답을 기다리지 않고 앞쪽으로 문을 당겼다. 그리고 가볍게 목례를 건네고 안으로 들어갔다. 아오마메는 스포츠백을 들고 그뒤를 따랐다. 카펫을 밟으며 호흡이 흐트러지지 않았다는 것을 확인했다. 상상 속에서 그녀의 손가락은 권총 방아쇠에 정확히 걸려 있다. 걱정 없어. 다른 때와 똑같아. 하지만 아오마메는 겁에 질려 있었다. 등에 얼음조각 같은 것이 달라붙어 있었다. 쉽사리 녹을 것 같지 않은 얼음이다. 나는 냉정하고 침착하고, **그리고 진심으로 두려워하고 있다.**

이 세계에는 우리가 발을 들여서는 안 되는, 감히 발을 들여놓아서는 안 되는 영역이 있습니다, 스킨헤드는 말했다. 그것이 어떤 것인지 아오마메는 이해할 수 있었다. 그녀 자신도 예전에는 그같은 영역을 중심에 둔 세계에서 살았으니까. 아니, 지금도 **사실은** 여전히 그 세계에서 살고 있는지도 모른다. 그저 스스로 그것을 깨닫지 못하고 있을 뿐인지도 모른다.

아오마메는 기도의 말들을 소리 없이 입 안에서 반복했다. 그리고 크게 한번 숨을 들이쉬고, 마음을 정하고, 인접한 방으로 발을 들였다.

제8장 덴고

슬슬 고양이들이 올 시각이다

그로부터 일주일 남짓을 덴고는 기묘한 고요함 속에서 보냈다. 야스다라는 인물이 밤에 전화를 걸어와, 아내는 이미 상실되었고 두 번 다시 덴고에게 찾아갈 일은 없을 거라고 말했다. 그 한 시간쯤 뒤에 우시카와가 전화를 걸어와, 덴고와 후카에리는 둘이 한 팀이 되어 '사고 범죄'적인 병원균의 메인 캐리어 같은 역할을 하고 있다고 말했다. 그들은 저마다 깊은 의미를 포함한(포함하고 있다고 생각할 수밖에 없는) 메시지를 덴고에게 전했다. 토가를 두른 로마인이 광장 중앙의 발판 위에 올라서서 둘러선 시민들을 향해 포고문을 발표하듯이. 그리고 두 사람 모두, 자기들 하고 싶은 말만 하고는 일방적으로 전화를 끊었다.

한밤중에 걸려온 그 두 통의 전화를 끝으로 더이상 어느 누구도 덴고에게 연락해오지 않았다. 전화벨도 울리지 않고 편지도 오지 않았다. 문을 노크하는 자도 없고 꾸륵꾸륵 우는 영리한 전서 비둘기도 날아오지 않았다. 고마쓰도, 에비스노 선생도, 후카에리도, 그리고 야스다 교코도, 더이상 덴고에게 전해야 할 말은 한 마디도 갖고 있지 않은 모양이었다.

덴고 역시 그 사람들에게 흥미를 잃은 것 같았다. 아니, 그들에게만이 아니라 모든 일에 흥미를 잃어버린 것 같았다. 「공기 번데기」의 판매상황도, 저자 후카에리가 지금 어디서 무엇을 하는지도, 재능 있는 편집자 고마쓰가 꾸민 모략의 행방도, 에비스노 선생의 냉철한 계획이 잘 진행되는지도, 매스컴이 어디까지 진상을 탐지해냈는지도, 수수께끼의 교단 '선구'가 어떤 움직임을 보이는지도, 이제는 별로 신경이 쓰이지 않았다. 타고 있는 보트가 폭포에서 곤두박질치려고 하는 것이라면, 어쩔 수 없다, 떨어지는 수밖에. 이제 와서 새삼 발버둥쳐봤자 그런다고 강의 흐름이 바뀌는 것도 아니다.

야스다 교코는 물론 걱정이 되었다. 자세한 사정은 모르겠지만 뭔가 할 수 있는 일이 있다면 어떤 수고도 마다하지 않을 생각이었다. 하지만 그녀가 현재 어떤 문제에 직면해 있건, 그 문제는 덴고의 손이 닿지 않는 곳에 있었다. 현실적으로 어떻게도 손을 쓸 수가 없다.

신문을 읽는 것도 완전히 그만두었다. 세계는 그와 상관없는 곳에서 앞으로 나아가고 있었다. 무기력이 마치 그가 개인적으로 소유하게 된 안개처럼 그의 몸을 감싸고 있었다. 「공기 번데기」가 서점 가판대에 첩첩이 쌓여 있는 게 보기 싫어서 서점에도 가지 않았다. 학원과 집만 오락가락했다. 세상 사람들은 벌써 여름휴가에 들어갔지만, 입시학원은 여름방학 강의 때문에 평소보다 더 바빴다. 하지만 그건 덴고에게는 오히려 환영할 만한 일이었다. 적어도 교단에 서 있는 동안은 수학 문제 말고는 아무것도 생각하지 않아도 되니까.

소설 쓰는 것도 그만두었다. 책상 앞에 앉아 워드프로세서 스위치를 켜고 화면이 떠올라도 그곳에 글자를 쳐넣을 마음이 들지 않았다. 뭔가 생각하려 할 때마다 머릿속에는 야스다 교코의 남편에게서 들은 말의 자투리가, 그리고 우시카와와 나눈 대화의 자투리가 떠올랐다. 도저히 소설에 집중할 수 없었다.

집사람은 이미 상실되어버렸고, 어떠한 형태로든 당신에게는 더이상 갈 수 없다.

야스다 교코의 남편은 그렇게 말했다.

고전적으로 표현하자면, 당신들은 판도라의 상자를 열어버렸다고 할 수 있을 것이다. 당신들 두 사람은 우연히 만나긴 했지만 당신이 생각하는 이상으로 파워풀한 조합이었다. 각자에게 부족한 부분을 서로 효과적으로 보완할 수 있는.

우시카와는 그렇게 말했다.

두 사람 모두 하는 말이 지극히 애매하다. 핵심은 어물어물 넘어가거나 얼버무렸다. 하지만 그들이 하려는 말은 똑같다. 덴고가 스스로도 잘 알지 못한 채 어떤 힘을 발휘했고, 그것이 주위 세계에 실제적인 영향을(아마도 그리 바람직하지 않은 종류의 영향을) 미치고 있다. 그들이 전하려는 말은 아무래도 그런 내용인 듯했다.

덴고는 워드프로세서의 스위치를 끄고 바닥에 앉아 한참 동안 전화기를 바라보았다. 그에게는 좀더 많은 힌트가 필요했다. 좀더 많은 퍼즐조각이 있어야 했다. 하지만 그런 건 아무도 주지 않는다. 친절이라는 건 지금(혹은 항상) 이 세계에 부족한 것 중 하나였다.

누군가에게 전화를 걸어볼까도 생각했다. 고마쓰에게, 혹은 에비스노 선생에게, 아니면 우시카와에게. 하지만 전화를 걸 엄두가 나지 않았다. 그들이 던져주는 영문 모를 이야기, 뭔가 큰 것이 있는 척 변죽만 울리는 정보는 이제 지겨웠다. 하나의 수수께끼에 대한 힌트를 구하려 하면, 주어지는 건 또다른 수수께끼였다. 언제까지고 그런 한도 끝도 없는 게임을 하고 있을 수는 없다. 후카에리와 덴고는 파워풀한 조합이었다. 그들이 그렇게 말한다면 그걸로 된 거 아닌가. 덴고와 후카에리, 마치 소니와 셰어 같다. 최강의 듀오. 비트 고즈 온.

하루하루가 흘러갔다. 이윽고 덴고는 방 안에서 그냥 가만히 무슨 일인가가 일어나기를 기다리는 것도 지겨워졌다. 지갑과 문고본을 주머니에 쑤셔넣고, 머리에 야구모자를 쓰고, 선글라스를 끼고 집을 나섰다. 단호한 걸음걸이로 역까지 걸어가 정기권을 내보이고 주오 선 상행 쾌속열차를 탔다. 어디로 간다는 정처도 없었다. 그저 플랫폼에 들어온 전철에 올라탔을 뿐이다. 전철은 텅 비어 있었다. 그날은 하루 종일 아무 예정도 없었다. 어디를 가건 무엇을 하건(혹은 무엇을 하지 않건) 모두 덴고의 자유다. 오전 열시, 바람이 없고 햇살이 강한 여름날 아침이다.

그는 우시카와가 말하는 '리서처'가 자신의 뒤를 밟을지 모른다는 생각에 주의를 기울였다. 역까지 가는 길목에서는 느닷없이 멈춰 서서 재빨리 뒤를 돌아보기도 했다. 하지만 그의 뒤에 수상쩍은 사람은 없었다. 역에서는 일부러 다른 플랫폼으로 향하고, 그러고는 마음이 갑자기 바뀐 척하며 방향을 바꾸어 계단을 뛰어내려갔다. 하지만 그와 행동을 함께하는 사람의 모습은 보이지 않았다. 전형적인 추적망상. 아무도 그의 뒤를 밟지 않는다. 덴고는 그렇게 중요한 인물이 아니고, 그들 역시 그렇게 한가하지 않을 것이다. 애초에 어디 가서 뭘 하려고 하는지 덴고 자신도 알지 못하는 것이다. 덴고가 이제부터 취할 행동을 멀찌감치 떨어진 곳에서 호기심을 갖고 지켜보고 싶은 건 오히려 덴고 자신이었다.

그가 탄 전철은 신주쿠를 지나고, 요쓰야를 지나고, 오차노미즈를 지나서 종점인 도쿄 역에 도착했다. 주위 승객들은 모두 전철에서 내렸다. 그도 그곳에서 내렸다. 그리고 우선은 벤치에 앉아 이제부터 어떻게 할지 진지하게 생각했다. 어디로 가면 좋을까, 나는 지금 도쿄 역에 있다, 덴고는 생각했다. 온종일 아무 예정도 없다. 가려고 마음만 먹으면 여기에서 어디로든 갈 수 있다. 어지간히 무더울 것 같은 날이다. 바다에 가는 것도 좋다. 그는 얼굴을 들고 환승 안내 표시판을 보았다.

그러고는 덴고는 자신이 무엇을 하려고 했는지를 깨달았다.

그는 몇 번이나 고개를 저었지만, 아무리 고개를 저어도 그 생각이 지워질 기미는 없었다. 아마도 고엔지 역에서 주오 선 상행 전철을 탔을 때부터, 스스로도 깨닫지 못한 사이에 마음이 이미 정해졌던 것이리라. 그는 한숨을 쉬고 벤치에서 일어나 플랫폼의 계단을 내려가 소부 선 승차장으로 향했다. 지쿠라에 가장 빨리 가는 열차 스케줄을 물어보자 역무원은 시간표 페이지를 넘겨가며 알려주었다. 열한시 반에 다테야마 행 임시 특급이 있고, 거기서 보통열차로 갈아타면 두시쯤에 지쿠라 역에 도착한다. 그는 도쿄와 지쿠라 간 왕복 차표와 특급 지정석 표를 샀다. 그리고 역 구내의 레스토랑에 들어가 카레라이스와 샐러드를 주문했다. 식후에 연한 커피를 마시며 시간을 때웠다.

아버지를 만나러 가는 건 마음이 무거워지는 일이었다. 원래부터 별로 호의를 가졌던 사람도 아니고, 아버지 역시 그에 대해 딱히 애정을 품고 있다고 할 수 없다. 덴고를 보고 싶어하기나 하는지, 그것조차 잘 모르겠다. 초등학생 때 덴고가 NHK 수금에 따라다니는 것을 거부한 뒤로 두 사람 사이에는 내내 냉랭한 공기가 감돌았다. 그리고 어느 시기부터 덴고는 아버지를 거의 가까이하지 않게 되었다. 어지간한 필요가 없는 한, 말도 붙이지 않았다. 사 년 전에 아버지는 NHK를 퇴직하고, 그뒤 얼마 안 있어 치매 환자 케어를 전문으로 하는 지쿠라 요양소에 들어갔다. 덴고는 지금까지 그곳에 두 번밖에 찾아가지 않았다. 아버지가 입소한 직후, 유일한 가족인 덴고는 수속 절차 등의 문제로 거기까지 찾아가야 했다. 그다음에 또 한 번, 역시 꼭 가지 않으면 안 될 사무적인 볼일이 있었다. 그 두 번뿐이다.

요양소는 해안에서 도로를 하나 건너 넓은 부지에 있었다. 원래는 재벌 관계자의 별장이었던 것을 생명보험회사가 후생시설로 매입했고, 그것이 다시 근년 들어 주로 치매 환자를 돌보는 요양소로 바뀌었다. 그래서 옛 정취가 남은 목조건물과 3층짜리 새 철골건물이 나란히 서 있게 되었는데, 그건 보는 사람에게 약간 뒤죽박죽이라는 인상을 주었다. 다만 공기는 깨끗했고, 파도 소리를 빼면 항상 조용했다. 바람이 강하지 않은 날에는 해안을 산책할 수도 있다. 정원에는 늠름한 소나무 방풍림이 있었다. 의료시설도 잘 갖춰져 있다.

건강보험과 퇴직금과 저금과 연금 덕분에 아버지는 그곳에서 별다른 부족함 없이 여생을 보낼 수 있을 것이다. 운좋게 NHK 정규직으로 채용된 덕분이다. 유산이라고 할 만한 것은 남겨주지 못한다 해도, 적어도 자식에게 폐를 끼치지 않을 수는 있었다. 그건 덴고에게 무엇보다 감사한 일이었다. 아버지가 자신의 진짜 생물학적인 부친이건 아니건, 덴고는 아버지에게서 무엇 하나 물려받을 마음이 없었고, 아버지에게 굳이 뭔가를 해줄 마음도 없었다. 그들은 각기 다른 곳에서 온 인간이고, 각기 다른 곳을 향해 가는 인간이다. 인생의 몇 년인가를 우연히 함께 보냈다. 그뿐이다. 치매를 앓아 요양소에 가게 된 건 참으로 딱한 일이지만, 그렇다고 덴고가 해줄 수 있는 건 아무것도 없었다.

하지만 다시 한번 그곳에, 아버지를 찾아가봐야 할 때가 온 것이리라. 덴고는 그것을 알고 있었다. 아무래도 내키지 않았고, 가능하다면 이대로 우향우 해서 집에 돌아가버리고 싶었다. 하지만 주머니에는 이미 왕복 승차권과 특급표가 들어 있다. 일이 이미 그렇게 흘러가버린 것이다.

그는 자리에서 일어나 레스토랑의 음식값을 계산하고, 플랫폼에 서서 다테야마 행 특급열차가 오기를 기다렸다. 근처를 다시 한번 주의깊게 둘러보았지만, 리서처인 듯한 사람의 모습은 눈에 들어오지 않았다. 주위에 있는 사람들은 며칠 일정으로 해수욕을 하러 가는 신나는 표정의 가족들뿐이었다. 그는 선글라스를 벗어 주머니에 넣고 야구모자를 고쳐 썼다. 마음대로 하라지, 그는 생각했다. 감시하고 싶으면 얼마든지 감시해라. 나는 이제부터 지바 현 바닷가 마을까지 치매에 걸린 아버지를 만나러 갈 것이다. 그는 아들을 기억하고 있을 수도 있고, 기억하지 못할 수도 있다. 지난번에 만났을 때에도 기억력이 상당히 가물가물한 상태였다. 지금은 아마 더 악화되었을 것이다. 치매에는 진행은 있어도 회복은 없다. 그렇게 들었다. 앞으로만 나아가는 톱니바퀴 같은 것이다. 그건 덴고가 치매에 대해 갖고 있는 몇 안 되는 지식 중 하나였다.

열차가 도쿄 역을 출발하자 덴고는 들고 온 문고본을 주머니에서 꺼내 읽었다. 여행을 테마로 한 단편소설 앤솔러지였다. 그 중에 고양이가 지배하는 마을을 여행한 젊은 남자의 이야기가 있었다. 「고양이 마을」이라는 제목의 단편이다. 환상 이야기로, 이름을 들어본 적이 없는 독일 작가가 쓴 것이다. 1차 대전과 2차 대전 사이에 낀 시대에 쓰인 것이라고 해설에는 나와 있었다.

한 청년이 가방 하나만 들고 혼자서 마음 내키는 대로 여행을 한다. 목적지는 딱히 없다. 열차를 타고 가다가 왠지 끌리는 장소가 있으면 거기에서 내린다. 숙소를 정하고 마을을 구경하고, 흡족할 때까지 그곳에 머문다. 싫증이 나면 다시 열차를 탄다. 그것이 그가 휴가를 즐기는 방식이었다.

차창 밖으로 아름다운 강이 보였다. 구불구불 흘러가는 강을 따라 우아한 초록빛 구릉이 이어지고, 그 중턱에 아담하고 고즈넉한 느낌의 마을이 있었다. 오래된 돌다리가 걸려 있었다. 그 풍경은 그의 마음을 유혹했다. 이곳이라면 맛있는 송어요리를 먹을 수 있을지도 모른다. 열차가 역에 정차하자 청년은 가방을 들고 내렸다. 그곳에서 내린 승객은 그 말고는 없었다. 그가 내리자 곧바로 열차는 떠나버렸다.

역에는 역무원이 없었다. 무척 한가한 역인 모양이다. 청년은 돌다리를 건너 마을까지 걸었다. 마을은 괴괴하다. 그곳에는 사람의 모습이 전혀 보이지 않는다. 모든 가게의 셔터가 내려졌고 관청에도 인적이 없다. 달랑 하나뿐인 호텔의 데스크에도 사람이 없다. 벨을 눌러도 아무도 나오지 않는다. 그곳은 완전한 무인 마을로 보였다. 어쩌면 다들 어딘가에서 낮잠을 자고 있는지도 모른다. 하지만 아직 아침 열시 반이다. 낮잠을 자기에는 너무 이른 시간이다. 아니면 무슨 이유가 있어서 사람들이 이 마을을 버리고 모두 함께 떠났는지도 모른다. 어떻든 내일 아침까지 다음 열차는 오지 않을 것이고, 여기서 밤을 보내는 수밖에 없다. 청년은 정처 없이 산책을 하며 시간을 때웠다.

하지만 사실 그곳은 고양이들의 마을이었다. 해가 저물자 돌다리를 건너 수많은 고양이들이 마을로 들어왔다. 다양한 무늬에 다양한 종류의 고양이들이다. 보통 고양이보다 상당히 크지만 그래도 고양이다. 그 광경을 보고 깜짝 놀란 청년은 마을 한 가운데 있는 종루에 올라가 몸을 숨겼다. 고양이들은 익숙한 몸짓으로 가게 셔터를 올리고, 혹은 관청 책상에 앉아 저마다 일을 시작했다. 잠시 후 다시금 수많은 고양이들이 다리를 건너 마을로 들어왔다. 고양이들은 상점에 들어가 쇼핑을 하고, 관청에 가서 사무적인 볼일을 처리하고, 호텔 레스토랑에서 식사를 했다. 고양이들은 주점에서 맥주를 마시고 명랑한 고양이 노래를 불렀다. 손풍금을 켜는 고양이도 있고, 거기에 맞춰 춤을 추는 고양이도 있었다. 고양이들은 밤눈이 밝기 때문에 등불이 거의 필요하지 않았지만, 그날 밤은 보름달이 마을 구석구석을 비춰주어 청년은 종루 위에서 그 모든 것을 목격할 수 있었다. 새벽녘이 가까워오자 고양이들은 가게 문을 닫고 저마다 용무를 끝내고 줄줄이 다리를 건너 그들이 왔던 원래의 어딘가로 돌아갔다.

날이 새고 고양이들이 사라지고 다시 무인 마을이 되자, 청년은 종루에서 내려와 호텔 침대에서 허락도 없이 잠을 잤다. 배가 고프면 호텔 주방에 남아 있던 빵과 생선요리를 먹었다. 그리고 주위가 어두워지기 시작하면 다시 종루에 올라가 몸을 감추고 새벽이 오기까지 고양이들의 행동을 관찰했다. 열차는 점심 전과 저녁 전에 역에 들어왔다. 오전 열차를 타면 앞으로 갈 수 있고, 오후 열차를 타면 원래 왔던 곳으로 돌아갈 수 있었다. 그 역에서 내리는 승객은 한 사람도 없고, 그 역에서 열차를 타는 사람도 없었다. 하지만 그래도 열차는 꼬박꼬박 역에 정차하고 일 분 후에 발차했다. 그래서 만일 마음만 먹는다면 그 열차를 타고 으스스한 고양이 마을을 뒤로할 수도 있었다. 하지만 그는 그렇게 하지 않았다. 아직 젊은 그는 호기심이 왕성했고 야심과 모험심도 풍부했다. 그는 고양이 마을의 불가사의한 광경을 좀더 보고 싶었다. 그곳이 언제 어떻게 고양이들의 마을이 되었는지, 마을은 어떤 구조로 되어 있는지, 고양이들은 그곳에서 과연 무엇을 하는지, 가능하다면 그런 것도 알고 싶었다. 세상에 이런 신기한 광경을 목격한 사람은 자신 외에는 아무도 없을 터였다.

사흘째 밤에 종루 아래 광장에서 작은 소동이 일어났다. "어째 사람 냄새가 나는 거 같지 않아?" 고양이 한 마리가 그렇게 말한 것이다. "그러고 보니 요 며칠 들어 묘한 냄새가 나는 거 같아." 누군가가 코를 킁킁거리며 그 말에 대꾸했다. "실은 나도 그런 느낌이 들던 참이야." 그렇게 말을 보태는 자도 있었다. "이상하네. 인간이 이곳에 찾아올 일은 없을 텐데." 또 누군가가 말했다. "암, 그렇고말고. 인간이 우리 고양이 마을에 들어올 리가 없지." "하지만 그치들의 냄새가 나는 건 분명하단 말이야."

고양이들은 몇 개의 그룹을 짜서 자경단처럼 마을을 구석구석 수색하기로 했다. 작정하고 나서면 고양이들은 냄새를 아주 잘 맡는다. 그 냄새의 근원지가 종루라는 것을 알아내는 데까지 그리 오랜 시간이 걸리지 않았다. 그들의 부드러운 발이 종루 계단을 밟고 올라오는 소리가 청년의 귀에도 들렸다. 꼼짝없이 들켰구나, 그는 생각했다. 고양이들은 인간 냄새에 지독히 흥분하고 화가 난 것 같았다. 그들은 몸집이 크고, 날카로운 발톱과 희고 날카로운 이빨을 갖고 있다. 그리고 이 마을은 인간이 발을 들여서는 안 되는 장소인 것이다. 들키면 어떤 꼴을 당할지는 모르지만, 어떻든 그 비밀을 알고 있는 인간을 얌전히 이 마을에서 내보내줄 리는 없었다.

세 마리의 고양이가 종루에 올라와 킁킁 냄새를 맡았다. "이상하네." 한 마리가 기다란 수염을 움찔움찔 떨면서 말했다. "냄새는 나는데 인간은 없어." "거참, 진짜 이상하네." 다시 한 마리가 말했다. "하지만 아무튼 여기에는 아무도 없어. 다른 곳을 찾아보자." "어허, 정말 무슨 영문인지 모르겠군." 그리고 그들은 고개를 갸웃거리며 멀어져갔다. 고양이들의 발소리가 계단을 내려가 밤의 어둠 속으로 사라졌다. 청년은 가만히 안도의 한숨을 내쉬었지만, 그도 어떻게 된 건지 영문을 알 수 없었다. 고양이들과 그는 좁은 공간에서 말 그대로 코를 맞댄 모습으로 마주하고 있었던 것이다. 그걸 못 보고 지나갈 리 없었다. 그런데 고양이들의 눈에는 왜 그런지 그의 모습이 보이지 않는 듯했다. 그는 자신의 손을 눈앞에 쳐들어보았다. 분명 손은 보인다. 투명해진 것이 아니다. 이상하다. 어쨌거나 아침이 되면 역으로 가서 오전 열차로 이 마을을 떠나도록 하자. 계속 여기 있는 건 너무도 위험하다. 이런 행운이 계속될 리는 없다.

하지만 다음 날, 오전 열차는 역에 서지 않았다. 그의 눈앞에서 속도도 늦추지 않고 그대로 지나가버렸다. 오후 열차도 마찬가지였다. 운전석에는 기관사의 모습이 보였다. 차창에는 승객들의 얼굴도 보였다. 하지만 열차는 정차할 기미조차 보이지 않았다. 사람들의 눈에는 열차를 기다리는 청년의 모습이 보이지 않는 모양이었다. 어쩌면 역사驛舍조차도 보이지 않는 것 같았다. 오후 열차의 뒷모습이 멀어져가자 주위는 여느 때 없이 괴괴하게 가라앉았다. 그리고 해가 저물기 시작했다. 슬슬 고양이들이 올 시간이다. 그는 자신이 상실되었다는 것을 알았다. 이곳은 고양이 마을 같은 게 아니다, 그는 그제야 깨달았다. 그곳은 그가 상실되어야 할 장소였다. 그곳은 그 자신을 위해 준비된, 이 세상에는 없는 장소였다. 그리고 열차가 그를 다시 원래의 세계로 데려가기 위해 그 역에 정차하는 일은 이제 영원히 없는 것이다.

덴고는 그 단편소설을 연달아 두 번을 읽었다. 상실되어야 할 장소라는 말이 그의 흥미를 끌었다. 그러고는 책을 덮고 창밖을 지나가는 임해공업단지의 무덤덤한 풍경을 멍하니 바라보았다. 정유공장의 불길, 거대한 가스탱크, 장거리포 같은 모양의 땅딸막하고 거대한 굴뚝. 도로를 달리는 대형 트럭과 탱크로리의 행렬. 「고양이 마을」과는 너무도 동떨어진 풍경이다. 하지만 그 광경에는 나름대로 환상적인 면이 있었다. 그곳은 도시 생활을 지하에서 받쳐주는 명계冥界와도 같은 장소인 것이다.

잠시 뒤에 덴고는 눈을 감고 야스다 교코가 그녀 자신만의 상실된 장소에 갇혀 있는 장면을 상상했다. 그곳에는 열차가 서지 않는다. 전화도 없다. 우체통도 없다. 한낮에 그곳에 있는 것은 절대적인 고독이고, 밤의 어둠과 함께 존재하는 것은 고양이들의 집요한 수색이다. 그런 나날이 한없이 반복된다. 덴고는 저도 모르는 사이에 좌석에서 잠이 든 모양이었다. 길지는 않았지만 깊은 잠이었다. 눈을 떴을 때, 온몸에 땀을 흘리고 있었다. 열차는 한여름의 미나미보소 해안선을 따라 달리고 있었다.

다테야마에서 특급을 내려 보통열차로 갈아타고 지쿠라까지 갔다. 역에 내리자 다정한 바다 냄새가 나고 길 가는 사람들은 모두 검게 그을려 있었다. 역 앞에서 택시를 타고 요양소까지 갔다. 요양소 접수처에서 그는 자신의 이름과 아버지의 이름을 댔다.

"오늘 오기로 미리 연락은 하셨어요?" 접수처 데스크에 앉은 중년의 간호사가 딱딱한 목소리로 물었다. 자그마한 몸집에 금속 테 안경을 꼈고, 짧은 머리에는 흰머리가 조금씩 섞였다. 짧은 약지에는 안경과 세트로 산 듯한 반지가 끼워져 있었다. 이름표에는 '다무라田村'라고 씌어 있다.

"아뇨. 오늘 아침 갑자기 생각나서 그길로 전철을 타버렸거든요." 덴고는 솔직히 말했다.

간호사는 약간 어이없다는 얼굴로 덴고를 보았다. 그리고 말했다. "면회를 오실 때는 미리 연락을 해주셔야 해요. 이쪽에도 여러 가지 일정이 있고, 환자분의 사정도 있으니까요."

"죄송합니다. 잘 몰랐어요."

"지난번에 이곳에 오셨던 게 언제지요?"

"이 년 전입니다."

"이 년 전." 다무라 간호사는 볼펜을 한 손에 들고 방문자 리스트를 체크하며 말했다. "그러니까 이 년 동안 한 번도 오지 않았다는 말씀이군요?"

"그렇습니다." 덴고는 말했다.

"여기 기록을 보면, 당신은 가와나 씨의 유일한 가족이라고 되어 있어요."

"네, 맞습니다."

간호사는 리스트를 책상 위에 놓고 덴고의 얼굴을 흘끔 보았지만 딱히 아무 말도 하지 않았다. 그 눈은 덴고를 비난하는 것은 아니었다. 다만 뭔가를 확인하고 있을 뿐이다. 덴고가 결코 특별한 경우는 아닌 모양이었다.

"아버님은 지금 그룹 재활 프로그램에 참가하고 계세요. 앞으로 삼십 분쯤이면 끝나요. 그뒤에 면회하실 수 있습니다."

"아버지 상태는 어떤가요?"

"신체적인 것만 말하자면 건강하세요. 특별한 문제는 없습니다. 하지만 여기 이쪽은 일진일퇴 상태예요." 간호사는 그렇게 말하고 둘째손가락으로 자신의 관자놀이를 가리켰다. "어떤 식으로 일진일퇴인지는 직접 확인하세요."

덴고는 인사를 건네고 현관 옆에 있는 라운지에서 시간을 때웠다. 옛 시대의 냄새를 풍기는 소파에 앉아 호주머니에서 문고본을 꺼내 그다음 단편을 읽었다. 이따금 바다 냄새를 머금은 바람이 불어와 소나무 가지가 시원한 소리를 냈다. 수많은 매미들이 소나무 가지에 달라붙어 한껏 소리 높여 울고 있었다. 여름은 지금이 한창이지만 매미들은 그것이 길게 이어지지 않는다는 것을 잘 알고 있는 듯했다. 그들은 남겨진 짧은 목숨을 사랑하듯이 소리를 주위에 울리고 있었다.

이윽고 안경을 쓴 다무라 간호사가 다가와 재활 프로그램이 끝났으니 면회할 수 있다고 말했다.

"방으로 안내해드릴게요." 그녀는 말했다. 덴고는 소파에서 일어나 그녀를 따라갔다. 벽에 걸린 큼직한 거울 앞을 지나가다가 그때 처음으로 자신의 차림새가 상당히 험하다는 것을 깨달았다. 제프 벡의 국내 공연 티셔츠 위에 단추가 몇 개 떨어진 색바랜 데님 셔츠, 무릎 언저리에 피자 소스 얼룩이 묻은 치노 바지, 오래도록 빨지 않은 카키색 스니커, 야구모자. 아무리 생각해도 이 년 만에 아버지의 병문안을 온 서른 살 아들의 차림새가 아니다. 병문안 선물도 들고 오지 않았다. 주머니에 문고본 하나만 쑤셔넣고 왔을 뿐이다. 간호사가 어이없는 얼굴로 쳐다본 것도 당연한 일이었다.

정원을 가로질러 아버지의 병실이 있는 병동으로 가는 동안 간호사가 간단한 설명을 해주었다. 요양소에는 세 개의 병동이 있고, 병의 진행상태에 따라 입원하는 병동이 나뉘어 있다. 덴고의 아버지는 현재 '중간' 병동에 입원하고 있다. 환자들은 대개 처음에는 '초기' 병동에 들어가고 그다음에는 '중간' 병동으로 옮기고, 그러고는 '중증' 병동으로 옮겨간다. 한 방향으로만 열리는 문 같아서 역방향의 이동은 없다. '중증' 병동에서는 더 이상 옮겨갈 수 있는 장소가 없다. 화장장 외에는, 이라고까지는 물론 말하지 않았다. 하지만 간호사의 설명이 시사하는 건 분명 그것이었다.

아버지의 방은 이인실이었지만, 옆 침대의 사람은 무슨 수업에 참가하러 나가고 없었다. 요양소에는 재활을 돕기 위한 다양한 수업이 있다. 도예반, 원예반, 체조반. 하지만 재활치료라 해도 회복을 위한 것은 아니다. 조금이라도 병의 진행을 늦추는 것이 목적이다. 아니면 그저 시간을 때우는 것이 목적인지도 모른다. 아버지는 창가에 놓인 의자에 앉아 활짝 열린 창문 밖을 바라보고 있었다. 두 손은 가지런히 무릎 위에 놓였다. 가까운 테이블에는 화분이 있었다. 노랗고 가느다란 꽃잎을 많이 단 꽃이다. 바닥은 넘어져도 다치지 않도록 부드러운 소재가 깔려 있었다. 간소한 나무침대 두 개가 있고, 책상이 두 개, 갈아입을 옷이며 잡화를 넣어두기 위한 서랍이 있었다. 책상 옆에 각각 작은 책장이 있고, 창문 커튼은 오랜 세월 햇볕을 받아 누렇게 변색되었다.

그 창가 의자에 앉아 있는 노인이 자신의 아버지라는 것을 덴고는 얼른 알아보지 못했다. 그는 한 단계 작아져 있었다. 아니, 오그라들었다는 게 더 정확한 표현인지 모른다. 머리칼은 짧고 서리가 내린 잔디밭처럼 하얗게 변했다. 뺨이 움푹 파이고, 그래서인지 눈이 옛날보다 훨씬 커 보였다. 이마에는 세 줄기 주름이 깊이 새겨졌다. 두상이 예전보다 삐뚜름한 것 같다고 생각했지만, 그건 아마 머리칼이 짧아졌기 때문일 것이다. 머리칼을 짧게 깎는 바람에 삐뚜름한 모양이 두드러지게 된 것이다. 눈썹은 퍽 길고 빽빽했다. 그리고 귀에도 백발이 솟아나 있었다. 커다랗고 삐죽한 귀는 더 커져서 마치 박쥐의 날개처럼 보였다. 코 모양만 예전과 똑같았다. 귀와는 대조적으로 불룩하고 동그스름하다. 그리고 검붉은 색깔을 띠고 있다. 입술 양끝이 처져서 당장이라도 거기서 침이 흐를 것 같다. 입이 가볍게 벌어져서 그 안쪽으로 어긋버긋한 이가 보였다. 창가에 가만히 앉아 있는 아버지의 모습은 덴고에게 반 고흐의 만년의 자화상을 떠올리게 했다.

아버지는 덴고가 방에 들어가도 한 차례 흘끗 쳐다보았을 뿐, 계속 바깥 풍경만 바라보고 있었다. 조금 떨어진 곳에서 바라보니 인간이라기보다 쥐나 다람쥐류에 가까운 생물처럼 보였다. 그다지 청결하다고는 할 수 없지만 나름대로 만만치 않은 지혜를 갖춘 생물. 하지만 그건 틀림없이 덴고의 아버지였다. 혹은 아버지의 잔해라고나 해야 할까. 이 년의 세월이 그의 몸에서 많은 것을 앗아가버렸다. 마치 세금 징수인이 가난한 집에서 가재도구를 인정사정없이 빼앗아가듯이. 덴고가 기억하는 아버지는 항상 빠릿빠릿하게 일하는 씩씩한 남자였다. 자기성찰이나 상상력과는 인연이 없었지만 나름의 윤리관이 있었고, 단순하지만 강한 의지를 갖고 있었다. 인내심 강하고, 불평이나 우는소리를 입에 올리는 건 한 번도 본 적이 없다. 하지만 지금 눈앞에 있는 것은 그저 빈 허물에 지나지 않았다. 따스함을 남김없이 빼앗겨버린 빈 집에 지나지 않았다.

"가와나 씨." 간호사는 덴고의 아버지를 향해 말을 건넸다. 발음이 또렷하고 맑게 울리는 목소리였다. 환자에게는 그런 목소리로 말을 건네야 한다고 교육받은 것이다. "가와나 씨. 자, 여기 좀 보세요. 아드님이 오셨어요."

아버지는 다시 한번 흘끔 쳐다보았다. 표정이 없는 그 한 쌍의 눈을 보고 덴고는 처마 밑에 남겨진 텅 빈 제비집 두 개를 떠올렸다.

"잘 지내셨어요?" 덴고는 말했다.

"가와나 씨, 도쿄에서 아드님이 오셨어요." 간호사가 다시 말했다.

아버지는 아무 말도 없이 그저 덴고의 얼굴을 똑바로 보고 있었다. 외국어로 쓰인 이해할 수 없는 공고문이라도 바라보듯이.

"여섯시 반이 식사 시간이에요." 간호사가 덴고에게 말했다. "그때까지 자유롭게 지내세요."

간호사가 가고 난 뒤, 덴고는 잠시 머뭇거리다가 아버지 곁으로 다가가 맞은편 의자에 앉았다. 색 바랜 천의자였다. 오래도록 사용했는지 나무 부분이 흠집투성이였다. 아버지는 그가 거기에 앉는 모습을 눈으로 좇고 있었다.

"몸은 괜찮아요?" 덴고는 물었다.

"덕분에 괜찮습니다." 아버지는 예의바른 어조로 대답했다.

그러고는 그만 무슨 말을 해야 좋을지 덴고는 알 수가 없었다. 그는 데님 셔츠의 위에서 세번째 단추를 손끝으로 만지작거리며 창밖에 보이는 방풍림에 눈길을 던지고, 다시 아버지의 얼굴을 보았다.

"도쿄에서 오셨습니까?" 아버지는 말했다. 아마 덴고가 누구인지 생각나지 않는 모양이다.

"네, 도쿄에서 왔어요."

"특급을 타고 오셨군요?"

"네." 덴고는 말했다. "다테야마까지는 특급을 타고, 거기서 보통열차로 갈아타고 지쿠라까지 왔어요."

"해수욕하러 오셨어요?" 아버지는 물었다.

덴고는 말했다. "저 덴고예요. 가와나 덴고. 당신 아들입니다."

"도쿄 어디에 사세요?" 아버지는 물었다.

"고엔지예요. 스기나미 구."

아버지 이마의 세 줄기 주름이 한층 깊어졌다. "많은 사람들이 NHK 수신료를 내지 않으려고 거짓말을 둘러대죠."

"아버지." 덴고는 그를 불렀다. 그 말을 입에 올리는 건 실로 오랜만이었다. "저 덴고예요. 당신 아들요."

"나한테는 아들이 없어." 아버지는 딱 잘라 말했다.

"당신에게는 아들이 없다." 덴고는 기계적으로 반복했다.

아버지는 고개를 끄덕였다.

"그러면 나는 대체 뭐죠?" 덴고는 물었다.

"당신은 아무것도 아니야." 아버지는 말했다. 그리고 간결하게 두 번 고개를 저었다.

덴고는 숨을 삼키고, 잠시 할말을 잃었다. 아버지도 더이상 입을 열지 않았다. 두 사람은 침묵 속에서 각기 뒤엉킨 사고의 행방을 더듬었다. 매미만 잠시의 망설임도 없이 한껏 소리 높여 계속 울어대고 있었다.

이 사람은 아마도 지금 진실을 말하고 있는 것이다, 덴고는 그렇게 느꼈다. 기억이 파괴되고 의식은 혼탁 속에 있는지 모른다. 하지만 그가 말하는 것은 아마도 진실이다. 덴고는 그것을 직감적으로 이해할 수 있었다.

"그게 무슨 말이죠?" 덴고는 질문했다.

"당신은 아무것도 아니야." 아버지는 감정이 담기지 않은 목소리로 똑같은 말을 반복했다. "아무것도 아니었고, 아무것도 아니고, 앞으로도 아무것도 아닐 거야."

그걸로 충분하다, 고 덴고는 생각했다.

그는 의자에서 일어나 역까지 걸어가서 그대로 도쿄로 돌아가고 싶었다. 들어야 할 말은 이미 다 들었다. 하지만 자리에서 일어설 수가 없었다. 고양이 마을에 찾아간 여행자 청년과 마찬가지다. 그에게는 호기심이 있었다. 그 뒤편에 있는 좀더 깊은 속사정을 알고 싶었다. 좀더 명료한 대답을 듣고 싶었다. 그곳에는 물론 위험이 도사리고 있다. 하지만 이 기회를 놓친다면 아마 영원히 자신에 대한 비밀을 알아낼 도리가 없을 것이다. 그것은 혼돈 속으로 완전히 침몰해버릴 것이므로.

덴고는 머릿속에 언어를 늘어놓고, 그것들의 위치를 다시 바꿔보았다. 그런 뒤, 마음을 굳게 먹고 그 말들을 입 밖에 냈다. 어린 시절부터 수없이 묻고 싶었던—하지만 결국 한 번도 묻지 못했던—질문이었다.

"당신은 그러니까, 나의 생물학적인 의미의 아버지가 아니라는 거죠? 우리 사이는 핏줄로 이어진 게 아니라는 거지요?"

아버지는 아무 말 없이 덴고의 얼굴을 보았다. 질문의 취지를 제대로 이해했는지, 그 표정에서는 알아낼 수 없었다.

"전파를 훔치는 건 위법행위입니다." 아버지는 덴고의 눈을 보며 말했다. "금품을 훔치는 것과 아무 차이가 없어요. 그렇지 않습니까?"

"맞는 말씀이에요." 덴고는 일단 동의했다.

아버지는 만족한 듯이 몇 번 고개를 끄덕였다.

"전파는 비나 눈처럼 하늘에서 공짜로 내려오는 게 아닙니다." 아버지는 말했다.

덴고는 입을 다문 채 아버지의 손을 보았다. 아버지의 두 손은 양 무릎 위에 가지런히 놓여 있었다. 오른손은 오른쪽 무릎에, 왼손은 왼쪽 무릎에. 그 손은 꿈쩍도 하지 않았다. 작고 검은 손이었다. 살의 심지 속까지 햇볕에 탄 것처럼 보였다. 오랜 세월을 길에서 일해온 손이다.

"어머니는 내가 어렸을 때 병으로 돌아가신 게 아니죠?" 덴고는 천천히 단락을 끊어가며 물었다.

아버지는 대답하지 않았다. 표정도 변하지 않았고 손도 움직이지 않았다. 그 눈은 익숙하지 않은 것을 관찰하듯이 덴고를 보고 있었다.

"어머니는 당신을 떠났어요. 당신을 버리고, 나를 남겨놓고.

아마 다른 남자와 함께. 아닌가요?"

아버지는 고개를 끄덕였다. "전파를 훔치는 건 나쁜 짓입니다. 자기 마음대로 다 하고 무사히 넘어갈 순 없지요."

이 사람은 내 질문의 취지를 분명히 알고 있다. 다만 정면으로 말하고 싶지 않을 뿐이다. 덴고는 그렇게 느꼈다.

"아버지." 덴고는 불렀다. "실제로는 아버지가 아닐지도 모르지만 그렇게 부를게요. 달리 어떻게 불러야 할지 모르겠으니까. 솔직히 말해 지금까지 아버지를 별로 좋아하지 않았어요. 오히려 많은 경우, 미워했을 거예요. 그건 아시죠? 하지만 혹시라도 아버지가 친아버지가 아니고 우리 사이가 핏줄로 이어진 게 아니라면, 내가 당신을 미워할 이유는 더이상 없어요. 당신을 좋아할 수 있을지, 그것까지는 잘 모르겠어요. 하지만 적어도 지금보다는 아버지를 이해할 수 있을 거예요. 내가 그동안 내내 원했던 건 진짜 사실이었으니까요. 내가 누구고 어디에서 왔는가. 내가 알고 싶은 건 그냥 그뿐이었어요. 하지만 아무도 그걸 알려주지 않았어요. 만일 아버지가 지금 여기서 진실을 말해준다면 나는 아버지를 더이상 미워하지도 싫어하지도 않을 거예요. 그건 나로서는 환영할 일이에요. 아버지를 더이상 미워하거나 싫어하지 않아도 된다는 건."

아버지는 아무 말 없이, 여전히 표정 없는 눈으로 덴고를 바라보았다. 하지만 그 텅 빈 제비집 안쪽에 극히 작은 뭔가가 반짝

빛난 듯한 느낌이 들었다.

"나는 아무것도 아니다." 덴고는 말했다. "아버지 말이 맞아요. 나 혼자 밤바다에 내던져진 채 떠 있는 거나 마찬가지예요. 손을 내밀어도 아무도 없고, 소리를 질러도 대답이 돌아오지 않죠. 나는 어디로도 이어져 있지 않아요. 불완전하긴 하지만 그래도 가족이라고 할 수 있는 건 아버지밖에 없어요. 하지만 아버지는 어떤 비밀을 혼자 움켜쥔 채 말해주려 하지 않아요. 그리고 아버지의 기억은 이 바닷가 마을에서 일진일퇴를 거듭하면서 나날이 분명하게 상실되고 있어요. 나에 대한 진실도 역시 똑같이 상실되겠지요. 진실의 도움 없이는 나는 아무것도 아니고 앞으로도 아무것도 아닐 거예요. 그것도 정말 아버지 말이 맞아요."

"지식은 귀중한 사회자산입니다." 아버지는 억양 없이 그렇게 말했다. 하지만 그 목소리는 이전보다 약간 작아져 있었다. 등뒤에 있는 누군가가 손을 내밀어 볼륨을 줄인 것처럼. "그 자산은 넉넉하게 축적되고 조심스럽게 운용되어야 합니다. 다음 세대에게 결실이 풍성한 형태로 물려주어야 합니다. 그러기 위해서라도 NHK는 여러분의 수신료가 필요하며……"

이 사람이 말하는 것은 진언 같은 것이다, 덴고는 생각했다. 이런 문구를 외우는 것으로 그는 지금까지 자신을 지켜온 것이다. 덴고는 그 고집스러운 부적을 돌파해야 했다. 그 울타리 깊숙한 곳에서 살아 있는 한 인간을 끌어내야 한다.

덴고는 아버지의 말을 가로막았다. "내 어머니는 어떤 사람이었죠? 어머니는 어디로 갔어요? 그리고 어떻게 됐어요?"

아버지는 갑자기 입을 꾹 다물었다. 그는 더이상 주문을 외우지 않았다.

덴고는 말을 이었다. "나는 누군가를 싫어하고 미워하고 원망하면서 살아가는 데 지쳤어요. 아무도 사랑하지 못하고 살아가는 데도 지쳤습니다. 내게는 친구가 없어요. 단 한 사람도. 그리고 무엇보다 나 자신조차 사랑하지 못해요. 왜 나 자신을 사랑하지 못하는가. 그건 타인을 사랑하지 못하기 때문이에요. 사람은 누군가를 사랑하고 그리고 누군가에게 사랑을 받고, 그런 행위를 통해 나 자신을 사랑하는 방법을 아는 거예요. 내가 하는 말, 알아들어요? 누군가를 사랑하지도 못하면서 자신을 올바르게 사랑할 수는 없어요. 아니, 그게 아버지 탓이라는 게 아니에요. 생각해보면 아버지도 역시 그런 피해자 중 한 사람이었는지도 모르죠. 아버지도 아마 자기 자신을 사랑하는 법을 잘 몰랐을 거예요. 안 그래요?"

아버지는 침묵 속에 틀어박혀 있었다. 입술을 굳게 다문 채였다. 덴고가 말한 것을 그가 얼마나 이해했는지, 표정으로는 알 수 없었다. 덴고도 말없이 의자에 몸을 묻고 있었다. 열린 창문으로 바람이 들어왔다. 바람은 오랜 햇볕에 변색한 커튼을 펄럭이고 화분의 가느다란 꽃잎을 흔들었다. 그리고 활짝 열린 문을 통해 복도로 빠져나갔다. 바다 냄새가 더욱 짙어졌다. 솔잎이 서로 비벼대는 부드러운 소리가 매미 소리에 섞여 들려왔다.

덴고는 조용한 목소리로 말을 이었다. "나는 자주 환영을 봐요. 오래전부터 계속 똑같은 환영을 자주 봐왔어요. 그건 아마 환영이 아니라 기억된 현실의 광경일 겁니다. 한 살 반의 내 옆에 어머니가 있어요. 어머니는 젊은 남자와 끌어안고 있어요. 그리고 그 남자는 당신이 아니에요. 어떤 남자인지는 모르겠어요. 하지만 당신이 아니라는 것만은 분명해요. 어째서인지는 모르겠지만, 그 광경이 내 눈 속에 또렷하게 각인되어서 떼어낼 수가 없어요."

아버지는 아무 말도 하지 않았다. 하지만 그의 눈은 명백하게 다른 무언가를 보고 있었다. 이곳에 있는 것이 아닌 무언가를. 그리고 두 사람은 계속 침묵을 지켰다. 덴고는 갑작스레 강해진 바람 소리에 귀를 기울이고 있었다. 아버지의 귀는 무엇을 듣고 있는지, 덴고는 알지 못했다.

"뭔가 읽어주시겠습니까?" 아버지는 긴 침묵 뒤에, 문득 예의 바른 어조로 말했다. "눈이 안 좋아져서 책을 못 읽고 있어요. 글씨를 오래 들여다볼 수가 없습니다. 책은 거기 책장에 있어요. 당신이 좋아하는 걸로 고르시면 됩니다."

덴고는 포기하고 의자에서 일어나 책장에 죽 꽂혀 있는 책등을 살펴보았다. 대부분은 시대소설이었다. 『다이보사쓰 고개』 전

권이 모두 있었다. 하지만 덴고는 예스러운 말을 사용한 오래된 소설을 아버지 앞에서 낭독할 마음은 영 들지 않았다.

"괜찮다면 고양이 마을 이야기를 읽고 싶은데, 그래도 될까요." 덴고는 말했다. "제가 읽으려고 들고 온 책인데."

"고양이 마을 이야기." 아버지는 말했다. 그리고 그 말을 잠시 음미했다. "예, 만일 폐가 되지 않는다면, 그걸 읽어주세요."

덴고는 손목시계에 눈길을 던졌다. "폐가 될 건 없어요. 열차 시간까지는 아직 시간이 있으니까. 좀 괴상한 이야기라서, 아버지 마음에 들지 어떨지는 모르겠지만."

덴고는 주머니에서 문고본을 꺼내 「고양이 마을」을 소리 내어 읽기 시작했다. 아버지는 창가의 의자에 앉은 자세 그대로 덴고가 읽어주는 이야기에 귀를 기울였다. 덴고는 알아듣기 쉬운 목소리로 천천히 문장을 읽어나갔다. 중간에 두세 번 쉬면서 숨을 돌렸다. 그때마다 아버지 얼굴을 보았지만 어떤 반응도 읽어낼 수 없었다. 그가 그 이야기를 즐기고 있는지도 알 수 없었다. 이야기를 끝까지 다 읽었을 때, 아버지는 꿈쩍도 하지 않고 지그시 눈을 감고 있었다. 잠들어버린 것처럼 보이기도 했다. 하지만 잠든 건 아니었다. 이야기의 세계에 깊이 빠져든 것뿐이다. 그가 거기에서 나오는 데 한참 시간이 걸렸다. 덴고는 그것을 참을성 있게 기다렸다. 오후의 쨍쨍한 빛이 얼마간 약해지고 주위에 황혼의 기척이 섞이기 시작했다. 바다에서 불어오는 바람이 내내 소나무 가지를 흔들었다.

"그 고양이 마을에는 텔레비전이 있을까요?" 아버지는 우선 직업적인 견지에서 그렇게 질문했다.

"1930년대 독일에서 쓴 이야기고, 그 무렵에는 아직 텔레비전이 없었어요. 라디오는 있었지만."

"나는 만주에 있었는데, 거기는 라디오도 없었어요. 방송국도 없었고. 신문도 어지간해서는 오지 않아서 보름 전의 신문을 읽었어요. 먹을 것도 변변치 않고 여자도 없었어요. 가끔 늑대가 나왔어요. 땅끝 같은 곳이었습니다."

아버지는 말을 멈추고 잠시 뭔가를 생각했다. 아마 젊은 시절에 만주에서 개척이민으로 살았던 고단한 삶을 떠올리는 것이리라. 하지만 그런 기억은 금세 혼탁해지고 허무 속으로 삼켜져갔다. 아버지의 표정 변화에서 그같은 의식의 흐름이 읽혔다.

"마을은 고양이가 만든 마을인가, 아니면 옛날에 사람들이 만들었고 거기에 고양이가 와서 살게 된 건가?" 아버지는 창유리를 향해 혼잣말처럼 중얼거렸다. 하지만 그건 아무래도 덴고를 향해 던진 질문인 듯했다.

"나도 모르겠어요." 덴고는 말했다. "하지만 아무래도 한참 전에 인간이 만든 마을이겠죠. 어떤 이유에선가 인간이 사라지고, 거기에 고양이들이 와서 살게 되었을 거예요. 이를테면 전염병으로 모두 죽어버렸다든가, 그런 이유로."

아버지는 고개를 끄덕였다. "공백이 생기면 누군가가 와서 채워야 해요. 다들 그렇게 하는 거니까."

"다들 그렇게 한다고요?"

"그렇고말고요." 아버지는 단언했다.

"아버지는 어떤 공백을 채우고 있죠?"

아버지는 심각한 표정을 지었다. 긴 눈썹이 처져서 눈을 가렸다. 그리고 약간 비웃음이 섞인 목소리로 말했다. "당신은 그걸 모르는군요."

"모르겠어요." 덴고는 말했다.

아버지는 콧구멍을 벌름거렸다. 한쪽 눈썹이 조금 치켜올라가 있었다. 옛날부터 뭔가 불만이 있을 때 그가 항상 짓던 표정이었다. "설명을 안 해주면 그걸 모른다는 건, 말하자면 아무리 설명해줘도 모른다는 거야."

덴고는 눈을 가늘게 뜨고 그의 표정을 읽었다. 아버지가 이런 기묘하고 암시적인 말을 한 적은 한 번도 없었다. 그는 항상 구체적이고 실제적인 말밖에 하지 않았다. 필요한 때에 필요한 말만 짧게 내뱉는다. 그것이 대화라는 것에 대한 그의 굳건한 정의였다. 하지만 그곳에서 읽어낼 만한 표정은 없었다.

"알았어요. 아무튼 아버지는 무언가의 공백을 채우고 있어요." 덴고는 말했다. "그럼 당신이 남긴 공백을 대신 채우는 건 누구죠?"

"너지." 아버지는 간결하게 말했다. 그리고 둘째손가락을 들어 덴고를 똑바로, 힘차게 가리켰다. "그거야 뻔한 얘기잖아. 누군가가 만든 공백을 내가 채워왔어. 그 대신 내가 만든 공백은 네가 채워야 해. 당번처럼 돌아가면서 맡는 거야."

"인간이 사라진 마을을 고양이들이 채운 것처럼."

"그래, 마을처럼 상실되었어." 그는 말했다. 그리고 자신이 내민 둘째손가락을 마치 엉뚱하고 이상한 것이라도 보듯 멍하니 바라보았다.

"마을처럼 상실된다." 덴고는 아버지의 말을 따라했다.

"너를 낳은 여자는 이제 어디에도 없어."

"어디에도 없다. 마을처럼 상실된다. 그러니까, 죽어버렸다는 말이에요?"

아버지는 거기에는 대답하지 않았다.

덴고는 한숨을 쉬었다. "그러면 내 아버지는 누구죠?"

"그냥 공백이야. 네 어머니는 공백하고 관계해서 너를 낳았어. 내가 그 공백을 채웠어."

그 말만 해버리고 아버지는 눈을 감고 입을 닫았다.

"공백하고 관계했다고요?"

"그래."

"그리고 아버지가 나를 키웠다, 그런 얘기예요?"

"그러니까 내가 말했잖아." 아버지는 짐짓 위엄을 부리며 헛기침을 한 번 하고 나서 말했다. 말귀 어두운 아이에게 단순한 이치를 일러주듯이. "설명을 안 하면 그걸 모른다는 건, 아무리 설명해도 모르는 거야."

"나는 공백 속에서 나온 거예요?" 덴고는 물었다.

대답은 없었다.

덴고는 무릎 위에서 손가락을 깍지 끼고 아버지의 얼굴을 정면으로 바라보았다. 그리고 생각했다. 이 사람은 텅 빈 잔해 같은 게 아니다. 그냥 빈집도 아니다. 고집스럽고 협소한 영혼과 음울한 기억을 안고 바닷가 요양소에서 더듬더듬 삶을 이어가는 살아 있는 한 남자다. 자신의 내면에서 서서히 퍼져가는 공백과 어쩔 도리 없이 공존할 수밖에 없다. 지금은 아직 공백과 기억이 뒤엉켜 싸우고 있다. 하지만 이윽고 공백이, 본인이 그것을 원하건 원하지 않건, 남겨져 있는 기억을 완전히 삼켜버릴 것이다. 그건 시간문제일 뿐이다. 그가 이제부터 맞서려는 공백은, 내가 태어난 곳과 똑같은 공백일까.

황혼 무렵, 소나무 꼭대기 가지 사이를 뚫고 지나가는 바람에 섞여 먼 곳에서 바다울음이 들려온 듯했다. 하지만 그냥 착각인지도 모른다.

제9장 아오마메

Q

은총의 대가로 주어지는 것

아오마메가 안에 들어서자 스킨헤드가 그녀의 등뒤로 돌아와 재빨리 문을 닫았다. 방 안은 깜깜했다. 무겁고 두툼한 커튼이 창을 가리고 있고 실내의 불은 모조리 꺼져 있었다. 커튼 틈새로 빛줄기가 겨우 새어들었지만 그것은 도리어 암흑을 두드러지게 하는 역할을 할 뿐이었다.

상영중인 영화관이나 플라네타륨 안에 들어섰을 때처럼, 눈이 어둠에 익숙해지기까지는 시간이 걸렸다. 맨 먼저 눈에 띈 것은 낮은 탁자 위에 놓인 전자시계의 시각 표시였다. 그 초록색 숫자는 오후 일곱시 이십분을 알리고 있었다. 그리고 시간이 지남에 따라 대형 침대가 맞은편 벽 쪽에 있다는 것을 알 수 있었다. 전자시계는 그 침대 머리맡에 놓여 있었다. 널찍한 옆방에 비하면 약간 좁은 편이지만 그래도 호텔의 일반 객실보다는 공간이 한참 넉넉했다.

침대 위에는 작은 산 같은 거무스레한 물체가 있었다. 그 부정형의 윤곽이 침대에 드러누운 인간의 체구라는 것을 알기까지 다시 또 시간이 필요했다. 그동안 검은 윤곽은 조금도 흐트러지지 않았다. 생명의 징후 같은 건 엿보이지 않았다. 숨소리도 들리지 않았다. 들리는 건 천장 가까운 송풍구에서 나오는 에어컨의 희미한 바람 소리뿐이다. 하지만 죽은 건 아니다. 스킨헤드는 그것이 살아 있는 인간이라는 것을 전제로 행동하고 있었다.

상당히 몸집이 크다. 아마도 남자일 것이다. 정확히는 보이지 않지만, 아무래도 얼굴을 이쪽으로 향하고 있지 않은 것 같다. 그리고 그 인물은 시트를 덮고 있지 않다. 정돈된 침대 커버 위에 지그시 엎드려 있다. 마치 동굴 속에 엎드려 체력소모를 피하며 상처를 치유하고 있는 거대동물처럼.

"시간입니다." 스킨헤드가 그 그림자를 향해 말을 건넸다. 그의 목소리에서 지금까지 없었던 긴장이 느껴졌다.

남자에게 그 소리가 들렸는지는 알 수 없다. 침대 위의 컴컴한 작은 산은 그대로 꿈쩍도 하지 않았다. 스킨헤드는 문 앞에 서서 자세를 무너뜨리지 않고 그대로 기다렸다. 방은 깊고 고요히 가라앉아 누군가가 침을 삼키는 소리까지 똑똑히 들려올 정도였다. 다음 순간, 아오마메는 침을 삼킨 사람이 자신이라는 것을 깨달았다. 그녀는 오른손에 스포츠백을 움켜쥔 채, 스킨헤드와 마찬가지로 무슨 일인가가 일어나기를 기다리고 있었다. 전자시계의 숫자가 7:21로 바뀌고, 그리고 7:22로 바뀌고, 7:23으로 바뀌었다.

이윽고 침대 위의 윤곽이 작게 흔들리며 움직임을 보이기 시작했다. 아주 희미한 흔들림이 이윽고 확실한 동작이 되었다. 그 인물은 아마도 깊이 잠들어 있었던 모양이다. 아니면 잠 비슷한 것 속에 빠져 있었던 모양이다. 근육이 각성하고 상반신이 서서히 들어올려지고 시간을 들여 의식이 재형성되어갔다. 그림자가 침대 위에서 똑바로 몸을 일으켜 책상다리를 했다. 틀림없이 남자다, 아오마메는 생각했다.

"시간입니다." 스킨헤드가 다시 한번 반복했다.

남자가 크게 숨을 내쉬는 소리가 들렸다. 깊은 우물 속에서 올라오듯 느리고 굵은 날숨이다. 이어서 숨을 크게 들이쉬는 소리가 들렸다. 숲의 수목 사이를 뚫고 지나가는 강풍처럼 거칠고 불온하다. 그 두 종류의 서로 다른 소리가 번갈아 거듭되었다. 그 중간중간에 기나긴 침묵의 간격이 있었다. 리드미컬한, 또한 많은 의미를 포함한 그 반복은 아오마메를 침착하지 못한 기분으로 몰아갔다. 지금까지 듣고 본 적 없는 영역에 발을 들인 듯한 느낌이 들었다. 이를테면 깊은 해구 밑바닥이나, 혹은 미지의 소행성의 지표면 같은 곳. 어떻게든 도달할 수는 있어도 되돌아오는 건 불가능한 곳.

눈은 좀체 어둠에 익숙해지지 않았다. 어느 선까지는 보이지만 거기에서 더는 나아가지 못한다. 현재로서 아오마메의 눈이 닿는 곳은 그곳에 있는 남자의 어두운 실루엣뿐이다. 그 얼굴이 어느 쪽을 향하고 있는지, 무엇을 보고 있는지도 알 수 없다. 남자가 상당히 큰 몸집이라는 것과 양 어깨가 호흡에 맞추어 조용히, 하지만 크게 오르내린다는 것, 알아볼 수 있는 건 그 정도였다. 호흡은 통상적인 것이 아니었다. 몸 전체를 구석구석까지 사용하여 행하는, 특별한 목적과 기능을 가진 호흡이다. 견갑골과 횡격막이 크게 움직이고 확대 수축하는 모습이 머릿속에 떠올랐다. 보통사람은 그런 격렬한 호흡이 애초에 불가능하다. 장기간의 엄격한 훈련에 의해서만 습득할 수 있는 특수한 호흡법이다.

스킨헤드는 아오마메 곁에 서서 꼿꼿한 자세를 유지하고 있었다. 등을 곧추세우고 턱은 짧게 당겼다. 그의 호흡은 침대 위의 남자와 반대로 얕고 빠르다. 그는 자신의 기척을 한껏 죽인 채 대기하고 있는 것이다. 그 일련의 격렬한 심호흡이 완료되기를. 그것은 몸을 조절하기 위해 일상적으로 행하는 절차의 하나인 것 같았다. 아오마메도 스킨헤드와 마찬가지로 그것이 종료되기를 기다리는 수밖에 없었다. 아마도 각성을 위해 필요한 과정이리라.

이윽고 거대한 기계가 조업을 마칠 때처럼 호흡이 단계적으로

서서히 잦아들었다. 호흡과 호흡 사이의 간격이 조금씩 길어지고 마지막에 모든 것을 쥐어짜내듯이 길게 숨을 토했다. 깊은 침묵이 방 안에 내려앉았다.

“시간입니다.” 스킨헤드는 세번째로 말했다.

남자의 머리가 천천히 움직였다. 그는 스킨헤드 쪽을 바라보는 듯했다.

“물러가도 좋다.” 남자는 말했다. 남자의 목소리는 명료하고 깊은 바리톤이었다. 결연하고, 애매한 부분이 없다. 신체가 완전히 각성한 모양이다.

스킨헤드는 어둠 속에서 가볍게 목례하고는, 들어왔을 때와 마찬가지로 절제된 움직임으로 방을 나갔다. 문이 닫히고 아오마메와 남자 두 사람만 남겨졌다.

“어두워서 미안하네.” 남자가 말했다. 아마도 아오마메에게 말한 것이리라.

“저는 괜찮습니다.” 아오마메는 말했다.

“어둡게 해둬야 했어.” 남자는 부드러운 목소리로 말했다. “하지만 걱정하지 않아도 돼. 자네에게 해가 미치는 일은 없네.”

아오마메는 말없이 고개를 끄덕였다. 그러고는 자신이 어둠 속에 있다는 게 생각나서 “알았습니다” 하고 입 밖에 내어 말했다. 목소리는 평소보다 조금 딱딱하고 높게 나왔다.

남자는 잠시 어둠 속에서 아오마메의 모습을 응시했다. 그녀는 자신이 거세게 응시당하고 있다는 것을 느꼈다. 적확하고 정밀한 시선이었다. '본다'라기보다 '꿰뚫어본다'는 표현이 적합할 것이다. 남자는 그녀의 몸 구석구석을 꿰뚫어볼 수 있는 것 같았다. 단 한순간에 몸에 걸치고 있는 것이 모두 벗겨지고 알몸이 된 듯한 기분이었다. 그 시선은 피부만이 아니라 그녀의 근육이며 내장이며 자궁에까지 이르고 있었다. 이 남자는 어둠 속에서도 볼 수 있다고 그녀는 생각했다. 눈에 보이는 것 너머의 것을 그는 꿰뚫어보고 있다.

"어둠 속에서는 오히려 더 잘 보이지." 남자는 아오마메의 마음속을 읽은 듯이 말했다. "하지만 어둠에 있는 시간이 지나치게 길어지면 빛이 있는 지상 세계로 돌아가기 어려워. 어느 선에서 끝을 맺어야 해."

그는 그러고는 다시 한번 아오마메의 모습을 관찰했다. 그곳에는 성적인 욕망의 기척은 없었다. 남자는 그저 그녀를 하나의 객체로서 꿰뚫어보고 있는 것이다. 마치 배의 승객이 지나쳐가는 섬의 모습을 갑판에서 골똘히 바라보듯이. 하지만 그 승객은 보통 승객이 아니다. 그는 섬의 모든 것을 꿰뚫어보려 한다. 그렇게 예리하고 가차없는 시선을 받고 있으려니 자신의 몸이 얼마나 불충분하고 불확실한 것인지 아오마메는 실감했다. 평소에는 그렇게 느낀 일이 없었다. 가슴 사이즈만 제외하고는 그녀는 자신의 몸을 오히려 자랑스럽게 생각했다. 그녀는 자신의 몸을 일상적으로 단련하고 아름답게 유지해왔다. 근육은 유연하고 팽팽하며 군살은 한줌도 없다. 하지만 이 남자의 시선을 받자 자신의 몸이 초라하고 낡아빠진 오래된 고기 부대처럼 느껴졌다.

아오마메의 그런 생각을 읽어낸 듯이 남자는 그녀를 깊이 응시하는 것을 멈췄다. 그녀는 그 시선이 급속히 힘을 잃어가는 것을 느꼈다. 마치 호스로 물을 뿌릴 때 누군가 건물 뒤편에서 수도꼭지를 잠가버린 것처럼.

"심부름을 시켜서 미안하네만, 창문 커튼을 조금 열어줄 수 있을까?" 남자는 조용히 말했다. "어둠 속에서는 자네도 일하기가 어렵겠지."

아오마메는 스포츠백을 바닥에 내려놓고 창가로 다가가 줄을 당겨 무겁고 두툼한 커튼을 열고 안쪽의 흰 레이스 커튼을 걷었다. 도쿄의 야경이 그 현란한 빛을 방 안으로 쏟아부었다. 도쿄타워의 일루미네이션, 고속도로 조명등, 끊임없이 이동하는 자동차의 헤드라이트, 고층빌딩 창문의 불빛, 건물 옥상에 달린 울긋불긋한 네온사인. 그것들이 뒤섞인 대도시의 밤 특유의 빛이 호텔 실내를 비췄다. 그렇게 강한 빛은 아니다. 방 안에 비치된 가구와 조명이 가까스로 구분될 정도의 희미한 빛이다. 하지만 아오마메에게는 반가운 빛이었다. 그녀가 속한 세계에서 다가온 빛이었다. 자신이 그 빛을 얼마나 절실히 필요로 했었는지, 아오마메는 새삼 실감했다. 하지만 그런 아주 약한 빛조차 남자의 눈에는 너무 자극적인 모양이었다. 침대 위에 책상다리를 하고 앉은 채, 그는 그 빛을 피하듯이 커다란 두 손으로 얼굴을 가렸다.

"괜찮으세요?" 아오마메는 물었다.

"걱정하지 않아도 돼." 남자는 말했다.

"커튼을 조금 닫을게요."

"그대로 둬도 괜찮아. 나는 망막에 문제가 있어. 빛에 익숙해지는 데 시간이 걸리지. 조금 지나면 평상으로 돌아와. 거기 앉아서 기다려주겠나."

망막에 문제가 있다, 아오마메는 머릿속에서 되뇌었다. 망막에 문제가 있는 사람은 대체로 실명 위기에 처해 있다. 하지만 그건 아오마메와는 관계없는 문제다. 아오마메가 다루어야 하는 것은 이 남자의 시력이 아니다.

남자가 얼굴을 두 손으로 가리고 창문으로 비쳐드는 불빛에 눈을 익히는 동안, 아오마메는 소파에 앉아 남자를 정면으로 바라보았다. 이번에는 아오마메가 상대를 샅샅이 관찰할 차례다.

커다란 사내였다. 살이 찐 게 아니다. 그냥 큰 것이다. 키도 크고 골격이 크다. 힘도 있어 보인다. 몸집이 큰 사내라는 말은 노부인에게서 들었지만, 이만큼 크리라고는 예상하지 못했다. 물론 종교단체의 교주가 거한이어서는 안 될 이유는 어디에도 없다. 하지만 아오마메는 이런 커다란 사내에게 성폭행을 당한 열 살의 소녀들을 상상하며 저도 모르게 얼굴이 일그러졌다. 남자가 벌거벗고 작은 소녀의 몸에 올라타는 광경을 그녀는 상상했다. 소녀들은 저항할 도리가 없었으리라. 아니, 성인 여자라도 그건 어려운 일이다.

남자는 끝을 고무줄로 조인 얇은 땀복 같은 바지에 긴소매 셔츠를 입고 있었다. 셔츠는 단색이고 비단 같은 광택이 살짝 났다. 넉넉한 크기에 단추로 앞쪽을 채우는 옷이고, 남자는 위쪽 두 개의 단추를 풀어놓고 있었다. 셔츠도 바지도 흰색이거나 혹은 연한 크림색으로 보인다. 잠옷이라고 할 건 아니고 방 안에서 편히 지내기 위한 헐렁한 옷이다. 남국의 나무 그늘에나 어울릴 듯한 차림이다. 벗은 양쪽 발은 그냥 보기에도 큼직했다. 돌담처럼 넓은 어깨는 숙련된 격투기 선수를 연상시켰다.

"잘 와주었어." 아오마메의 관찰이 일단락되기를 기다려 남자는 말했다.

"이게 제 일이니까요. 필요하다면 여러 곳에 찾아가죠." 아오마메는 감정을 배제한 목소리로 말했다. 하지만 그렇게 말하면서 자신이 마치 이곳에 불려온 창녀가 된 듯한 기분이 들었다. 조금 전 어둠 속에서 날카로운 시선에 발가벗겨지고 만 탓이리라.

"나에 대해 얼마나 알고 있지?" 남자는 여전히 얼굴을 두 손으로 가린 채 아오마메에게 물었다.

"제가 당신에 대해 얼마나 알고 있느냐는 건가요?"

"그래."

"아무것도 모른다고 봐야겠죠." 아오마메는 주의깊게 단어를 골라 대답했다. "성함도 듣지 못했어요. 나가노인지 야마나시인지, 그쯤에서 종교단체를 주재하시는 분이라는 얘기만 들었어요. 몸에 뭔가 문제가 좀 있으시고, 거기에 제가 도움이 되어드릴 수 있을 거라고 하시던데요."

남자는 고개를 몇 번 짧게 끄덕이고 양손을 얼굴에서 내렸다. 그리고 아오마메를 마주보았다.

남자의 머리는 길었다. 곧고 풍성한 머리칼이 어깨 근처까지 늘어졌다. 백발도 제법 섞여 있었다. 나이는 아마 사십대 후반에서 오십대 초반쯤일 것이다. 코가 커서 얼굴의 상당 부분을 차지하고 있다. 콧대가 반듯하고 보기 좋게 쭉 뻗었다. 달력 사진에 나오는 알프스 산을 연상시키는 모양새였다. 산기슭이 넓고 위엄에 차 있다. 그의 얼굴을 보았을 때, 가장 먼저 눈에 띄는 것은 그 코였다. 그와 대조적으로 양쪽 눈은 우묵하다. 그 깊은 안쪽의 눈동자가 과연 무엇을 보고 있는지, 알아내는 건 쉽지 않아 보였다. 얼굴 전체는 체구와 마찬가지로 넓고 두툼했다. 수염은 깨끗이 깎였고 흉터나 점도 눈에 띄지 않는다. 남자의 얼굴은 수려했다. 정밀하고 지적인 분위기가 감돈다. 하지만 거기에는 뭔가 특이한 것, 심상치 않은 것, 쉽사리 마음을 풀 수 없게 하는 것이 존재했다. 첫인상만으로 사람을 움츠러들게 만드는 얼굴이었다. 너무 큰 코 때문인지도 모른다. 그 때문에 얼굴 전체가 적정한 균형을 잃었고, 바라보는 사람의 마음을 불안정하게 만드는지도 모른다. 아니면, 깊숙한 자리에 조용히 물러앉아 고대의 빙하 같은 빛을 내뿜는 두 눈 때문인지도 모른다. 아니면, 예기치 못한 말을 당장이라도 토해낼 듯한, 가혹한 인상이 감도는 얇은 입술 때문인지도 모른다.

"그밖에는?" 남자는 물었다.

"그밖에는 별로 듣지 못했어요. 근육 스트레칭 준비를 해서 이 호텔로 가보라는 말만 들었죠. 근육과 관절은 제 전문 분야예요. 상대의 직위나 인품에 대해 많은 것을 알 필요는 없습니다."

창녀와 마찬가지로, 하고 아오마메는 생각했다.

"무슨 말인지는 알겠어." 남자는 깊은 목소리로 말했다. "하지만 내 경우에는 얼마간 설명이 필요할 거야."

"그럼 말씀해주세요."

"사람들은 나를 리더라고 부르지. 하지만 남 앞에 얼굴을 내보이는 일은 거의 없어. 교단 안에 있어도, 같은 부지 안에서 살아도, 대부분의 신자는 내 얼굴조차 알지 못해."

아오마메는 고개를 끄덕였다.

"하지만 자네에게는 이렇게 얼굴을 드러냈군. 컴컴한 가운데서나 눈가리개를 씌운 채로 치료를 하게 할 수는 없으니 별 도리가 없지. 예의 문제도 있고."

"이건 치료가 아닙니다." 아오마메는 냉정한 목소리로 지적했다. "단순한 근육 스트레칭입니다. 저는 의료행위를 할 수 있는 인가를 받은 게 아니에요. 제가 하는 건 일상적으로 일반인이 거의 쓰지 않는 근육을 강제로 늘여주어 신체능력의 저하를 방지하는 것입니다."

남자는 희미하게 미소를 지은 것처럼 보였다. 하지만 그건 착각인지도, 그저 얼굴 근육을 슬쩍 떨었던 것뿐인지도 모른다.

"잘 알고 있어. 그저 편의상 '치료'라는 말을 썼을 뿐이네. 그건 염려할 거 없어. 내가 말하려는 건 자네가 사람들이 통상 볼 수 없는 것을 지금 보고 있다는 것이야. 그 점을 잘 알아뒀으면 하네."

"이번 일에 대해 발설하지 말라는 주의는 미리 받았습니다." 아오마메는 그렇게 말하고 옆방으로 통하는 문을 가리켰다. "하지만 걱정하실 필요 없어요. 여기서 보고 들은 것이 어떤 것이든 다른 곳에 흘릴 일은 없습니다. 업무상 많은 분들의 몸을 만져왔어요. 당신은 특별한 입장에 계신 분인지 모르지만, 제게는 근육에 문제를 안고 있는 많은 사람 중 한 분입니다. 제가 관심이 있는 건 근육 부분뿐이에요."

"자네는 어렸을 때 '증인회' 신자였다고 들었는데."

"제가 선택해서 신자가 되었던 건 아닙니다. 신자가 되도록 키워졌을 뿐이에요. 그건 큰 차이가 있죠."

"분명 그건 큰 차이가 있지." 남자는 말했다. "하지만 어린 시절에 심어진 이미지에서 인간은 결코 벗어날 수 없어."

"좋든 싫든." 아오마메는 말했다.

"'증인회'의 교리는 내가 속한 교단의 것과는 상당히 달라. 종말론을 중심으로 설정된 종교는, 정도의 차이가 있다 해도 내 생각에는 어쨌든 사기야. 종말이란 어떠한 경우에서도 개인적인 문제일 뿐이라는 게 내 견해야. 하지만 그건 그렇다고 치고, '증인회'는 놀랄 만큼 터프한 교단이야. 역사는 결코 길지 않지만 수많은 시련을 견뎌왔어. 그리고 신자 수를 착실히 늘려가고 있지. 거기에서 배워야 할 점이 많아."

"그만큼 편협한 거겠지요. 좁고 작은 것일수록 외부의 힘에 대해 단단해질 수 있어요."

"자네의 말이 아마도 옳겠지." 남자는 말했다. 그리고 잠시 틈을 두었다. "어쨌든 우리는 지금 종교에 대해 말하기 위해 여기 있는 게 아니야."

아오마메는 아무 말도 하지 않았다.

"자네가 알아야 할 것은, 내 몸에는 특별한 점이 아주 많다는 사실이야." 남자는 말했다.

아오마메는 의자에 앉은 채 말없이 상대의 말을 기다렸다.

"조금 전에도 말했듯이 내 눈은 강한 빛을 견디지 못해. 이런 증상은 몇 년 전부터 나타났어. 그때까지는 별다른 문제가 없었는데, 언제부턴가 그것이 시작되었지. 내가 사람들 앞에 나서지 않게 된 것도 주로 그 탓이야. 하루의 대부분을 어두운 방 안에서 보내네."

"시력은 제가 손댈 수 없는 문제예요." 아오마메는 말했다. "아까도 말씀드렸듯이 제 전문은 근육이거든요."

"그건 잘 알고 있어. 물론 전문의와도 상담했지. 고명한 안과의를 몇 명이나 찾아다녔어. 많은 검사를 했지. 하지만 현재로서는 손쓸 방법이 없다는 게야. 내 망막은 어떤 손상을 입었어. 원인은 알 수 없네. 증상은 서서히 진행되고 있어. 이대로 가면 머지않아 시력을 잃을 수도 있겠지. 물론 자네가 말하는 대로 그건 근육과는 관계없는 문제야. 하지만 어떻든 내가 안고 있는 신체적인 문제를 순서대로 차례차례 말해보도록 하지. 자네가 무엇을 할 수 있는지, 그리고 무엇을 할 수 없는지, 그건 나중에 생각해보면 돼."

아오마메는 고개를 끄덕였다.

"내 몸의 근육은 이따금 경직돼." 남자는 말했다. "꼼짝도 할 수 없게 되는 거야. 말 그대로 돌덩이처럼 변하고, 그것이 몇 시간이고 지속돼. 그런 때는 그저 누워 있는 수밖에 없어. 통증은 느껴지지 않아. 그저 온몸의 근육을 움직일 수 없지. 손가락 하나 까딱할 수 없어. 내 의지로 어떻게든 움직여볼 수 있는 건 기껏해야 안구 정도야. 그런 증상이 한 달에 한두 번씩 일어나고 있어."

"그런 증상이 나타나기 전에 징후 같은 건 있나요?"

"우선 경련이 일어나. 몸의 여러 부분의 근육이 움찔움찔 떨려. 그것이 십 분이나 이십 분쯤 계속돼. 그다음에 어딘가에서 누군가가 스위치를 꺼버린 것처럼 근육이 완전히 죽어버리지. 그런 징후가 보이면 십 분이나 이십 분 사이에 나는 누울 수 있는 곳에 들어가 드러누워. 포구에서 태풍을 피하는 배처럼 거기에 몸을 감추고 마비상태가 지나가기를 기다리지. 마비되었어도 의식은 깨어 있어. 아니, 평소보다 더 명료하게 깨어 있지."

"육체적인 통증은 없는 거군요?"

"모든 감각이 없어져버려. 바늘로 찔러도 아무것도 느끼지 못하지."

"그 일로 의사와 상담은 하셨나요?"

"권위 있는 병원을 다 돌았어. 수많은 의사에게 진찰을 받았네. 하지만 결국 알아낸 건 내 증세가 전례 없는 희귀병이고 현재의 의학 지식으로는 손쓸 도리가 없다는 것뿐이야. 한방, 접골의, 정체사整體師, 침구, 마사지, 온천치료…… 생각할 수 있는 건 모두 다 시도해봤지만 이렇다 할 효과는 거두지 못했어."

아오마메는 가볍게 얼굴을 찌푸렸다. "제가 하는 건 일상적인 영역에서 신체 기능을 활성화하는 일이에요. 그런 심각한 문제는 도저히 감당할 수 없을 것 같은데요."

"그것도 잘 알아. 나로서는 그저 다양한 가능성을 찾아보고 있을 뿐이야. 만일 자네의 방식이 효과를 발휘하지 못한다 해도 그건 자네 책임이 아니야. 자네가 항상 하던 것을 내게 해주면 돼. 내 몸이 그것을 어떻게 받아들일지 한번 보고 싶네."

아오마메는 그 남자의 큼직한 몸뚱이가 어딘가 컴컴한 곳에서 동면중인 동물처럼 꼼짝하지 않고 드러누워 있는 광경을 머릿속에 떠올렸다.

"가장 최근에 그 마비 증상이 나타난 건 언제였죠?"

"열흘 전이야." 남자는 말했다. "그리고 말하기 좀 거북하지만, 한 가지 미리 밝혀둘 게 있네."

"뭐든 말씀하세요."

"그런 근육의 가사상태가 지속되는 동안, 발기가 계속 이어져."

아오마메는 얼굴을 좀더 심하게 찌푸렸다. "그러니까 그 몇 시간 동안 내내 성기가 단단해져 있다는 건가요?"

"그래."

"하지만 감각은 없고."

"감각은 없어." 남자는 말했다. "성욕도 없어. 그저 단단해져 있을 뿐이야. 돌처럼 경직되어 있지. 다른 근육과 마찬가지로."

아오마메는 슬쩍 고개를 저었다. 그리고 얼굴을 최대한 원래대로 되돌렸다. "거기에 대해서도 제가 뭔가 도움이 되어드릴 수는 없을 거 같아요. 제 전문 분야와는 상당히 동떨어진 일이에요."

"나로서도 말하기 힘들고 자네도 듣고 싶지 않겠지만, 그 이야기를 좀더 계속해도 되겠나?"

"네, 말씀하세요. 비밀은 지키겠습니다."

"그사이에 나는 여자들과 교접하게 돼."

"여자들?"

"내 주위에는 여자들이 여럿 있어. 내가 그런 상태가 되면 그녀들이 번갈아가며 꼼짝도 하지 못하는 내 위에 올라타고 성교를 해. 나는 아무런 감각도 없어. 성적인 쾌감도 없지. 하지만 그래도 사정은 해. 몇 번이고 사정을 해."

아오마메는 침묵을 지켰다.

남자는 말을 이었다. "여자는 세 명이야. 모두 십대들이네. 어째서 내 주위에 그런 어린 여자들이 있고 어째서 그녀들이 나와 성교를 해야 하는지, 자네는 아마 의아하게 생각할 거야."

"그건 그러니까…… 종교적인 행위의 일부인가요?"

남자는 침대 위에서 책상다리를 한 채로 한 차례 크게 숨을 쉬었다. "나의 그런 마비상태는 하늘에서 내려주신 은총이고 일종의 신성한 상황이라고 여겨지고 있어. 그래서 여자들은 그런 상황이 도래하면 내게 찾아와 나와 몸을 섞는 거야. 그리고 아이를 잉태하려고 해. 나의 후계자를."

아오마메는 아무 말도 하지 않고 남자의 얼굴을 보고 있었다. 남자도 입을 열지 않았다.

"그러니까 임신하는 것이 그녀들의 목적인가요? 그런 상황에서 당신의 아이를 수태하는 게?" 아오마메는 물었다.

"그렇다네."

"그리고 당신은, 마비상태에 빠진 몇 시간 동안 세 명의 여성을 상대로 세 번 사정을 하구요?"

"맞아."

자신이 지독히 난감한 입장에 처해 있다는 것을 아오마메는 깨닫지 않을 수 없었다. 그녀는 이 남자를 이제부터 말살하려 한다. 저쪽 편으로 보내려고 한다. 그런데 지금 그의 육체가 안고 있는 기묘한 비밀의 고백을 듣고 있는 것이다.

"잘 이해되지 않는군요. 구체적으로 어떤 문제가 있는 거죠? 당신은 한 달에 한두 번, 온몸의 근육이 마비된다. 그때 세 명의 어린 걸프렌드가 다가와 당신과 성교를 한다. 그건 상식적으로 생각해서 분명 보통 일이 아니에요. 하지만……"

"걸프렌드가 아니야." 남자가 말을 잘랐다. "그녀들은 내 주위에서 무녀 역할을 하고 있어. 나와 교접하는 것은 그녀들의 임무 중 하나이기도 해."

"임무?"

"역할로서 정해진 일이야. 후계자를 잉태하는 것이."

"누가 그것을 정했죠?" 아오마메는 물었다.

"그걸 말하자면 이야기가 길어져." 남자는 말했다. "문제는 그것에 의해 내 육체가 확실히 파멸로 향하고 있다는 것이야."

"그래서 그녀들은 임신을 했나요?"

"아직 아무도 임신하지 않았어. 아마 그럴 가능성도 없을 거야. 그녀들은 아직 월경이 없으니. 그런데도 여자들은 은총에 의한 기적을 바라고 있어."

"아무도 아직 임신하지 않았다. 그녀들은 생리가 없다." 아오마메는 되뇌었다. "그리고 당신의 육체는 파멸해가고 있다."

"마비 시간이 조금씩 길어져가고 있어. 횟수도 늘어나고 있지. 마비가 시작된 건 칠 년쯤 전인데, 처음에는 두 달이나 세 달에 한 번 정도였네. 지금은 한 달에 한두 번꼴이야. 마비가 끝나면 그때마다 몸은 격렬한 고통과 피폐에 시달리지. 거의 일주일 동안을 그 고통과 피폐와 더불어 살아가야 해. 굵은 바늘로 온몸을 샅샅이 찔리는 듯한 통증과 극심한 두통, 탈진까지. 잠자는 것조차 여의치 않아. 어떤 약도 그 고통을 덜어주지 못해."

남자는 한숨을 쉬었다. 그리고 말을 이었다.

"삼 주째에 접어들면 마비 직후의 일주일에 비해서는 훨씬 나아지지만, 그래도 고통이 완전히 사라지는 건 아니야. 하루에 몇 번씩 격렬한 통증이 파도처럼 밀려들지. 숨을 제대로 쉴 수 없어. 내장이 제대로 작동하지 않아. 윤활유가 떨어진 기계처럼 온몸의 관절이 삐걱거린다네. 무언가가 내 살을 뜯어먹고 내 피를 빨고 있어. 그것을 생생하게 감지할 수 있어. 하지만 나를 파먹는 건 암도 아니고 기생충도 아니야. 다양한 종류의 정밀검사를 해봤지만 문제점은 하나도 발견되지 않았어. 신체는 지극히 건

강하다고들 해. 나를 이토록 괴롭히는 건 의학으로는 설명되지 않는 종류의 것이야. 이건 '은총'의 대가로 내가 받고 있는 것이라고 할 수 있겠지."

이 사내는 분명 붕괴의 과정에 있는 것 같다, 아오마메는 생각했다. 초췌한 흔적 같은 건 거의 눈에 띄지 않는다. 그 육체는 어디까지나 튼튼하게 만들어져 격한 고통에 견디는 훈련이 되어 있는 것처럼 보인다. 그래도 아오마메는 그의 육체가 파멸로 향하고 있다는 것을 느낄 수 있었다. 이 사내는 병들어 있다. 그것이 어떤 병인지는 모른다. 하지만 내가 여기서 굳이 손을 대지 않더라도 이 사내는 격렬한 고통에 시달리며 완만한 속도로 육체가 파괴되고, 이윽고 피할 도리 없이 죽음을 맞이할 것이다.

"그 진행을 막을 수는 없어." 남자는 아오마메의 생각을 읽어낸 듯이 말했다. "나는 남김없이 파먹히고 몸이 텅 비어서 격렬한 고통에 가득찬 죽음을 맞이할 거야. 그들은 그저 이용가치가 없어진 탈것을 내버리는 것뿐이야."

"그들?" 아오마메는 말했다. "그게 누구죠?"

"내 육체를 이렇게 파먹고 있는 자들." 남자는 말했다. "하지만 그건 됐네. 내가 지금 원하는 건 여기 있는 현실적인 통증을 조금이라도 좋으니 줄여달라는 것이야. 가령 근본적인 해결이 아니더라도 나는 그게 필요해. 이 통증은 견디기 어려워. 이따금…… 때로 그 통증은 엄청나게 깊어져. 마치 지구의 중심에 직접 연결되어 있는 것처럼. 그건 나 이외의 어느 누구도 알지 못하는 종류의 아픔이야. 그 아픔은 내게서 많은 것을 앗아갔지만, 동시에 뒤돌아보면 많은 것을 부여해주기도 했어. 특별한 깊은 고통이 내게 주는 것은 특별한 깊은 은총이야. 하지만 물론 은총이 아픔을 줄여주진 않아. 파괴를 피하게 할 수도 없지."

그리고 잠시 깊은 침묵이 이어졌다.

아오마메는 가까스로 입을 열었다. "계속 같은 말을 하는 것 같지만, 당신이 안고 있는 문제에 대해 제가 기술적으로 할 수 있는 일은 거의 없을 거예요. 더군다나 그것이 은총의 대가로서 주어지는 것이라면."

리더는 자세를 바로잡고 눈두덩 깊숙한 곳에 자리잡은 빙하 같은 눈으로 아오마메를 바라보았다. 그리고 그 얇고 긴 입술을 열었다.

"아니, 자네가 할 수 있는 일이 있어. 자네밖에 할 수 없는 일이."

"그렇다면 좋겠지만요."

"나는 알아." 남자는 말했다. "나는 많은 것을 알지. 만일 자네만 좋다면 시작해도 좋아. 자네가 항상 하던 일을."

"해보죠." 아오마메는 말했다. 그 목소리는 긴장으로 멍해져 있었다. 내가 항상 하던 일을, 하고 아오마메는 생각했다.

제 10장 덴고

Q

제안은 거절당했다

여섯시 조금 전에 덴고는 아버지에게 작별을 고했다. 택시가 오기를 기다리는 동안, 두 사람은 창가에 마주앉은 채 입을 열지 않았다. 덴고는 자기만의 느릿한 생각에 빠졌고, 아버지는 못마땅한 얼굴을 하고 창밖 풍경에 지그시 시선을 보내고 있었다. 해는 이미 기울어 하늘의 엷은 파란색이 보다 깊은 파란색으로 천천히 옮겨갔다.

좀더 많은 것을 묻고 싶었다. 하지만 무엇을 물어본들 대답은 돌아오지 않을 것이다. 그건 굳게 다문 아버지의 입을 보면 알 수 있다. 아버지는 이제부터 결코 말을 하지 않기로 작정한 것 같았다. 그래서 덴고는 더이상 아무것도 묻지 않았다. 설명을 듣지 않으면 모른다는 건 설명을 들어도 모르는 것이다. 아버지가 말한 대로.

그만 돌아가야 할 시간이 다가와서 덴고는 입을 열었다. "아버지는 오늘 내게 많은 것을 얘기해줬어요. 알아듣기 어려운 에두른 표현이기는 하지만 아마 아버지 나름대로는 솔직하게 털어놓은 거라고 생각해요."

덴고는 아버지의 얼굴을 보았다. 하지만 그 표정은 전혀 변하지 않았다.

그는 말했다. "물어보고 싶은 건 아직 많지만 그게 아버지에게 고통이라는 건 나도 알아요. 그래서 아버지가 해준 말로 그다음을 짐작해보는 수밖에 없어요. 아마 아버지는 나와 같은 핏줄로 이어진 친아버지는 아니겠죠. 그게 내 추측이에요. 자세한 속사정까지는 모르겠지만, 큰 줄거리를 보면 그렇게 생각할 수밖에 없어요. 만일 내가 틀렸다면 틀렸다고 말해줘요."

아버지는 대답하지 않았다.

덴고는 말을 이었다. "내 짐작이 맞는다면 나는 마음이 편안해져요. 하지만 그건 아버지가 싫어서 그런 게 아니에요. 아까도 말했듯이 아버지를 싫어할 이유가 없어지기 때문이죠. 아버지는 친자식도 아닌 나를 아들로 받아주고 키워줬어요. 그 점에 대해서는 마땅히 감사해야 해요. 유감스럽게도 우리는 아버지와 아들로서 그리 잘 지낸 편은 못 되지만, 그건 또다른 문제예요."

아버지는 여전히 아무 말 없이 바깥 풍경만 바라보고 있었다.

근처 봉우리에서 피어오르는 오랑캐의 봉홧불을 결코 놓치지 않으려는 경비병처럼. 덴고는 시험 삼아 아버지의 시선이 향한 곳을 바라보았다. 하지만 봉홧불 비슷한 건 보이지 않았다. 그곳에 있는 것은 저녁 어스름의 예감으로 물든 소나무 숲뿐이었다.

"내가 아버지에게 해줄 수 있는 건, 미안하지만 거의 아무것도 없어요. 아버지 안에 공백이 만들어져가는 과정이 되도록 고통이 적은 것이기를 비는 것밖에. 아버지는 지금까지도 충분히 많은 고생을 해왔어요. 아버지는 아마 어머니를 나름대로 깊이 사랑했겠죠. 그런 생각이 들어요. 하지만 그녀는 어딘가로 떠나버렸어요. 상대 남자가 내 생물학적인 아버지였는지, 아니면 또 다른 남자였는지, 그건 모르겠어요. 그런 사정을 일러줄 마음은 아버지에게는 없는 거 같아요. 하지만 어쨌든 그녀는 아버지를 떠났어요. 어린 나를 남겨두고. 아버지가 나를 키워준 건 나와 함께 있으면 언젠가 그녀가 아버지에게로 돌아올 거라는 계산이 있었기 때문인지도 모르죠. 하지만 결국 돌아오지 않았어요. 아버지에게도 내게도. 아버지에게 그건 분명 힘겨운 일이었을 테죠. 텅 빈 마을에서 살아가는 듯한 일이었을 거예요. 하지만 어떻든 아버지는 그 마을에서 나를 키워줬어요. 공백을 메우듯이."

아버지의 표정은 변화를 보이지 않았다. 자신이 하는 말을 아버지가 이해하는지, 아니, 그보다 들리기나 하는지, 덴고는 알 수 없었다.

"내 추측이 틀린 건지도 몰라요. 그리고 틀리는 게 어쩌면 좋을지도 모르죠, 아버지에게나 내게나. 하지만 그렇게 추측하면 내 안에서 여러 가지 것이 앞뒤가 맞아떨어져요. 몇 가지 의문도 다 풀리고요."

까마귀 몇 마리가 떼지어 울면서 하늘을 가로질러갔다. 덴고는 손목시계를 보았다. 이제 떠나야 할 시간이다. 그는 의자에서 일어나 아버지 곁으로 다가가 어깨에 손을 얹었다.

"잘 있어, 아버지. 가까운 시일 내에 또 올게요."

문손잡이를 잡고 마지막으로 돌아보았을 때, 아버지의 눈에서 한줄기 눈물이 흘러내리고 있었다. 덴고는 놀랐다. 천장의 형광등 불빛을 받아 그것은 둔한 은빛으로 빛났다. 아버지는 아마도 얼마 남지 않은 감정의 모든 힘을 쥐어짜 그 눈물을 흘린 것이리라. 눈물은 천천히 뺨을 타고 내려와 무릎 위에 떨어졌다. 덴고는 문을 열고 그대로 병실을 나섰다. 택시를 타고 역으로 나가, 플랫폼에 들어온 열차에 탔다.

다테야마에서 갈아탄 상행 특급열차는 올 때보다 사람이 많고 북적거렸다. 승객 대부분은 해수욕을 마치고 돌아가는 가족 일행이었다. 그들을 보고 있으려니 덴고는 초등학교 시절이 떠올랐다. 그런 가족 소풍이나 여행이라는 것을 그는 한 번도 경험한 적이 없었다. 추석이나 설 연휴에 아버지는 아무것도 하지 않고 그저 집에 누워 잠을 잤다. 그런 때의 아버지는 마치 전원이 끊긴 무슨 지저분한 장치처럼 보였다.

자리에 앉아 문고본 뒷부분을 읽으려다가 그 책을 아버지의 병실에 놓고 온 것을 깨달았다. 그는 한숨을 쉬었지만, 어쩌면 잘한 일인지도 모른다고 마음을 돌렸다. 게다가 무엇을 읽건 제대로 머릿속에 들어올 것 같지 않았다. 그리고 「고양이 마을」은 덴고보다는 아버지의 방에 놓여 있어야 할 이야기였다.

창밖의 풍경은 올 때와는 반대로 흘러갔다. 아슬아슬한 곳까지 산이 바짝 다가드는 어둡고 한적한 해안선은, 이윽고 활짝 펼쳐진 임해공업지대로 바뀌었다. 많은 공장들이 밤이 되어도 조업을 계속하고 있었다. 굴뚝 숲이 밤의 어둠 속에 우뚝우뚝 솟아 마치 뱀이 기다란 혀를 내민 것처럼 시뻘건 불을 토하고 있었다. 대형 트럭의 강력한 헤드라이트가 도로 위를 빈틈없이 비추었다. 그 너머의 바다는 진흙처럼 거무스레했다.

집에 도착한 것은 열시 조금 전이었다. 우편함은 비어 있었다. 문을 열자 방 안이 평소보다 더 휑뎅그렁하게 보였다. 그곳에 있는 것은 그가 그날 아침에 남기고 간 그대로의 공백이었다. 바닥에 벗어던진 셔츠, 스위치를 끈 워드프로세서, 그의 몸무게의 흔적이 오목하게 남아 있는 회전의자, 책상 위에 어질러진 지우개 가루. 물 두 잔을 마시고 옷을 벗고 그대로 침대에 기어들었다. 잠은 곧바로 찾아왔고, 그것은 요즘 들어 좀체 없었던 깊은 잠이었다.

다음 날 아침 여덟시 넘어서 눈을 떴을 때, 자신이 새로운 인간이 되어 있다는 것을 덴고는 깨달았다. 기분좋게 잠에서 깨어났고, 팔다리 근육은 유연해서 건전한 자극을 고대하고 있었다. 근육의 피로는 남아 있지 않았다. 어린 시절 학기 초에 새 교과서를 펼쳤을 때 같은 기분이다. 내용은 아직 이해할 수 없지만 그곳에는 새로운 지식의 예고가 있다. 화장실에 가서 수염을 밀었다. 타월로 얼굴을 닦고 애프터 셰이빙 로션을 바르고 새삼 거울 속의 자신의 얼굴을 바라보았다. 그리고 자신이 새로운 인간이 되었다는 것을 인정했다.

어제 일어난 일은 처음부터 끝까지 꿈속의 일만 같았다. 실제로 있었던 일이라고는 생각되지 않았다. 모든 것이 선명하면서도 그 윤곽에는 조금씩 비현실적인 구석이 있었다. 열차를 타고 '고양이 마을'에 갔고, 그리고 돌아왔다. 다행스럽게도 소설 주인공과는 다르게, 돌아오는 열차를 무사히 탈 수 있었다. 그리고 그 마을에서 경험한 일들이 덴고라는 인간에게 커다란 변화를 몰고 온 듯했다.

물론 그가 처한 현실 상황은 하나도 달라진 게 없다. 트러블과 수수께끼로 가득한 위험한 땅을 그는 본의 아니게 걸어가고 있다. 사태는 생각지도 못한 전개를 보이고 있다. 그다음에 자신에게 무슨 일이 일어날지 예측도 할 수 없다. 하지만 그래도 어떻게든 위기를 뛰어넘을 수 있을 것이라는 강한 느낌이 지금의 덴고에게는 있었다.

이걸로 나는 드디어 출발점에 설 수 있게 되었다, 고 덴고는 생각했다. 결정적인 사실이 분명하게 밝혀진 것은 아니지만, 아버지가 했던 말이며 그 태도를 통해 자신이 어디에서 왔는지 그 진상 비슷한 것이 어슴푸레하게나마 보이기 시작했다. 오랫동안 자신을 괴롭히고 혼란에 빠뜨렸던 그 '영상'은 의미 없는 환각이 아니었다. 그것이 어디까지 진실을 반영하고 있는지 정확하게는 알지 못한다. 하지만 그것은 아마도 어머니가 그에게 남기고 간 유일한 정보이며, 좋건 싫건 그의 인생 밑바탕에 깔려 있는 것이었다. 그것이 분명하게 밝혀짐으로써 덴고는 등에서 무거운 짐을 내려놓은 듯한 기분을 느낄 수 있었다. 일단 내려놓고 나자 자신이 지금까지 얼마나 무거운 것을 짊어지고 있었는지 실감이 되었다.

신기할 만큼 조용하고 평온한 나날이 이 주일쯤 이어졌다. 잔잔하고 고요한 바다 같은 이 주였다. 덴고는 여름방학 동안 학원에서 주 4일 수업을 하고, 그 외의 시간은 소설 집필에 쏟았다. 누구도 그에게 연락하지 않았다. 후카에리 실종 사건이 어떻게 진행되고 있는지, 「공기 번데기」는 아직 잘 팔리고 있는지, 덴고는 어떤 정보도 갖고 있지 않았다. 굳이 알고 싶지도 않았다. 세상은 세상 마음대로 굴러가게 놔두면 된다. 볼일이 있다면 아마 그쪽에서 말을 해올 것이다.

8월이 끝나고 9월이 다가왔다. 언제까지고 이런 평온한 나날이 계속되면 좋을 텐데, 하고 덴고는 모닝 커피를 내리면서 속으로 생각했다. 소리 내어 말하면 어딘가에서 귀 밝은 악마가 들을지도 모른다. 그래서 말없이, 평온이 지속되기를 빌었다. 하지만 언제나 그렇듯이 세상일이라는 건 바라는 대로 풀리지 않는다. 세계는 오히려 그가 어떤 것을 바라지 않는지를 훤히 알고 있는 것 같았다.

그날 아침 열시 넘어서 전화벨이 울렸다. 일곱 번을 울리게 놔둔 끝에 덴고는 포기하고 손을 뻗어 수화기를 들었다.

"지금 그쪽으로 가도 돼요." 상대는 목소리를 낮추어 말했다. 덴고가 아는 한, 그런 물음표 없는 의문형을 입에 올릴 인간은 이 세상에 한 사람밖에 없다. 그 목소리의 배후에는 무슨 안내방송과 자동차 배기음이 들려왔다.

"지금 어디 있지?" 덴고는 물었다.

"마루쇼라는 가게 앞에."

그의 집에서 그 슈퍼마켓까지는 200미터도 떨어져 있지 않다. 그곳 공중전화에서 전화하고 있는 것이다.

덴고는 저도 모르게 주위를 둘러보았다. "하지만 여기로 오는 건 좋지 않을 거 같은데? 이 집을 누가 감시하고 있을지도 몰라. 그리고 세상 사람들은 네가 행방불명인 걸로 알고 있어."

"집을 누가 감시하고 있을지도 몰라." 후카에리는 덴고의 말을 그대로 반복했다.

"그래." 덴고는 말했다. "내 신변에도 요즘 들어 여러 가지 기묘한 일이 일어나고 있어. 그건 분명 「공기 번데기」와 관련이 있을 거야."

"화를 내는 사람들."

"아마도. 그들은 너에게 화가 났고, 더불어 나에게도 적잖이 화가 난 거 같아. 내가 「공기 번데기」를 고쳐 쓴 것 때문에."

"나는 괜찮아요." 후카에리는 말했다.

"너는 괜찮다." 덴고도 상대의 말을 그대로 반복했다. 그건 분명 전염되는 습관인 모양이다. "무엇에 대해서?"

"집을 누가 감시한다고 해도."

한동안 말이 나오지 않았다. "하지만 나는 괜찮지 않을 수도 있어." 덴고는 가까스로 말했다.

"함께 있는 게 좋아요." 후카에리는 말했다. "둘이서 힘을 합쳐요."

"소니 앤드 셰어." 덴고는 말했다. "최강의 남녀 듀오."

"최강의 뭐요."

"아무것도 아니야. 그냥 나 혼자 해본 소리야." 덴고는 말했다.

"거기로 갈게요."

덴고가 뭔가 말하려고 했을 때 회선이 끊기는 소리가 났다. 다들 대화 중간에 자기들 마음대로 전화를 끊어버린다. 마치 도끼를 휘둘러 외줄 다리를 끊어버리듯이.

십 분 뒤에 후카에리가 찾아왔다. 그녀는 양손에 슈퍼마켓 비닐봉투를 들고 있었다. 푸른 줄무늬 긴소매 셔츠에 폭이 좁은 블루진을 입고 있었다. 셔츠는 남자 것으로, 되는대로 빨아 말린 채 다림질을 하지 않았다. 그리고 캔버스 숄더백을 어깨에 메고 있었다. 얼굴을 감추기 위해 커다란 선글라스를 끼고 있었지만, 변장에 그다지 도움이 되는 것 같지는 않다. 도리어 남의 시선을 끌 뿐이다.

"먹을 것이 많은 게 좋다고 생각했어요." 후카에리는 말했다. 그리고 비닐봉투 안의 먹을거리들을 냉장고에 옮겨넣었다. 사온 것의 대부분은 전자레인지에 데우면 바로 먹을 수 있는 인스턴트들이었다. 그밖에 크래커와 치즈. 사과와 토마토. 그리고 통조림.

"전자레인지는 어디 있어요." 그녀는 좁은 주방을 둘러보며 물었다.

"전자레인지는 없어." 덴고는 대답했다.

후카에리는 미간을 좁히고 잠시 생각했지만, 딱히 뭐라고 말하지는 않았다. 전자레인지가 없는 세계가 어떤 세계인지, 얼른 상상이 안 되는 모양이었다.

"여기서 지낼 거예요." 후카에리는 객관적인 사실을 통보하듯이 말했다.

"언제까지?" 덴고는 물었다.

후카에리는 고개를 저었다. 모르겠다는 뜻이다.

"네가 은신하던 곳은 어떻게 됐어?"

"무슨 일이 일어날 때 혼자 있고 싶지 않아요."

"무슨 일이 일어날 거 같아?"

후카에리는 대답하지 않았다.

"자꾸 같은 말을 하는 것 같지만, 여기는 안전하지 않아." 덴고는 말했다. "어떤 사람들이 나를 노리고 있는 거 같아. 어떤 자들인지는 아직 모르겠지만."

"안전한 곳 같은 건 없어요." 후카에리는 말했다. 그리고 의미심장하게 눈을 가늘게 뜨고 귓불을 손끝으로 가볍게 잡았다. 그 몸짓이 무엇을 의미하는지 덴고는 짐작도 가지 않았다. 아마 아무것도 의미하지 않는 것이리라.

"그러니까 어디에 있건 똑같다는 거야?" 덴고는 말했다.

"안전한 곳 같은 건 없어요." 후카에리는 반복했다.

"그럴지도 모르지." 덴고는 포기하고서 말했다. "어떤 수준을 넘어서버리면 위험의 정도에 그리 큰 차이가 없긴 해. 어쨌거나 나는 이제 일하러 나가야 하는데."

"학원에."

"그래."

"나는 여기에 있어요." 후카에리는 말했다.

"그래, 너는 여기 남아 있어." 덴고는 반복했다. "그러는 게 좋아. 바깥에는 나가지 말고, 누가 문을 두드려도 대답하지 마. 전화벨이 울려도 수화기를 들지 말고."

후카에리는 말없이 고개를 끄덕였다.

"그런데 에비스노 선생은 어떻게 지내고 계시지?"

"어제 '선구'가 수색을 받았어요."

"그러니까 네 일로 '선구' 본부에 경찰이 수사하러 들어갔다는 거야?" 덴고는 놀라서 물었다.

"당신은 신문을 안 읽어요."

"나는 신문을 안 읽어." 덴고는 반복했다. "요즘 들어 신문이 읽고 싶질 않았어. 그래서 자세한 사정은 몰라. 하지만 그렇게 되면 교단 측은 상당히 힘든 상황이겠구나."

후카에리는 고개를 끄덕였다.

덴고는 깊은 한숨을 내쉬었다. "그리고 분명히 전보다 더 심하게 화를 내고 있겠지. 마치 벌집이 쑤셔진 말벌 떼처럼."

후카에리는 눈을 가늘게 뜨고 잠시 침묵했다. 벌집에서 날아드는 미친듯이 화가 난 말벌 떼의 모습을 상상하고 있는 모양이었다.

"아마도." 후카에리는 조그만 소리로 말했다.

"그래서, 네 부모님에 대해서는 뭔가 알아냈어?"

후카에리는 고개를 저었다. 거기에 대해서는 아직 아무것도 알지 못한다.

"아무튼 교단 사람들은 화를 내고 있다는 거지." 덴고는 말했다. "행방불명이라고 거짓말을 했다는 걸 알면 경찰도 틀림없이 네게 화를 낼 거야. 그리고 그 참에 내게도 화를 내겠지. 사정을 다 알면서 너를 숨겨줬다고."

"그러니까 더더욱 우리는 힘을 합쳐야 해요." 후카에리는 말했다.

"지금 너 혹시, 그러니까 더더욱, 이라고 말했니?"

후카에리는 고개를 끄덕였다. "말을 잘못한 거예요." 그녀는 질문했다.

덴고는 고개를 저었다. "아니, 그런 게 아니고 말의 여운에서 신선한 것을 느꼈을 뿐이야."

"폐가 된다면 다른 데로 갈게요." 후카에리는 말했다.

"여기 있어도 괜찮아." 덴고는 포기하고 말했다. "어디 갈 만한 데도 없잖아?"

후카에리는 짧고 확실하게 고개를 끄덕였다.

덴고는 냉장고에서 차가운 보리차를 꺼내 마셨다. "화가 난 말벌은 환영할 수 없지만, 너를 돌봐주는 것 정도는 어떻게든 할 수 있겠지."

후카에리는 덴고의 얼굴을 잠시 찬찬히 바라보았다. 그러고는 말했다. "당신은 지금까지와는 달라 보여요."

"어떤 점이?"

후카에리는 일단 입술을 묘한 각도로 틀고, 다시 원래대로 돌렸다. 설명할 수 없다는 뜻이다.

"설명하지 않아도 돼." 덴고는 말했다. 설명을 듣지 않으면 모른다는 건 설명을 들어도 모르는 것이다.

덴고는 집을 나서면서 후카에리에게 말했다. "내가 전화할 때는 벨을 세 번 울리고 일단 끊을게. 그리고 다시 걸 거야. 그때 수화기를 들어. 알았지?"

"알았어요." 후카에리는 말했다. 그리고 다시 한번 따라했다. "벨을 세 번 울리고 끊는다. 그리고 다시 건다. 수화기를 든다." 고대 비석의 문구를 번역해가면서 읽는 것처럼 들렸다.

"중요한 거니까 잊어버리지 않도록 해." 덴고는 말했다.

후카에리는 두 번 고개를 끄덕였다.

덴고가 두 타임의 수업을 마치고 직원실로 돌아와 집에 갈 준비를 하고 있을 때였다. 접수처 여자가 다가와서 우시카와라는 사람이 만나러 왔다고 알려주었다. 그녀는 환영받지 못할 뉴스를 전하는 마음 착한 사자처럼, 몹시 미안하다는 듯이 말했다. 덴고는 밝게 웃으며 그녀에게 고맙다고 말했다. 사자를 나무랄 수는 없다.

우시카와는 현관 로비 옆의 카페테리아에서 카페오레를 마시며 덴고를 기다리고 있었다. 카페오레는 아무리 봐도 우시카와와는 어울리지 않는 음료 중 하나였다. 그리고 젊고 활기찬 학생들 속에 섞여 있으니 우시카와의 이상한 꼬락서니는 한층 더 두드러졌다. 그가 있는 쪽만 중력과 대기 농도와 빛의 굴절도가 달라 보였다. 멀리서 보니 그는 실제로 불행한 뉴스로밖에 보이지 않았다. 쉬는 시간이라서 카페테리아는 몹시 붐볐지만, 우시카와가 앉은 6인용 테이블에는 누구도 동석하지 않았다. 영양들이 들개를 피하는 것처럼, 학생들은 자연스러운 본능에 따라 우시카와를 피하고 있었다.

덴고는 카운터에서 커피를 사들고 우시카와의 맞은편에 가서 앉았다. 우시카와는 막 크림빵을 먹은 참인 듯했다. 테이블 위에 포장지가 뭉쳐져 있고, 입가에 빵 부스러기가 묻어 있었다. 크림빵도 우시카와와는 어울리지 않는 것 중 하나다.

"오랜만이군요, 가와나 씨." 덴고의 모습을 보자 우시카와는 슬쩍 엉덩이를 들어 인사를 했다. "매번 그렇습니다만, 갑작스럽게 찾아와서 미안해요."

덴고는 인사 없이 본론으로 들어갔다. "분명 내 대답을 바라고 오셨겠지요? 지난번 제안에 대한 대답을요."

"뭐 그렇지요." 우시카와는 말했다. "간단히 말하자면."

"우시카와 씨, 오늘은 좀더 구체적으로 솔직하게 말해주시겠습니까. 당신들은 내게 뭘 원하는 겁니까? 내게 그 후원금이라는 것을 주는 대가로 원하는 게 있겠죠."

우시카와는 조심스럽게 주위를 둘러보았다. 하지만 두 사람의 주위에는 아무도 없었고, 카페테리아 안은 학생들이 떠드는 소리로 시끄러워서 두 사람의 대화를 누가 엿들을 우려도 없었다.

"좋습니다. 크게 서비스하는 의미에서 솔직하게 말씀드리기로 하지요." 우시카와는 테이블 위로 몸을 내밀듯이 하고 목소리를 한층 낮추었다. "돈은 그저 명목에 불과해요. 대단한 액수도 아니고 말이죠. 내 클라이언트가 당신에게 내줄 수 있는 가장 중요한 것은 당신의 안전입니다. 쉬운 말로, 당신에게는 해가 미치는 일이 없다, 그런 얘깁니다. 그걸 보증하지요."

"그 대신에." 덴고는 말했다.

"그 대신에 그들이 당신에게 원하는 건 침묵과 망각입니다. 당신은 이번 일에 관여했어요. 하지만 그 의도나 속사정을 알지 못한 채 한 일입니다. 명령받은 대로 움직인 병사일 뿐이에요. 그에 관해 당신 개인을 나무랄 생각은 없습니다. 그러니까 이번에 있었던 일을 죄다 잊어준다면 그걸로 되는 겁니다. 서로 주고받은 셈 치자는 거죠. 「공기 번데기」를 당신이 대필한 일은 세상에 퍼지지 않습니다. 당신은 그 책과는 전혀 아무 관계도 없는 거예요. 그리고 앞으로도 일절 관여할 일이 없어요. 예, 그렇게 좀 해 주셨으면 합니다. 그건 당신 자신에게도 유익한 일이지요."

"내게는 해가 미치지 않는다. 그건 말하자면," 덴고는 말했다. "나 이외의 관계자의 몸에는 해가 미친다는 말입니까?"

"그건 뭐, 아마 케이스 바이 케이스겠지요." 우시카와는 대답하기 곤란하다는 듯이 말했다. "내가 결정할 일이 아니니까, 구체적인 건 아무 말도 할 수 없습니다만, 많든 적든 어떤 대책은 필요하지 않겠어요?"

"그리고 당신들은 길고 강한 팔을 갖고 있구요."

"그렇습니다. 전에도 말씀드린 대로 대단히 길고 대단히 강한 팔입니다. 자, 그래서 저는 어떤 대답을 들을 수 있을까요?"

"결론부터 말하자면, 나는 당신들로부터 돈을 받을 수 없습니다."

우시카와는 아무 말 없이 안경을 잡고 그것을 벗어 주머니에서 꺼낸 손수건으로 꼼꼼하게 렌즈를 닦아 다시 꼈다. 자신의 귀에 들어온 것과 시력 사이에 뭔가 관계가 있는지도 모른다고 말하려는 듯이.

"그럼 우리의 제안을, 그러니까, 거절하신다는 건가요?"

"그렇습니다."

우시카와는 안경 안쪽에서 진기한 모양의 구름을 바라보기라도 하는 듯한 눈으로 덴고를 쳐다보았다. "그건 또 왜지요? 내 보잘것없는 관점에서 말하자면 결코 나쁜 거래는 아니라고 생각하는데 말이지요."

"우리는 어찌됐건 똑같이 한 보트에 탔습니다. 여기서 나 혼자만 도망칠 수는 없어요." 덴고는 말했다.

"이상하군요." 우시카와는 그야말로 이상하다는 듯이 말했다. "나는 정말 이해가 안 됩니다. 아니, 이렇게 말하면 뭣하지만, 당신 이외의 사람들은 아무도 당신에 대해 신경도 쓰지 않아요. 정말로. 당신은 돈 몇 푼 받고 그저 적당히 이용되고 있는 것뿐이에요. 그리고 그 일로 어지간히 애를 먹고 있어요. 그렇다면, 진짜 놀고 있네, 누굴 바보로 아나, 하고 화를 내는 게 당연한 일 아닌가요. 나라면 화를 냈을 겁니다. 그런데 당신은 그 사람들을 감싸주다니요. 나 혼자 도망칠 수 없네 어쩌네 하면서 말이지요. 보트가 이러니저러니 하고. 진짜 이해 안 되네. 왜 그러실까."

"그 이유 중 하나는 야스다 교코라는 여자예요."

우시카와는 식은 카페오레를 손에 들고 너무 맛없다는 듯이 마셨다. 그러고는 되물었다. "야스다 교코?"

"당신들은 야스다 교코에 대해 뭔가 알고 있어요." 덴고는 말했다.

우시카와는 도통 무슨 이야기인지 모르겠다는 듯이 잠시 입을 벌리고 있었다. "아뇨, 솔직히 말씀드려서 그런 이름의 여자에 대해서는 아무것도 모릅니다. 맹세컨대 정말이에요. 그게 대체 누굽니까?"

덴고는 잠시 말없이 우시카와의 얼굴을 바라보았다. 하지만 아무것도 읽어낼 수 없었다.

"내가 아는 여자예요."

"혹시 가와나 씨와 깊은 관계를 맺은 사람인가요?"

덴고는 거기에는 대답하지 않았다. "내가 알고 싶은 건, 당신들이 그녀에게 무슨 일을 했느냐는 겁니다."

"무슨 일을 했냐고요? 설마. 나는 아무 짓도 안 했어요." 우시카와는 말했다. "거짓말이 아니에요. 아니, 방금도 말씀드렸듯이 그 사람에 대해서는 아무것도 모른다고요. 모르는 사람에게 무슨 짓을 하려야 할 수도 없지요."

"하지만 당신들은 유능한 리서처를 고용해서 나를 철저히 조사했다고 했어요. 내가 후카다 에리코가 쓴 작품을 고쳐 쓴 것도 알아냈지요. 내 사생활에 대해서도 많은 것을 알아냈겠죠. 그러니 그 리서처가 나와 야스다 교코의 관계에 대해 알고 있는 건 오히려 당연한 일 같은데요."

"예, 우리는 분명 유능한 리서처를 고용하고 있어요. 그는 당신에 관해 여러 가지 사항을 면밀하게 조사해줍니다. 그러니까 어쩌면 당신과 그 야스다 씨의 관계를 파악했는지도 모르지요.

당신 말대로. 하지만 만일 그런 정보가 있었다고 해도 나한테까지는 오지 않았어요."

"나는 그 야스다 교코라는 여자와 사귀고 있었어요." 덴고는 말했다. "일주일에 한 번 그녀를 만났죠. 아무도 몰래 비밀리에. 그녀에게는 가정이 있기 때문입니다. 그런데 아무 말도 없이 어느 날 갑자기 내 앞에서 자취를 감춰버렸어요."

우시카와는 안경을 닦은 손수건으로 콧등의 땀을 슬쩍 닦았다. "그래서, 가와나 씨는 그 기혼여성이 자취를 감춘 것에 우리가 어떤 형태로든 관여를 했다고 생각한다, 그런 겁니까?"

"그녀가 나를 만나는 것을 남편에게 알렸는지도 모르죠."

우시카와는 당황한 듯이 입술을 동그랗게 오므렸다. "대체 뭣 때문에 그런 짓을 해야 한단 말입니까?"

덴고는 무릎 위에 놓인 양손에 힘을 주었다. "지난번 전화에서 당신이 했던 말이 나는 아무래도 마음에 걸리는데요."

"대체 내가 무슨 말을 했었지요?"

"일정 나이를 넘으면 인생이라는 건 여러 가지 것을 상실해가는 과정의 연속에 지나지 않게 된다. 중요한 것이 하나하나 빗살 빠지듯이 손에서 빠져나간다. 사랑하는 사람들이 한 사람 또 한 사람, 주위에서 사라져간다. 그런 얘기였어요. 기억하실 텐데요."

"예, 기억하고 있지요. 분명 지난번에 그런 말을 했습니다. 하지만 말이죠, 가와나 씨, 그건 어디까지나 일반론으로서 말씀드린 거예요. 자꾸 나이가 들어가는 데 대한 괴로움과 힘겨움에 대해 보잘것없는 내 의견을 말했을 뿐입니다. 그 야스다인지 뭔지 하는 여자를 구체적으로 가리켜서 얘기한 게 아니에요."

"하지만 그건 내 귀에는 경고처럼 들렸어요."

우시카와는 강하게 몇 차례 고개를 저었다. "천만의 말씀. 경고 같은 거 아닙니다. 그저 나의 개인적인 견해에 불과해요. 야스다 씨에 대해서는 정말로 맹세코 아무것도 모릅니다. 그분이 사라졌어요?"

덴고는 말을 이었다. "그리고 이런 말도 했어요. 당신들의 말을 듣지 않으면 주위 사람들에게 바람직하지 못한 영향을 주게 될지도 모른다고."

"예, 분명 그렇게 말했지요."

"그것도 경고 아닙니까?"

우시카와는 손수건을 상의 주머니에 챙겨넣고 한숨을 내쉬었다. "분명 경고처럼 들렸는지도 모르지만, 그것 역시 어디까지나 일반론입니다. 이봐요, 가와나 씨. 나는 그 야스다 씨라는 여자에 대해서는 아무것도 몰라요. 이름도 들어본 적이 없어요. 모든 신들께 맹세코."

덴고는 다시 한번 우시카와의 얼굴을 관찰했다. 이 사람은 야스다 교코에 대해 정말로 아무것도 모르는지도 모른다. 그의 얼굴에 떠 있는 당혹스러운 표정은 아무리 봐도 진짜 같았다. 하지만 만일 이 사람이 아무것도 모른다 해도, 그렇다고 그들이 아무 짓도 하지 않았다고 결론이 나는 건 아니다. 단지 이 사람에게는 그런 사실을 알려주지 않았을 뿐인지도 모른다.

"가와나 씨, 쓸데없는 참견인지 모르지만, 남의 아내하고 관계를 갖거나 하는 건 위험한 일이에요. 당신은 아직 젊고 건강한 독신 남성입니다. 그런 위험한 짓을 하지 않더라도 주위에 젊은 미혼여성들이 얼마든지 있을 텐데요." 우시카와는 그렇게 말하고 입가에 묻은 빵 부스러기를 재주 좋게 혀로 핥아들였다.

덴고는 말없이 우시카와를 보고 있었다.

우시카와는 말했다. "물론 남녀 사이라는 게 논리적으로 설명할 수 있는 건 아니지요. 일부일처제도 수많은 모순을 안고 있다고 봐요. 하지만 어디까지나 노파심에서 말씀드리는 건데, 만일 그 여자가 당신에게서 떠나갔다면 그냥 그대로 두는 게 좋지 않겠습니까? 내가 말하고 싶은 건 말이죠, 세상에는 모르는 채로 덮어두는 게 좋은 일도 있다는 겁니다. 이를테면 당신 어머니 일도 그래요. 진상을 알게 되면 그건 당신에게 상처가 돼요. 그리고 일단 진상을 알게 되면 거기에 대한 책임도 떠맡을 수밖에 없는 거예요."

덴고는 얼굴을 찌푸리고 잠시 숨을 멈췄다. "내 어머니에 대해, 당신이 뭔가 알고 있어요?"

우시카와는 가볍게 입술을 빨았다. "예, 어느 정도는 알고 있습니다. 그 일에 관해서는 리서처가 자세한 것까지 조사해왔어요. 그러니까 만일 당신이 알고 싶다면 어머니에 대한 정보를 그대로 넘겨드릴 수도 있어요. 내가 아는 바로는 당신은 아마 어머니에 대해 아무것도 알지 못한 채 자랐을 겁니다. 다만 거기에는 그다지 유쾌하다고는 할 수 없는 종류의 정보도 포함되어 있는지 모릅니다."

"우시카와 씨." 덴고는 말했다. 그리고 의자를 뒤로 물리고 자리에서 일어섰다. "부디 그만 돌아가주세요. 나는 더이상 당신과 이야기하고 싶지 않아요. 그리고 앞으로도 두 번 다시 내 앞에 얼굴을 보이지 말아주셨으면 합니다. 가령 내 몸에 어떤 해가 미치더라도 당신과 거래를 하는 것보다는 그게 더 나아요. 후원금이니 뭐니 하는 것도 필요 없고, 안전 보장도 필요 없습니다. 내가 바라는 건 단 한 가지, 더이상 당신과 만나고 싶지 않다는 겁니다."

우시카와는 반응이랄 것을 전혀 보이지 않았다. 더 지독한 말을 수없이 들어왔는지도 모른다. 그 눈 안쪽에는 미소 비슷한 엷은 빛마저 띠고 있었다.

"좋습니다." 우시카와는 말했다. "어찌됐건 대답을 들을 수 있어서 다행입니다. 대답은 노. 제안은 거절당했다. 분명하고 알기 쉬운 대답이에요. 윗분에게 그렇게 전하지요. 나는 그저 별볼일 없는 심부름꾼이니까요. 게다가 대답이 노라고 해서 당신에게 당장 해가 미치는 건 아닙니다. 해가 미칠지도 모른다, 고 말씀드리는 것뿐이에요. 아무 일 없이 끝날지도 모릅니다. 그렇게 되면 좋겠군요. 거짓말이 아니라, 정말로 진심으로 그렇게 생각해요. 왜냐하면 나는 가와나 씨에게 호감을 갖고 있기 때문입니다. 당신은 내 호의 같은 건 받고 싶지 않겠지만, 그건 뭐 어쩔 수 없는 일이지요. 영문 모를 일을 들이대는 영문 모를 사람이니까요. 생긴 꼬락서니도 이렇게 한심하기 짝이 없어요. 본래부터 남들이 나를 자꾸 좋아해서 곤란하다고 할 타입은 아니었지요. 하지만 나는 가와나 씨에게, 어쩌면 폐가 될지도 모르지만, 호감 같은 것을 품고 있습니다. 당신이 이대로 별탈 없이 크게 성공하면 좋겠다고 생각합니다."

우시카와는 그렇게 말하고 자신의 양손 손가락을 응시했다. 퉁퉁하고 짤막한 손가락이었다. 그는 그것을 몇 번인가 뒤집었다. 그러고는 자리에서 일어섰다.

"이제 그만 실례하지요. 그래요, 내가 당신 앞에 모습을 드러내는 건 이게 아마 마지막일 겁니다. 예, 최대한 가와나 씨의 희망에 따르도록 유념하지요. 행운을 빕니다. 그럼."

우시카와는 옆자리 의자에 놓여 있던 축 처진 가죽가방을 들고 카페테리아의 북적이는 사람들 속으로 사라져갔다. 그가 걸어가자 그 길목에 있는 남녀 학생들이 저절로 옆으로 비켜서서 길을 열었다. 마을의 어린아이들이 무서운 인신매매꾼을 피하듯이.

덴고는 학원 로비에 있는 공중전화로 집에 전화를 걸었다. 벨을 세 번 울리고 끊을 생각이었는데 두번째 벨에서 후카에리가 수화기를 들었다.

"벨을 세 번 울리고 다시 건다고 했었잖아." 덴고는 힘없는 목소리로 말했다.

"잊었어요." 후카에리는 아무 일도 아니라는 듯이 말했다.

"잊지 말라고 했는데."

"다시 새로 해요." 후카에리가 물었다.

"아니, 새로 할 건 없어. 벌써 받아버렸으니까. 나 없는 사이에 별일은 없었니?"

"전화도 없었어요. 누가 오지도 않았어요."

"그러면 됐어. 학원 수업 끝났으니까 지금 집에 갈게."

"아까 큰 까마귀가 와서 창문 밖에서 울었어요." 후카에리는 말했다.

"그 까마귀는 저녁때마다 와. 신경쓸 거 없어. 말하자면 사교적인 방문이야. 일곱시 전에는 들어갈 거야."

"서두르는 게 좋아요."

"왜?" 덴고는 물었다.

"리틀 피플이 날뛰고 있어요."

"리틀 피플이 날뛰고 있다." 덴고는 상대가 한 말을 되풀이했다. "내 집에서 리틀 피플이 날뛰고 있다는 거야?"

"아니, 어딘가 다른 데서."

"다른 데?"

"아주 먼 데."

"그런데 그게 너한테는 들린다는 거야?"

"나한테는 들려요."

"그건 뭔가를 의미하는 건가?" 덴고는 물었다.

"이변이 일어나려고 해요."

"이변?" 덴고는 생각했다. 그것이 '뜻밖의 괴이한 일'을 뜻하는 단어라는 것을 생각해내기까지 조금 시간이 걸렸다. "어떤 이변이 일어나려고 하는 거지?"

"그것까지는 몰라요."

"리틀 피플이 그 이변을 일으켜?"

후카에리는 고개를 저었다. 그녀가 고개를 젓는 기척이 수화기를 통해 전해져왔다. 모른다는 뜻이다. "천둥이 울리기 전에 집에 오는 게 좋아요."

"천둥?"

"전철이 멈추면 따로따로 헤어지게 돼요."

덴고는 몸을 돌려 창밖을 보았다. 구름 하나 없이 평온한 늦여름 저녁나절이었다. "천둥이 칠 것 같지는 않은데."

"겉만 봐서는 몰라요."

"서둘러서 갈게." 덴고는 말했다.

"서두르는 게 좋아요." 후카에리는 말했다. 그리고 전화를 끊었다.

덴고는 학원 현관을 나서서 환하게 갠 해질녘의 하늘을 올려다보고, 그러고는 급한 걸음으로 요요기 역으로 향했다. 가는 동안 덴고의 머릿속에서는 우시카와가 했던 말이 자동반복되는 테이프처럼 내내 돌아가고 있었었다.

내가 말하고 싶은 건 말이죠, 세상에는 모르는 채로 덮어두는 게 좋은 일도 있다는 겁니다. 이를테면 당신 어머니 일도 그래요. 진상을 알게 되면 그건 당신에게 상처가 돼요. 그리고 일단 진상을 알게 되면 거기에 대한 책임도 떠맡을 수밖에 없는 거예요.

그리고 어딘가에서 리틀 피플이 날뛰고 있다. 그들은 다가올 이변에 관여하고 있는 모양이다. 지금은 하늘이 아름답게 개어 있지만, 세상일은 겉만 봐서는 알 수 없다. 천둥이 치고 비가 쏟아지고 전철도 멈춰 설지 모른다. 서둘러 집에 돌아가야 한다. 후카에리의 목소리에는 신비한 설득력이 있었었다.

"우리는 힘을 합쳐야 해요." 그녀는 말했다.

긴 팔이 어디에선가 뻗쳐오고 있다. 우리는 힘을 합쳐야 한다. 지상 최강의 남녀 듀오니까.

비트는 멈추지 않는다. Beat goes on.

제 11장 아오마메

Q

균형 그 자체가 선이다

아오마메는 가져온 파란 요가 매트를 펼쳐 침실 바닥의 카펫 위에 깔았다. 그리고 남자에게 상의를 벗으라고 말했다. 남자는 침대에서 내려와 셔츠를 벗었다. 셔츠를 벗자 그의 큰 체구가 셔츠를 입고 있을 때보다 더욱 커 보였다. 두툼한 가슴에는 늘어진 군살 없이 근육이 불거져 있었다. 그저 건강한 육체로만 보일 뿐이었다.

그는 아오마메의 지시대로 요가 매트 위에 엎드렸다. 아오마메는 우선 손목을 잡고 남자의 맥박을 짚었다. 심장 박동은 깊고 강하다.

"평소에 뭔가 운동을 하시죠?" 아오마메는 물었다.

"딱히 아무것도. 그저 호흡을 할 뿐이야."

"그저 호흡만 한다구요?"

"보통 호흡과는 조금 다른 호흡이야." 남자는 말했다.

"아까 어둠 속에서 하신 그런 호흡이군요. 온몸의 근육을 사용해서 깊이 반복하는 호흡."

남자는 엎드린 채 슬쩍 고개를 끄덕였다.

아오마메는 아무래도 납득이 가지 않았다. 그건 분명 상당한 체력을 요하는 격한 호흡이었다. 그렇다 해도 단순한 호흡만으로 이토록 빈틈없이 강건한 육체를 유지할 수 있을까.

"이제부터 제가 하는 건 약간의 고통이 따를 거예요." 아오마메는 억양 없는 목소리로 말했다. "아프지 않으면 효과가 없기 때문이죠. 하지만 고통의 강약을 조절할 수는 있어요. 그러니 고통을 느끼시면 참지 말고 소리를 내주세요."

남자는 잠시 틈을 두고 나서 말했다. "내가 아직 맛본 적이 없는 고통이 있다면 그게 어떤 것인지 한번 보고 싶군." 거기에는 가벼운 야유의 여운이 담겨 있었다.

"어떤 사람에게든 고통이란 즐거운 게 아니죠."

"하지만 아픔을 수반하는 게 효과는 더 크겠지. 그렇지 않은가? 의미 있는 고통이라면 나는 견딜 수 있어."

아오마메는 엷은 어둠 속에서 잠정적인 표정을 지었다. 그리고 말했다. "알겠습니다. 일단 하면서 상태를 보도록 하죠."

아오마메는 평소대로 견갑골의 스트레칭부터 시작했다. 그녀가 남자의 몸에 손을 대보고 맨 처음 알게 된 것은 근육의 유연함이었다. 건강하고 질이 좋은 근육이다. 그녀가 평소 스포츠클럽에서 상대하는, 피로하고 경직된 도시인의 근육과는 애초에 질이 달랐다. 하지만 동시에, 그곳에 원래 있어야 할 자연스러운 흐름이 뭔가에 가로막혀 있다는 강한 촉감이 있었다. 떠밀려온 나무토막이나 쓰레기 더미에 의해 강의 흐름이 일시적으로 막혀버린 것처럼.

아오마메는 팔꿈치를 지렛대 삼아 남자의 어깨를 잡아 틀었다. 처음에는 천천히, 그리고 본격적으로 힘을 주어서. 남자의 몸이 통증을 느낀다는 것을 알았다. 그것도 상당히 심한 통증이다. 이 정도면 어떤 사람이든 신음 소리 정도는 내게 마련이다. 하지만 남자는 전혀 소리를 내지 않았다. 호흡도 흐트러지지 않았다. 얼굴을 찡그리는 낌새도 없다. 참을성이 대단하군, 아오마메는 생각했다. 어디까지 참을 수 있는지 아오마메는 시험해보기로 했다. 가차없이 좀더 힘을 주자 견갑골의 관절이 우두둑 하는 둔탁한 소리를 냈다. 레일의 포인트가 덜커덕 전환된 듯한 감촉이 느껴졌다. 남자의 숨이 한순간 멈췄지만 곧바로 본래의 조용한 호흡으로 돌아갔다.

"견갑골이 심하게 뭉쳐 있었어요." 아오마메는 설명했다. "하지만 그건 이제 풀렸습니다. 흐름이 회복됐어요."

그녀는 견갑골 속에 손가락의 제2관절까지 찔러넣었다. 원래부터 유연한 근육이다. 일단 막혔던 것이 풀리면 금세 건강한 상태로 돌아온다.

"한결 편해진 것 같아." 남자는 작은 소리로 말했다.

"상당히 아팠을 텐데요."

"견디지 못할 정도는 아니야."

"저도 꽤 잘 참는 편인데, 누가 내게 이것과 똑같은 스트레칭을 해줬다면 아마 신음 소리 정도는 냈을 거예요."

"아픔은 많은 경우에 다른 아픔에 의해 경감되고 상쇄되지. 감각이라는 건 어디까지나 상대적인 것이야."

아오마메는 왼쪽 견갑골에 손을 얹고 손끝으로 더듬어 그것이 오른쪽과 거의 같은 상태라는 것을 알았다. 어디까지 상대적일 수 있는지 어디 한번 보자. "이번에는 왼편을 하겠습니다. 아마 오른편하고 비슷하게 아프실 거예요."

"전적으로 자네한테 맡기지. 나 아픈 건 신경쓰지 않아도 돼."

"적당히 힘을 조절하지 않아도 된다는 말씀이시죠?"

"음, 그럴 필요 없어."

아오마메는 같은 순서로 왼쪽 견갑골 주위의 근육과 관절을 교정했다. 그의 말대로 적당히 봐주는 건 없었다. 일단 봐주지 않기로 결정하면 아오마메는 주저 없이 최단거리로 달린다. 하지만 남자의 반응은 오른쪽 때보다 더욱더 냉정한 것이었다. 그는 목구멍에서 우물거리는 소리를 냈을 뿐, 극히 당연한 일처럼 그 아픔을 수용했다. 좋아, 어디까지 견디는지 보자, 아오마메는 생각했다.

그녀는 남자의 온몸의 근육을 순서에 따라 교정해나갔다. 모든 포인트는 그녀의 머릿속 체크 리스트에 기입되어 있었다. 그 루트를 기계적으로, 순서대로 더듬어가면 될 뿐이다. 밤중에 손전등을 들고 빌딩을 순회하는, 유능하고도 두려움을 모르는 경비원처럼.

어떤 근육도 많건 적건 **막혀** 있었다. 혹독한 재해의 습격을 받은 대지 같다. 많은 수로가 틀어막혔고 제방이 무너졌다. 보통사람이 이런 꼴을 당했다면 아마 제대로 일어서지도 못했을 것이다. 숨을 쉬는 것조차 여의치 않았을지도 모른다. 건장한 육체와 강한 의지가 이 남자를 버텨주고 있었다. 이 남자가 어떤 추잡한 짓거리를 해왔건, 이렇게까지 격렬한 고통을 말없이 견디는 것에 대해 아오마메는 직업적인 경의를 품지 않을 수 없었다.

그녀는 그의 근육을 하나하나 조이고 강제적으로 움직여 극한까지 틀고 당겼다. 그때마다 관절이 둔탁한 소리를 냈다. 그것이 고문에 가까운 작업이라는 것을 그녀는 잘 알고 있었다. 그녀는 지금까지 수많은 운동선수의 근육 스트레칭을 담당해왔다. 한결같이 육체적인 고통과 더불어 살아온 터프한 사람들이었다. 하지만 아무리 강인한 사내도 아오마메의 손에 걸리면 반드시 어느 시점에서 비명을 질렀다. 혹은 비명에 가까운 신음을 내지 않고는 배겨낼 수 없었다. 개중에는 오줌을 지리는 자까지 있었다. 하지만 이 남자는 끙끙거리는 소리 하나 내지 않았다. 대단한 자다. 그나마 목덜미에 땀이 솟는 것으로 상대가 느끼는 고통을 헤아려볼 수 있었다. 아오마메도 슬슬 땀이 나기 시작했다.

몸의 뒤편 근육을 풀어내는 데 삼십 분 가까이 걸렸다. 그것이 끝나자 아오마메는 잠시 한숨 돌리며 이마에 솟은 땀을 타월로 닦아냈다.

기묘한 일이라고 아오마메는 생각했다. 나는 이 사내를 살해하기 위해 이곳에 왔다. 가방 안에는 특제품 극세 아이스픽이 들어 있다. 그 바늘 끝을 이 남자의 목덜미 적합한 자리에 대고 자루 부분을 톡 내리치면 그걸로 모든 게 끝난다. 무슨 일이 일어났는지도 모르는 채 상대는 순식간에 목숨을 잃고 다른 세계로 이동한다. 그리고 그의 몸은 결과적으로 모든 고통에서 해방된다. 그런데도 나는 전력을 다해 이 사내가 현실세계에서 느끼는 고통을 조금이나마 줄여주려고 땀을 흘리고 있다.

그것이 내게 주어진 일이기 때문이야, 아오마메는 생각했다. 눈앞에 해야 할 일이 있으면 그것을 달성하기 위해 전력을 다하지 않고는 넘어갈 수 없다. 그것이 나라는 인간이다. 문제가 있는 근육을 정상화하라는 일이 주어지면 전력을 다해 그것에 임한다. 어떤 인물을 살해해야 한다면, 그리고 그래야 할 정당한 이유가 있다면, 나는 또한 전력을 다해 그것에 임한다.

하지만 당연하게도 그 두 가지를 동시에 행하는 건 불가능하다. 그 두 가지 행위는 각각 대립하는 목적을 갖고 있고, 서로 어우러질 수 없는 방법이 요구된다. 그래서 한 번에 어느 한쪽밖에 할 수 없다. 지금 나는 이 남자의 근육을 어떻게든 조금이라도 정상적인 상태로 되돌리려고 한다. 나는 이 작업에 의식을 집중하고 내가 가진 힘을 총동원한다. 그다음 일은 그것이 끝난 뒤에 다시 생각하면 된다.

그와 동시에 아오마메는 호기심을 억누를 수 없었다. 이 남자가 안고 있다는 심상치 않은 지병, 그로 인해 극심한 피해를 입고 있는 건강하고 질 좋은 근육, 그가 '은총의 대가'라고 했던 그 엄청난 통증을 견뎌내는 의지와 강건한 육체. 그런 일들이 그녀의 호기심을 불러일으켰다. 자신이 이 남자에 대해 무엇을 할 수 있을지, 거기에 대해 그의 육체는 어떤 반응을 보일지, 아오마메는 똑똑히 지켜보고 싶었다. 그것은 직업적인 호기심이며 동시에 개인적인 호기심이기도 했다. 게다가 지금 이 남자를 살해하면 나는 즉각 이곳에서 철수하지 않으면 안 된다. 너무 일찌감치 스트레칭이 끝나면 옆방의 두 경호원은 수상하게 생각할지 모른다. 한바탕 다 하는 데 짧아도 한 시간은 걸릴 거라고 미리 말해둔 것이다.

"반은 끝났어요. 이제부터 나머지 반을 하겠습니다. 반듯하게 누워주세요." 아오마메는 말했다.

남자는 육지로 끌어올려진 거대한 수생동물처럼 천천히 몸을 돌려 바로 누웠다.

"통증이 확실히 사라지고 있어." 남자는 크게 숨을 토해내고 나서 말했다. "지금까지 받은 어떤 치료도 이렇게까지 큰 효과는 없었어."

"당신의 근육은 피해를 입었어요." 아오마메는 말했다. "원인은 모르겠지만, 상당히 심각한 피해예요. 그 피해입은 부분을 되도록 원래에 가까운 상태로 돌려놓기로 하죠. 간단한 일이 아니고 고통도 따를 거예요. 하지만 어느 정도의 해결은 가능합니다. 근육의 질이 좋고, 당신은 고통에도 잘 견디는 편이에요. 하지만 어디까지나 이건 대증요법에 불과합니다. 근본적인 해결은 되지 못해요. 원인을 알아내지 않는 한, 똑같은 일이 반복해서 일어날 거예요."

"알고 있어. 딱히 해결을 원하지는 않아. 똑같은 일이 반복해서 일어날 것이고, 그때마다 상황은 악화되어가겠지. 하지만 가령 일시적인 대증요법이라도 지금 겪고 있는 통증이 조금이나마 줄어든다면 무엇보다 고마운 일이야. 그것이 얼마나 고마운 일인지, 자네는 알 리가 없겠지. 모르핀을 사용하는 것도 생각해봤어. 하지만 마약은 되도록 쓰고 싶지 않아. 장기간에 걸친 약물투여는 두뇌 기능을 파괴하지."

“그럼 다른 곳도 계속하겠습니다.” 아오마메는 말했다. “마찬가지로 강도를 조절하지 않아도 괜찮겠죠?”

“말할 것도 없네.” 남자는 말했다.

아오마메는 머리를 비우고 마음을 모아 남자의 근육에 집중했다. 그녀의 직업적인 기억에는 인체 근육의 모든 구조가 새겨져 있었다. 각각의 근육이 어떤 기능을 하고 어떤 뼈와 연결되어 있는지. 어떤 특질을 가졌고 어떤 감각을 갖추고 있는지. 그런 근육과 관절들을 아오마메는 순서대로 점검하고 뒤틀고 효과적으로 조여나갔다. 부지런한 종교재판 고문관들이 인체의 다양한 통점을 구석구석 빠짐없이 시험해보는 것처럼.

삼십 분 뒤에 두 사람은 땀을 흘리며 거센 숨을 몰아쉬고 있었다. 마치 기적적일 만큼 깊은 성행위에 성공한 연인들처럼. 남자는 한참 동안 입을 열지 않았고, 아오마메도 할말을 갖고 있지 않았다.

“과장된 말은 하고 싶지 않네만.” 남자가 이윽고 입을 열었다. “마치 몸 안의 부품을 모조리 교체한 것 같은 느낌이야.”

아오마메는 말했다. “오늘밤에 어쩌면 반동 같은 게 올지도 몰라요. 한밤중에 근육이 심하게 당겨서 비명을 지를 수도 있어요. 하지만 걱정하지 않으셔도 돼요. 내일 아침이면 모두 정상으로 돌아갈 테니.”

만일 당신에게 내일 아침이라는 게 있다면, 하고 아오마메는 생각했다.

남자는 요가 매트 위에 책상다리를 하고 앉아 몸 상태를 확인해보듯이 몇 차례 심호흡을 했다. 그리고 말했다. "자네에게는 아닌 게 아니라 특별한 재능이 있는 것 같군."

아오마메는 타월로 얼굴의 땀을 닦으며 말했다. "제가 하는 스트레칭은 어디까지나 실제적인 거예요. 근육의 구성이나 기능에 대해 대학에서 배웠고 그 지식을 실천적으로 발전시켰어요. 기술을 세세하게 개량해서 나 나름의 시스템을 만들어냈죠. 눈에 분명하게 보이고 이치에 맞는 일을 할 뿐이에요. 이 일에서는 진실이란 대개 눈에 보이는 것이고 실증 가능한 것이에요. 물론 그 나름의 통증은 견뎌야겠죠."

남자는 눈을 뜨고 흥미로운 듯이 아오마메를 보았다. "자네는 그렇게 생각하는군."

"무슨 말씀이신지." 아오마메는 말했다.

"진실이란 어디까지나 눈에 보이고 실증 가능한 것이라고."

아오마메는 입술을 잠시 오므렸다가 말했다. "모든 진실이 다 그렇다는 건 아녜요. 제가 직업으로서 관여하는 분야에서는 그렇다는 얘기죠. 물론 모든 분야에서 그렇다면 세상일은 훨씬 더 알기 쉽고 간단해지겠죠."

"그런 일은 없네." 남자는 말했다.

"어째서죠?"

"세상 사람들은 대부분 실증 가능한 진실 따위는 원하지 않아. 진실이란 대개의 경우, 자네가 말했듯이 강한 아픔이 따르는 것이야. 그리고 대부분의 인간은 아픔이 따르는 진실 따윈 원치 않지. 사람들이 필요로 하는 건 자신의 존재를 조금이라도 의미 있게 느끼게 해주는 아름답고 기분좋은 이야기야. 그러니 종교가 성립되는 거지."

남자는 몇 차례 목을 돌려본 뒤에 이야기를 계속했다.

"A라는 설이 그 남자 그 여자의 존재를 좀더 의미 있는 것으로 보이게 해준다면 A는 그들에게 진실인 거고, B라는 설이 그 남자 그 여자의 존재를 힘없고 왜소한 것으로 보여주는 것이라면 그건 가짜가 돼. 아주 확실하지. 만일 B라는 설이 진실이라고 주장하는 자가 있다면, 사람들은 아마도 그 인물을 증오하고 묵살하고 어떤 경우에는 공격까지 할 게야. 논리가 정연하다든가 실증 가능하다든가, 그런 건 그들에게는 아무 의미도 없어. 많은 사람들은 자신이 힘없고 왜소한 존재라는 이미지를 부정하고 배제함으로써 가까스로 제정신을 유지하고 있지."

"하지만 인간의 육체는, 모든 육체는, 미미한 정도의 차이는 있어도 원래 힘없고 왜소한 것이에요. 그건 분명한 사실 아닌가요?" 아오마메는 말했다.

"맞는 말이야." 남자는 말했다. "모든 육체는 정도의 차이는 있지만 힘없고 왜소한 것이고, 어떻든 머지않아 붕괴하고 소실되어버리는 것이지. 그건 틀림없는 진실이야. 하지만 그럼 인간의 정신은?"

"정신에 대해서는 가능한 한 생각하지 않으려고 해요."

"어째서지?"

"딱히 생각할 필요가 없기 때문이에요."

"어째서 정신에 대해 딱히 생각할 필요가 없을까? 스스로의 정신에 대해 생각하는 건, 그것이 실효성이 있건 없건 인간의 삶 속에서 불가결한 일 아닌가?"

"제게는 사랑이 있어요." 아오마메는 딱 잘라 말했다.

어휴 진짜, 내가 지금 대체 뭘 하고 있는 거야, 아오마메는 생각했다. 이제부터 내 손으로 살해하려는 사람을 상대로 나는 사랑에 대해 말하고 있다.

조용한 수면에 바람이 파문을 그리듯이 남자의 얼굴에 희미한 웃음 같은 것이 퍼졌다. 거기에는 자연스러운, 그리고 호의적이라 할 수 있는 것이 담겨 있었다.

"사랑이 있으면 그걸로 충분하다는 건가?" 남자는 물었다.

"그렇습니다."

"자네가 말하는 그 사랑이란 누군가 특정한 개인을 대상으로 한 것인가?"

"그래요." 아오마메는 말했다. "구체적인 한 남자를 향한 것이에요."

"힘없고 왜소한 육체와, 이울어짐 없는 절대적인 사랑이라……" 그는 조용한 목소리로 말했다. 그리고 잠시 틈을 두었다. "아무래도 자네는 종교를 필요로 하지 않는 것 같군."

"필요로 하지 않을지도 모르죠."

"왜냐하면 자네의 그런 모습 자체가 말하자면 종교 그 자체이기 때문이야."

"당신은 좀전에 종교란 진실보다 오히려 아름다운 가설을 제공하는 것이라고 말했어요. 당신이 주재하는 종교단체는 어떠세요?"

"사실을 말하자면, 나는 내가 하고 있는 일을 종교행위라고 생각하지 않아." 남자는 말했다. "내가 하는 건 그저 그곳에 있는 목소리를 듣고 사람들에게 전달하는 것이야. 목소리는 나에게밖에는 들리지 않아. 그것이 들린다는 건 틀림없는 진실이야. 하지만 그 메시지가 진실이다, 라는 증명은 할 수 없어. 내가 할 수 있는 건 거기에 따르는 몇 가지 소소한 은총을 실체화하는 것 정도지."

아오마메는 가만히 입술을 깨물며 타월을 아래로 내려놓았다. 그건 이를테면 어떤 은총이냐고 물어보고 싶었다. 하지만 생각만으로 그쳤다. 이야기가 지나치게 길어진다. 그녀에게는 끝마쳐야 할 중요한 일이 남아 있다.

"다시 한번 엎드리시겠어요? 마지막으로 목의 근육을 풀어야 해요." 아오마메는 말했다.

남자는 다시 거대한 몸을 요가 매트 위에 눕히고 굵은 목덜미를 아오마메에게로 향했다.

"어쨌든 자네는 매직 터치를 갖고 있어." 그는 말했다.

"매직 터치?"

"비범한 능력을 발휘하는 손가락이야. 인간 신체의 특수한 포인트를 정확히 찾아낼 수 있는 날카로운 감각이지. 그건 특별한 능력이고 극히 한정된 사람에게만 주어지는 자격이야. 학습이나 훈련에 의해 얻을 수 있는 게 아니지. 나도 종류는 다르지만 같은 성분의 특별한 감각을 갖고 있네. 하지만 모든 은총이 그렇듯이 인간은 자신이 받은 선물의 대가를 어딘가에서는 반드시 치러야만 해."

"그렇게 생각해본 적은 없는데요." 아오마메는 말했다. "전 그저 공부를 하고 훈련을 거듭해서 기술을 익혔을 뿐이에요. 누군가가 거저 내려주신 게 아녜요."

"말씨름을 할 생각은 없어. 하지만 기억해두는 게 좋아. 신은 부여해주고 신은 빼앗아가. 자네가 받았다는 것을 알지 못해도 신은 주었다는 것을 똑똑히 기억하고 있어. 그들은 아무것도 잊지 않아. 자네에게 주어진 재능을 가능한 한 소중하게 쓸 일이야."

아오마메는 자신의 열 손가락을 바라보았다. 그리고 그 손가락을 남자의 목덜미에 얹었다. 손끝에 의식을 집중했다. 신은 부여해주고 신은 빼앗아간다.

"이제 조금만 하면 끝나요. 이게 오늘의 마지막 마무리예요." 그녀는 마른 목소리로 남자의 등을 향해 그렇게 말했다.

멀리서 천둥 소리가 울린 것 같았다. 고개를 들어 창밖을 보았다. 아무것도 보이지 않았다. 그곳에는 어두운 하늘이 있을 뿐이다. 하지만 곧바로 다시 한번 같은 소리가 들려왔다. 조용한 방 안에 그것이 멍하니 울려퍼졌다.

"이제 곧 비가 쏟아질 게야." 남자는 감정이 담기지 않은 목소리로 말했다.

아오마메는 남자의 두툼한 목덜미에 손을 얹고 그곳에 있는 특별한 포인트를 탐색했다. 거기에는 특수한 집중력이 필요했다. 그녀는 눈을 감고 숨을 멈추고 그곳에 있는 혈액의 흐름에 귀를 기울였다. 손끝을 타고 오는 피부의 탄력이나 체온에서 상세한 정보를 읽어내려고 했다. 단 하나밖에 없는, 지극히 작은 점. 그 한 점을 찾아내기 쉬운 상대가 있는가 하면 찾아내기 어려운 상대도 있다. 이 리더라고 불리는 사내는 명백히 후자의 경우였다. 비유하자면 깜깜한 방 안에서 소리를 내지 않도록 주의하며 손으로 더듬더듬 동전 하나를 찾아내는 것과 같은 작업이다. 그래도 이윽고 아오마메는 그 지점을 찾아냈다. 그곳에 손끝을 대고 그 감촉과 정확한 위치를 머릿속에 새겨넣었다. 지도에 표시를 하듯이. 그녀에게는 그런 특별한 능력이 주어져 있었다.

"그대로 자세를 바꾸지 말고 가만히 있어요." 아오마메는 엎드려 있는 남자에게 말을 건넸다. 그리고 옆의 스포츠백에 손을 뻗어 작은 아이스픽이 든 하드케이스를 꺼냈다.

"흐름이 막힌 자리가 목에 딱 한 군데 남았어요." 아오마메는 침착한 목소리로 말했다. "제 손힘만으로는 아무래도 해결되지 않는 곳이에요. 이 부분의 막힘을 풀어낸다면 통증이 한결 줄어들 거예요. 그 자리에 간단히 침을 한 대 놓을 겁니다. 미묘한 부분이지만, 지금까지 수없이 해온 일이라서 문제는 없습니다. 괜찮으시겠어요?"

남자는 깊이 숨을 들이쉬었다. "전적으로 자네에게 내 몸을 맡겼어. 내가 느끼는 고통을 없애주는 것이라면 그것이 무엇이건 받아들이지."

그녀는 케이스에서 아이스픽을 꺼내 끝에 꽂힌 작은 코르크를 뽑아냈다. 바늘 끝은 언제나처럼 날카롭고 치명적으로 뾰족하다. 그녀는 그것을 왼손에 들고 오른손 검지로 조금 전에 찾아낸 포인트를 더듬었다. 틀림없다. 이 점이다. 바늘 끝을 그 포인트에 대고, 아오마메는 크게 숨을 들이쉬었다. 이제는 오른손을 망치처럼 자루를 향해 내리쳐 극히 가느다란 바늘 끝을 그 포인트

속에 톡 잠겨들게 하면 된다. 그걸로 모든 것은 끝이 난다.

하지만 뭔가가 그녀의 손을 붙잡았다. 아오마메는 위로 쳐든 오른손 주먹을 왠지 그대로 내리칠 수가 없었다. 이걸로 모든 게 끝나는 거야, 아오마메는 생각했다. 단 한 번 톡 치는 것으로 이 사내를 '저쪽 편'으로 보내버릴 수 있다. 그리고 아무 일 없었다는 얼굴로 이곳을 나가 얼굴과 이름을 바꾸고 다른 인격을 획득할 것이다. 나는 그걸 할 수 있다. 공포도 없고 양심의 가책도 없다. 이 사내는 의심의 여지 없이 죽어 마땅한 추잡한 짓거리를 거듭해왔다. 하지만 그녀는 왜 그런지 그걸 할 수 없었다. 그녀의 오른손을 망설이게 하는 것은 종잡을 수 없는, 그러면서도 집요한 의심이었다.

일이 너무 쉽게 흘러가고 있어, 본능이 그녀에게 그렇게 고하고 있었다.

이론도 뭣도 없다. 그녀는 그냥 그것을 깨달았다. 뭔가 이상하다, 뭔가 부자연스럽다. 다양한 요소를 가진 힘이 아오마메 안에서 서로 티격태격 맞부딪치고 있었다. 그녀는 어슴푸레한 어둠 속에서 강하게 얼굴을 찌푸렸다.

"왜 그러지?" 남자가 말을 건넸다. "나는 기다리고 있네. 그 마지막 마무리를."

그 말을 듣고 아오마메는 자신이 머뭇거리는 이유를 그제야 정확히 짚어냈다. 이 남자는 알고 있다, 내가 지금 무엇을 하려고 하는지를.

“망설일 필요 없어.” 남자는 온화한 목소리로 말했다. “그걸로 좋아. 자네가 바라는 것이 바로 내가 바라는 것이야.”

천둥 소리는 계속 이어지고 있었다. 하지만 번개는 보이지 않았다. 머나먼 포성 같은 소리가 으르렁거리고 있을 뿐이다. 전장은 아직 저 먼 곳에 있다. 남자는 말을 이었다.

“그것이야말로 완벽한 치료야. 자네는 근육 스트레칭을 매우 정성껏 해주었어. 나는 그 솜씨에 순수한 경의를 표하네. 하지만 자네가 말했듯이 어디까지나 대증요법에 불과해. 나의 통증은 이미 그 생명을 뿌리째 잘라내지 않으면 해소될 수 없는 것이 되었어. 지하실에 들어가 메인 스위치를 꺼버리는 수밖에 없네. 자네는 나를 위해 그걸 해주려 하고 있어.”

아오마메는 왼손에 침을 들고 그 끝을 목덜미의 특별한 포인트에 댄 채 오른손을 허공에 치켜든 자세를 그대로 유지하고 있었다. 앞으로 나아가지도 뒤로 물러서지도 못했다.

“자네가 하려는 일을 막으려고 마음먹으면 얼마든지 막을 수 있어. 간단한 일이야.” 남자는 말했다. “오른손을 내려봐.”

아오마메는 그의 말대로 오른손을 내리려고 했다. 하지만 꿈쩍도 할 수 없었다. 오른손은 석상의 손처럼 공중에 얼어붙어 있었다.

“내가 원해서 얻은 것은 아니지만, 내게는 그런 능력이 있다네. 아, 이제 오른손을 움직여도 괜찮아. 자네는 다시 내 생명을 좌우할 수 있게 됐어."

아오마메는 오른손이 다시 자유롭게 움직여지는 것을 깨달았다. 그녀는 주먹을 쥐었다가 다시 그 주먹을 펴보았다. 이질감은 없었다. 최면술 같은 것이리라. 하지만 그 힘은 강력했다.

"나는 그런 특별한 능력을 받았다네. 하지만 돌아보면, 그들은 내게 다양한 요구를 강제로 들이댔어. 그들의 욕구는 곧 나의 욕구가 되었지. 그 욕구는 지극히 가혹한 것이어서 거스를 수 없었네."

"그들." 아오마메는 말했다. "그건 리틀 피플을 말하는 건가요?"

"자네는 그걸 알고 있군. 좋아, 이야기가 빨라지겠어."

"알고 있는 건 이름뿐이에요. 리틀 피플이 어떤 자들인지는 모릅니다."

"리틀 피플이 어떤 자들인지 정확히 아는 사람은 아마 어디에도 없을 게야." 남자는 말했다. "인간이 알 수 있는 건, 그저 그들이 그곳에 존재하고 있다는 것뿐이지. 제임스 프레이저의 『황금가지』를 읽어본 일 있나?"

"없어요."

"흥미로운 책이야. 우리에게 다양한 사실을 가르쳐주지. 역사의 어느 시기, 한참 옛날의 고대 무렵이지만, 세계의 몇몇 지역에서 왕은 임기가 종료되면 살해되는 것으로 정해져 있었어. 임기는 기껏해야 십 년에서 이십 년 정도야. 임기가 종료되면 사람들이 찾아와 그를 참살했어. 그것은 공동체에 반드시 필요한 일이었고 왕도 자진해서 그걸 받아들였지. 그 살해 방법은 무참하고 피비린내 나는 것이 아니면 안 되었어. 또한 그렇게 살해되는 것이 왕이라고 하는 자에게 주어진 커다란 명예였지. 어째서 왕은 살해되지 않으면 안 되었는가. 그 시대에는 왕이란 사람들의 대표로서 '목소리를 듣는 자'였기 때문이야. 그런 자들이 자진해서 그들과 우리를 연결하는 회로가 되었던 게야. 그리고 일정한 기간을 거친 뒤에는 그 '소리를 듣는 자'를 참살하는 것이 공동체의 빠뜨릴 수 없는 작업이었어. 지상에 살아 있는 자들의 의식과 리틀 피플이 발휘하는 능력 사이의 균형을 유지하기 위해서야. 고대 세계에서 통치란 곧 신의 목소리를 듣는다는 것과 동일한 의미였어. 하지만 물론 그런 시스템은 어느새 폐지되고 왕이 살해되는 일도 없어졌어. 왕위는 세속적이고 세습적인 것으로 바뀌었지. 그렇게 사람들은 목소리를 듣는 일을 그만두었어."

아오마메는 허공에 쳐든 오른손을 무의식중에 오므렸다 폈다 하면서 남자의 말에 귀를 기울였다.

남자는 말을 계속했다. "그들은 지금까지 다양한 이름으로 불려왔고, 대개의 경우, 어떤 이름으로도 불리지 않았어. 그들은 그저 그곳에 있었어. 리틀 피플이라는 건 어디까지나 편의상 붙인 이름에 지나지 않아. 당시 아직 어렸던 내 딸이 그들을 '작은 사람들'이라고 불렀다네. 그애가 그들을 데려왔어. 내가 그 이름을 '리틀 피플'로 바꾸었지. 그러는 게 말하기가 편했기 때문이야."

"그리고 당신은 왕이 되었구요?"

남자는 코로 강한 숨을 들이쉬고, 잠시 그것을 폐에 보존하고 있었다. 그러고는 천천히 토해냈다. "왕이 아니야. '소리를 듣는 자'가 된 것이지."

"그리고 당신은 지금 참살되기를 바라고 있다."

"아니, 참살일 필요는 없어. 지금은 1984년, 이곳은 대도시 한복판이야. 굳이 피비린내를 풍길 필요는 없지. 그저 깨끗이 목숨을 앗아가주면 되네."

아오마메는 고개를 젓고 몸의 근육을 풀었다. 바늘 끝은 아직 목덜미의 그 지점에 대고 있었지만, 이 남자를 죽이고 싶다는 마음은 도저히 들지 않았다.

아오마메는 말했다. "당신은 지금까지 많은 소녀들을 성폭행해왔어. 열 살이 될까 말까 한 어린 여자애들을."

"자네 말이 맞아." 남자는 말했다. "일반적인 개념에서 보자면 그렇게 보인다 해도 어쩔 수 없지. 세속의 법을 통해 본다면 나는 추악한 범죄자야. 아직 성숙하지도 않은 여자들과 육체적으로 교접했지. 내가 원했던 게 아니라고 해도."

아오마메는 그저 크게 숨을 쉬고 있을 뿐이었다. 몸속에서 연속적으로 일어나는 격한 감정의 대립을 어떻게 진정시켜야 좋을지, 아오마메는 알 수 없었다. 그녀의 얼굴은 일그러지고, 왼손과 오른손은 서로 다른 일을 희구하고 있는 것 같았다.

"나는 자네가 내 목숨을 앗아가주었으면 하네." 남자는 말했다. "어떤 의미에서도 나는 이제 더이상 이 세상에 살아 있지 않는 게 좋아. 세계의 균형을 유지하기 위해 말살되어야 할 인간이야."

"당신을 죽이면 그다음은 어떻게 되는 거죠?"

"리틀 피플은 목소리를 듣는 자를 잃게 돼. 내 후계자는 아직 없어."

"어떻게 그 말을 믿으라는 거지?" 아오마메는 입술 틈새로 뱉듯이 말했다. "당신은 그저 자기 좋을 대로 이론을 달아서 지저분한 짓거리를 정당화하는 성적 변태자일 수도 있어. 리틀 피플 따위는 처음부터 없었고 신의 목소리도 없었고 은총도 없었어. 당신은 세상에 흔하게 널려 있는 예언자라느니 종교가라느니 이름만 내세우는 비열한 사기꾼일 수도 있어!"

"저기 시계가 있네." 남자는 고개를 들지 않고 말했다. "오른쪽 서랍장 위야."

아오마메는 오른쪽으로 시선을 던졌다. 그곳에는 허리까지 닿는 높이의, 부드러운 곡선으로 마감한 서랍장이 있고, 그 위에 대리석으로 만든 탁상시계가 있었다. 한눈에도 묵직해 보이는 시계였다.

"그걸 가만히 쳐다봐. 눈을 떼지 말고."

아오마메는 그의 말대로 고개를 돌린 채 탁상시계를 주시했다. 그녀의 손가락 밑에서 남자의 온몸이 돌처럼 딱딱하게 긴장하는 게 느껴졌다. 믿기 어려울 만큼 강력한 힘이 그곳에 담겨 있었다. 그리고 그 힘에 호응하듯 탁상시계가 슬금슬금 서랍장 표면을 벗어나 허공으로 떠오르고 있었다. 시계는 5센티미터쯤 위로 올라가 머뭇거리듯이 가늘게 떨면서 공중에 십 초 정도 떠 있었다. 그리고 그의 근육이 힘을 잃자 탁상시계는 둔한 소리를 내며 서랍장 위로 떨어졌다. 마치 지구에 중력이 있다는 게 갑자기 생각나기라도 한 것처럼.

남자는 오랜 시간을 들여 깊은 피폐의 숨을 토해냈다.

"이런 소소한 일에도 상당한 힘이 필요하지." 그는 체내에 있던 모든 공기를 남김없이 토해내고 나서 그렇게 말했다. "수명이 줄어들 정도야. 어떻든 이제 자네도 알았겠지만 적어도 나는 하찮은 사기꾼은 아니야."

아오마메는 대답하지 않았다. 남자는 크게 호흡하면서 체력을 회복하고 있었다. 탁상시계는 아무 일도 없었다는 듯이 서랍장 위에서 묵묵히 시간을 새겨나갔다. 위치가 조금 삐뚜름하게 어긋났을 뿐이다. 초침이 한 바퀴 도는 동안 아오마메는 그것을 지그시 지켜보고 있었다.

"당신은 특별한 능력을 갖고 있다는 건가요?" 아오마메는 건

조한 목소리로 말했다.

"자네가 본 그대로야."

"『카라마조프 가의 형제들』에 악마와 그리스도의 이야기가 나오죠." 아오마메는 말했다. "황야에서 엄격한 수행을 하는 그리스도에게 악마가 기적을 행하라고 요구해요. 돌을 빵으로 바꿔보라고. 하지만 그리스도는 무시하죠. 기적 따위는 악마의 유혹이니까."

"알고 있어. 나도 『카라마조프 가의 형제들』을 읽었네. 그래, 물론 자네가 말한 대로야. 이런 화려한 구경거리 쇼로는 아무것도 해결되지 않아. 하지만 한정된 시간 안에 자네를 납득시킬 필요가 있었어. 그래서 굳이 해본 거야."

아오마메는 침묵했다.

"이 세상에는 절대적인 선도 없고 절대적인 악도 없어." 남자는 말했다. "선악이란 정지하고 고정된 것이 아니라 항상 장소와 입장을 바꿔가는 것이지. 하나의 선이 다음 순간에 악으로 전환할지도 모르는 거야. 그 반대의 경우도 있지. 도스토옙스키가 『카라마조프 가의 형제들』에서 묘사한 것도 그러한 세계의 양상이야. 중요한 것은 이리저리 움직이는 선과 악에 대해 균형을 유지하는 것이지. 어느 한쪽으로 지나치게 기울면 현실적인 모럴을 유지하기가 어렵게 돼. 그래, 균형 그 자체가 선인 게야. 내가 균형을 유지하기 위해 죽지 않으면 안 된다는 것도 그런 의미에서 하는 말이네."

"당신을 죽일 필요를 느끼지 못하겠어요." 아오마메는 단호히 말했다. "이미 알고 있는지도 모르지만, 나는 당신을 죽일 목적으로 이곳에 왔어요. 당신 같은 인간이란 존재를 용서할 수가 없어서. 무슨 일이 있어도 이 세계에서 말살할 작정이었어요. 하지만 이제는 더이상 그럴 마음이 없어요. 당신은 끔찍하게 고통받고 있고 그 고통을 나는 알아요. 당신은 그대로 고통에 허덕이며 너덜너덜해진 채 죽어가야 마땅해요. 내 손으로 당신에게 편안한 죽음을 선물해줄 마음이 전혀 들지 않는군요."

남자는 몸을 엎드린 채 가만히 고개를 끄덕였다. "만일 자네가 나를 죽인다면 내 사람들이 자네를 어디까지든 쫓아다닐 게야. 그들은 광신적인 자들이고, 강하고 집요한 힘을 갖고 있어. 내가 없어지면 교단은 구심력을 잃겠지. 하지만 시스템이라는 건 일단 모양새가 만들어지면 그 자체로 생명력을 갖는 것이야."

아오마메는 남자가 엎드린 자세로 말하는 것을 듣고 있었다.

"자네 친구에게는 미안한 짓을 하고 말았네." 남자는 말했다.

"내 친구?"

"수갑을 가진 여자친구. 이름이 뭐라더라."

아오마메 안에 느닷없이 고요함이 찾아왔다. 그곳에는 이미 다툼은 없었다. 무거운 침묵이 낮게 드리울 뿐이었다.

"나카노 아유미." 아오마메는 말했다.

"불행한 일이 되고 말았어."

"당신이 그 짓을 했어요?" 아오마메는 차가운 목소리로 말했다. "당신이 아유미를 죽였나요?"

"아니, 그렇지 않아. 내가 살해한 건 아니야."

"하지만 당신은 그 일을 잘 알고 있군요. 아유미가 누군가에게 살해되었다는 걸."

"리서처가 조사했지." 남자는 말했다. "누가 그녀를 죽였는지까지는 알지 못해. 알고 있는 건 자네 친구인 여경이 어느 호텔에서 누군가에게 교살되었다는 것뿐이야."

아오마메는 오른손을 다시 세게 움켜쥐었다. "하지만 당신은 '자네 친구에게는 미안한 짓을 하고 말았다'고 말했어요."

"나로서는 그것을 저지할 수 없었다는 말이야. 누가 그녀를 살해했건, 취약한 부분이 항상 가장 먼저 표적이 되는 거야. 늑대들이 양 떼 속의 가장 약한 한 마리를 골라 몰아세우듯이."

"그러니까 아유미는 나의 취약한 부분이었다는 건가요?"

남자는 대답하지 않았다.

아오마메는 두 눈을 감았다. "하지만 왜 그애를 죽여야 했죠? 정말 착한 친구였어요. 남에게 해를 끼치는 일도 없었다구요. 어째서죠? 내가 이 일에 관여했기 때문에? 그렇다면 나 한 사람을 파괴하면 될 일이잖아요."

남자는 말했다. "그들은 자네를 파괴하지는 못해."

"어째서?" 아오마메는 물었다. "어째서 나를 파괴하지 못하는데요?"

"이미 특별한 존재가 되었기 때문이야."

"특별한 존재?" 아오마메는 말했다. "어떻게 특별하다는 거예요?"

"자네는 그것을 머지않아 발견하게 될 거야."

"머지않아?"

"때가 되면."

아오마메는 다시 한번 얼굴을 일그러뜨렸다. "당신이 하는 말은 이해할 수 없어."

"언젠가 이해하게 돼."

아오마메는 고개를 저었다. "어쨌든 그들은 지금으로서는 나를 공격할 수 없다. 그래서 내 주위의 취약한 부분을 노렸다. 내게 경고하기 위해. 내가 당신의 목숨을 빼앗지 못하도록."

그는 침묵하고 있었다. 그것은 긍정의 침묵이었다.

"너무해." 아오마메는 말했다. 그리고 고개를 저었다. "아유미를 죽여봤자 현실은 아무것도 변할 게 없었는데."

"아니, 그들은 살인자가 아니야. 자신들이 직접 손을 대서 누군가를 파괴하는 일은 없어. 자네 친구를 죽게 한 것은 아마도 그녀 자신이 내포하고 있던 것이었겠지. 늦건 빠르건 그와 똑같은 비극이 일어났을 게야. 그녀의 인생은 리스크를 안고 있었어.

그들은 단지 거기에 자극을 주었을 뿐이야. 타이머의 설정을 변경하듯이."

타이머 설정?

"아유미는 전기 오븐 같은 게 아냐. 살아 있는 인간이라구. 리스크를 안고 있건 말건 내게는 둘도 없는 소중한 친구였어. 당신들은 그것을 너무도 쉽게 빼앗아갔어. 의미도 없이, 냉혹하게."

"그 분노는 정당한 것이네." 남자는 말했다. "그걸 내게로 쏟아부으면 되는 게야."

아오마메는 고개를 저었다. "여기서 당신 목숨을 빼앗아본들 아유미가 돌아오는 것도 아니야."

"하지만 그렇게 하면 리틀 피플에 대한 반격은 될 수 있어. 달리 말하자면 복수할 수가 있어. 그들은 아직 내가 죽는 건 바라지 않아. 내가 여기서 죽으면 공백이 생기거든. 적어도 후계자가 생길 때까지 일시적인 공백이. 그들에게 그건 큰 타격이 돼. 동시에 그건 자네에게도 이익이 되는 일이야."

아오마메는 말했다. "복수만큼 코스트는 높고 이익은 생기지 않는 일은 없다, 고 누군가 말했죠."

"윈스턴 처칠이야. 다만 내 기억으로는 그는 대영제국의 예산 부족을 변명하기 위해 그같은 발언을 했지. 거기에는 도의적인 의미는 없었어."

"도의 따위 어찌되건 상관없어요. 굳이 내가 손을 댈 것도 없이 당신은 뭔지 모를 것에 몸을 죄다 파먹히고 끝까지 괴로워하면서 죽겠죠. 그걸 내가 동정해줄 이유는 하나도 없어요. 세계가 도의를 잃고 주르륵 내려앉아버린다 해도 그건 내 탓이 아니라구요."

남자는 다시 한번 깊은 한숨을 내쉬었다. "그렇군. 자네 생각은 잘 알겠네. 그럼 이렇게 하도록 할까. 일종의 거래야. 만일 여기서 내 목숨을 앗아가준다면 그 대신 가와나 덴고의 목숨을 구해주도록 하지. 내게는 아직 그런 정도의 능력은 남아 있네."

"덴고." 아오마메는 말했다. 온몸에서 힘이 빠져나갔다. "당신이 그에 대해서도 알고 있어?"

"나는 자네에 대해 모든 것을 알아. 그렇게 말했잖은가. 물론 정확하게는 거의 모든 것이라는 뜻이네만."

"하지만 당신이 거기까지 파악했을 리는 없어. 덴고라는 이름은 내 마음속에서 한 걸음도 밖으로 나오지 않았으니까."

"아오마메." 남자는 말했다. 그리고 허허롭게 탄식했다. "마음에서 한 걸음도 밖으로 나오지 않는 일 따위, 이 세상에는 존재하지 않아. 그리고 가와나 덴고는 현재, 우연히라고 해야 할까, 우리에게는 적지 않은 의미를 가진 존재가 되어 있지."

아오마메는 할말을 잃었다.

남자는 말했다. "하지만 정확히 말하면, 그건 단순한 우연이 아니야. 자네들 두 사람의 운명이 아무 이유 없이 여기서 해후한

게 아니야. 자네들은 들어올 만했기 때문에 이 세계에 발을 들였어. 그리고 들어온 이상 좋든 싫든 자네들은 여기서 각각의 역할을 부여받게 돼."

"이 세계에 발을 들였다?"

"그렇지, 여기 1Q84년에."

"1Q84년?" 아오마메는 말했다. 얼굴이 다시 한번 크게 일그러졌다. 그건 내가 만든 말이잖아.

"그렇지. 자네가 만든 말이야." 남자는 아오마메의 마음속을 읽은 듯이 말했다. "나는 단지 자네의 말을 사용했을 뿐이야."

1Q84년, 아오마메는 입 속에서 그 말을 되뇌어보았다.

"마음에서 한 걸음도 밖으로 나오지 않는 일 따위, 이 세계에는 존재하지 않아." 리더는 조용한 목소리로 다시 한번 말했다.

제 12장 덴고

Q
손가락으로는 헤아릴 수 없는 것

비가 쏟아지기 전에 덴고는 집에 올 수 있었다. 역에서 아파트까지 급한 걸음으로 돌아왔다. 저녁 하늘에는 아직 구름 한 점 보이지 않았다. 비가 쏟아질 기미도 없고 천둥이 울릴 기미도 없었다. 주위를 둘러봐도 우산을 든 사람은 단 한 명도 없었다. 이대로 야구장에 가서 생맥주나 한잔 하고 싶을 만큼 기분좋은 늦여름의 저물녘이었다. 하지만 그는 조금 전부터 후카에리의 말을 일단 받아들이자는 쪽으로 마음이 기울었다. 믿지 않는 것보다는 믿어보는 게 좋다, 고 덴고는 생각했다. 이론적으로라기보다 어디까지나 경험상.

우편함을 들여다보니 보낸 사람의 이름이 없는 사무용 봉투가 들어 있었다. 덴고는 그 자리에서 봉투를 뜯어 내용물을 확인했다. 그의 보통예금 계좌에 1,627,534엔이 송금되었다는 통지였다. 송금한 상대는 '오피스 ERI'라고 되어 있었다. 분명 고마쓰가 설립한 페이퍼 컴퍼니를 가리키는 것이다. 어쩌면 돈을 넣어준 사람은 에비스노 선생인지도 모른다. 고마쓰는 이전에 "「공기 번데기」의 인세 일부를 사례로 지급한다"고 덴고에게 말했다. 아마도 이것이 그 '일부'일 것이다. 그리고 지불 명목은 '협력비'라든가 '조사비'라든가, 그런 명목으로 올렸을 것이다. 덴고는 다시 한번 그 금액을 확인한 뒤에 송금통지서를 봉투에 담아 호주머니에 쑤셔넣었다.

백육십만 엔은 덴고에게는 상당히 큰 돈이었지만(실제로 태어나서 지금껏 그런 큰 액수의 돈을 손에 쥐어본 적이 없다), 딱히 기쁜 마음도 없고 놀라지도 않았다. 현재로서 덴고에게 돈은 그리 중요한 문제가 아니었다. 일단 고정수입이 있고, 그걸로 별 불편 없는 생활을 꾸려가고 있다. 장래에 대한 불안도 최소한 현재 시점에는 없다. 그런데도 모두가 그에게 목돈을 주지 못해 안달을 하고 있다. 신기한 세상이다.

하지만 「공기 번데기」의 리라이팅에 관해서만 말하자면 사람을 이 지경까지 귀찮은 일에 끌어들이고서 그 보수가 백육십만 엔이라는 건 적잖이 수지가 안 맞는 일이라는 생각이 들었다. 그렇기는 해도 "그럼 어느 정도가 정당한 보수냐?"고 얼굴을 빤히 보며 묻는다면 덴고로서도 대답이 궁했다. 첫째로 귀찮은 일에 적정가격이라는 게 있기나 한 것인지, 그것도 알 수 없다. 가격을 붙일 수 없는 귀찮은 일, 혹은 대가를 지불할 사람도 없는 귀찮은 일이 세상에는 허다할 테니까. 「공기 번데기」는 아직도 여전히 잘 팔리는 모양이니 앞으로 추가로 돈이 들어올지도 모르지만, 그의 계좌에 송금되는 금액이 불어나면 불어나는 만큼, 거기에는 또 새로운 문제가 생길 것이다. 보다 많은 보수를 받으면 받을수록 그만큼 「공기 번데기」에 덴고가 관여했다는 건 기정사실로 자리를 잡아갈 테니까.

그는 그 백육십만 엔 남짓을 내일 아침 일찌감치 고마쓰에게 다시 돌려주면 어떨까 생각해보았다. 그렇게 하면 어떤 종류의 책임은 회피할 수 있다. 아마 마음도 개운해질 것이다. 아무튼 보수를 거부했다는 사실만은 형식적으로라도 남게 된다. 하지만 그걸로 그의 도의적 책임이 소멸되는 건 아니다. 그가 했던 행위가 정당화되는 것도 아니다. 그것이 부여해주는 것은 기껏 '정상참작의 여지' 정도일 뿐이다. 혹은 거꾸로 그의 행위를 한층 수상쩍은 것으로 만들어버릴지도 모른다. 꺼림칙한 마음이 있어서 돈을 되돌려줬겠지, 하고.

그런 것을 이래저래 궁리하는 사이에 머리가 아파왔다. 그래서 그 백육십만 엔에 대해서는 더이상 고민하지 않기로 했다. 나중에 다시 천천히 생각하면 된다. 돈이 살아 있는 것도 아니니 그냥 놔둬도 어딘가로 도망칠 일도 없다. 아마도.

우선 당면한 문제는 자신의 인생을 어떻게 다시 일으켜세우느냐는 것이다. 덴고는 아파트 계단을 3층까지 올라가면서 생각했다. 보소 반도의 남단까지 아버지를 만나러 가서 그이가 친아버지가 아니라는 대략의 확신을 얻을 수 있었다. 인생의 새로운 출발점 같은 곳에 설 수 있었다. 마침 좋은 기회인지도 모른다. 이쯤에서 온갖 귀찮은 일과는 인연을 끊고, 새로운 인생을 시작하는 것도 나쁘지 않다. 새로운 직장, 새로운 필드, 새로운 인간관계. 자신감이라고 할 만한 건 아직 없다고 해도 지금까지보다는 얼마간 이치에 맞는 인생을 살 수 있을 거라는 예감은 있었다.

하지만 그전에 처리하지 않으면 안 될 일이 있다. 후카에리와 고마쓰와 에비스노 선생을 내팽개치고 이대로 훌쩍 사라져버릴 수는 없다. 물론 그들에게 지켜야 할 의리가 있는 건 아니다. 도의적인 책임이 있는 것도 아니다. 우시카와가 말했듯이, 이번 일로 덴고는 내내 귀찮고 골치 아픈 일만 겪었다. 하지만 아무리 반쯤은 강제적으로 끌려들어갔다고 해도, 그 이면에 감춰진 계략을 모두 다 알지 못했다고 해도, 실제로 이렇게까지 깊숙이 관여하고 만 것이다. 이제 나는 모르겠습니다, 여러분이 적당히 처리해주시죠, 하고 내던져버릴 수는 없다. 앞으로 어디로 흘러가게 되건 나름대로 매듭을 짓고 신변을 말끔히 정리해두고 싶었다. 그러지 않고서는 그의 새 인생이 생각과 달리 출발부터 오염

되어버릴지도 모른다.

'오염'이라는 말은 저절로 우시카와를 떠올리게 했다. 우시카와라, 덴고는 한숨을 내쉬면서 생각했다. 우시카와는 어머니에 대한 정보를 쥐고 있다. 그것을 가르쳐줄 수도 있다, 고 그는 말했다.

만일 당신이 알고 싶다면 어머니에 대한 정보를 그대로 넘겨드릴 수도 있어요. 다만 거기에는 그다지 유쾌하다고는 할 수 없는 종류의 정보도 포함되어 있는지 모릅니다.

덴고는 그 말에 대꾸조차 하지 않았다. 우시카와의 입을 통해 어머니에 대한 정보를 듣고 싶은 마음은 터럭만큼도 없었기 때문이다. 우시카와의 입에서 나오는 순간, 가령 어떤 종류의 것이든 그것은 더럽혀진 정보가 되어버린다. 아니, 다른 어느 누구의 입에서 나온 것이어도 덴고는 그런 정보는 듣고 싶지 않았다. 어머니에 대한 소식은, 그것이 만일 주어질 수 있는 것이라면, 부분적인 정보로서가 아니라 종합적인 '계시'로서 주어지지 않으면 안 된다. 그것은 단 한 순간에 모든 것을 알아볼 수 있는 광대하고도 선명한, 이른바 우주적인 풍경이어야 한다.

그런 극적인 계시가 앞으로 자신에게 과연 주어질 것인지 덴고는 물론 알지 못한다. 그런 건 영원히 찾아오지 않을지도 모른다. 하지만 오랜 세월에 걸쳐 그를 당황하게 하고 불합리하게 뒤흔들고 괴롭혀온 저 '백일몽'의 선연한 이미지에 길항하고 그것을 능가하는, 압도적인 스케일을 가진 뭔가의 도래가 거기에 있어야 했다. 그것을 손에 쥠으로써 그는 한없이 정화되어야 한다. 섣부른 자투리 정보 따위는 아무런 도움도 되지 않는다.

그것이 3층까지 계단을 올라가는 동안 덴고의 머릿속에 오간 생각들이었다.

덴고는 자기 집 앞에 서서 주머니에서 열쇠를 꺼내 열쇠구멍에 넣고 돌렸다. 그리고 문을 열기 전에 세 번 노크하고 틈을 두었다가 다시 두 번을 노크했다. 그다음 조용히 문을 열었다.

후카에리는 테이블 앞에 앉아, 키 큰 유리잔에 따른 토마토 주스를 마시고 있었다. 그녀는 이곳에 왔을 때와 똑같은 옷을 입고 있었다. 남자용 줄무늬 셔츠에 폭 좁은 블루진이다. 하지만 아침에 봤을 때와는 인상이 많이 달라 보였다. 그것은—덴고가 그것을 알아보기까지 약간 시간이 걸렸지만—머리를 위로 올려 묶고 있었기 때문이었다. 덕분에 귀와 목덜미가 드러나 있었다. 방금 전에 만들어 부드러운 솔로 가루를 털어낸 듯한 한 쌍의 작은 핑크빛 귀가 그곳에 있었다. 그것은 현실의 소리를 듣기 위한 것이라기보다 순수하게 미적인 견지에서 만들어진 귀였다. 적어도 덴고의 눈에는 그렇게 보였다. 그리고 그 아래로 이어진 모양새 좋은 기다란 목덜미는 햇볕을 넉넉히 받고 자란 야채처럼 반들반들 빛나고 있었다. 아침이슬과 무당벌레가 어울릴 듯한, 한없이 순진무구한 목이었다. 머리를 올린 그녀를 보는 건 처음이었지만, 그건 기적적일 만큼 친밀하고 아름다운 광경이었다.

덴고는 손을 등뒤로 돌려 문을 닫고 나서도 한참 동안 문 앞에 우두커니 서 있었다. 그녀의 고스란히 드러난 귀와 목덜미는 다른 여자의 완전히 벗은 몸을 눈앞에 보는 것과 똑같은 정도로 그의 마음을 뒤흔들고 몹시 당황하게 했다. 마치 나일 강의 원류인 비밀의 샘을 발견한 탐험가처럼 덴고는 잠시 할말을 잃고 눈을 가늘게 뜬 채 후카에리의 모습을 바라보고 있었다. 손은 아직 그대로 문 손잡이에 얹은 채였다.

"아까 샤워했어요." 그녀는 거기에 우뚝 서 있는 덴고를 향해 문득 중요한 사건이 생각난 것처럼 진지한 목소리로 말했다. "샴푸하고 린스를 썼어요."

덴고는 고개를 끄덕였다. 잠시 한숨 돌린 뒤에 그제야 손잡이에서 손을 떼고 자물쇠를 걸었다. 샴푸와 린스? 그리고 발을 내디뎌 문 앞을 벗어났다.

"그뒤로 전화는 안 왔니?" 덴고는 물었다.

"한 번도 안 왔어요." 후카에리는 말했다. 그리고 가만히 고개를 저었다.

덴고는 창가로 가서 커튼을 조금 열고 바깥을 바라보았다. 3층 창문에서 보이는 풍경에 딱히 달라진 건 없었다. 수상한 사람의 모습도 보이지 않고 수상한 자동차도 서 있지 않았다. 항상 그렇듯이 어딘지 심심한 주택가의 어딘지 심심한 풍경이 그곳에 펼쳐져 있을 뿐이었다. 구부러진 나뭇가지가 달린 가로수는 회색 먼지를 뒤집어쓰고 있고, 가드레일은 여기저기 우그러졌고, 녹슨 자전거 몇 대가 길가에 방치되어 있었다. '음주운전은 인생의 파멸로 가는 일방통행'이라는 경찰 표어가 담벼락에 나붙어 있었다(경찰에는 표어를 만드는 전담 부서가 따로 있는 걸까?). 심술궂게 생긴 노인이 머리가 나빠 보이는 잡종견을 산책시키고 있었다. 머리가 나빠 보이는 여자가 못생긴 경자동차를 운전하고 있었다. 못난이 전봇대가 심술궂은 전선을 공중 여기저기로 뻗고 있었다. 세계가 '비참한 것'과 '기쁨이 결여된 것' 사이의 어딘가에 자리를 잡고 제각각의 형태를 만들어가는 작은 세계의 한없는 집적에 의해 성립되는 것이라는 사실을 창밖의 풍경은 보여주고 있었다.

하지만 한편으로 세계에는 후카에리의 귀와 목덜미처럼 어떤 이의도 내세울 여지가 없는 아름다운 풍경도 존재한다. 그 둘 중 어느 쪽의 존재를 더 믿어야 할지, 쉽사리 판단할 수 없는 대목이다. 덴고는 혼란에 빠진 커다란 개처럼 목구멍에서 작게 신음을 내고, 커튼을 닫고 자신의 작은 세계로 돌아왔다.

"에비스노 선생은 네가 여기 와 있는 거 알고 계셔?" 덴고는 물었다.

후카에리는 고개를 저었다. 선생은 알지 못한다.

“말씀드릴 생각은 없어?”

후카에리는 고개를 저었다. “연락은 못 해요.”

“연락하는 건 위험해서?”

“전화는 누가 들을지도 몰라요. 편지도 안 갈지 몰라요.”

“네가 여기 있는 건 나밖에 모른다?”

후카에리는 고개를 끄덕였다.

“갈아입을 옷이라든가, 그런 건 가져왔니?”

“조금.” 후카에리는 말했다. 그리고 자신이 가져온 캔버스 숄더백을 바라보았다. 확실히 거기에는 그리 많은 물건이 들어갈 것 같지 않았다.

“하지만 나는 괜찮아요.” 소녀는 말했다.

“네가 괜찮다면 물론 나도 괜찮아.” 덴고는 말했다.

덴고는 주방에 가서 주전자에 물을 끓였다. 홍차 잎을 티포트에 넣었다.

“친하게 지내는 여자는 이곳에 와요.” 후카에리가 물었다.

“그녀는 이제 안 와.” 덴고는 짧게 대답했다.

후카에리는 말없이 덴고의 얼굴을 빤히 바라보았다.

“일단은.” 덴고는 그렇게 덧붙였다.

“나 때문에요.” 후카에리가 물었다.

덴고는 고개를 저었다. “누구 때문인지는 나도 모르겠어. 하지만 너 때문은 아닐 거야. 아마 나 때문이겠지. 약간은 그녀 자신

때문이기도 할 거고."

"아무튼 그 사람은 이제 이곳에는 안 와요."

"맞아. 그녀가 이곳에 오는 일은 더이상 없어. 아마도. 그러니 너는 여기 계속 있어도 괜찮아."

후카에리는 거기에 대해 잠시 혼자서 생각하고 있었다. "그 사람은 결혼한 사람이에요." 그녀는 물었다.

"응, 결혼해서 아이가 둘 있어."

"그건 당신의 아이가 아니에요."

"물론 내 아이가 아니야. 나와 만나기 전부터 이미 그녀에게는 아이들이 있었어."

"당신은 그 사람을 좋아했어요."

"아마도." 덴고는 말했다. 한정된 조건하에서, 라고 덴고는 자기 자신을 향해 덧붙였다.

"그 사람도 당신을 좋아했어요."

"아마도. 어느 정도는."

"성교를 했어요."

그 말이 그 성교라는 걸 알아차리기까지 잠시 시간이 걸렸다. 그건 아무리 생각해도 후카에리가 입에 올릴 것 같지 않은 단어였다.

"물론. 그녀는 나와 모노폴리 게임을 하려고 매주 찾아왔던 게 아니야."

"모노폴리." 그녀는 질문했다.

"아, 아무것도 아냐." 덴고는 대답했다.

"하지만 그 사람은 이제 이곳에는 오지 않아요."

"적어도 그렇다는 말을 듣긴 했어. 이제 더이상 오지 않을 거라고."

"그 사람이 말했어요." 후카에리는 물었다.

"아니, 그녀가 직접 말한 건 아니야. 그 사람의 남편에게서 들었어. 그녀는 상실되었고 더이상 나에게 올 수 없다고."

"상실되었다."

"그게 구체적으로 뭘 의미하는지 나도 모르겠어. 물어봐도 가르쳐주지 않았어. 질문할 건 아주 많은데 대답은 적어. 불균형 무역처럼. 홍차 마실래?"

후카에리는 고개를 끄덕였다.

덴고는 끓인 물을 포트에 따랐다. 뚜껑을 덮고 적당한 시간이 흘러가기를 기다렸다.

"별수없어요." 후카에리는 말했다.

"대답이 적은 거? 아니면 그녀가 상실된 거?"

후카에리는 거기에는 대답하지 않았다.

덴고는 포기하고 홍차를 두 개의 찻잔에 따랐다. "설탕은?"

"스푼으로 가볍게 하나." 후카에리가 말했다.

"레몬이나 밀크는?"

후카에리는 고개를 저었다. 덴고는 설탕 한 스푼을 찻잔에 넣고 천천히 저어서 그것을 소녀 앞에 놓아주었다. 그는 아무것도 넣지 않은 홍차 잔을 들고, 테이블 맞은편 자리에 앉았다.

"성교하는 걸 좋아해요." 후카에리는 물었다.

"걸프렌드와 성교하는 걸 좋아했냐고?" 덴고는 보통의 의문형 문장으로 바꿔보았다.

후카에리가 고개를 끄덕였다.

"좋아했다고 생각해." 덴고는 말했다. "호감을 가진 이성과 성교한다. 대개의 사람들은 그걸 좋아해."

그리고, 라고 그는 마음속에서 생각했다. 그녀는 그걸 몹시 잘했다. 어떤 마을에나 논밭의 물 관리를 유난히 잘하는 농부가 한 사람쯤은 있는 것처럼, 그녀는 성교를 잘했다. 다양한 방법을 시도해보는 것을 특히 좋아했다.

"그 사람이 오지 않아서 섭섭해요." 후카에리는 물었다.

"아마도." 덴고는 대답했다. 그리고 홍차를 마셨다.

"성교를 하지 못해서요."

"그것도 물론 있지."

후카에리는 다시금 잠시 덴고의 얼굴을 빤히 바라보았다. 후카에리는 성교에 대해 뭔가 생각하는 것처럼 보였다. 하지만 말할 것도 없이 그녀가 정말로 무엇을 생각하는지는 어느 누구도 알지 못한다.

"배고프니?" 덴고는 물었다.

후카에리는 고개를 끄덕였다. "아침부터 거의 아무것도 안 먹었어요."

"저녁 차리자." 덴고는 말했다. 그 역시 아침부터 거의 아무것도 먹지 않아서 공복을 느꼈다. 그리고 저녁을 차리는 것 말고는 지금 해야 할 일이 아무것도 생각나지 않기도 했다.

덴고는 쌀을 씻어 안쳐 전기밥솥의 스위치를 켜고, 밥이 되는 동안에 미역과 파를 넣은 된장국을 끓이고, 말린 전갱이를 굽고, 두부를 냉장고에서 꺼내 생강 고명을 얹었다. 무를 갈았다. 남아 있던 데친 야채를 냄비에 다시 데웠다. 거기에 무청절임과 매실장아찌를 곁들였다. 큼직한 몸집의 덴고가 왔다갔다하자 작고 좁은 주방은 더욱 좁고 작아 보였다. 하지만 덴고 자신은 딱히 불편함을 느끼지 않았다. 모자라면 모자란 대로 거기에 자신을 대충 맞춰가는 생활에 오래도록 익숙해져 있었다.

"이런 간단한 것밖에 차려주지 못해 미안해." 덴고는 말했다.

후카에리는 덴고가 주방에서 능숙하게 일하는 모습을 자세히 관찰하고, 테이블에 줄줄이 차려지는 음식을 흥미로운 듯이 모두 지켜본 뒤에 말했다. "당신은 요리하는 게 몸에 뱄어요."

"오래도록 혼자 살았거든. 혼자서 잽싸게 밥을 차리고 혼자서 잽싸게 먹어. 그게 습관이 됐어."

"항상 혼자서 밥을 먹어요."

"글쎄. 이렇게 누군가와 마주앉아 식사하는 건 드문 일이지. 그 여자하고는 일주일에 한 번 여기서 점심을 함께 먹었어. 하지만 저녁을 누군가와 함께 먹는 건 생각해보니 꽤 오래간만이네."

"긴장돼요." 후카에리가 물었다.

덴고는 고개를 저었다. "아니, 딱히 긴장되지는 않아. 그냥 저녁밥이야. 약간 신기한 것뿐이지."

"나는 항상 많은 사람들과 밥을 먹었어요. 어렸을 때부터 여러 사람과 함께 살았어요. 선생님 집에 간 뒤에도 여러 사람들과 함께 밥을 먹었어요. 선생님 집에는 항상 손님이 왔어요."

그토록 많은 문장을 후카에리가 입에 올린 건 처음이었다.

"하지만 은신처에서는 내내 혼자서 밥을 먹었겠구나?" 덴고는 물었다.

후카에리는 고개를 끄덕였다.

"네가 내내 숨어 있던 은신처는 어디였지?" 덴고는 물었다.

"먼 데. 선생님이 그 은신처를 준비했어요."

"혼자서 어떤 걸 먹고 지냈어?"

"인스턴트 식품. 팩에 든 거." 후카에리는 말했다. "이런 밥은 오랫동안 먹지 못했어요."

후카에리는 젓가락 끝으로 시간을 들여 전갱이의 살을 발라냈다. 그것을 입에 옮겨 시간을 들여 씹었다. 매우 진기한 것을 먹어본다는 듯이. 그러고는 된장국을 한입 떠먹고 맛을 음미하고 뭔가를 판단하고, 그다음에 젓가락을 테이블 위에 내려놓고 생각에 잠겼다.

아홉시 가까이 되었을 때, 먼 곳에서 희미하게 천둥 소리가 들리는 것 같았다. 커튼을 조금 열고 밖을 내다보니 완전히 컴컴해진 하늘에 불길한 모양의 구름들이 차례차례 흘러가는 게 보였다.

"네 말이 맞았어. 하늘이 상당히 불온한 표정이야." 덴고가 커튼을 닫으며 말했다.

"리틀 피플이 날뛰고 있어서." 후카에리는 진지한 표정으로 대답했다.

"리틀 피플이 날뛰면 날씨에 이변이 일어나니?"

"경우에 따라 달라요. 날씨는 어디까지나 어떻게 받아들이느냐의 문제니까."

"어떻게 받아들이느냐의 문제?"

후카에리는 고개를 저었다. "나는 잘 몰라요."

덴고도 잘 알지 못했다. 그에게 날씨는 어디까지나 자립적이고 객관적인 상황으로 생각되었다. 하지만 그 문제를 더 따져봤자 아마 어디에도 도달할 수 없으리라. 그래서 다른 질문을 하기로 했다.

"리틀 피플은 뭐에 화가 난 거지?"

"뭔가가 일어나려 하고 있어요." 소녀는 말했다.

"어떤 일이?"

후카에리는 고개를 저었다. "이제 곧 알아요."

그들은 싱크대에서 그릇을 씻고 물기를 훔쳐 식기 선반에 챙겨넣었다. 그다음에는 테이블에 마주앉아 차를 마셨다. 맥주를 마시고 싶은 참이었지만, 오늘은 알코올은 삼가는 게 좋을지도 모른다고 덴고는 생각했다. 주위 공기에 어딘지 모르게 위태위태한 기척이 떠돌고 있었다. 뭔가가 일어났을 때를 위해 가능한 한 멀쩡한 정신을 유지하는 게 좋을 것 같았다.

"빨리 자는 게 좋을지 몰라요." 후카에리는 말했다. 그리고 뭉크의 그림에 나오는, 다리 위에서 비명을 지르는 사람처럼 두 손으로 뺨을 감쌌다. 하지만 비명을 지르는 건 아니다. 그저 졸릴 뿐이다.

"그래. 너는 침대에서 자. 나는 지난번처럼 저기 소파에서 잘게." 덴고는 말했다. "미안해할 거 없어. 나는 어디서든 잘 자니까."

그건 사실이었다. 덴고는 어떤 곳에서든 금세 잘 수 있었다. 재능이라고 해도 좋을 정도였다.

후카에리는 그저 고개를 끄덕였다. 의견 비슷한 건 아무것도 말하지 않고, 덴고의 얼굴을 잠시 바라보았다. 그러고는 막 만들어진 아름다운 귀에 살짝 손을 댔다. 그곳에 아직 귀가 멀쩡하게 달려 있는 것을 확인하듯이. "파자마를 빌려줄 수 있어요. 내 것은 가져오지 않았어요."

덴고는 침실 옷장 서랍에서 여분의 파자마를 꺼내 후카에리에게 건넸다. 지난번 후카에리가 이곳에서 잘 때 빌려준 파자마였다. 파란색의 무늬 없는 면 파자마. 그때 세탁해서 접어넣어둔 채였다. 덴고는 확인차 코에 대고 냄새를 맡아봤지만 아무 냄새도 나지 않았다. 후카에리는 파자마를 받아 욕실에 가서 갈아입고 다시 테이블로 돌아왔다. 머리는 이제 풀어 내렸다. 파자마의 소매와 바짓단 부분은 지난번처럼 걷어올렸다.

"아직 아홉시도 안 됐네." 덴고는 벽시계를 바라보며 말했다. "항상 이렇게 일찍 자는 거야?"

후카에리는 고개를 저었다. "오늘은 특별히."

"리틀 피플이 밖에서 날뛰고 있어서?"

"잘 모르겠어요. 지금은 그냥 졸리기만 해요."

"정말 눈에 졸음이 가득하네." 덴고는 인정했다.

"침대 옆에서 책을 읽어주거나 이야기를 해줄래요." 후카에리가 물었다.

"좋아." 덴고는 말했다. "딱히 다른 할 일도 없고."

무더운 밤이었지만 후카에리는 침대에 들자 바깥세계와 자신의 세계를 엄밀히 차단하듯이 이불을 목까지 끌어당겼다. 침대 안의 그녀는 왠지 조그만 어린애처럼 보였다. 열두 살 위로는 보이지 않았다. 창밖에서 들려오는 천둥 소리는 전보다 훨씬 커져 있었다. 아무래도 바로 근처에서 벼락이 치기 시작한 것 같았다. 뇌성이 울릴 때마다 창문이 우르릉 소리를 내며 떨었다. 하지만 신기하게도 번개는 보이지 않았다. 캄캄한 하늘에 그저 천둥 소리가 울려퍼질 뿐이었다. 비가 쏟아지는 기척도 없었다. 거기에는 분명 뭔가 언밸런스한 것이 있었다.

"그들이 우리를 보고 있어요." 후카에리는 말했다.

"리틀 피플이?" 덴고는 물었다.

후카에리는 대답하지 않았다.

"그들은 우리가 여기 있는 것을 알고 있구나." 덴고는 물었다.

"물론 알고 있어요." 후카에리는 말했다.

"그들은 우리에게 뭘 하려고 하고 있을까?"

"우리에게는 아무것도 못해요."

"그건 다행이네." 덴고는 말했다.

"지금은."

"지금은 우리에게 손을 대지 못한다." 덴고는 힘없는 목소리로 반복했다. "하지만 언제까지 그런 상태가 계속될지는 모른다."

"그건 아무도 몰라요." 후카에리는 딱 잘라 말했다.

"하지만 우리에게는 아무것도 하지 못해도 그 대신 우리 주위 사람들에게는 뭔가를 할 수 있다." 덴고는 물었다.

"그럴 수는 있을지 몰라요."

"그 사람들이 지독한 일을 당할지도 모른다."

후카에리는 잠시 동안 유령선의 노랫소리를 들으려는 뱃사람처럼 심각하게 눈을 가늘게 뜨고 있었다. 그러고는 말했다. "경우에 따라서는."

"리틀 피플은 내 걸프렌드에게 그런 힘을 사용했는지도 몰라. 내게 경고를 하려고."

후카에리는 이불 속에서 조용히 손을 내밀어 막 만들어진 귀를 몇 차례 긁었다. 그리고 다시 그 손을 조용히 이불 속에 거둬들였다. "리틀 피플이 할 수 있는 일은 한정되어 있어요."

덴고는 잠시 입술을 깨물었다. 그리고 물었다. "이를테면 구체적으로 어떤 일을 할 수 있지?"

후카에리는 거기에 대해 뭔가 의견을 말하려고 했지만, 마음을 고쳐먹고 그만뒀다. 그 의견은 말이 되어 나오지 않은 채 원래 있던 자리로 조용히 잠겨들었다. 어디인지는 모르지만 깊고도 어두운 곳으로.

"리틀 피플에게는 지혜와 힘이 있다고 너는 말했어."

후카에리는 고개를 끄덕였다.

"하지만 그들에게는 한계도 있다."

후카에리는 고개를 끄덕였다.

"왜냐하면 그들은 깊은 숲속에 살고 있는 사람들이고, 숲에서 벗어나면 그 능력을 제대로 발휘할 수 없기 때문이다. 그리고 이 세계에는 그들의 지혜나 힘에 대항할 수 있는 어떤 가치관 같은 것이 존재한다. 그런 이야기인가?"

후카에리는 대답하지 않았다. 아마 질문이 너무 길었던 것이리라.

"너는 리틀 피플을 만난 적이 있어." 덴고는 물었다.

후카에리는 덴고의 얼굴을 막연히 응시했다. 질문의 취지를 잘 이해하지 못한 것처럼.

"너는 그들의 모습을 실제로 목격한 적이 있어." 덴고는 다시 물었다.

"있어요." 후카에리는 말했다.

"몇 명 정도의 리틀 피플을 만났지?"

"모르겠어요. 그건 손가락으로는 헤아릴 수 없는 것이라서."

"하지만 한 명은 아니었다."

"늘어나는 일도 있고 줄어드는 일도 있어요. 하지만 혼자 있는 일은 없어요."

"「공기 번데기」 안에서 네가 묘사했던 것처럼."

후카에리는 고개를 끄덕였다.

덴고는 전부터 하려고 했던 질문을 마음먹고 물었다. "그런데 「공기 번데기」는 어디까지가 정말로 있었던 일이지?"

"정말로, 라는 건 무슨 뜻이에요." 후카에리는 물음표 없이 질문했다.

물론 덴고는 그 대답을 갖고 있지 않았다.

천둥이 크게 울렸다. 창유리가 가늘게 떨렸다. 하지만 아직 번갯불은 보이지 않았다. 빗소리도 들리지 않는다. 덴고는 오래전에 본 잠수함 영화가 떠올랐다. 폭뢰가 줄줄이 터지면서 잠수함을 거칠게 뒤흔든다. 하지만 사람들은 깜깜한 강철 상자에 갇혀 안쪽에서는 아무것도 보이지 않는다. 그곳에 있는 것은 끊일 새 없는 소리와 진동뿐이다.

"책을 읽어주든가 이야기를 해줄래요." 후카에리가 말했다.

"그래." 덴고는 말했다. "하지만 읽어주기 좋은 적당한 책이 아무래도 생각이 안 나는데. 지금 책은 없지만 「고양이 마을」이라는 이야기라도 괜찮다면 해줄 수 있어."

"고양이 마을."

"고양이가 지배하는 마을 이야기야."

"그거 듣고 싶어요."

"자기 전에 하는 이야기로는 좀 무서울 수도 있는데."

"괜찮아요. 어떤 이야기든 나는 잘 자요."

덴고는 의자를 침대 옆으로 가져와 그곳에 앉아 무릎 위에 양손을 깍지 끼고 천둥 소리를 배경음 삼아 「고양이 마을」 이야기를 시작했다. 그는 그 단편소설을 특급열차 안에서 두 번 읽었고, 아버지의 병실에서도 한 차례 낭독했다. 대략 그 줄거리는 머릿속에 들어 있었다. 그다지 복잡하거나 치밀한 이야기도 아니고 유려한 문장으로 쓰인 것도 아니다. 그래서 내용을 적당히 바꿔가며 이야기하는 데 그다지 어려움을 느끼지 않았다. 지루한 부분을 생략하거나 적당한 에피소드를 덧붙여가며 덴고는 그 이야기를 후카에리에게 들려주었다.

원래 그리 긴 이야기가 아니었는데 이야기를 마치기까지 생각했던 것보다 시간이 걸렸다. 후카에리가 뭔가 의문 나는 게 있을 때는 질문을 했기 때문이다. 그때마다 덴고는 일단 이야기를 중단하고 질문 하나하나에 꼼꼼히 대답했다. 마을의 세부에 대해, 고양이들의 행동에 대해, 주인공의 성품에 대해 설명했다. 그것이 책에 쓰여 있지 않은 사안인 경우에는—거의가 그런 것이었지만—적당히 자신이 만들어냈다. 「공기 번데기」를 고쳐 쓰던 때와 마찬가지로. 후카에리는 그 「고양이 마을」 이야기에 완전히 빠져버린 것 같았다. 그녀는 더이상 졸음에 겨운 눈이 아니었다. 이따금 눈을 감고 고양이 마을의 풍경을 머릿속에 그렸다. 그리고 눈을 뜨고 덴고에게 그다음에는 어떻게 되었느냐고 물었다.

그가 이야기를 모두 마치자 후카에리는 눈을 크게 뜨고 한동안 덴고를 똑바로 쳐다보았다. 고양이가 동공을 한껏 열고 어둠 속의 뭔가를 응시하는 것처럼.

"당신은 고양이 마을에 갔어요." 그녀는 덴고를 나무라듯이 말했다.

"내가?"

"당신은 당신의 고양이 마을에 갔어요. 그리고 기차를 타고 돌아왔어요."

"너는 그렇게 느꼈어?"

후카에리는 여름용 이불을 턱 밑까지 당겨올린 채 꾸벅 고개를 끄덕였다.

"정말 네 말이 맞아." 덴고는 말했다. "나는 고양이 마을에 갔고, 기차를 타고 돌아왔어."

"그 액막이는 했어요." 그녀는 물었다.

"액막이?" 덴고는 말했다. 액막이를 했냐고? "아니, 아직 안 한 거 같은데?"

"그걸 하지 않으면 안 돼요."

"이를테면 어떤 액막이를?"

후카에리는 거기에는 대답하지 않았다. "고양이 마을에 갔다 왔으면서 그대로 가만히 있으면 좋을 일이 없어요."

하늘을 반으로 찢는 듯한 천둥 소리가 거세게 울렸다. 그 소리는 점점 더 거칠어져갔다. 후카에리가 침대 안에서 몸을 움츠렸다.

"이리 와서 나를 안아요." 후카에리는 말했다. "둘이서 함께 고양이 마을에 가야 해요."

"왜?"

"리틀 피플이 입구를 찾아낼지도 몰라요."

"액막이를 안 해서?"

"우리는 둘이서 하나니까." 소녀가 말했다.

제 13장 아오마메

Q
만일 너의 사랑이 없다면

"1Q84년." 아오마메는 말했다. "내가 지금 살고 있는 곳은 1Q84년이고 그건 진짜 1984년이 아니다, 그런 말인가요?"

"무엇이 진짜 세계냐 하는 건 지극히 어려운 문제야." 리더라고 불리는 사내는 엎드려 누운 채 그렇게 말했다. "그건 결국 형이상학적인 명제가 되지. 하지만 이곳은 진짜 세계야. 그건 틀림없어. 이 세계에서 맛보는 고통은 진짜 고통이야. 이 세계에 찾아오는 죽음은 진짜 죽음이지. 흐르는 건 진짜 피야. 이곳은 가짜 세계가 아니야. 가상의 세계도 아니지. 형이상학적인 세계도 아니야. 그건 내가 보증하지. 하지만 이곳은 자네가 알고 있는 1984년이 아니야."

"패럴렐 월드 같은 것?"

남자는 어깨를 슬그머니 흔들며 웃었다. "자네는 아무래도 사이언스 픽션을 너무 많이 읽은 모양이군. 아니, 그게 아니야. 이곳은 패럴렐 월드 같은 게 아니야. 저쪽에 1984년이 있고, 이쪽으로 갈라진 가지에 1Q84년이 있고, 그것이 병렬적으로 나란히 진행되고 있다는 이야기가 아니야. 1984년은 이미 어디에도 존재하지 않아. 자네에게도, 나에게도. 지금은 1Q84년이라는 시간 외에는 존재하지 않아."

"우리는 그 시간성 속에 들어왔다는 말인가요?"

"그렇지. 우리는 이곳에 들어왔어. 혹은 시간성이 우리 속에 들어왔거나. 그리고 내가 아는 한, 문은 한쪽 방향으로밖에는 열리지 않아. 돌아갈 길은 없어."

"수도고속도로의 비상계단을 내려왔을 때, 그 일이 일어난 거군요." 아오마메는 말했다.

"수도고속도로?"

"산겐자야 근처에서." 아오마메는 말했다.

"장소는 어디가 됐건 상관없어." 남자는 말했다. "자네에게는 그게 산겐자야였겠지. 하지만 구체적인 장소가 문제가 되는 건 아니야. 이곳에서는 어디까지나 시간이 문제지. 말하자면 레일 포인트가 그곳에서 전환되고, 세계는 1Q84년으로 변경되었어."

몇 명인가의 리틀 피플이 힘을 합쳐서 선로를 전환하는 장치를 작동시키고 있는 광경을 아오마메는 상상했다. 한밤중에, 푸른 달빛 아래서.

"그리고 이 1Q84년에는 하늘에 달이 두 개가 떠 있는 거죠?" 그녀는 물었다.

"그렇지. 달이 두 개 떠 있어. 그것이 선로가 바뀌었다는 징표야. 그것으로 두 개의 세계를 구별할 수 있어. 하지만 이곳에 있는 모든 사람에게 두 개의 달이 보이는 건 아니지. 아니, 오히려 대부분의 사람들은 그것을 깨닫지 못해. 말을 바꾸자면 지금이 1Q84년이라는 것을 아는 사람은 몇몇으로 한정되어 있다는 얘기야."

"이 세계에 있는 사람들 대부분은 시간성이 전환된 것을 깨닫지 못하고 있다구요?"

"그래, 대부분의 사람들에게 이곳은 이전과 하등 다를 바 없는 평소의 세계야. '이건 진짜 세계다'라고 내가 말하는 건 그런 의미에서야."

"레일 포인트가 전환되었다." 아오마메는 말했다. "만일 그 포인트가 전환되지 않았다면 나와 당신이 여기서 이렇게 만날 일도 없었다, 그런 말인가요?"

"그건 어느 누구도 알지 못해. 개연성의 문제야. 하지만 아마도 그랬겠지."

"당신이 말하는 건 엄정한 사실인가요, 아니면 그저 가설인가요?"

"좋은 질문이야. 하지만 그 두 가지를 분간하는 건 참으로 어려운 일이야. 오래된 노래가사에 이런 게 있지. Without your love, it a honky-tonk parade." 남자는 그 멜로디를 조그맣게 흥얼거렸다. "너의 사랑이 없다면 이건 그저 싸구려 연극에 지나지 않아. 이 노래를 알고 있나?"

"〈It Only a Paper Moon〉."

"그래, 1984년도, 1Q84년도 근본적으로는 같은 구성요소를 갖고 있어. 자네가 그 세계를 믿지 않는다면, 또한 그곳에 사랑이 없다면, 모든 건 가짜에 지나지 않아. 어느 세계에 있건, 어떠한 세계에 있건, 가설과 사실을 가르는 선은 대개의 경우 눈에는 보이지 않아. 그 선은 마음의 눈으로 보는 수밖에 없어."

"누가 레일 포인트를 바꾼 거죠?"

"누가 포인트를 바꿨는가? 그것도 어려운 질문이군. 원인과 결과라는 논법은 여기서는 별로 힘을 갖지 않아."

"아무튼 어떤 의지에 따라 나는 이 1Q84년의 세계로 옮겨졌군요?" 아오마메는 말했다. "나 자신의 의지가 아닌 것에 의해."

"그렇지. 자네가 탄 열차의 레일 포인트가 전환되면서 이 세계로 옮겨왔어."

"거기에 리틀 피플이 관여한 건가요?"

"이 세계에는 리틀 피플이라고 하는 것이 있어. 적어도 이 세계에서는 리틀 피플이라고 불리고 있지. 하지만 그것이 언제나 형태를 갖고 이름을 갖는다고는 할 수 없어."

아오마메는 입술을 깨물며 그것에 대해 생각해보았다. 그리고 말했다. "당신의 말은 내게는 모순된 것으로 들려요. 가령 리틀 피플이라는 것이 선로를 전환해서 내가 1Q84년으로 옮겨졌다고 하자구요. 하지만 내가 이곳에서 당신에게 하려고 한 것을 리틀 피플이 바라지 않는다면, 그들은 왜 굳이 나를 이곳으로 옮겨온 거죠? 나를 배제하는 편이 그들의 이익에 부합했을 텐데."

"그걸 설명하는 건 간단한 일이 아니야." 남자는 억양 없는 목소리로 말했다. "하지만 자네는 두뇌 회전이 상당히 빠르군. 내가 말하고자 하는 것을 막연하게나마 이해했는지도 모르겠어. 앞서도 말했듯이 우리가 살고 있는 세계에서 가장 중요한 것은 선과 악의 비율이 균형을 잡고 유지되는 것이야. 리틀 피플은, 혹은 그곳에 있는 어떤 의지는 분명 강력한 힘을 갖고 있어. 하지만 그들이 힘을 쓰면 쓸수록, 그 힘에 대항하는 힘도 저절로 강해져. 그렇게 해서 세계는 미묘한 균형을 유지해나가지. 어떤 세계에서도 그 원리는 변하지 않아. 우리가 지금 이렇게 들어와 있는 1Q84년이라는 세계에 대해서도 완전히 똑같은 말을 할 수 있어. 리틀 피플이 강력한 힘을 발휘하기 시작했을 때, 반 리틀 피플적인 힘도 저절로 생겨나게 되었어. 그리고 그 대항 모멘트가 자네를 이 1Q84년에 끌어들였을 게야."

바닷가에 끌어올려진 고래처럼 거대한 몸을 요가 매트 위에

눕힌 채, 남자는 큰 숨을 내쉬었다.

"조금 전의 철도라는 비유를 들어 이야기해보면 이렇게 되겠지. 그들은 레일 포인트를 전환할 수 있다. 그 결과, 열차는 이쪽 라인으로 들어왔다. 1Q84년이라는 라인이지. 하지만 그들은 그 열차에 탑승하고 있는 승객 한 사람 한 사람을 식별하거나 나눠서 선택하는 것까지는 하지 못해. 즉, 거기에는 그들로서는 바람직하지 않은 사람들도 함께 타고 있을 수 있다는 말이지."

"초대받지 못한 승객." 아오마메는 말했다.

"그렇지."

천둥 소리가 우르릉거렸다. 소리는 조금 전보다 훨씬 커져 있었다. 하지만 번갯불은 없었다. 소리가 들려올 뿐이다. 기묘한 일이라고 아오마메는 생각했다. 이토록 가까이에서 천둥 소리가 울리는데 번개가 번쩍이지 않는다. 비도 내리지 않았다.

"여기까지는 이해가 되었나?"

"잘 듣고 있어요." 그녀는 바늘 끝을 목덜미의 포인트에서 이미 떼어놓고 있었다. 그녀는 바늘 끝부분을 주의깊게 허공을 향해 들고 있었다. 지금은 상대의 말을 따라잡는 데 신경을 집중해야 한다.

"빛이 있는 곳에는 그림자가 없어서는 안 되고, 그림자가 있는 곳에는 빛이 없어서는 안 되지. 빛이 없는 그림자는 없고, 또한 그림자가 없는 빛은 없어. 카를 융은 어느 책에서 이런 말을 하고 있어.

'그림자는 우리 인간이 전향적인 존재인 것과 똑같은 만큼 비뚤어진 존재이다. 우리가 선량하고 우수하며 완벽한 인간이 되려고 노력하면 할수록, 그림자 쪽에서는 어둡고 비뚤어지고 파괴적으로 되어가려는 의지가 뚜렷해진다. 인간이 스스로의 용량을 뛰어넘어 완전해지고자 할 때, 그림자는 지옥에 내려가 악마가 된다. 왜냐하면 이 자연계에서 인간이 자기 자신 이상의 존재가 된다는 것은 자기 자신 이하의 존재가 된다는 것과 똑같은 만큼의 깊은 죄악이기 때문이다.'

리틀 피플이라 불리는 자가 선인지 악인지, 그건 모르겠네. 그건 어떤 의미에서는 우리의 이해나 정의를 뛰어넘는 존재야. 우리는 오랜 옛날부터 그들과 함께 살아왔어. 아직 선악 따위가 제대로 존재하지 않았던 무렵부터. 사람들의 의식이 아직 미명의 것이었던 시절부터. 하지만 중요한 건 그들이 선이건 악이건, 빛이건 그림자건, 그 힘을 행사할 때, 그곳에는 반드시 보상작용이 생겨난다는 거야. 이번의 경우, 내가 리틀 피플이라는 존재의 대리인이 되는 것과 거의 동시에 내 딸이 반 리틀 피플 작용의 대리인 같은 존재가 되었어. 그렇게 해서 균형이 유지되었지."

"당신 딸?"

"그래. 처음에 리틀 피플이라는 것을 이끌고 온 건 내 딸아이야. 그 아이는 그때 열 살이었어. 지금은 열일곱이 되었지. 그들은 어느 순간 암흑 속에서 나타나 딸아이를 통해 이쪽으로 건너왔어. 그리고 나를 대리인으로 삼았지. 딸아이가 퍼시버=지각하는 자이고, 내가 리시버=받아들이는 자가 되었어. 우리에게는 우연히 그런 자질이 갖춰져 있었던 모양이야. 어쨌든 그들이 우리를 찾아냈어. 우리가 그들을 찾아낸 게 아니야."

"그리고 당신은 자신의 딸을 성폭행했다는 거군요."

"교접했다." 그는 말했다. "그 말이 좀더 실상에 가까워. 그리고 내가 교접한 것은 어디까지나 관념으로서의 딸아이야. 교접한다는 것은 다의적인 언어야. 요점은 우리가 하나가 되는 것이었어. 퍼시버와 리시버로서."

아오마메는 고개를 저었다. "당신 말은 이해할 수 없어요. 딸과 성교를 했다는 거예요, 하지 않았다는 거예요?"

"그 대답은 어디까지나 예스이자 노야."

"쓰바사도 똑같은 건가요?"

"똑같은 일이야. 원리로서는."

"하지만 쓰바사의 자궁은 실제로 파괴되었어요."

남자는 고개를 저었다. "자네가 목격한 것은 관념의 모습이야. 실체가 아니야."

대화의 흐름이 빨라 아오마메는 따라갈 수가 없었다. 그녀는 잠시 시간을 두고 호흡을 가다듬었다. 그리고 말했다.

"관념이 사람의 모습을 하고 걸어서 도망쳐나왔다는 건가요?"

"간단히 말하자면."

"내가 목격한 쓰바사는 실체가 아니었다?"

"그래서 그녀는 회수되었어."

"회수되었다?" 아오마메는 말했다.

"회수되어서 치유하고 있어. 필요한 치료를 받고 있지."

"나는 당신 말을 믿지 않아." 아오마메는 단호히 말했다.

"자네를 나무랄 수는 없겠지." 남자는 감정을 담지 않은 목소리로 말했다.

아오마메는 잠시 할말을 잃었다. 그리고 다른 질문을 했다. "자기 딸을 관념적으로, 다의적으로 범하는 행위를 통해 당신은 리틀 피플의 대리인이 되었다. 하지만 당신이 리틀 피플의 대리인이 되는 것과 동시에 딸은 그 보상작용으로서 당신의 영역에서 떠나 이른바 적대하는 존재가 되었다. 당신이 주장하는 게 그런 건가요?"

"그렇지. 그녀는 그것 때문에 자신의 도터를 버렸어." 남자는 말했다. "하지만 이렇게 말해도 무슨 이야기인지 잘 알아듣지 못할 게야."

"도터?" 아오마메는 말했다.

"살아 있는 그림자 같은 것이야. 그리고 거기에 또 하나의 인물이 관여하게 되지. 나의 오랜 친구야. 신뢰하기에 족한 사람이지. 나는 내 딸을 그 친구에게 부탁했어. 또한 그리 오래된 일은 아니지만, 자네도 잘 알고 있는 가와나 덴고가 거기에 새롭게 관여하게 되었지. 덴고와 내 딸은 우연의 인도에 의해 서로 만나서 한 팀을 이루게 되었어."

시간이 그 순간 갑자기 멈춰버린 것 같았다. 아오마메는 할말을 찾을 수가 없었다. 그녀는 몸이 굳은 채 시간이 다시 움직이기를 가만히 기다렸다.

남자는 말을 이었다. "두 사람은 상대를 보완하는 자질을 갖고 있어. 덴고에게 결여된 것을 에리코가 갖고 있고, 에리코에게 결여된 것을 덴고가 갖고 있지. 그들은 서로를 보완하고 힘을 합쳐 하나의 작업을 완성했어. 그리고 그 성과는 큰 영향력을 발휘하게 되었지. 반 리틀 피플의 모멘트를 확립한다는 맥락에서."

"팀을 이뤘다구요?"

"두 사람 사이에 연애관계나 육체관계가 있는 건 아니야. 따라서 걱정할 일은 없어. 만일 자네가 그런 쪽으로 생각한다면 말이지만. 에리코는 어느 누구와도 연애를 하지는 않아. 그 아이는…… 그런 입장을 뛰어넘은 자리에 있어."

"두 사람의 공동작업의 성과라는 건 어떤 것이죠? 구체적으로 말한다면."

"그것을 설명하기 위해서는 또 하나의 다른 비유를 꺼내들어야 해. 말하자면 두 사람은 바이러스에 대한 항체 같은 것을 가동시켰어. 리틀 피플의 작용을 바이러스라고 한다면, 그들은 거기에 대한 항체를 만들어 퍼뜨린 셈이야. 물론 이건 한쪽 편에서 일방적으로 바라본 비유이고, 리틀 피플 쪽에서 보자면 거꾸로 두 사람이 바이러스의 캐리어라는 얘기가 되지. 모든 일은 서로 마주보는 거울이니까."

"그것이 당신이 말하는 보상행위군요?"

"그런 얘기야. 자네가 사랑하는 사람과 내 딸이 힘을 합쳐서 그런 작업을 해냈어. 즉 자네와 덴고는 이 세계에서 아주 밀접하게 맞물려 있다고 할 수 있지."

"하지만 그건 우연한 일이 아니다, 라고 당신은 말했어요. 즉 나는 어떤 분명한 의지에 이끌려 이 세계로 왔다. 그런 얘기인가요?"

"맞아. 자네는 분명한 의지에 이끌려 목적을 품고 이곳에 왔어. 여기 이 1Q84년의 세계에. 자네와 덴고가 어떤 형태로든 이곳에서 서로 관련을 갖게 된 건 결코 우연이 아니야."

"그건 어떤 의지이고 어떤 목적이에요?"

"그걸 설명하는 건 내가 할 일이 아니야." 남자는 말했다. "미안하네만."

"어째서 설명을 못 하죠?"

"의미를 설명하지 못한다는 건 아니야. 하지만 언어로 설명되는 순간에 상실되고 마는 의미도 있어."

"그럼 다른 질문을 하죠." 아오마메는 말했다. "어째서 꼭 나였어야 했어요?"

"그 이유를 자네는 아직 알지 못하는 모양이군."

아오마메는 몇 번이나 강하게 고개를 저었다. "어째서인지 나는 모르겠어요. 전혀."

"지극히 간단한 일이야. 그건 자네와 덴고가 서로를 강하게 끌어당기고 있기 때문이야."

아오마메는 그대로 오랫동안 침묵을 지키고 있었다. 이마에 땀이 솟는 것을 그녀는 어렴풋이 느꼈다. 얼굴 전체가 눈에 보이지 않는 얇은 막으로 뒤덮인 듯한 느낌이었다.

"끌어당기고 있다." 그녀는 말했다.

"서로가, 몹시 강하게."

분노와도 같은 감정이 이유 없이 그녀 안에 끓어올랐다. 속이 메슥거리기까지 했다. "그런 말은 도저히 믿을 수 없어요. 그 사람이 나 같은 걸 기억하고 있을 이유가 없어."

"아니, 덴고는 자네가 이 세계에 존재한다는 것을 분명하게 기억하고 있고, 자네를 원하고 있기도 해. 그리고 지금까지 자네 이외의 여자를 사랑한 일이 한 번도 없어."

아오마메는 잠시 말을 잃었다. 그러는 사이, 격렬한 낙뢰가 짧은 간격을 두고 이어졌다. 마침내 비도 쏟아지는 모양이었다. 커다란 빗방울이 호텔 방의 창유리를 세차게 두드리기 시작했다.

하지만 그런 소리는 아오마메의 귀에 거의 들어오지 않았다.

남자는 말했다. "믿고 안 믿고는 자네의 자유야. 하지만 믿는 게 좋아. 틀림없는 진실이니까."

"만나지 못한 지 벌써 이십 년이 지났는데, 그 사람이 나를 아직 기억하고 있다는 거예요? 변변히 말을 나눠본 일조차 없는데."

"아무도 없는 초등학교 교실에서 자네는 덴고의 손을 꼭 잡았지. 열 살 때. 그렇게 하기까지 자네는 온 힘을 다해 모든 용기를 끌어내야 했을 게야."

아오마메는 거칠게 얼굴을 일그러뜨렸다. "어떻게 당신이 그런 걸 알고 있는 거예요?"

남자는 그 질문에는 대답하지 않았다. "덴고는 그 일을 결코 잊지 않았어. 그리고 자네를 줄곧 생각해왔어. 지금도 자네를 계속 생각하고 있어. 믿는 게 좋아. 나는 많은 것을 알고 있어. 이를테면 자네는 지금도 자위를 할 때면 덴고를 생각하지. 그의 모습을 머릿속에 떠올려. 그렇지 않은가?"

아오마메는 입을 조금 벌린 채, 할말을 완전히 잃었다. 그저 가쁜 숨을 내쉴 뿐이었다.

남자는 말을 계속했다. "부끄러워할 건 없어. 인간의 자연스러운 삶의 모습이야. 그도 똑같은 일을 하고 있어. 그걸 할 때마다 자네를 생각해. 지금도."

"어떻게 당신이 그런 걸……"

"어떻게 내가 그런 것을 아느냐고? 귀를 기울이면 알아. 소리를 듣는 것이 내 일이니까."

그녀는 큰 소리로 웃음을 터뜨리고 싶기도 하고, 울음을 터뜨리고도 싶었다. 하지만 그 어느 쪽도 할 수 없었다. 그녀는 그 중간에 우두커니 선 채, 어느 쪽으로도 중심을 옮기지 못하고 그저 할말을 잃고 있었다.

"두려워할 건 없어." 남자는 말했다.

"두려워한다?"

"자네는 두려워하고 있어. 예전에 바티칸 사람들이 지동설을 받아들이기를 두려워했던 것처럼. 그들 역시 천동설에 절대로 오류가 없다고 믿었던 건 아니야. 지동설을 받아들이는 것이 몰고 올 새로운 상황이 두려웠을 뿐이지. 거기에 맞춰 자신들의 의식을 재편성해야 한다는 게 두려웠던 것뿐이야. 정확히 말하자면 가톨릭 교회는 아직도 공식적으로는 지동설을 받아들이지 않고 있어. 자네도 마찬가지야. 지금까지 오랫동안 몸에 걸쳐온 단단한 방어의 갑옷을 벗어던지는 걸 두려워하고 있어."

아오마메는 두 손으로 얼굴을 가린 채, 몇 번인가 흐느꼈다. 그딴 건 하고 싶지 않았지만 한참 동안 자신을 억누를 수가 없었다. 그녀는 그것을 웃음처럼 보이게 하고 싶었다. 하지만 그건 애초에 가능한 일이 아니었다.

"자네와 덴고는 말하자면 같은 기차로 이 세계에 옮겨져 왔어." 남자는 조용한 목소리로 말했다. "덴고는 내 딸과 한 팀이 되는 것으로 반 리틀 피플 모멘트를 가동했고, 자네는 다른 이유에서 나를 말살하려 하고 있어. 바꿔 말하자면 자네들은 각각 대단히 위험한 장소에서 대단히 위험한 일을 하고 있는 거야."

"어떤 의지인가가 그렇게 할 것을 우리에게 요구했다는 얘기인가요?"

"아마도."

"대체 무엇 때문에?" 입 밖에 내고서야 그것이 쓸데없는 질문이라는 것을 아오마메는 깨달았다. 대답이 돌아올 가망이 없는 질문이다.

"가장 환영할 만한 해결방법은 자네들이 어딘가에서 만나 손에 손을 잡고 이 세계를 나가는 것이야." 남자는 질문에는 대답하지 않고 말했다. "하지만 그건 쉬운 일이 아니지."

"쉬운 일이 아니다." 아오마메는 무의식중에 상대의 말을 되풀이하고 있었다.

"극히 조심스럽게 표현해서, 유감스럽게도 쉬운 일이 아니야. 솔직히 말한다면 거의 불가능한 일이지. 자네들이 상대하는 건, 그것을 어떤 이름으로 부르건 간에 그야말로 통렬한 힘이야."

"거기에서……" 아오마메는 메마른 목소리로 말했다. 그리고 헛기침을 했다. 그녀의 혼란은 이제 가라앉아 있었다. 아직은 울 때가 아니다, 아오마메는 생각했다. "거기에서 당신의 제안이 나오는 거군요. 내가 당신에게 고통 없는 죽음을 부여하는 데 대한 보답으로 당신은 뭔가를 내게 줄 수 있다. 또다른 선택의 길 같은 것을?"

"자네는 이해력이 매우 뛰어나." 남자는 엎드려 누운 채로 말했다. "그렇다네. 내 제안은 자네와 덴고가 관련된 선택의 길이야. 유쾌한 것은 아닐 수도 있어. 하지만 적어도 거기에는 선택의 여지가 있어."

"리틀 피플은 나를 잃게 될까봐 두려워하고 있어." 남자는 말했다. "왜냐하면 그들에게는 나라는 존재가 아직 필요하기 때문이야. 나는 그들의 대리인으로서 지극히 유용한 인간이지. 나를 대신할 자를 찾아내는 건 쉬운 일이 아니야. 그리고 지금 시점에서는 내 후계자가 아직 준비되어 있지 않아. 그들의 대리인이 되자면 온갖 까다로운 조건을 갖출 필요가 있고, 나는 그 조건을 완벽하게 갖춘 드문 존재였어. 그들은 나를 잃는 것을 두려워하고 있어. 지금 여기에서 나를 잃는다면 일시적인 공백이 생겨. 그래서 그들은 자네가 내 목숨을 빼앗는 것을 막으려 하고 있어. 아직 한참 동안은 나를 살려두고 싶은 거야. 지금 밖에서 울리는 천둥 소리는 그들의 노여움의 표시야. 하지만 그들은 자네에게 직접 손을 댈 수가 없지. 그저 분노의 경고를 보내고 있을 뿐이야. 똑같은 이유에서 그들은 자네 친구를, 아마도 교묘한 방식으로 죽음에 몰아넣었어. 그리고 그들은 이대로 간다면 덴고에게도 어떤 형태로든 위해를 가하게 될 거야."

"위해를 가한다구요?"

"덴고는 리틀 피플과 그들이 행하는 일에 대한 이야기를 썼어. 에리코가 이야기를 제공했고, 덴고는 그것을 적절한 문장으로 바꾸었지. 그것이 두 사람의 공동 작업이었어. 그 이야기는 리틀 피플이 끼치는 모멘트에 대항하는 항체 역할을 했어. 책으로 출판되어 베스트셀러가 되었지. 그것 때문에 리틀 피플은 일시적이나마 여러 가지 가능성이 무너지고 몇몇 행동을 제한받게 되었어. 「공기 번데기」라는 제목은 들어본 적이 있을 거야."

아오마메는 고개를 끄덕였다. "신문에서 그 책에 대한 기사를 봤어요. 책 광고도. 아직 읽지는 못했지만."

"「공기 번데기」를 실제로 집필한 것은 덴고야. 그리고 지금 그는 자신의 새로운 이야기를 쓰고 있어. 그는 거기에서, 달이 두 개가 있는 세계 속에서 자신의 이야기를 발견했어. 에리코라는 뛰어난 퍼시버가 그의 내면에 항체로서의 이야기를 떠오르게 한 것이지. 덴고는 리시버로서 뛰어난 능력을 갖추고 있었던 모양이야. 자네를 이곳에 데려온 것도, 말을 바꾸자면 그 기차에 자네를 타게 한 것도 그의 그런 능력인지도 모르지."

아오마메는 옅은 어둠 속에서 격렬하게 얼굴을 찌푸렸다. 어떻게든 이야기를 따라잡지 않으면 안 된다. "그러니까 나는 이야기를 하는 덴고의 능력에 의해, 당신 말을 빌리자면 리시버로서의 능력에 의해, 1Q84라는 다른 세계로 옮겨왔다는 건가요?"

"적어도 내가 추측하는 바로는 그래." 남자는 말했다.

아오마메는 자신의 양손을 응시했다. 그 손가락은 눈물에 젖어 있었다.

"이대로 간다면 덴고가 말살될 확률은 상당히 높아. 그는 현재 리틀 피플이라는 존재에게 가장 위험한 인물이 되었어. 그리고 이곳은 어디까지나 진짜 세계야. 진짜 피가 흐르고 진짜 죽음이 찾아오지. 죽음은 물론 영구적인 것이야."

아오마메는 입술을 깨물었다.

"이렇게 생각해보면 어떨까." 남자는 말했다. "자네가 만일 여기서 나를 죽이고 이 세계에서 삭제한다고 하면. 그러면 리틀 피플이 덴고에게 위해를 가할 이유가 없어지지. 나라는 채널이 소멸되어버리면 덴고와 내 딸이 아무리 그 채널을 방해해도 그들에게는 더이상 위협이 되지 않기 때문이야. 리틀 피플은 그런 건 내버려두고 다른 곳에서 또다른 채널을 찾겠지. 다른 구성요소를 가진 채널을. 그것이 그들에게는 최우선 사항이야. 여기까진 알아듣겠나?"

"이론적으로는." 아오마메는 말했다.

"하지만 다른 한편, 내가 살해되면 내가 만든 조직이 자네를 가만두지 않을 거야. 자네를 찾아내기까지 얼마간 시간이 걸릴지도 모르지. 자네는 분명 이름을 바꾸고, 사는 곳을 바꾸고, 아마 얼굴도 바꿀 테니까. 그래도 언젠가 그들은 자네를 기어코 찾아내 삼엄하게 징벌할 거야. 그런 긴밀하고도 폭력적이고 돌이킬 수 없는 시스템을 우리는 만들어냈어. 자, 그것이 한 가지 선택이야."

아오마메는 그가 한 말을 머릿속에서 정리했다. 남자는 그 논리가 아오마메의 머릿속에 스며들기를 기다렸다.

남자는 말을 이었다. "반대로 만일 자네가 여기서 나를 죽이지 않는다면 어떨까. 자네는 이대로 얌전히 물러간다. 나는 목숨을 연장한다. 그렇게 되면 리틀 피플은 나라는 대리인을 지키기 위해 온 힘을 다해 덴고를 배제하려고 노력할 게야. 그가 가진 부적은 아직 그다지 강력하지 않아. 그들은 약점을 찾아내서 어떤 방법으로든 덴고를 파괴하려고 하겠지. 항체의 유포를 더이상 허용할 수 없을 테니까. 그 대신 자네를 향한 위협은 사라지고, 따라서 자네가 처벌될 이유는 없어져. 그것이 또 하나의 선택이야."

"그럴 경우 덴고는 죽고, 나는 살아남는다. 이 1Q84년의 세계에." 아오마메는 남자가 한 말을 요약했다.

"필시." 남자는 말했다.

"하지만 덴고가 존재하지 않는 세계에서는 내가 살아갈 의미도 사라진다. 우리가 만날 가능성은 영원히 상실되므로."

"자네의 관점에서 보자면 그런 얘기가 될 수 있겠지."

아오마메는 입술을 깨물고 그 상황을 머릿속에서 상상했다.

"하지만 그건 단지 당신이 그렇다고 말하는 것에 불과해요." 그녀는 지적했다. "내가 당신의 이론을 그대로 믿어야 할 근거나 증거 같은 게 어디 있죠?"

남자는 고개를 저었다. "맞는 말이야. 근거나 증거는 어디에도 없어. 다만 내가 그렇다고 말할 뿐이야. 하지만 내가 가진 특별한 능력은 조금 전에 목격했지 않은가. 저 탁상시계에는 실 같은 게 묶여 있지 않아. 그리고 상당히 무거운 물건이지. 가서 살펴보면 좋을 거야. 내가 하는 말을 받아들이느냐 마느냐, 둘 중 하나야. 그리고 우리에게는 이제 시간이 그리 많지 않아."

아오마메는 서랍장 위의 탁상시계에 시선을 던졌다. 시곗바늘은 아홉시 직전을 가리키고 있었다. 시계가 놓인 위치는 틀어져서 애매한 각도로 어긋나 있었다. 아까 공중에 떴다가 떨어진 탓이다.

남자는 말했다. "이 1Q84년에서 자네들 두 사람을 동시에 구해주는 건 현재로서는 도저히 불가능해. 선택의 길은 두 가지. 하나는, 아마도 자네가 죽고 덴고가 살아남는다. 또 하나는, 아마도 그가 죽고 자네가 살아남는다. 그중 하나야. 유쾌한 선택은 아니라고 처음에 양해를 구했을 거야."

"하지만 그것 이외의 선택의 길은 없다."

남자는 고개를 저었다. "지금으로서는 그 두 가지 중에서 한 가지를 선택하는 수밖에 없어."

아오마메는 폐 속의 공기를 모아 천천히 토해냈다.

"딱하다고는 생각하네." 남자는 말했다. "만일 자네가 그대로 1984년에 머물러 있었더라면 이런 힘든 선택을 하는 일은 없었을 게야. 하지만 만일 1984년에 그대로 머물렀다면, 덴고가 자네를 아직까지도 그리워한다는 사실을 알 도리도 없었겠지. 이렇게 1Q84년으로 옮겨왔기 때문에 어찌됐건 자네는 그 사실을 알게 되었어. 두 사람의 마음이 어떤 의미에서는 하나로 이어져 있다는 것을."

아오마메는 눈을 감았다. 울지 말자고 그녀는 생각했다. 아직 울 때가 아니다.

"덴고는 정말로 나를 원하고 있어요? 당신은 아무 거짓 없이 그렇게 단언할 수 있어요?" 아오마메는 그렇게 물었다.

"덴고는 지금 이 순간까지 자네 이외의 여자는 단 한 사람도 진심으로 사랑한 일이 없어. 그건 의심의 여지가 없는 사실이야."

"그래도 나를 찾지는 않았어요."

"자네 역시 그의 행방을 찾으려고는 하지 않았지. 그렇지 않은가?"

아오마메는 눈을 감고 한순간에, 기나긴 세월을 돌아보고 살

살이 둘러보았다. 높은 언덕에 올라 깎아지른 절벽에 서서 눈 아래 해협을 내려다보듯이. 그녀는 바다 냄새를 느낄 수 있었다. 깊은 바람 소리를 들을 수 있었다.

그녀는 말했다. "우리는 좀더 일찍 용기를 내어 서로를 찾아야 했어요. 그랬다면 우리는 본래의 세계에서 하나가 될 수도 있었을 텐데."

"가설로서는 그렇지." 남자는 말했다. "하지만 1984년의 세계에서는 자네는 찾아나서겠다는 그런 생각을 해보지도 않았을 게야. 그처럼 원인과 결과가 뒤틀린 형태로 이어져 있어. 그 뒤틀림은 아무리 세계가 거듭된다 해도 풀리지 않아."

아오마메의 눈에서 눈물이 흘렀다. 그녀는 지금까지 자신이 잃어버린 것을 위해 울었다. 이제부터 자신이 잃으려 하는 것을 위해 울었다. 그러고는 이윽고—얼마나 울고 있었던 걸까—이제 더이상 울 수 없는 포인트가 찾아왔다. 감정이 눈에 보이지 않는 벽에 부딪힌 것처럼 눈물이 거기에서 말라버렸다.

"좋아요." 아오마메는 말했다. "확실한 근거는 없어요. 아무것도 증명되지도 않았어요. 세세한 건 잘 이해도 못 하겠어요. 하지만 그래도 나는 당신의 제안을 받아들여야 할 것 같군요. 당신이 바라는 대로 당신을 이 세계에서 소멸시키죠. 고통 없는 한순간의 죽음을 주겠어요. 덴고가 살아남게 하기 위해."

"나와 거래를 하겠다는 건가?"

"그래요. 우리는 거래를 합니다."

"자네는 아마 죽게 될 텐데도?" 남자는 말했다. "자네는 끝끝내 추적당한 끝에 징벌을 받게 될 거야. 그 징벌은 어쩌면 가혹한 것일 수도 있어. 그들은 광신적인 자들이야."

"상관없어요."

"자네에게는 사랑이 있으니까."

아오마메는 고개를 끄덕였다.

"사랑이 없다면 모든 것은 그저 싸구려 연극일 뿐이다." 남자는 말했다. "노래가사하고 똑같군."

"내가 당신을 죽이면 정말로 덴고는 살아남는 거죠?"

남자는 잠시 침묵하고 있었다. 그리고 말했다. "덴고는 살아남아. 내 말을 그대로 믿으면 돼. 그건 내 목숨과 바꾸어 틀림없이 해줄 수 있는 일이야."

"내 목숨과도." 아오마메는 말했다.

"목숨과 바꾸지 않고서는 할 수 없는 일이 있지." 남자는 말했다.

아오마메는 양손을 단단히 움켜쥐었다. "하지만 진짜 내 마음은, 살아서 덴고와 하나가 되고 싶어."

침묵이 잠시 방 안에 내려앉았다. 천둥 소리도 그동안은 울리지 않았다. 모든 것이 고요히 가라앉았다.

"할 수만 있다면 그렇게 해주고 싶네." 남자는 조용한 소리로 말했다. "나도 그렇게 해주고 싶어. 하지만 가엾게도 그런 선택의 길은 없어. 1984년에서도 없었고, 1Q84년에서도 그런 선택은 없어. 각기 다른 의미에서."

"1984년에서는 나와 덴고가 걸어가는 길이 교차되는 일조차 없었다, 그런 얘기인가요?"

"그래. 자네들 두 사람은 전혀 관련을 갖지 못한 채, 서로를 생각하면서 각자 고독하게 늙어갔을 거야."

"하지만 1Q84년에서는 적어도 나는 내가 그를 위해 죽는다는 건 알 수 있군요."

남자는 아무 말 없이 크게 호흡했다.

"한 가지 가르쳐줬으면 하는 게 있어요." 아오마메는 말했다.

"내가 가르쳐줄 수 있는 것이라면." 남자는 엎드려 누운 채 말했다.

"덴고는 내가 그를 위해 죽었다는 것을 어떤 형태로든 알게 되나요? 아니면 끝까지 아무것도 모르게 될까요?"

남자는 오랫동안 그 질문에 대해 생각하고 있었다. "그건 아마도 자네 할 나름이야."

"내가 할 나름." 아오마메는 말했다. 그리고 아주 조금 얼굴을 일그러뜨렸다. "그건 무슨 뜻이죠?"

남자는 조용히 고개를 저었다. "자네는 무거운 시련을 뚫고 나가지 않으면 안 돼. 그것을 뚫고 나갔을 때, 있어야 할 곳에 있는 것들을 목격할 게야. 그 이상의 말은 나도 할 수 없어. 실제로 죽어보기 전까지는 죽는다는 것이 어떤 것인지, 정확한 건 어느 누구도 알지 못하듯이."

아오마메는 타월을 들어 얼굴의 눈물을 꼼꼼히 훔쳐낸 다음, 바닥에 놓인 가느다란 아이스픽을 손에 들고, 섬세한 끝부분을 다시 한번 점검했다. 그리고 오른손 손끝으로 아까 더듬어 탐색했던 목 뒤의 치명적인 포인트를 찾았다. 그녀는 그 위치를 머리에 새겨두었기 때문에 금세 찾아낼 수 있었다. 아오마메는 손끝으로 그 포인트를 가만히 눌러 손가락이 느끼는 반응을 가늠하여 자신의 직감에 오류가 없다는 것을 다시 확인했다. 그러고는 몇 차례 천천히 심호흡을 하며 심장의 박동을 가다듬고 신경을 가라앉혔다. 머릿속을 깨끗이 비우지 않으면 안 된다. 일시적이나마 그녀는 덴고에 대한 그리움을 머리에서 말끔히 털어냈다. 미움이나 분노, 망설임이나 자비의 마음을 어딘가 다른 곳에 봉인했다. 실수는 허용되지 않는다. 의식을 죽음 그 자체에 집중하지 않으면 안 된다. 광선의 초점을 정확히 한 점에 맺듯이.

"일을 끝내도록 하죠." 아오마메는 차분하게 말했다. "나는 이 세계에서 당신을 제거해야 해요."

"그리고 나는 내게 주어진 모든 고통에서 벗어날 수 있어."

"모든 고통이며 리틀 피플, 모습이 바뀌어버린 세계며 온갖 가설…… 그리고 사랑에서."

"그리고 사랑에서. 맞는 말이야." 남자는 스스로에게 이야기하듯 말했다. "내게도 사랑하는 사람들이 있었지. 자, 각자 할 일을 끝내세. 아오마메, 자네는 무섭도록 유능한 사람이야. 나는 그걸 알아."

"당신도." 아오마메는 말했다. 그녀의 목소리는 이미 죽음을 몰고 오는 자의 신비한 투명성을 띠고 있었다. "당신도 아마 대단히 유능하고 우수한 사람이겠죠. 당신을 죽이지 않아도 되는 세계가 분명 있었을 텐데."

"그 세계는 이미 없어." 남자는 말했다. 그것이 그가 입에 올린 최후의 말이었다.

그 세계는 이미 없다.

아오마메는 뾰족한 바늘 끝을 목덜미의 그 미묘한 포인트에 댔다. 의식을 집중하여 각도를 정확하게 조정했다. 그리고 오른손을 들어올렸다. 그녀는 숨을 죽이고 지그시 신호를 기다렸다. 더이상 아무것도 생각하지 말자고 그녀는 생각했다. 우리는 각자 할 일을 끝낸다, 그저 그것뿐이다. 아무것도 생각할 필요 없다. 설명될 필요도 없다. 그저 신호가 오기를 기다릴 뿐. 그 주먹은 바위처럼 단단하고 어떤 마음도 담고 있지 않았다.

번개 없는 천둥이 창밖에서 한층 격렬하게 우르릉 울렸다. 빗줄기가 투두둑 창을 때렸다. 그때 그들은 태고의 동굴에 있었다.

어둡고 축축한, 천장이 낮은 동굴이다. 음울한 짐승들과 정령이 그 입구를 에워싸고 있었다. 일순 그녀 주위에서 빛과 그림자가 하나가 되었다. 먼 곳의 해협을 이름 없는 바람이 단숨에 건너갔다. 그것이 신호였다. 신호에 맞춰 아오마메는 주먹을 짧고 적확하게 내리쳤다.

모든 것은 소리 없이 끝났다. 짐승들과 정령은 깊은 숨을 토해내고, 포위를 풀고, 마음을 잃은 숲의 깊은 속으로 돌아갔다.

제 14장 덴고

Q
건네받은 패키지

"이리 와서 나를 안아요." 후카에리는 말했다. "둘이서 함께 고양이 마을에 가야 해요."

"너를 안아?" 덴고는 말했다.

"나를 안고 싶지 않아요." 후카에리는 물음표 없이 물었다.

"아니, 그런 게 아니라, 그래도…… 그게 무슨 뜻인지 잘 모르겠어서."

"액막이를 해요." 그녀는 억양이 없는 목소리로 말했다. "이쪽으로 와서 나를 안아요. 당신도 파자마로 갈아입고 불을 끄고."

덴고는 하라는 대로 침실 천장의 불을 껐다. 옷을 벗고 자신의 파자마를 꺼내 갈아입었다. 이 파자마를 언제 세탁했더라. 덴고는 옷을 갈아입으며 생각했다. 생각이 나지 않는 걸 보면 상당히 오래된 모양이다. 하지만 고맙게도 땀냄새는 나지 않았다. 덴고는 원래 땀을 별로 흘리지 않는다. 체취도 강한 편이 아니다. 그렇기는 해도 파자마는 좀더 자주 빨았어야 했다고 덴고는 반성했다. 이 불확실한 인생에서는 언제 무슨 일이 일어날지 모르는 것이다. 파자마를 자주 빨아두는 것도 그에 대한 대책 중 하나다.

그는 침대 안으로 들어가 후카에리의 몸에 머뭇머뭇 팔을 둘렀다. 후카에리는 머리를 덴고의 오른팔에 얹었다. 그리고 그대로, 마치 겨울잠을 자려는 동물처럼 가만히, 조용히 있었다. 그녀의 몸은 따스하고 무방비라고 할 만큼 부드러웠다. 하지만 땀은 흘리지 않았다.

천둥 소리는 다시 거칠어져갔다. 이제는 비도 뿌리기 시작했다. 빗줄기는 분노로 미쳐 날뛰듯이 유리창을 사선으로 후려쳤다. 대기는 흠뻑 젖었고 세계가 암울한 종말을 향해 철썩철썩 다가가는 듯한 기척이 느껴졌다. 노아의 홍수가 일어났을 때도 어쩌면 이런 느낌이었는지 모른다. 만일 그렇다면 이토록 거센 뇌우 속에 코뿔소 한 쌍이랑 사자 한 쌍이랑 비단뱀 한 쌍이랑 좁은 방주에 함께 타고 있다는 건 상당히 우울한 일이었을 게 틀림없다. 각자의 생활방식이 어지간히 다르기도 하고, 소통할 방법도 거의 없었을 테고, 체취 역시 상당히 지독했을 것이다.

한 쌍이라는 말은 덴고에게 소니와 셰어를 연상시켰다. 하지만 노아의 방주에 인간 한 쌍의 대표로서 소니와 셰어를 태우는 건 타당한 선택이라고는 할 수 없을지도 모른다. 부적절하다고까지는 할 수 없어도, 샘플로는 보다 적절한 커플이 따로 있을 터다.

자신의 파자마를 입은 후카에리를 이렇게 침대 안에서 안고 있는 것은 어딘지 묘한 기분이 드는 일이었다. 마치 자신의 일부를 안고 있는 듯한 마음까지 들었다. 피와 살을 나누고 체취를 공유하고 의식이 하나로 이어진 것을 안고 있는 것 같다.

소니와 셰어 대신 자신들이 한 쌍으로 선택되어 노아의 방주에 타게 되는 장면을 덴고는 상상했다. 하지만 그것 역시 인류의 적절한 샘플이라고는 도저히 말 못 한다. 애초에 우리가 침대에서 이렇게 서로를 안고 있는 것 자체가 아무리 생각해도 적절하다고 하기는 어렵다. 그걸 생각하면 덴고는 마음이 차분할 수가 없었다. 그는 생각을 전환하여 소니와 셰어가 방주 안에서 비단뱀 한 쌍과 사이좋게 지내는 장면을 상상했다. 완전히 의미 없는 상상이었지만, 그것으로 몸의 긴장을 조금이나마 누그러뜨릴 수 있었다.

후카에리는 덴고에게 안긴 채 아무 말도 하지 않았다. 꿈적도 하지 않고 입도 열지 않았다. 덴고 역시 아무 말도 하지 않았다. 침대에서 후카에리를 안고 있어도 덴고는 성욕을 거의 느끼지 않았다. 덴고에게 성욕이란 기본적으로는 커뮤니케이션의 연장선상에 있는 것이다. 그래서 커뮤니케이션 가능성이 없는 데에서 성욕을 추구하는 건 그에게는 적절하다고 하기 어려운 행위였다. 그리고 후카에리가 원하는 것이 그의 성욕이 아니라는 것도 대략 이해하고 있었다. 덴고에게는 다른 무언가가 요구되고 있는 것이다. 그것이 대체 무엇인지는 모르겠지만.

하지만 목적이 무엇이건, 열일곱 살 아름다운 소녀의 몸을 안고 있는 것은 그리 기분 나쁜 일은 아니었다. 이따금 그녀의 귀가 그의 뺨에 닿았다. 그녀가 내쉬는 따스한 숨결이 그의 목덜미에 끼쳤다. 그녀의 젖가슴은 그 가녀린 몸매에 비하면 놀랄 만큼 크고 탱탱했다. 그 긴밀한 감촉을 덴고는 자신의 위장 바로 윗부분쯤에서 느낄 수 있었다. 그리고 그녀의 피부에서는 멋진 냄새가 났다. 성장기의 육체가 아니면 발할 수 없는, 특별한 생명의 냄새다. 아침 이슬이 맺힌, 제철을 만난 한여름 꽃 같은 냄새다. 초등학생 때, 아침 일찍 맨손체조를 하러 나가는 길에 그런 냄새를 자주 맡곤 했다.

발기하지 않았으면 좋겠다, 고 덴고는 생각했다. 만일 발기한다면 위치상 그녀는 금세 눈치를 챌 터였다. 그런 꼴이 되었다가는 적잖이 거북스러운 상황이 벌어지게 된다. 이를테면 직접적인 성욕이 없더라도 때로는 발기가 일어난다는 사실을 열일곱 살 소녀에게 어떤 말과 맥락으로 설명해야 하는가. 하지만 고맙게도 아직까지 발기는 되지 않았다. 그럴 징후도 없다. 냄새에 대한 생각은 접어두자. 되도록 섹스와 관계없는 일 쪽으로 생각을 돌려야 한다.

소니와 셰어와 비단뱀 한 쌍의 교류에 대해 다시 한참 생각을 굴렸다. 그들은 공통된 화제를 갖고 있을까. 만일 있다면 그건 어떤 것일까. 거기에서 노래들은 부를까. 이윽고 태풍 속의 방주에 관한 상상력이 소진되자, 머릿속으로 세 자릿수와 세 자릿수의 곱셈을 했다. 그는 연상의 걸프렌드와 섹스를 할 때 곧잘 그 방법을 썼다. 그렇게 하면 사정하는 순간을 늦출 수 있었다(그녀는 사정하는 순간에 대해서는 지극히 엄격했다). 그것이 발기를 가라앉히는 데도 효과를 발휘할지, 그것까지는 덴고도 알지 못한다. 하지만 아무것도 안 하는 것보다는 낫다. 뭐든 해야만 한다.

"단단해져도 괜찮아요." 후카에리는 그의 마음을 꿰뚫어본 듯이 말했다.

"괜찮아?"

"그건 나쁜 일이 아니에요."

"나쁜 일이 아니다." 덴고는 그녀의 말을 따라했다. 마치 성교육을 받는 초등학생 같네, 덴고는 생각했다. 발기하는 건 결코 부끄러운 일이 아니며 나쁜 일도 아닙니다. 하지만 물론 때와 장소를 가리지 않으면 안 됩니다.

"그래서, 그러니까 액막이는 시작된 거야?" 덴고는 화제를 바꾸기 위해 질문을 던졌다.

후카에리는 대답하지 않았다. 그녀의 작고 아름다운 귀는 여전히 우르릉거리는 천둥 소리 속에서 뭔가를 들으려 하는 것 같았다. 덴고는 그것이 느껴졌다. 그래서 더이상 아무 말도 하지 않기로 했다. 덴고는 세 자릿수와 세 자릿수의 곱셈을 멈췄다. 단단해져도 후카에리가 괜찮다고 한다면 단단해져도 상관없지 뭐, 덴고는 생각했다. 하지만 어쨌건 그의 페니스는 발기할 조짐을 보이지 않았다. 그것은 아직까지는 안녕의 진창 속에 조용히 몸을 누이고 있었다.

"자기 고추가 너무 좋아." 연상의 걸프렌드가 말했다. "생긴 것도 색깔도 크기도."

"나는 그닥 좋지 않은데." 덴고는 말했다.

"왜?" 그녀는 덴고의 발기하지 않은 페니스를 깊이 잠든 애완동물을 다루듯이 손바닥에 얹고 그 무게를 가늠하며 물었다.

"모르겠어." 덴고는 말했다. "아마 내가 고른 게 아니라서 그렇겠지."

"괴상하기는." 그녀는 말했다. "생각도 괴상하게 한다니까."

그건 이제 옛날 옛적 이야기다. 노아의 홍수가 일어나기 이전의 일. 아마도.

후카에리는 일정한 리듬을 유지하면서 조용하고 따스한 숨을 덴고의 목덜미에 불어넣고 있었다. 덴고는 전자시계의 희미한 초록빛으로, 혹은 드디어 번쩍이기 시작한 번갯불 빛으로 그녀의 귀를 볼 수 있었다. 그 귀는 부드러운 비밀의 동굴처럼 보였다. 만일 이 소녀가 자신의 연인이라면 질리지도 않고 몇 번이고 그 귀에 입맞춤을 할 거라고 덴고는 생각했다. 섹스를 하고, 그녀 안에 들어가면서 그 귀에 입술을 대고 가볍게 깨물고 혀로 핥고 숨을 훅 불어넣고 냄새를 맡을 것이다. 지금 그렇게 하고 싶다는 게 아니다. 그건 어디까지나 만일 그녀가 나의 연인이라면 분명 그렇게 할 것이라는 순수한 가정에 바탕을 둔 상상이다. 윤리적으로 부끄러워할 일은 아니다…… 아마도.

하지만 윤리적으로 문제가 있건 없건, 그는 그런 생각을 하지 말았어야 했다. 덴고의 페니스는 등을 쿡쿡 찔려 진창 속의 평온한 잠에서 눈을 뜬 듯했다. 그것은 한 차례 하품을 하고 슬금슬금 머리를 쳐들고 서서히 경도를 높여갔다. 그리고 이윽고 마치 요트가 북서 방향에서 불어오는 순풍을 제대로 받아 캔버스 돛폭을 펼치듯이 유보 없는 완전한 발기에 이르렀다. 그 결과, 덴고의 단단해진 페니스는 꼼짝없이 후카에리의 허리 언저리에 닿았다. 덴고는 속으로 깊은 한숨을 내쉬었다. 연상의 걸프렌드가 사라져버린 뒤로 그는 벌써 한 달 넘게 섹스를 하지 못했다. 아마도 그 탓일 것이다. 세 자릿수 곱셈을 계속했어야 했는데.

"걱정하지 않아도 돼요." 후카에리는 말했다. "단단해지는 건 자연스러운 일이에요."

"고마워." 덴고는 말했다. "하지만 리틀 피플이 어디선가 보고 있을지도 모르는데."

"보기만 하고 아무것도 못 해요."

"그건 다행이다." 덴고는 침착하지 못한 목소리로 말했다. "하지만 보고 있을 거라고 생각하면 어쩐지 신경이 쓰여."

다시 번개가 낡은 커튼이라도 찢을 듯이 하늘을 둘로 가르고, 천둥 소리가 창유리를 거칠게 뒤흔들었다. 그들은 정말로 유리를 깨부수려고 하는 것 같았다. 어쩌면 조금 뒤에 유리가 실제로 깨져버릴지도 모른다. 알루미늄 새시의 꽤 튼튼한 창문이지만 그런 식으로 사납게 계속 흔들어대면 오래 버티지 못할지도 모른다. 크고 단단한 빗방울이 사슴을 쏘아 잡는 산탄처럼 창유리를 따다다닥 두드리고 있었다.

"번개가 아까부터 거의 이동도 안 하는 거 같아." 덴고는 말했다. "보통은 이렇게 오래 번개가 치는 일은 없는데."

후카에리는 천장을 올려다보았다. "한동안은 어디로도 가지 않아요."

"한동안이라니, 얼마나?"

후카에리는 대답하지 않았다. 덴고는 대답이 주어지지 않는 질문과, 갈 곳 없는 발기를 떠안은 채 후카에리의 몸을 머뭇머뭇 계속 안고 있었다.

"또 한번 고양이 마을에 가요." 후카에리는 말했다. "그러니까 잠을 자야 해."

"하지만 제대로 잠이 올까. 이렇게 천둥도 치고, 이제 겨우 아홉시를 지난 시간인데." 덴고는 불안스레 말했다.

그는 머릿속에 수식을 세웠다. 길고 복잡한 수식에 관한 문제였지만 그 정답은 이미 알고 있었다. 얼마나 빨리, 얼마나 짧은 루트로 그 정답에 가닿을 수 있는가, 그것이 주어진 과제였다. 그는 머리를 재빨리 회전시켰다. 그건 순수한 두뇌 혹사였다. 그래도 그의 발기는 가라앉지 않았다. 도리어 점점 더 경도가 높아진 듯한 느낌마저 들었다.

"잘 수 있어요." 후카에리가 말했다.

그녀의 말대로였다. 격렬하게 쏟아지는 호우와 건물을 뒤흔드는 천둥 소리에 포위되고, 불안한 마음과 강고한 발기를 떠안은 채, 덴고는 모르는 사이에 잠이 들었다. 그게 가능하리라고는 전혀 생각지 못했는데……

모든 것이 혼란스럽다, 고 그는 잠에 빠져들면서 생각했다. 정답으로 가는 최단거리를 어떻게든 찾아내야 한다. 시간 제약이 있다. 그리고 주어진 답안용지의 공간은 너무도 좁다. 재깍재깍재깍. 시계가 규칙적으로 시간을 새기고 있다.

정신이 들었을 때, 그는 알몸이 되어 있었다. 그리고 후카에리도 알몸이었다. 완전한 벌거숭이였다. 아무것도 몸에 걸치지 않았다. 그녀의 유방은 기막히도록 완전한 반구를 이루고 있었다. 어떤 흠도 잡을 수 없는 반구. 유두는 그다지 크지 않다. 그건 아직 부드럽게, 다가올 완성형을 조용히 모색하고 있었다. 유방만 큼직하게 이미 성숙을 완료했다. 그리고 왠지 중력의 영향을 거의 받지 않는 것처럼 보였다. 두 개의 유두는 반듯하게 위를 향하고 있다. 햇볕을 찾는 넝쿨식물의 새싹처럼. 그다음에 덴고가 깨달은 것은 그녀에게 음모가 없다는 것이었다. 음모가 있어야 할 자리에는 매끈하게 드러난 하얀 피부가 있을 뿐이었다. 피부의 흰빛이 그 무방비를 더욱더 강조하고 있었다. 그녀가 다리를 벌리고 있었기 때문에 그 깊숙한 곳의 성기를 볼 수 있었다. 귀와 마찬가지로, 그것은 이제 갓 만들어진 것처럼 보였다. 실제로 그것은 이제 갓 만들어졌는지도 모른다. 방금 만든 귀와 방금 만든 성기는 몹시 닮았다, 고 덴고는 생각했다. 그것들은 하늘을 향해 주의깊게 뭔가를 들으려는 것처럼 보였다. 이를테면 아주 먼 곳에서 울리고 있는 희미한 벨소리 같은 것을.

그는 침대 위에 반듯하게 누워 얼굴을 천장으로 향하고 있었다. 후카에리는 그 위에 걸터앉듯이 올라가 있었다. 덴고의 발기는 아직 지속되고 있었다. 번개도 아직 치고 있었다. 천둥은 대체 언제까지 계속 울리려는 걸까. 이토록 오래 천둥번개가 치다니, 지금쯤 하늘이 갈기갈기 찢어져버린 건 아닐까. 이제 누구도 그것을 복구하는 건 불가능하지 않을까.

나는 잠들었었지, 덴고는 생각이 났다. 발기한 채로 잠이 들었다. 그리고 아직도 여전히 탄탄하게 발기하고 있다. 잠든 동안 내내 발기가 지속되었던 걸까. 아니면 한차례 가라앉았다가 다시 발기된 걸까. '제2차 아무개 내각'처럼? 아니, 그보다 얼마나 오래 잠을 잤을까. 아니, 그런 건 아무려나 상관없다고 덴고는 생각했다. 어쨌든(중단이 있었건 없었건) 지금도 이렇게 발기가 이어지고 있고, 그것이 가라앉을 조짐은 어디에도 보이지 않는다. 소니와 셰어도, 세 자릿수 곱셈도, 복잡한 수식도 그것을 가라앉히는 데 도움이 되지 않는다.

"괜찮아요." 후카에리가 말했다. 그녀는 다리를 벌리고 방금 만든 그 성기를 그의 배에 밀착시키고 있었다. 부끄러워하는 기색은 찾아볼 수 없었다. "단단해지는 건 나쁜 일이 아니야." 그녀는 말했다.

"몸이 제대로 움직여지지 않아." 덴고는 말했다. 그건 사실이었다. 일어나려고 애를 쓰고 있는데 손가락 하나 들어올릴 수 없었다. 몸의 감각은 있다. 후카에리의 몸의 무게를 감지할 수 있다. 자신이 단단하게 발기하고 있다는 감각도 있었다. 하지만 그의 몸은 뭔가에 고정되어버린 것처럼 무겁게 굳어 있었다.

"움직일 필요는 없어요." 후카에리는 말했다.

"움직일 필요가 있어. 이건 내 몸이니까." 덴고는 말했다.

후카에리는 거기에 대해 아무 말도 하지 않았다.

애초에 자신이 하는 말이 정상적인 음성으로서 공기를 떨리게 하고 있기는 한지, 덴고는 그것조차 확신할 수 없었다. 입 주위의 근육이 의도한 대로 움직이고 거기서 말이 형성되고 있다는 실감이 없는 것이다. 그가 하고 싶은 말이 후카에리에게 일단 전해지기는 하는 모양이었다. 하지만 두 사람의 커뮤니케이션에는 접속이 잘 안 되는 장거리 통화 같은 모호함이 있었다. 적어도 후카에리는 들을 필요가 없는 것을 듣지 않고 지나가는 것이 가능했다. 덴고는 그게 가능하지 않았다.

"걱정하지 않아도 돼요." 후카에리는 말했다. 그리고 몸을 천천히 아래로 물려갔다. 그 동작이 의미하는 바는 명백했다. 그녀의 눈에는 지금까지 본 적도 없는 색감의 빛이 깃들어 있었다.

방금 만든 조그만 성기에 성인인 그의 페니스가 들어가리라고는 도저히 생각할 수 없었다. 너무 크고 또 너무 딱딱하다. 통증이 클 터였다. 하지만 문득 깨달았을 때, 그는 이미 송두리째 후카에리 안에 들어가 있었다. 저항다운 저항은 없었다. 그것을 삽입할 때, 후카에리는 얼굴색 하나 변하지 않았다. 호흡이 조금 흐트러지고 오르내리는 유방의 리듬이 오륙 초 동안 미묘하게 달라졌을 뿐이다. 그것을 빼고는 모든 것이 자연스럽고 당연한 일이며 일상의 일부였다.

후카에리는 덴고를 깊이 받아들이고, 덴고는 후카에리에게 깊이 받아들여진 채, 그곳에 가만히 있었다. 덴고는 여전히 몸을 움직일 수가 없었다. 후카에리는 눈을 감고 덴고 위에서 피뢰침처럼 몸을 직립시킨 채 움직임을 멈추고 있었다. 입은 반쯤 가볍게 벌어졌고, 입술은 잔물결처럼 희미하게 움직이는 것이 보였다. 입술은 어떤 말을 만들어내려고 허공을 모색하고 있었다. 그뿐, 그 외에 움직임다운 움직임은 없었다. 그녀는 그 자세 그대로 뭔가가 일어나기를 기다리고 있는 듯했다.

깊은 무력감이 덴고를 사로잡았다. 이제부터 무슨 일이 일어나려고 하는데 그것이 무엇인지도 알지 못하고, 자신의 의지대로 그것을 조정할 수도 없었다. 몸에는 감각이 없다. 꿈쩍도 할 수 없다. 하지만 페니스에는 감각이 있다. 아니, 그것은 감각이라기보다 오히려 관념에 가까운 것인지도 모른다. 어쨌건 그것은 그가 후카에리 안에 들어가 있다는 것을 알리고 있었다. 발기가 완전하다는 것을 알리고 있었다. 콘돔을 쓰지 않아도 괜찮을까, 덴고는 불안해졌다. 임신이라도 하게 되면 일이 귀찮아진다. 연상의 걸프렌드는 피임에 대해 지극히 엄격했다. 덴고도 그 엄격함에 익숙해져 있었다.

뭔가 다른 것을 생각하려고 열심히 시도해봤지만 실제로는 아무것도 생각할 수 없었다. 그는 혼돈 속에 있었다. 그 혼돈 속에서는 시간이 멈춰버린 것 같았다. 하지만 시간이 멈출 리는 없다. 그런 일은 근본적으로 있을 수 없다. 아마도 그저 불균일해졌을 뿐이리라. 긴 기간을 통해 보면, 시간은 일정한 속도로 앞으로 나아간다. 그건 틀림없는 사실이다. 하지만 특정한 시간대를 집어내어 보면, 시간은 균일함을 잃을 가능성을 갖고 있다. 시간의 그런 부분적인 이완 속에서는 어떤 일의 순서나 개연성 따위는 거의 아무런 가치도 갖지 못한다.

"덴고." 후카에리가 말했다. 그녀가 그런 식으로 자신을 부르는 건 처음이었다. "덴고." 그녀는 되풀이해서 불렀다. 외국어 단어의 발음을 연습하듯이. 어째서 갑자기 나를 이름으로 부르는 걸까. 덴고는 신기했다. 그리고 후카에리는 천천히 몸을 앞으로 숙여, 그의 얼굴에 얼굴을 가까이 대고 덴고의 입술에 입술을 댔다. 반쯤 벌어진 입술이 크게 열리고 그녀의 부드러운 혀가 덴고의 입 속으로 들어왔다. 좋은 향기가 나는 혀였다. 말이 되지 않는 말을, 그곳에 새겨진 비밀코드를, 그 혀는 집요하게 찾아다녔다. 덴고의 혀도 무의식중에 그 움직임에 응하고 있었다. 마치 동면에서 이제 막 깨어난 두 마리 젊은 뱀이 서로의 냄새에 이끌려 봄의 초원에서 뒤엉켜 서로를 탐하듯이.

그리고 후카에리는 오른손을 내밀어 덴고의 왼손을 쥐었다. 강하고 단단하게 감싸듯이 그녀는 덴고의 손을 쥐었다. 작은 손톱이 그의 손바닥에 파고들었다. 그리고 격렬한 입맞춤을 마치고 몸을 일으켰다. "눈을 감아."

덴고는 이르는 대로 두 눈을 감았다. 눈을 감자 그곳에는 깊이가 있는, 어슴푸레한 공간이 있었다. 안길이가 몹시 깊다. 지구의 중심까지 이어진 것처럼 보인다. 그 공간에는 저물녘의 어스름을 연상시키는 암시적인 빛이 비쳐들고 있었다. 기나긴 하루의 끝에 찾아온 온화하고 다정한 어스름이다. 가느다란 조각 같은 것이 수없이 그 빛 속에 떠 있는 것이 보였다. 먼지인지도 모른다. 꽃가루인지도 모른다. 어쩌면 다른 무엇인지도 모른다. 그러고는 이윽고 그 안길이가 서서히 줄어들었다. 빛이 환해지고 주위가 점점 눈에 들어왔다.

문득 깨닫고 보니 그는 열 살이고 초등학교 교실에 있었다. 그것은 진짜 시간이고 진짜 장소였다. 진짜 빛이고 진짜 열 살의 그 자신이었다. 그는 그곳에 있는 공기를 실제로 들이쉬고 니스가 칠해진 목재의 냄새며 칠판지우개에 묻은 분필 냄새를 맡을 수 있었다. 교실에 있는 것은 그와 그 소녀, 둘뿐이었다. 다른 아이들의 모습은 보이지 않았다. 그녀는 그런 우연한 기회를 재빠르고도 대담하게 포착한 것이다. 어쩌면 그녀는 내내 그런 기회를 기다리고 있었는지도 모른다. 어쨌든 소녀는 그곳에 서서 오른손을 내밀어 덴고의 왼손을 꽉 잡았다. 그녀의 눈동자는 덴고의 눈을 지그시 들여다보았다.

입 안이 바짝 말라갔다. 모든 물기가 입 안에서 사라졌다. 그것은 너무도 돌연한 일이었기 때문에 무엇을 해야 좋을지, 무슨 말을 해야 할지, 그는 짐작도 가지 않았다. 다만 그곳에서 소녀에게 손을 잡힌 채 서 있었다. 이윽고 허리 안쪽에 희미한, 하지만 깊은 통증이 느껴졌다. 지금까지 경험한 적이 없는 감각이었다. 먼 곳에서 들려오는 바다울음 같은 욱신거림이다. 그와 동시에 현실의 소리도 귀에 들어왔다. 열린 창문으로 아이들의 외침이 들려왔다. 축구공을 뻥 차는 소리, 야구방망이로 소프트볼을 치는 소리, 뭐라고 외치는 하급생 여자애의 날카로운 부르짖음도 들렸다. 리코더로 더듬더듬 〈한 떨기 장미꽃〉의 합주 연습을 하는 소리도 들렸다. 방과후였다.

그는 소녀의 손을 똑같이 꽉 마주잡고 싶다고 생각했다. 하지만 손에 힘을 줄 수가 없다. 소녀의 힘이 너무 강하기 때문이기도 했다. 하지만 그와 동시에 덴고의 몸은 마음대로 움직여지지 않았다. 어째서일까, 손가락 하나 움직일 수 없다. 마치 온몸이 꽁꽁 묶인 것처럼.

시간이 멈춰버린 것 같다, 고 덴고는 생각했다. 덴고는 조용히 숨을 쉬고, 자신의 숨소리에 귀를 기울였다. 바다울음은 계속되고 있었다. 문득 깨닫자, 현실의 모든 소리는 사라지고 없었다. 그리고 허리 깊은 곳의 욱신거림은 보다 한정된 다른 형태로 옮겨가고 있었다. 그 속에는 독특한 마비가 섞여 있었다. 그 마비는 고운 가루가 되고, 붉고 뜨거운 혈액에 섞여 부지런한 심장이 제공하는 풀무질의 힘에 실려 혈관을 타고 온몸으로 착실하게 보내졌다. 가슴속에 긴밀한 작은 구름 같은 것이 만들어져갔다. 그것은 호흡의 리듬을 바꾸고 심장의 박동을 보다 탄탄한 것으로 만들었다.

언젠가는 틀림없이, 한참 시간이 흐른 후에, 나는 지금 이 일의 의미나 목적을 이해할 수 있을 것이다, 덴고는 생각했다. 그러기 위해서는 이 순간을 최대한 정확하게, 명료하게 의식에 새겨둘 필요가 있다. 지금의 그는 그저 수학을 잘하는 열 살짜리 소년에 지나지 않는다. 새로운 문을 눈앞에 두고 있지만, 그 너머에서 무엇이 자신을 기다리고 있는지 알지 못한다. 무력하고 무지하고 감정적으로 혼란스럽고 적잖이 겁에 질려 있다. 스스로도 그건 알고 있었다. 그리고 소녀도, 지금 여기서 모든 걸 이해받기를 기대하지는 않는다. 그녀가 바라는 것은 자신의 감정을 덴고에게 똑똑히 전달한다는, 그저 그것뿐이었다. 그것은 작고 단단한 상자에 채워져 청결한 포장지로 감싸이고 가느다란 끈으로 묶여 있다. 그 패키지를 그녀는 덴고에게 건네주고 있었다.

지금 여기서 열어볼 필요는 없어, 소녀는 소리 없이 말하고 있었다. 언젠가 때가 되면, 그때 열어보면 돼. 너는 지금 이것을 그저 받기만 하면 되는 거야.

그녀는 많은 것을 이미 알고 있다, 덴고는 생각했다. 그는 아직 그것을 알지 못한다. 그 새로운 필드에서는 그녀가 주도권을 쥐고 있었다. 그곳에는 새로운 룰이 있고, 새로운 골goal과 새로운 역학力學이 있었다. 덴고는 아무것도 알지 못한다. 그녀는 알고 있다.

이윽고 소녀는 덴고의 왼손을 잡고 있던 자신의 오른손을 놓고 아무 말 없이, 뒤를 돌아보는 일도 없이 빠른 걸음으로 교실을 나갔다. 덴고는 넓은 교실에 혼자 남겨졌다. 열린 창으로 아이들의 목소리가 들려왔다.

다음 순간, 덴고는 자신이 사정을 하고 있다는 것을 깨달았다. 격렬한 사정이 한바탕 이어졌다. 많은 정액이 강하게 방출되었다. 대체 어디에 사정을 하고 있는 거지, 덴고는 혼란스러운 머리로 생각했다. 초등학교의 방과후 교실에서 이렇게 사정을 하는 건 적절한 일이 아니다. 누가 보기라도 하면 정말 난처하다. 하지만 그곳은 이미 초등학교 교실이 아니었다. 문득 깨달았을 때, 덴고는 후카에리 안에 있었고 그녀의 자궁을 향해 사정하고 있었다. 그런 건 하고 싶지 않았다. 하지만 그걸 막을 수는 없었다. 모든 것은 그의 손이 닿지 않는 곳에서 이루어지고 있었다.

"걱정할 거 없어요." 후카에리는 잠시 뒤에 늘 그렇듯이 밋밋한 목소리로 말했다. "나는 임신하지 않아요. 내게는 생리가 없으니까."

덴고는 눈을 뜨고 후카에리를 보았다. 그녀는 덴고 위에 걸터

앉은 채 그를 내려다보고 있었다. 이상적인 모양을 한 그녀의 유방 한 쌍이 그의 눈앞에 있었다. 유방은 온화하고 규칙적인 호흡을 거듭하고 있었다.

이것이 고양이 마을에 가는 거냐고 덴고는 묻고 싶었다. 고양이 마을이란 대체 어떤 곳을 말하는 거냐고. 실제로 말을 해보려고 시도했다. 하지만 입 근육은 털끝만큼도 움직이지 않았다.

"필요한 일이었어요." 후카에리는 덴고의 마음을 읽은 듯이 말했다. 그것은 간결한 대답이었다. 그리고 아무런 대답도 되지 못했다. 늘 그랬듯이.

덴고는 다시 눈을 감았다. 그는 그곳에 갔고, 사정을 했고, 그리고 다시 이곳으로 돌아왔다. 그것은 진짜 사정이고, 방출된 것은 진짜 정액이었다. 그것이 필요한 일이었다고 후카에리가 말한다면 그건 아마도 필요한 일이었으리라. 덴고의 몸은 아직도 마비되어 감각을 잃은 채였다. 그리고 사정 뒤의 나른함이 그의 몸을 얇은 막처럼 감싸고 있었다.

오랫동안 후카에리는 그 자세 그대로, 꿀을 마시는 벌레처럼 덴고의 정액을 마지막까지 효과적으로 빨아들였다. 문자 그대로, 한 방울도 남기지 않고. 그리고 덴고의 페니스를 조용히 뽑아내고 아무 말 없이 침대를 내려가 욕실로 갔다. 깨닫고 보니 천둥은 멎어 있었다. 세찬 비도 어느새 그쳐 있었다. 그토록 집요하게 아파트 머리 위에 머물러 있던 먹장구름은 흔적도 없이 사라졌다. 주위는 비현실적일 정도로 고요했다. 욕실에서 후카에리가 샤워하는 소리가 나지막이 들려올 뿐이다. 덴고는 천장을 바라본 채, 몸에 본래의 감각이 돌아오기를 기다렸다. 발기는 사정한 뒤에도 여전히 지속되고 있었지만, 경도는 줄어드는 것 같았다.

그의 마음의 일부는 아직 초등학교 교실에 있었다. 그의 왼손에는 소녀의 손가락 감촉이 선명하게 남아 있었다. 자신의 손을 들어 바라볼 순 없지만, 왼쪽 손바닥에는 아마도 손톱자국이 빨갛게 찍혀 있을 터였다. 심장 박동은 얼마간 흥분의 흔적을 남기고 있었다. 가슴속의 긴밀한 구름은 사라졌지만, 그 대신 심장 바로 가까이에 있는 가상의 부분이 기분좋을 정도의 희미한 통증을 호소하고 있다.

아오마메. 덴고는 생각했다.

아오마메를 만나야 한다, 덴고는 생각했다. 그녀를 찾아야 한다. 이렇듯 빤히 알 일을 어째서 지금 이 순간까지 생각하지 못했을까. 그녀는 그 소중한 패키지를 내게 준 것이다. 어째서 나는 그걸 열어보지도 않고 그대로 내던져두었을까. 그는 고개를 저으려 했다. 하지만 고개를 젓는 건 불가능했다. 몸은 아직 마비에서 회복되지 않았다.

잠시 후에 후카에리가 침실로 돌아왔다. 그녀는 목욕타월을 두르고 침대 끝에 걸터앉았다.

“리틀 피플은 이제 날뛰지 않아요.” 그녀는 말했다. 마치 전선 상황을 보고하는 쿨하고 유능한 척후병처럼. 그리고 허공에 손끝으로 작은 원을 그렸다. 르네상스 시대 이탈리아 화가가 교회 벽에 그릴 법한 아름답고 완벽한 원이다. 시작도 없고 끝도 없는 원. 그것은 잠시 동안 허공에 떠 있었다. “이제 끝났어요.”

그렇게 말하더니 소녀는 몸에 두르고 있던 목욕타월을 내리고 알몸이 되어, 아무것도 걸치지 않은 그대로 잠시 그곳에 서 있었다. 움직임 없는 공기 속에서 물기가 남은 몸을 순순히 자연에 맡겨 건조시키려는 듯이. 그것은 무척 아름다운 풍경이었다. 매끈한 유방과 음모 없는 하복부.

그리고 몸을 숙여 바닥에 떨어진 파자마를 주워 속옷을 입지 않은 채 몸에 걸쳤다. 단추를 채우고 허리띠를 묶었다. 덴고는 그 모습을 어슴푸레한 가운데 멍하니 바라보고 있었다. 마치 곤충이 변신해가는 과정을 목격하고 있는 것 같았다. 덴고의 파자마는 그녀에게는 너무 컸지만, 그녀는 그 큰 옷이 잘 어울렸다. 그리고 후카에리는 침대 안으로 스르륵 미끄러져들어와 좁은 침대에서 자리를 잡고 머리를 덴고의 어깨에 얹었다. 그는 벗은 어깨 위로 그녀의 작은 귀를 감지할 수 있었다. 목젖 언저리에서 그녀의 따스한 호흡을 감지할 수 있었다. 거기에 맞추어 몸의 마비가, 이윽고 때가 되어 물결이 빠지듯이 조금씩 멀리 물러갔다.

공중에 습기가 남아 있었지만 더이상 끈적끈적하고 불쾌하지는 않았다. 창밖에서 벌레가 울기 시작했다. 발기는 이제 완전히 가라앉아 페니스는 다시 안녕의 진창 속에 몸을 담그려 하고 있었다. 모든 일은 합당한 단계를 밟아 순환하고, 마침내 하나의 사이클을 마친 듯했다. 공중에 완벽한 원이 하나 그려진 것이다. 동물들은 방주에서 내려와 그리운 지상으로 흩어져갔다. 모든 한 쌍들은 저마다 있어야 할 자리로 돌아갔다.

"자는 게 좋아요." 그녀는 말했다. "아주 깊이."

아주 깊이 잔다, 덴고는 생각했다. 잠, 그리고 깨어남. 내일이 되었을 때, 그곳에 과연 어떤 세계가 있을까.

"그건 아무도 알지 못해요." 후카에리가 그의 마음속을 읽고 말했다.

제 15장 아오마메

Q

드디어 요괴의 시간이 시작된다

아오마메는 옷장에서 여벌 담요를 꺼내 남자의 커다란 몸을덮었다. 그리고 다시 한번 목덜미에 손을 대고 동맥의 박동이 완전히 상실된 것을 확인했다. '리더'라 불리던 인물은 이미 다른 세계로 이동했다. 그것이 어떤 세계인지는 모른다. 하지만 1Q84년이 아니라는 건 분명하다. 그리고 이쪽 편의 세계에서 그는 이미 '죽은 자'라고 불리는 존재로 바뀌어 있었다. 미세한 소리 하나 내지 않고, 마치 한기를 느낀 듯 한순간 몸을 파르르 떠는 것으로 그는 삶과 죽음을 가르는 분수령을 넘어갔다. 한 방울의 출혈도 없었다. 이제는 모든 고통에서 해방되어 푸른 요가 매트 위에 엎드려 소리 없이 죽어 있다. 그녀의 작업은 여느 때와 마찬가지로 빠르고 정확했다.

아오마메는 바늘 끝에 코르크 마개를 꽂아 하드케이스에 끼웠다. 그것을 스포츠백에 넣었다. 비닐 파우치에서 헤클러&코흐를 꺼내 땀복 바지의 허리 밴드에 꽂아넣었다. 안전장치는 해제되고 약실에는 탄환이 들어 있다. 등뼈에 와 닿는 견고한 금속의 감촉은 그녀에게 안도감을 주었다. 창가로 가서 두툼한 커튼을 치고 방을 다시 어둡게 했다.

그리고 스포츠백을 손에 들고 문으로 향했다. 문손잡이를 잡고 고개를 돌려, 어둠 속에 엎드려 있는 거대한 남자의 모습을 잠시 바라보았다. 그저 숙면을 취하는 것처럼 보인다. 처음 이 방에 들어와 그를 보았을 때처럼. 그가 숨이 끊긴 것을 아는 사람은 이 세계에 아오마메밖에 없다. 아니, 아마도 리틀 피플은 알고 있으리라. 그래서 그들은 천둥 치는 걸 중단한 것이다. 이제는 그런 경고를 보내봤자 아무 쓸모도 없다는 것을 알고 있기 때문이다. 그들이 선택했던 대리인은 이미 생명이 끊어졌다.

아오마메는 문을 열고 불빛 환한 방에 발을 들였다. 눈이 부셔 잠시 고개를 옆으로 돌리며, 소리가 나지 않게 가만히 문을 닫았다. 스킨헤드는 소파에 앉아 커피를 마시고 있었다. 테이블 위에는 룸서비스로 배달시킨 커피포트와 샌드위치를 담은 큰 쟁반이 있었다. 샌드위치는 반쯤 줄어 있었다. 사용하지 않은 커피 잔이 두 개, 그 옆에 놓였다. 포니테일은 문 옆에서 로코코 풍 의자에 아까와 똑같이 등을 곧추세우고 앉아 있었다. 두 사람 모두 오래도록 같은 자세로 말없이 시간을 보낸 모양이었다. 방 안에는 그런 정체된 공기가 감돌고 있었다.

아오마메가 그 방에 들어서자, 스킨헤드는 손에 든 커피 잔을 받침접시에 내려놓고 조용히 일어섰다.

"끝났어요." 아오마메는 말했다. "지금은 주무세요. 시간이 상당히 걸렸습니다. 근육의 부담도 크셨을 거예요. 한참 주무시게 해드리세요."

"주무신다고요?"

"네, 아주 깊이." 아오마메는 말했다.

스킨헤드는 아오마메의 얼굴을 똑바로 바라보았다. 그녀의 눈을 깊은 곳까지 들여다보았다. 그러고는 달라진 데가 없는지 검사하듯 시선을 천천히 발끝까지 내리고, 다시 눈을 들어 얼굴을 보았다.

"원래 그러는 겁니까?"

"근육의 심한 스트레스가 풀리면 깊이 잠드시는 분들이 많아요. 특이한 일이 아니에요."

스킨헤드는 거실과 침실을 가르는 문까지 걸어가 조용히 손잡이를 돌려 문을 조금 열고 안을 들여다보았다. 뭔가 일이 벌어지면 즉시 권총을 뽑을 수 있도록 아오마메는 오른손을 땀복 바지 허리께에 짚고 있었다. 남자는 십여 초쯤 방 안의 상황을 살피더니 이윽고 고개를 빼고 문을 닫았다.

"얼마나 주무실까요?" 그는 아오마메에게 물었다. "저대로 계속 바닥에 계시게 할 수는 없는데."

"두 시간쯤 후면 눈을 뜨실 거예요. 그때까지는 되도록 그 자세 그대로 쉬시게 해드리세요."

스킨헤드는 손목시계를 보며 시간을 확인했다. 그러고는 가볍게 고개를 끄덕였다.

"알겠습니다. 잠시 그대로 계시도록 하지요." 스킨헤드는 말했다. "샤워실을 쓰시겠습니까?"

"샤워는 괜찮아요. 그냥 옷이나 갈아입게 해줘요."

"물론이죠. 욕실을 이용하십시오."

아오마메는 할 수만 있다면 옷 따위는 갈아입을 것 없이 한시바삐 이 방을 떠나고 싶었다. 하지만 이 사람들의 의심을 사는 건 좋지 않다. 처음 왔을 때도 옷을 갈아입었다. 돌아갈 때도 똑같이 갈아입어야 한다. 그녀는 욕실로 들어가 땀복 위아래를 벗었다. 땀에 젖은 속옷을 벗고 목욕타월로 땀을 훔쳐낸 뒤 새것으로 갈아입었다. 그리고 원래 입었던 면바지와 흰 블라우스를 걸쳤다. 권총은 면바지 벨트 아래, 겉으로는 보이지 않도록 꽂아넣었다. 몸을 이리저리 돌려 동작이 자연스럽게 보이는지 확인했다. 비누로 얼굴을 씻고 헤어브러시로 머리를 빗었다. 그러고는 세면대의 큼직한 거울을 마주하고 다양한 각도로 얼굴을 마음껏 찌푸렸다. 긴장으로 굳은 근육을 풀기 위해서였다. 한바탕 그렇게 하고 나서 평소의 얼굴로 되돌렸다. 오래도록 계속 얼굴을 찌푸리다보면 평소 얼굴이 어땠는지 생각해내는 데 약간의 수고가 따른다. 하지만 몇 차례의 시행착오 끝에 그럴싸한 자리에 안착할 수 있었다. 아오마메는 거울을 노려보며 찬찬히 얼굴을 점검했다. 문제없어, 그녀는 생각했다. 평소 얼굴이야. 미소도 지을 수 있어. 손도 떨리지 않는다. 시선도 또렷하다. 평소 그대로의 쿨한 아오마메다.

하지만 스킨헤드는 아까 침실에서 나오는 그녀의 얼굴을 지그시 응시했었다. 거기서 눈물의 흔적을 알아봤는지도 모른다. 상당히 많이 울었기 때문에 그 흔적이 조금쯤은 남았을 터였다. 그렇게 생각하자 아오마메는 불안한 마음이 들었다. 근육 스트레칭을 하면서 어째서 눈물을 흘렸을까, 그자는 이상하게 생각할지도 모른다. 뭔가 심상치 않은 일이 벌어진 건 아닌가, 의심을 품을지도 모른다. 그리고 그는 침실 문을 열고 새삼 리더의 상황을 살피고 그의 심장이 멈춘 것을 발견한다……

아오마메는 허리 뒤편에 손을 얹어 권총의 그립을 확인했다. 침착해야 해, 그녀는 생각했다. 두려워해서는 안 된다. 두려움은 얼굴에 드러나고, 상대에게 의심을 품게 한다.

그녀는 최악의 상황을 각오하며 왼손에 스포츠백을 들고 신중하게 욕실을 나섰다. 오른손은 즉시 권총을 향해 뻗을 수 있도록 준비했다. 하지만 방 안은 조금 전과 달라진 기척이 없었다. 스킨헤드는 팔짱을 끼고 방 한가운데 서서 눈을 가늘게 뜨고 뭔가를 생각하고 있었다. 포니테일은 여전히 입구 의자에 앉아 방 안을 냉정하게 관찰하고 있었다. 그는 폭격기의 기관총 사수 같은 조용한 두 눈을 갖고 있었다. 고독하고, 푸른 하늘을 계속 주시하는 데 익숙한 눈. 하늘 빛깔에 물든 눈.

"수고하셨어요." 스킨헤드가 말했다. "괜찮으면 커피 한잔 어때요? 샌드위치도 있는데."

아오마메는 말했다. "고마워요. 하지만 괜찮아요. 일한 직후에는 그리 배고프지 않아요. 한 시간쯤 지나야 조금씩 식욕이 나죠."

스킨헤드는 고개를 끄덕였다. 그리고 상의 주머니에서 두툼한 봉투를 꺼내 그 두께를 손안에서 확인해본 뒤에 아오마메에게 내밀었다.

남자는 말했다. "실례지만, 그쪽에서 말씀하신 요금보다 좀 더 넉넉히 들었을 겁니다. 아까도 말씀드렸듯이 이번 일은 부디 밖으로 새어나가지 않도록 잘 부탁합니다."

"입막음용으로 더 주시는 거군요?" 아오마메는 농담처럼 말했다.

"아무래도 신경을 더 쓰시게 한 데 대한 감사의 표시입니다." 남자는 웃음기 없는 얼굴로 말했다.

"금액과 관계없이 비밀은 꼭 지켜요. 그것도 제 일 중 하나니까요. 밖으로 말이 새어나가는 일은 절대 없습니다." 아오마메는 말했다. 그리고 받아든 봉투를 그대로 스포츠백 안에 넣었다.

"영수증, 필요하신가요?"

스킨헤드는 고개를 저었다. "됐어요. 이건 우리만의 일입니다. 당신은 그걸 수입으로 신고할 필요가 없어요."

아오마메는 말없이 고개를 끄덕였다.

"힘을 많이 썼을 거 같은데요?" 스킨헤드가 탐색하듯이 물었다.

"네, 평소보다는."

"보통 분이 아니시니까요."

"그러신 거 같아요."

"유일한 분이십니다." 그는 말했다. "그리고 오랫동안 극심한 육체적 고통을 겪어오셨습니다. 우리의 고통과 아픔을 그 한 몸으로 모두 받아들이고 계시는 겁니다. 그 아픔을 조금이라도 덜어드리는 것이 우리의 바람입니다."

"근본적인 원인을 알지 못하니까 분명한 말씀은 드릴 수 없지만," 아오마메는 신중하게 단어를 고르며 말했다. "아픔이 조금은 덜어졌을 거예요."

스킨헤드는 고개를 끄덕였다. "당신도 상당히 지친 것 같군요."

"그럴 거예요." 아오마메는 말했다.

아오마메와 스킨헤드가 이야기를 하는 동안, 포니테일은 문 옆에 앉아 방 안을 말없이 관찰하고 있었다. 얼굴은 움직이지 않고 눈만 굴리고 있다. 표정은 아무런 변화도 없다. 두 사람의 대화가 그의 귀에 들어가는지 마는지도 알 수 없다. 고독하고 과묵하고 한없이 주의깊다. 구름 사이에서, 처음에는 겨자씨 정도로밖에는 보이지 않을 적기의 작은 기영機影을 찾고 있는 것처럼.

아오마메는 잠시 망설인 뒤에 스킨헤드에게 질문을 던졌다.

"괜한 말인지 모르지만, 커피를 마시거나 햄샌드위치 같은 음식을 먹는 건 교단의 계율에 위배되지 않나요?"

스킨헤드는 고개를 돌려 테이블 위의 커피포트와 샌드위치 쟁반에 눈을 던졌다. 그리고 희미한 웃음 비슷한 것을 입술에 떠올렸다.

"우리 교단에는 그렇게 엄격한 계율은 없습니다. 술과 담배는 기본적으로 금지되어 있죠. 성적인 일들에 대한 금지규칙도 어느 정도는 있어요. 하지만 먹는 것에 대해서는 비교적 자유롭습니다. 평소에는 주로 소박한 식사를 하지만, 커피도 햄샌드위치도 딱히 금하는 건 아닙니다."

아오마메는 거기에 대한 의견은 말하지 않고 그저 고개를 끄덕였다.

"많은 사람이 모인 곳이니 어느 정도의 규율은 물론 필요합니다. 하지만 고정된 형식에 치중하다보면 본래의 목적을 잃을 수 있죠. 계율이나 교리는 어디까지나 편의적인 것입니다. 중요한 건 틀이 아니라 그 안에 있는 내용입니다."

"그리고 리더가 그 내용을 채워주시는 거군요."

"그렇죠. 우리의 귀에는 와 닿지 않는 목소리를 그분은 들으실 수 있습니다. 특별한 분이시죠." 스킨헤드는 아오마메의 눈을 보았다. 그리고 말했다. "오늘은 정말 수고 많으셨습니다. 마침 비도 그친 것 같군요."

"천둥이 굉장했어요." 아오마메는 말했다.

"네, 아주 심했어요." 스킨헤드는 말했다. 하지만 그는 천둥이나 비에는 별다른 흥미가 없는 것처럼 보였다.

아오마메는 목례를 건넨 뒤, 스포츠백을 들고 문으로 향했다.

"아, 잠깐만요." 스킨헤드가 등뒤에서 불러세웠다. 날카로운 목소리였다.

아오마메는 방 한가운데 멈춰 서서 뒤를 돌아보았다. 심장이 날카롭게 메마른 소리를 냈다. 그녀의 오른손은 살그머니 허리춤으로 올라갔다.

"요가 매트." 그 젊은 남자는 말했다. "요가 매트를 잊으셨어요. 침실 바닥에 그대로 깔려 있던데."

아오마메는 미소 지었다. "지금 그 위에서 숙면을 취하고 계셔서요, 굳이 그걸 빼내느라 깨우실 건 없어요. 그냥 가지세요. 그리 비싼 것도 아니고 꽤 오래 쓴 거예요. 불필요하시면 내버리시구요."

스킨헤드는 잠시 생각하고는 이윽고 고개를 끄덕였다. "네, 수고하셨습니다."

아오마메가 문으로 다가가자 포니테일이 의자에서 일어나 문을 열어주었다. 그리고 짧게 목례를 건넸다. 이 사람은 마지막까지 한 마디도 입을 열지 않았어, 아오마메는 생각했다. 그녀는 인사를 건네고 남자 앞을 지나가려고 했다.

그 순간, 폭력적인 사념이 강렬한 전류처럼 아오마메의 살갗을 뚫고 지나갔다. 포니테일의 손이 쓰윽 뻗어나와 그녀의 오른팔을 잡으려 했다. 그것은 지극히 신속하고 적확한 동작일 터였다. 공중의 파리를 잡을 수 있을 정도의 신속함. 그런 생생한 한 순간의 낌새가 엄습해왔다. 온몸의 근육이 긴장했다. 소름이 돋고 심장이 한 박자씩 건너뛰었다. 숨이 차오르고 등에는 얼음벌레가 기어갔다. 강한 백열광 세례가 아오마메의 의식에 쏟아졌다. 지금 이 사람에게 오른팔을 잡힌다면 권총은 잡을 수 없게 된다. 그렇게 되면 내게 승산은 없다. 이 남자는 감지하고 있다. 내가 뭔가를 했다는 것을. 방 안에서 뭔가가 일어났다는 것을 직감적으로 인지하고 있다. 그게 뭔지는 모르지만 심히 부적절한 일이. 그의 본능은 "이 여자를 잡아야 한다"고 경고하고 있다. 바닥에 넘어뜨려 힘껏 체중을 싣고 우선 어깨관절부터 빼버리라고 지시하고 있다. 하지만 그건 어디까지나 직감에 불과하다. 확증은 없다. 단순한 착각일 경우, 지독히 난처한 입장에 처하게 된다. 그는 격렬하게 망설이고, 그리고 결국 포기했다. 판단하고 지시하는 건 어디까지나 스킨헤드이고, 그에게는 그럴 자격이 없다. 그는 오른손의 충동을 필사적으로 억누르며 어깨의 힘을 뺐다. 그 일 초 혹은 이 초 사이에 포니테일의 의식을 스쳐간 일련의 단계를 아오마메는 생생하게 감지할 수 있었다.

아오마메는 카펫이 깔린 복도로 나왔다. 뒤돌아보는 일 없이 엘리베이터를 향해 곧게 뻗은 복도를 담담히 걸었다. 포니테일은 아무래도 문밖에 얼굴을 내밀고 그녀의 움직임을 눈으로 좇고 있는 듯했다. 그 날카로운 칼날 같은 시선을 아오마메는 등뒤로 계속 느꼈다. 온몸의 근육이 지독히 근질근질했지만, 결코 돌아보지 않았다. 뒤돌아봐서는 안 돼. 복도 모퉁이를 돌아서고 거기서 마침내 팽팽하던 힘이 풀렸다. 하지만 아직 안심할 수는 없다. 아직은 무슨 일이 일어날지 모른다. 그녀는 엘리베이터의 버튼을 누르고 그것이 올 때까지(영원에 가까운 시간이 걸렸다) 손을 뒤로 돌려 권총의 그립을 쥐고 있었다. 포니테일이 마음을 바꿔 뒤를 쫓아온다면 언제라도 뽑을 수 있도록. 그 강인한 손이 자신의 몸을 잡기 전에 망설임 없이 상대를 쏘아야 한다. 혹은 망설임 없이 나 자신을 쏘아야 한다. 그중 어느 쪽을 선택해야 할지, 아오마메는 판단이 서지 않았다. 마지막까지 판단이 서지 않을지도 모른다.

하지만 뒤를 쫓아오는 자는 없었다. 호텔 복도는 고요히 가라앉은 채였다. 엘리베이터 문이 땡 소리를 내며 열리고, 아오마메는 올라탔다. 로비층 버튼을 누르고 문이 닫히기를 기다렸다. 그리고 입술을 잘근잘근 깨물며 층수 표시를 노려보았다. 엘리베이터에서 내려 넓은 로비를 걸어나와 현관에서 손님을 기다리고 있는 택시에 올라탔다. 비는 이제 완전히 그쳤지만, 차는 마치 물속에서 건져낸 것처럼 온몸에서 물방울을 뚝뚝 떨구고 있었다. 신주쿠 역 서쪽 출구까지, 라고 아오마메는 말했다. 택시가 출발하고 호텔에서 벗어나자, 그녀는 몸속에 고여 있던 공기를 밖으로 크게 토해냈다. 그리고 눈을 감고 머리를 텅 비웠다. 한참 동안 아무것도 생각하고 싶지 않다.

강한 욕지기를 느꼈다. 위 속에 있는 것이 고스란히 목구멍까지 솟구치는 것 같았다. 하지만 가까스로 그것을 안쪽으로 다시 밀어넣었다. 버튼을 눌러 창유리를 반쯤 열고 축축한 밤공기를 폐 속에 가득 넣었다. 좌석에 몸을 기대고 몇 번이고 심호흡을 했다. 입 안에서 불길한 냄새가 났다. 몸속에서 뭔가가 썩기 시작한 듯한 냄새였다.

그녀는 퍼뜩 생각이 나서 면바지 주머니 속을 뒤져 두 개의 추잉검을 찾았다. 가늘게 떨리는 손으로 포장지를 벗겨 입에 넣고 씹었다. 스피어민트. 정든 향기. 그것이 그럭저럭 신경을 달래주었다. 턱을 움직이는 사이에 입 안의 좋지 않은 냄새도 조금씩 사라졌다. 내 몸속에서 뭔가가 실제로 썩고 있는 게 아니다. 공포가 나를 이상하게 만들고 있을 뿐이다.

어쨌든 이걸로 모든 게 끝났어, 아오마메는 생각했다. 이제 더 이상 내 손으로 사람을 죽일 필요는 없어. 그리고 나는 올바른 일을 한 거야, 아오마메는 자신에게 그렇게 말했다. 그 남자는 살해되어 마땅한 행위를 한 거고, 그 대가를 치른 것뿐이다. 그리고 또한—우연한 일이기는 하지만—그 스스로가 죽음을 강하게 원했다. 나는 상대가 바라는 대로 편안한 죽음을 부여했다. 잘못된 일은 하지 않았다. 다만 법률에 저촉될 뿐이다.

하지만 아무리 그렇게 스스로를 타일러도, 그걸 마음속 깊이 납득하는 건 불가능했다. 그녀는 방금 전에 자기 손으로 범상치 않은 인간을 살해하고 온 것이다. 예리한 바늘 끝이 그 남자의 목덜미에 소리 없이 빨려들던 감촉을 아직 똑똑하게 기억하고 있다. 거기에서 범상치 않은 반응이 손에 돌아왔다. 그것이 아오마메의 마음을 적잖이 어지럽히고 있었다. 그녀는 양손바닥을 펼치고 한참을 바라보았다. 뭔가 다르다. 여느 때와는 전혀 다르다. 하지만 무엇이 어떻게 다른지를 가려낼 수 없었다.

그 남자가 했던 말을 믿는다면, 그녀가 살해한 것은 예언자였다. 신의 목소리를 듣는 자다. 하지만 그 목소리의 주인은 신이 아니다. 아마도 리틀 피플이라고 하는 존재다. 예언자는 곧 왕이며, 왕은 살해되도록 운명지어져 있다. 즉 그녀는 운명이 보낸 자객인 것이다. 그리고 그녀는 그 왕이자 예언자인 존재를 폭력적으로 제거함으로써 세계의 선악의 균형을 유지했다. 그 결과, 그녀는 죽지 않으면 안 된다. 하지만 그때 그녀는 거래를 했다. 그 남자를 살해하고 사실상 자신의 목숨을 포기함으로써 덴고는 살아남는다. 그것이 거래의 내용이었다. 그 남자의 말을 믿는다면.

하지만 아오마메는 그가 한 말을 기본적으로 믿지 않을 수 없었다. 그는 광신자가 아니고, 죽어가는 인간은 거짓말을 하지 않는다. 그리고 무엇보다 그의 말에는 설득력이 있었다. 큼직한 닻처럼 무거운 설득력이다. 모든 배는 그 크기와 무게에 걸맞은 닻을 지닌다. 제아무리 야비한 짓을 했더라도, 그 남자는 분명 큰 배를 연상시키는 인간이었다. 아오마메는 그것을 인정하지 않을 수 없었다.

운전기사에게는 보이지 않도록 헤클러&코흐를 벨트에서 빼내 안전장치를 걸고 파우치에 챙겨넣었다. 500그램 남짓한 견고하고도 치명적인 무게가 그녀의 몸에서 제거되었다.

"아까는 천둥이 정말 대단했어요. 비도 엄청나게 오고." 운전기사가 말했다.

"천둥?" 아오마메는 되물었다. 천둥이라니, 그건 한참 옛날 일처럼 여겨졌다. 바로 삼십 분 전의 일인데도. 그러고 보니 천둥이 울렸었다. "그러게요. 굉장한 천둥이었죠."

"일기예보에서는 그런 얘기가 전혀 없었는데 말예요. 하루 종일 날씨가 좋을 거라고 했는데."

그녀는 머리를 굴렸다. 뭔가 말을 해야 해. 하지만 그럴싸한 말이 떠오르지 않는다. 두뇌 회전이 둔해진 것 같다. "일기예보란 게 워낙 안 맞잖아요." 그녀는 말했다.

운전기사는 룸미러 속의 아오마메를 흘끗 보았다. 말투가 어딘지 부자연스러웠는지도 모른다. 운전기사는 말했다. "도로의 물이 넘쳐서 지하철 아카사카미쓰케 역 구내로 흘러들어가 선로가 침수되었다는데요. 좁은 지역에 한꺼번에 비가 내려서 그래요. 긴자 선과 마루노우치 선이 일시적으로 운행이 중단되었대요. 아까 라디오 뉴스에서 들었어요."

집중호우로 인해 지하철 운행이 중단되었다. 그것이 내 행동에 어떤 영향을 미칠까. 머리를 재빨리 돌려야 하는데. 나는 신주쿠 역에 가서 코인로커에서 여행가방과 숄더백을 꺼낸다. 그리고 다마루에게 전화를 걸어 지시를 받는다. 만일 그 지시가 신주쿠에서 마루노우치 선을 반드시 이용해야 하는 것이라면 일은 적잖이 귀찮아질지도 모른다. 도주할 수 있는 시간 여유는 두 시간뿐이다. 두 시간이 지나면 그들은 리더가 잠에서 깨어나지 않는 것을 이상하게 여기고 침실의 상황을 보러 갈 것이다. 그리고 그 남자가 숨을 거둔 것을 발견할 것이다. 그 즉시 그들은 행동에 뛰어들 것이다.

"마루노우치 선은 아직도 운행을 안 할까요?" 아오마메는 운전기사에게 물었다.

"글쎄, 잘 모르겠네요. 라디오를 틀어볼까요?"

"네, 켜주세요."

리더의 말에 의하면 리틀 피플이 그 뇌우를 몰고 왔다. 그들은 아카사카 부근의 좁은 지역에 많은 비를 쏟아부었고, 그 바람에 지하철이 멈춰버렸다. 아오마메는 고개를 저었다. 거기에는 뭔가 꿍꿍이가 있는지도 모른다. 일은 계획대로 그리 쉽게 풀리지 않는다.

운전기사는 라디오를 NHK에 맞췄다. 음악방송이었다. 1960년대 후반에 유행한, 일본 가수가 노래하는 포크송 특집이다. 아오마메는 그 노래들을 어렸을 때 라디오에서 자주 들어 막연히 기억하고 있었지만, 반가운 마음은 전혀 없었다. 오히려 불쾌함이 가슴속에 치밀었다. 그런 곡들이 아오마메의 머릿속에 떠오르게 하는 것은 생각하고 싶지도 않은 일들뿐이었다. 잠시 꾹 참고 그 방송을 듣고 있었지만, 아무리 기다려도 지하철 운행 상황에 대한 뉴스는 나오지 않았다.

"미안한데요, 이제 됐으니까 라디오 좀 꺼주실래요?" 아오마메는 말했다. "아무튼 신주쿠 역에 가서 상황을 보기로 하죠."

운전기사는 라디오를 끄며 말했다. "신주쿠 역, 틀림없이 꽤 붐빌 겁니다."

신주쿠 역은 그의 말대로 지독히 혼잡했다. 신주쿠 역에서 국철과 만나는 마루노우치 선이 멈춰 서는 바람에 인파의 흐름에 혼란이 일어나 사람들이 우왕좌왕하고 있었다. 직장 퇴근시간은 이미 지났는데도, 헤치고 걸어가기가 성가실 만큼 사람들이 많았다.

아오마메는 가까스로 코인로커에 도착해 숄더백과 검은 인조가죽 여행가방을 꺼냈다. 여행가방에는 대여금고에서 꺼내온 현금다발이 들어 있다. 스포츠백에서 몇 가지 물건을 꺼내 숄더백과 여행가방에 각각 나눠 넣었다. 스킨헤드에게서 받은 현금 봉투, 권총을 넣은 비닐 파우치. 아이스픽이 든 하드케이스. 더이상 필요없게 된 나이키 스포츠백은 근처 코인로커에 넣고 백 엔짜리 동전을 먹여 열쇠를 채웠다. 그 스포츠백을 다시 찾으러 올 마음은 없었다. 그녀의 신원이 드러날 만한 건 아무것도 들어 있지 않다.

여행가방을 들고 역 구내를 돌며 공중전화를 찾았다. 하지만 모든 전화 앞에 사람들이 몰려 있었다. 전철이 멈춘 탓에 귀가가 늦어진다고 전화를 걸려는 사람들이 장사진을 치고 있었다. 아오마메는 가볍게 얼굴을 찌푸렸다. 아무래도 리틀 피플은 나를 그리 간단히는 도망치게 해주지 않을 모양이다. 리더가 말한 바에 따르면 그들은 내게 직접 손을 댈 수는 없다. 하지만 뒤에서 다른 수단으로 내 행동을 방해할 수는 있다.

아오마메는 전화 순서를 기다리는 건 포기했다. 역을 나와 조금 걷다가 눈에 들어온 찻집에 들어가 아이스커피를 주문했다. 가게 전화도 사용중이었지만 줄까지 서지는 않았다. 그녀는 중년여자의 등뒤에 서서 그녀의 기나긴 수다가 끝나기를 지그시 기다렸다. 여자는 불쾌한 듯 흘끔흘끔 아오마메를 쳐다보았지만, 오 분쯤 이야기를 계속하더니 그제야 전화를 끊었다.

아오마메는 가진 동전을 모조리 전화기에 넣고 외워두었던 번호를 눌렀다. 세 차례 호출음이 울리고는 "지금은 부재중입니다. 볼일이 있으신 분은 발신음 뒤에 메시지를 남겨주세요"라는 테이프의 무기질적인 소리가 흘렀다.

발신음이 울리자 아오마메는 수화기를 향해 말했다. "저기요, 다마루 씨, 거기 있으면 전화 좀 받아줄래요?"

수화기가 들렸다. "여기 있어." 다마루가 말했다.

"아, 다행이다." 아오마메는 말했다.

다마루는 그 목소리에서 여느 때와는 다른 절박한 여운을 감지한 모양이었다. "괜찮은 거야?" 그가 물었다.

"아직까지는."

"일은 잘됐나?"

아오마메는 말했다. "깊이 잠들었어요. 그 이상 깊이 잠들 수 없을 만큼."

"흐음, 그래." 다마루는 말했다. 진심으로 안도했는지, 목소리에서 그게 고스란히 느껴졌다. 감정을 겉으로 드러내지 않는 다마루로서는 퍽 드문 일이다. "그렇게 전해드리지. 아마 마음을 놓으실 거야."

"간단한 일은 아니었어요."

"알아. 하지만 네 일은 이제 끝났어."

"뭐, 그럭저럭." 아오마메는 말했다. "이 전화, 안전해요?"

"특별한 회선을 사용하고 있어. 걱정 안 해도 돼."

"신주쿠 역의 코인로커에서 여행용 짐들을 꺼내왔어요. 그다음은요?"

"시간 여유는?"

"한 시간 반." 아오마메는 말했다. 그녀는 간단히 상황을 설명했다. 앞으로 한 시간 반이 지나면, 두 명의 보디가드는 침실을 점검하고 리더가 숨을 쉬지 않는 것을 발견할 것이다.

"한 시간 반이면 충분해." 다마루는 말했다.

"발견하면 그 사람들, 즉시 경찰에 신고할까요?"

"그건 몰라. 어제 경찰이 교단 본부에 수사하러 들이닥친 참이야. 현재로서는 조사나 하는 정도고 아직 본격적인 수색까지는 하지 않았지만, 이런 때 교주가 변사했다고 하면 일이 상당히 귀찮아질 수 있지."

"그러니까 공표할 것 없이 자기들끼리 처리할 것이다?"

"그자들은 그런 정도는 태연하게 해치울 자들이야. 내일 신문을 보면 어떻게 됐는지 알겠지. 그들이 교주의 죽음을 경찰에 신고했는지 안 했는지. 나는 도박은 좋아하지 않아. 하지만 만일 어느 쪽엔가 꼭 걸어야 한다면 신고 안 하는 쪽에 걸 거야."

"자연스러운 현상이라고 생각해주진 않을까?"

"겉으로 봐서는 판단을 못 하겠지. 면밀한 부검이라도 하지 않는 한, 자연사인지 살인인지도 모를 거야. 어쨌든 그자들은 가장 먼저 네 말부터 들어보려고 할 거야. 살아 있는 리더를 마지막으로 만났던 사람이니까. 그리고 네가 집을 비우고 어딘가로 자취를 감췄다는 걸 알면 당연히 그건 자연사가 아닐 거라고 추측하겠지."

"그리고 그들은 내 행방을 쫓는다. 전력을 다해서."

"틀림없이." 다마루는 말했다.

"무사히 자취를 감출 수 있을까요?"

"계획은 세워뒀어. 면밀한 계획이야. 그 계획에 따라 신중하게, 참을성 있게 행동하면 어느 누구도 못 찾아내. 가장 좋지 않은 건 두려워하는 거야."

"노력은 하고 있어요." 아오마메는 말했다.

"계속 노력해. 재빨리 행동해서 시간을 내 편으로 만들어. 너는 주의깊고 참을성 강한 사람이야. 평소대로 하면 돼."

아오마메는 말했다. “아카사카 근처에 집중호우가 쏟아져서 지하철이 멈췄어요.”

“알아.” 다마루는 말했다. “하지만 염려 마. 지하철을 이용할 계획은 없어. 지금부터 택시를 타고 도내의 세이프하우스로 가도록 해.”

“도내? 어디 먼 곳으로 가는 거 아니었어요?”

“물론 멀리 가지.” 다마루는 천천히 타이르듯이 말했다. “하지만 그전에 몇 가지 준비가 필요해. 이름과 얼굴을 바꿔야 해. 게다가 이번 건은 아주 힘든 작업이었어. 너도 분명 흥분한 상태일 거야. 그런 때 급하게 움직여서 좋을 게 없어. 잠시 그 세이프하우스에 몸을 숨기고 있어. 괜찮아, 우리가 확실하게 서포트할 거야.”

“그 집은 어디에 있죠?”

“고엔지.” 다마루는 말했다.

고엔지, 아오마메는 생각했다. 그리고 손톱 끝으로 앞니를 톡톡 쳤다. 고엔지 쪽은 지리를 전혀 모른다.

다마루는 주소와 맨션 이름을 말했다. 늘 하던 대로 아오마메는 메모하지 않고 머리에 새겨넣었다.

“고엔지 남쪽 출구. 간조 7호선 근처야. 맨션 호수는 303. 입구 오토록은 2831을 누르면 열려.”

다마루는 잠시 틈을 두었다. 303과 2831, 아오마메는 머릿속에서 반복했다.

"집 열쇠는 현관 매트 뒷면에 테이프로 붙여뒀어. 집에는 우선 생활에 필요한 물건이 갖춰져 있고, 한동안은 바깥에 나오지 않아도 살 수 있게 만반의 준비를 해뒀어. 내 쪽에서 연락할게. 벨을 세 번 울린 뒤에 끊고 이십 초 뒤에 다시 걸 거야. 네 쪽에서는 되도록 연락하지 않도록 해."

"알았어요." 아오마메는 말했다.

"그자들은 터프한 편이었나?" 다마루가 물었다.

"내 옆에 붙어 있던 두 사람은 꽤 실력 있어 보였어요. 잠깐 오싹하는 순간도 있었구요. 하지만 프로는 아냐. 당신하고는 수준이 달라요."

"나 같은 인간은 별로 없지."

"너무 많아도 탈이죠."

"아마도." 다마루는 말했다.

아오마메는 짐을 들고 역 구내의 택시 승차장으로 향했다. 그곳에도 사람들이 길게 줄을 서 있었다. 지하철은 아직도 운행되지 않는 모양이었다. 하지만 어쨌든 그곳에 줄을 서서 꾹 참고 기다리는 수밖에. 다른 선택의 여지가 없으니.

얼굴에 답답함이 떠올라 있는 수많은 통근 승객들 틈에 섞여 택시를 기다리면서 그녀는 세이프하우스의 주소와 이름과 방 번호, 오토록 해제번호와 다마루의 전화번호를 머릿속에서 수없이 되뇌었다. 수도승이 산꼭대기 바위에 앉아 중요한 진언을 읊조리듯이. 아오마메는 원래 기억력에는 자신이 있었다. 그 정도 정보라면 어려움 없이 암기할 수 있었다. 하지만 지금 그녀에게는 그 숫자들이 생명줄이었다. 하나라도 잊거나 틀리면 목숨을 부지하기 어렵다. 머릿속에 깊이 새겨두지 않으면 안 된다.

그녀가 마침내 택시를 탔을 때는, 리더의 시체를 남기고 그 방을 나온 지 대략 한 시간이 지나 있었다. 여기까지 오는 데 예정했던 시간의 두 배 가까이 걸렸다. 아마도 리틀 피플이 그만큼 시간을 번 것이리라. 아카사카에 집중호우를 퍼부어 지하철을 멈추게 하고, 귀가하는 사람들의 발길을 어지럽히고, 신주쿠역을 혼란에 빠뜨리고, 택시를 부족하게 하여 아오마메의 움직임을 늦췄다. 그렇게 해서 그녀의 신경을 자근자근 조이고 있다. 냉정함을 잃게 하려 하고 있다. 아니, 그건 어디까지나 우연의 일치인지도 모른다. 어쩌다 일이 그렇게 된 것뿐인지도. 내가 있지도 않은 리틀 피플의 그림자에 두려워 떨고 있을 뿐인지도.

아오마메는 운전기사에게 행선지를 알리고 좌석에 깊숙이 몸을 묻고 눈을 감았다. 그 다크 슈트 이인조는 지금쯤 손목시계로 시간을 확인하며 교주가 잠에서 깨어나기를 기다리고 있으리라. 아오마메는 그 모습을 상상했다. 스킨헤드는 커피를 마시며 온갖 생각을 굴리고 있다. 머리를 쓰는 건 그의 역할이다. 고민하고 판단한다. 리더의 잠이 지나치게 조용하네, 라고 그는 의아해할지도 모른다. 리더는 항상 별 소리를 내지 않고 깊이 조용히 잔다. 코고는 소리나 숨소리를 내는 일도 없다. 그렇긴 해도 거기에는 늘 기척이라는 게 있었다. 두 시간은 숙면할 거라고 그 여자가 말했다. 근육의 회복을 위해 그 정도는 안정을 취해야 한다고. 아직 한 시간밖에 지나지 않았다. 하지만 뭔가가 그의 신경을 자꾸만 거스른다. 상황을 확인해보는 게 좋을지도 모른다. 어떻게 해야 하나, 그는 망설인다.

하지만 정말로 위험한 건 포니테일 쪽이다. 방을 나설 때 포니테일이 한순간 내보였던 폭력의 낌새를 아오마메는 아직 선명하게 기억한다. 말은 없지만 예리한 감을 가진 남자다. 아마 격투기도 상당히 뛰어날 터다. 예상했던 것보다 훨씬 실력이 뛰어날 것 같다. 아오마메의 마셜 아츠 실력쯤으로는 상대도 안 될 것이다. 권총을 뽑아들 여유조차 바랄 수 없을지도 모른다. 하지만 고맙게도 그는 프로는 아니다. 직감을 행동으로 옮기기 전에 이성을 발동시킨다. 누군가에게서 지시를 받는 데만 익숙해져버렸다. 다마루는 다르다. 다마루라면 일단 상대를 덮쳐 무력화시킨 뒤에 머리를 굴린다. 우선 행동한다. 오로지 직감을 믿고 이론적인 판단은 나중으로 돌린다. 한순간의 망설임 때문에 때를 놓친다는 것을 그는 잘 알고 있다.

그때 일을 떠올리자 겨드랑이에 땀이 솟았다. 그녀는 말없이 고개를 저었다. 그건 행운이었다. 적어도 현장에서 산 채로 붙잡히는 건 가까스로 모면했다. 앞으로는 더욱 조심해야 한다. 다마루의 말이 옳다. 주의깊고 참을성 강한 것이 무엇보다 중요하다. 위기는 방심한 단 한순간에 찾아온다.

택시기사는 말씨가 공손한 중년남자였다. 그는 차를 세우더니 미터기를 꺾고 지도를 꺼내 친절하게 번지를 조사해서 그 맨션을 찾아주었다. 아오마메는 고맙다고 인사하고 택시를 내렸다. 세련된 6층짜리 신축 맨션이었다. 주택가 한가운데 있었다. 입구에는 인기척이 없었다. 아오마메는 2831을 눌러 오토록을 해제하여 입구 자동문을 열고 청결하지만 좁은 엘리베이터로 3층에 올라갔다. 엘리베이터를 내려 우선 비상계단의 위치를 확인했다. 그러고는 현관 매트 뒷면에 비닐테이프로 붙여둔 열쇠를 떼어내 그걸로 문을 열고 안으로 들어갔다. 문을 열자 자동으로 현관 조명이 켜졌다. 집 안은 신축 맨션 특유의 냄새가 났다. 놓여 있는 가구도 전기제품도 모조리 완전한 신제품인 듯 사용한 흔적이 전혀 없었다. 분명 상자에서 꺼내 비닐포장만 벗겨낸 것들이다. 그런 가구며 전기제품은 맨션의 모델 룸을 꾸미기 위해 디자이너가 일괄적으로 사들인 상품들처럼 보였다. 심플한 디자인에 기능적이고 생활의 냄새가 느껴지지 않는다.

입구 왼편이 식당 겸 거실이었다. 복도가 있고 세면실과 욕실이 있고, 그 안쪽에 방 두 개가 있다. 한쪽 침실에는 퀸사이즈의 침대가 놓여 있었다. 침대 정리도 말끔하게 되어 있다. 창문 블라인드는 닫혀 있었다. 길 쪽 창문을 열자 간조 7호선의 자동차 소리가 먼 바다울음처럼 들려왔다. 창문을 닫자 소리는 거의 들리지 않았다. 거실 바깥에 작은 베란다가 있고 거기에서 길 하나 건너 작은 공원이 내려다보였다. 그네와 미끄럼틀, 모래터, 그리고 공중화장실. 키 큰 수은등이 부자연스러울 만큼 환하게 주위를 비추고 있었다. 커다란 느티나무가 주변에 넓게 가지를 뻗었다. 이 방은 3층이지만 가까운 거리에 높은 건물이 없어 남의 눈을 의식할 필요는 없었다.

아오마메는 몇 시간 전에 비우고 나온 지유가오카의 자신의 아파트 방을 떠올렸다. 오래된 건물이고 그리 청결하다고 할 수 없는데다 이따금 바퀴벌레도 나오고 벽도 얇았다. 애착을 가질 만한 거처라고는 도저히 말할 수 없었다. 하지만 이제는 그곳이 그리웠다. 얼룩 하나 없는 이 새 집에 있으려니, 자신이 기억과 개성을 박탈당한 익명의 인간이 된 듯한 마음이 들었다.

냉장고를 열자 문짝에 차가운 하이네켄 캔맥주 네 개가 있었다. 아오마메는 캔 하나를 따서 한 모금만 마셨다. 21인치 텔레비전을 켜고 그 앞에 앉아 뉴스를 보았다. 천둥과 집중호우에 대한 보도가 나왔다. 아카사카미쓰케 역 구내가 침수되어 마루노우치 선과 긴자 선이 멈췄다는 뉴스가 톱이었다. 넘쳐 들어온 물이 역 계단을 폭포처럼 흘러내렸다. 우비를 입은 역원들이 역 입구에 모래부대를 쌓고 있었지만, 아무리 봐도 때늦은 짓이었다. 지하철은 아직도 멈춰 선 채, 복구될 전망은 보이지 않았다. 텔레비전 리포터가 마이크를 내밀어 귀가할 방도를 잃은 사람들의 의견을 물었다. "아침 일기예보에서는 오늘 하루 종일 맑음이라고 했거든요" 하고 불만을 토로하는 사람도 있었다.

뉴스를 마지막까지 봤지만 '선구'의 리더가 사망했다는 뉴스는 당연히 아직 보도되지 않았다. 그 이인조는 옆방에서 두 시간이 경과하기를 기다리고 있을 터다. 그다음에야 그들은 진실을 알게 될 것이다. 그녀는 여행가방 안에서 파우치를 찾아 헤클러&코흐를 꺼내 식탁 위에 올려놓았다. 새 식탁 위에 놓인 독일제 자동권총은 지독히 무뚝뚝하고 과묵해 보였다. 그리고 한없이 까맣다. 하지만 덕분에 완전히 무개성이었던 집 안에 포인트한 가지가 생겨난 것 같았다. "자동권총이 있는 풍경"이라고 아오마메는 중얼거렸다. 마치 그림 제목 같다. 어쨌거나 이제부터는 이걸 항상 몸에 지니고 다녀야 한다. 언제라도 즉각 뽑아들 수 있도록 준비하지 않으면 안 된다. 다른 누군가를 저격하건, 아니면 나 자신을 저격하건.

커다란 냉장고 안에는 여차하면 보름쯤은 집 안에 틀어박혀 있어도 아무 문제 없을 만큼 식료품이 가득 들어 있었다. 야채와 과일, 금방 먹을 수 있는 몇 가지 가공식품. 냉동고 안에는 다양한 종류의 육류와 생선과 빵이 딱딱하게 얼어 있다. 아이스크림까지 있다. 식품 선반에는 다양한 레토르트 식품, 통조림과 조미료 일습이 늘어서 있었다. 쌀과 면류도 있다. 미네랄워터도 넉넉히 들었다. 와인도 레드와 화이트가 두 병씩 준비되어 있었다. 누가 준비했는지 모르지만 주도면밀했다. 빠뜨린 건 우선은 없어 보인다.

약간 허기가 느껴져 그녀는 카망베르 치즈를 꺼내고 그것을 잘라 크래커와 함께 먹었다. 치즈를 반만 먹고 셀러리 한 줄기를 잘 씻어 마요네즈를 찍어 통째로 베어먹었다.

그러고는 침실에 놓인 옷장 서랍을 차례대로 열어보았다. 맨 위 서랍에는 파자마와 얇은 목욕가운이 들어 있었다. 아직 비닐팩에 들어 있는 신품이다. 대단한 준비성이다. 다음 서랍에는 티셔츠와 양말 세 켤레, 스타킹, 갈아입을 속옷도 들어 있다. 모두가 가구 디자인에 맞춘 듯이 하얗고 심플한 것이고, 모두 다 똑같이 비닐팩에 들어 있다. 아마도 세이프하우스의 여자들에게 지급되는 것과 똑같은 물건들이리라. 소재는 좋지만, 거기에는 그야말로 '보급품'이라는 분위기가 감돌았다.

세면실에는 샴푸며 컨디셔너, 스킨로션, 오드콜로뉴가 있었다. 그녀가 필요로 하는 건 모두 갖춰져 있다. 아오마메는 평소 화장을 거의 하지 않기 때문에 필요한 화장품은 몇 가지로 한정되어 있다. 칫솔과 치간 브러시와 치약도 있었다. 헤어브러시도,

면봉도, 면도기도, 자그마한 가위도, 생리용품까지 빈틈없이 준비되었다. 화장지와 티슈페이퍼는 확실하게 비축되어 있다. 목욕타월과 페이스타월은 말끔하게 개켜져 벽장 안에 차곡차곡 쌓여 있었다. 모든 것이 정성스럽게 마련되어 있다.

옷장을 열어보았다. 혹시라도 그 안에는 그녀 사이즈의 원피스와 그녀 사이즈의 구두가 가지런히 늘어서 있을지도 모른다. 그게 죄다 아르마니와 페라가모라면 더이상 바랄 게 없을 텐데. 하지만 예상과는 달리 옷장 안은 텅 비어 있었다. 아무리 그래도 그렇게까지는 해주지 않지. 그들은 어디까지가 주도면밀한 것이고 어디부터는 지나친 것인지 잘 알고 있다. 제이 개츠비의 서재와 같다. 책은 제대로 갖춰둔다. 하지만 책을 펼쳐보기까지는 하지 않는다. 게다가 이곳에 있는 동안 외출복이 필요할 만한 상황은 당연히 없다. 필요하지 않은 것을 그들은 준비하지 않는다. 하지만 행거만은 넉넉했다.

아오마메는 가져온 옷들을 여행가방에서 꺼내 하나하나 주름이 잡히지 않은 것을 확인한 뒤에 행거에 걸었다. 그런 쓸데없는 짓은 하지 말고 옷을 그대로 가방에 넣어두는 게 도망중인 처지에는 매사에 유리하다는 건 그녀도 알고 있었다. 하지만 아오마메가 이 세상에서 가장 싫어하는 건 접힌 자국이 있는 옷을 입는 것이었다.

나는 냉철한 프로 범죄자는 못 되겠구나, 아오마메는 생각했다. 진짜, 이런 때에 옷 접힌 자국에 신경을 쓰다니. 그리고 언젠가 아유미와 나눴던 대화가 문득 떠올랐다.

"침대 매트리스 틈새에 현금을 감춰뒀다가 수틀리면 움켜쥐고 창문으로 튀어."

"그래, 그거, 그거." 아유미는 말하며 손가락을 탁 튕겼다. "〈겟어웨이〉 같은데? 스티브 매퀸 영화. 돈다발과 샷건. 그런 거 진짜 좋아."

아냐, 아유미, 막상 해보면 그리 즐거운 생활도 아니야, 아오마메는 벽을 향해 말했다.

그리고 아오마메는 욕실에 가서 입고 있던 옷을 벗고 샤워를 했다. 뜨거운 물을 맞으며 몸에 남았던 불쾌한 땀을 씻어냈다. 욕실을 나와 키친 카운터 앞에 앉아 타월로 젖은 머리를 훔치면서 남은 캔맥주를 다시 한 모금 마셨다.

오늘 하루 만에 몇 가지 일들이 확실하게 앞으로 나아갔어, 아오마메는 생각했다. 톱니가 덜컹 소리를 내며 한 칸 전진했다. 한번 앞으로 나아간 톱니가 다시 뒤로 돌아오는 일은 없다. 그것이 세계의 룰이다.

아오마메는 권총을 손에 들어 거꾸로 잡고 총구를 위로 향하게 하여 입 안에 넣었다. 치아 끝에 닿는 강철의 감촉은 지독히 딱딱하고 차가웠다. 희미하게 윤활유 냄새가 났다. 이렇게 뇌를 쏘아 뚫어버리면 되는 거야. 격철을 세우고 방아쇠를 당긴다. 그걸로 모든 건 가뭇없이 종료된다. 뭔가를 생각할 필요도 없다. 도망 다닐 필요도 없다.

아오마메는 자신의 죽음을 딱히 두렵다고는 생각하지 않았다. 나는 죽고 덴고는 살아남는다. 그는 앞으로 1Q84년을, 달이 두 개 있는 이 세계를 살아가게 된다. 하지만 그곳에 나는 포함되어 있지 않다. 이 세계에서 내가 그를 만나는 일은 없다. 아무리 세계가 거듭된다 해도 내가 그를 만나는 일은 없다. 어쨌든 리더는 그렇게 말했다.

아오마메는 방 안을 새삼 천천히 둘러보았다. 영락없는 모델룸이야, 그녀는 생각했다. 청결하고 통일감 있고 필요한 건 모두 갖춰져 있다. 하지만 개성 없이 데면데면한, 그냥 종이로 만든 연극 소품 같은 것이다. 만일 내가 이런 곳에서 죽게 된다면 그건 별로 유쾌한 죽음이라고는 말할 수 없으리라. 하지만 가령 무대 배경을 내 맘에 드는 것으로 바꿔본들, 유쾌한 죽음이라는 것이 과연 세상에 존재할까. 게다가 생각해보면 결국은 우리가 살아가는 세상 그 자체가 거대한 모델 룸 같은 게 아닐까. 들어와서 거기에 자리잡고 앉아 차를 마시고 창밖의 풍경을 바라보고, 그리고 시간이 되면 인사를 하고 나간다. 그곳에 있는 모든 가구는 임시의 가짜에 지나지 않는다. 창문에 걸린 달 역시 종이로 만든 소품일지도 모른다.

하지만 나는 덴고를 사랑해, 아오마메는 생각했다. 작게 입 밖에 내어 말했다. 나는 덴고를 사랑해. 이건 싸구려 연극 같은 게 아니다. 1Q84년은 베이면 피가 나는 현실세계다. 아픔은 어디까지나 아픔이고, 공포는 어디까지나 공포다. 하늘에 걸린 달은 연극 소품이 아니다. 진짜 달이다. 진짜 한 쌍의 달. 그리고 이 세계에서 나는 덴고를 위해 기꺼이 죽음을 받아들였다. 그것이 가짜라고는 누구도 말할 수 없다.

아오마메는 벽에 걸린 둥근 벽시계에 눈을 던졌다. 브라운 사의 심플한 디자인. 헤클러&코흐와 잘 매치된다. 그 시계 외에 이 방의 벽에 걸린 건 없다. 시곗바늘은 열시를 넘어서고 있었다. 이제 슬슬 그 이인조가 리더의 시체를 발견할 시각이다.

호텔 오쿠라의 우아한 스위트룸 침실에서, 한 남자가 숨을 거두었다. 몸집이 거대한, 범상치 않은 남자다. 그는 저쪽 세계로 옮겨가버렸다. 어느 누가 나선들, 무엇을 동원한들, 이제 이쪽 편으로 돌아오게 할 수는 없다.

그리고 드디어 요괴의 시간이 시작된다.

제 16장 덴고

Q
마치 유령선처럼

내일이 되었을 때, 그곳에 과연 어떤 세계가 있을까.

"그건 아무도 알지 못해요." 후카에리가 말했다.

하지만 덴고가 눈 뜬 세계는 전날 밤 잠들었던 세계에 비해 그리 바뀐 것처럼 보이지 않았다. 베갯머리의 시계는 여섯시 너머를 가리키고 있었다. 창밖은 환하게 밝았다. 공기가 또렷하게 맑아서 커튼 틈새로 빛이 쐐기처럼 박혀들었다. 여름도 마침내 끝에 다다른 모양이다. 새소리가 날카롭고 선명하게 들린다. 어제의 격렬한 뇌우가 환영이었던 것처럼 느껴졌다. 혹은 머나먼 과거에 어딘가 알지 못하는 곳에서 일어났던 일처럼.

눈을 뜨자마자 덴고의 머릿속에 가장 먼저 떠오른 것은 혹시 후카에리가 밤사이에 사라진 게 아닌가 하는 것이었다. 하지만 소녀는 그의 옆에서, 동면중인 작은 동물처럼 깊이 잠들어 있었다. 잠든 얼굴은 아름다웠다. 가늘고 까만 머리칼이 흰 뺨에 걸려 복잡한 무늬를 그리고 있었다. 귀는 머리칼에 감춰져 보이지 않았다. 숨소리가 작게 들려왔다. 덴고는 한참 동안 방 천장을 보며 그 작은 풀무 같은 숨소리에 귀를 기울였다.

간밤의 사정 감각을 그는 아직 확실하게 기억하고 있었다. 이 소녀 안에 자신이 실제로 정액을 쏟아냈다고 생각하니 머리가 지독히도 혼란스러웠다. 그것도 아주 많은 양의 정액이다. 아침이 되니, 그건 저 격렬한 뇌우와 마찬가지로 현실에서 일어났던 일이 아닌 것 같았다. 마치 꿈속에서의 체험 같다. 십대 시절에 몇 번인가 몽정을 경험했다. 실감나는 성적인 꿈을 꾸고 꿈속에서 사정하여 그길로 눈이 떠졌다. 모든 일이 꿈이지만 사정은 진짜다. 감각으로는 그 몽정과 흡사했다.

하지만 그건 몽정이 아니다. 그는 틀림없이 후카에리 안에 사정했다. 그녀가 주도적으로 그의 페니스를 자신 속에 넣고 정액을 효과적으로 뽑아갔다. 그는 그저 거기에 따랐을 뿐이다. 그때 그의 몸은 완전히 마비되어 손가락 하나 움직일 수 없었다. 그리고 덴고 자신은 초등학교 교실에 사정하는 것이라고 생각했다. 하지만 생리가 없으니 어쨌든 임신할 걱정은 없다고 후카에리는 말했다. 그런 일이 정말로 내게 일어나다니, 도저히 믿어지지 않는다. 하지만 정말로 일어났던 일이다. 현실세계에서 현실의 일로서. 아마도.

그는 침대에서 내려와 옷을 갈아입고 주방에서 물을 끓여 커피를 만들었다. 커피를 내리면서 머릿속을 정리하려고 했다. 책상 서랍 안을 정리하듯이. 하지만 제대로 정리가 되지 않았다. 몇몇 사항의 위치를 바꿨을 뿐이다. 지우개가 있던 자리에 페이퍼 클립을 넣고, 페이퍼 클립이 있던 자리에 연필깎이를 넣고 연필깎이가 있던 자리에 지우개를 넣는다. 혼란의 한 형태가 다른 형태로 바뀌었을 뿐이다.

새로 내린 커피를 마시고, 세면실로 가서 FM 바로크 음악방송을 들으며 수염을 밀었다. 텔레만이 작곡한 각종 독주악기를 위한 파르티타. 여느 때와 똑같다. 주방에서 커피를 내려 그것을 마시고 라디오로 〈바로크 음악을 당신에게〉를 들으며 수염을 민다. 날마다 곡목만 바뀐다. 분명 어제는 라모의 건반음악이었다.

해설자의 말이 흘러나왔다.

텔레만은 18세기 전반에는 작곡가로서 유럽 각지에서 높은 인기를 누렸지만, 19세기에 접어든 뒤로는 지나치게 많은 곡을 남긴 작곡가라는 이유로 그의 작품은 사람들의 경멸을 받았습니다. 하지만 그건 딱히 텔레만의 책임은 아니었습니다. 유럽 사회구조의 변화에 따라 음악창작의 목적이 크게 변화하면서 이러한 평가의 역전이 빚어진 것입니다.

이것이 새로운 세계인가, 하고 그는 생각했다.

주위의 풍경을 새삼 둘러보았다. 역시 변화라고 할 만한 건 눈에 띄지 않는다. 경멸하는 사람들의 모습도 지금은 아직 보이지 않는다. 하지만 어찌됐든 수염을 밀 필요는 있다. 세계가 변했건 변하지 않았건, 다른 누군가가 수염을 밀어주는 건 아니다. 내 수염은 내 손으로 미는 수밖에 없다.

수염을 깎고 토스트를 구워 버터를 발라 먹고 다시 커피 한잔을 마셨다. 침실의 후카에리가 궁금해서 보러 갔지만, 상당히 깊이 잠들었는지 꿈쩍도 하지 않았다. 조금 전 그대로 자세도 달라지지 않았다. 머리칼은 여전히 뺨 위에 똑같은 무늬를 그리고 있다. 잠든 숨소리도 조금 전과 마찬가지로 편안했다.

오늘은 별다른 일정이 없었다. 학원 강의도 없다. 누군가 찾아올 일도 없고 누군가를 찾아갈 예정도 없다. 오늘 하루 무엇을 하건 내 마음대로다. 덴고는 주방 테이블을 마주하고 소설의 다음 부분을 썼다. 만년필로 원고용지에 글자를 채워나갔다. 항상 그랬던 것처럼 그는 곧바로 그 작업에 의식을 집중했다. 의식의 채널이 전환되고 다른 일들은 시야에서 깨끗이 사라졌다.

후카에리가 잠이 깬 건 아홉시 조금 전이었다. 그녀는 파자마를 벗고 덴고의 티셔츠를 입고 있었다. 제프 벡의 일본 투어 티셔츠, 그가 지쿠라의 아버지를 찾아갔을 때 입었던 옷이다. 한 쌍의 유방이 그곳에 또렷하게 도드라져 있었다. 그건 덴고에게 여지없이 간밤의 사정을 떠올리게 했다. 연호가 당시의 역사적 사실을 떠올리게 하듯이.

FM 라디오는 마르셀 뒤프레의 오르간 곡을 내보내고 있었다. 덴고는 소설 쓰던 걸 멈추고 그녀를 위해 아침을 준비했다. 후카에리는 얼그레이를 마시고 토스트에 딸기잼을 발라 먹었다. 그녀는 마치 옷의 주름을 그리는 렘브란트처럼 주의깊게 시간을 들여 토스트에 잼을 발랐다.

"그 책은 얼마나 팔렸을까?" 덴고가 물었다.

"공기 번데기 얘기." 후카에리가 말했다.

"응."

"몰라요." 후카에리는 말했다. 그리고 미간을 가볍게 찡그렸다. "아주 많이."

그녀에게 숫자는 그다지 중요한 요소가 아니다, 덴고는 생각했다. 그녀의 '아주 많이'라는 표현은 넓은 들판 저 끝까지 돋아난 클로버를 연상시켰다. 들판의 클로버가 나타내는 것은 어디까지나 '많다'라는 개념이고 아무도 그 수를 헤아릴 수는 없다.

"많은 사람들이 「공기 번데기」를 읽고 있어." 덴고는 말했다.

후카에리는 아무 말 없이 잼이 잘 발라졌는지 점검했다.

"고마쓰 씨를 만나야 해. 되도록 빨리." 덴고는 테이블 너머로 후카에리의 얼굴을 보며 말했다. 그녀의 얼굴에는 여느 때처럼 어떤 표정도 떠오르지 않았다. "고마쓰 씨 만나본 적 있지?"

"기자회견 때."

"말은 해봤어?"

후카에리는 가만히 고개를 저었다. 말은 거의 해보지 않았다는 뜻이다.

그 자리의 정경이 생생하게 상상이 되었다. 고마쓰는 늘 그렇듯이 엄청난 속도로 자신이 생각하는 것을—혹은 별로 생각하지도 않는 것을—마구 주워섬기고, 그녀는 그동안 거의 입을 열지 않는다. 그가 하는 말을 제대로 듣지도 않는다. 고마쓰는 고마쓰대로 그런 건 아랑곳하지 않는다. 만일 누군가가 '서로 어울릴 가망이 전혀 없는 사람들'의 샘플을 구체적으로 하나 제시하라고 한다면 '후카에리와 고마쓰'를 내밀면 된다.

덴고는 말했다. "벌써 한참 동안 고마쓰 씨를 만나지 못했어. 연락도 못 받았고. 그 사람도 요즘 어지간히 바빴을 거야. 「공기 번데기」가 베스트셀러가 되면서 여기저기 시끄러운 일에 휩쓸렸을 테니까. 하지만 그를 만나 이런저런 문제에 대해 진지하게 상의해야 할 때가 되었어. 기왕 너도 여기에 와 있고, 마침 좋은 기회야. 함께 만나볼래?"

"셋이서."

"응. 그러는 게 이야기가 빠르겠지."

후카에리는 거기에 대해 잠시 생각했다. 혹은 뭔가를 상상했다. 그러고는 말했다.

"괜찮아요. 만일 그럴 수 있다면."

만일 그럴 수 있다면, 덴고는 머릿속에서 반복했다. 거기에는 예언적인 울림이 있었다.

"너는 그럴 수 없을지도 모른다고 생각하는 거야?" 덴고는 조심스레 물었다.

후카에리는 거기에는 대답하지 않았다.

"만일 만날 수 있다면 고마쓰를 만나기로 한다, 그러면 되겠지?"

"만나서 뭐 해요."

"만나서 뭐 하느냐고?" 덴고는 질문을 반복했다. "우선 돈을 돌려줄 거야. 「공기 번데기」의 리라이팅 보수로 제법 큰 돈이 지난번에 내 은행계좌에 들어왔어. 하지만 그런 돈은 받고 싶지 않아. 아니, 「공기 번데기」를 고쳐 쓴 일을 후회한다거나 그런 건 아냐. 그 작업은 나를 자극하기도 했고, 좋은 방향으로 이끌어줬어. 내 입으로 이런 말 하긴 좀 그렇지만, 꽤 잘해냈다고 생각해. 사실 평가도 좋게 나오고 책도 잘 팔리고 있어. 그 일을 받아들인 것 자체는 잘못한 것 같지 않아. 다만 일이 이렇게 커져버릴 줄은 생각을 못 했어. 물론 그 일을 받아들인 건 나니까 그 책임을 져야 하는 건 분명해. 하지만 아무튼 이 일로 보수를 받을 생각은 없어."

후카에리는 어깨를 움츠렸다.

덴고는 말했다. "아, 그건 그래. 돈을 안 받는다고 해봤자 상황은 전혀 바뀌지 않겠지. 하지만 나로서는 내 입장을 확실하게 해두고 싶은 거야."

"누구에 대해서."

"주로 나 자신에 대해서." 덴고는 약간 목소리를 낮추어 말했다.

후카에리는 딸기잼 병의 뚜껑을 들고 신기한 것이라도 보듯이 쳐다보았다.

"하지만 어쩌면 이미 너무 늦었는지도 모르지." 덴고는 말했다.

후카에리는 거기에 대해 아무 말도 하지 않았다.

한시쯤 고마쓰의 회사에 전화했을 때(고마쓰는 오전중에 회사에 나오는 일이 없다), 전화를 받은 여자는 고마쓰가 최근 며칠 동안 회사에 나오지 않았다고 말했다. 하지만 그녀는 그 이상의 일은 알지 못했다. 뭔가를 알고 있어도 덴고에게 말해줄 마음은 없는 듯했다. 덴고는 알고 있는 다른 편집자에게 전화를 돌려달라고 그녀에게 부탁했다. 덴고가 펜네임으로 짧은 칼럼을 쓰고 있는 월간지의 담당 편집자였다. 두세 살 위인 그 편집자는 같은 대학 출신이기도 해서 덴고에게 호감을 갖고 있었다.

"고마쓰 씨 벌써 일주일이나 안 보이고 있어." 편집자는 말했다. "안 나온 지 사흘째 되는 날에, 몸이 안 좋아서 한참 쉬어야겠다고 고마쓰 씨가 직접 전화를 해왔어. 그뒤로 계속 회사에 나타나지 않는 거야. 물론 출판부에서는 지금 다들 머리를 싸매고 있지. 고마쓰 씨가 「공기 번데기」의 전담 편집자여서 그 책에 관한 건 모두 다 혼자 커버해왔거든. 원래 고마쓰 씨는 잡지 쪽 담당인데 부서 같은 건 아예 무시하고 그 일을 자기 혼자 틀어쥐고 다른 사람은 아무도 손을 못 대게 했어. 그러니 지금 이 판국에 고마쓰 씨가 나오지 않으면 다른 사람은 도저히 대응할 수가 없지. 몸이 안 좋다는 데야 뭐, 어쩔 도리가 없지만."

"몸이 어떻게 안 좋은데요?"

"모르겠어. 그냥 몸 상태가 좀 안 좋다, 그 말밖에 안 했으니까. 그러고는 일방적으로 전화를 끊어버렸어. 그뒤로 전혀 연락이 없어. 물어볼 게 있어서 집에 전화를 해도 연결이 안 돼. 계속 부재중 응답이야. 그래서 지금 다들 애를 태우고 있어."

"고마쓰 씨는 가족은 없나요?"

"응, 혼자 살아. 부인과 아이가 하나 있었는데 벌써 오래전에 이혼했을 거야. 고마쓰 씨는 그런 얘기는 일절 안 하니까 자세한 건 모르겠지만, 떠도는 소문으로는 그래."

"어떻든 일주일을 쉬면서 한 번밖에 연락이 없다는 것도 좀 이상하네요."

"하지만 뭐, 자네도 알다시피 상식이 통하는 사람이 아니잖아."

덴고는 수화기를 쥔 채 잠시 생각했다. 그리고 말했다. "그야 어디로 튈지 짐작하기가 어려운 사람이긴 하죠. 사회통념이 좀 부족하고 자기 멋대로인 면도 있구요. 하지만 내가 아는 한, 일에 관해서는 무책임한 사람은 아니에요. 「공기 번데기」가 이렇게 잘 팔리는 때에 아무리 몸이 안 좋다고 해도 그 일을 중간에 내던지고 회사에 제대로 연락도 하지 않을 리는 없어요. 그렇게까지 심한 사람은 아닐 텐데요."

"그건 그러네." 편집자는 동의했다. "한번 집에 찾아가 상황을 확인해보는 게 좋을 거 같아. 후카에리 실종 사건과 얽혀서 '선구' 쪽하고도 말썽이 좀 있고, 그 여학생의 행방도 아직 모르거든. 정말 무슨 일이 있는지도 모르겠네. 설마 고마쓰 씨가 꾀병을 빙자해서 휴가를 얻어 어딘가에 후카에리를 숨겨놓고 있는 것도 아닐 테고."

덴고는 입을 다물고 있었다. 후카에리는 바로 내 눈앞에서 지금 면봉으로 귀 청소를 하고 있다, 라고는 도저히 말할 수 없다.

"이번 일뿐만이 아니라 그 책에 관해서는 아무래도 뭔가 석연찮은 점이 있어. 책이 잘 팔리는 건 물론 좋은 일이지만 아무래도 뭔가 이상해. 나만 그런 게 아니야. 회사에서도 다들 그렇게 느끼고 있어. ……근데 덴고는 고마쓰 씨에게 무슨 볼일이야?"

"아뇨, 딱히 볼일은 없어요. 한참 못 만나서 어떻게 지내나 궁금했던 것뿐이죠."

"고마쓰 씨도 한참 동안 어지간히 바빴지. 아마 그런 스트레스도 있었을 거야. 아무튼 「공기 번데기」는 우리 회사 창립 이래 최고의 베스트셀러야. 올해 보너스가 얼마나 나올지 벌써부터 기대가 된다니까. 덴고는 그 책 읽었어?"

"물론 응모했을 때 읽었죠."

"아참, 그렇지. 자기가 원고 사전심사를 했었지."

"재미있게 잘 쓴 소설이에요."

"응, 분명 내용은 좋아. 읽어볼 만은 하지."

덴고는 그 말투에서 불길한 여운을 감지했다. "하지만 뭔가 걸린다는 건가요?"

"이건 편집자로서의 감인데, 그 소설은 대단히 잘 썼어. 그건 분명해. 근데 좀 지나치게 잘 썼어. 열일곱 살 신인 소녀 작가가 썼다고 하기에는 말이야. 게다가 작가는 현재 행방불명이고, 편집자는 연락이 안 돼. 그리고 아무도 없는 옛날 유령선처럼 책만 베스트셀러의 수로를 순풍에 돛 단 듯이 곧장 달려가고 있어."

덴고는 애매한 신음 소리를 냈다.

편집자는 말을 이었다. "왠지 으스스하고 미스터리어스하고, 스토리도 너무 잘 짜여졌어. 이건 우리끼리만 하는 말인데, 혹시 고마쓰 씨가 그 작품에 상당히 손을 댄 게 아니냐는 억측도 회사 안에서 떠도는 중이야. 상식의 범위를 넘는 선까지 손을 댄 게 아니냐는 거지. 설마 그럴 리야 없겠지만, 만에 하나 그랬다면 우리는 위험한 폭탄을 껴안고 있는 셈이야."

"어쩌면 그냥 행운에 행운이 겹친 것뿐인지도 모르죠."

"그렇다고 해도 그런 일이 언제까지고 이어지진 않지." 편집자는 말했다.

덴고는 인사를 건네고 전화를 끊었다.

수화기를 내려놓은 뒤 덴고는 후카에리에게 말했다. "일주일 전부터 고마쓰 씨가 회사에 나오지 않고 있대. 연락도 안 되고."

후카에리는 아무 말도 하지 않았다.

"내 주위에서 사람들이 차례차례 자취를 감추는 거 같아." 덴고는 말했다.

후카에리는 역시 아무 말도 하지 않았다.

인간의 피부세포는 매일 사천만 개씩 죽는다는 사실을 덴고는 문득 떠올렸다. 그것들은 죽어서 떨어지고 눈에 보이지 않는 작은 먼지가 되어 허공으로 사라져간다. 우리는 어쩌면 이 세계의 피부세포 같은 것인지도 모른다. 그렇다면 누군가가 어느 날 문득 어딘가로 사라져버린다 해도 그리 이상한 일은 아니다.

"혹시 다음은 내 차례인지도 몰라." 덴고는 말했다.

후카에리는 짧고 단호하게 고개를 저었다. "당신은 사라지지 않아요."

"어째서 나는 사라지지 않지?"

"액막이를 했으니까."

덴고는 거기에 대해 몇 초 동안 생각했다. 하지만 물론 결론은 나지 않았다. 생각해봤자 쓸데없다는 건 처음부터 알고 있었다. 그래도 생각하는 노력조차 하지 않을 수는 없다.

"어쨌든 지금 당장 고마쓰 씨를 만나는 건 어렵겠어." 덴고는 말했다. "돈도 돌려줄 수 없고."

"돈은 문제가 아니에요." 후카에리는 말했다.

"그럼 대체 뭐가 문제일까?" 덴고는 질문해보았다.

물론 대답은 돌아오지 않았다.

덴고는 간밤에 결심한 대로 아오마메의 행방을 찾기로 했다. 하루 온종일을 들여 집중적으로 찾아보면 단서 정도는 얻을 수 있을 것이다. 하지만 실제로 해보니 그건 예상만큼 간단한 일이 아니라는 게 드러났다. 그는 후카에리를 집에 남겨두고("누가 와도 문을 열어주면 안 돼"라고 몇 번이나 일러두었다) 전화국 본국으로 갔다. 그곳에는 일본 전국의 전화번호부가 모두 구비되어 있고 열람이 가능했다. 그는 도쿄 23구의 전화번호부를 모조리 뒤적이며 아오마메라는 이름을 찾아보았다. 그녀 본인이 아니더라도 아마 친척이 어딘가에 살고 있을 터다. 그 사람에게 아오마메의 소식을 물어보면 된다.

하지만 어떤 전화번호부에서도 아오마메라는 이름은 눈에 띄지 않았다. 덴고는 지역을 도쿄 전역으로 넓혔다. 역시 한 사람도 없었다. 그다음에는 찾는 범위를 간토 일원으로 넓혔다. 지바 현, 가나가와 현, 사이타마 현…… 거기서 기력도 시간도 다 떨어졌다. 전화번호부의 작은 글씨를 계속 들여다본 탓에 눈이 시큰거렸다.

몇 가지 가능성을 생각할 수 있었다.

(1) 그녀는 홋카이도의 우타시나이 시 교외에 살고 있다.

(2) 그녀는 결혼해서 성을 '이토'로 바꾸었다.

(3) 그녀는 프라이버시를 보호하기 위해 전화번호부에 이름을 올리지 않았다.

(4) 그녀는 이 년 전 봄에 악성 인플루엔자로 사망했다.

가능성은 그밖에도 얼마든지 있을 터였다. 전화번호부에만 매달리는 건 무리가 있다. 일본 전국의 전화번호부를 샅샅이 조사할 수는 없다. 홋카이도까지 이를 즈음에는 한 달이 훌쩍 지나 다음 달로 넘어가 있을지도 모른다. 뭔가 다른 방법을 찾지 않으면 안 된다.

덴고는 전화카드를 구입하고 전화국 부스에 들어가 모교인 이치카와 시의 초등학교에 전화를 걸었다. 동창회 연락 때문이라고 둘러대고, 아오마메의 주소를 알아봐달라고 부탁했다. 친절하고 한가한 듯한 여사무원이 졸업생 명부를 뒤적여 찾아주었다. 아오마메는 5학년 학기중에 전학했기 때문에 졸업생은 아니다. 따라서 졸업생 명부에는 이름이 실려 있지 않고, 현재 주소도 알 수 없다. 하지만 전학할 당시 이사 간 주소라면 찾아봐줄 수 있다. 알고 싶은가?

알고 싶다, 고 덴고는 말했다.

그리고 메모지를 들고 주소와 전화번호를 받아적었다. 주소는 도쿄도 아다치 구 '다자키 고지' 댁이라고 했다. 아무래도 그녀는 자기 집을 나온 모양이었다. 아마 뭔가 사정이 있었으리라. 쓸데없는 짓이라고 생각하면서도 덴고는 일단 전화를 해보았다. 예상대로 그 전화번호는 이미 결번이 되어 있었다. 벌써 이십 년이 지난 옛날 일이다. 번호 안내 서비스에도 전화를 걸어 주소와 다자키 고지라는 이름을 말했지만, 그런 이름으로 등록된 전화번호는 없다고 했다.

그다음에는 '증인회' 본부의 전화번호를 조사해보았다. 하지만 아무리 찾아도 전화번호부에 그들의 연락처는 실려 있지 않았다. '홍수 이전'으로도 '증인회'로도, 혹은 그 단체에 관련된 어떤 이름으로도 기재된 게 없었다. 직업별 전화번호부의 '종교단체' 항목에서도 찾을 수 없었다. 덴고는 한참을 악전고투한 끝에, 아마도 그들은 어느 누구에게서도 연락 같은 건 받고 싶지 않은 것이다, 라는 결론에 이르렀다.

그건 생각하면 묘한 일이었다. 그들은 자기들 좋을 때 마음대로 사람을 찾아온다. 내가 수플레를 굽고 있을 때건, 납땜을 하고 있을 때건, 머리를 감을 때건, 생쥐를 훈련시키고 있을 때건, 2차함수에 대해 고민하고 있을 때건, 그런 건 아랑곳하지 않고 벨을 누르고 혹은 문을 두드리고 "우리 함께 성서공부를 해보지 않으실래요?" 하고 웃는 얼굴로 청해온다. 자기들 쪽에서 찾아오는 건 괜찮다. 하지만 (아마 신자가 되지 않는 한) 내 쪽에서는 자유롭게 만나러 갈 수 없다. 간단한 질문 하나 할 수 없다. 불편하다고 하면 참으로 불편한 일이다.

하지만 설혹 전화번호를 찾아내 연락이 된다 해도 그 굳건한 보호막으로 봐서는 그들이 덴고의 요청에 응해 개별적인 신자에 대한 정보를 친절하게 알려줄 것이라고는 생각하기 어려웠다. 물론 그들 입장에서는 보호막을 굳건하게 치지 않으면 안 될 분명한 이유가 있을 것이다. 그 극단적이고 괴상한 교리 때문에, 신앙의 완고함 때문에, 세상의 많은 사람들은 그들을 싫어하고 경원시하고 있었다. 그간 몇몇 사회문제를 일으켜 박해에 가까운 일을 겪은 적도 있다. 그렇게 결코 호의적이라고 할 수 없는 외부세계로부터 자신들의 커뮤니티를 지키는 것이 아마도 그들의 습성의 하나가 된 것이리라.

어떻든 일단 거기에서 아오마메를 찾는 길은 막혀버렸다. 그 이상 어떤 추적 방법이 남아 있는지, 덴고는 얼른 생각나지 않았다. '아오마메'는 상당히 희귀한 성이다. 한 번 들으면 잊히지 않는다. 그런데 그 이름을 가진 한 인간의 발자취를 더듬어보려 했더니 눈 깜짝할 사이에 단단한 벽에 부딪혀버렸다.

어쩌면 '증인회' 신자에게 직접 물어보고 다니는 게 가장 빠를지도 모른다. 본부에 직접 물어봤자 수상쩍게 여겨서 아무것도 가르쳐주지 않겠지만, 주위의 보통 신자에게 개인적으로 물어본다면 친절하게 가르쳐줄 것 같기도 하다. 하지만 덴고는 '증인회' 신자를 한 명도 알지 못했다. 그리고 생각해보니 최근 십 년 가까이 '증인회' 신자의 방문을 받은 일이 한 번도 없다. 어째서 그들은 와줬으면 할 때는 오지 않고, 오지 말았으면 하는 때에만 찾아오는 걸까.

신문에 세 줄짜리 광고를 내보는 방법도 있다. '아오마메 씨, 급히 연락 바랍니다. 가와나.' 웃기는 문장이다. 게다가 그런 광고가 혹시 아오마메의 눈에 띈다 해도 그녀가 연락해오리라고는 생각되지 않았다. 분명 경계하고 의심할 게 뻔하다. 가와나라는 것도 그리 흔한 이름은 아니다. 하지만 덴고는 아오마메가 자신의 이름을 아직까지 기억하리라고는 도저히 생각할 수 없었다. 가와나? 대체 누구야? 아무튼 그녀는 연락할 리가 없다. 애초에 어느 누가 신문의 세 줄짜리 광고 같은 걸 읽을까.

그다음은 규모가 큰 흥신소에 조사를 의뢰하는 방법도 있다. 그들은 사람 찾는 일에는 이골이 난 사람들이다. 다양한 수단과 커넥션을 갖고 있을 것이다. 이 정도의 단서라면 순식간에 찾아 줄지도 모른다. 아마 비용도 그리 비싸게 부르지는 않을 것이다. 하지만 그건 마지막 수단으로 남겨두는 게 좋을지도 모른다. 덴고는 그런 마음이 들었다. 우선은 내 발로 찾아보자. 나 스스로 뭘 할 수 있을지, 조금 더 지혜를 짜보는 게 좋을 것 같다.

주위가 어둑어둑해진 뒤에 돌아왔더니 후카에리는 혼자서 바닥에 앉아 레코드를 듣고 있었다. 연상의 걸프렌드가 남기고 간 오래된 재즈 레코드다. 방바닥에는 듀크 엘링턴, 베니 굿맨, 빌리 홀리데이 같은 사람들의 레코드 재킷이 어지럽게 널려 있었다. 그가 들어섰을 때 턴테이블에서 돌아가고 있는 것은 루이 암스트롱이 노래하는 〈샹테 레 바〉였다. 인상적인 노래다. 그 노래를 들으며 덴고는 연상의 걸프렌드를 떠올렸다. 섹스와 섹스 사이에 둘이서 곧잘 듣던 레코드였다. 곡의 마지막 부분에서 트롬본의 트러미 영은 완전히 달아올라서 미리 상의한 대로 솔로를 끝내야 한다는 것을 깜박 잊고 라스트 코러스를 여덟 소절만큼 더 연주하고 만다. "저거 봐, 저 부분이야." 그녀가 설명해주었다. 레코드 한쪽 면이 끝나면 알몸으로 침대를 내려가 옆방까지

LP 레코드를 뒤집으러 가는 건 물론 덴고 몫이었다. 그 일이 그립게 떠올랐다. 그런 관계가 언제까지고 이어지리라고는 물론 생각하지 않았다. 하지만 이토록 갑작스레 끝나리라고도 생각하지 못했다.

야스다 교코가 남기고 간 레코드를 열심히 듣고 있는 후카에리의 모습을 보고 있자니 기이한 느낌이 들었다. 그녀는 미간을 좁히고 의식을 집중해 그 오래된 시대의 음악 속에서 뭔가 음악 이외의 것을 들으려는 것처럼 보였다. 혹은 시선을 집중하여 그 음향 속에서 뭔가의 자취를 찾아내려는 것처럼도.

"그 레코드 마음에 들어?"

"몇 번이나 들었어요." 후카에리는 말했다. "괜찮은 음악이야."

"물론 괜찮지. 하지만 혼자서 심심하지 않았어?"

후카에리는 고개를 저었다. "생각할 게 있어요."

덴고는 지난밤 뇌우가 한창이던 때 둘 사이에 일어났던 일에 대해 후카에리에게 묻고 싶었다. 어째서 그런 일을 했느냐고. 후카에리가 자신에게 성욕을 품었으리라고는 생각할 수 없었다. 그러므로 그건 성욕과는 무관한 지점에서 이루어진 행위일 터였다. 그렇다면 그건 대체 무엇을 의미하는 것일까.

하지만 그런 것을 직접 물어봤자 제대로 된 대답이 돌아올 것 같지 않았다. 게다가 이 평화롭고 온화한 9월 저녁나절에 얼굴을 마주하고 그런 이야기를 꺼낸다는 건 덴고로서도 내키지 않는 일이었다. 그건 어둠의 시간에 어둠의 장소에서, 거센 천둥 소리에 에워싸인 채 은밀히 이루어진 행위였다. 그걸 일상 속에 끌어내면 그 의미가 변질되어버릴지도 모른다.

“너는 생리가 없다고 했지?” 덴고는 다른 각도에서 질문했다. 예스, 노로 대답할 수 있는 것부터 시작하자.

“없어요.” 후카에리는 간결하게 대답했다.

“태어나서 지금까지 한 번도?”

“한 번도.”

“내가 참견할 일이 아닐지 모르지만, 벌써 열일곱 살인데 아직까지 한 번도 생리가 없다는 건 보통일이 아닌 거 같은데.”

후카에리는 슬쩍 어깨를 움츠렸다.

“그 일로 의사에게 가본 적은 있어?”

후카에리는 고개를 저었다. “가도 도움이 안 돼요.”

“어째서 도움이 안 되지?”

후카에리는 거기에도 대답하지 않았다. 덴고의 질문이 귀에 들어간 기미도 없었다. 그녀의 귀에는 질문의 적절함과 부적절함을 감지해내는 특별한 마개가 달려 있어서, 반어인半魚人의 아가미 덮개처럼 필요에 따라 열렸다 닫혔다 하는지도 모른다.

“그 일에 리틀 피플도 관련이 있어?” 덴고는 물었다.

역시 대답이 없다.

덴고는 한숨을 내쉬었다. 어젯밤의 일을 해명하기 위한 질문을 덴고는 더이상 하나도 생각해낼 수 없었다. 가늘고 모호한 길은 거기서 그만 뚝 끊기고 그 앞은 짙은 숲이었다. 그는 발치를 확인하고 주위를 둘러보고 하늘을 올려다보았다. 그것이 후카에리와 대화할 때의 문제점이다. 모든 길이 어딘가에서 반드시 끊겨버린다. 길랴크 인이라면 길이 없어지더라도 계속 나아갈 수 있을지도 모른다. 하지만 덴고에게는 무리였다.

"나는 지금 어떤 사람을 찾고 있어." 덴고는 말을 꺼냈다. "여자야."

후카에리를 상대로 그런 이야기를 꺼낸들 어떻게 되는 것도 아니다. 그건 잘 알고 있다. 하지만 덴고는 누군가에게 그 이야기를 하고 싶었다. 누구라도 좋다, 아오마메에 대한 자신의 생각을 소리 내어 말하고 싶었다. 그렇게 하지 않으면 아오마메가 또다시 자신에게서 좀더 멀어져갈 것만 같았다.

"벌써 이십 년이나 만난 적이 없어. 마지막으로 만난 건 열 살 때야. 나와 나이가 같아. 우리는 초등학교 때 같은 반이었어. 여러 방법으로 알아봤는데 그녀의 자취를 찾을 수가 없어."

레코드가 끝났다. 후카에리는 레코드를 턴테이블에서 꺼내 눈을 가늘게 뜨고 그 비닐 냄새를 몇 차례 맡았다. 그러고는 판에 지문이 묻지 않도록 조심하며 종이봉투에 담고 그 종이봉투를 레코드 재킷에 끼웠다. 마치 잠이 들려는 새끼 고양이를 침상에 옮기듯이 살그머니 자애를 담아.

"당신은 그 사람을 만나고 싶어요." 후카에리가 물음표 없이 물었다.

"내게는 중요한 의미를 가진 사람이거든."

"이십 년이나 계속 그 사람을 찾았어요." 후카에리는 물었다.

"아니, 그건 아냐." 덴고는 말했다. 그리고 뒤이을 말을 찾으면서, 테이블 위에서 양손을 깍지 끼었다. "사실 찾기 시작한 건 오늘이야."

후카에리는 잘 모르겠다는 표정을 얼굴에 띠었다.

"오늘." 그녀는 말했다.

"그렇게 중요한 사람인데 왜 오늘까지 한 번도 찾지 않았느냐고?" 덴고는 후카에리 대신 묻고 답했다. "좋은 질문이야."

후카에리는 말없이 덴고의 얼굴을 보고 있었다.

덴고는 머릿속의 생각을 한동안 정리했다. 그러고는 말했다. "아마도 내가 길을 너무 멀리 돌아온 거 같아. 그 아오마메라는 이름의 여자애는, 뭐랄까, 오래도록 변함없이 내 의식의 중심에 있었어. 나라는 존재의 중요한 누름돌 역할을 해왔어. 그럼에도 불구하고, 아니 그렇기 때문에, 그게 너무도 내 중심에 있었기 때문에 도리어 그 의미를 미처 파악하지 못했던 거 같아."

후카에리는 덴고의 얼굴을 지그시 바라보고 있었다. 그 소녀가 자신의 말을 조금이라도 이해했는지 어떤지, 그 표정으로는 알 수 없었다. 하지만 그건 아무려나 상관없다. 덴고는 반쯤은 자기 자신을 향해 이야기하고 있었다.

"하지만 이제야 겨우 알겠어. 그녀는 개념도 아니고 상징도 아니고 비유도 아니야. 따스한 육체와 살아 움직이는 영혼을 가진 현실의 존재야. 그리고 그 온기와 움직임은 내가 놓쳐서는 안 될 것이었어. 그런 너무나 당연한 일을 이해하는 데 이십 년이 걸렸어. 나는 뭘 생각하는 데 항상 시간과 노력이 많이 드는 편이지만, 그래도 이건 너무 심했어. 어쩌면 이미 때늦은 일인지도 모르지. 하지만 어떻게든 그녀를 찾고 싶어. 설혹 때늦은 일이라 해도."

후카에리는 바닥에 무릎을 댄 채, 윗몸을 똑바로 세웠다. 제프 벡 투어 티셔츠에 유두의 모양이 또렷하게 떠올랐다.

"아오마메." 후카에리는 말했다.

"응. 푸른 콩이라고 쓰는 아오마메. 희귀한 이름이야."

"그 사람을 만나고 싶어요." 후카에리는 물음표 없이 질문했다.

"물론 만나고 싶어." 덴고는 말했다.

후카에리는 아랫입술을 깨물며 잠시 뭔가 생각하고 있었다. 그러고는 얼굴을 들고 사려 깊게 말했다. "그 사람, 바로 가까이에 있을지도."

제 17장 아오마메

Q

쥐를 끄집어내다

텔레비전의 아침 일곱시 뉴스는 지하철 아카사카미쓰케 역 구내의 침수 소식은 크게 보도했지만, 호텔 오쿠라의 스위트룸에서 '선구'의 리더가 사망했다는 언급은 없었다. NHK 뉴스가 끝나자 그녀는 채널을 돌려 몇 군데 다른 방송국의 뉴스를 보았다. 하지만 어떤 방송도 그 커다란 남자의 고통 없는 죽음을 세상에 알리지 않았다.

그자들이 시체를 감춘 거야, 아오마메는 얼굴을 찌푸리며 생각했다. 그건 충분히 있을 수 있는 일이라고 다마루는 예고했었다. 하지만 그런 일이 실제로 일어나다니, 아오마메는 아무래도 믿기지 않았다. 그들은 어떤 방법으로 호텔 오쿠라 스위트룸에서 리더의 시체를 떠메고 나와 차로 운반해갔을까. 그만큼 몸집이 큰 남자다. 시체는 어지간히 무거웠을 것이다. 그리고 호텔에는 손님이며 종업원이 한둘이 아니다. 수많은 방범카메라가 도처에서 눈을 번뜩이고 있다. 어떻게 남들 눈에 띄지 않게 시체를 호텔 지하 주차장까지 옮길 수 있었을까.

어쨌든 그들은 밤사이에 야마나시의 산 속 교단본부까지 그 시체를 실어간 게 틀림없다. 리더의 시체를 어떻게 처리할지, 그곳에서 협의가 오갔을 것이다. 적어도 그의 죽음이 경찰에 정식으로 신고되는 일은 없을 것이다. 일단 감추기로 한 것은 끝까지 감추지 않으면 안 될 테니까.

아마도 간밤의 거센 국지적 뇌우와 그 뇌우가 몰고 온 혼란이 그들의 행동을 용이하게 해주었을 것이다. 어떻든 그들은 이번 일을 공표하지 않기로 했다. 다행히 리더는 사람들 앞에 거의 얼굴을 내보이지 않았던 사람이다. 그의 존재와 행동은 수수께끼에 싸여 있다. 그가 갑작스럽게 사라져도 그의 부재는 당분간 사람들의 주목을 끌지 않는다. 그가 죽었다는—혹은 살해되었다는—사실은 그저 몇몇 사람들 사이의 비밀로 유지된다.

그들이 리더의 죽음으로 생겨난 공백을 앞으로 어떤 형태로 메워갈 생각인지, 아오마메는 물론 알지 못한다. 하지만 그들은 그러기 위한 모든 방도를 강구할 것이다. 조직을 존속시키기 위해. 그 남자가 말했던 대로 지도자가 사라져도 시스템은 그대로 유지되고 움직인다. 누가 리더의 뒤를 잇게 될까. 하지만 그건 아오마메와는 관계없는 문제다. 그녀에게 주어진 임무는 리더를 말살하는 것이지 그 종교단체를 없애는 건 아니었으니까.

그녀는 다크 슈트를 입은 이인조 보디가드에 대해 생각했다. 스킨헤드와 포니테일. 그들은 교단에 돌아간 뒤, 눈앞에서 리더가 맥없이 살해된 데 대해 책임추궁을 당하게 될까. 아오마메는 그 두 사람에게 자신을 끝까지 추적하여 처치하라는—혹은 사로잡으라는—임무가 떨어지는 장면을 상상했다. "무슨 짓을 해서든 그 여자를 찾아내. 그전에는 돌아올 생각도 하지 마." 그들은 명령을 받는다. 있을 수 있는 일이다. 그들은 아오마메의 얼굴을 바로 코앞에서 보았다. 실력도 뛰어나고 복수심에 불탄다. 헌터로서는 적임자들이다. 그리고 교단 간부들은 아오마메의 배후를 밝혀내려고 혈안이 될 것이다.

그녀는 아침으로 사과 하나를 먹었다. 식욕은 거의 없었다. 손에는 아직 남자의 목덜미에 침을 찔러넣던 순간의 감촉이 남아 있다. 오른손에 작은 나이프를 들고 사과 껍질을 깎으면서 그녀는 몸속에서 희미한 떨림을 느꼈다. 지금까지 한 번도 느껴본 적 없는 떨림이다. 누군가를 살해하고도 하룻밤 자고 나면 그 기억이 대개는 사라지고 없었다. 물론 한 인간의 목숨을 빼앗는 건 결코 기분 좋은 일이 아니다. 하지만 어차피 상대는 모두 살아 있을 가치가 없는 그런 자들이었다. 인간으로서의 연민보다는 역겨움이 앞섰다. 하지만 이번은 다르다. 객관적인 사실만 보자면 그 남자가 지금껏 저질러온 짓은 인륜에 어긋난 행위인지 모른다. 하지만 그는 많은 의미에서 범상치 않은 인간이었다. 그의 비범함은 부분적으로는 선악의 기준을 뛰어넘는 것으로 여겨졌다. 그런 그의 목숨을 끊는 것 또한 범상치 않은 일이었다. 그것은 기묘한 반응을 그녀의 손에 남겼다. 범상치 않은 반응을.

그가 남기고 간 것은 '약속'이었다. 아오마메는 오랜 생각 끝에 그런 결론에 이르렀다. 그 약속의 무게가 내 손에 징표로서 남겨진 것이다. 아오마메는 그것을 이해했다. 이 징표가 내 손에서 사라지는 일은 결코 없으리라.

오전 아홉시 넘어 전화가 걸려왔다. 다마루의 전화였다. 벨이 세 번 울린 뒤에 끊기고 다시 이십 초 후에 울렸다.

"예상했던 대로 그자들은 경찰을 부르지 않았어." 다마루는 말했다. "텔레비전 뉴스에도 나오지 않았어. 신문에도 실리지 않았고."

"하지만 죽은 건 확실해요."

"물론 잘 알지. 리더는 틀림없이 죽었어. 몇 가지 움직임이 포착되었어. 그들은 이미 호텔에서 철수했어. 한밤중에 몇몇 사람들이 도내의 지부에 소집되었지. 아마 시체를 남의 눈에 띄지 않게 처리하기 위해 동원했을 거야. 그자들은 그런 작업에 아주 익숙해. 그리고 스모크글라스의 S클래스 벤츠와 창유리를 검게 선

팅한 하이에이스가 새벽 한시쯤에 호텔 주차장을 빠져나갔어. 둘 다 야마나시 번호판이야. 아마 새벽녘에는 '선구' 본부에 도착했을 거야. 그저께 경찰이 그쪽에 수사하러 들어갔었지만 본격적인 건 아니라서 이미 조사를 마치고 돌아간 뒤였어. 아무튼 '선구' 교단 안에는 상당한 규모의 정식 소각장이 있어. 그곳에 시체를 던져버리면 뼈도 못 추리지. 깨끗이 연기가 될 거야."

"무섭군요."

"음, 무서운 자들이야. 리더가 죽어도 조직 자체는 당분간 문제없이 굴러갈 거야. 머리를 잘려도 그것과는 상관없이 계속 꿈틀거리는 뱀과 같아. 머리가 없어도 어느 쪽으로 나아가야 하는지 다 아는 거지. 하지만 그다음에 어떻게 될지는 판단하기 어려워. 얼마 못 가 죽어버릴 수도 있지. 새로운 머리가 생겨날 수도 있고."

"그 남자는 보통사람이 아니었어요."

다마루는 그 말에 대해 딱히 의견을 밝히지 않았다.

"지금까지와는 전혀 달라요." 아오마메는 말했다.

다마루는 아오마메가 한 말의 여운을 가늠하고 있었다. 그러고는 말했다. "지금까지와는 다르다는 건 나도 충분히 짐작이 돼. 하지만 우리는 지금부터 어떻게 할지를 생각하는 게 좋아. 조금이라도 현실적이 되자구. 그러지 않으면 살아남지 못해."

아오마메는 뭔가 말하려고 했지만 말은 나오지 않았다. 그녀의 몸에는 아직 떨림이 남아 있었다.

"마담이 너와 얘기하고 싶어하셔." 다마루는 말했다. "지금 얘기할 수 있지?"

"물론." 아오마메는 말했다.

노부인이 전화를 받았다. 그녀의 목소리에도 안도하는 기색이 엿보였다.

"당신에게는 크게 감사하고 있어요. 말로 표현할 수 없을 만큼 깊이. 당신은 이번에도 완벽하게 일을 처리해줬어요."

"고맙습니다. 하지만 이제 두 번 다시 똑같은 일은 못 할 거 같아요." 아오마메는 말했다.

"잘 압니다. 내가 무리한 부탁을 했지요. 당신이 무사히 돌아와줘서 참으로 기쁩니다. 다시 이런 일을 부탁할 생각은 없어요. 이걸로 끝입니다. 자리잡을 곳은 준비해두었어요. 걱정할 건 아무것도 없어요. 그 세이프하우스에서 대기하고 있으세요. 그동안에 당신이 새로운 생활로 무사히 옮겨갈 수 있도록 준비해둘 테니."

아오마메는 감사인사를 했다.

"뭐 부족한 것은 없나요? 만일 있다면 주저하지 말고 말해요. 즉시 다마루에게 준비하도록 하지요."

"아뇨, 필요한 건 빠짐없이 다 있는 것 같아요."

노부인은 가볍게 헛기침을 했다. "잘 들으세요, 부디 이것만은 꼭 기억하고 있어야 합니다. 우리는 완벽하게 옳은 일을 했어요.

우리는 그 남자가 범한 죄를 벌하고 앞으로 발생할 불상사를 차단했습니다. 더이상의 희생자가 나오지 않도록 한 것이에요. 아무것도 마음에 거리낄 일이 없습니다."

"그 사람도 똑같은 말을 했어요."

"그 사람?"

"'선구'의 리더. 제가 어젯밤에 처리한 사람요."

노부인은 오 초쯤 침묵했다. 그런 뒤에 말했다. "그 사람이 이미 알고 있었던가요?"

"네, 자신을 처리하러 온다는 것을 알고 있었어요. 그걸 다 알면서 저를 만난 거죠. 그 사람은 오히려 죽기를 고대했습니다. 몸은 이미 깊은 손상을 입어서 서서히, 하지만 피할 도리 없이 죽어가고 있었죠. 저는 그 시기를 약간 앞당겨 격렬한 고통에 시달리는 몸에 안식을 준 것뿐이었어요."

노부인은 그 말을 듣고 진심으로 놀란 듯했다. 다시 한참 동안 할말을 잃고 있었다. 그건 노부인으로서는 드문 일이었다.

"그 남자는……" 노부인은 말했다. 그리고 신중하게 말을 골랐다. "자신이 저지른 행위에 대해 처벌이 떨어지기를 스스로 원하고 있었다는 건가요?"

"그 사람이 원했던 것은 고통에 찬 삶을 한시라도 빨리 끝내는 것이었어요."

"그리고 죽음을 각오하고 당신 손을 기다렸다?"

"그렇습니다."

아오마메는 리더와 자신 사이에 이루어진 거래에 대해서는 말하지 않았다. 덴고를 이 세계에 계속 살아남게 하는 대신 자신이 죽지 않으면 안 된다…… 그건 그 사람과 아오마메 둘 사이에 맺은 밀약이다. 남에게 밝힐 수 없는 일이다.

아오마메는 말했다. "그 사람이 저지른 일은 인륜에 어긋난 비정상적인 짓이었으니까 살해되어도 별수없는 일이겠죠. 하지만 그는 평범한 사람이 아니었어요. 적어도 특별한 뭔가를 가진 인간이었어요. 그건 분명합니다."

"특별한 뭔가를?" 노부인은 말했다.

"설명은 잘 못 하겠어요." 아오마메는 말했다. "그건 특별한 능력이나 자질이고 동시에 그에게는 몹시 무거운 짐이었어요. 그것이 그의 육신을 안에서부터 파먹은 것 같아요."

"그 특별한 뭔가가 그를 비정상적인 행동으로 내달리게 했다는 말인가요?"

"아마도."

"어쨌든 당신은 그것을 종식시켰습니다."

"맞아요." 아오마메는 메마른 목소리로 말했다.

그녀는 왼손으로 수화기를 들고, 아직 죽음의 감촉이 남아 있는 오른손을 펼쳐 그 손바닥을 바라보았다. 소녀들과 다의적으로 교접한다는 게 어떤 것인지 아오마메는 이해할 수 없었다. 그것을 노부인에게 설명하는 것도 물론 불가능하다.

"항상 해온 대로 겉보기에는 자연사지만, 그들은 자연사로 인정하지 않을 거예요. 일의 흐름으로 봐서 제가 어떤 형태로든 리더의 죽음에 관여했을 거라고 생각하겠죠. 그리고 아시는 대로 그의 죽음은 아직까지 경찰에 신고되지 않았어요."

"그들이 앞으로 어떤 행동을 취하건 우리는 온 힘을 다해 당신을 지킬 겁니다." 노부인은 말했다. "그들에게는 그들의 조직이 있지요. 하지만 우리 쪽에도 강한 커넥션과 풍부한 자금이 있어요. 그리고 당신은 주의깊고 총명한 사람이지요. 그쪽 생각대로 일이 흘러가게 놔두지는 않을 거예요."

"쓰바사는 아직 찾지 못했나요?" 아오마메는 물었다.

"아직 행방은 알지 못합니다. 내 생각으로는 아마 교단 안에 있을 거예요. 거기 말고는 갈 곳이 없는 아이니까요. 현재로서는 그 아이를 되찾을 방법이 없습니다. 하지만 아마도 리더의 돌연한 죽음으로 교단은 혼란에 빠져 있겠지요. 그 혼란을 이용해 어떻게든 그 아이를 구해낼 수 있을 거예요. 그 아이는 무슨 수를 쓰든 구해내야 합니다."

리더는 그 세이프하우스에 있던 쓰바사가 실체가 아니었다고 말했다. 그녀는 관념의 한 형태에 지나지 않았고, 그건 회수되었다고. 하지만 그런 얘기를 여기서 노부인에게 할 수는 없었다. 그것이 무엇을 의미하는지, 아오마메 역시 알지 못한다. 하지만 그녀는 허공에 떠 있던 대리석 탁상시계를 기억하고 있었다. 그것은 자신의 눈앞에서 실제로 일어난 일이었다.

아오마메는 말했다. "저는 며칠이나 이 세이프하우스에 있게 될까요?"

"나흘에서 일주일 사이라고 생각하세요. 그후에 당신은 새로운 이름과 환경을 부여받고 먼 장소로 이동합니다. 당신이 그곳에 가서 자리를 잡으면 당분간 안전을 위해 우리는 접촉을 끊어야 합니다. 당신과는 한참 동안 만나지 못할 거예요. 내 나이를 생각하면, 다시는 못 만나게 될지도 모르지요. 당신을 이런 힘겨운 일에 끌어들이지 않았더라면 좋았을 텐데. 그렇게 생각한 게 한두 번이 아니랍니다. 그랬더라면 당신을 이렇게 잃는 일도 없을 텐데. 하지만……"

노부인은 잠시 목이 메었다. 아오마메는 조용히 그다음 말을 기다렸다.

"……하지만 후회는 하지 않아요. 모든 일은 아마도 숙명 같은 것이겠지요. 당신을 끌어들이지 않을 수가 없었어요. 나로서는 선택의 여지가 없는 일이었습니다. 여기에는 매우 강한 힘 같은 것이 작동했고, 그것이 나를 움직여왔어요. 일이 이렇게 되어서 당신에게는 참으로 미안하게 생각합니다."

"그 대신, 부인과 저는 어떤 것을 공유했어요. 다른 누구와도 공유할 수 없는 소중한 것을. 다른 어디서도 얻을 수 없는 것을

요."

"그렇답니다." 노부인은 말했다.

"그것을 공유하는 건 제게도 꼭 필요한 일이었어요."

"고마워요. 당신이 그렇게 말해주니 한결 마음이 놓이는군요."

노부인을 만날 수 없는 건 아오마메에게도 괴로운 일이었다. 노부인은 아오마메가 가진 몇 안 되는 인연의 끈 중 하나였다. 그녀와 바깥세계를 가까스로 이어주던 끈.

"부디 건강하세요." 아오마메는 말했다.

"당신이야말로 부디 건강하기를." 노부인은 말했다. "할 수 있는 한, 행복하세요."

"가능하다면요." 아오마메는 말했다. 행복이라는 건 아오마메에게서 가장 멀리 있는 것 중 하나였다.

다마루가 전화를 받았다.

"아직 그건 사용하지 않았지?" 그는 물었다.

"아직 쓰지 않았어요."

"되도록 쓰지 않는 게 좋아."

"그 기대에 따르도록, 명심하죠." 아오마메는 말했다.

잠시의 틈이 있었고, 그런 다음에 다마루는 말했다.

"내가 홋카이도의 산 속 고아원에서 자랐다는 이야기는 지난번에 했었지?"

"부모님과 헤어져 사할린에서 귀국한 뒤에 그곳에 들어갔다고 했어요."

"그 고아원에 나보다 두 살 어린 아이가 있었어. 흑인 혼혈아였지. 아마 미사와三沢 미군기지의 병사에게서 생긴 아이였을 거야. 어머니가 누군지는 모르지만 매춘부거나 바의 여급이거나, 대충 그런 쪽이었겠지. 암튼 녀석은 태어난 지 얼마 안 돼서 어머니에게 버림받고 그 고아원에 들어왔어. 몸집은 나보다 한참 큰데 머리 돌아가는 게 상당히 느린 녀석이었어. 물론 주변 친구들한테 노상 괴롭힘을 당했지. 피부색이 다르니까 더 그랬을 거야. 그런 거, 알지?"

"대충 알죠."

"나도 일본인이 아니라서 어쩌다보니 그 녀석을 보호해주는 역할을 떠맡게 되었어. 말하자면 그애나 나나 비슷한 처지였던 거지. 사할린 귀국 조선인과 검둥이하고 양공주의 혼혈아. 그야말로 카스트의 맨 밑바닥이지. 하지만 그 덕분에 단련은 좀 됐어. 아주 터프해졌지. 하지만 녀석은 그러지 못했어. 내버려뒀으면 틀림없이 그대로 죽었을 거야. 잔머리가 잽싸게 돌아가든가 아니면 싸움을 엄청 잘하든가, 둘 중 하나가 아니면 살아남지 못하는 환경이었으니까."

아오마메는 말없이 그의 이야기를 들었다.

"그 녀석은 아무튼 뭐 하나 제대로 하는 게 없었어. 한 가지도 똑바로 해내질 못해. 단추도 제대로 채우지 못하고 자기 똥

구멍도 제대로 닦질 못해. 그런데 조각 하나만은 뛰어나게 잘했어. 나무토막하고 조각칼 몇 자루만 있으면 눈 깜짝할 사이에 멋진 목각작품을 만들었지. 밑그림도 뭣도 없이 머릿속에 떠오른 이미지를 그대로 정확히 입체적으로 만들어내는 거야. 그야말로 정교하고 리얼하게. 일종의 천재야. 진짜 대단했어."

"서번트." 아오마메는 말했다.

"그래. 나도 나중에 그걸 알았어. 바로 그 서번트 증후군이야. 그런 비범한 능력을 타고난 사람들이 정말로 있어. 하지만 그런 게 있다는 건 그 당시에는 아무도 몰랐지. 그저 지능이 떨어지는 아이라고만 생각했어. 머리는 둔하지만 손재주가 좋아서 목각을 곧잘 하는 녀석이라고 말이야. 게다가 왜 그런지 녀석은 늘 쥐만 깎았어. 쥐라면 기막히게 만들어내. 어디서 보건 정말 살아 있는 것처럼. 그런데 쥐 이외의 것은 하나도 안 만들어. 다들 뭔가 다른 동물 목각을 만들게 하려고 했지. 말이라든가 곰이라든가. 그것 때문에 일부러 동물원에도 데려갔을 정도야. 하지만 녀석은 다른 동물에는 조금도 흥미를 보이지 않았어. 그래서 다들 포기하고 그냥 쥐만 만들게 내버려뒀지. 자기 하고픈 대로 하라고 놔둔 거야. 그 녀석, 온갖 모습, 온갖 크기, 온갖 포즈의 쥐를 만들었어. 참 신기한 일이지. 왜냐면 그 고아원에는 쥐 같은 건 한 마리도 없었거든. 너무 춥기도 했고 먹이가 될 만한 게 전혀 없었으니까. 그 고아원은 쥐에게도 너무 가난한 곳이었던 거야. 어째서 녀석이 쥐에 그렇게 집착했는지, 아무도 알지 못했어. …… 어쨌거나 녀석이 만든 쥐가 적잖이 화제가 되어서 지역신문에도 실리고 그 쥐를 사겠다는 사람도 꽤 있었어. 그 일로 고아원 원장은, 가톨릭 신부였는데, 그 목각 쥐를 어딘가 민예품점에 맡겨서 관광객들에게 판매했어. 돈이 쏠쏠히 들어왔을 텐데 물론 그런 돈은 녀석한테 한 푼도 돌아가지 않았어. 그걸 어떻게 했는지는 모르지만 아마 고아원 윗분께서 적당히 어딘가에 썼겠지. 그 녀석은 그저 조각칼과 나무토막을 받아 공작실에서 하염없이 쥐만 만들었어. 하긴 힘든 밭일을 하는 대신 혼자서 쥐만 깎고 있으면 되니까 그것도 큰 행운이라고 해야겠지만."

"그래서 그 사람은 어떻게 됐어요?"

"글쎄. 어떻게 됐는지는 모르겠어. 나는 열네 살 때 고아원을 도망쳤고, 그뒤로는 줄곧 혼자 살았으니까. 곧장 연락선을 타고 본토로 건너왔고, 그뒤로는 홋카이도에 한 번도 가본 적이 없어. 내가 마지막으로 봤을 때도 녀석은 작업대 앞에 웅크리고 앉아 열심히 쥐를 깎고 있었어. 그럴 때는 무슨 말을 해도 귀에 들어가질 않아. 그래서 작별 인사도 못 했어. 녀석, 무사히 목숨을 부지했다면 아마 지금도 어디선가 쥐를 깎고 있을 거야. 그거 말고는 아무것도 못 하는 놈이었으니까."

아오마메는 조용히 그다음 말을 기다렸다.

"지금도 그 녀석이 이따금 생각나. 고아원 생활은 참 지독했어. 먹을 게 없어서 늘 배가 고팠고 겨울에는 끔찍하게 추웠어. 노동은 가혹했고 상급생의 괴롭힘은 그야말로 무시무시했지. 하지만 녀석은 그런 생활을 딱히 고통스러워하지 않았던 거 같아. 조각칼 들고 혼자 쥐만 깎고 있으면 마냥 행복해 보였어. 혹시 누가 조각칼을 빼앗으면 반 광란상태가 되기도 했지만, 그것만 빼고는 정말 얌전한 녀석이었어. 어느 누구에게도 폐를 끼친 적이 없어. 그저 묵묵히 쥐만 만들었지. 나무토막을 손에 들고 한참 지그시 쳐다보면 거기에 어떤 쥐가 어떤 포즈로 숨어 있는지 녀석에게는 보인다는 거야. 그게 보일 때까지 꽤 시간이 걸렸어. 하지만 일단 보이기만 하면 그다음은 조각칼을 휘둘러서 그 쥐를 나무토막 안에서 끄집어내기만 하면 돼. 녀석이 곧잘 그랬거든. '쥐를 끄집어낸다'고. 그렇게 끄집어낸 쥐는 정말 금세라도 움직일 것처럼 생생한 거야. 녀석은 그러니까 나무토막 속에 갇혀 있던 가상의 쥐를 계속 해방시켜준 거였어."

"그리고 다마루 씨는 그 소년을 지켜줬구요."

"그래, 내가 원해서 그랬던 건 아니지만 결과적으로 그런 입장에 서게 됐어. 그게 내 포지션이었지. 일단 포지션이 주어지면 무슨 일이 있어도 그걸 지키는 수밖에 없어. 그게 그 세계의 룰이었어. 그래서 나는 그 룰에 따랐지. 이를테면 괜스레 녀석의 조각칼을 빼앗는 놈이 있으면 쫓아가서 때려눕혔어. 나보다 나이가 많건 덩치가 크건 상대가 한 사람이건 두 사람이건 상관없이 무조건 때려눕혔어. 물론 내가 뻗어버리는 일도 있었지. 수없이 많았어. 하지만 이기고 지는 건 문제가 아냐. 때려눕혔건 내가 뻗었건 나는 반드시 조각칼을 다시 찾아다가 녀석에게 돌려줬어. 그게 중요해. 이해해?"

"이해할 거 같아요." 아오마메는 말했다. "하지만 결국 그 친구를 버려두고 떠났군요."

"나는 혼자 살아가야 하는 사람인데 언제까지고 녀석 곁에서 돌봐줄 수는 없었어. 그럴 여유는 나한테 없었어. 당연하지."

아오마메는 다시 한번 오른손을 펴고 빤히 바라보았다.

"다마루 씨가 작은 목각 쥐를 들고 있는 걸 몇 번 본 적이 있는데, 그게 그 친구가 만든 거였어요?"

"그래. 나한테 작은 것을 하나 줬어. 고아원 도망칠 때 그걸 가져왔지. 지금도 갖고 있어."

"다마루 씨, 왜 지금 그런 이야기를 내게 해주는 거죠? 당신은 별뜻 없이 자기 얘기를 하는 타입은 아닌 거 같은데."

"내가 말하려는 것 중 하나는 지금도 자주 그 녀석이 생각난다는 거야." 다마루는 말했다. "꼭 한 번 보고 싶다거나, 그런 게 아냐. 별로 만나고 싶진 않아. 이제 새삼 만나봤자 할말도 없고. 다만 녀석이 한눈 한번 팔지 않고 나무토막 속에서 쥐를 '끄집어내는' 광경은 내 머릿속에 아직도 선명하게 남아 있어. 그건 내게는 소중한 풍경 중 하나야. 항상 내게 뭔가를 가르쳐줘. 혹은 뭔가를 가르쳐주려고 해. 사람이 살아가기 위해서는 그런 것이 필요해. 말로는 잘 설명이 안 되지만, 의미를 가진 그런 풍경. 우리는 그 뭔가에 제대로 설명을 달기 위해 살아가는 그런 면이 있어. 난 그렇게 생각해."

"그게 우리가 살아가기 위한 근거 같은 게 된다는 얘기인가요?"

"아마도."

"내게도 그런 풍경이 있어요."

"그걸 소중히 간직하는 게 좋아."

"소중히 간직할게요." 아오마메는 말했다.

"그리고 한 가지 더 말할 게 있어. 내가 할 수 있는 한 너를 지켜주겠다는 거야. 때려눕혀야 할 상대가 있다면 그게 누구건 쫓아가서 때려눕힐 거야. 이기고 지는 건 상관없어. 중간에 너를 내버리거나 하진 않아."

"고마워요."

몇 초 동안의 평온한 침묵이 있었다.

"한동안 집 밖에 나가지 마. 한 걸음이라도 밖에 나가면 거기는 정글이라고 생각해. 알겠어?"

"알았어요." 아오마메는 말했다.

그리고 전화가 끊겼다. 수화기를 내려놓은 뒤에야, 아오마메는 자신이 그것을 힘껏 움켜쥐고 있었다는 것을 깨달았다.

다마루가 내게 전해주려고 한 것은 이제 나는 그들이 속한 패밀리의 결코 빠뜨릴 수 없는 일원이며, 일단 맺어진 그 인연의 끈이 끊기는 일은 없다는 메시지였을 것이다. 아오마메는 그렇게 생각했다. 우리는 말하자면 혈연을 뛰어넘는 피로 맺어진 것이다. 그런 메시지를 보내준 데 대해 아오마메는 다마루에게 감사했다. 아오마메에게 지금이 가장 고통스러운 시기라는 것을 그는 알고 있었다. 패밀리의 일원이라는 것을 인정했기 때문에 그는 자신의 비밀을 조금씩 그녀에게 전해주고 있는 것이다.

하지만 그런 밀접한 관계가 폭력이라는 형태를 통해서가 아니면 맺어질 수 없다는 것이 아오마메는 안타까웠다. 법률을 등지고 몇몇 사람을 살해하고, 그리고 이번에는 누군가에게 쫓겨 살해될지도 모르는 특이한 상황에 처하면서 우리는 깊은 마음의 인연을 맺게 되었다. 하지만 거기에 살인이라는 행위가 끼어들지 않았다면 그런 관계를 이루는 게 과연 가능했을까. 법의 테두리 바깥에서 만났기 때문에 이만큼 끈끈한 신뢰의 인연을 맺을 수 있었던 게 아닐까. 아마 보통 세상에서라면 이런 인연을 맺기는 어려웠을 것이다.

차를 마시며 텔레비전 뉴스를 보았다. 아카사카미쓰케 역이 침수되었다는 소식은 더이상 나오지 않았다. 하룻밤 지나 물이 빠지고 지하철이 정상으로 복구되자 그건 벌써 과거의 일이 되어버렸다. 그리고 '선구'의 리더가 사망했다는 건 여전히 세상은 모르는 일이었다. 그 사실을 알고 있는 건 기껏 한줌의 인간에 지나지 않는다. 고열소각로가 그 거대한 남자의 시체를 불태우는 장면을 아오마메는 상상했다. 뼈도 못 추린다, 고 다마루는 말했다. 은총과도 고통과도 상관없이 모든 것은 연기가 되어 초가을 대기 속으로 녹아든다. 그 연기와 그 하늘을 아오마메는 머릿속에 떠올릴 수 있었다.

베스트셀러 「공기 번데기」를 쓴 열일곱 살 소녀 작가가 행방불명이라는 뉴스가 나왔다. '후카에리', 본명은 후카다 에리코. 벌써 두 달이 넘도록 행방이 묘연하다. 경찰은 보호자의 실종신고를 받아들여 그 행방에 대해 신중하게 조사를 진행하고 있지만, 현재로서는 명백히 밝혀진 것이 없다. 아나운서는 그렇게 소식을 전했다. 서점 입구에 「공기 번데기」가 차곡차곡 진열되어 있는 영상이 나왔다. 서점 벽에는 그 아름다운 소녀의 사진 포스터가 붙어 있었다. 젊은 여점원이 텔레비전 방송국의 마이크를 향해 말했다. "책은 지금도 엄청난 기세로 팔리고 있어요. 저도 사서 읽어봤어요. 풍부한 이매지네이션이 넘치는 재미있는 소설이에요. 후카에리 씨가 어디 있는지, 빨리 밝혀졌으면 좋겠어요."

그 뉴스에서는 후카다 에리코와 종교법인 '선구'의 관계에 대해서는 언급하지 않았다. 종교단체가 얽힌 문제가 나오면 미디어는 갑자기 태도가 신중해진다.

아무튼 후카다 에리코는 행방불명 상태다. 그녀가 열 살 때, 아버지인 리더는 그녀를 범했다. 그가 한 말을 그대로 받아들인다면 그들은 다의적으로 교접했다. 그리고 그 행위를 통해 리틀 피플을 그의 내면으로 인도했다. 뭐라고 했더라. 그래, 퍼시버와 리시버. 후카다 에리코가 '지각하는 자'이고, 그녀의 아버지는 '받아들이는 자'였다. 그리고 그자는 특별한 목소리를 듣기 시작했다. 이른바 리틀 피플의 대리인이 되고, 종교단체 '선구'의 교주 같은 존재가 되었다. 그뒤 그녀는 교단을 떠났다. 그리고 이번에는 '반 리틀 피플'의 모멘트가 되어 덴고와 팀을 이루어 「공기 번데기」라는 소설을 썼다. 그 책은 베스트셀러가 되었다. 그리고 지금 그녀는 어떤 이유에선지 행방불명 상태다. 경찰은 그 행방을 찾고 있다.

그 한편에서 나는 어젯밤에 교단 '선구'의 리더이자 후카다 에리코의 아버지를 특제 아이스픽으로 살해했다. 교단 사람들은 그의 시체를 호텔에서 실어내 비밀리에 '처리'했을 터다. 후카다 에리코는 아버지가 죽었다는 것을 알면 그 사실을 어떻게 받아들일까. 아오마메는 짐작도 할 수 없었다. 그것이 리더 자신이 바라던 죽음이었고 고통 없는 이른바 자비의 죽음이었다 해도, 나는 어떻든 한 인간의 생명을 내 손으로 끊었다. 인간의 생명은 고독한 것이기는 하지만 고립된 것은 아니다. 그 생명은 어딘가의 또다른 생명과 이어져 있다. 거기에 대해서도 어쩌면 나는 어떤 형태로든 책임을 져야 하리라.

덴고도 이런 일련의 일들에 깊숙이 관여하고 있다. 우리를 이어주는 건 후카다 부녀라는 존재다. 퍼시버와 리시버. 덴고는 지금 어디에 있고 무엇을 하고 있을까. 후카다 에리코의 실종에 그가 관계된 것일까. 두 사람은 지금도 행동을 함께하고 있을까. 물론 텔레비전 뉴스는 덴고의 운명에 대해서는 아무것도 가르쳐주지 않았다. 그가 「공기 번데기」의 실질적인 작자라는 건 현재로서는 아직 어느 누구도 알지 못하는 모양이다. 하지만 나는 그걸 알고 있다.

우리는 조금씩 거리를 좁혀가고 있는 것처럼 보인다. 덴고와 나는 어떤 사정으로 이 세계에 옮겨왔고, 엄청난 소용돌이에 휘말린 모양새로 서로를 향해 다가가고 있다. 아마도 그건 치명적인 소용돌이일 것이다. 하지만 리더가 알려준 바에 의하면 치명적이지 않고서는 우리의 해후는 불가능하다. 폭력성이 어떤 종류의 순수한 인연을 만들어내는 것과 똑같이.

그녀는 한 차례 심호흡을 했다. 그러고는 테이블 위의 헤클러&코흐에 손을 내밀어 그 단단한 감촉을 확인했다. 그 총구가 자신의 입 속에 박히고 그녀의 손가락이 방아쇠를 당기는 장면을 상상했다.

큰 까마귀 한 마리가 느닷없이 베란다에 날아와 난간에 앉더니 날카로운 소리로 몇 차례 짧게 울었다. 아오마메와 까마귀는 한참 동안 유리문 너머로 서로를 관찰했다. 까마귀는 옆 얼굴에 붙은 크고 반들반들한 눈을 움직여 방 안에 있는 아오마메의 움직임을 살피고 있었다. 그녀가 손에 든 권총의 의미를 가늠해보는 것처럼 보였다. 까마귀는 머리 좋은 동물이다. 그들은 그 쇳덩이가 중요한 의미를 갖고 있다는 것을 충분히 이해한다. 왠지는 모르지만 그들은 그걸 알고 있다.

그리고 까마귀는 찾아왔을 때와 똑같이 느닷없이 날개를 펼치고 어딘가로 날아가버렸다. 봐야 할 것은 모두 봤다는 듯이. 까마귀가 사라지자 아오마메는 자리에서 일어나 텔레비전을 끄고 한숨을 내쉬었다. 그리고 그 까마귀가 리틀 피플의 첩자가 아니기를 빌었다.

아오마메는 거실 카펫 위에서 늘 하던 스트레칭을 했다. 한 시간 동안, 그녀는 근육을 혹사했다. 합당한 고통과 함께 시간을 보냈다. 온몸의 근육을 하나하나 순서대로 소환하여 세세하고도 삼엄하게 심문했다. 그러한 근육의 이름과 역할과 성질은 아오마메의 머릿속에 세밀하게 새겨져 있다. 그녀가 놓치는 건 단 한 가지도 없다. 땀이 쏟아지고 호흡기와 심장이 최대치로 활동하고 의식의 채널이 전환되었다. 아오마메는 혈액의 흐름에 귀를 기울이고 내장이 말하는 무언의 메시지를 수신했다. 얼굴 근육을 크게 움직여 다양한 표정을 만들면서 그 메시지를 곱씹었다.

그리고 그녀는 샤워로 땀을 씻어냈다. 체중계에 올라가 큰 변화가 없다는 것을 확인했다. 거울 앞에 서서 젖가슴의 크기와 음모의 모양새가 달라지지 않은 것을 확인하고, 한껏 얼굴을 일그러뜨렸다. 여느 때와 똑같은 아침 의식이다.

욕실을 나오자 아오마메는 활동하기 편한 위아래 저지를 입었다. 그리고 시간을 때우기 위해 집 안의 물건들을 다시 한번 점검해보기로 했다. 우선 주방부터 점검에 들어갔다. 그곳에 어떤 식품이 준비되어 있고 어떤 그릇과 조리도구들이 갖춰져 있는지. 그녀는 그 하나하나를 머릿속에 기록해나갔다. 비축된 식료품을 어떤 순서로 먹어치워야 할지, 대략적인 계획을 세웠다. 그녀가 대강 계산해본 바로는, 이 집에서 단 한 걸음도 밖에 나가지 않더라도 최소한 열흘은 배곯는 일 없이 살 수 있다. 의식적으로 절약한다면 아마 이 주일도 버틸 것이다. 그만한 양의 식료품이 준비되어 있었다.

그다음에는 잡화의 비축량을 꼼꼼히 조사했다. 화장지, 티슈페이퍼, 세제, 쓰레기봉투. 부족한 건 하나도 없었다. 모든 물건을 주의깊게 사들였고 매우 치밀하게 정리되어 있다. 아마도 이 준비에는 여자가 관여했을 것이다. 숙련된 주부의 세밀함이 엿보였다. 서른 살의 건강한 독신여성이 단기간 혼자 생활하기 위해 무엇이 얼마나 필요한지, 세심한 부분까지 면밀하게 계산되어 있다. 남자가 할 수 있는 일이 아니다. 신중하고 관찰력이 뛰어난 게이 남자라면 가능할지도 모르지만.

침실의 이불장에는 시트와 담요, 이불 커버와 베개의 예비분까지 일습이 구비되어 있었다. 새로 사들인 침구의 냄새가 났다. 물론 모조리 무늬 없는 흰색이다. 장식은 일절 배제되어 있다. 거기에는 취미나 개성이 필요하지 않다.

거실에는 텔레비전과 비디오데크와 소형 스테레오가 놓여 있었다. 레코드플레이어와 카세트데크가 딸려 있다. 창문 맞은편 벽에는 허리 높이의 목제 사이드보드가 있고, 몸을 숙여 문짝을 열자 그 안에 스무 권 남짓한 책이 꽂혀 있었다. 누군지는 모르지만 아오마메가 이곳에 숨어 있는 동안 따분하지 않게 지낼 수 있도록 마음을 써준 것이리라. 세심한 배려가 깃들어 있다. 책은 모두 하드커버의 새 책으로, 페이지를 넘긴 흔적은 없었다. 대충 제목을 훑어보니 최근에 화제가 된 신간 중심이었다. 아마 대형 서점에 잔뜩 쌓여 있는 것 중에서 골라왔을 테지만, 그래도 일정한 선택의 기준 같은 것이 보였다. 취향까지는 아니어도 기준은 있다. 픽션과 논픽션이 대략 반반. 그 선택 속에 「공기 번데기」도 포함되어 있었다.

아오마메는 작게 고개를 끄덕이며 그 책을 집어들고 거실 소파에 앉았다. 소파에는 부드러운 햇볕이 비쳐들었다. 두꺼운 책이 아니다. 가볍고 활자도 크다. 그녀는 표지를 보고, 그곳에 인쇄된 후카에리라는 저자명을 보고, 손바닥 위에 얹어 무게를 재보고, 띠지에 적힌 광고 카피를 읽었다. 그리고 책 냄새를 맡았다. 새 책 특유의 냄새가 났다. 그 책에는, 이름은 인쇄되어 있지 않지만, 덴고라는 존재가 포함되어 있다. 그곳에 인쇄된 문장은 덴고의 몸을 거쳐 나왔다. 아오마메는 마음을 가라앉히고 첫 장을 펼쳤다.

찻잔과 헤클러&코흐는 그녀의 손이 닿는 곳에 놓여 있었다.

제 18장 덴고

Q
과묵한 외톨이 위성

"그 사람, 바로 가까이에 있을지도." 후카에리는 아랫입술을 깨물며 진지하게 잠시 생각하고는 그렇게 말했다.

덴고는 테이블 위에서 다시 양손을 깍지 끼며 후카에리의 눈을 응시했다. "바로 가까이에? 그러니까, 여기 고엔지에 있다는 거야?"

"여기서 걸어서 갈 수 있는 곳."

네가 그걸 어떻게 아느냐고 덴고는 묻고 싶었다. 하지만 그런 질문을 해본들 대답이 돌아올 리 없다. 덴고도 이제 그런 정도는 예측할 수 있었다. 예스와 노만으로 대답할 수 있는 질문을 해야 한다.

"그럼 이 근처를 찾아보면 아오마메를 만날 수 있을까?" 덴고는 물었다.

후카에리는 고개를 저었다. "그냥 돌아다니면 못 만나요."

"여기서 걸어갈 수 있는 곳에 있긴 한데, 그냥 돌아다니며 찾으면 만날 수 없다. 그런 얘기니?"

"숨어 있어서."

"숨어 있어?"

"상처입은 고양이처럼."

아오마메가 몸을 둥그렇게 말고 어딘가 곰팡이 핀 마루 밑에 몸을 숨기고 있는 모습이 덴고의 머릿속에 떠올랐다. "어째서? 그리고 누구를 피해 숨어 있지?" 그는 질문했다.

당연히 대답은 돌아오지 않았다.

"하지만 숨어 있다는 걸 보면, 그녀가 뭔가 위험한 상황에 처했다는 거구나." 덴고는 물었다.

"위험한 상황." 후카에리는 덴고가 한 말을 반복했다. 그리고 눈앞에 쓰디쓴 약을 받아놓은 어린아이 같은 얼굴을 했다. 그 말의 느낌이 영 마음에 들지 않는 모양이다.

"이를테면 누군가에게 쫓긴다거나." 덴고는 물었다.

후카에리는 고개를 갸우뚱했다. 모르겠다는 뜻이다. "하지만 언제까지나 이 근처에 있는 건 아니에요."

"시간은 한정되어 있다."

"한정되어 있어요."

"하지만 그녀는 상처입은 고양이처럼 이 근처 어딘가에 몰래 숨어 있고, 그래서 이 근처를 유유자적 돌아다닐 일은 없다."

"돌아다니지는 못해요." 아름다운 소녀는 단호하게 말했다.

"그러니까 나는 어딘가 특별한 곳을 찾아봐야 한다."

후카에리는 고개를 끄덕였다.

"그건 어떤 식으로 특별한 곳일까?" 덴고는 물었다.

말할 것도 없는 일이지만, 대답은 돌아오지 않았다.

"그 사람에 대해 당신은 생각나는 게 몇 가지 있을 거예요." 후카에리는 잠시 시간이 지난 뒤에 그렇게 말했다. "그게 도움이 될지도."

"도움이 된다." 덴고는 말했다. "그녀에 대해 내가 뭔가를 생각해내면 숨어 있는 장소에 대한 힌트를 얻을 수 있다는 얘기야?"

그녀는 대답하지 않고 그저 슬쩍 어깨를 움츠렸다. 아마도 긍정의 뉘앙스일 것이다.

"고마워." 덴고는 감사인사를 했다.

후카에리는 흡족한 고양이처럼 가만히 고개를 끄덕였다.

덴고는 주방에서 저녁 준비를 했다. 후카에리는 레코드 선반에서 열심히 레코드를 고르고 있었다. 그리 많은 레코드가 있는 것도 아닌데, 선택하는 데 몹시 시간이 걸렸다. 숙고를 거듭한 끝에 롤링 스톤스의 낡은 앨범을 꺼내 턴테이블에 얹고 바늘을 올려놓았다. 고등학생 때 누군가에게서 빌려왔는데 왜 그랬는지 돌려주지 않은 레코드다. 상당히 오랫동안 들어본 일이 없다.

덴고는 〈마더스 리틀 헬퍼〉 〈레이디 제인〉을 들으며 햄과 버섯과 브라운 라이스를 넣어 필라프를 만들고 두부와 미역 된장국을 끓였다. 콜리플라워를 데치고 만들어둔 카레 소스를 거기에 끼얹었다. 강낭콩과 양파로 야채샐러드도 만들었다. 요리는 덴고에게는 힘든 일이 아니다. 그는 요리를 하면서 생각을 정리하는 게 습관이 되었다. 일상적인 문제에 대해, 수학 문제에 대해, 소설에 대해, 혹은 형이상학적인 명제에 대해. 주방에 서서 부지런히 손을 놀리면 아무것도 하지 않을 때보다 체계를 세워 생각하는 게 더 잘되었다. 하지만 아무리 생각해도 후카에리가 말하는 '특별한 장소'가 어떤 곳인지 전혀 짚이는 게 없었다. 원래부터 체계가 없는 것에 체계를 세워보려고 해도 그건 쓸데없는 시도일 뿐이었다. 결국 가 닿을 곳은 한정적이었다.

두 사람은 테이블에 마주앉아 저녁을 먹었다. 대화라고 할 만한 건 오가지 않았다. 권태기를 맞은 부부처럼 묵묵히 음식을 입에 넣으며 저마다 다른 것을 생각하고 있었다. 혹은 아무것도 생각하지 않았다. 특히 후카에리의 경우는 그 차이를 구별하기가 무척 어렵다. 식사가 끝나자 덴고는 커피를 마시고 후카에리는 냉장고에서 푸딩을 꺼내 먹었다. 그녀는 뭘 먹어도 표정에 변화가 없다. 입에 넣고 씹는 것밖에는 아무것도 머릿속에 없는 것처럼 보인다.

덴고는 책상 앞에 앉아 후카에리가 일러준 말에 따라 아오마메에 대해 뭔가 생각해내려고 노력했다.

그 사람에 대해 생각나는 게 몇 가지 있을 것이다. 그게 도움이 될지도.

하지만 덴고는 거기에 의식을 집중할 수가 없었다. 롤링 스톤스의 또다른 앨범이 걸려 있었다. 〈리틀 레드 루스터〉, 믹 재거가 시카고 블루스에 심취해 있을 무렵의 연주다. 나쁘지 않다. 하지만 깊은 사색을 하거나 진지하게 기억을 파헤치려는 사람을 고려해서 만든 음악은 아니다. 롤링 스톤스라는 밴드에는 그런 종류의 친절함은 거의 없다. 어딘가 조용한 곳에서 혼자가 될 필요가 있다고 그는 생각했다.

"잠깐 밖에 나갔다올게." 덴고는 말했다.

후카에리는 손에 든 롤링 스톤스의 앨범 재킷을 바라보며, 마음대로 하라는 듯 고개를 끄덕였다.

"누가 와도 문 열어주면 안 돼." 덴고는 말했다.

긴소매 남색 티셔츠에 세로 주름이 완전히 사라져버린 카키색 치노 바지, 그리고 운동화를 꿰신고 덴고는 역을 향해 잠시 걷다가 역 앞의 '무기아타마麥頭'라는 가게에 들어갔다. 그리고 생맥주를 주문했다. 술과 가벼운 안주를 내주는 가게였다. 작은 가게여서 손님이 스무 명쯤 들어서면 가득차버린다. 전에 몇 번 이 가게를 찾은 일이 있었다. 심야 가까운 시간에는 젊은 치들로 북적거리지만, 일곱시부터 여덟시까지의 저녁시간에는 비교적 손님이 적어서 그 조용한 느낌이 좋았다. 혼자서 한쪽 구석자리에 앉아 맥주를 마시며 책을 읽기에 알맞다. 의자도 편하다. 이 가게의 이름을 어디서 따온 것인지, 무슨 뜻인지는 알 수 없었다. 점원에게 물어봐도 되겠지만, 덴고는 알지 못하는 사람과 그런 이야기를 잘하는 편이 못 된다. 게다가 가게 이름의 내력을 알지 못해도 그것 때문에 딱히 불편할 일도 없다. 그곳은 아무튼 '무기아타마'라는 이름을 가진 꽤 편안한 분위기의 가게다.

고맙게도 가게 안에 음악은 흐르지 않았다. 덴고는 창가 테이블에 앉아 칼스버그 생맥주를 마시고 작은 볼에 담긴 믹스너츠를 먹으며 아오마메를 생각했다. 아오마메의 자취를 더듬는 건 그 자신이 열 살 소년으로 되돌아가는 일이기도 했다. 그의 인생의 크나큰 전환점을 다시 체험하는 일이기도 했다. 열 살 때 그는 아오마메에게 손을 붙잡혔고, 그뒤에 아버지를 따라 NHK 수신료를 수금하러 다니는 것을 거부했다. 그 얼마 뒤에는 발기와 사정을 경험했다. 그것이 덴고에게는 인생의 한 전기였다. 물론 아오마메에게 손을 잡히지 않았어도 그 전환은 찾아왔을 것이다. 늦건 빠르건. 하지만 아오마메가 그를 격려하고 그같은 변화를 촉구해주었다. 등을 가만히 밀어주듯이.

그는 왼쪽 손바닥을 펼쳐 오랫동안 바라보았다. 열 살 소녀가 이 손을 잡아 그의 내면에 있던 뭔가를 크게 바꿔버렸다. 어떻게 그런 일이 일어날 수 있었는지, 앞뒤 맥락을 맞춰 조리 있게 설명할 수는 없다. 하지만 두 사람은 그때 지극히 자연스럽게 서로를 이해하고 받아들였다. 거의 기적적일 만큼, 구석구석까지 모조리. 그런 일은 인생에서 몇 번씩 일어나는 게 아니다. 아니, 사람에 따라서는 단 한 번도 일어나지 않을지도 모른다. 하지만 그때는 그것이 얼마나 결정적인 의미를 가진 일인지 덴고는 이해하지 못했다. 아니, 꼭 그때만이 아니다. 바로 최근까지도 거기에 담긴 의미를 제대로는 이해하지 못하고 있었다. 그는 그저 막연히 소녀의 이미지를 마음속에 계속 품고 있었을 뿐이다.

그녀는 서른 살이 되어 지금은 겉모습도 많이 달라졌으리라. 키도 크고 가슴도 커졌을 것이고 머리 모양도 당연히 바뀌었을 것이다. 만일 '증인회'를 탈퇴했다면 그렇다는 말이지만, 화장도 하고 다닐 것이다. 어쩌면 값비싼 세련된 옷을 멋지게 입고 다니는지도 모른다. 캘빈클라인 정장을 차려입고 하이힐을 신고 거리를 당당하게 걸어가는 아오마메의 모습을 덴고는 상상할 수 없었다. 하지만 물론 얼마든지 있을 수 있는 일이다. 인간은 성장하는 것이고 성장한다는 건 변화를 이뤄내는 일이다. 어쩌면 그녀가 지금 이 가게 안에 있는데 자신이 알아보지 못하고 있을

지도 모른다.

그는 맥주잔을 기울이며 새삼 주위를 둘러보았다. 그녀는 이 근처에 있다. 걸어서 갈 수 있는 거리에. 후카에리는 그렇게 말했다. 그리고 덴고는 후카에리의 말을 그대로 받아들였다. 그 소녀가 그렇게 말한다면 아마도 그럴 것이다.

하지만 가게 안에는 덴고 말고는 대학생으로 보이는 젊은 커플이 카운터 자리에 나란히 앉아 얼굴을 맞대다시피 하고 뭔가를 열심히 정답게 이야기하고 있을 뿐이었다. 그 두 사람을 보고 있으려니 덴고는 오랜만에 깊은 쓸쓸함을 느꼈다. 이 세계에서 나는 고독하다, 덴고는 생각했다. 나는 어느 누구와도 이어져 있지 않다.

덴고는 가볍게 눈을 감고 의식을 집중하여 초등학교 교실 정경을 머릿속에 그려보았다. 어젯밤, 격렬한 뇌우 속에서 후카에리와 함께했을 때, 그는 눈을 감고 그곳을 찾아갔었다. 리얼하게, 매우 구체적으로. 그래서 그의 기억은 여느 때보다 더욱 선명한 것으로 다가왔다. 마치 그곳을 뒤덮고 있던 먼지가 밤새 내린 비에 깨끗이 씻겨나간 것처럼.

불안과 기대와 두려움이, 휑한 교실 구석구석에 흩어져 겁 많은 작은 동물처럼 다양한 사물들 속에 은밀히 몸을 숨기고 있었다. 수식數式을 지운 흔적이 남아 있는 칠판, 부러져 짤막해진 분필, 햇볕에 그을린 싸구려 커튼, 교단 꽃병에 꽂힌 꽃(꽃 이름까지는 생각나지 않는다), 벽에 압정으로 꽂아둔 아이들의 그림, 교단 뒤편에 걸린 세계전도, 마룻바닥의 왁스 냄새, 바람에 흔들리는 커튼, 창밖에서 들려오는 환호성…… 그곳에 존재하는 정경을 덴고는 극명하게 머릿속에 재현할 수 있었다. 그곳에 담겨 있던 징조와 계획과 수수께끼를 하나하나 눈으로 더듬어갈 수 있었다.

아오마메에게 손을 잡혔던 수십 초 동안 덴고는 무척 많은 것을 목격했고, 마치 카메라처럼 정확하게 그 영상을 망막에 새겨두었다. 그것은 그가 고통에 찬 십대를 살아나가는 데 밑받침이 되어준 정경의 하나였다. 그 정경은 항상 소녀의 강한 손가락 감촉과 함께였다. 그녀의 오른손은 고통에 허덕이며 어른이 되어가는 덴고에게 항상 변함없이 용기를 불어넣었다. 괜찮아, 너한테는 내가 있어. 그 손은 그렇게 말했다.

너는 고독하지 않아.

그녀는 가만히 숨어 있다. 후카에리는 그렇게 말했다. 상처입은 고양이처럼.

생각해보면 신비한 인연이다. 후카에리도 역시 이곳에 몸을 숨기고 있다. 덴고의 아파트에서 한 걸음도 밖으로 나오지 않는다. 이 도쿄 한귀퉁이에 두 명의 여자가 몸을 숨기고 있다. 뭔가에서 도망치고 있다. 둘 다 덴고와 깊은 관련이 있는 사람들이다. 여기에는 뭔가 공통된 요인이 있는 것일까. 그게 아니면 우연의 일치에 지나지 않는 걸까.

물론 대답은 돌아오지 않는다. 그저 의문이 한없이 터져나올 뿐이다. 너무도 많은 의문, 너무도 적은 대답. 언제나 그렇다.

맥주를 다 마시자 젊은 남자 점원이 다가와 더 필요한 건 없느냐고 물었다. 덴고는 잠시 망설이다가 버번 온더록스와 믹스너츠를 추가로 주문했다. 버번은 포 로지스밖에 없는데 그래도 괜찮겠느냐고 점원이 물었다. 괜찮다고 덴고는 대답했다. 뭐든 좋다. 그리고 다시 아오마메에 대해 생각했다. 가게 안쪽 조리실에서 피자를 굽는 고소한 냄새가 풍겨왔다.

아오마메는 대체 누구를 피해 몸을 숨기고 있는 걸까. 어쩌면 사직당국의 눈을 피해 도망다니고 있는지도 모른다, 고 덴고는 생각했다. 하지만 그녀가 범죄자가 되어 있으리라고는 도저히 생각할 수 없었다. 그녀가 대체 어떤 범죄를 저지른단 말인가. 아니, 경찰 같은 건 아니다. 아오마메의 뒤를 쫓고 있는 게 누구든, 무엇이든, 법률과는 관계없는 일일 것이다.

혹시 후카에리를 뒤쫓고 있는 것과 똑같은 것이 아닐까, 덴고는 문득 생각했다. 리틀 피플? 하지만 어째서, 무엇 때문에 리틀 피플이 아오마메를 추적하는 거지?

하지만 정말로 그들이 아오마메를 추적한다고 가정하면 그 중간 역할을 하고 있는 건 바로 나라는 얘기인지도 모른다. 어째서 자신이 그런 일의 중간 역할을 해야 하는 건지, 덴고는 물론 이해할 수는 없었다. 하지만 만일 후카에리와 아오마메라는 두 여자를 연결하는 요인이 있다면 그건 덴고 말고는 있을 리 없다. 나도 모르는 사이에 나는 어떤 힘을 행사하여 아오마메를 내 가까이로 끌어당기고 있었는지도 모른다.

어떤 힘?

그는 자신의 양손을 바라보았다. 모르겠다. 대체 내 어디에 그런 힘이 있지?

포 로지스의 온더록스가 나왔다. 새 너츠 볼도. 그는 포 로지스를 한 모금 마시고 믹스너츠를 몇 개 손바닥에 담아 주사위처럼 가볍게 흔들었다.

어떻든 아오마메는 이 구역 어딘가에 있다. 여기서 걸어갈 수 있을 만한 곳에. 후카에리는 그렇게 말했다. 그리고 나는 그것을 믿는다. 왜냐고 물으면 대답할 말은 궁하지만, 아무튼 믿는다. 하지만 어떻게 해야 어딘가에 몸을 숨기고 있는 아오마메를 찾을 수 있을까. 평범하게 사회생활을 영위하는 사람을 찾는 일도 그리 간단하지 않다. 게다가 의도적으로 숨어버리기까지 했다면 당연히 일은 한참 더 복잡해진다. 확성기로 그녀의 이름을 부르며 돌아다니면 될까. 설마, 그런 짓을 해본들 고분고분 나와줄 리 없다. 주위의 이목을 끌어 오히려 그녀를 더 큰 위험에 빠뜨릴 뿐이다.

뭔가 내가 기억해내야 하는 게 분명히 있을 거야, 덴고는 생각했다.

"그 사람에 대해 당신은 생각나는 게 몇 가지 있을 거예요. 그게 도움이 될지도." 후카에리는 말했다. 하지만 그녀가 그렇게 말하기 전부터 덴고에게는 아오마메에 관해 자신이 뭔가 중요한 사실 한두 가지를 기억해내지 못한 게 아닌가, 하는 느낌이 줄곧 있었다. 그것이 구두 속에 들어간 작은 돌멩이처럼 이따금 그를 불안한 마음으로 몰고 갔다. 막연하기는 하지만, 절실하게.

덴고는 칠판을 지우듯이 의식을 아주 깨끗이 치워놓고 다시 기억 속으로 파고들었다. 아오마메에 대해, 자기 자신에 대해, 두 사람의 주위에 있었던 사물들에 대해, 어부가 그물을 당기듯이 기억의 부드러운 흙탕물 바닥을 퍼올렸다. 하나하나의 사물을 순서를 세워 꼼꼼하게 되짚어나갔다. 하지만 아무리 그래도 벌써 이십 년 전에 일어난 일이다. 그때의 광경을 아무리 선명하게 기억하고 있다고 해도, 구체적으로 생각해낼 수 있는 건 역시 한계가 있다.

그래도 그곳에 있던 무언가를, 그리고 지금까지 놓치고 지나온 무언가를 덴고는 찾아내야 한다. 그것도 여기서 지금 즉시. 그러지 않으면 이 구역 어딘가에 있을 아오마메를 찾아내는 건 불가능한 일이 되고 말지도 모른다. 후카에리의 말을 그대로 믿는다면, 시간은 한정되어 있다. 그리고 뭔가가 그녀를 추적하고 있다.

그는 시선에 대해 생각해보기로 했다. 아오마메가 그곳에서 무엇을 보고 있었는가. 그리고 덴고 자신은 무엇을 보았는가. 시간의 흐름과 시선의 움직임을 따라 다시 되짚어보자.

소녀는 덴고의 손을 꼭 잡으며 덴고의 얼굴을 똑바로 바라보았다. 그녀는 그 시선을 잠시도 돌리지 않았다. 덴고는 처음에는 그녀가 취한 행동의 의미를 전혀 이해하지 못해 설명을 청하듯이 상대의 눈을 보았다. 여기에는 뭔가 오해가 있는 게 틀림없다. 어쩌면 자신이 뭔가 잘못한 게 있는지도 모른다. 덴고는 그렇게 생각했다. 하지만 거기에는 오해도 없었고 잘못도 없었다. 그가 깨달은 것은 소녀의 눈동자가 놀랄 만큼 깊고 맑다는 것이었다. 그토록 순수하게 맑고 투명한 한 쌍의 눈을 그는 그때까지 한 번도 본 적이 없었다. 투명하면서도 바닥이 보이지 않을 만큼 깊은 샘. 오래도록 들여다보면 그 속에 빨려들 것만 같았다. 그래서 상대의 눈에서 달아나듯이 덴고는 시선을 돌렸다. 돌리지 않을 수가 없었다.

먼저 그는 발치의 마룻바닥을 바라보고, 인적 없는 교실 문을 바라보고, 그러고는 슬그머니 고개를 돌려 창밖으로 눈길을 던졌다. 그동안에도 아오마메의 시선은 흔들림이 없었다. 그녀는 창밖을 바라보는 덴고의 눈을 그대로 응시하고 있었다. 그녀의 시선을 그는 얼얼하게 피부로 느낄 수 있었다. 그리고 그녀의 손가락은 변함없는 힘으로 덴고의 왼손을 꼭 쥐고 있었다. 그 악력에는 한 치의 흔들림도 망설임도 없었다. 그녀는 두려워하지 않았다. 그녀가 두려워할 일이라고는 아무것도 없었다. 그녀는 그런 마음을 손가락을 통해 덴고에게 전하려 하고 있었다.

청소가 끝난 뒤였기 때문에 교실 창문은 환기를 위해 활짝 열려 있었고 하얀 커튼이 느릿느릿 바람에 살랑이고 있었다. 그 너머에는 하늘이 펼쳐져 있었다. 12월이었지만 아직 그다지 춥지는 않았다. 하늘 높은 곳에는 구름이 떠 있다. 가을의 자취가 남은 곧게 뻗은 하얀 구름이다. 방금 전에 붓으로 선을 그은 듯한 구름. 그리고 그곳에는 무언가 있었다. 무언가가 그 구름 아래 떠 있었다. 해? 아니, 그게 아니다. 그건 해가 아니다.

덴고는 숨을 멈추고 관자놀이에 손끝을 짚고 기억을 보다 깊은 곳까지 들여다보려고 했다. 금세라도 끊겨버릴 듯한 그 의식의 가느다란 실을 조심조심 더듬어나갔다.

그래, 그곳에는 달이 있었다.

아직 해가 저물기에는 시간이 한참 남아 있었지만, 거기에는 달이 둥실 떠 있었다. 4분의 3 크기의 달이다. 아직 이렇게 환한 때에 저렇게 크고 선명한 달을 볼 수 있구나, 덴고는 감탄했다. 그렇게 감탄했던 게 생각난다. 그 무감각한 회색 바윗덩어리는 마치 눈에 보이지 않는 실 끝에 매달린 듯한 모양새로 하릴없이 하늘 나지막한 곳에 떠 있었다. 그곳에는 왠지 인공적인 분위기가 감돌았다. 얼핏 보면 연극 소도구로 쓰이는, 가짜 달처럼 보였다. 하지만 그건 물론 진짜 달이다. 당연하다. 아무도 진짜 하늘에 정성과 시간을 들여가며 가짜 달을 걸어놓지는 않는다.

문득 깨달았을 때, 아오마메는 이미 덴고의 눈을 보고 있지 않았다. 그 시선은 그가 보는 것과 똑같은 곳을 향하고 있었다. 아오마메도 그와 똑같이 그곳에 뜬 대낮의 달을 빤히 바라보고 있었다. 덴고의 손을 단단히 잡고, 몹시 진지한 표정으로. 덴고는 다시 그녀의 눈을 보았다. 그녀의 눈동자는 이제 조금 전처럼 맑지는 않았다. 그건 한순간의, 아주 특별한 순간의 맑음이었던 것이다. 하지만 대신 이제 그곳에는 단단한 결정結晶이 보였다. 그것은 반들거리면서도 동시에 서릿발을 떠올리는 냉엄함을 담고 있었다. 그것이 대체 무엇을 의미하는지, 덴고는 알지 못했다.

이윽고 소녀는 분명하게 마음을 정한 모양이었다. 잡고 있던 손을 갑작스럽게 놓고 등을 휙 돌리고는 한마디 말도 없이 빠른 걸음으로 교실을 나갔다. 한 번도 뒤를 돌아보지 않고, 덴고를 깊은 공백 속에 혼자 버려두고.

덴고는 눈을 뜨고 의식의 집중을 풀고 깊은 숨을 토해내고, 버번 위스키를 한 모금 마셨다. 그것이 목구멍을 지나 식도를 타고 내려가는 감촉을 맛보았다. 그리고 다시 숨을 들이쉬고 토해냈다. 아오마메의 모습은 이제 보이지 않았다. 그녀는 등을 돌리고 교실 밖으로 나가버린 것이다. 그리고 그의 인생에서 자취를 감춰버렸다.

그리고 이십 년이 흘렀다.

달이야, 하고 덴고는 생각했다.

나는 그때 달을 보고 있었어. 그리고 아오마메도 역시 똑같은 달을 보고 있었다. 오후 세시 반의 아직 환한 하늘에 떠 있던, 잿빛을 띤 바윗덩어리. 과묵한 외톨이 위성. 두 사람은 나란히 그 달을 보았다. 하지만 그것이 대체 무엇을 의미하는 것일까. 달이 나를 아오마메가 있는 곳으로 인도해준다는 것일까.

아오마메는 그때 어떤 마음을 은밀하게 달에 맡겼는지도 모른다, 덴고는 문득 생각했다. 그녀와 달 사이에 뭔가 밀약 같은 것이 맺어졌는지도. 달을 향한 그녀의 시선에는 그같은 상상을 이끌어낼 만한, 무서울 만큼 진지한 것이 담겨 있었다.

그때 아오마메가 달에게 무엇을 바쳤는지는 물론 알지 못한다. 하지만 달이 그녀에게 부여했던 것은 덴고도 대략 상상이 되었다. 그것은 아마도 순수한 고독과 고요함이었으리라. 그것은 달이 사람에게 내줄 수 있는 가장 좋은 것이니까.

덴고는 술값을 치르고 '무기아타마'를 나왔다. 그리고 하늘을 올려다보았다. 달은 보이지 않았다. 하늘은 맑으니까 어딘가에 달이 떠 있을 터였다. 하지만 주위가 빌딩으로 에워싸인 도로 위에서는 그 모습을 볼 수 없다. 그는 주머니에 손을 집어넣은 채 달을 찾아 이 길 저 길을 걸었다. 어딘가 시야가 트인 곳으로 가고 싶었지만, 고엔지에서는 그런 곳을 쉽게 찾을 수 없다. 웬만한 비탈길도 찾기가 어려울 만큼 평평한 지역이다. 약간 높직하다고 할 만한 장소도 없다. 사방을 내다볼 수 있는 빌딩 옥상에라도 올라가면 좋을 테지만, 주위에는 옥상에 올라갈 만한 적당한 빌딩이 눈에 띄지 않았다.

하지만 정처 없이 걷는 사이에 근처에 어린이공원이 있다는 게 생각났다. 산책하는 길에 그 앞을 지난 적이 있었다. 큰 공원은 아니지만 거기에는 분명 미끄럼틀이 있었다. 그 위에 올라가면 하늘을 제대로 볼 수 있을지도 모른다. 그리 대단한 높이는 아니지만 땅바닥에 서 있는 것보다는 전망이 좋으리라. 그는 그 공원 쪽으로 걸어갔다. 손목시계의 바늘은 여덟시 가까운 시각을 가리키고 있었다.

공원에는 인적이 없었다. 한가운데 수은등 하나가 높직이 섰고 그 불빛이 공원을 구석구석까지 비추고 있었다. 커다란 느티나무가 있었다. 그 잎사귀는 아직 촘촘하게 무성하다. 몇몇 키 낮은 정원수가 있고, 수돗가가 있고, 벤치가 있고, 그네가 있고, 미끄럼틀이 있었다. 공중화장실도 있지만 그건 구청 직원이 저녁나절이면 잠가놓게 되어 있다. 밤사이에 노숙자들의 접근을 막기 위해선지도 모른다. 낮 시간이면 유치원에 들어가기 전의 아이들을 데리고 나온 젊은 엄마들이 아이들을 뛰어놀게 해주고 자신들은 신나게 수다를 떨곤 했다. 덴고는 몇 번 그런 광경을 목격했다. 하지만 날이 저물면 그곳을 찾는 이는 거의 없다.

덴고는 미끄럼틀 위에 올라가 밤하늘을 올려다보았다. 공원 북측에 6층짜리 새 맨션이 있었다. 이전에는 없던 건물이었다. 최근에 들어선 것이리라. 그 건물이 북쪽 하늘을 벽처럼 가로막고 있었다. 하지만 그 이외의 방향에는 키 낮은 건물들밖에 없다. 덴고는 한 바퀴 주위를 둘러보다 남서쪽 방향에서 달을 발견했다. 달은 낡은 단독주택 2층 지붕 위에 떠 있었다. 달은 4분의 3 크기였다. 이십 년 전의 달과 똑같다, 고 덴고는 생각했다. 똑같은 크기, 똑같은 모양. 우연의 일치다. 아마도.

하지만 초가을 밤하늘에 뜬 달은 뚜렷하고 환하고 이 계절 특유의 내성적인 따스함을 지니고 있었다. 12월 오후 세시 반에 하늘에 뜬 달과는 느낌이 크게 다르다. 그 온화한 자연의 빛은 인간의 마음을 치유하고 진정시켜준다. 맑은 시내의 졸졸거림이나 나뭇잎들의 다정한 수런거림이 인간의 마음을 치유하고 진정시켜주는 것과 마찬가지로.

덴고는 미끄럼틀 위에 선 채, 그 달을 오래도록 올려다보았다. 간조 7호선 방향에서는 다양한 사이즈의 타이어 소리가 뒤섞인, 바다울음을 닮은 소리가 들려왔다. 그 소리는 덴고에게 문득 아버지가 있는 지바 현 바닷가의 요양소를 떠올리게 했다.

도시의 세속적인 전등 불빛이 언제나처럼 별의 자취를 지워버리고 있었다. 하늘은 깨끗하게 맑았지만 몇몇 특별히 밝은 별들만 군데군데 희미하게 보일 뿐이다. 하지만 그래도 달은 또렷하게 보였다. 달은 조명에도, 소음에도, 오염된 공기에도 불평 한마디 없이 성실하게 그곳에 떠 있었다. 찬찬히 바라보면 그 거대한 크레이터며 계곡이 만들어내는 기묘한 그림자를 알아볼 수도 있었다. 달의 반짝임을 무심히 바라보는 사이에 덴고 안에 고대로부터 이어져내려온 기억 같은 것이 차례차례 불려나왔다. 인류가 불이며 도구며 언어를 손에 넣기 전부터 달은 변함없이 사람들 편이었다. 그것은 하늘이 준 등불로서 때로는 암흑의 세계를 환하게 비추어 사람들의 공포심을 달래주었다. 그 차오르고 이지러지는 모습은 사람들에게 시간관념을 부여해주었다. 달의 그같은 무상의 자비에 대한 감사의 마음은, 대부분의 지역에서 밤의 어둠이 쫓겨나버린 현재에도 인류의 유전자 속에 강하게 각인되어 있는 것 같았다. 집합적인 따스한 기억으로.

생각해보면 이렇게 달을 찬찬히 바라보는 것도 무척 오랜만이다, 덴고는 생각했다. 달을 올려다본 게 언젯적 일인가. 도시에서 하루하루를 다급하게 보내노라면 자칫 발치만 보며 살아가게 된다. 밤하늘에 눈길을 보내는 것조차 잊고 살아간다.

그리고 덴고는 그 달에서 조금 떨어진 하늘 한귀퉁이에 또 하나의 달이 떠 있다는 것을 깨달았다. 처음에 그는 그것을 착시라고 생각했다. 어쩌면 광선이 만들어낸 어떤 일루전일 거라고. 하지만 몇 번을 봐도 그곳에는 뚜렷한 윤곽을 가진 두번째 달이 있었다. 그는 잠시 말을 잃고 입을 벌린 채 그저 멍하니 그쪽 방향을 바라보고 있었다. 자신이 무엇을 보고 있는지, 의식을 제어할 수가 없었다. 윤곽과 실체가 제대로 하나가 되지 않았다. 마치 관념과 언어가 결속하지 않을 때처럼.

또 하나의 달?

눈을 감고 양쪽 손바닥으로 뺨을 쓱쓱 문질렀다. 대체 내가 어떻게 된 건가, 덴고는 생각했다. 술을 그리 많이 마신 것도 아니다. 그는 조용히 숨을 들이쉬고 조용히 숨을 토해냈다. 의식이 또렷한 상태라는 것을 확인했다. 자신이 누구고 지금 어디에 있고 무엇을 하고 있는지, 눈을 감은 암흑 속에서 새삼 확인했다. 1984년 9월, 가와나 덴고, 스기나미 구 고엔지, 어린이공원, 밤하늘에 뜬 달을 올려다보고 있다. 틀림없다.

그러고는 조용히 눈을 뜨고 다시 하늘을 올려다보았다. 냉정한 마음으로, 주의깊게. 하지만 그곳에는 역시 달이 두 개 떠 있었다.

착각이 아니다. 달은 두 개다. 덴고는 그대로 오래도록 오른쪽 주먹을 세게 움켜쥐고 있었다.

달은 변함없이 과묵했다. 하지만 더이상 고독하지는 않다.

제 19장 아오마메

Q
도터가 깨어날 때는

「공기 번데기」는 환상 이야기 형식을 취하고 있기는 해도 기본적으로 읽기 쉬운 소설이었다. 그것은 열 살 소녀가 이야기하는 형식으로 쓰여 있었다. 어려운 단어도 없고 억지스러운 논리도 없고 군더더기 설명도 없고 배배 꼬아놓은 표현도 없다. 소설은 처음부터 끝까지 소녀에 의해 이야기가 진행된다. 소녀의 말은 알아듣기 쉽고 간결하며 대부분의 경우 편안하게 다가왔지만, 그러면서도 거의 아무것도 설명해주지 않는다. 그녀는 자신의 눈으로 본 것을 일이 흘러가는 대로 이야기하고 있을 뿐이다. 중간에 멈춰 서서 "지금 대체 무슨 일이 일어나고 있는 걸까" "이건 무슨 뜻일까" 하고 고찰하는 일은 없다. 그녀는 천천히, 하지만 적당한 보폭으로 계속 나아간다. 독자는 그 시선을 빌려,

소녀의 걸음에 맞춰 따라가게 된다. 매우 자연스럽게. 그리고 문득 깨닫고 보면 그들은 딴 세계에 들어와 있다. 이곳이 아닌 세계. 리틀 피플이 공기 번데기를 만들고 있는 세계다.

처음 열 페이지쯤 읽고 아오마메는 우선 그 문체에서 강한 인상을 받았다. 만일 덴고가 이 글을 쓴 것이라면, 그에게는 분명 문장에 대한 뛰어난 재능이 있다. 아오마메가 알던 덴고는 수학의 천재였다. 신동이라고 불렸었다. 어른도 웬만해서는 풀지 못하는 어려운 수학 문제를 별 어려움 없이 풀곤 했다. 수학만큼은 아니지만 다른 과목의 성적도 훌륭해서 무엇을 해도 다른 아이들이 범접하지 못하는 면이 있었다. 덩치도 크고 운동도 잘했다. 하지만 글쓰기가 뛰어났다는 기억은 없다. 아마 당시 그런 재능은 수학의 그늘에 가려 눈에 띄지 않았던 것이리라.

아니면 덴고는 그녀가 하는 이야기를 그저 그대로 문장으로 옮겼을 뿐인지도 모른다. 그 자신의 오리지널리티는 문체에 그다지 관여하지 않았을 수도 있다. 하지만 단지 그것만은 아닐 거라는 마음이 들었다. 그 문장은 얼핏 보기에는 단순하고 무방비하면서도, 세심하게 읽어보면 상당히 주도면밀하게 계산되고 다듬어졌다는 것을 알 수 있다. 지나치게 쓴 부분은 한 군데도 없으면서, 그와 동시에 필요한 것은 빠뜨림 없이 쓰여 있었다. 꾸며주는 말은 최소한만 사용했지만 묘사는 적확하고 색감이 풍성했다. 그리고 무엇보다 문장에서 뛰어난 리듬 같은 것이 느껴졌다. 소리내어 읽지 않더라도 독자는 거기에서 깊은 울림을 들을 수 있었다. 열일곱 살 소녀가 쓸 수 있는 문장이 아니었다.

아오마메는 그런 점들을 확인하고는 그다음을 주의깊게 읽어 나갔다.

주인공은 열 살의 소녀다. 그녀는 산 속에 자리잡은 작은 '모임'에 속해 있다. 그녀의 아버지도 어머니도 그 '모임'에서 공동생활을 한다. 형제자매는 없다. 소녀는 태어나 얼마 뒤에 부모를 따라 이곳에 왔기 때문에 외부세계에 대한 지식을 거의 갖고 있지 않다. 저마다 하루 일과가 바빠서 가족이 얼굴을 마주하고 느긋하게 대화를 할 만한 기회는 별로 없지만, 그래도 사이는 좋다. 낮이면 소녀는 그 지역 초등학교에 다니고 아버지와 어머니는 주로 농사일을 한다. 시간이 나는 대로 아이들도 농사일을 거든다.

'모임'의 어른들은 바깥세계의 풍조를 싫어한다. 자신들이 살아가는 세계는 자본주의의 바다에 뜬 아름다운 고도孤島이며 성채라고 그들은 기회가 있을 때마다 말한다. 소녀는 자본주의(때로는 물질주의라고 말하기도 한다)가 무엇인지 알지 못한다. 그저 어른들이 그 말을 할 때마다 귀에 잡히는 경멸에 찬 어조를 보면 그건 아무래도 자연이나 올바름에 어긋나는, 비뚤어진 모습을 가진 것인 듯하다. 자신의 몸이나 생각을 깨끗하게 유지하기 위해 외부세계와는 가능한 한 관련을 맺어서는 안 된다고 소녀는 배운다. 그러지 않으면 마음이 서서히 오염될 것이라고.

'모임'은 오십여 명의 비교적 젊은 남녀로 구성되어 있지만, 크게 두 개의 그룹으로 나뉘어 있었다. 하나는 혁명을 목표로 하는 그룹이고, 또 하나는 평화를 지향하는 그룹이다. 그녀의 부모는 어느 쪽인가를 고르라면 후자에 속했다. 아버지는 그곳에 있는 사람들 가운데서 가장 연장자였고, 이 '모임'이 탄생할 때부터 중심적인 역할을 맡고 있었다.

열 살의 소녀는 물론 그러한 양자의 대립구조를 논리적으로 설명하지는 못한다. 혁명과 평화의 차이도 잘 알지 못한다. 혁명은 약간 뾰족한 모양의 생각이고, 평화는 약간 둥그스름한 모양의 생각이라는 인상밖에는 없다. 생각이라는 건 저마다 모양새를 갖고 색감을 갖고 있다. 그리고 달과 똑같이 차오르기도 하고 이지러지기도 한다. 그녀가 아는 건 그 정도였다.

'모임'이 어떻게 해서 만들어졌는가 하는 속사정도 소녀는 잘 알지 못한다. 그저 십여 년 전, 그녀가 태어난 지 얼마 안 되었을 때, 사회에 큰 운동이 일어났고, 사람들은 도시에서의 삶을 버리고 외딴 산 속 마을로 옮겨왔다는 이야기를 들었다. 도시에 대해서도 그녀는 그리 많이 알지 못한다. 전철을 타본 적도 없고 엘리베이터를 타본 일도 없다. 3층 이상의 높은 건물을 본 적도 없다. 알지 못하는 일이 너무나도 많다. 그녀가 이해할 수 있는 건 눈으로 보고 손으로 만질 수 있는 주변의 사물뿐이다.

하지만 그래도 소녀의 낮은 시선과 꾸밈새 없는 말투는 그 '모임'이라는 작은 커뮤니티의 성립과정과 생활풍경을, 그리고 그곳에 사는 사람들의 태도나 사고방식을 자연스럽고 생생하게 묘사하고 있었다.

사고방식의 차이는 있지만 그곳에 사는 사람들의 연대감은 단단히 유지되었다. 그들은 자본주의에서 멀리 떨어져 살아가는 것이 선한 일이라는 생각을 공유하고 있었고, 사고방식의 모양새나 색감이 약간 맞지 않더라도 서로 어깨를 맞대지 않고서는 자신들이 살아남을 수 없다는 것을 잘 알고 있었다. 생활은 빠듯했다. 사람들은 하루하루 쉼 없이 노동을 하고, 야채 농사를 짓고, 근처 지역민들과 물물교환을 하고, 남은 농산물을 판매하고, 가능한 한 대량생산 제품을 쓰는 건 피해가며 자연 속에서의 생활을 영위했다. 그들이 어쩔 수 없이 사용하는 가전제품은 어딘가의 폐품 쓰레기장에서 주워와 수리한 것이고, 그들이 입는 옷의 대부분은 어딘가에서 보내온 헌옷이었다.

그처럼 순수하지만 빡빡한 하루하루의 삶에 순응하지 못해 '모임'을 떠나는 사람도 있었고, 어디선가 소문을 듣고 찾아와 새로 가입하는 사람도 있었다. 떠나는 사람보다 새롭게 들어오는 사람의 수가 많았다. 그래서 '모임'의 인구는 서서히 늘어났다. 그건 그들에게 바람직한 일이었다. 그들이 거주하는 폐촌에는 조금만 손을 보면 아직 사람이 살 수 있는 폐가가 얼마든지 있었고, 일손이 없어 묵혀둔 논밭도 아주 많았다. 일할 사람이 늘어나는 건 대환영이었다.

그곳에는 여덟 명에서 열 명의 아이들이 있었다. 대개는 '모임' 안에서 태어난 아이들로, 가장 나이가 많은 건 주인공 소녀였다. 아이들은 그 지역 초등학교에 다녔다. 모두 함께 걸어서 등교하고 하교했다. 아이들은 그 지역 학교에 다녀야 했다. 그건 법률로 정해진 일이다. 또한 지역민과 우호적인 관계를 유지하는 것은 커뮤니티의 생존을 위해 불가결한 일이라고 '모임' 창시자들은 생각하고 있었다. 하지만 한편으로, 그 지역 아이들이 '모임'의 아이들을 불쾌하게 여겨 따돌리고 괴롭혔기 때문에 '모임'의 아이들은 거의 하나로 뭉쳐서 행동했다. 아이들은 그렇게 하나로 뭉치는 것으로 자신들을 지켰다. 물리적인 위협으로부터, 그리고 마음의 오염으로부터.

그것과는 별도로 '모임' 안에도 독자적인 학교가 만들어져 어른들이 번갈아가며 아이들에게 공부를 가르쳤다. 그들 대부분이 높은 교육을 받았고 교사 자격을 가진 사람도 적지 않았기 때문에 그건 어려운 일이 아니었다. 독자적인 교과서가 만들어지고 기본적인 읽고 쓰기와 산수 교육이 이루어졌다. 화학, 물리학, 생리학, 생물학의 기본을 가르쳤다. 세계의 성립과 구조를 가르쳤다. 세계에는 자본주의와 사회주의라는 두 개의 시스템이 있고 서로 반목하고 있었다. 하지만 두 가지 모두 깊은 문제점을 안고 있고, 대체적으로 세계는 그리 좋지 않은 방향으로 나아가고 있었다. 사회주의는 원래는 높은 이상을 가진 뛰어난 사상이었지만, 이기적인 정치가에 의해 도중에 잘못된 형태로 왜곡되어버렸다. 소녀는 그 '이기적인 정치가' 중 한 사람의 사진을 본 적이 있다. 코가 크고 검은 수염을 기른 그 남자는 그녀에게 악마의 왕을 연상시켰다.

'모임'에는 텔레비전이 없고 라디오도 특별한 경우를 제외하고는 허가되지 않았다. 신문이나 잡지도 제한되었다. 필요하다고 생각되는 뉴스는 '집회소'의 저녁식사 자리에서 구두로 전해졌다. 그 뉴스 하나하나에, 자리에 모인 어른들은 때로는 환호성을 때로는 찬성할 수 없다는 신음을 흘렸다. 환호성보다는 신음을 흘리는 때가 훨씬 많았다. 그것이 소녀에게는 유일한 미디어 체험이었다. 소녀는 태어난 이후로 영화를 본 적이 없다. 만화를 읽어본 적도 없다. 다만 고전음악을 듣는 것만은 허락되었다. '집회소'에는 스테레오 설비가 되어 있고, 누군가가 한꺼번에 갖고 들어왔을 터인 수많은 레코드가 있었다. 자유 시간에는 거기에서 브람스의 교향악이나 슈만의 피아노 곡, 바흐의 건반음악과 종교음악을 들을 수 있었다. 그것이 소녀에게는 귀중한, 그리고 거의 유일한 오락이었다.

어느 날, 소녀는 벌을 받게 되었다. 그녀는 그 주의 아침과 저녁에 몇 마리의 산양을 돌보라는 지시를 받았는데, 학교 숙제며 다른 일과를 해내기에 바빠서 그것을 깜박 잊어버렸다. 그다음 날 아침, 가장 나이든 눈 먼 산양이 차갑게 죽어 있는 모습이 발견되었다. 그 일에 대한 징벌로 그녀는 열흘 동안 '모임'에서 격리되는 처분을 받았다.

그 산양은 '모임' 사람들 사이에서 특별한 의미를 가진 산양으로 여겨졌지만, 이미 충분히 나이를 먹었고 질병은—그것이 어떤 병이었는지는 모르지만—그 여윈 몸을 발톱으로 단단히 움켜쥐고 있었다. 누가 돌봐주건 돌봐주지 않건 그 산양이 회복될 가망은 없었다. 죽어가는 건 시간문제였다. 하지만 그렇다고 소녀가 저지른 죄가 경감되는 건 아니었다. 산양의 죽음 자체뿐만 아니라 주어진 책무를 게을리했다는 것이 문제가 되었다. 격리는 '모임' 안에서는 가장 무거운 벌칙의 하나였다.

소녀는 죽은 눈먼 산양과 함께 작고 오래된 흙벽의 광 속에 갇혔다. 그 광은 '반성을 위한 방'으로 불렸다. '모임'의 규칙을 깬 사람에게는 그곳에서 스스로 저지른 죄과를 반성할 기회가 주어졌다. 격리의 벌을 받는 동안, 어느 누구도 그녀에게 말을 건네지 않는다. 소녀는 완전한 침묵 속에서 열흘 동안을 견뎌야 했다. 최소한의 물과 식사만 제공되었다. 광은 어둡고 춥고 축축했다. 그리고 죽은 산양의 냄새가 났다. 문밖에서 자물쇠가 채워지고 한구석에는 용변을 위한 양동이가 놓여 있었다. 벽의 높은 곳에 달린 작은 창으로 햇빛이며 달빛이 들어왔다. 구름이 없으면 몇 개의 별을 볼 수도 있었다. 그 외에 불빛이라고는 없었다. 그녀는 마룻바닥에 깔린 딱딱한 매트리스에 몸을 누이고 두 장의 낡은 담요를 둘러쓰고 벌벌 떨며 밤을 지샜다. 4월이었지만, 산속의 밤은 추웠다. 주위가 어두워지면 죽은 산양의 눈이 별빛을 받아 반짝 빛났다. 그게 너무나 무서워서 소녀는 좀체 잠들 수 없었다.

사흘째 되는 날 밤에 산양이 크게 입을 벌렸다. 입 안쪽에서 누군가 억지로 벌린 것이다. 그리고 거기에서 작은 사람들이 줄줄이 나왔다. 모두 여섯 명. 처음 나왔을 때는 키가 10센티미터밖에 되지 않았지만 땅바닥에 내려서자 마치 비 온 뒤에 버섯이 자라듯이 그들은 급속히 키가 커졌다. 하긴 그래봤자 60센티미터 정도였다. 그리고 자신들을 '리틀 피플'이라고 말했다.

『백설공주와 일곱 난쟁이』 같아. 소녀는 생각했다. 어렸을 때 아버지가 그 동화를 읽어준 적이 있다. 하지만 그러기에는 한 사람이 모자란다.

"만일 일곱 명이 좋다면 일곱 명으로 할 수도 있어." 나지막한 목소리의 리틀 피플이 말했다. 그들은 소녀의 마음을 읽는 모양이었다. 그리고 다시 세어보니 그들은 여섯 명이 아니라 일곱 명이 되어 있었다. 하지만 소녀는 그것을 딱히 이상하다고는 생각하지 않았다. 리틀 피플이 산양의 입에서 나왔을 때, 세계의 룰은 이미 변경되어버린 것이다. 그 이후에는 무슨 일이 일어나도 이상할 건 없다.

"너희들은 어째서 죽은 양의 입에서 나왔어." 소녀는 물었다. 자신의 목소리가 기묘하게 울린다는 것을 그녀는 깨달았다. 말투도 평소와 다르다. 아마 사흘이나 아무와도 말을 하지 못한 탓이라고 생각했다.

"산양의 입이 통로였으니까." 컬컬한 목소리의 리틀 피플이 말했다. "우리도 여기로 나올 때까지는 그게 죽은 산양인 줄 몰랐어."

카랑카랑한 목소리의 리틀 피플이 말했다. "우리는 그런 건 요만큼도 상관 안 해. 산양이건 고래건 완두콩이건. 그게 통로이기만 하면 돼."

"네가 통로를 만들었어. 그래서 우리는 그걸 시험해본 거야. 어디로 통하나 하고." 나지막한 목소리의 리틀 피플이 말했다.

"내가 통로를 만들었어." 소녀는 말했다. 역시 자신의 목소리 같지 않았다.

"우리한테 좋은 일을 해줬어." 작은 목소리의 리틀 피플이 말했다.

몇 명의 리틀 피플이 그래, 그래, 하고 소리 높여 동의했다.

"공기 번데기를 만들면서 놀지 않을래." 테너 목소리의 리틀 피플이 말했다.

“그래, 모처럼 여기까지 나왔으니까.” 바리톤 목소리가 말했다.

“공기 번데기.” 소녀는 물었다.

“공기 속에서 실을 뽑아 그걸로 둥지를 만드는 거야. 그걸 자꾸자꾸 키워간단다.” 저음의 목소리가 말했다.

“그건 누구를 위한 둥지인데.” 소녀는 물었다.

“두고 보면 알게 돼.” 바리톤이 말했다.

“나와보면 알지.” 저음이 말했다.

“호우호우.” 다른 리틀 피플이 장단을 맞췄다.

“내가 그걸 거들어도 돼.” 소녀는 물었다.

“물론이지.” 컬컬한 목소리가 말했다.

“너는 우리를 위해 좋은 일을 해줬어. 함께 해보자.” 테너 리틀 피플이 말했다.

공기 속에서 실을 뽑아내는 건 일단 익숙해지면 그다지 어려운 일이 아니었다. 소녀는 손재주가 좋은 편이었기 때문에 곧 그 작업을 재빠르게 해낼 수 있었다. 자세히 보니 공기 속에는 온갖 실이 떠 있었다. 보려고만 하면 그건 보인다.

“그래, 그렇게 하는 거야. 잘했어.” 작은 목소리의 리틀 피플이 말했다.

“너는 아주 영리한 아이구나. 금세 배우네.” 카랑카랑한 목소리가 말했다. 그들은 모두 비슷비슷한 옷을 입고 비슷비슷한 얼굴이었지만 목소리만은 저마다 뚜렷이 달랐다.

리틀 피플이 입고 있는 옷은 어디에서나 볼 수 있는 평범한 옷이었다. 기묘한 표현이지만 그것 말고는 달리 형용할 말이 없었다. 일단 눈을 돌리면 그들이 어떤 옷을 입고 있었는지, 그만 전혀 생각나지 않는다. 그들의 얼굴 생김새도 그렇다. 그 얼굴들은 좋지도 나쁘지도 않다. 어디에서나 볼 수 있는 평범한 얼굴이다. 그리고 일단 눈을 돌리면 그들이 어떤 얼굴이었는지, 전혀 생각해낼 수 없다. 머리칼도 마찬가지다. 길지도 않고 짧지도 않다. 그건 그냥 머리칼이다. 그리고 그들에게는 냄새가 없었다.

새벽이 다가와 닭이 울고 동쪽 하늘이 환해지자, 일곱 명의 리틀 피플은 일을 멈추고 저마다 기지개를 켰다. 그리고 그때까지 만든 하얀 공기 번데기를—그 크기는 아직 아기 토끼 정도였지만—방 한쪽에 감추었다. 식사를 가져오는 사람이 발견하지 못하도록 한 것이리라.

"아침이야." 작은 목소리의 리틀 피플이 말했다.

"밤은 끝났어." 저음이 말했다.

이렇게 다양한 목소리를 가진 사람들이 한자리에 모였으니 합창단을 만들면 좋을 텐데, 하고 소녀는 생각했다.

"우리에게 노래는 없어." 테너 리틀 피플이 말했다.

"호우호우." 리듬을 맞추는 역할의 리틀 피플이 말했다.

리틀 피플은 원래 왔을 때와 똑같이 10센티미터 정도로 작아지더니 줄지어, 죽은 산양의 입 속으로 들어갔다.

"오늘밤에 또 올게." 작은 목소리 리틀 피플이 산양의 입을 안쪽에서 닫기 전에 소녀에게 작은 소리로 말했다. "우리 얘기는 아무한테도 하면 안 돼."

"우리 일을 누군가에게 말하면 아주 좋지 않은 일이 일어나." 컬컬한 목소리가 다짐하듯이 덧붙였다.

"호우호우." 리듬을 맞추는 역할이 말했다.

"아무한테도 말 안 해." 소녀는 대답했다.

게다가 그런 말을 해본들 어느 누구도 믿어주지 않으리라. 소녀는 머릿속에 떠오른 생각을 그대로 말해버리는 것 때문에 곧잘 주위 어른들에게서 꾸지람을 들었다. 현실과 상상을 구별하지 못한다, 고 사람들은 말했다. 그녀가 하는 생각의 모양새나 색감은 다른 사람들의 그것과는 상당히 다른 것 같았다. 자신의 어디가 잘못되었는지, 소녀는 잘 이해할 수 없었다. 하지만 어쨌든 리틀 피플 이야기는 아무에게도 하지 않는 게 좋다고 생각했다.

리틀 피플이 사라지고 산양의 입이 다시 닫힌 뒤, 소녀는 그들이 공기 번데기를 감춰놓고 간 곳을 한참이나 찾았지만 아무래도 그것을 찾을 수가 없었다. 감춰놓는 기술이 아주 뛰어나다. 이렇게 좁은 곳에서 아무리 찾아도 눈에 띄지 않다니. 대체 어디에 감춰둔 걸까.

소녀는 담요를 둘러쓰고 잠을 잤다. 오랜만에 찾아온 편안한 잠이었다. 꿈도 꾸지 않았고 중간에 깨지도 않았다. 그녀는 그 깊은 잠을 즐겼다.

낮 동안 내내 산양은 죽어 있었다. 몸은 딱딱하게 굳고, 탁한 눈은 유리구슬 같았다. 하지만 해가 저물고 광에 어둠이 찾아들자 그 눈은 별빛을 받아 반짝 빛났다. 그리고 그 빛에 이끌리듯이 산양의 입이 빠끔 열리고 거기에서 리틀 피플이 나왔다. 이번에는 처음부터 일곱 명이었다.

"어젯밤 하던 일을 계속하자." 컬컬한 목소리의 리틀 피플이 말했다.

나머지 여섯 명은 좋다고 저마다 환호성을 질렀다.

일곱 명의 리틀 피플과 소녀는 번데기 주위에 동그랗게 둘러앉아 그 작업을 계속했다. 공기 속에서 하얀 실을 뽑아 그걸로 번데기를 만들어나갔다. 그들은 거의 말도 없이, 그저 묵묵히 작업에 힘을 기울였다. 열중해서 손을 놀리고 있으려니 밤의 추위도 느껴지지 않았다. 시간은 모르는 사이에 지나갔다. 따분하지도 않았고 졸음이 오지도 않았다. 번데기는 조금씩, 하지만 눈에 띄게 커져갔다.

"얼마나 크게 만들어." 새벽녘이 가까워졌을 때, 소녀는 물었다. 자신이 광에 갇혀 있는 열흘 동안에 그 작업이 과연 끝날지 알고 싶었다.

“가능한 한 크게 만들 거야.” 카랑카랑한 목소리의 리틀 피플이 대답했다.

“어느 정도까지 커지면 저절로 터져.” 테너가 신이 난 목소리로 말했다.

“그리고 뭔가가 나와.” 바리톤이 활기찬 목소리로 말했다.

“뭐가 나오는데.” 소녀는 물었다.

“뭐가 나올지.” 작은 목소리가 말했다.

“기대해봐.” 저음의 리틀 피플이 말했다.

“호우호우.” 리듬을 맞추는 역할의 리틀 피플이 말했다.

“호우호우.” 나머지 여섯 명이 합창했다.

소설의 문체에는 특유의 이상한 어둠이 감돌았다. 아오마메는 그것을 깨닫고 가만히 얼굴을 찌푸렸다. 환상 동화 같은 이야기다. 하지만 그 발밑에는 눈에 보이지 않는 어두운 기류가 도저하게 흐르고 있었다. 꾸밈없는 간결한 말투에서 아오마메는 그 불길한 울림을 들을 수 있었다. 거기에는 어떤 질병의 도래를 암시하는 듯한 암울함이 있었다. 인간의 정신을 저 깊은 안쪽에서부터 조용히 파먹는 치명적인 병이다. 그리고 그 병을 실어오는 것은 합창단 같은 일곱 명의 리틀 피플이다. 여기에는 틀림없이 뭔가 건전하지 않은 것이 포함되어 있다, 고 아오마메는 생각했다. 그런데도 왠지 모르게 아오마메는 그들의 바이러스에서 자신과 숙명적일 만큼 친근한 것을 알아볼 수 있었다.

아오마메는 책에서 눈을 들고, 리더가 죽기 전에 리틀 피플에 대해 했던 말을 떠올렸다.

"우리는 오랜 옛날부터 그들과 함께 살아왔어. 아직 선악 같은 것이 제대로 존재하지 않았던 무렵부터. 사람들의 의식이 아직 미명의 것이었을 무렵부터."

아오마메는 그다음 이야기를 읽어나갔다.

리틀 피플과 소녀는 계속 일을 해서 며칠 뒤에 공기 번데기는 거의 커다란 개만한 크기가 되었다.

"내일이면 벌이 끝나서 나는 이곳을 나가게 될 거야." 날이 서서히 밝아올 때, 소녀는 리틀 피플에게 말했다.

일곱 명의 리틀 피플은 침묵 속에서 그녀의 말에 귀를 기울였다.

"그러니까 이제 공기 번데기를 함께 만들 수 없어."

"몹시 유감이야." 테너 리틀 피플이 정말로 유감이라는 듯이 말했다.

"네가 있어서 우리에게 큰 도움이 되었는데." 바리톤 리틀 피플이 말했다.

카랑카랑한 목소리의 리틀 피플이 말했다. "하지만 번데기는 거의 다 만들어졌어. 이제 조금만 더 하면 돼."

리틀 피플들은 옆으로 늘어서서 크기를 가늠해보는 눈빛으로 그동안 만든 공기 번데기를 바라보았다.

"이제 조금만 더 하면 돼." 컬컬한 목소리의 리틀 피플이 단조로운 뱃노래를 선창하듯이 말했다.

"호우호우." 리듬을 맞추는 역할이 말했다.

"호우호우." 나머지 여섯 명이 합창했다.

열흘 동안의 격리 징벌이 끝나고 소녀는 '모임'으로 돌아갔다. 수많은 룰을 지켜야 하는 단체생활이 다시 시작되고 혼자 있는 시간은 없어졌다. 리틀 피플과 함께 공기 번데기를 만드는 일도 물론 할 수 없었다. 그녀는 매일 밤 잠들기 전에, 공기 번데기를 둘러싸고 앉아 그것을 크게 만들어가는 일곱 명의 리틀 피플의 모습을 상상한다. 이제 그것 이외의 일은 생각할 수 없게 되어버렸다. 그녀의 머릿속에 그 공기 번데기가 실제로 쏙 들어온 것만 같았다.

공기 번데기의 내부에는 대체 무엇이 담겨 있는 걸까, 때가 되어 번데기가 펑 갈라졌을 때, 무엇이 거기에서 모습을 드러낼까, 소녀는 그것이 알고 싶어 견딜 수 없었다. 그 장면을 자신의 눈으로 볼 수 없다는 것이 너무도 안타까웠다. 번데기 만드는 일을 그토록 열심히 거들었잖아, 그럼 나도 그 자리에 함께할 자격이 있을 텐데. 다시 한번 규칙을 어겨서 격리 징벌을 받고 또 그 광에 들어갈 수는 없을까, 하고 생각했을 정도였다. 하지만 일부러 그렇게 해봐도 이제 리틀 피플은 그 광에 다시는 나타나지 않을지도 모른다. 죽은 산양도 실려나가 어딘가에 묻혀버렸다. 그 눈이 별빛을 받아 반짝 빛나는 일도 없다.

커뮤니티 안에서 소녀의 일상생활에 대한 이야기가 이어진다. 규칙적인 일과 정해진 노동. 그녀는 가장 나이 많은 어린이로서 손아래 아이들을 지도하고 돌봐준다. 소박한 식사. 잠들기 전 아버지와 어머니가 읽어주는 이야기. 어렵게 틈을 내어 듣는 고전음악. 오염 없는 생활.

리틀 피플이 그녀의 꿈에 찾아온다. 그들은 자기들이 들어가고 싶을 때마다 사람들의 꿈속에 들어갈 수 있다. 이제 슬슬 공기 번데기가 갈라질 때가 되었는데 보러 오지 않겠느냐고 그들은 말한다. 오늘밤 날이 저물면 남의 눈에 띄지 않게 양초를 들고 광으로 와.

소녀는 호기심을 억누를 수가 없다. 잠자리를 빠져나와 준비해둔 양초를 들고 발소리를 죽여 광으로 간다. 그곳에는 아무도 없다. 공기 번데기가 바닥에 가만히 놓여 있을 뿐이다. 공기 번데기는 마지막으로 보았을 때보다 한층 커져 있다. 1미터 3, 40센티미터, 길이가 그쯤이었다. 그리고 전체에서 은은한 빛을 뿜어내고 있다. 윤곽은 아름다운 곡선을 그리며 가운데 부분이 오목하게 들어가 있다. 그 오목한 부분은 작았을 때는 없던 것이었다. 리틀 피플은 그뒤로 아주 열심히 일을 한 모양이었다. 그리고 번데기는 이미 갈라지기 시작하고 있었다. 세로로 반듯하게 금이 가 있다. 소녀는 쪼그리고 앉아 그 틈새로 안을 들여다본다.

번데기 안에 있는 것이 자기 자신이라는 것을 소녀는 발견한다. 그녀는 번데기 안에 알몸으로 누워 있는 자신의 모습을 바라본다. 그곳에 있는 그녀의 분신은 반듯하게 누운 자세로 눈을 감고 있다. 의식은 없는 듯했다. 숨도 쉬지 않는다. 마치 인형처럼.

"그 안에 있는 건 너의 도터야." 컬컬한 목소리의 리틀 피플이 말했다. 그리고 한 차례 헛기침을 했다.

뒤를 돌아보니 어느새 일곱 명의 리틀 피플이 그곳에 부채꼴 모양으로 줄을 서 있었다.

"도터." 소녀는 자동적으로 반복한다.

"그리고 너는 마더야." 저음이 말했다.

"마더와 도터." 소녀는 반복한다.

"도터는 마더의 대리 역할을 해." 카랑카랑한 목소리의 리틀 피플이 말한다.

"나는 두 사람으로 나뉘는 거야." 소녀는 묻는다.

"그런 게 아니야." 테너 리틀 피플이 말한다. "너는 두 개로 나뉘지 않아. 너는 처음부터 끝까지 원래 그대로의 너야. 걱정할 거 없어. 도터는 어디까지나 마더의 마음의 그림자에 지나지 않

아. 그게 형태를 이룬 것이야."

"이 사람은 언제 눈을 떠."

"이제 곧. 때가 되면." 바리톤 리틀 피플이 말한다.

"이 도터는 내 마음의 그림자로서 무슨 일을 해." 소녀는 물었다.

"퍼시버 역할을 해." 작은 목소리가 살그머니 말한다.

"퍼시버." 소녀는 말한다.

"지각知覺하는 자." 컬컬한 목소리가 말한다.

"지각한 것을 리시버에게 전달해." 카랑카랑한 목소리가 말한다.

"도터는 우리의 통로가 될 거야." 테너 리틀 피플이 말한다.

"양 대신에." 소녀는 물었다.

"죽은 산양은 임시 통로였을 뿐이야." 저음의 리틀 피플이 말한다. "우리가 사는 장소와 이곳을 연결하기 위해서는 살아 있는 도터가 필요해. 퍼시버로서."

"마더는 무슨 일을 해." 소녀는 묻는다.

"마더는 도터 가까이에 있어." 카랑카랑한 목소리가 말한다.

"도터는 언제 눈을 떠." 소녀는 묻는다.

"이틀 뒤, 혹은 사흘 뒤." 테너가 말한다.

"그 둘 중 하루." 작은 목소리의 리틀 피플이 말한다.

"도터를 잘 돌봐줘야 해." 바리톤이 말한다. "너의 도터니까."

"마더가 돌봐주지 않으면 도터는 완전하지 못해. 오래 살기 어려워져." 카랑카랑한 목소리가 말한다.

"도터를 잃으면 마더는 마음의 그림자를 잃어버리게 돼." 테너가 말한다.

"마음의 그림자를 잃어버린 마더는 어떻게 돼." 소녀는 묻는다.

그들은 서로 얼굴을 마주본다. 아무도 그 질문에는 대답하지 않는다.

"도터가 눈을 뜰 때, 하늘의 달이 두 개가 돼." 컬컬한 목소리가 말한다.

"두 개의 달이 마음의 그림자를 비추지." 바리톤이 말한다.

"달이 두 개가 돼." 소녀는 자동적으로 말을 반복한다.

"그게 징표야. 하늘을 주의해서 자주 보는 게 좋아." 작은 목소리가 살그머니 말한다.

"주의해서 하늘을 봐." 작은 목소리가 다짐하듯이 말한다. "달이 몇 개인지 꼭 세어봐."

"호우호우." 리듬을 맞추는 역할이 말한다.

"호우호우." 나머지 여섯 명이 합창했다.

소녀는 도망친다.

그곳에는 잘못된 것, 옳지 않은 것이 있다. 크게 일그러진 것이 있다. 그것은 자연에 반하는 것이다. 소녀는 그걸 안다. 리틀 피플이 무엇을 원하는지는 알지 못한다. 하지만 공기 번데기 안에 담긴 자신의 모습은 소녀를 전율시킨다. 살아서 움직이는 자신의 분신과 함께 살아야 하다니, 그럴 수는 없다. 여기서 도망쳐야 해. 그것도 최대한 빨리. 도터가 눈을 뜨기 전에. 하늘에 달이 두 개가 뜨기 전에.

'모임'에서는 개인이 현금을 소지하는 건 금지되어 있다. 하지만 아버지는 오래전에 그녀에게 몰래 1만 엔짜리 지폐와 동전 몇 개를 건네주었다. "들키지 않도록 감춰둬라." 아버지는 소녀에게 말했다. 그리고 주소와 이름과 전화번호가 적힌 종이쪽지를 건네주었다. "이곳을 도망쳐야 할 때가 되면 이 돈으로 차표를 사서 전철을 타고 이곳을 찾아가거라."

아버지는 언젠가 '모임' 안에서 좋지 않은 일이 일어날 가능성을 염두에 두고 있었는지도 모른다. 소녀는 망설이지 않았다. 행동은 신속했다. 부모에게 작별을 고할 시간 여유는 없었다.

소녀는 땅 속에 묻어두었던 병 속에서 1만 엔짜리 지폐와 동전과 종이쪽지를 꺼낸다. 학교 수업중에 몸이 좋지 않으니 양호실에 가게 해달라고 말하고 교실을 빠져나와 그길로 학교 밖으로 나온다. 마침 들어오는 버스를 타고 역까지 간다. 창구에서 만 엔 지폐를 내고 다카오 역까지 가는 차표를 산다. 거스름돈을 받는다. 차표를 사는 것도 거스름돈을 받는 것도 전철을 타는 것도 난생처음이었다. 하지만 방법을 아버지에게서 상세히 들었기 때문에 어떻게 행동해야 하는지는 소녀의 머릿속에 들어 있었다.

그녀는 종이쪽지에 적힌 대로 주오 선 다카오 역에서 전철을 내려 알려준 번호대로 공중전화에서 숫자를 눌렀다. 전화를 받은 사람은 오래전부터 아버지의 친구인 일본화가다. 아버지보다 열 살쯤 나이가 많은 그는 딸과 둘이서 다카오 근처 산 속에서 살고 있다. 부인은 한참 전에 세상을 떠났고 구루미라는 이름의, 소녀보다 한 살 어린 딸이 있다. 그는 연락을 받자 곧바로 역으로 나와 '모임'에서 도망쳐나온 소녀를 따스하게 맞아주었다.

화가의 집에 들어간 그다음 날, 소녀는 방 창문으로 하늘을 올려다보고 달이 두 개로 늘어난 것을 발견한다. 여느 때와 같은 달 가까이에 그보다 작은 두번째 달이 바짝 말라가는 콩처럼 떠 있었다. 도터가 눈을 뜬 거야, 소녀는 생각한다. 두 개의 달이 마음의 그림자를 비춰내고 있었다. 소녀의 마음은 파르르 떨린다. 세계는 변화를 이룬 것이다. 그리고 뭔가가 일어나려 하고 있다.

부모에게서는 아무 연락도 없다. '모임'에서는 소녀가 탈주한 것을 알아채지 못했는지도 모른다. 왜냐하면 소녀의 분신인 도터가 남겨졌기 때문이다. 생김새가 똑같으니까 다른 사람들은 전혀 구분하지 못한다. 하지만 그녀의 부모는 도터가 자신들의 딸이 아니라 그 분신에 지나지 않는다는 것을 물론 알 터였다.

그것을 자신의 몸 대신 남겨두고 실체는 '모임'이라는 커뮤니티에서 도망쳤다는 것도. 딸이 갈 곳은 한 군데밖에 없다. 그런데도 부모는 단 한 번도 연락해오지 않았다. 그건 도망친 그곳에 계속 있으라는 무언의 메시지인지도 모른다.

그녀는 학교에 가기도 하고 가지 않기도 한다. 새로운 바깥세계는 소녀가 자라온 '모임'의 세계와는 너무도 다르다. 룰도 다르고 목적도 다르고 사용하는 말도 다르다. 그래서 좀체 그곳에서 친구를 만들 수가 없다. 학교 생활에 익숙해질 수가 없다.

하지만 중학교 때에 한 남자애와 친해진다. 그의 이름은 도오루였다. 도오루는 작고 말랐다. 얼굴에는 원숭이 같은 깊은 주름이 몇 개 잡혀 있다. 어렸을 때 뭔가 큰병을 앓았다고 해서, 과격한 운동에는 참가하지 않는다. 등뼈도 약간 휘었다. 쉬는 시간에는 아이들과 떨어져 항상 혼자서 책을 읽는다. 그에게도 친구가 없다. 너무 작고 너무 못생겼다. 소녀는 점심시간에 그의 곁에 앉아 말을 건넨다. 읽고 있는 책에 대해 묻는다. 그는 읽던 책을 소리 내어 읽어준다. 소녀는 그의 목소리가 좋다. 작고 쉰 듯한 목소리지만 그녀는 똑똑히 들을 수 있다. 그의 목소리로 듣는 이야기는 소녀를 황홀하게 한다. 도오루는 마치 시를 읽듯이 산문을 아름답게 낭독한다. 그녀는 점심시간을 항상 그와 함께 보낸다. 그가 읽는 이야기에 가만히, 깊이 귀를 기울인다.

하지만 얼마 안 되어 도오루는 상실된다. 리틀 피플이 그를 소녀에게서 낚아채간다.

어느 날 밤 도오루의 방에 공기 번데기가 나타난다. 도오루가 잠들어 있는 동안 리틀 피플들이 그의 번데기를 매일 크게 만들어간다. 리틀 피플은 꿈을 통해 밤마다 그 광경을 소녀에게 보여준다. 하지만 소녀는 그 작업을 막을 수가 없다. 번데기는 이윽고 충분한 크기로 커져서 세로로 갈라진다. 소녀의 경우와 똑같이. 하지만 그 번데기 안에 있는 것은 세 마리의 크고 검은 뱀이다. 세 마리의 뱀은 서로 단단히 뒤얽혀 있어서 어느 누구도—어쩌면 그들 자신도—그것을 도저히 풀어낼 수 없을 것 같다. 그들은 머리가 셋 달린 미끌미끌한, 영원의 뒤엉킴처럼 보인다. 뱀들은 자신들이 자유로워지지 못하는 것에 신경이 몹시 곤두서 있다. 그리고 그들은 서로에게서 몸을 풀어내려고 필사적으로 꿈틀거리지만, 꿈틀거리면 꿈틀거릴수록 상황은 점점 더 악화되어간다. 리틀 피플은 그 생물을 소녀에게 보여준다. 도오루라는 소년은 그 곁에서 아무것도 모른 채 계속 자고 있다. 그것은 소녀의 눈에만 보이는 것이다.

며칠 뒤, 소년은 갑자기 병이 나서 먼 요양소로 보내진다. 그것이 어떤 병인지는 알려지지 않는다. 어떻든 도오루가 학교에 돌아오는 일은 이제 없을 것이다. 그는 상실되어버린 것이다.

그것은 리틀 피플이 보내온 메시지라고 소녀는 깨닫는다. 그들은 마더인 소녀에게는 직접 손을 댈 수 없다. 그 대신 주위에 있는 사람들에게 해를 끼치고 파멸시킬 수 있다. 누구에게나 그렇게 할 수 있는 것은 아니다. 소녀의 보호자인 일본화가나 그 딸 구루미에게는 그들이 손을 대지 못하는 것을 보면 그걸 알 수 있다. 그들은 가장 취약한 부분을 먹잇감으로 선택한다. 그들은 소년의 의식의 깊은 밑바닥에서 세 마리의 검은 뱀을 끌어내고 잠에서 깨웠던 것이다. 소년을 파멸시키는 것으로 그들은 소녀에게 경고를 보내고, 그녀를 어떻게든 도터의 곁으로 다시 데려가려고 한다. 이렇게 된 것도 따지고 보면 다 네 탓이야, 하고 그들은 경고한 것이다.

소녀는 다시 고독해진다. 더이상 학교에도 가지 않는다. 누군가와 친해지는 것은 상대에게 위험을 가져다주는 일이다. 그것이 두 개의 달 아래서 살아간다는 것의 의미다. 그녀는 그것을 알게 된다.

소녀는 이윽고 결심을 하고 자신의 공기 번데기를 만들기 시작한다. 그녀는 그걸 할 수 있다. 리틀 피플들은 통로를 더듬어 그들의 장소에서 찾아왔다고 말했다. 그렇다면 자신 역시 통로를 역방향으로 더듬어 그 장소에 갈 수 있을 것이다. 그곳에 가면 왜 자신이 이곳에 있는지, 마더와 도터가 무엇을 의미하는지, 비밀이 밝혀질 것이다. 어쩌면 상실되어버린 도오루를 구해낼 수 있을지도 모른다. 소녀는 통로를 만들기 시작한다. 공기 속에서 실을 뽑아 번데기 고치를 짜면 된다. 시간은 오래 걸린다. 하지만 시간만 들이면 할 수 있는 일이다.

그래도 이따금 그녀는 뭐가 뭔지 알 수 없다. 혼란이 그녀를 사로잡는다. 나는 정말로 마더인 걸까. 나는 어딘가에서 도터와 바뀌어버린 게 아닐까. 생각하면 할수록 그녀는 확신을 가질 수 없다. 내가 나의 실체라는 것을 어떻게 증명할 수 있는 것일까.

이야기는 그녀가 그 통로의 문을 열려고 하는 장면에서 상징적으로 끝이 난다. 그 문 너머에서 무슨 일이 일어나는지, 거기까지는 이야기가 이어지지 않는다. 아마도 그건 아직 일어나지 않은 일이리라.

도터. 아오마메는 생각했다. 리더는 죽기 전에 그 말을 입에 올렸다. 딸은 반 리틀 피플의 모멘트를 구축하기 위해 자신의 도터를 남기고 도망쳤다고 그는 말했다. 그건 아마도 실제로 일어난 일이었으리라. 그리고 두 개의 달을 바라보는 건 아오마메 한 사람만이 아니었다.

그건 그렇고, 아오마메는 이 소설이 사람들에게 받아들여지고 널리 읽히는 이유를 알 것 같았다. 물론 저자가 아름다운 열일곱 살 소녀라는 것도 어느 정도는 작용했을 것이다. 하지만 그것만으로 베스트셀러가 탄생되는 것은 아니다. 생생하고도 적확한 묘사가 의심의 여지 없이 이 소설의 매력이었다. 독자는 소녀를 둘러싼 세계를 소녀의 시선을 통해 선명하게 느낄 수 있었다. 그것은 특수한 환경에 처한 소녀의 비현실적인 체험에 대한 이야기이기는 했지만, 거기에는 사람들의 자연스러운 공감을 불러일으키는 데가 있었다. 아마도 의식의 저변에 있는 뭔가를 환기하는 것이리라. 그래서 독자는 자기도 모르게 빨려들어 차례차례 책장을 넘기고 만다.

그러한 문학적인 장점에는 아마도 덴고가 공헌한 바가 컸을 것이다. 하지만 아오마메는 언제까지고 거기에 감탄하고 있을 수는 없었다. 그녀는 리틀 피플이 등장하는 부분에 초점을 맞추어 그 이야기를 다시 읽지 않으면 안 된다. 그건 아오마메에게는 사람의 생사가 걸린 지극히 실제적인 이야기인 것이다. 매뉴얼북 같은 것이다. 그녀는 거기에서 필요한 지식과 노하우를 얻어야만 한다. 그녀가 어느샌지 옮겨오게 된 세계의 의미를 조금이라도 상세하게, 구체적으로 파악하지 않으면 안 된다.

「공기 번데기」는 세상 사람들이 생각하듯이 열일곱 살 소녀가 머릿속에서 지어낸 자유분방한 판타지가 아니다. 이름들이 바뀌기는 했지만, 그곳에 묘사된 일들의 대부분은 소녀가 몸소 뚫고 나온 틀림없는 현실이다…… 아오마메는 그렇게 확신했다. 후카에리는 자신이 체험한 일을 가능한 한 정확하게 기록으로 남겼던 것이다. 그 감춰진 비밀을 세상을 향해 널리 알리기 위해. 리틀 피플의 존재를, 그들이 하고 있는 일을 수많은 사람들에게 알리기 위해.

소녀가 남기고 온 도터는 아마도 리틀 피플을 위한 통로가 되어 그들을 리더인 소녀의 아버지에게로 인도했고, 그 남자를 리시버=받아들이는 자로 만들었다. 그리고 불필요한 존재가 된 '여명'을 피비린내 나는 자멸로 몰아넣고, 그뒤에 남겨진 '선구'를 명민하고도 첨예한, 그리고 배타적인 종교단체로 변모시켜갔다. 그것이 리틀 피플에게는 가장 쾌적하고 편리한 환경이었던 것이리라.

후카에리의 도터는 마더 없이 무사히 오래도록 살아남을 수 있었던 것일까. 마더 없이 도터가 오래도록 살아남는 건 어렵다고 리틀 피플은 말했다. 그리고 마더도 그렇다. 마음의 그림자를 잃은 채 살아간다는 건 어떤 것일까.

소녀가 탈출한 뒤에도 리틀 피플의 손에 의해 똑같은 절차로 몇 명의 새로운 도터가 '선구' 안에서 만들어진 것이리라. 리틀 피플이 드나드는 통로를 보다 넓고 안정된 것으로 확보하는 것이 그 목적이었을 터였다. 도로의 차선을 늘리는 것과 똑같은 일이다. 그렇게 해서 복수의 도터들이 리틀 피플을 위해 퍼시버=지각하는 자가 되어 무녀의 역할을 맡게 되었다. 쓰바사도 그중 한 사람이다. 리더가 성적인 관계를 맺은 것은 소녀들의 실체(마더)가 아니라 그녀들의 분신(도터)이라고 생각하면 "다의적으로 교접했다"고 했던 리더의 표현도 이해가 된다. 쓰바사의 눈이 그야말로 밋밋하고 깊이가 없었던 것도, 거의 입을 열지 않았던 것도, 그걸로 설명이 된다. 어째서, 어떤 경로로, 도터인 쓰바사가 교단에서 빠져나왔는지 그 사정까지는 알 수 없다. 하지만 어쨌든 쓰바사는 아마도 공기 번데기에 담겨 마더에게로 회수된 것이리라. 개가 피투성이로 살해된 것은 리틀 피플이 보낸 경고였다. 도오루의 경우와 마찬가지로.

도터들은 리더의 아이를 수태하기를 원하지만, 실체가 아닌 그녀들에게 생리는 없다. 그래도 리더의 말에 의하면 그녀들은 수태하기를 간절히 원하고 있다. 왜일까.

아오마메는 고개를 저었다. 알지 못하는 것들이 아직 너무나 많다.

아오마메는 그 일을 당장이라도 노부인에게 전하고 싶었다. 그 남자가 성폭행한 것은 어쩌면 소녀들의 그림자에 지나지 않았는지도 모른다고. 우리는 그 남자를 살해할 필요가 없었는지도 모른다고.

하지만 그런 설명을 해도, 물론 쉽게 믿어주지 않을 것이다. 그 마음은 아오마메도 잘 안다. 노부인은, 아니, 정상적인 머리를 가진 인간이라면 누구라도 리틀 피플이라느니 마더라느니 도터라느니 공기 번데기라느니 하는 걸 사실이라고 널름 받아들일 수는 없을 것이다. 정상적인 머리를 가진 사람들에게 그런 건 소설에나 나오는 그저 지어낸 이야기일 뿐이므로. 『이상한 나라의 앨리스』의 하트의 여왕이나 회중시계를 든 토끼가 실재한다는 것을 믿을 수 없는 것과 똑같이.

하지만 아오마메는 하늘에 나란히 뜬 새 달과 예전의 달을 실제로 목도해왔다. 실제로 그녀는 두 개의 달빛 아래서 살아가고 있다. 그 일그러진 인력을 피부로 느꼈다. 그리고 리더라 불리는 인물을 호텔의 어두운 방에서 바로 자신의 손으로 살해했다. 그 목덜미 뒤편의 포인트에 날카롭게 벼린 바늘침을 꽂아넣은 순간에 자신의 손에 불길하게 와 닿은 반응이 아직도 손바닥에 생생하게 남아 있다. 그 감촉으로 인해 그녀의 살갗은 지금도 강하게 소름이 돋는다. 그리고 그전에 리더가 무거운 탁상시계를 허공에 5센티미터쯤 떠오르게 하는 것을 그녀는 목격했다. 그것은 착각도 아니고 마술도 아니다. 그것은 그저 그대로 받아들일 수밖에 없는 냉엄한 사실이다.

그리고 리틀 피플은 '선구'라는 커뮤니티를 실질적으로 지배하고 있다. 그들이 그 지배를 통해 최종적으로 무엇을 손에 넣으려고 하는지, 아오마메는 알지 못한다. 그것은 어쩌면 선악을 뛰어넘은 어떤 것인지도 모른다. 하지만 「공기 번데기」의 주인공인 소녀는 직감적으로 그것을 옳지 않은 일로 인식하고 그녀 나름대로 반격을 시도한다. 자신의 도터를 버리고 그 커뮤니티에서 도망쳐나와, 리더의 표현을 빌리자면 세계의 균형을 유지하기 위해 '반 리틀 피플 모멘트'를 일으켜세우려 한다. 그녀는 리틀 피플이 건너온 통로를 거슬러올라가 그들이 나온 곳으로 들어가려고 한다. 이야기가 그녀의 탈것이 된다. 그리고 덴고가 파트너가 되어 그 이야기를 만드는 것을 돕는다. 덴고는 그때 아마도 자신이 하고 있는 일의 의미를 이해하지 못했을 것이다. 어쩌면 지금도 아직 이해하지 못하고 있는지도 모른다.

어쨌든 「공기 번데기」라는 이야기가 중요한 열쇠인 셈이다.

모든 일은 이 이야기에서 시작되었다.

하지만 나는 대체 이 이야기의 어디에 끼워맞춰진 것일까.

교통이 정체되었던 저 수도고속도로의 비상계단을 야나체크의 〈신포니에타〉를 들으며 내려왔던 시점부터, 나는 크고 작은 두 개의 달이 하늘에 떠 있는 이 세계로, 수수께끼 가득한 이 '1Q84년'으로 들어오고 말았다. 그것은 무엇을 의미하는 것일까.

그녀는 눈을 감고 생각에 잠겼다.

나는 아마도 후카에리와 덴고가 만들어낸 '반 리틀 피플 모멘트'의 통로에 빨려든 것이리라. 그 모멘트가 나를 **이쪽** 편으로 옮겨놓았다. 아오마메는 그렇게 생각했다. 그것 말고는 달리 생각할 도리가 없는 게 아닐까. 그리고 나는 이 이야기 속에서 결코 작지 않은 역할을 맡게 되었다. 아니, 주요 인물의 하나라고 해도 무방할 것이다.

아오마메는 주위를 둘러보았다. 나는 덴고가 만들어낸 이야기 속에 있는 거야, 아오마메는 생각했다. 어떤 의미에서는 나는 그의 몸 안에 있어. 그녀는 그것을 깨달았다. 나는 그의 신전 안에 있는 것이다.

옛날에 텔레비전에서 오래된 SF영화를 본 적이 있다. 제목은 잊었다. 과학자들이 스스로의 몸을 현미경 없이는 볼 수 없는 크기까지 축소해서 잠수정 같은 탈것(그것도 똑같이 축소되었다)을 이용해 환자의 혈관 속에 들어가고, 그 혈관을 통해 뇌 속으로 들어가 보통 방법으로는 불가능한 복잡한 외과수술을 행하려 한다는 스토리였다. 상황은 그것과 비슷한지도 모른다. 나는 덴고의 혈액 속에 있고 그 몸속을 돌고 있다. 침입해들어온 이물(그건 바로 나다)을 퇴치하고자 공격해오는 백혈구들과 격렬한 싸움을 벌이며 목표한 병근病根으로 향한다. 그리고 나는 호텔 오쿠라의 한 방에서 '리더'를 살해하는 것으로 아마도 그 병근을 '삭제'하는 데 성공한 것이다.

그렇게 생각하니 아오마메는 조금은 마음이 따스해지는 게 느껴졌다. 나는 내게 주어진 사명을 다했다. 그건 의문의 여지 없이 힘겨운 사명이었다. 정말 무서운 순간도 겪었다. 하지만 나는 천둥 소리가 울리는 속에서 쿨하게, 그리고 실수 없이 내 일을 성공적으로 수행했다. 아마도 덴고가 보고 있는 앞에서. 그녀는 그것을 자랑스럽게 생각했다.

그리고 혈액의 아날로지를 좀더 더듬어간다면, 나는 역할을 마친 노폐물로서 이제 곧 정맥으로 보내지고 머지않아 몸 밖으로 배출될 것이다. 그것이 신체 시스템의 룰이다. 그 운명을 피해갈 도리는 없다. 하지만 그래도 괜찮아, 아오마메는 생각했다. 나는 지금 덴고 안에 있어. 그의 체온에 감싸여 그의 심장 박동에 이끌리고 있다. 그의 논리와 그의 룰에 따라 이끌려간다. 그리고 아마도 그의 문체에 이끌려간다. 얼마나 멋진 일인가. 그 안에 이렇게 포함되어 있다는 것이.

아오마메는 바닥에 앉은 채 눈을 감았다. 책장에 코를 대고 그곳에 있는 냄새를 들이마셨다. 종이 냄새, 잉크 냄새. 그곳에 있는 흐름에 조용히 몸을 맡겼다. 덴고의 심장 박동에 귀를 기울였다.

이게 왕국인 거야, 그녀는 생각했다.

나는 죽을 준비가 되었어. 언제라도.

제20장 덴고

Q

바다코끼리와 미치광이 모자 장수

틀림없다. 달은 두 개다.

하나는 옛날부터 있던 원래의 달이고, 또 하나는 훨씬 자그마한 초록색 달이다. 그것은 원래의 달보다 모양이 삐뚜름하고 밝기도 덜했다. 얼결에 떠맡은, 아무에게도 환영받지 못하는 가난하고 못생긴 먼 친척아이처럼 보였다. 하지만 그건 부정할 수 없이 그곳에 분명히 존재했다. 환영도 아니고 착시도 아니다. 실체와 윤곽을 가진 천체로서 확실하게 그곳에 떠 있었다. 비행기도 아니고 비행선도 아니고 인공위성도 아니다. 누군가 장난 삼아 종이로 만든 연극 소품도 아니다. 의심의 여지 없이 바윗덩어리다. 오랜 숙고 끝에 찍은 구두점처럼, 혹은 숙명이 내려준 몸의

점처럼, 그것은 말없는 가운데 흔들림 없이 밤하늘 한곳에 자신의 자리를 잡고 있었다.

덴고는 대들듯이 그 새로운 달을 오랫동안 쳐다보았다. 시선을 돌리지 않았다. 눈조차 거의 깜박이지 않았다. 하지만 아무리 뚫어져라 쳐다봐도 달은 미동도 하지 않았다. 한없이 과묵하게, 고집스런 돌의 마음을 품고 천공의 그 자리에 버티고 있었다.

덴고는 움켜쥐었던 오른손 주먹을 풀고 거의 무의식중에 가만히 머리를 저었다. 이건 「공기 번데기」하고 똑같잖아, 그는 생각했다. 하늘에 달이 두 개 나란히 떠 있는 세계. 도터가 태어났을 때, 달은 두 개가 된다.

"그게 징표야. 하늘을 주의해서 자주 보는 게 좋아." 리틀 피플은 소녀에게 그렇게 말했다.

그 문장을 쓴 것은 덴고였다. 고마쓰의 충고에 따라 새로운 달을 최대한 상세하고도 구체적으로 묘사했다. 그가 가장 힘들여 쓴 부분이다. 그리고 새로운 달의 형상은 거의 덴고 자신이 생각해낸 바로 그 모습이었다.

고마쓰는 말했다. "덴고, 이렇게 생각해봐. 독자는 달이 하나 떠 있는 하늘은 지금까지 수없이 봤어. 그렇지? 하지만 하늘에 달이 두 개가 나란히 떠 있는 장면을 목격한 적은 없을 거라고. 대부분의 독자가 지금까지 본 적 없는 것을 소설에 끌어들일 때는 되도록 상세하고도 적확한 묘사가 필요해."

맞는 말이다.

덴고는 하늘을 올려다본 채로 다시 한번 짧게 고개를 저었다. 새로 생긴 그 달은 덴고가 순간적으로 떠올려 묘사했던 그대로의 크기와 모양을 갖고 있었다. 비유의 문맥까지 거의 그대로 체화되어 있다.

그런 일은 있을 리 없다고 덴고는 생각했다. 어떤 현실이 소설 문장의 비유를 그대로 모방한단 말인가. "그런 일은 있을 수 없어" 하고 실제로 소리내어 말해보았다. 목소리가 제대로 나오지 않았다. 그의 목구멍은 장거리를 달려온 것처럼 바짝 말라 있었다. 아무리 생각해도 그런 일은 있을 수 없다. 그건 픽션의 세계다. 현실에는 존재하지 않는 세계. 후카에리가 아자미에게 밤마다 이야기하고, 덴고가 거기에 문장이라는 살집을 붙인 환상의 이야기 세계다.

그렇다면—덴고는 자신에게 물었다—이곳은 소설의 세계라는 건가? 나는 무슨 겨를엔가 현실세계를 떠나 「공기 번데기」의 세계로 흘러들어온 걸까. 토끼 굴에 떨어진 앨리스처럼? 그게 아니면 현실세계가 「공기 번데기」라는 이야기에 맞춰 통째로 바뀌었다는 것일까. 원래 있었던 세계는—하나의 달밖에 없는 그 익숙한 세계는—이제 어디에도 존재하지 않는 것일까. 그리고 이 일에는 리틀 피플의 힘이 어떤 형태로든 얽혀 있는 걸까.

그는 대답을 찾아 주위를 둘러보았다. 하지만 눈에 비치는 것은 지극히 당연하게도 여느 때의 도시 주택가 풍경이었다. 특이한 점, 보통 때와 다른 점은 단 한 가지도 보이지 않았다. 하트의 여왕도, 바다코끼리도, 미치광이 모자 장수도, 어디에도 없다. 그를 둘러싸고 있는 것은 사람 없는 모래터와 그네, 무기질적인 빛을 흩뿌리는 수은등, 가지를 넓게 뻗친 느티나무, 자물쇠로 잠근 공중화장실, 6층짜리 새 맨션(네 집의 창문에만 불이 켜져 있다), 구청 게시판, 코카콜라 마크가 그려진 빨간 자동판매기, 불법 주차한 구형 초록색 폭스바겐 골프, 전봇대와 전깃줄, 멀리 보이는 원색 네온사인, 그런 것뿐이었다. 늘 듣던 소음, 늘 보던 불빛. 덴고는 칠 년 동안 이곳 고엔지에서 살아왔다. 딱히 마음에 들어서 살기 시작한 건 아니다. 역에서 그리 멀지 않은 곳에서 우연히 집세가 싼 아파트를 찾아냈기 때문에 이사를 왔다. 출퇴근하기에도 편리하고, 이사 가기 귀찮아 그대로 계속 살고 있을 뿐이다. 하지만 그동안 풍경만은 확실하게 눈에 익었다. 어딘가에 변화가 있다면 금세 알아본다.

대체 언제부터 달의 수가 늘어난 것일까. 그건 덴고로서는 판단하기 어려운 일이었다. 벌써 몇 년 전부터 달은 이미 두 개가 되었는데 덴고가 내내 그걸 알아보지 못했던 것인지도 모른다. 그가 그런 식으로 놓쳐버린 것이라면 그밖에도 아주 많다. 신문도 제대로 보지 않고 텔레비전도 안 본다. 다들 아는데 그 자신만 모르는 일은 일일이 헤아릴 수 없을 만큼 많다. 어쩌면 바로 얼마 전에 무슨 일인가 일어나 달이 두 개가 되었는지도 모른다. 주위의 누군가에게 물어보는 것도 좋다. 실례합니다, 이상한 질문입니다만, 달이 언제부터 두 개가 되었는지 혹시 아십니까? 하지만 덴고 주위에는 아무도 없었다. 말 그대로 고양이 한 마리 눈에 띄지 않는다.

아니, 아무도 없는 건 아니다. 누군가가 바로 가까이에서 망치로 벽에 못을 박고 있었다. 탕탕탕탕 하는 끊임없는 소리가 들렸다. 상당히 단단한 벽, 그리고 상당히 단단한 못이다. 이런 시간에 대체 누가 못 같은 걸 박고 있는 걸까. 덴고는 의아해서 주위를 둘러보았다. 하지만 어디에도 그런 벽은 보이지 않았다. 그리고 못을 박는 사람의 모습도 없었다.

잠시 뒤에야 그것이 자신의 심장이 내는 소리라는 것을 알았다. 그의 심장이 아드레날린의 자극을 받아 급속히 양이 늘어난 혈액을 귀에 거슬리는 소리를 내며 체내에 내보내고 있는 것이다.

두 개의 달의 모습은 덴고에게 현기증과도 같은 어지러움을 몰고 왔다. 신경의 균형이 손상된 것 같다. 그는 미끄럼틀 위에 앉아 난간에 몸을 기댄 채 눈을 감고 그것을 지그시 견뎠다. 주위의 인력이 미묘하게 변화하는 듯한 감촉이 있었다. 어디선가 바닷물이 차오르고 어디선가는 바닷물이 빠지고 있다. 인간은 insane과 lunatic 사이를 무표정하게 오락가락하고 있다.

덴고는 그 현기증 속에서 자신이 꽤 오랫동안 어머니의 환영의 습격을 받지 않았다는 것을 깨달았다. 아기였던 그가 잠든 곁에서 하얀 슬립 차림의 어머니가 젊은 남자에게 젖꼭지를 빨리고 있는 그 영상을 그는 벌써 한참 동안 본 일이 없다. 그런 환영에 오랜 세월 시달려왔다는 것조차 까맣게 잊었을 정도다. 마지막으로 그 환영을 본 게 언제였던가. 정확히 생각나지 않는다. 아마도 새 소설을 쓰기 시작했을 때쯤부터 그 환영은 사라졌다. 왠지는 모르지만 어머니의 망령은 아무래도 그즈음을 경계로 그의 주위를 어슬렁거리는 것을 멈춘 모양이다.

하지만 그 대신 지금 덴고는 고엔지의 어린이공원 미끄럼틀 위에 앉아 하늘에 뜬 한 쌍의 달을 보고 있다. 영문을 알 수 없는 새로운 세계가 넘실넘실 밀려드는 컴컴한 물처럼 그의 주위를 소리 없이 에워싸고 있다. 아마도 하나의 새로운 트러블이 또 다른 오래된 트러블을 몰아냈다는 얘기이리라. 하나의 오래되고 낯익은 수수께끼가 새로 등장한 신선한 수수께끼로 바뀐 것이다. 덴고는 그렇게 생각했다. 하지만 딱히 비아냥거림을 담아 그런 생각을 한 건 아니다. 또한 그런 상황에 대해 이의를 제기하고픈 마음도 없었다. 지금 이곳에 있는 새로운 세계가 어떤 구조를 가진 곳이건 아마도 자신은 그것을 말없이 받아들일 수밖에 없을 것이다. 내 마음대로 선택할 여지가 있을 리 없다. 지금까지 있었던 세계 역시 선택할 여지는 없었던 것이다. 똑같은 일이다. 첫째, 하고 그는 자문했다. 만일 이의가 있다 해도 대체 누구에게 그것을 제기해야 하지?

심장은 여전히 건조하고 딱딱한 소리를 내고 있었다. 하지만 현기증은 조금씩 풀려갔다. 덴고는 그 심장 소리를 귓속에서 들으며 미끄럼틀 난간에 머리를 기대고 앉아 하늘에 뜬 두 개의 달을 올려다보았다. 지독히 기묘한 풍경이다. 새로운 달이 더해진 새로운 세계. 모든 것은 불확실하고 한없이 다의적이다. 하지만 단 한 가지 단언할 수 있는 일이 있다, 고 덴고는 생각했다. 앞으로 나에게 어떤 일이 일어나건 두 개의 달이 나란한 이 풍경을 눈에 익은 당연한 것으로 바라보는 일은 아마도 없으리라는 것이다. 그런 일은 아마 영원히 없을 것이다.

아오마메는 그때 달과 어떤 밀약을 맺었던 걸까, 덴고는 생각했다. 그리고 낮달을 바라보던 아오마메의 한없이 진지한 눈을 생각했다. 그녀는 그때 달에게 대체 무엇을 내놓았던 것일까.

그리고 나는 이제부터 대체 어떻게 되는 걸까.

그것은 방과후 교실에서 아오마메에게 손을 잡힌 채 열 살의 덴고가 내내 생각했던 것이었다. 커다란 문 앞에 선, 겁에 질린 한 소년. 그리고 지금도 여전히 그때와 똑같은 생각을 하고 있다. 똑같은 불안, 똑같은 두려움, 똑같은 떨림. 좀더 커다란 새로운 문. 그리고 그의 눈앞에는 역시 달이 떠 있다. 다만 그 수는 두 개로 늘어났다.

아오마메는 어디에 있을까.

그는 미끄럼틀 위에서 다시 주위를 둘러보았다. 하지만 그가 찾으려는 건 어디에도 보이지 않았다. 그는 왼손을 눈앞에 펼치고 그곳에서 어떤 암시를 찾아보려고 노력했다. 하지만 손바닥에는 평소와 똑같이 몇 줄기 깊은 손금이 새겨져 있을 뿐이다. 그것은 은근한 맛이라고는 전혀 없는 수은등 불빛 아래에서 화성 표면에 남은 물줄기의 흔적처럼 보였다. 하지만 그 물줄기는 그에게 어떤 것도 가르쳐주지 않는다. 그 큰 손이 그에게 보여주는 것은 덴고가 열 살 때부터 머나먼 길을 걸어 여기까지 왔다는 것 정도였다. 이 고엔지의 작은 어린이공원의 미끄럼틀 위까지. 그리고 그 하늘에는 두 개의 달이 나란히 떠 있다.

아오마메는 어디에 있을까, 덴고는 다시 한번 자신에게 물었다. 그녀는 대체 어디에 몸을 숨기고 있을까.

"그 사람, 바로 가까이에 있을지도." 후카에리는 말했다. "여기서 걸어서 갈 수 있는 곳."

바로 근처에 있을 아오마메에게도 저 두 개의 달이 보일까.

틀림없이 그녀에게도 보일 것이다. 덴고는 그렇게 생각했다. 물론 근거는 없다. 하지만 그는 신기할 만큼 강한 확신이 들었다. 그가 지금 바라보는 것과 똑같은 풍경이 그녀에게도 틀림없이 보인다. 덴고는 왼손을 꽉 움켜쥐고, 그것으로 미끄럼틀 바닥을 몇 차례 내리쳤다. 손등이 아프도록.

그러니까 더더욱 우리는 만나지 않으면 안 돼, 덴고는 생각했다. 여기서 걸어서 갈 수 있을 만큼 가까운 어딘가에서. 아오마메는 누군가에게 쫓겨 상처입은 고양이처럼 몸을 숨기고 있으리라. 그리고 그녀를 찾기 위한 시간은 한정되어 있다. 하지만 그곳이 어디인지, 덴고는 전혀 알지 못한다.

"호우호우." 리듬을 맞추는 역할의 리틀 피플이 말했다.

"호우호우." 나머지 여섯 명이 합창했다.

제21장 아오마메

Q
어떡하지?

그날 밤, 아오마메는 달을 보기 위해 위아래 회색 저지 운동복에 슬리퍼 차림으로 베란다에 나갔다. 손에는 코코아 잔을 들고 있었다. 코코아 같은 걸 마시고 싶다니, 정말 꽤 오랜만의 일이다. 찬장 안에서 반 호텐의 코코아 캔을 발견하고 갑작스레 코코아가 마시고 싶어졌던 것이다. 구름 하나 없이 맑은 남서쪽 하늘에 두 개의 달이 또렷하게 떠 있었다. 큰 달과 작은 달. 그녀는 한숨을 내쉬는 대신 목구멍에서 나지막한 신음 소리를 냈다. 공기번데기에서 도터가 태어나고 달은 두 개가 되었다. 그리고 1984년은 1Q84년으로 바뀌었다. 옛 세계는 사라져 이제 그곳에 돌아갈 수 없다.

베란다에 놓인 가든체어에 앉아 뜨거운 코코아를 짧게 한 모금씩 마시고 눈을 가늘게 뜬 채 그 두 개의 달을 바라보며 아오마메는 옛 세계의 일을 떠올리려고 노력했다. 하지만 지금 그녀의 머릿속에 떠오르는 생각은 집에 두고 온 고무나무 화분뿐이었다. 그 화분은 지금 어디에 있을까. 다마루는 전화로 약속한 대로 그 화분을 잘 돌봐주고 있을까. 괜찮아. 걱정할 거 없어, 아오마메는 스스로에게 말했다. 다마루는 약속을 지키는 남자야. 만일 필요하다면 그는 망설임 없이 너를 죽일지도 몰라. 하지만 설혹 그렇게 된다 해도 그는 남겨진 너의 고무나무만은 끝까지 돌봐줄 거야.

하지만 어째서 이렇게도 그 고무나무가 마음에 걸리는 걸까.

그걸 두고 방을 나설 때까지 아오마메는 고무나무 같은 건 별로 생각하지도 않았다. 그건 정말로 추레한 고무나무였다. 색깔도 별로고 한눈에 보기에도 시들시들 생기가 없었다. 가격은 바겐세일로 천팔백 엔이었지만 계산대에 들고 갔더니, 아무 말도 안 했는데 천오백 엔으로 깎아주었다. 흥정을 했더라면 한참 더 싸게 해줬을지도 모른다. 분명 오래도록 팔리지 않은 애물단지였을 것이다. 그 화분을 안고 집에 오는 동안, 그녀는 그런 걸 충동적으로 사들인 것을 내내 후회했다. 보기에도 시원찮은 고무나무 주제에 부피는 너무 커서 들기도 힘들었지만. 무엇보다 하나의 생명을 가진 것이었기 때문이다.

생명이 있는 뭔가를 가져본 건 그 고무나무가 처음이었다. 애완동물이건 화분이건, 그런 종류는 사본 일도 없고 받아본 일도 없고 길에서 주워본 일도 없다. 그 고무나무가 그녀에게는 생명 있는 것과 생활을 함께한 최초의 경험이었다.

노부인의 저택 거실에서, 야시장에 나가 쓰바사에게 사줬다는 작고 붉은 금붕어를 보면서 아오마메는 자신도 그런 금붕어를 갖고 싶다고 생각했다. 아주 강하게 그렇게 생각했다. 그 금붕어에서 쉽게 눈을 뗄 수 없을 정도였다. 왜 갑자기 그런 욕심이 났던 것일까. 쓰바사가 부러웠기 때문인지도 모른다. 야시장에서 누가 자신에게 뭔가를 사준 일 따위, 단 한 번도 없었다. 야시장에 데려가준 일조차 없었다. 성서의 가르침에 한없이 충실한 '증인회'의 열성적인 신자인 아버지와 어머니는 속세의 모든 축제를 경멸하고 기피했다.

그래서 아오마메는 지유가오카 역 근처의 디스카운트 숍에 들어가 자신이 직접 금붕어를 사기로 했다. 아무도 나를 위해 금붕어와 어항을 사주지 않는다면 내가 직접 나가서 사는 수밖에 없다. 그러면 되잖아, 그녀는 생각했다. 벌써 서른 살이나 된 어른이고 내 집에서 나 혼자 잘살고 있다. 은행 대여금고에는 돈다발이 단단한 벽돌처럼 쌓여 있다. 금붕어를 사는 것쯤이야, 누구 눈치를 볼 것도 없다.

하지만 애완동물 매장에 들어가 수조 안에서 레이스 같은 지느러미를 살랑살랑 흔들며 헤엄치는 진짜 금붕어를 바라보는 사이에 아오마메는 그것을 도저히 살 수 없게 되었다. 금붕어는 너무도 작고 자아나 성찰이 결여된 생각 없는 물고기처럼 보였지만, 누가 뭐라 해도 그건 완전한 하나의 생명체였다. 거기에 존재하는 생명을 돈을 내고 나 개인의 것으로 만든다는 건 적절하지 않은 행위처럼 생각되었다. 그것은 어린 시절의 아오마메의 모습을 떠올리게 했다. 좁은 유리 어항에 갇힌 채, 어디에도 갈 수 없는 무력한 존재. 금붕어는 그런 건 전혀 신경도 쓰지 않는 것처럼 보였다. 아마 실제로 신경도 쓰지 않을지 모른다. 딱히 어디에 가고 싶은 마음도 없을지 모른다. 하지만 아오마메는 그것이 아무래도 마음에 걸렸다.

노부인의 저택 거실에서 봤을 때는 그런 건 전혀 느끼지 못했다. 금붕어는 매우 우아하게, 매우 즐겁게 유리 어항 속을 헤엄치고 있었다. 여름 햇살이 물속에서 일렁이고 있었다. 금붕어와 함께 생활하는 건 멋진 아이디어처럼 느껴졌다. 그녀의 생활에 조금은 윤기를 가져다줄 거라고 생각했다. 하지만 역 앞 디스카운트 숍의 애완동물 매장에서 바라본 금붕어의 모습은 아오마메를 숨 막히게 할 뿐이었다. 아오마메는 수조 안의 작은 물고기들을 잠시 바라본 뒤 입술을 앙다물었다. 안 돼. 나는 금붕어 같은 건 기를 수 없어.

그때 가게 구석에 놓인 고무나무가 눈에 들어왔다. 그것은 가장 눈에 띄지 않는 자리로 밀려나 버림받은 고아처럼 몸을 웅크리고 있었다. 적어도 아오마메의 눈에는 그렇게 비쳤다. 색깔도 칙칙하고 전체적인 모양새도 좋지 않았다. 하지만 그녀는 제대로 생각해보지도 않고 그것을 사들였다. 마음에 들어서 산 게 아니다. 사지 않을 수 없어서 샀을 뿐이다. 실제로 그걸 들고 돌아와 방에 놓아둔 뒤에도 어쩌다 물을 줄 때 외에는 거의 눈길도 주지 않았다.

그런데 일단 남겨두고 떠나오자, 이제 더이상 그걸 두 번 다시 볼 수 없다고 생각하자, 아오마메는 왠지 그 고무나무가 자꾸만 마음에 걸렸다. 혼란스럽고 고함을 내지르고 싶을 때 곧잘 하듯이 그녀는 크게 얼굴을 찌푸렸다. 온 얼굴의 근육이 극한 가까이까지 당겨졌다. 그리고 그녀의 얼굴은 딴 사람처럼 변해버렸다. 더이상 찡그릴 수 없을 때까지 얼굴을 찡그리고 그것을 다양한 각도로 뒤틀어본 뒤에야 아오마메는 겨우 원래의 얼굴로 되돌아왔다.

왜 이렇게 그 고무나무가 마음에 걸리는 걸까.

어쨌거나 다마루는 틀림없이 그 고무나무를 귀하게 돌봐줄 것이다. 나보다는 훨씬 더 꼼꼼하게 책임지고 돌봐줄 것이다. 그는 생명 있는 것을 돌보고 아껴주는 데 익숙하다. 나하곤 다르다. 그는 개를 자신의 분신처럼 아낀다. 틈만 나면 정원을 돌며 노부인의 저택 나무들도 세심하게 점검한다. 고아원에 있을 때는 매사 서투른 손아래 소년을 자신의 몸을 던져 보호했다. 나는 도저히 그렇게 못 해, 아오마메는 생각했다. 나 아닌 다른 생명을 맡아서 돌볼 만한 여유는 내게 없어. 나 하나의 생명의 무게를 견디고 나 하나의 고독을 견뎌내는 데도 이토록 허덕이는데.

고독이라는 말은 문득 아유미를 생각나게 했다.

아유미는 누군지 모를 남자의 손에 의해 러브호텔 침대에 수갑이 채워진 채 폭력적으로 성폭행을 당하고 목욕가운 끈에 목이 졸려 죽었다. 범인은 아오마메가 아는 한, 아직 체포되지 않았다. 아유미에게는 가족도 있고 동료도 있었다. 하지만 그녀는 고독했다. 그렇게 비참한 죽음을 맞아야 했을 만큼 고독했다. 그리고 나는 그녀의 바람에 응해줄 수 없었다. 그녀는 나를 향해 뭔가를 원하고 있었다. 틀림없이. 하지만 내게는 지키지 않으면 안 될 나만의 비밀이 있었고 고독이 있었다. 아유미와는 아무래도 함께 나눌 수 없는 비밀이고 고독이었다. 그녀는 왜 하필 나 같은 사람에게 마음의 교류를 원했을까. 나 말고도 이 세상에는 사람들이 얼마든지 많은데.

눈을 감자 휑뎅그렁한 방에 남겨두고 온 고무나무의 모습이 떠올랐다.

왜 이렇게 그 고무나무가 마음에 걸리는 걸까.

그러고는 한동안 아오마메는 울었다. 대체 왜 이러는 걸까, 아오마메는 가만히 고개를 저으면서 생각했다, 요즘 나는 너무 울어대. 그녀는 우는 짓 따위 하고 싶지 않았다. 그 칠칠치 못한 고무나무를 생각하면서 내가 왜 눈물을 흘려야 하느냔 말이다. 하지만 흐르는 눈물을 억누를 수가 없었다. 그녀는 어깨를 떨며 울었다. 내게는 이미 아무것도 남아 있지 않다. 추레한 고무나무 하나 남아 있지 않다. 조금이라도 가치 있는 것은 차례차례 사라져갔다. 모든 것이 다 내게서 떠나갔다. 덴고에 대한 기억의 온기 외에는.

이제 더이상 울지 말자, 그녀는 자신을 타일렀다. 나는 지금 이렇게 덴고 안에 있는 거야. 〈마이크로 결사단〉에 나오는 그 과학자들처럼—그래 맞아, 〈마이크로 결사단〉이라는 게 그 영화의 제목이었어. 영화 제목이 퍼뜩 생각난 덕분에 아오마메는 기분을 약간 추스를 수 있었다. 그녀는 울음을 그쳤다. 아무리 눈물을 흘려본들 그걸로 뭔가 해결되는 것도 아니다. 다시 쿨하고 터프한 아오마메로 돌아가야 해.

누가 그걸 원하느냐고?

내가 원해.

그리고 그녀는 주위를 둘러보았다. 하늘에는 아직 두 개의 달이 떠 있었다.

"그게 징표야. 하늘을 주의해서 자주 보는 게 좋아." 리틀 피플이 말했다. 작은 목소리의 리틀 피플이다.

"호우호우." 리듬을 맞추는 역할이 말했다.

그때 아오마메는 문득 깨달았다. 지금 달을 쳐다보는 사람이 자기 한 사람이 아니라는 것을. 도로 건너편 어린이공원에 한 젊은 남자의 모습이 보였다. 그는 미끄럼틀 위에 앉아 그녀와 같은 방향을 응시하고 있었다. 저 남자는 나와 똑같이 두 개의 달을 보고 있다. 아오마메는 직감적으로 그것을 알았다. 틀림없다. 그는 나와 똑같은 것을 보고 있다. **그에게는 그것이 보이는 것이다**. 이 세계에는 두 개의 달이 있다. 하지만 이 세계에 사는 모든 인간에게 두 개의 달이 보이는 건 아니다, 라고 리더는 말했다.

하지만 그 젊고 덩치 큰 남자가 하늘에 뜬 한 쌍의 달을 보고 있다는 건 의심의 여지가 없었다. 무엇을 걸어도 좋다. 나는 알 수 있다. 그는 그곳에 앉아 노랗고 큼직한 달과 이끼가 낀 듯한 초록색의 작고 일그러진 달을 보고 있다. 그리고 그는 두 개의 달이 그곳에 나란히 존재하는 것의 의미에 대해 생각하고 있는 것처럼 보였다. 그 남자도 본의 아니게 이 1Q84년이라는 새로운 세계에 표류해온 사람들 중 하나일까. 그리고 그 세계의 의미를 미처 파악하지 못해 당황하고 있는지도 모른다. 틀림없다. 그래서 밤에 공원 미끄럼틀 위에 홀로 올라 달을 바라보며 온갖 가능성이며 온갖 가설을 머릿속에 늘어놓고 면밀히 검증하지 않으면 안 되는 것이다.

아니, 그게 아닐지도 모른다. 저 남자는 어쩌면 나를 찾아 여기까지 쫓아온 '선구'의 추적자 중 한 사람인지도 모른다.

그 순간 심장 박동이 빨라지고 지잉 하는 이명이 울렸다. 아오마메의 오른손은 무의식중에 허리 밴드에 꽂힌 자동권총을 더듬었다. 그녀의 손은 그 딱딱한 그립을 힘껏 움켜쥐었다.

하지만 아무리 봐도 남자의 기척에서는 그런 긴박한 분위기는 느껴지지 않았다. 폭력의 기미도 찾아볼 수 없다. 그는 혼자서 미끄럼틀 위에 앉아 난간에 머리를 기대고 하늘에 뜬 두 개의 달을 똑바로 바라보며 기나긴 성찰에 빠져 있을 뿐이다. 아오마메는 3층 베란다에 있고 그는 그 아래에 있다. 아오마메는 가든체어에 앉은 채 금속난간 틈새로 그 남자를 내려다보았다. 혹시 남자가 이쪽을 쳐다보더라도 그쪽에서는 아오마메의 모습이 보이지 않을 것이다. 게다가 남자는 하늘을 바라보는 데 정신이 팔려 누군가가 자신을 지켜보리라는 생각은 머릿속을 스치지도 않는 모양이었다.

그녀는 마음을 진정시키고 가슴에 고인 숨을 조용히 토해냈다. 그리고 손가락의 힘을 빼며 권총 그립에서 손을 떼고 똑같은 자세로 그 남자를 계속 관찰했다. 아오마메의 위치에서는 그의 옆얼굴밖에 보이지 않는다. 공원의 수은등이 높직한 곳에서 그의 모습을 환하게 비추고 있다. 키가 큰 남자다. 어깨폭도 넓다. 뻣뻣해 보이는 머리칼은 짧게 잘랐고 긴소매 티셔츠를 입고 있다. 그 소매를 팔꿈치쯤까지 걷어올렸다. 핸섬하다고 할 정도는 아니지만 느낌이 좋은 뚜렷한 얼굴 생김새다. 두상도 나쁘지 않다. 좀더 나이를 먹고 머리숱이 적어져도 분명 멋있을 것이다.

그리고 아오마메는 갑자기 깨달았다.

덴고다.

그럴 리가 없다고 아오마메는 생각한다. 그녀는 짧고 단호하게 몇 차례 고개를 젓는다. 어처구니없는 착각일 게 뻔하다. 아무리 그래도 그렇지, 이런 일이 마침맞게 일어날 리 없어. 그녀는 정상적으로 숨을 쉴 수가 없다. 신체 시스템이 혼란에 빠졌다. 의지와 행동이 제대로 맞물리지 않는다. 다시 한번 남자를 잘 봐야 해. 하지만 왠지 눈의 초점을 맞출 수가 없다. 어떤 힘이 작용해 좌우의 시력이 돌연 크게 달라진 것만 같았다. 그녀는 무의식중에 얼굴을 크게 일그러뜨린다.

어떡하지?

그녀는 가든체어에서 일어나 별 의미도 없이 주위를 둘러보았다. 그리고 거실 사이드보드 안에 소형 니콘 쌍안경이 있었던 게 퍼뜩 생각나 그것을 가지러 간다. 쌍안경을 들고 서둘러 베란다로 돌아와 미끄럼틀 위를 본다. 젊은 남자는 아직 그곳에 있었다. 아까와 똑같은 자세다. 이쪽으로 옆얼굴을 향하고 하늘을 올려다보고 있다. 그녀는 떨리는 손으로 쌍안경의 초점을 맞춰 남자의 옆얼굴을 보았다. 숨을 멈추고 정신을 집중했다. 틀림없다. 덴고다. 이십 년이라는 세월이 흘렀지만 아오마메는 알 수 있었다. 덴고가 아닌 다른 누구도 아니다.

아오마메가 가장 놀란 것은 덴고의 모습이 열 살 때에서 거의 변하지 않았다는 것이었다. 열 살 소년이 그대로 서른 살이 된 것 같았다. 어린 티가 난다는 게 아니다. 물론 몸은 훨씬 큼직해졌고 목도 굵어졌고 얼굴 생김새도 어른스러워졌다. 표정에서도 깊이가 묻어났다. 무릎에 놓인 손은 큼직하고 힘차 보였다. 이십 년 전에 초등학교 교실에서 그녀가 잡았던 손과는 한참 다르다. 하지만 그래도 그 체구가 빚어내는 분위기는 열 살 때의 덴고 그대로였다. 탄탄하고 두툼한 몸은 그녀에게 자연스러운 따스함과 깊은 안도감을 가져다주었다. 그녀는 그 가슴에 얼굴을 묻고 싶다고 생각했다. 아주 강하게 그렇게 생각했다. 아오마메는 그런 바람이 가슴속에 이는 게 기뻤다. 그리고 그는 어린이공원의 미끄럼틀 위에 앉아 하늘을 향해 고개를 쳐들고 그녀가 보는 것과 똑같은 것을 열심히 보고 있다. 두 개의 달이다. 그래, 우리는 똑같은 것을 볼 수 있는 것이다.

어떡하지?

어떻게 해야 할지 아오마메는 알 수 없었다. 그녀는 쌍안경을 무릎 위에 놓고, 두 손을 힘껏 움켜쥐었다. 손톱이 파고들어 그 흔적이 또렷이 남을 만큼. 움켜쥔 주먹은 파들파들 떨리고 있었다.

어떡하지?

그녀는 자신의 거친 숨소리를 듣고 있었다. 그녀의 몸이 어느결에 한가운데서 둘로 나누어진 것만 같았다. 한쪽은 덴고가 눈앞에 있다는 사실을 기꺼이 받아들이려 한다. 그리고 또 한쪽은 그 사실을 받아들이기를 거부하고 어딘가 보이지 않는 먼 곳으로 밀쳐내려 한다. 그런 일은 일어나지도 않았어, 하고. 정반대 방향으로 나아가려는 그 두 개의 힘이 그녀 안에서 격렬히 다투고 있었다. 두 가지 다 각자가 향하는 곳으로 힘껏 그녀를 잡아당기고 있었다. 곳곳에서 살이 찢기고 관절이 조각나고 뼈가 부서지는 것 같다.

아오마메는 그대로 공원으로 달려가 미끄럼틀 위의 덴고에게 말을 건네고 싶었다. 하지만 뭐라고 말해야 할까. 입을 어떻게 움직여야 말이 나오는지도 모르겠다. 그래도 그녀는 어떻게든 말을 짜낼 것이다. 내 이름은 아오마메, 이십 년 전에 이치카와 초등학교 교실에서 당신의 손을 잡았어. 나를 기억해?

그렇게 말하면 될까?

그것 말고 좀더 괜찮은 말이 있을 텐데.

또 한 명의 그녀는 "이대로 베란다에 가만히 숨어 있어"라고 명령하고 있었다. 네가 할 수 있는 건 이제 아무것도 없어. 그렇잖아? 너는 어젯밤에 리더와 거래를 했어. 너는 네 목숨을 버리는 것으로 덴고를 구할 거야. 그를 이 세계에서 계속 살게 할 거야. 그것이 거래의 내용이야. 계약은 이미 맺어졌어. 리더를 저쪽 세계로 보내고, 그 대신 자신의 목숨을 내놓기로 너는 동의했어. 지금 여기서 덴고를 만나 옛날 얘기를 하고, 그래서 뭐가 어떻게 된다는 거지? 게다가 만일 그가 너 따위는 기억도 못 하고 있다면, 혹은 '재수 없는 기도를 올리는 꾀죄죄한 여자애'로만 기억하고 있다면, 그때는 어떻게 할 거야? 만일 그렇다면 너는 어떤 심정으로 죽어가게 될까?

그렇게 생각하자 그녀의 몸은 딱딱하게 굳어 파르르 떨려왔다. 그녀는 그 떨림을 억제할 수 없었다. 심한 감기에 걸렸을 때의 오한과도 같다. 몸의 심지까지 꽁꽁 얼어붙는 것 같다. 그녀는 자신의 몸을 두 팔로 끌어안은 채 한참을 그 차가움에 떨고 있었다. 하지만 그동안에도 미끄럼틀 위에 앉아 하늘을 올려다보는 덴고에게서 눈을 떼지 않았다. 눈을 떼면 그 즉시 그가 어딘가로 사라질 것만 같았다.

덴고의 품에 안기고 싶다고 그녀는 생각했다. 그의 저 큰 손으로 내 몸을 애무해주었으면. 그리고 그의 온기를 온몸으로 느끼고 싶었다. 몸을 구석구석 쓰다듬어주었으면. 그리고 따스하게 해주었으면. 내 몸의 심지에 박힌 이 한기를 없애주었으면. 그러고는 내 속에 들어와 마음껏 휘저어주었으면. 스푼으로 코코아를 섞는 것처럼 천천히 밑바닥까지. 만일 그렇게 해준다면 이 자리에서 당장 죽어도 괜찮아. 정말이야.

아니, 정말 그럴까, 아오마메는 생각한다. 그렇게 되면 나는 이제는 죽고 싶지 않다고 생각할지 모른다. 언제까지나, 언제까지나 그와 함께 있고 싶다고 생각할지도 모른다. 죽을 결심 따위는 아침 햇살을 받은 이슬처럼 깨끗이 증발해버릴지도 모른다. 혹은 그를 죽이고 싶다고 생각할지 모른다. 헤클러&코흐로 우선 그를 쏘아 죽이고 그다음에 자신의 뇌수를 날려버릴지도 모른다. 거기서 무슨 일이 벌어질지, 자신이 무슨 짓을 저지를지, 전혀 예측할 수가 없다.

어떡하지?

어떻게 해야 할지, 그녀는 판단이 되지 않았다. 숨소리가 거칠어졌다. 온갖 생각이 드나들고 넘나들었다. 생각을 하나로 정리할 수가 없다. 무엇이 옳고 무엇이 옳지 않은가. 그녀가 알고 있는 건 단 한 가지밖에 없다. 지금 당장 여기서 그의 굵은 팔 안에 안기고 싶다는 것. 그다음 일은 그다음 일이다. 그다음 일은 신이건 악마건 마음대로 정하시라지.

아오마메는 결심했다. 세면실로 뛰어가 타월로 얼굴에 남은 눈물 자국을 훔쳐낸다. 거울을 향해 머리칼을 재빨리 다듬는다. 두서없는 엉터리 같은 얼굴을 하고 있다. 눈은 붉게 핏발이 섰다. 옷 입은 꼬락서니도 지독하다. 위아래 색 바랜 저지에 허리밴드에는 9밀리 자동권총을 찔러넣어 허리춤이 기묘하게 불룩 튀어나왔다. 이십 년 동안 만나고 싶어 애태워온 사람 앞에 나설 만한 꼴이 아니다. 어째서 좀더 괜찮은 옷을 입지 못했을까. 하지만 이제 와서 어쩔 수도 없다. 옷을 갈아입을 여유는 없다. 그녀는 맨발에 운동화를 꿰신고 문도 잠그지 않은 채 맨션 비상계단을 세 칸씩 뛰어내려간다. 그리고 도로를 가로질러 인기척 없는 공원의 미끄럼틀 앞으로 달려간다. 하지만 그곳에 이미 덴고의 모습은 없다. 수은등의 인공적인 빛을 받은 미끄럼틀 위에는 아무도 없다. 달의 뒷면보다 더 어둡고 차갑게 텅 비어 있다.

그건 착각이었던 걸까.

아니, 아니야, 착각 같은 게 아니야, 그녀는 숨을 헐떡이며 그렇게 생각한다. 덴고는 바로 조금 전까지 이 자리에 있었다. 틀림없이. 그녀는 미끄럼틀 위에 올라가 그곳에 서서 주위를 둘러본다. 어디에도 사람의 자취는 보이지 않는다. 하지만 아직 그리 멀리는 가지 못했을 것이다. 바로 몇 분 전까지 그는 이곳에 있었다. 사 분이나 오 분, 그 이상은 걸리지 않았다. 지금 달려가면 따라잡을 수 있는 거리다.

하지만 아오마메는 마음을 접었다. 그녀는 거의 온 힘을 다해 자신을 붙잡아세웠다. 아니 안 돼, 그건 불가능해. 그가 어느 방향으로 갔는지, 그것도 모른다. 밤의 고엔지 거리를 정처 없이 돌아다니며 덴고의 행방을 찾는 짓은 하고 싶지 않다. 그건 내가 취해야 할 행동이 아니다. 아오마메가 베란다 가든체어에서 어떻게 해야 하나 망설이는 사이에 덴고는 미끄럼틀을 내려와 어딘가로 가버렸다. 생각해보면 그것이 내게 주어진 운명이다. 나는 망설이고, 계속 망설이고, 판단능력을 일시적으로 상실하고, 그사이에 덴고는 떠나갔다. 그것이 내게 일어난 일이다.

결과적으로는 잘된 거야, 아오마메는 자신을 타일렀다. 아마도 그것이 가장 옳은 일이었으리라. 적어도 나는 덴고를 볼 수 있었다. 길 하나 건너에 있는 그의 모습을 보고 그의 팔에 안긴다는 가능성에 몸을 떨 수 있었다. 겨우 몇 분 동안이었다 해도 나는 그 격한 기쁨과 기대를 온몸으로 맛볼 수 있었다. 그녀는 눈을 감고 미끄럼틀의 난간을 움켜쥔 채 입술을 깨물었다.

아오마메는 아까 덴고가 했던 것과 똑같은 자세로 미끄럼틀 위에 앉아 남서쪽 하늘을 올려다보았다. 그곳에는 크고 작은 두 개의 달이 나란히 떠 있었다. 그러고는 맨션 3층 베란다로 시선을 던졌다. 방의 불이 켜져 있다. 그녀는 방금 전까지 그 방 베란다에서 이곳에 있는 덴고를 바라보았다. 그 베란다에는 그녀의 깊은 망설임이 아직도 남아서 떠돌고 있는 것 같았다.

1Q84년, 그것이 이 세계에 주어진 명칭이다. 나는 반년쯤 전에 이 세계에 들어왔고, 그리고 지금 나가려 하고 있다. 의도하지 않은 채 이곳에 들어왔고 이제 내 의지에 따라 이곳에서 나가려 하고 있다. 내가 떠난 뒤에도 덴고는 이곳에 머문다. 덴고에게 그것이 어떤 세계가 될지, 나는 물론 알지 못한다. 곁에서 지켜볼 수도 없다. 하지만 그래도 괜찮다. 나는 그를 위해 죽어가려 한다. 나 자신을 위해 살지는 못했다. 그런 가능성은 처음부터 내게 없었다. 하지만 그 대신, 그 사람을 위해 죽을 수 있다. 그러면 돼. 나는 미소 지으며 죽을 수 있어.

거짓말이 아니야.

아오마메는 미끄럼틀 위에 남겨진 덴고의 기척을 조금이라도 감지해보려 했다. 하지만 그곳에는 어떤 온기도 남아 있지 않았다. 가을의 예감을 가득 품은 밤바람이 느티나무 잎사귀 사이를 빠져나와 그곳에 있는 모든 흔적을 지워가고 있었다. 그래도 아오마메는 언제까지고 그곳에 앉아 나란히 뜬 두 개의 달을 올려다보았다. 감정이 결여된 그 기묘한 빛을 온몸에 받았다. 다양한 소리들이 하나로 뒤섞인 도회지의 소음이 통주저음basso continuo이 되어 그녀를 둘러쌌다. 그녀는 수도고속도로의 비상계단에 집을 짓고 있던 조그마한 거미를 떠올렸다. 그 거미는 아직도 살아서 거미줄을 치고 있을까.

그녀는 미소 지었다.

나는 준비가 되어 있어, 그녀는 그렇게 생각했다.

하지만 그전에, 꼭 찾아가야 할 곳이 있다.

제22장 덴고

Q

두 개의 달이 하늘에 떠 있는 한

미끄럼틀에서 내려와 어린이공원을 나온 덴고는 정처 없이 거리를 걸었다. 이 길에서 저 길로 헤매고 다녔다. 자신이 어디를 걸어가는지, 거의 마음에 두지 않았다. 걸으면서 머릿속의 두서없는 생각을 조금이라도 명확한 윤곽을 가진 것으로 만들어보려고 노력했다. 하지만 아무리 애를 써도 이제는 제대로 된 사고를 할 수 없었다. 너무도 많은 것을 미끄럼틀 위에서 한꺼번에 생각해버린 탓이다. 두 개로 늘어난 달에 대해, 핏줄이라는 것에 대해, 인생의 새로운 출발점에 대해, 어지럼증을 동반하는 리얼한 백일몽에 대해, 후카에리와 「공기 번데기」에 대해, 그리고 이 근처 어딘가에 숨어 있을 아오마메에 대해. 그의 머릿속은 수많은 생각으로 혼잡하고 집중력은 거의 한계에 이르렀다. 할 수만 있다면 이대로 침대에 들어 푹 자고 싶었다. 그다음은 내일 아침, 눈을 뜬 후에 생각하면 된다. 더이상 뭔가를 고민해봤자 의미 있는 지점에 가 닿을 것 같지 않다.

덴고가 아파트에 돌아가니 후카에리는 덴고의 책상 앞에 앉아 작은 주머니칼로 열심히 연필을 깎고 있었다. 덴고는 항상 열 자루 정도의 연필을 연필꽂이에 꽂아두는데, 이제 그 수가 이십 자루쯤으로 불어나 있었다. 그녀는 감탄스러울 만큼 깨끗하게 그 연필들을 깎고 있었다. 그토록 아름답게 깎인 연필을 덴고는 지금까지 본 적이 없다. 그 끝은 바느질하는 바늘처럼 날카롭고 뾰족했다.

"전화가 왔었어요." 그녀는 연필의 뾰족한 상태를 손끝으로 확인하며 말했다. "지쿠라에서."

"전화를 받지 말라고 했었는데."

"중요한 전화여서."

벨소리만 듣고도 중요한 전화인 줄 알았던 것이리라.

"용건이 뭐였어?" 덴고는 물었다.

"용건은 말 안 했어요."

"지쿠라 요양소에서 온 전화였다고?"

"전화하면 좋겠어요."

"그쪽에서 전화를 달라고 했다는 거지?"

"늦은 시간이라도 좋으니 오늘중으로."

덴고는 한숨을 내쉬었다. "그쪽 전화번호를 모르는데."

"나는 알아요."

그녀는 번호를 기억하고 있었다. 덴고는 그 번호를 메모지에 적었다. 그리고 시계를 보았다. 여덟시 반이다.

"전화가 몇시쯤 왔었지?" 덴고는 물었다.

"조금 전에."

덴고는 주방에 나가 물을 한 잔 마셨다. 싱크대 가장자리에 두 손을 짚고 눈을 감은 채, 두뇌가 어쨌든 남들 비슷하게나마 회전하는 것을 확인한 뒤에 전화 앞으로 다가가 그 번호를 돌렸다. 어쩌면 아버지가 돌아가셨는지도 모른다. 적어도 그건 생사가 걸린 일일 것이다. 어지간한 일이 아니고서는 그들이 이런 밤 시간에 덴고에게 전화를 걸지는 않는다.

전화는 여자가 받았다. 덴고는 자신의 이름을 밝히고, 조금 전에 그쪽의 연락을 받아서 전화하는 거라고 말했다.

"가와나 씨의 아드님이죠?" 상대는 말했다.

"그렇습니다." 덴고는 말했다.

"지난번에 여기서 만났던 간호사예요." 여자는 말했다.

금속 테 안경을 쓴 중년 간호사의 얼굴이 머릿속에 떠올랐다. 이름은 생각나지 않는다.

그는 간단한 인사를 건넸다. "조금 전에 전화를 하셨다던데요."

"네, 그래요. 지금 담당 선생님께 전화를 돌려드릴 테니까 직접 이야기해주세요."

덴고는 수화기를 귀에 댄 채, 전화가 연결되기를 기다렸다. 그 의사는 좀체 전화를 받지 않았다. 〈언덕 위의 나의 집〉의 단조로운 멜로디가 영원처럼 흐르고 있었다. 덴고는 눈을 감고 보소 해안의 요양소 풍경을 떠올렸다. 겹겹이 우거진 무성한 소나무 숲, 그 사이를 뚫고 불어오는 바닷바람. 쉴새없이 밀려오는 태평양의 파도. 문병객의 모습도 없이 한산한 현관 로비. 복도를 굴러가는 이동식 침대의 바퀴소리. 햇볕에 바랜 커튼. 깨끗이 다림질한 간호사의 흰 유니폼. 맛없고 싱거운 식당 커피.

이윽고 의사가 전화를 받았다.

"아, 기다리게 해서 미안합니다. 방금 전에 다른 병실에서 긴급 호출이 들어오는 바람에요."

"괜찮습니다." 덴고는 말했다. 그리고 담당 의사의 얼굴을 떠올려보려고 했다. 하지만 생각해보니 그 의사를 만난 적이 없었다. 머리가 아직 제대로 움직여주지 않는다. "아버지에게 혹시 무슨 일이 있었습니까?"

의사는 잠시 틈을 둔 뒤에 말했다. "딱히 오늘 무슨 일이 있었다는 건 아니지만, 얼마 전부터 만성적으로 별로 양호한 상태가 아니에요. 말씀드리기 어렵지만, 아버님은 지금 혼수상태입니다."

"혼수상태." 덴고는 말했다.

"계속 깊이 잠들어 계세요."

"그러니까, 의식이 없다는 건가요?"

"그렇습니다."

덴고는 생각을 굴렸다. 어떻게든 두뇌를 작동시켜야 한다. "아버지는 뭔가 병에 걸렸고, 그래서 혼수상태에 빠졌다는 얘기인가요?"

"정확히는 그런 게 아니에요." 의사는 난처한 듯이 말했다.

덴고는 기다렸다.

"전화로 설명하기는 좀 어려운데, 어디가 딱히 안 좋다는 것도 아니에요. 이를테면 암이라든가 폐렴이라든가 그런 분명한 이름이 붙는 병을 앓고 계신 건 아닙니다. 의학적으로 말하자면 이렇다 하게 식별할 만한 증세는 보이지 않아요. 단지 무엇이 원인인지는 잘 모르겠지만, 아버님의 경우, 신체 생명을 유지하고자 하는 자연스러운 힘이 눈에 띄게 그 수위가 떨어지고 있어요. 하지만 원인을 알지 못하니 치료법도 찾을 수가 없군요. 링거로 계속 영양 보급은 하고 있지만, 그건 어디까지나 대증적인 것이에요. 근본적인 치료가 아닙니다."

"솔직히 여쭤봐도 될까요?" 덴고는 말했다.

"물론입니다." 의사는 말했다.

"아버지가 그리 오래갈 수는 없을 것 같다는 말씀인가요?"

"이 상태가 계속된다면 그럴 가능성이 높아요."

"노쇠 같은 걸까요?"

의사는 전화기에 대고 애매한 신음 소리를 냈다. "아버님은 아직 육십대예요. 노쇠할 만한 연령이 아니죠. 게다가 기본적으로는 건강한 편이에요. 치매 이외에는 이렇다 할 지병도 보이지 않아요. 정기적으로 실시하는 체력 측정에서는 상당히 좋은 결과가 나왔죠. 문제랄 것은 한 가지도 없었습니다."

의사는 거기에서 입을 다물었다. 그러고는 이야기를 계속했다.

"하지만…… 글쎄, 최근 며칠의 상태를 보면 당신 말대로 노쇠 비슷한 점이 있을지도 모르겠군요. 신체 기능이 전체적으로 저하되어서 살아가기 위한 의지 같은 것이 미약해지는 것 같아요. 그건 보통 팔십대 후반에나 나타나는 증상이에요. 그 정도 나이가 되면 더이상 살아가기에 지쳐 생명을 유지하기 위한 자구노력을 포기하는 경우가 종종 있습니다. 하지만 그것과 똑같은 일이 어째서 육십대인 가와나 씨에게 일어났는지, 지금으로서는 나도 잘 모르겠어요."

덴고는 입술을 깨물고 잠시 생각했다.

"혼수상태는 언제쯤부터 시작되었습니까?" 덴고는 물었다.

"사흘 전입니다." 의사는 말했다.

"사흘 동안 전혀 눈을 뜨지 않았어요?"

"한 번도요."

"그리고 생명의 징후는 점점 약해지고 있고요."

의사는 말했다. "급격하달 건 없지만, 방금 말한 대로 생명력의 수위는 조금씩, 하지만 눈에 띄게 떨어지고 있어요. 마치 열차가 조금씩 속도를 늦추며 정지를 향할 때처럼."

"앞으로 어느 정도 여유가 있을까요?"

"정확히 어느 정도라고 말할 수는 없어요. 다만 이대로 혼수상태가 계속된다면 최악의 경우, 앞으로 일주일쯤이 될지도 모릅니다." 의사는 말했다.

덴고는 수화기를 바꿔 들고 입술을 깨물었다.

"내일 그쪽으로 가겠습니다." 덴고는 말했다. "오늘 전화가 없었어도 가까운 시일 내에 가보려던 참이었어요. 하지만 연락해주셔서 다행입니다. 고맙습니다."

의사는 그 말을 듣고 안도한 듯했다. "그렇게 해줘요. 되도록 빨리 만나는 게 좋다고 생각합니다. 이야기를 나눌 수는 없을지 모르지만, 아드님이 와준다면 분명 기뻐하실 거예요."

"하지만 의식은 없는 거죠?"

"의식은 없어요."

"통증은 있을까요?"

"지금으로서는 통증도 없습니다. 아마 없을 거예요. 그건 불행 중 다행입니다. 그저 푹 주무시고 계세요."

"정말 고마웠습니다." 덴고는 인사를 건넸다.

"가와나 씨." 의사가 말했다. "아버님은, 뭐랄까, 정말 남을 번

거룹게 하지 않는 분이었어요. 아무에게도 폐를 끼치지 않는 분이었죠."

"옛날부터 그런 분이에요." 덴고는 말했다. 그리고 다시 한번 의사에게 감사하다는 인사를 하고 전화를 끊었다.

덴고는 커피를 데워 테이블의 후카에리 앞에 앉아 마셨다.

"내일 나가요." 후카에리는 덴고에게 물었다.

덴고는 고개를 끄덕였다. "아침에 전철 타고 다시 고양이 마을에 가야 해."

"고양이 마을에 가요." 후카에리는 무표정하게 말했다.

"너는 여기서 기다리고 있을 거야." 덴고는 물었다. 후카에리와 함께 살다보니 물음표 없이 질문하는 데 익숙해져버렸다.

"나는 여기서 기다려요."

"나는 혼자서 고양이 마을에 가고." 덴고는 말했다. 그리고 커피를 한 모금 마셨다. 문득 생각이 나서 그녀에게 물었다. "뭐 좀 마실래?"

"화이트와인 있어요."

덴고는 냉장고를 열고 차가운 화이트와인이 있는지 찾아보았다. 한참 전 바겐세일 때 사온 샤르도네가 안쪽에 있는 게 눈에 들어왔다. 라벨에는 야생 멧돼지 그림이 그려져 있다. 코르크 마개를 열고 와인 잔에 따라 후카에리 앞에 놓아주었다. 그러고는 잠시 망설인 끝에 자신의 잔에도 따랐다. 분명 커피보다는 와인을 마시고 싶은 기분이다. 와인은 약간 지나치다 싶게 차가웠고 단맛이 앞섰지만, 알코올은 덴고의 기분을 얼마간 가라앉혀주었다.

"당신은 내일 고양이 마을에 가요." 소녀는 다시 한번 말했다.

"아침 일찍 전철을 타고." 덴고는 대답했다.

화이트와인 잔을 기울이고 있을 때, 덴고는 테이블을 끼고 마주한 그 열일곱 살 아름다운 소녀의 몸 안에 자신이 정액을 방출했던 일이 떠올랐다. 바로 어젯밤의 일인데 한참 먼 과거에 일어난 일처럼 생각되었다. 역사 속의 사건으로 생각될 만큼. 하지만 그때의 감각은 아직 그의 몸 안에 생생하게 남아 있다.

"달의 수가 늘어났어." 덴고는 잔을 손안에서 천천히 돌리며 고백하듯이 말했다. "아까 하늘을 봤더니 달이 두 개가 있었어. 크고 노란 달과 작고 초록빛이 나는 달. 오래전부터 그렇게 되었는지 모르지. 하지만 나는 알아보지 못했었어. 아까서야 겨우 그걸 알았어."

달의 수가 늘어난 것에 대해 후카에리는 딱히 자신의 느낌을 말하지 않았다. 그 소식을 듣고 그녀가 놀랐다는 느낌은 어디에서도 찾아볼 수 없었다. 표정에는 아무런 변화도 없었다. 어깨를 움츠리지도 않았다. 그건 그녀에게는 특별히 새로운 뉴스도 아닌 모양이었다.

"굳이 말할 것도 없지만, 하늘에 달이 두 개 떠 있는 건 「공기 번데기」에 나오는 세계하고 똑같아." 덴고는 말했다. "그리고 새로운 달은 내가 묘사했던 것과 똑같은 모양을 하고 있어. 크기도 색깔도 똑같아."

후카에리는 그저 침묵하고 있었다. 대답할 필요가 없는 질문에 대해 그녀가 대답하는 일은 없다.

"어떻게 이런 일이 일어났을까. 어떻게 이런 일이 일어날 수 있지?"

역시 대답은 없었다.

덴고는 마음먹고 솔직하게 질문했다. "우리가 「공기 번데기」에 묘사된 세계에 들어와버린 걸까."

후카에리는 잠시 양쪽 손의 손톱 모양을 주의깊게 살펴보았다. 그러고는 말했다. "우리는 둘이서 책을 썼으니까."

덴고는 잔을 테이블 위에 내려놓았다. 그리고 후카에리에게 물었다. "나와 너는 둘이서 「공기 번데기」를 썼고 그걸 출판했어. 공동 작업을 했지. 그리고 그 책은 베스트셀러가 되었고 리틀 피플과 마더와 도터에 대한 정보가 세상에 널리 퍼졌어. 그 결과, 우리는 새롭게 바뀐 이 세계로 함께 들어와버렸다, 그런 얘기니?"

"당신은 리시버 역할을 하고 있어요."

"내가 리시버 역할을 하고 있다." 덴고는 반복했다. "분명 나는 「공기 번데기」 안에서 리시버에 대해 썼어. 하지만 그게 어떤 것인지, 나는 거의 알지 못해. 리시버는 대체 구체적으로 어떤 역할을 하는 거지?"

후카에리는 슬쩍 고개를 저었다. 그 설명은 못 한다는 뜻이다.

설명해주지 않으면 모른다는 건 설명해줘도 모르는 거야. 아버지가 어딘가에서 말했다.

"우리는 함께 있는 게 좋아요." 후카에리는 말했다. "그 사람을 찾을 때까지는."

덴고는 잠시 말없이 후카에리의 얼굴을 바라보았다. 그 얼굴이 표현하는 것을 읽어내려고 했다. 하지만 거기에는 어떤 표정도 떠올라 있지 않았다. 늘 그렇듯이. 그리고 그는 무의식중에 고개를 옆으로 돌려 창밖으로 시선을 던졌다. 하지만 달은 보이지 않았다. 전봇대와 보기 싫게 뒤엉킨 전깃줄이 보일 뿐이다.

덴고는 말했다. "리시버의 역할을 맡는 데는 뭔가 특수한 자질이 필요한 거야?"

후카에리는 턱을 위아래로 살짝 움직였다. 그렇다는 뜻이다.

"하지만 「공기 번데기」는 원래 네 이야기야. 네가 제로에서부터 만들어낸 이야기지. 너의 내면에서 나온 이야기야. 나는 우연히 의뢰를 받고 문장을 다듬었을 뿐이야. 그저 기술자에 지나지 않아."

"우리는 둘이서 책을 썼으니까." 후카에리는 앞서와 똑같은 말을 되풀이했다.

덴고는 무의식중에 손끝을 관자놀이에 댔다. "그때부터 나도 모르는 사이에 리시버 역할을 하고 있었다는 거야?"

"그전부터." 후카에리는 말했다. 그리고 오른손 검지로 자신을 가리키고, 그러고는 덴고를 가리켰다. "내가 퍼시버고 당신은 리시버."

"perceiver와 receiver." 덴고는 정확한 발음으로 말했다. "너는 지각하고 나는 그걸 받아들인다. 그런 얘기지?"

후카에리는 짧게 고개를 끄덕였다.

덴고는 얼굴을 살짝 일그러뜨렸다. "그러니까 너는 내가 리시버라는 것을 알고 있었고, 혹은 리시버의 자질을 가진 것을 알고 있었고, 그래서 내게 「공기 번데기」를 고쳐 쓰는 일을 맡겼다. 네가 지각한 것을 나를 통해 책의 형태로 만들게 했다. 그런 얘기야?"

대답은 없었다.

덴고는 일그러진 얼굴을 원래대로 되돌렸다. 그리고 후카에리의 눈을 보며 말했다. "구체적인 포인트는 아직 집어낼 수 없지만, 아마 그때를 전후로 나는 달이 두 개가 있는 이쪽 세계로 들어왔겠지. 지금까지 그걸 못 보고 지나쳤을 뿐이야. 밤중에 하늘을 올려다본 일이 한 번도 없어서 달의 수가 늘어났다는 것도 알아보지 못했어. 분명 그런 거지?"

후카에리는 그저 침묵을 지키고 있었다. 그 침묵은 고운 가루처럼 공중에 은밀히 떠돌고 있었다. 그것은 특수한 공간에서 출현한 모기떼가 방금 전에 흩뿌리고 간 가루 같았다. 그 가루가 공중에 그려내는 형상을 덴고는 한참 동안 바라보았다. 덴고는 자신이 마치 이틀 전의 석간신문이 된 것 같았다. 정보는 나날이 갱신되고 있다. 나 혼자서만 아무 소식도 듣지 못한다.

"원인과 결과가 어떻게 해볼 도리도 없이 뒤섞여버린 것 같아." 덴고는 마음을 고쳐먹고 그렇게 말했다. "어느 쪽이 먼저고 어느 쪽이 나중인지 갈피를 못 잡겠어. 하지만 어쨌든 우리는 이 새로운 세계에 깊숙이 들어와 있어."

후카에리는 얼굴을 들어 덴고의 눈을 보았다. 그렇게 생각해서 그런지는 모르지만 그 눈동자 속에는 다정한 빛 같은 것이 희미하게 엿보였다.

"어쨌거나 이제 원래 세계는 없어." 덴고는 말했다.

후카에리는 가만히 어깨를 움츠렸다. "우리는 여기에서 살아가요."

"달이 두 개 있는 세계에서?"

후카에리는 대답하지 않았다. 아름다운 열일곱 살 소녀는 입술을 꾹 다물고 덴고의 눈을 똑바로 응시하고 있었다. 아오마메가 방과후 교실에서 열 살의 덴고의 눈을 들여다보았던 것과 똑같이. 그곳에는 강하고 깊은 의식의 집중이 있었다. 후카에리가 그렇게 빤히 쳐다보자 덴고는 자신이 그대로 돌이 되어버릴 것만 같았다. 돌이 되어 그대로 새로운 달로 바뀌어버릴 것 같은 마음이 들었다. 비뚤어진 모양의 작은 달로. 한참 뒤에 후카에리는 겨우 시선을 누그러뜨렸다. 그리고 오른손을 들어 손끝을 가만히 관자놀이에 댔다. 마치 자기 자신 속에 있는 비밀스러운 생각을 읽어내려는 것처럼.

"당신은 사람을 찾고 있었어요." 소녀는 물었다.

"응."

"하지만 찾지 못했어요."

"찾지 못했어." 덴고는 말했다.

아오마메를 찾지 못했다. 하지만 그 대신 달이 두 개가 되어 있다는 것을 발견했다. 그 발견은 후카에리가 암시한 말에 따라 그가 기억의 밑바닥을 퍼올렸고, 그 결과 달을 보려고 생각했기 때문이었다.

소녀는 시선을 조금 누그러뜨리며 와인 잔을 손에 들었다. 입안에 와인을 머금고, 이슬을 빨아먹는 벌레처럼 소중하게 그것을 삼켰다.

덴고는 말했다. "그녀는 어딘가에 몸을 숨기고 있다고 너는 말했어. 그렇다면 그리 간단히는 찾을 수 없겠지."

"걱정하지 않아도 돼요." 소녀는 말했다.

"나는 걱정하지 않아도 된다." 덴고는 그저 그녀의 말을 반복했다.

후카에리는 깊이 고개를 끄덕였다.

"내가 그녀를 찾아낼 수 있다는 거니?"

"그 사람이 당신을 찾아내요." 소녀는 조용한 목소리로 말했다. 부드러운 초원을 건너는 바람 같은 목소리였다.

"여기 고엔지에서?"

후카에리는 고개를 갸웃했다. 그건 모르겠다, 는 뜻이다. "어딘가에서." 그녀는 말했다.

"이 세계의 어딘가에서." 덴고는 말했다.

후카에리는 가만히 고개를 끄덕였다. "두 개의 달이 하늘에 떠 있는 한."

"아무래도 네 말을 믿어야겠지." 잠시 생각해본 뒤 덴고는 포기하고서 말했다.

"나는 지각하고 당신은 받아들여요." 후카에리는 사려 깊게 말했다.

"너는 지각하고 나는 받아들인다." 덴고는 인칭을 바꾸어 다시 말했다.

후카에리는 고개를 끄덕였다.

그래서 우리는 교접하게 된 것이냐고 덴고는 후카에리에게 묻고 싶었다. 어젯밤의 그 격렬한 뇌우 속에서. 그건 대체 무엇을 의미하는 거였지? 하지만 묻지 않았다. 그건 아마도 부적절한 질문일 터였다. 그리고 어차피 대답은 돌아오지 않는다. 덴고는 그걸 알고 있었다.

설명해주지 않으면 모른다는 건 설명해줘도 모르는 거야, 아버지가 어딘가에서 말했다.

"너는 지각하고 나는 받아들인다." 덴고는 다시 한번 반복했다. "「공기 번데기」를 고쳐 썼을 때처럼."

후카에리는 고개를 가로저었다. 그리고 머리칼을 뒤로 젖혀 작고 아름다운 귀를 하나 드러냈다. 발신기의 안테나를 올리듯이.

"똑같지 않아요." 후카에리는 말했다. "당신은 변했어요."

"나는 변했다." 덴고는 반복했다.

후카에리는 고개를 끄덕였다.

"나는 어떻게 변했을까?"

후카에리는 손에 든 와인 잔을 오랫동안 들여다보았다. 그 안에서 중요한 무언가를 보는 것처럼.

"고양이 마을에 가면 알아요." 그 아름다운 소녀는 말했다. 그리고 귀를 드러낸 채 화이트와인을 한 모금 마셨다.

제23장 아오마메

Q
타이거를 당신 차에

아침 여섯시 지나서 아오마메는 눈을 떴다. 아름답고 맑은 아침이었다. 커피메이커로 커피를 내리고 토스트를 구웠다. 달걀도 삶았다. 텔레비전 뉴스를 보고 아직 '선구' 리더의 죽음이 보도되지 않은 것을 확인했다. 경찰에 신고하지 않고, 사람들에게 알리지도 않고 그들은 그의 사체를 은밀히 처분해버린 것이리라. 그렇다면 그걸로 상관없다. 그다지 중요한 문제도 아니다. 죽은 사람은 어떻게 처리되건 역시 죽은 사람이다. 죽었다는 사실은 달라지지 않는다.

여덟시에 샤워를 하고, 세면실 거울 앞에서 정성껏 머리를 빗고, 보일락 말락 하는 정도로만 립스틱을 발랐다. 스타킹을 신었다. 옷장에 걸어두었던 하얀 실크 블라우스를 입고 준코 시마다의 스타일리시한 정장을 입었다. 몇 차례 몸을 이리저리 돌리며 와이어와 패드가 든 브래지어를 조정하면서 가슴이 조금만 더 컸으면 좋겠다고 생각했다. 지금까지 거울 앞에서 똑같은 생각을 칠만이천 번쯤은 했을 것이다. 하지만 뭐, 상관없다. 무엇을 몇 번 생각하든 그건 어디까지나 내 마음이다. 이걸로 칠만이천일번째가 된다고 해도 그게 뭐가 나빠? 나는 적어도 살아가는 동안 내가 생각하고 싶은 것을, 내가 생각하고 싶을 때, 내 마음 가는 대로, 내가 원하는 만큼, 생각할 수 있다. 누구도 그걸 불평할 수 없다. 그리고 그녀는 찰스 주르당 하이힐을 신었다.

아오마메는 현관에 걸린 전신거울 앞에서 옷차림에 빈틈이 없는지 확인했다. 그녀는 거울을 마주하고 한쪽 어깨를 가볍게 위로 쳐들며 〈화려한 패배자〉에 나온 페이 더너웨이처럼 보이지 않으려나, 하고 생각했다. 그녀는 그 영화 속에서 차가운 나이프처럼 냉철한 보험회사 조사원으로 나온다. 쿨하고 섹시하고, 비즈니스 정장이 매우 잘 어울린다. 물론 아오마메는 페이 더너웨이처럼은 보이지 않지만, 약간은 거기에 가까운 분위기는 있다. 적어도 없지는 않았다. 일류 프로페셔널만이 풍길 수 있는 특별한 분위기. 게다가 숄더백 안에는 딱딱하고 차가운 자동권총이 들어 있다.

그녀는 작은 레이밴 선글라스를 끼고 방을 나섰다. 그리고 맨션 맞은편에 있는 어린이공원에 들어가 어젯밤 덴고가 앉았던 미끄럼틀 앞에 서서 그때의 정경을 머릿속에 재현했다. 지금부터 약 열두 시간쯤 전에 그곳에 현실의 덴고가 있었다…… 내가 있던 곳에서 길 하나 건넌 곳에. 거기 혼자 조용히 앉아 오래도록 달을 올려다보고 있었다. 그녀가 보는 것과 똑같은 두 개의 달을.

그렇게 덴고와 해후할 수 있었다는 것이 아오마메에게는 거의 기적으로 생각되었다. 그것은 어떤 종류의 계시이기도 했다. 뭔가가 덴고를 그녀 앞에 데려온 것이다. 그리고 그 일은 그녀의 몸의 구조를 크게 바꿔버린 듯했다. 아침에 눈을 떴을 때부터 아오마메는 그런 삐걱거림을 온몸으로 쉴새없이 느꼈다. 그는 내 앞에 모습을 드러냈고 그리고 사라져갔다. 말을 나누지도, 서로의 몸을 만져주지도 못했다. 하지만 그 짧은 시간 동안 그는 내 안의 많은 것을 변화시키고 떠나갔다. 말 그대로 스푼으로 코코아를 휘젓듯이 내 마음과 몸을 크게 휘젓고 갔다. 내장이며 자궁 깊숙한 곳까지.

아오마메는 그곳에 오 분쯤 우두커니 서서 한 손을 미끄럼틀 계단에 얹고 얼굴을 찡그리며 하이힐의 가느다란 굽으로 땅바닥을 가볍게 툭툭 걷어찼다. 마음과 몸이 휘저어진 상태를 확인하고 그 감촉을 맛보았다. 그러고는 마음을 정하고 공원을 떠나 큰길에서 택시를 잡았다.

"우선 요가로 가서, 수도고속도로 3호선을 타고 이케지리 출구 앞까지 가주세요." 그녀는 운전기사에게 말했다.

당연히 운전기사는 혼란에 빠졌다.

"그런데 손님, 최종 목적지가 대체 어딘가요?" 그는 느긋한 편에 속하는 목소리로 말했다.

"이케지리 출구. 일단은요."

"그렇다면 여기서 이케지리까지 직접 가는 게 훨씬 빨라요. 요가로 나가면 한참 돌아가는 거고, 더구나 아침 이 시간에 3호선 상행은 엄청 막혀요. 거의 달리지를 못합니다. 그건 오늘이 수요일이라는 것과 똑같은 만큼 틀림없는 사실이에요."

"막혀도 괜찮아요. 오늘이 목요일이든 금요일이든 천황의 생일이든 뭐든 상관없어요. 아무튼 요가로 가서 수도고속도로를 타주세요. 시간이라면 얼마든지 있으니까."

운전기사의 나이는 삼십대 초반이었다. 마른 편에 피부가 하얗고 긴 얼굴이었다. 매사에 조심스러운 초식동물처럼 보였다. 이스터 섬의 석상처럼 턱이 앞으로 튀어나왔다. 그는 룸미러로 아오마메의 얼굴을 살피고 있었다. 자신이 상대하는 사람이 그저 단순히 머릿속 나사가 풀려버린 사람인지, 아니면 뭔가 복잡한 사연을 안고 있는 보통사람인지, 표정을 통해 읽어내려 하고 있다. 하지만 그런 건 쉽게 읽어낼 수 없다. 특히 작은 거울에 비친 모습으로는.

아오마메는 숄더백에서 지갑을 꺼내 방금 인쇄한 듯한 빳빳한 만 엔짜리 지폐 한 장을 운전기사의 코앞에 내밀었다.

"거스름돈은 필요 없어요. 영수증도 필요 없고." 아오마메는 짧게 말했다. "그러니 쓸데없는 소리 말고 내 말대로 해줘요. 우선 요가로 가고 거기서 수도고속도로를 타고 이케지리까지 가요. 길이 막혀도 이 정도면 요금은 충분하겠죠?"

"그야 물론 충분하긴 한데요." 운전기사는 그래도 미심쩍은 듯이 말했다. "하지만 손님, 수도고속도로에 무슨 특별한 볼일이라도 있는 거예요?"

아오마메는 만 엔 지폐를 바람에 휘날리는 깃발처럼 팔랑팔랑 흔들었다. "혹시 못 가겠다면 내려서 다른 택시 탈 거니까, 갈지 말지 되도록 빨리 결정해줘요."

운전기사는 십 초쯤 미간을 좁히고 그 만 엔 지폐를 바라보았다. 그러고는 마음을 정하고 지폐를 받았다. 빛에 비춰 진짜인지를 확인한 뒤에 영업용 가방에 넣었다.

"알았어요, 가죠, 수도고속도로 3호선. 하지만 정말 지겨울 만큼 막힐 겁니다. 그리고 요가하고 이케지리 사이에는 출구가 없어요. 공중화장실도 없죠. 그러니 혹시 화장실에 가고 싶을 것 같으면 지금 해결해주세요."

"됐어요, 그냥 곧장 가줘요."

운전기사는 복잡한 주택가 도로를 빠져나가 간조 8호선으로 들어섰다. 그리고 북적거리는 도로를 달려 요가 쪽으로 향했다. 그동안 두 사람은 한 마디도 하지 않았다. 운전기사는 내내 라디오 뉴스를 들었다. 아오마메는 자신의 생각에 빠져 있었다. 수도고속도로 입구를 앞둔 곳에서 운전기사는 라디오 볼륨을 줄인 뒤 아오마메에게 물었다.

"괜한 소리인지도 모르지만, 손님, 무슨 특수한 일을 하세요?"

"보험회사 조사원." 아오마메는 망설임 없이 말했다.

"보험회사 조사원?" 운전기사는 지금껏 먹어본 적이 없는 요리를 맛볼 때처럼 입 속에서 조심스럽게 그 말을 반복했다.

"보험금 사기 사건을 조사하는 일이에요." 아오마메는 말했다.

"호오." 운전기사는 감탄한 듯이 말했다. "그 보험금 사기인지 뭔지에 수도고속도로 3호선이 관계가 있는 거군요?"

"그렇죠."

"꼭 그 영화 같네요."

"무슨 영화?"

"한참 오래된 영화예요. 스티브 매퀸이 나오는 거. 근데 제목은 잊어버렸네요."

"〈화려한 패배자〉." 아오마메는 말했다.

"아, 맞아요, 그거. 페이 더너웨이가 보험회사 조사원으로 나와요. 도난 보험 전문가죠. 근데 스티브 매퀸이 엄청난 부자면서 취미로 범죄를 저질러요. 재미있는 영화였죠. 고등학생 때 봤어요. 그 음악을 아주 좋아했는데. 멋있어서."

"미셸 르그랑."

운전기사는 처음 네 소절을 콧노래로 작게 흥얼거렸다. 그리고 그는 룸미러에 시선을 던져 그곳에 비친 아오마메의 얼굴을 다시 한번 찬찬히 점검했다.

"손님, 그러고 보니 어딘지 모르게 그 무렵의 페이 더너웨이와 분위기가 비슷하신데요."

"고마워요." 아오마메는 말했다. 입가에 미소가 번지는 것을 감추기 위해 약간의 노력이 필요했다.

수도고속도로 3호선 상행은 운전기사가 예측했던 대로 지독하게 정체되고 있었다. 입구로 들어가 채 100미터도 가지 않은 참에 벌써 정체가 시작되었다. 정체의 유형을 보여주는 견본 책에 싣고 싶을 만큼 대단한 정체였다. 하지만 바로 그것이 아오마메가 바라던 것이었다. 똑같은 옷차림, 똑같은 도로, 똑같은 정체. 택시 라디오에서 야나체크의 〈신포니에타〉가 흐르지 않는 게 유감이고, 카스테레오의 음질이 그 도요타 크라운 로열살롱만큼 고품질이 아니라는 것도 유감이었지만, 거기까지 바라는 건 지나친 기대일 것이다.

택시는 트럭 사이에 끼어 꾸물꾸물 전진했다. 오래도록 한자리에 멈춰 서 있다가 문득 생각난 듯 다시 조금 앞으로 나아갔다. 옆 차선의 냉동수송 트럭의 젊은 운전기사는 정지해 있는 동안 만화잡지를 열심히 읽고 있었다. 크림색 도요타 코로나 마크II에 탄 중년부부는 뚱한 얼굴로 앞만 쳐다본 채 한 번도 서로 말을 나누지 않았다. 아마 둘 다 할말이 없는 것이리라. 혹은 어떤 말을 한 탓에 그렇게 되었는지도 모른다. 아오마메는 좌석 깊숙이 몸을 묻고 생각에 잠겼고, 택시 운전기사는 라디오 방송에 귀를 기울이고 있었다.

가까스로 '고마자와'라는 표지판이 있는 곳까지 도착해 달팽이가 기어가듯이 산겐자야로 향했다. 아오마메는 이따금 얼굴을 들어 창밖의 풍경을 바라보았다. 이 거리를 보는 것도 이제 마지막이다. 나는 어딘가 먼 곳으로 가버린다. 하지만 그렇다 해도 도쿄 거리에 애틋한 마음은 전혀 들지 않았다. 고속도로변의 건물은 하나같이 추하고, 자동차 배기가스로 거무스레하게 더럽고, 여기저기 몹시도 요란한 광고간판이 내걸려 있다. 그런 광경을 보고 있으려니 마음이 무거워졌다. 어째서 사람들은 이렇게 우울한 곳을 일부러 만들어내는 걸까. 세계가 구석구석까지 아름다워야 한다고는 말하지 않겠다. 하지만 아무리 그래도 이렇게까지 보기 사나울 필요는 없지 않은가.

잠시 후에 드디어 눈에 익은 장소가 아오마메의 시야에 들어왔다. 그때 택시에서 내렸던 자리다. 뭔가 내막이 있을 듯한 중년의 운전기사가 거기에 비상계단이 있다는 것을 아오마메에게 가르쳐주었다. 도로 저 끝에 에소 석유의 큼직한 광고판이 보였다. 싱긋 웃는 호랑이가 급유호스를 손에 들고 있다. 그때와 똑같은 간판이다.

타이거를 당신 차에.

아오마메는 문득 목이 마르다는 것을 깨달았다. 그녀는 한 차례 기침을 하고 숄더백 안에 손을 넣어 레몬맛 목캔디통을 꺼냈다. 입 안에 한 알을 넣고 통을 다시 숄더백에 넣었다. 그 참에 백 속에서 헤클러&코흐의 총신을 세게 움켜쥐었다. 그 단단함과 무게를 손안에서 확인했다. 그래 됐어, 아오마메는 생각했다. 그리고 차는 다시 조금 앞으로 나아갔다.

"왼편 차선으로 옮겨주세요." 아오마메는 운전기사에게 말했다.

"하지만 오른쪽이 그나마 좀 잘 풀리는데요." 운전기사는 부드럽게 항의했다. "게다가 이케지리 출구는 우측이라서 지금 여기서 좌측으로 옮기면 나중에 아주 복잡해져요."

아오마메는 항의를 받아들이지 않았다. "됐으니까 왼쪽으로 들어가요."

"뭐, 정 그러시다면." 운전기사는 체념한 듯이 말했다.

그는 창문으로 손을 내밀어 뒤쪽 냉동수송 트럭에 신호를 보냈다. 상대가 그 신호를 알아본 것을 확인하고는 코끝을 밀어넣듯이 좌측 차선으로 들어갔다. 거기서 50미터쯤 나아간 곳에서 차들은 다시 일제히 정지했다.

"여기서 내릴 거니까 문 열어줘요."

"내린다고요?" 택시 운전기사는 어안이 벙벙해서 말했다. "내리다니, 여기서요?"

"네, 여기서 내려요. 이곳에 볼일이 있어서."

"하지만 손님, 여긴 수도고속도로 한복판이에요. 위험하기도 하고, 내려봤자 어디로 갈 데도 없어요."

"저쪽에 비상계단이 있으니까 괜찮아요."

"비상계단?" 운전기사는 고개를 저었다. "그런 게 있는지 어떤지 나는 모르겠습니다. 하지만 이런 데서 손님을 내려줬다는 걸 알면 나는 회사에서 엄청 혼납니다. 수도고속도로 관리회사한테도 혼나요. 내 사정도 좀 봐주시죠."

"하지만 사정이 있어서 꼭 여기서 내려야 해요." 아오마메는 그렇게 말하고 지갑에서 만 엔 지폐를 한 장 더 꺼내 손끝으로 탁 퉁긴 뒤에 운전기사에게 내밀었다. "억지를 부려서 미안하지만, 여기 수고료 드릴게요. 그러니 아무 말 말고 나를 여기서 내려줘요, 제발."

운전기사는 그 만 엔 지폐를 받지 않았다. 어쩔 수 없다는 듯

손맡의 레버를 당겨 뒷문 왼편의 자동도어를 열어주었다.

"돈은 됐어요. 처음에 받은 것으로도 충분합니다. 하지만 정말로 조심해야 돼요. 수도고속도로에는 갓길도 없어요. 그런 곳을 걸어가는 건 아무리 차들이 서 있다고 해도 상당히 위험하니까요."

"고마워요." 아오마메는 말했다. 차에서 내린 뒤, 조수석 창문을 톡톡 쳐서 유리창을 내리게 했다. 그리고 몸을 들이밀면서 그 만 엔 지폐를 운전기사의 손에 쥐여주었다.

"괜찮으니까 받아요. 걱정하지 않아도 돼요. 돈은 남아돌 만큼 많으니까."

운전기사는 그 지폐와 아오마메의 얼굴을 번갈아 바라보았다.

아오마메는 말했다. "혹시 내 일로 경찰이나 회사에서 잔소리를 하면 피스톨을 들이대고 위협했다고 하세요. 그래서 어쩔 수 없었다구요. 그러면 혼날 것도 없겠죠."

운전기사는 그녀가 하는 말을 제대로 이해하지 못한 듯했다. 돈이 남아돌 만큼 많다고? 피스톨로 위협을 했다고? 그래도 만 엔은 받았다. 안 받는다고 버텼다가 뜻하지 않은 봉변을 당할까 봐 두려웠던 것이리라.

지난번과 마찬가지로 그녀는 측벽과 좌측 차선에 선 자동차 사이를 빠져나가듯이 시부야 방향으로 걸었다. 그 거리는 50미터쯤이었다. 사람들은 차 안에서 믿을 수 없다는 눈빛으로 그녀의 모습을 지켜보고 있었다. 하지만 아오마메는 그런 시선은 아랑곳하지 않고 파리 컬렉션 무대에 선 패션모델처럼 등을 꼿꼿이 세우고 큰 걸음으로 당당히 걸어갔다. 바람이 그녀의 머리칼을 흔들었다. 반대편 빈 차선을 빠른 속도로 지나가는 대형 차량이 노면을 몰아치듯이 흔들었다. 에소 간판이 점점 큼직하게 다가오고 이윽고 눈에 익은 긴급 대피 공간에 아오마메는 도착했다.

주위 풍경은 전에 왔을 때와 전혀 다름이 없었다. 철책이 있고 그 곁에 비상용 전화가 든 노란 박스가 있었다.

여기가 1Q84년의 출발점이었어, 아오마메는 생각했다.

이 비상계단을 타고 아래의 246번 도로에 내려갔을 때부터 내 세계가 바뀌어버렸다. 그래서 나는 다시 한번 이 계단을 내려가보려고 한다. 지난번 이 계단을 내려갔던 건 4월 초여서 그때는 베이지색 코트를 입고 있었다. 지금은 9월 초여서 코트를 입기에는 아직 너무 덥다. 하지만 코트를 제외하면 나는 그때와 똑같은 차림이다. 시부야의 호텔에서 석유 관련 일을 하는 그 하찮은 사내를 살해했을 때와 똑같다. 준코 시마다 정장에 찰스 주르당 하이힐. 하얀 블라우스. 스타킹, 와이어가 들어간 하얀 브래지어. 나는 미니스커트가 말려올라가건 말건 개의치 않고 철책을 넘어 여기서부터 비상계단을 내려갔다.

다시 한번 똑같은 일을 해볼 것이다. 이건 어디까지나 순수한 호기심에서 나온 일이다. 그때와 똑같은 장소에서 똑같은 차림으로 똑같은 짓을 하면 과연 어떤 일이 일어날지, 나는 그저 그것이 알고 싶다. 살고 싶다는 생각 때문이 아니다. 죽는 건 별로 두렵지 않다. 그때가 되면 머뭇거리지 않을 것이다. 나는 미소를 지으며 죽을 수 있으리라. 하지만 아오마메는 어떻게 된 일인지 이해하지도 못한 채, 무지한 인간으로 죽고 싶지는 않았다. 스스로 시도해볼 수 있는 만큼은 시도해보고 싶다. 만일 안 된다면 거기서 포기하면 된다. 하지만 마지막 순간까지 할 만큼은 해본다. 그게 내가 사는 방식이다.

아오마메는 철책 위로 몸을 내밀어 비상계단을 찾았다. 하지만 그곳에 비상계단은 없었다.

몇 번을 봐도 마찬가지였다. 비상계단은 사라지고 없었다.

아오마메는 입술을 깨물며 얼굴을 찌푸렸다.

장소를 착각한 게 아니다. 분명히 이 긴급 대피 공간이었다. 주위 풍경도 똑같고 에소 광고판이 바로 눈앞에 있다. 1984년의 세계에서는 비상계단이 그곳에 존재했었다. 그 기묘한 택시 운전기사가 알려준 대로 아오마메는 그 계단을 쉽게 찾아낼 수 있었다. 그리고 철책을 넘어 그 계단을 내려갈 수 있었다. 하지만 1Q84년의 세계에는 비상계단이 더이상 존재하지 않는다.

출구는 막혀버린 것이다.

아오마메는 찌푸린 얼굴을 원래대로 되돌리고, 주의깊게 주위를 둘러보고 다시 한번 에소 광고판을 올려다보았다. 급유호스를 손에 들고 꼬리를 위로 쳐든 호랑이도 이쪽을 곁눈질하며 즐거운 듯 미소 짓고 있었다. 최고로 행복해, 이보다 더 만족스러운 일은 결코 없어, 라는 듯이.

당연한 일이야, 아오마메는 생각했다.

그래, 처음부터 알고 있었다. 호텔 오쿠라의 스위트룸에서 그녀의 손에 죽어가기 전에 리더도 분명히 그렇게 말했다. 1Q84년에서 1984년으로 되돌아가는 길은 없다. 이 세계에 들어오는 문은 한쪽 방향으로밖에는 열리지 않는다, 고.

그래도 아오마메는 자신의 두 눈으로 그 사실을 확인하지 않을 수 없었다. 그것이 그녀의 본성이다. 그리고 그녀는 그 사실을 확인했다. 끝. 증명은 끝났다. Q. E. D.

아오마메는 철책에 기대어 서서 하늘을 올려다보았다. 두말할 것 없이 맑은 날씨다. 깊은 청색을 배경으로 가늘고 곧은 구름이 몇 줄기 떠 있었다. 한참 저멀리까지 하늘을 내다볼 수 있다. 도시의 하늘이 아닌 것 같다. 하지만 달은 어디에서도 보이지 않았다. 달은 어디로 가버렸을까. 뭐, 됐어. 달은 달이다. 나는 나다. 우리에게는 저마다의 삶이 있고 저마다의 예정이 있다.

페이 더너웨이라면 아마도 이 장면쯤에서 가느다란 담배를 꺼내 물고 라이터로 쿨하게 불을 붙일 것이다. 눈을 가늘게 뜨고 우아하게. 하지만 아오마메는 담배를 피우지 않아서 담배도 라이터도 없다. 그녀의 가방 속에 있는 것은 레몬맛 목캔디 정도다. 거기에 더하여 강철로 만든 9밀리 자동권총과 지금까지 몇몇 사내들의 목덜미를 찔러온 특제 아이스픽. 두 가지 모두 담배보다 약간 더 치명적인지도 모른다.

그녀는 정체에 발이 묶인 자동차 행렬에 시선을 던졌다. 사람들은 저마다의 차 안에서 열심히 아오마메를 쳐다보고 있었다. 당연하다. 수도고속도로를 유유히 걸어가는 일반시민의 모습을 목격하는 건 그리 자주 있는 일이 아니다. 그것이 젊은 여자이고 보면 더욱 그렇다. 게다가 이 여자는 미니스커트에 구두 굽이 날렵한 하이힐을 신고, 초록색 선글라스를 끼고, 입가에는 미소를 띠고 있다. 쳐다보지 않는 사람이 이상한 거다.

노상에 서 있는 차들의 대부분은 대형 수송트럭이었다. 많은 물자가 여러 곳에서 도쿄로 실려오고 있었다. 그들은 아마도 밤새 운전을 하고 왔을 터였다. 그리고 지금, 아침의 숙명적인 정체에 휘말렸다. 운전기사들은 따분하고 지겹고 지쳐 있었다. 목욕을 하고 수염을 밀고 어서 누워 자고 싶다고 생각하고 있었다. 그들이 원하는 것은 오직 그것뿐이다. 그들은 한 번도 본 적 없는 진기한 동물을 보듯이 그저 멍하니 아오마메의 모습을 바라보고 있었다. 적극적으로 어떤 일에 관여하기에는 그들은 너무도 지쳐 있었다.

수많은 수송트럭 사이에, 마치 투박한 코뿔소들 틈에 잘못 끼어든 날렵한 영양처럼 은색 메르세데스 벤츠 쿠페 한 대가 섞여 있었다. 막 뽑은 새 차인지 그 아름다운 차체는 떠오르는 아침 해를 눈부시게 반사하고 있었다. 허브캡도 차체의 색깔에 맞춰져 있었다. 운전석 창유리가 내려졌고 잘 차려입은 중년여자가 가만히 이쪽을 지켜보고 있었다. 지방시 선글라스. 핸들에 얹은 손도 보인다. 반지가 반짝이고 있다.

그녀는 언뜻 보기에도 매우 친절한 성품일 것 같다. 아무래도 아오마메를 몹시 걱정하는 눈치다. 고속도로 노상에서 말끔한 정장 차림의 젊은 여자가 혼자서 뭘 하려는 거지, 무슨 일이 있었나, 그녀는 그렇게 의아해하고 있다. 아오마메에게 어떻게든 말을 건네려고 하고 있다. 아마 부탁하면 어딘가까지 태워다줄지도 모른다.

아오마메는 끼고 있던 레이밴을 벗어 상의 가슴께의 주머니에 넣었다. 선명한 아침 햇살에 눈을 가늘게 뜨고 양쪽 콧날에 찍힌 안경 자국을 손끝으로 문질렀다. 혀로 마른 입술을 핥았다. 희미한 립스틱 맛이 났다. 맑게 갠 하늘을 올려다보고, 그리고 확인하듯 발 아래를 한번 더 내려다보았다.

그녀는 숄더백을 열고 천천히 헤클러&코흐를 꺼냈다. 숄더백을 발밑에 내려놓고 두 손을 자유롭게 했다. 왼손으로 총의 안전장치를 풀고 슬라이드를 당기고 탄환을 약실에 보냈다. 그 일련의 동작은 재빠르고 정확했다. 경쾌한 소리가 주위에 퍼졌다. 그녀는 총을 손안에서 슬쩍 흔들어 그 무게를 확인했다. 총 자체의 무게가 480그램, 거기에 탄환 일곱 발의 무게가 플러스된다. 괜찮아, 탄환은 틀림없이 장전되어 있어. 그녀는 그 무게의 차이를 감지할 수 있었다.

아오마메는 일자로 다문 입가에 아직 미소를 머금고 있었다. 사람들은 아오마메의 그런 동작을 멍하니 지켜보았다. 그녀가 가방에서 총을 꺼내는 것을 보고도 아무도 놀라지 않았다. 적어도 놀랐다는 표정을 얼굴에 드러내지는 않았다. 그게 진짜 총이라고는 생각하지 않는지도 모른다. 하지만 이건 진짜 총이야, 아오마메는 생각했다.

그리고 아오마메는 총목을 위로 해서 총구를 입 안에 넣었다. 총구는 똑바로 대뇌를 겨냥했다. 의식이 깃들어 있는 회색 미궁을.

기도문은 굳이 생각할 필요도 없이 자동적으로 흘러나왔다. 총구를 입에 찔러넣은 채 그녀는 빠른 어조로 그것을 읊었다. 무슨 말을 하는지 아무도 알아듣지 못하리라. 하지만 상관없다. 신에게만 들리면 된다. 자신이 입에 올린 그 기도문의 내용을 어린 시절의 아오마메는 거의 이해하지 못했다. 하지만 그 일련의 말들은 그녀의 뼛속까지 스며 있었다. 학교에서 급식을 먹기 전에도 반드시 기도를 해야 했다. 혼자서, 하지만 큰 소리로. 주위 사람들의 호기심의 눈초리나 비웃음에 신경쓸 것 없다. 중요한 건 신께서 너를 보고 있다는 것이다. 어느 누구도 그 눈에서 도망칠 수 없다.

빅 브라더는 너를 보고 있다.

하늘에 계신 주님이시여. 당신의 이름이 영원히 거룩한 여김을 받으시오며, 당신의 왕국이 우리에게 임하옵시며, 우리의 수많은 죄를 사하여주시옵소서. 우리의 보잘것없는 삶에 당신의 축복을 주시옵소서. 아멘.

새 메르세데스 벤츠의 핸들을 잡은 고운 얼굴의 중년여자는 아직도 아오마메의 얼굴을 골똘히 쳐다보고 있었다. 그녀는―주위의 다른 사람들과 마찬가지로―아오마메가 손에 든 권총의 의미를 제대로 이해하지 못한 것 같았다. 제대로 이해했다면 그녀는 아마 내게서 시선을 거두었을 것이다. 아오마메는 그렇게 생각했다. 뇌수가 주위에 산산이 흩어지는 광경을 목격한다면 오늘 점심도 저녁도 아마 입에 넣지 못할 테니까. 그러니 내 말 들어요, 눈을 돌리라구요. 아오마메는 그녀를 향해 무언의 말을 건넸다. 나는 이를 닦고 있는 게 아니에요. 헤클러＆코흐라는 독일제 자동권총을 입 속에 처넣고 있다구요. 기도도 다 올렸어. 그게 무슨 뜻인지 알잖아요?

내가 보내는 충고. 중요한 충고예요. 눈을 돌리고 아무것도 보지 말고 이제 막 뽑은 은색 메르세데스 쿠페를 운전해서 그대로 집에 돌아가요. 당신의 소중한 남편과 아이들이 기다리는 예쁜 집으로. 그리고 당신의 평온한 생활을 계속하라구요. 이건 당신 같은 사람이 볼 일이 아니에요. 이건 추한 진짜 권총이라구요. 일곱 발의 추한 9밀리 탄알이 장전되어 있죠. 그리고 안톤 체호프도 말했듯이, 이야기 속에 일단 권총이 등장했다면 그건 어딘가에서 발사되어야 한다구요. 그게 이야기라는 것이 가진 의미거든요.

하지만 중년여자는 어떻게 해도 아오마메에게서 눈을 돌리지 않았다. 아오마메는 포기하고 가만히 고개를 저었다. 미안하지만 더이상은 기다릴 수 없어. 타임 업. 슬슬 쇼를 시작하자.

타이거를 당신 차에.

"호우호우." 리듬을 맞추는 역할의 리틀 피플이 말했다.

"호우호우." 나머지 여섯 명이 합창했다.

"덴고." 아오마메는 말했다. 그리고 방아쇠에 건 손가락에 힘을 주었다.

제24장 덴고

Q

아직 온기가 남아 있는 동안에

오전중에 도쿄 역을 떠나는 특급열차를 타고 덴고는 다테야마로 향했다. 거기서 역마다 정차하는 보통열차로 갈아타고 지쿠라까지 갔다. 깨끗하게 맑은 아침이다. 바람이 없고 바다에도 파도는 거의 보이지 않았다. 여름도 벌써 멀찌감치 물러가서, 반소매 셔츠 위에 얇은 면재킷 정도의 차림이 적당했다. 해수욕객이 빠져나간 바닷가 마을은 예상 외로 한산하고 인적이 없었다. 정말로 고양이 마을이 되어버린 것 같다고 덴고는 생각했다.

역 앞에서 간단히 식사를 마치고 택시를 탔다. 요양소에 도착한 건 한시 넘어서였다. 지난번의 그 중년 간호사가 접수처에서 덴고를 맞아주었다. 간밤에 전화를 받은 여자다. 다무라 간호사. 그녀는 덴고의 얼굴을 기억하고 있어서 처음 왔을 때보다 더 상냥하게 대해주었다. 아주 조금이지만 미소까지 내보였다. 덴고가 이번에는 깔끔한 차림을 하고 온 것도 얼마간 영향이 있었는지도 모른다.

그녀는 우선 식당으로 덴고를 안내하고 커피를 내주었다. "여기서 잠깐만 기다려요. 선생님이 나오실 거예요." 그녀는 말했다. 십여 분 뒤에 담당 의사가 타월로 손을 닦으며 나왔다. 뻣뻣한 머리칼에 백발이 섞이기 시작한 걸 보면 나이는 오십 전후일 것이다. 뭔가 작업을 하던 중이었는지 흰 가운은 입고 있지 않았다. 회색 스웨트셔츠에 똑같이 스웨트바지, 오래 신어 낡은 조깅슈즈 차림에 체격도 좋아서 요양소 의사라기보다 2부 리그에서 아무리 해도 올라가지 못하는 대학 운동부 코치처럼 보였다.

의사의 말은 간밤에 전화로 했던 것과 대강 똑같은 내용이었다. 유감스럽지만 지금으로서는 의학적으로 손쓸 만한 방법이 거의 없다고 의사는 안타깝다는 듯이 말했다. 표정이나 말투로 봐서 그의 심정은 진심인 것 같았다.

"아드님이 자꾸 말을 걸고 격려를 해드려서 살아야겠다는 의욕을 불어넣는 것밖에는 더이상 방법이 없을 거 같아요."

"제가 말하는 게 아버지에게 들릴까요?" 덴고는 물었다.

의사는 미지근한 녹차를 마시며 난처한 얼굴을 했다. "솔직히 그건 나도 모르겠어요. 아버님은 지금 혼수상태예요. 불러도 신체적인 반응은 전혀 없어요. 하지만 깊은 혼수상태라고 해도 사람에 따라서는 주위의 말소리가 들리는 경우가 있고, 그 내용을 어느 정도 이해하는 일도 있어요."

"하지만 겉으로 봐서는 그 차이를 알 수 없군요."

"그건 알 수 없지요."

"저녁 여섯시쯤까지 여기 있을 수 있습니다." 덴고는 말했다. "그동안 아버지 곁에서 최대한 말을 걸어보겠습니다."

"만일 뭔가 반응이 보이면 알려주세요." 의사는 말했다. "나는 이 근처 어딘가에 있을 테니까."

젊은 간호사가 아버지가 누워 있는 방으로 덴고를 안내했다. 그녀는 '아다치安達'라는 이름표를 달고 있었다. 아버지는 새로운 병동의 일인실에 옮겨져 있었다. 좀더 중증의 환자를 위한 병동이다. 톱니바퀴가 한 칸 앞으로 나아간 것이다. 여기서 더 옮겨갈 곳은 없다. 좁고 길고 냉담한 병실이었다. 침대가 방 면적의 반 가까이를 차지하고 있었다. 창밖에는 방풍 역할을 하는 소나무 숲이 펼쳐졌다. 빽빽하게 들어찬 소나무 숲은 그 요양소를 활기 있는 현실세계와 갈라놓는 큰 칸막이벽처럼 보였다. 간호사가 나가자 덴고는 천장에 얼굴을 향하고 잠들어 있는 아버지와 둘만 남았다. 그는 침대 곁에 놓인 작은 목제 스툴에 앉아 아버지의 얼굴을 보았다.

침대 머리맡에는 링거액 스탠드가 있고 비닐팩 안의 액체가 튜브를 타고 팔의 혈관으로 들어가고 있다. 요도에도 배설을 위한 튜브가 삽입되었다. 하지만 살펴보니 배뇨량은 놀랄 만큼 적었다. 아버지는 그 전달에 왔을 때보다 다시 한 단계 작게 오그라든 것처럼 보였다. 완전히 살이 빠진 뺨과 턱에는 대략 이틀분의 흰 수염이 나 있다. 원래 눈은 우묵하게 들어간 편이었지만 그 우묵함이 전보다 한층 깊어졌다. 뭔가 전문적인 도구를 사용하여 안구를 그 웅덩이에서 끌어낼 필요가 있는 게 아닌가 싶을 정도였다. 양쪽 눈꺼풀은 그 깊은 웅덩이에 셔터라도 내린 것처럼 굳게 닫혔고 입은 아주 조금 벌어져 있었다. 숨소리는 들리지 않았지만 귀를 바로 옆에 갖다대면 희미한 공기의 흔들림이 감지되었다. 최소한의 생명유지가 그곳에서 은밀히 이루어지는 것이다.

전날 밤 의사가 전화로 말했던 '마치 열차가 조금씩 속도를 늦추며 정지를 향할 때처럼'이라는 표현이 몹시 리얼하게 느껴졌다. 아버지라는 열차는 서서히 속도를 늦추고 타성의 힘이 다하기를 기다려 아무것도 없는 휑한 평원의 한복판에 조용히 정지하려 하고 있다. 단 하나의 위안이라면 차 안에 이미 한 사람의 승객도 남아 있지 않다는 것이다. 열차가 이대로 정지해도 그것 때문에 불만을 제기하고 나설 사람은 없다.

뭔가 말을 걸어야 한다고 덴고는 생각했다. 하지만 무엇을 어떻게, 어떤 목소리로 말해야 좋을지 덴고는 알지 못했다. 말을 하자고 생각하면서도 의미를 가진 단어는 전혀 머릿속에 떠오르지 않았다.

"아버지." 그는 우선 작은 목소리로 속삭이듯이 말해보았다. 하지만 그다음 말이 이어지지 않았다.

그는 스툴에서 몸을 일으켜 창가로 가서 손질이 잘된 잔디 정원과 소나무 숲 위로 펼쳐진 높은 하늘을 바라보았다. 커다란 안테나 위에 까마귀 한 마리가 앉아 햇빛을 몸에 받으며 사려 깊게 주위를 흘겨보고 있었다. 침대 베갯머리에는 자명종 시계가 달린 트랜지스터 라디오가 놓여 있었지만, 아버지는 그중 어떤 기능도 필요로 하지 않았다.

"덴고예요. 아까 도쿄에서 왔어요. 내 목소리 들려요?" 그는 창가에 선 채 아버지를 굽어보듯이 하고서 말했다. 반응은 전혀 없다. 그가 내보낸 목소리는 한순간 공기를 흔든 뒤, 방 안에 굳건히 자리잡은 공백 속으로 흔적도 없이 빨려들었다.

아버지는 죽으려 하고 있다, 고 덴고는 생각했다. 깊게 파인 눈을 보면 그걸 알 수 있다. 그는 이제 그만 생명을 마치자고 마음을 정한 것이다. 그리고 눈을 감고 깊이 잠들었다. 어떤 말을 건네도 어떻게 격려해도 그 결심을 뒤집는 건 불가능하리라. 의학적으로 보면 아직 살아 있다. 하지만 아버지에게 인생은 이미 종료되었다. 그리고 노력해서 그것을 연장할 이유도 의지도, 그 안에는 이미 남아 있지 않았다. 덴고가 할 수 있는 일은 아버지의 희망을 존중하여 그대로 조용히, 편안히 죽게 해주는 것 정도다. 아버지는 매우 평온한 얼굴을 하고 있다. 지금으로서는 고통은 전혀 느끼지 않는 것 같다. 의사가 전화로 말했던 대로 그것이 유일한 위안이었다.

그래도 덴고는 아버지에게 뭔가 말을 건네야 했다. 첫째로는 그것이 의사와의 약속이기 때문이다. 의사는 아무래도 친 혈육 같은 마음으로 아버지를 돌봐주고 있는 모양이었다. 그리고 또 한 가지, 거기에는—딱 들어맞는 적당한 표현이 생각나지 않지만—예의의 문제가 있었다. 벌써 아주 오랫동안 덴고는 아버지와 한자리에서 긴 이야기를 나눠본 적이 없었다. 일상적인 대화조차 제대로 하지 않았다. 마지막으로 이야기다운 이야기를 해본 건 아마도 중학생 때다. 그뒤, 덴고는 기숙사에서 지내며 거의 집에 가지 않았고, 볼일이 있어서 들러도 아버지와 얼굴을 마주하는 건 되도록 피했다.

하지만 아버지는 지금 깊은 혼수상태에 빠진 채 그 앞에서 고요히 죽어가려 하고 있다. 자신이 친아버지가 아니라는 것을 덴고에게 사실상 털어놓고, 그걸로 마침내 어깨의 무거운 짐을 내려놓을 수 있어서 안도한 것처럼도 보였다. 우리는 각자 어깨의 무거운 짐을 내려놓을 수 있었던 것이다. 아슬아슬한 때에.

아마도 핏줄로 이어진 건 아니라 해도, 그래도 덴고를 호적상의 아들로 받아주고 자립할 수 있을 때까지 돌봐준 건 이 사람인 것이다. 그만큼의 은혜는 있다. 자신이 지금까지 어떻게 살아왔는지, 어떤 것을 생각하며 살아왔는지, 그것을 일단 보고해둘 의무는 있을 것이다. 덴고는 그렇게 생각했다. 아니, 의무라는 게 아니다. 그건 어디까지나 예의의 문제다. 내가 하는 말이 아버지의 귀에 들어가기나 할지, 그것이 뭔가 도움이 되기는 할지, 그런 것과는 관계없이.

덴고는 다시 침대 옆의 스툴에 앉아 자신이 지금까지 살아온 인생의 대략적인 줄거리를 말하기 시작했다. 고등학교에 입학하고 집을 나와 유도부 기숙사에서 살기 시작했을 무렵부터. 그때부터 그의 생활과 아버지의 생활은 거의 모든 접점을 잃고, 두 사람은 서로가 무엇을 하며 사는지 전혀 관여하지 않는 상태가 되었다. 그 거대한 공백을 최대한 채워놓는 게 좋을지도 모른다.

하지만 덴고의 고등학교 시절에 대해서는 말할 만한 것이 별로 없었다. 그는 유도부의 위세가 강하기로 소문난 지바 현의 사립고교에 입학했다. 좀더 점수가 높은 고등학교에 가는 것도 충분히 가능했지만, 그 고등학교에서 제시한 조건이 가장 좋았다. 학비 면제, 게다가 하루 세 끼가 나오는 기숙사도 마련되어 있었다. 덴고는 그 학교에서 유도부의 중심선수가 되어 연습 틈틈이 공부를 하고(딱히 열심히 공부하지 않아도 그 학교에서라면 톱클래스의 성적을 거뜬히 유지할 수 있었다), 휴가중에는 유도

부 친구들과 육체노동 아르바이트를 해서 용돈을 벌었다. 아무튼 해야 할 일이 너무 많아서 아침부터 밤까지 시간에 쫓기는 나날이었다. 삼 년 동안의 고등학교 생활에 대해서는 바빴다는 것 말고는 이렇다 하게 이야기할 게 없었다. 특별히 즐거운 일도 없었고 친한 친구도 생기지 않았다. 학교도 이런저런 까다로운 규칙이 많아서 전혀 좋아할 수 없었다. 유도부 친구들과는 적당히 분위기를 맞춰가며 어울리기는 했지만, 기본적으로 그들과는 말이 통하지 않았다. 솔직히 말해 덴고는 유도라는 경기에 진심으로 몰두했던 적은 한 번도 없었다. 자립하기 위해서는 유도에서 좋은 성적을 거두는 게 필요했기 때문에, 주위의 기대를 저버리지 않도록 착실히 연습에 임했을 뿐이다. 덴고에게 그건 스포츠라기보다 살아남기 위한 현실적인 방편이었다. 직업이라고 해도 무방할 것이다. 한시라도 빨리 이따위 학교는 졸업하고 싶다, 좀 더 제대로 된 생활을 하고 싶다고 생각하면서 그는 고교 삼 년을 보냈다.

하지만 대학에 들어가서도 유도는 계속했다. 기본적으로는 고등학교 시절과 똑같은 생활이었다. 유도부 활동을 하면 기숙사에 들어갈 수 있어서 잠자리와 먹을 것은(어디까지나 최소한의 수준이지만) 해결되었기 때문이다. 장학금은 받았지만 장학금만으로는 도저히 생활해나갈 수 없다. 그래서 유도를 계속할 필요가 있었다. 물론 전공은 수학이었다. 나름대로 공부도 착실히 했기 때문에 대학에서도 성적은 좋았고, 지도교수는 대학원에 진학하라고 권했다. 하지만 3학년, 4학년으로 올라가면서 학문으로서의 수학에 대한 열정 같은 것이 덴고 안에서 급속히 사라져갔다. 수학 그 자체는 변함없이 좋았다. 하지만 그 연구를 직업으로 하는 건 아무래도 내키지 않았다. 유도의 경우와 마찬가지다. 아마추어로서는 상당히 괜찮은 수준이지만, 거기에 평생을 걸 정도의 자질도 의욕도 갖고 있지 않았다. 스스로도 그것을 잘 알고 있었다.

수학에 대한 관심이 옅어지자, 그리고 대학 졸업이 코앞에 닥쳐 더이상 유도를 계속할 이유가 소멸되자, 앞으로 무엇을 해야 좋을지, 어떤 길로 나아가야 할지, 덴고는 도통 알 수가 없었다. 그의 인생은 중심을 잃어버린 것 같았다. 애초부터 중심이 없는 인생이기는 했지만, 그때까지는 그래도 남들이 그에게 뭔가를 기대하고 요구했었다. 거기에 응하는 것으로 그의 인생은 나름대로 바쁘게 돌아갔다. 하지만 그 요구나 기대가 사라져버리자 그다음에는 이렇다 할 게 아무것도 남지 않았다. 인생의 목적도 없다. 친구 하나 없다. 그는 잔잔한 물결 같은 정적 속에 홀로 남겨졌다. 어떤 일에도 신경을 제대로 집중할 수 없었다.

대학에 다니는 동안 걸프렌드도 몇 명 있었고, 성경험도 가졌다. 덴고는 일반적인 의미에서 핸섬한 편도 아니고, 사교적인 성격도 아니고, 딱히 말을 재미있게 하는 것도 아니다. 항상 돈에 허덕였고, 입고 다니는 옷도 볼품이 없었다. 하지만 어떤 종류의 식물의 냄새가 모기를 불러들이듯이 덴고는 어떤 부류의 여자를 끌어들일 수 있었다. 그것도 상당히 강하게.

스무 살이 되었을 무렵(학문으로서의 수학에 대한 열의를 잃기 시작했던 것과 거의 같은 시기다) 그는 그런 사실을 발견했다. 자기 자신은 가만히 있어도 관심을 갖고 다가오는 여자들이 언제나 주위에 있었다. 그녀들은 그의 굵은 팔에 안기고 싶어했다. 혹은 적어도 안기는 것을 거부하지는 않았다. 처음에는 그런 상황을 잘 이해하지 못해 상당히 당황스러웠지만, 이윽고 요령 같은 것을 터득해서 그 능력을 적절히 사용할 수 있었다. 그리고 그 이래로 여자가 아쉬웠던 일은 거의 없었다. 하지만 그 자신은 그같은 여자들에 대해 적극적인 연애감정을 가진 일이 없었다. 그저 그녀들과 어울리고 육체적인 관계를 가질 뿐이었다. 서로 공백을 메울 뿐이었다. 이상하다고 하면 물론 이상한 얘기지만, 그에게 끌리는 여자에게 그가 강하게 끌린 일은 단 한 번도 없었다.

덴고는 그런 저간의 사정을 의식이 없는 아버지를 향해 말했다. 처음에는 말을 골라가며 천천히, 그러다가 매끄럽게, 마지막에는 적잖이 열기를 담아. 성적인 문제에 대해서도 그는 할 수 있는 한 솔직하게 말했다. 지금 와서 새삼 부끄러워할 것도 없다고 덴고는 생각했다. 아버지는 자세를 흩뜨리는 일 없이, 반듯하게 누운 채 계속 깊은 잠을 자고 있었다. 숨소리도 바뀌지 않았다.

세시 조금 전에 간호사가 와서 링거액이 든 비닐팩을 교환하고 오줌이 찬 주머니를 새것으로 갈고 체온을 쟀다. 통통한 삼십대 중반의 간호사였다. 가슴도 큼직하다. 그녀의 이름표에는 '오무라大村'라고 새겨져 있었다. 머리를 단단히 묶고 거기에 볼펜을 꽂고 있었다.

"뭐 특이한 일은 없었어요?" 그녀는 그 볼펜으로 서류철 용지에 숫자를 기록하면서 덴고에게 물었다.

"아무 일도 없었어요. 계속 깊이 자고 있어요." 덴고는 말했다.

"무슨 일이 생기면 저 버튼을 눌러요." 그녀는 머리맡에 매달린 호출 스위치를 가리켰다. 그리고 볼펜을 다시 머리채 속에 꽂았다.

"예, 그렇게 할게요."

간호사가 나가고 잠시 뒤에 짧게 문을 두드리는 소리가 나고 안경을 쓴 다무라 간호사가 문틈으로 얼굴을 내밀었다.

"점심 드셔야죠? 식당에 가면 뭔가 먹을 수 있는데."

"고마워요. 하지만 아직 배고프지 않아요." 덴고는 말했다.

"아버님은 좀 어때요?"

덴고는 고개를 끄덕였다. "계속 이야기를 했어요. 들리는지 안 들리는지 잘 모르겠지만."

“말을 많이 걸어드리는 건 아주 좋아요.” 그녀는 말했다. 그리고 격려해주듯이 미소 지었다. “괜찮아요. 틀림없이 아버님이 다 들으실 거니까.”

그녀는 살그머니 문을 닫았다. 좁은 병실 안에서 덴고와 아버지는 다시 둘만 남았다.

덴고는 이야기를 계속했다.

대학을 졸업하고 도내 입시학원에 다니며 수학을 가르치게 되었다. 그는 더이상 장래가 촉망되는 수학 신동도 아니고, 유망한 유도선수도 아니었다. 그저 학원강사다. 하지만 그것이 덴고는 좋았다. 그는 거기서 겨우 한숨 돌릴 수 있었다. 태어나서 처음으로 어느 누구의 눈치도 보는 일 없이 자기 혼자 자유로운 생활을 보낼 수 있었다.

그는 이윽고 소설을 쓰기 시작했다. 몇 편의 작품을 써서 출판사 신인상에 응모했다. 그러다가 고마쓰라는 성깔 있는 편집자를 알게 되었고, 후카에리(후카다 에리코)라는 열일곱 살 소녀가 쓴 「공기 번데기」의 리라이팅 작업을 떠맡았다. 후카에리는 이야기는 만들어낼 수 있지만 문장을 쓰는 능력이 없었기 때문에 덴고가 그 역할을 담당했다. 그는 그 일을 잘해서 작품은 문예지의 신인상을 수상하고 책으로 출간되고 베스트셀러가 되었다. 「공기 번데기」는 지나치게 화제를 불러일으켜 심사위원들이 꺼리는 작품이 되는 바람에 아쿠타가와 상을 받는 데는 실패했지만, 고마쓰의 솔직한 표현을 빌리자면, "그딴 거 필요 없어"라고 할 정도로 책은 잘 팔렸다.

자신이 하는 말이 아버지의 귀에 가 닿는지 어떤지, 덴고는 자신이 없었다. 만일 아버지가 듣고 있다고 해도, 과연 자신의 말을 이해했는지 어떤지 알 도리도 없었다. 반응도 없고 말할 맛도 안 났다. 그리고 만일 이해해주었다고 해도 아버지가 그런 이야기에 흥미가 있는지 어떤지도 알 수 없다. 그저 시끄럽다고 생각할지도 모른다. 남의 인생 이야기 따위 관심 없다, 이대로 조용히 자게 해달라, 그렇게 생각하는지도 모른다. 하지만 덴고는 어떻든 머릿속에 떠오른 것을 계속 이야기할 수밖에 없었다. 이 좁은 병실에서 얼굴을 바라보고 있으면서, 이야기하는 것 말고는 딱히 다른 할 일도 생각나지 않았다.

아버지는 여전히 미동조차 하지 않는다. 그의 한 쌍의 눈은 어둡고 깊은 웅덩이에서 굳게 감겨 있었다. 눈이 내려 그 웅덩이를 하얗게 덮어주기를 그저 지그시 기다리고 있는 것처럼도 보였다.

"지금으로서는 아직 잘한다고 말할 수는 없지만, 나는 가능하면 글을 써서 생활을 꾸려가고 싶어요. 남의 작품을 리라이팅하는 게 아니라 내가 쓰고 싶은 것을 내가 쓰고 싶은 대로 쓰면서.

글을 쓰는 일은, 특히 소설을 쓰는 일은 내 성격에 잘 맞는 거 같아요. 하고 싶은 일이 있다는 건 좋은 거죠. 내 안에도 드디어 그런 것이 생겼어요. 내 글이 내 이름을 달고 활자화된 일은 아직 없지만, 아마 이제 곧 어떻게든 될 거예요. 내 입으로 이런 말을 하는 것도 우습지만, 작가로서의 내 능력은 결코 나쁘지 않다고 생각해요. 제법 좋게 평가해주는 편집자도 있어요. 그래서 그 점에 대해서는 별로 걱정하지 않아요."

게다가 내게는 아무래도 리시버로서의 자격이 갖춰져 있는 것 같다, 고 덧붙여야 할지도 모른다. 아무튼 자신이 쓰고 있는 픽션의 세계에 실제로 빨려들었을 정도다. 하지만 그런 복잡한 이야기를 여기서 시작할 수는 없다. 그건 또다른 이야기다. 그는 화제를 바꾸기로 했다.

"내게 가장 절실한 문제는 지금까지 누군가를 진지하게 사랑하지 못했다는 거예요. 태어나서 지금껏 나는 누구를 무조건 좋아해본 일이 없어요. 이 사람이라면 나를 던져도 좋다고 느낀 적이 없어요. 단 한 번도."

덴고는 그렇게 말하면서 눈앞에 있는 이 추레한 노인은 그 인생 여정에서 누군가를 진심으로 사랑한 경험이 있을까, 하고 생각했다. 어쩌면 그는 덴고의 어머니를 진심으로 사랑했었는지도 모른다. 그래서 자기 핏줄이 아닌 줄 알면서도 어린 덴고를 자신의 자식으로 키워줬는지도 모른다. 만일 그렇다면 그는 정신적으로는 덴고보다 훨씬 충실한 인생을 보낸 셈이다.

"다만 예외라고 할까, 한 여자애를 아주 잘 기억하고 있어요. 이치카와 초등학교에서 3학년과 4학년 때 같은 반이었어요. 그래, 이십 년이나 지난 옛날 이야기죠. 나는 그 여자애에게 아주 강하게 마음이 끌렸어요. 내내 그 아이를 생각해왔고, 지금도 자주 생각해요. 하지만 그 아이하고 실제로는 거의 말을 해본 일도 없었어요. 그 아이가 전학을 가서 그 이후로는 만나본 적도 없어요. 하지만 최근에 무슨 일이 있어서 그녀의 행방을 찾아보기로 마음먹었어요. 내가 그녀를 필요로 한다는 것을 이제야 겨우 깨달은 거죠. 그녀를 만나 여러 가지 이야기를 하고 싶었어요. 하지만 결국 그 여자애의 행방을 찾지 못했어요. 좀더 일찍 찾았어야 했을 거예요. 그랬으면 일이 간단했을지도 모르는데."

덴고는 거기서 잠시 침묵했다. 그리고 지금까지 이야기한 내용이 아버지의 머릿속에 자리잡기를 기다렸다. 아니, 그보다는 오히려 그것이 자신의 머릿속에 자리잡기를 기다렸다. 그리고 다시 이야기를 이어나갔다.

"그래요, 내가 그런 일에 대해서는 워낙 겁이 많아요. 이를테면 내 호적을 조사해보지 않았던 것도 똑같은 이유에서죠. 어머니가 정말로 돌아가셨는지, 조사해보려고 마음먹으면 간단히 조사해볼 수 있었어요. 구청에 가서 기록을 보면 당장 알 일이니까. 실제로 몇 번 알아보려고 했었어요. 구청까지 찾아갔던 일도 있고요. 하지만 나는 도저히 서류를 신청할 수가 없었어요. 사실이 내 눈앞에 들이밀어지는 게 두려웠어요. 그래서 언젠가 어떤 계기로 자연스럽게 밝혀지기만 기다렸죠."

덴고는 한숨을 내쉬었다.

"그건 어쨌거나, 그 여자애에 대해서는 좀더 일찌감치 찾아봤어야 했어요. 어지간히 먼 길을 돌아왔어요. 하지만 나로서는 아무래도 자리를 박차고 일어설 수가 없었어요. 나는, 뭐라고 해야 할까, 마음의 문제에 대해서는 정말 겁이 많아요. 그게 치명적인 문제점이죠."

덴고는 스툴에서 일어나 창가로 다가가서 소나무 숲을 바라보았다. 바람은 잠잠해져 있었다. 바다울음 소리도 들려오지 않았다. 한 마리 큰 고양이가 정원을 걸어가고 있었다. 배가 무겁게 처진 걸 보면 새끼를 가진 모양이다. 고양이는 나무 밑동쯤에 몸을 눕히고 다리를 벌려 배를 핥기 시작했다.

그는 창가에 몸을 기대고 선 채 아버지를 향해 말했다.

"하지만 그것과는 별도로 내 인생은 최근에 드디어 변화를 이룬 거 같아요. 그런 마음이 들어요. 솔직히 말해서 나는 오래도록 아버지를 원망해왔어요. 어렸을 때부터 나는 이런 비참하고 좁아터진 곳에 있을 사람이 아니다, 좀더 혜택받은 환경에 적합한 사람이다, 그렇게 생각했어요. 내가 이런 대우를 받는 건 너무나 불공평하다고 느꼈어요. 같은 반 애들은 모두 다 행복하고 죄다 만족스러운 생활을 하는 것처럼 보였어요. 나보다 능력도 자질도 떨어지는 애들이 나하고는 비교도 안 될 만큼 즐겁게 살고 있었어요. 당신이 내 아버지가 아니면 좋겠다고 그때는 진심으로 빌었어요. 이건 뭔가 잘못된 거고, 당신은 내 친아버지가 아닐 거라고, 항상 상상했어요. 절대 한 핏줄일 리가 없다고."

덴고는 다시 한번 창밖으로 눈을 던져 고양이의 모습을 보았다. 고양이는 누군가 자신을 쳐다본다는 것도 모른 채 무심히 그 불룩한 배를 핥고 있었다. 덴고는 고양이를 바라보며 이야기를 이어갔다.

"이제는 그런 생각은 안 해요. 그런 식으로는 생각하지 않아요. 나는 내게 걸맞은 환경에서 살았고 내게 걸맞은 아버지를 가졌었다고 생각해요. 거짓말이 아녜요. 있는 그대로를 말하자면, 나는 정말 한심한 인간이었어요. 가치 없는 인간이었죠. 어떤 의미에서는 나 스스로 나를 쓸모없는 인간으로 만들어왔어요. 이제야 그걸 알겠어요. 어렸을 때 나는 분명 수학 신동이었죠. 그건 상당한 재능이었다고 나도 생각해요. 다들 나를 주목했고 치켜세웠어요. 하지만 그건 결국 어딘가 의미 있는 곳으로 발전할 전망이 없는 재능이었어요. 그건 그냥 거기에 있었을 뿐이죠. 나는 어렸을 때부터 덩치가 크고 유도도 잘했어요. 현 대회에서는 항상 괜찮은 선까지 올라갔죠. 하지만 좀더 넓은 세계로 나가면 나보다 강한 유도선수는 수없이 많았어요. 대학에서는 전국대회

출전 선수로도 뽑히지 못했죠. 그것 때문에 충격을 받고 한동안 나는 대체 뭘까 하고 고민하기도 했어요. 하지만 그건 당연한 일이었죠. 실제로 나는 아무것도 아니었으니까."

덴고는 가져온 미네랄워터의 뚜껑을 열고 한 모금 마셨다. 그리고 다시 스툴에 자리를 잡았다.

"지난번에도 말했지만, 아버지에게는 감사해요. 나는 아버지의 친아들이 아니라고 생각해요. 거의 그렇게 확신하고 있어요. 그리고 핏줄도 아닌 나를 키워준 것에 대해 감사하고 있어요. 남자 혼자 어린 자식을 키운다는 건 간단한 일이 아니었을 거예요. NHK 수금에 나를 데리고 돌아다닌 일에 대해서는 지금 생각해도 정말 지겹고 가슴도 아파요. 안 좋은 기억밖에 없어요. 하지만 아마 아버지로서는 그거 말고는 나하고 커뮤니케이션을 취할 방법이 생각나지 않았던 거죠. 뭐랄까, 그게 아버지로서는 가장 잘하는 일이었어요. 아버지와 이 사회의 유일한 접점 같은 거였죠. 그래서 그 현장을 내게 보여주고 싶었겠죠. 이제야 나도 그걸 알겠어요. 물론 아이를 데리고 다니면 수금이 잘된다는 계산도 있었겠죠. 하지만 그냥 그것만은 아니었을 거예요."

덴고는 다시 잠깐 틈을 두어 자신이 한 이야기를 아버지의 머릿속에 스며들게 했다. 그리고 그동안 자신의 생각을 정리했다.

"하지만 어렸을 때는 그런 건 물론 몰랐죠. 그냥 창피하고 괴롭기만 했어요. 일요일에 반 친구들이 신나게 놀러 다닐 때 수금하는 데 따라다녀야 한다는 게. 일요일이 돌아오는 게 너무 싫어서 죽을 지경이었어요. 하지만 지금은 어느 정도 이해할 수 있어요. 아버지가 한 일이 올바른 것이었다는 말은 아니에요. 내 마음은 상처를 입었어요. 어린아이에게 그건 힘든 일이었어요. 하지만 이미 일어나버린 일이에요. 마음에 걸려할 거 없어요. 게다가 그 덕분에 나는 나름대로 터프해질 수 있었던 거 같아요. 이 세상을 살아간다는 건 쉬운 일이 아니에요. 나는 그걸 몸으로 배웠어요."

덴고는 양손을 펴고 손바닥을 한참이나 바라보았다.

"나는 앞으로도 어떻게든 살아갈 거예요. 지금까지보다는 아마 좀더 잘, 그렇게 쓸데없이 길을 멀리 돌지 않고도 살아갈 수 있을 거 같아요. 아버지가 앞으로 어떻게 하고 싶은지, 나는 모르겠어요. 이대로 조용히, 거기서 계속 잠만 자고 싶을 수도 있겠죠. 두 번 다시 눈을 뜨지 않고서. 만일 그렇게 하고 싶다면 괜찮아요. 그렇게 해요. 만일 그러기를 원한다면, 그걸 방해하진 못해요. 그냥 푹 자게 해줄 수밖에 없어요. 하지만 그건 그렇다고 해도, 아버지한테 일단 이런 정도 얘기는 해두고 싶었어요. 내가 지금까지 해온 일. 내가 지금 생각하는 일. 이런 이야기, 아버지는 듣고 싶지 않았을지도 모르겠어요. 혹시 그렇다면 귀찮게 해서 미안해요. 하지만 어쨌든 더이상 이야기할 건 없어요. 말해두는 게 좋다고 생각하는 건 대강 다 말한 것 같아요. 이제 방해하지 않을게요. 이제는 편안하게 마음껏 푹 자도 돼요."

다섯시 넘어서 머리에 볼펜을 꽂은 오무라 간호사가 다시 찾아와 링거 양을 체크했다. 이번에는 체온은 재지 않았다.

"별일 없었어요?"

"네, 없었어요. 그냥 계속 자고 있어요." 덴고는 말했다.

간호사는 고개를 끄덕였다. "이제 곧 선생님이 나오실 거예요. 가와나 씨, 오늘은 몇시까지 여기 계실 수 있죠?"

덴고는 손목시계를 보았다. "저녁 일곱시 기차를 탈 거예요. 그러니까 여섯시 반쯤까지는 있을 거예요."

간호사는 표에 기입을 마치자 다시 볼펜을 머리에 꽂았다.

"점심쯤부터 내내 말을 걸었어요. 그런데 아무것도 안 들리는 거 같네요." 덴고는 말했다.

간호사는 말했다. "간호사 교육을 받을 때 한 가지 배운 게 있어요. 명랑한 말은 사람의 고막을 밝게 흔든다는 거예요. 명랑한 말에는 밝은 진동이 있어요. 그 내용이 상대에게 이해되든 안 되든 고막이 물리적으로 밝게 떨린다는 점은 달라지지 않아요. 그래서 우리는 환자분께 들리건 들리지 않건, 아무튼 큰 소리로 명랑한 말을 건네라고 배웠어요. 뭐, 이론이야 어찌됐건, 그건 틀림없이 도움이 되는 일이니까요. 경험적으로도 그렇게 생각해요."

덴고는 거기에 대해 잠시 생각했다. "고마워요." 덴고는 말했다. 오무라 간호사는 가볍게 고개를 끄덕이고 재빠른 걸음으로 방을 나갔다.

덴고와 아버지는 그후 오래도록 침묵을 지키고 있었다. 덴고에게는 이제 더이상 이야기해야 할 것이 없었다. 하지만 침묵은 딱히 불편하지 않았다. 오후의 햇살이 서서히 엷어지고 황혼의 기척이 주위에 감돌았다. 마지막 햇살이 방 안을, 소리 없는 가운데 살금살금 이동해갔다.

달이 두 개라는 건 아버지에게 말했던가, 덴고는 문득 생각했다. 아직 말을 하지 않은 것 같았다. 덴고는 지금, 두 개의 달이 하늘에 떠 있는 세계에 살고 있다. "그건 몇 번을 봐도 아주 신기한 풍경이야." 덴고는 그렇게 말하고 싶었다. 하지만 지금 여기서 그런 이야기를 꺼내봤자 별수없을 거라는 마음이 들었다. 하늘에 달이 몇 개가 있건, 아버지에게는 이미 아무러나 상관없는 일이다. 그건 덴고가 앞으로 혼자서 대처해나가야 하는 문제다.

게다가 이 세계에 (혹은 그 세계에) 달이 한 개밖에 없건, 두 개가 있건 세 개가 있건, 결국 덴고라는 인간은 단 한 사람밖에 없다. 거기에 과연 어떤 차이가 있을까. 어디에 있더라도 덴고는 덴고일 뿐이다. 고유의 문제를 안고 있고, 고유의 자질을 가진 한 명의 똑같은 인간에 지나지 않는다. 그렇다, 이야기의 포인트는 달에 있는 게 아니다. 나 자신에 있는 것이다.

삼십 분쯤 뒤에 다시 오무라 간호사가 찾아왔다. 왜 그런지 그녀의 머리에는 이제 볼펜이 꽂혀 있지 않았다. 볼펜은 어디로 간 거지? 그것이 왠지 몹시 마음에 걸렸다. 두 명의 남자 직원이 이동용 침대를 굴리며 함께 들어왔다. 두 사람 모두 땅딸막하고 얼굴빛이 거무스레했다. 그리고 전혀 입을 열지 않았다. 외국인처럼도 보였다.

"가와나 씨, 아버님을 검사실로 모셔가야 해요. 그동안 여기서 좀 기다리실래요?" 간호사는 말했다.

덴고는 손목시계를 보았다. "어디 상태가 좋지 않아요?"

간호사는 고개를 저었다. "아뇨, 그런 게 아니에요. 이 방에는 검사용 기계가 없어서 그쪽까지 모셔가는 것뿐이에요. 특별한 일은 아니랍니다. 끝나고 선생님 말씀이 있으실 거예요."

"알겠습니다. 여기서 기다리죠."

"식당에 가면 따뜻한 차를 마실 수 있는데. 잠깐 쉬시는 게 좋아요."

"고마워요." 덴고는 말했다.

두 명의 남자는 링거액 튜브를 단 채로, 아버지의 여윈 몸을 가만히 안아올려 바퀴 달린 침대로 옮겼다. 두 사람은 링거 스탠드와 함께 침대를 복도로 밀고 나갔다. 몹시 잰 솜씨였다. 그리고 역시 말은 없었다.

"그렇게 오래 걸리지는 않아요." 간호사는 말했다.

하지만 아버지는 오래도록 돌아오지 않았다. 창문으로 들어오는 햇살은 점점 약해져갔다. 하지만 덴고는 방의 불을 켜지 않았다. 불을 켜면 그곳에 있는 뭔가 중요한 것이 손상되고 말 것 같았기 때문이다.

침대에는 아버지의 형태가 우묵하게 남아 있었다. 그다지 몸무게가 나가지도 않을 텐데, 그래도 아버지는 그 또렷한 형태를 뒤에 남기고 갔다. 그 우묵한 자리를 바라보는 사이에 덴고는 자신이 이 세계에 달랑 혼자 남겨진 듯한 마음이 들었다. 일단 오늘 해가 저물어버리면 두 번 다시 새벽이 오지 않는 게 아닐까 하는 마음마저 들었다.

스툴에 앉아 저녁 어스름에 물든 채 덴고는 똑같은 자세 그대로 오랫동안 생각에 빠져 있었다. 그리고 문득 자신이 사실은 아무것도 생각하지 않는다는 것을 깨달았다. 그저 한없는 공백 속에 몸을 담그고 있었을 뿐이다. 그는 천천히 의자에서 일어나 세면실로 가서 볼일을 봤다. 차가운 물로 얼굴도 씻었다. 손수건으로 얼굴을 훔치고 거울에 자신의 얼굴을 비춰보았다. 간호사가 했던 말이 생각나서 아래층 식당으로 내려가 따뜻한 녹차를 마셨다.

이십 분쯤 시간을 때우고 병실로 돌아왔을 때, 아버지는 아직 그곳에 돌아와 있지 않았다. 하지만 그 대신 아버지가 남기고 간

침대의 우묵한 자리 위에는 한 번도 본 적이 없는 하얀 물체가 놓여 있었다.

그것은 길이가 1미터 4, 50센티미터 정도이고, 아름답고 미끈한 곡선을 그리고 있었다. 언뜻 보면 땅콩 비슷한 모양이고, 표면은 부드럽고 짧은 깃털 같은 것으로 뒤덮여 있다. 그리고 그 깃털은 희미한, 하지만 빈틈없이 매끈한 광채를 발하고 있었다. 시시각각 어둠이 더해가는 방 안에서 엷은 청색이 섞인 빛이 은은하게 그 물체를 감싸고 있었다. 마치 아버지가 남기고 간 개인적인 잠깐의 빈 공간을 채우듯이, 그것은 침대 위에 아무도 모르게 누워 있었다. 덴고는 문 앞에서 발을 멈추고 손잡이를 잡은 채 그 신비한 물체를 한동안 찬찬히 바라보았다. 그의 입술은 움직임 비슷한 것을 보였지만 말은 나오지 않았다.

대체 이건 뭐지? 덴고는 그곳에 가만히 선 채 눈을 가늘게 뜨고 자신에게 물었다. 어째서 아버지 대신 여기에 이런 것이 놓여 있는 걸까. 의사나 간호사가 가져온 것이 아니라는 건 한눈에 알 수 있었다. 그 주위에는 현실의 위상에서 벗어난, 뭔가 특수한 공기가 떠돌고 있었다.

그리고 덴고는 퍼뜩 깨달았다. 공기 번데기다.

덴고가 공기 번데기를 본 것은 그게 처음이었다. 소설 「공기 번데기」에서 그는 그것을 문장으로 상세히 묘사했지만, 물론 실물을 목격했던 건 아니었다. 그것을 실재하는 것으로서 상정했던 것도 아니었다. 하지만 그곳에 있는 것은 그가 머릿속에서 상상하고 묘사했던 그대로의 공기 번데기였다. 위장을 날카로운 것으로 옥죄는 듯한 거센 기시감이 몰려왔다. 덴고는 어떻든 방 안으로 들어가 문을 잠갔다. 누군가 다른 사람의 눈에 띄지 않는 게 좋다. 그러고는 입 안에 고여 있던 침을 삼켰다. 목구멍에서 부자연스러운 소리가 났다.

덴고는 천천히 침대로 다가가 1미터쯤의 거리를 두고 그 공기 번데기의 모습을 주의깊게 관찰했다. 분명 그것은 소설을 쓸 때 덴고가 그림으로 그렸던 공기 번데기의 형태와 똑같았다. 그는 문장으로 「공기 번데기」의 모양을 묘사하기 전에 먼저 연필로 간단한 스케치를 했었다. 자신 속에 있는 이미지를 시각적인 형태로 드러냈다. 그리고 그것을 문장으로 형상화했다. 「공기 번데기」 리라이팅 작업을 하는 내내 그 그림을 책상 앞 벽에 압핀으로 꽂아두었다. 그것은 형태적으로는 번데기가 아니라 누에고치에 가깝다. 하지만 후카에리에게는 (그리고 또한 덴고에게도) 그건 「공기 번데기」라는 이름으로밖에는 부를 수 없는 것이었다.

그때 덴고는 공기 번데기의 외양적인 특징 대부분은 스스로 창작하여 덧붙였다. 이를테면 가운데 부분의 우아한 굴곡이나 양쪽에 붙은 장식적인 볼록한 둥근 혹. 그건 어디까지나 덴고가 생각해낸 것이었다. 후카에리의 오리지널 '이야기'에는 그런 언급은 없었다. 후카에리에게 공기 번데기란 어디까지나 공기 번데기였다. 이른바 구상具象과 개념概念의 중간에 있는 것이고, 그것을 언어적으로 형용할 필요성을 거의 느끼지 못한 듯했다. 그래서 덴고가 직접 그 세세한 형상을 고안해야 했다. 그리고 덴고가 지금 눈앞에 보고 있는 그 공기 번데기에는 분명히 가운데 부분에 굴곡이 있고 양쪽으로 아름다운 혹이 있었다.

이건 내가 스케치하고 문장으로 형상화한 공기 번데기야, 덴고는 생각했다. 하늘에 뜬 두 개의 달과 마찬가지다. 그가 문장으로 쓴 형태가 세부까지 그대로 현실이 되었다. 원인과 결과가 뒤엉켜 있다.

신경이 뒤틀리는 듯한 기묘한 감각이 사지에 느껴지고 살갗에 소름이 돋았다. 이곳에 있는 세계의 어디까지가 현실이고 어디서부터 픽션인지 구분할 수 없었다. 대체 어디까지가 후카에리의 것이고 어디서부터 덴고의 것일까. 그리고 어디서부터가 '우리'의 것인가.

공기 번데기의 가장 윗부분에는 세로로 반듯하게 금이 한 줄 가 있었다. 공기 번데기는 지금 막 두 개로 갈라지려 하고 있었다. 2센티미터쯤의 틈새가 거기에 나 있었다. 몸을 숙이고 들여다보면 안에 무엇이 있는지 알아볼 수 있을 것 같다. 하지만 그럴 용기는 덴고에게 없었다. 그는 침대 옆의 스툴에 앉아, 어깨를 조금씩 들먹이며 호흡을 가다듬고, 공기 번데기를 지켜보았다. 그 하얀 번데기는 어렴풋한 빛을 발하며 그곳에 가만히 있었다. 그것은 주어진 수학명제처럼 덴고가 다가가기를 조용히 기다리고 있었다.

공기 번데기 안에는 대체 무엇이 있는 걸까.

그건 그에게 무엇을 보여주려는 걸까.

소설「공기 번데기」에서 주인공 소녀는 자기 자신의 분신을 그곳에서 발견한다. 도터다. 그리고 소녀는 도터를 남겨두고 홀로 커뮤니티를 뛰쳐나온다. 하지만 덴고의 공기 번데기(아마도 그건 그 자신의 공기 번데기다, 덴고는 직감적으로 그렇게 판단했다) 안에는 대체 무엇이 들어 있을까. 그것은 선한 것인가 악한 것인가. 그를 어딘가로 이끌어가는 것일까. 아니면 그를 손상시키고 방해하는 것일까. 대체 누가 이 공기 번데기를 여기로 보내온 걸까.

자신에게 행동이 요구되고 있다는 건 덴고도 잘 알고 있었다. 하지만 일어서서 번데기의 안쪽을 들여다볼 만한 용기를 도저히 끌어낼 수 없었다. 덴고는 두려웠다. 그 번데기 안에 있는 무언가가 내게 상처를 입힐지도 모른다. 내 인생을 크게 바꿔버릴지도 모른다. 그렇게 생각하니, 덴고의 몸은 작은 스툴 위에서 도망칠 곳을 잃은 사람처럼 바짝 굳어버렸다. 그곳에 있는 것은 그에게 부모의 호적을 조사하지 못하게 하고, 혹은 아오마메의 행방을 찾아나서지 못하게 한 것과 똑같은 종류의 두려움이었다. 자신을 위해 준비된 공기 번데기 안에 무엇이 들어 있는지, 그는 그것을 알고 싶지 않았다. 모르는 채 넘어갈 수 있다면 이대로 모르고 싶었다. 할 수만 있다면 이 방에서 당장 나가서 그대로 기차를 타고 도쿄로 돌아가고 싶었다. 그리고 눈을 감고 귀를 막고 자신만의 작은 세계로 도망쳐 들어가고 싶었다.

하지만 그렇게 할 수 없다는 건 덴고도 알고 있었다. 만일 그 안에 있는 것을 들여다보지 않은 채 이곳을 떠난다면 분명 나는 평생 그것을 후회하리라. 그 무언가에서 눈을 돌려버린 것에 대해 언제까지고 나 자신을 용서하지 못하리라.

어떻게 해야 좋을지 알지 못한 채 덴고는 스툴에 오래도록 앉아 있었다. 앞으로 나아갈 수도 뒤로 물러설 수도 없었다. 무릎 위에서 두 손을 깍지 끼고, 침대 위의 공기 번데기를 바라보고, 이따금 도망치듯이 창밖으로 시선을 던졌다. 해는 이미 떨어지고 엷은 저녁 어스름이 천천히 소나무 숲을 휘감았다. 여전히 바람은 없다. 파도 소리도 들리지 않는다. 신비로울 만큼 조용하다. 그리고 방 안에 어둠이 더해가면서 그 하얀 물체가 발하는 빛은 좀더 깊고 좀더 선명해져갔다. 덴고에게는 그것 자체가 살아 있는 것처럼 느껴졌다. 그곳에는 생명의 온화한 광채가 있었다. 고유의 온기가 있고 비밀스러운 여운이 있었다.

덴고는 마침내 마음을 정하고 스툴에서 일어나 침대 위로 몸을 숙였다. 이대로 도망칠 수는 없다. 언제까지고 겁에 질린 어린애처럼 내 앞에 닥친 일들에서 눈을 돌리고 살아갈 수는 없다. 진실을 아는 것만이 인간에게 올바른 힘을 부여해준다. 그것이 설령 어떤 모습의 진실이라 해도.

공기 번데기의 터진 틈은 조금 전과 다름없이 그곳에 있었다. 그 틈새는 아까보다 커지지도 작아지지도 않았다. 눈을 가늘게 뜨고 그 틈새를 들여다봤지만 안에 무엇이 있는지 알아볼 수 없었다. 안은 어둡고, 중간에 엷은 막이 끼어 있는 것 같았다. 덴고는 호흡을 가다듬으며 자신의 손끝이 떨리지 않는 것을 확인했다. 그리고 그 2센티미터쯤의 공간에 손가락을 넣어 양쪽으로 열리는 문을 열 때처럼 천천히 좌우로 벌렸다. 별다른 저항도 없이, 소리도 없이, 그것은 쉽게 열렸다. 마치 오래도록 그의 손이 열어주기를 기다렸던 것처럼.

이제는 공기 번데기가 발하는 빛이 흰 눈빛처럼 내부를 부드럽게 비춰내고 있었다. 충분한 양이라고는 말할 수 없어도 안에 있는 것의 모습을 알아볼 수는 있었다.

덴고가 그곳에서 발견한 것은 아름다운 열 살의 소녀였다.

소녀는 잠들어 있었다. 잠옷처럼 보이는 장식 없는 소박한 흰 원피스를 입고 밋밋한 가슴 위에 작은 두 손을 포개어 올려놓았다. 그게 누구인지, 덴고는 한눈에 알았다. 얼굴이 갸름하고 입술은 자로 그은 듯 한 줄 직선을 그리고 있다. 예쁘장하고 매끈한 이마에 반듯하게 맞춰서 자른 앞머리가 드리워 있었다. 뭔가를 원하듯이 살짝 쳐들린 작은 코. 그 양 옆의 광대뼈는 가장자리가 약간 도드라졌다. 눈꺼풀은 감겨 있지만, 그것이 뜨였을 때 어떤 한 쌍의 눈동자가 나타날지, 그는 알고 있었다. 알지 못할 리가 없다. 그는 이십 년 동안 그 소녀의 모습을 내내 가슴에 품고 살아온 것이다.

아오마메, 덴고는 입 밖에 내어 말했다.

소녀는 깊이 잠들어 있었다. 한없이 깊고 자연스러운 잠 같다. 호흡도 아주 미약할 뿐이다. 그녀의 심장은 남의 귀에 들리지 않을 만큼 아련한 고동밖에 울리지 않았다. 그 눈꺼풀을 들어올릴 만한 힘은 그녀 안에는 없었다. 아직 그때가 오지 않은 것이다. 그녀의 의식은 이곳이 아닌 어딘가 먼 곳에 있었다. 하지만 그래도 덴고가 입에 올린 말은 그녀의 고막을 희미하게 떨리게 할 수 있었다. 그것은 그녀의 이름이었다.

아오마메는 그 부름을 먼 곳에서 듣는다. 덴고, 하고 그녀는 생각한다. 분명하게 그렇게 또렷이 소리내어 말하기도 한다. 하지만 그 말이 공기 번데기 안에 있는 소녀의 입술을 움직이게 하는 일은 없다. 그리고 덴고의 귀에 와 닿는 일도 없다.

덴고는 영혼을 빼앗긴 사람처럼, 그저 밭은 숨을 내쉬며 지칠 줄도 모르고 소녀의 얼굴을 바라보았다. 소녀의 얼굴은 매우 편안해 보였다. 그곳에는 슬픔이나 고통이나 불안의 그림자는 조금도 엿보이지 않았다. 작고 얇은 입술은 지금이라도 살짝 움직여 뭔가 의미 있는 말을 만들어낼 것처럼 보였다. 그 눈꺼풀은 금세라도 뜨일 것처럼 보였다. 덴고는 그렇게 되기를 진심으로 빌었다. 정확한 기도의 말은 알지 못했지만, 그의 마음은 형태 없는 기도를 허공에 자아내고 있었다. 하지만 소녀는 잠에서 깨어날 기미를 보이지 않았다.

아오마메, 덴고는 다시 한번 불렀다.

아오마메에게 말해야 할 것이 너무나 많았다. 전해야 할 마음도 있었다. 그는 그것을 오랜 세월 품에 안고 살아왔다. 하지만 지금 여기서 덴고가 할 수 있는 건 그저 이름을 부르는 것뿐이다.

아오마메, 그는 그 이름을 불렀다.

그러고는 마음을 굳게 먹고 손을 내밀어 공기 번데기 안에 드러누운 소녀의 손을 만졌다. 그 손에 자신의 커다란 손을 가만히 얹었다. 그 작은 손이 예전에 열 살 덴고의 손을 꼭 잡았었다. 그 손이 그를 숨김없이 원하고, 그를 격려해주었다. 담담한 빛에 감싸여 잠들어 있는 소녀의 손에는 분명하게 생명의 온기가 있었다. 아오마메는 그 온기를 여기까지 전하러 온 것이다. 덴고는 그렇게 생각했다. 그것이 그녀가 이십 년 전에, 그 교실에서 그에게 건네준 패키지의 의미였다. 그는 마침내 그 꾸러미를 열고 그 안에 든 것을 볼 수 있었다.

아오마메, 덴고는 말했다. 나는 반드시 너를 찾아낼 거야.

공기 번데기가 서서히 광채를 잃으면서 저녁 어스름 속에 스며들듯이 사라지고, 소녀 아오마메가 사라져버린 뒤에도, 그리고 그것이 현실에서 일어난 일인지 아닌지 제대로 판단을 내릴 수 없게 된 뒤에도, 덴고의 손가락에는 아직 작은 손의 감촉과 친밀한 온기가 남아 있었다.

아마도 그것이 사라지는 일은 영원히 없을 것이다. 덴고는 도쿄로 향하는 특급열차 안에서 그렇게 생각했다. 지금까지의 이십 년 동안, 덴고는 그 소녀의 손이 남기고 간 감촉의 기억과 함께 살아왔다. 앞으로도 똑같이, 이 새로운 온기와 함께 살아갈 수 있으리라.

산이 바짝 다가드는 해안선을 따라 특급열차가 크게 커브를 그렸을 때, 하늘에 나란히 뜬 두 개의 달이 보였다. 조용한 바다 높은 곳에 그것은 또렷하게 떠 있었다. 크고 노란 달, 자그마한 초록색 달. 윤곽은 한없이 선명하지만 거리감을 파악하기가 어려웠다. 그 빛을 받아 바다의 잔물결은 흩어진 유리조각처럼 신비롭게 빛났다. 두 개의 달은 열차의 커브에 맞춰 창밖을 천천히 이동하면서 그 자잘한 파편을 무언의 암시로 남기고 이윽고 시야에서 사라져갔다.

달이 보이지 않게 되자 다시금 가슴에 온기가 돌아왔다. 그것은 여행자의 앞길에 보이는 작은 등불 같은, 아련하기는 하지만 약속을 전해주는 확실한 온기였다.

이제부터 이 세계에서 살아가는 거야, 덴고는 눈을 감고 생각했다. 그것이 어떤 구조를 가진 세계인지, 어떤 원리를 바탕으로 움직이는지, 그는 아직 알지 못한다. 그곳에서 앞으로 무슨 일이 일어나려는지 예측도 할 수 없다. 하지만 그래도 좋다. 두려워할 필요는 없다. 거기에 어떤 것이 기다리고 있건 그는 달이 두 개 있는 이 세계를 살아가고, 자신이 걸어야 할 길을 찾아낼 것이다. 이 온기를 잊지 않는다면, 이 마음을 잃지 않는다면.

그는 오랫동안 그대로 눈을 감고 있었다. 이윽고 눈을 뜨고 창밖에 있는 초가을 밤의 어둠을 응시했다. 바다는 이제 보이지 않았다.

아오마메를 찾자, 덴고는 새삼 마음먹었다. 무슨 일이 있건, 그곳이 어떤 세계이건, 그리고 그녀가 누구이건.

(BOOK3로 이어집니다)

지은이 **무라카미 하루키**

1979년 『바람의 노래를 들어라』로 군조신인문학상을 수상하며 데뷔했다. 1982년 『양을 쫓는 모험』으로 노마문예신인상, 1985년 『세계의 끝과 하드보일드 원더랜드』로 다니자키 준이치로 상을 수상했다. 『도시와 그 불확실한 벽』 『기사단장 죽이기』 『1Q84』 『여자 없는 남자들』 『일인칭 단수』 외 수많은 소설과 에세이로 전 세계 독자들의 사랑을 받고 있다.

옮긴이 **양윤옥**

일본문학 전문번역가. 옮긴 책으로 『여자 없는 남자들』 『중국행 슬로보트』 『일식』 『장송』 『센티멘털』 『소설 읽는 방법』 『가면의 고백』 『무지개여, 모독의 무지개여』 『납장미』 『철도원』 『칼에 지다』 『장미 도둑』 『나미야 잡화점의 기적』 『붉은 손가락』 『남쪽으로 튀어!』 『유성의 인연』 등이 있다. 『일식』으로 2005년 일본 고단샤가 수여하는 노마문예번역상을 수상했다.

문학동네 세계문학

1Q84 BOOK2

1판 1쇄 2009년 9월 8일 | 1판 54쇄 2024년 9월 6일

지은이 무라카미 하루키 | 옮긴이 양윤옥

책임편집 장선정 박여영 강 요시카 | 저작권 박지영 형소진 최은진 오서영

디자인 윤종윤 유현아 이경란 송윤형 김선미

마케팅 정민호 서지화 한민아 이민경 안남영 왕지경 정경주 김수인 김혜원 김하연 김예진

브랜딩 함유지 함근아 박민재 김희숙 이송이 박다솔 조다현 정승민 배진성

제작 강신은 김동욱 이순호 | 제작처 상지사 P&B

펴낸곳 (주)문학동네 | 펴낸이 김소영

출판등록 1993년 10월 22일 제2003-000045호

주소 10881 경기도 파주시 회동길 210

전자우편 editor@munhak.com | 대표전화 031) 955-8888 | 팩스 031) 955-8855

문의전화 031) 955-1927(마케팅) 031) 955-1917(편집)

문학동네카페 http://cafe.naver.com/mhdn

인스타그램 @munhakdongne | 트위터 @munhakdongne

북클럽문학동네 http://bookclubmunhak.com

ISBN 978-89-546-0865-7 04830

978-89-546-0866-4(세트)

잘못된 책은 구입하신 서점에서 교환해드립니다.

기타 교환 문의 031-955-2661, 3580

www.munhak.com